KB036691

사
양

다자이 오사무 전집 8

사양 ^{斜陽}

다자이 오사무 지음 — 최혜수 옮김

도서출판 b

| 일러두기 |

1. 이 전집은 저본으로서 『太宰治全集』(ちくま文庫^{치쿠마문고}, 1994, 全10卷)과 『決定版 太宰治全集』(筑摩書房^{치쿠마서방}, 1999, 全13卷)을 기초로 하고, 新潮文庫^{신초문고}, 岩波文庫^{이와나미문고} 등 가장 널리 읽히는 판본을 참조하여 번역했으며, 전 10권으로 구성했다.
2. 이 전집은 다자이 오사무의 모든 소설 작품을 발표 시기 순서에 따라 수록했다. 단, 에세이는 마지막 권에 따로 수록했다.
3. 제8권에는 1946년 7월에서 1947년 10월에 걸쳐 발표된 소설 열한 편에 더해 1945년 1월에 발표된 일본 고전 각색 작품 「새로 읽는 전국 이야기」를 실었다.
4. 작품소개와 본문의 모든 윗주 및 각주는 옮긴이에 의한 것이다. 원문의 것은 '원문 윗주' 라고 별도로 표기했다.
5. 원문에서 강조점이 찍힌 부분은 고딕체로 표기했다.

|차례|

사양

6

男女同権
남녀평등

太宰治

「남녀평등」

　　1946년 12월 『개조改造』에 발표되었다. 새로운 헌법이 공포되기 직전, '민주주의', 혹은 '남녀평등'이라는 말이 매스컴을 통해 지겹도록 흘러나오던 시대상을 반영한 작품이다. 다음 수록작인 「친한 친구」와 마찬가지로, 표면적으로는 선량한 약자(주인공)의 수난극을 그리고 있지만 대상을 비난하는 주인공의 모습 자체가 해학적으로 느껴지게끔 하는 데에 다자이의 의도가 있는 것으로 보이기도 한다.

이것은 십여 년 전 홀로 낙향하여 어느 외진 마을에 사는 나이든 시인이, 이른바 일본 르네상스기에 이르러 각광을 받아, 그가 사는 지방 교육회의 초청으로, 남녀평등이라는 제목을 내걸고 한 이상한 강연의 속기록이다.

　──이제, 우리 노인들이 나설 때는 지났다는 생각이 들어, 오랫동안 칩거를 하면서 불편하고 부끄러운 생활을 해왔는데, 앞으로는 그 어떤 무기를 소지해서도 안 되고, 맨손으로 남을 때려도 안 되고, 오로지 우아하고 예의바르게 이 세상을 살아가야 한다니, 세상 참 좋아졌습니다. 그렇게 살려면 우선 시가詩歌와 관현管絃을 발전시키고, 그로써 황량할 대로 황량해진 사람들의 마음을 고상하고 멋스러운 길로 이끌기 위해 노력해야 한다고 생각하는 사람도 있는 것 같은데, 그 덕에 저처럼 세상에서 거의 잊히고 버려져 있던 늙어빠진 문필가도 뜻하지 않게 인생의 봄을 맞이하였습니다. 아니, 진짭니다. 잘난 척을 하는 게 아니에요. 저는 열일곱 살 때부터 삼십여 년간, 줄곧 도쿄 여기저기를 어슬렁거

리다가, 늙고 제풀에 지쳐서, 지금으로부터 딱 십 년 전에 이곳 시골의 동생 집으로 기어들어왔는데, 이 지역 분들은 저더러 정말 몹쓸 노인네라며 넌더리를 내고, 저를 비웃으시지요. 아니, 결코 불평을 하는 건 아닙니다. 실제로도 저는 몹쓸 노인이라, 사람들이 지긋지긋해하고 비웃는 것도 당연한 일이긴 한데, 이런 남자가 아무리 제 시대를 맞았다고 한들, 뻔뻔스레 남들 앞에 서다니, 심지어는 교육회라는 곳에 말입니다! 이 세상에서 가장 숭고하고 엄숙해야 할 자리에 얼굴을 내밀고 강연을 하다니, 이것은 제게도 잔혹한 일이라 할 수 있습니다. 일전에 이 교육회 대표님이 저희 집에 오셔서는, 무언가 문화에 대한 얘기를 해달라는 부탁을 하셨는데, 그 말씀을 듣고 있자니 늙어빠진 제 몸뚱이가 부들부들 떨리더군요. 아니, 진짭니다. 사랑 고백을 받은 아가씨처럼 얼굴이 새빨갛게 달아오르는 느낌이었고, 뭔가 단단히 나쁜 짓이라도 꾸미는 것만 같아서 어찌할 바를 모르겠더군요. 하지만 그 대표님의 허심탄회한 말씀을 더 자세히 들어보니, 이번 교육회에는 유명한 사회사상가 고지카 고로 님이 A시에서 일부러 여기까지 오셔서, 무언가 새로운 사상에 대해 강연을 하실 예정이었다는데, 안타깝게도 고지카 님이 일단 약속을 했다가 갑자기 취소한다는 전보를 보냈다고 합니다. 뭐, 그렇게 유명한 분들에겐 이런저런 사정이 있겠지요. 꼭 고지카 님이 멋대로 그러는 거라고 볼 수만은 없는 일입니다. 세상이란 얼추 그런 곳이라, 어느 시대든 머리가 좋고 훌륭한 사람은 사정이라는 게 많은 모양이니, 우리 같은 사람은 그냥 꾹 참을 수밖에 없지요. 어쨌든 고지카 님이 퇴짜를 놓기는 했어도, 이미 오늘 교육회는 예정되어 있던 것이라, 그땐 이미 취소를 할 수도 없었다고 합니다. 그런데 여기 계신 누군가가 제 존재를 떠올리고는, 그 노인네도 옛날에는 시인지 뭔지를 쓴 적이 있다고 들었다, 말하자면 문화인 나부랭이다, 그 사람이라도 불러서 때우면 되지 않겠느냐, 라고 했다지요. 아뇨, 절대 불평을 늘어놓는 게 아닙니다. 정말로 저는, 용케도 저를 떠올려주셨다 싶어서, 영광스러울 지경입니다. 하지만 그렇다고는 해도, 이건 범죄, 아니, 범죄처럼 극단적인 말은 안 쓰더라도, 저 같은 놈이 신성한 교육회 여러분 앞에서 강연을 하다니, 이건 아무래도 사기가 아닌가 싶어서, 저는 어젯밤에도 밤새 고민했습니다. 처음부터 제가 강경하게 거절했다면 아무 일도 없었을 테지만, 저는 그 유명한 고지카 님 같은 분과는 달리, 자기 몸 하나 제대로 주체하지 못하고 근근이 살아가는 사람이라는 사실을 대표님이 다 알고 계시니, 이제 와서 사정이 있네 어쩌네 하며 으스댄다 해도 웃음거리가 될 것이 뻔했고, 또한, 저 같은 사람이라도 나와서 무슨 얘기든 문화에 대해 일장 연설을 한다면, 그것으로 모든 것이 원만하게 해결되니 꼭 부탁드린다는 말을 듣고, 저로서도, 이 늙은 몸이 조금이나마 도움이 된다는 것은 고맙고 송구스런 일이라, 정말 사기나 다름없다 싶기는 하지만, 경솔하게 제안을 받아들였고, 방금 휘청거리며 이 무대에 올라섰는데, 아아, 역시, 무슨 소리를 들었든지 간에 처음부터 거절해야 했다는 생각에, 후회하는 중입니다.

제가 지금은 몹쓸 노인이기는 하지만, 그렇다고는 해도 젊은 시절, 적어도 어느 한때만큼이라도 몹쓸 사람이 아니었던 적이 있지 않느냐고 물으실 수도 있겠지요. 하지만 옛날부터 지금까지 쭉 몹쓸 사람이었습니다. 제가 도쿄에 있던 시절에는 정말로, 한때, 이래 봬도, 다소, 음, 극소수의 사람들 입에 오르내린 적도 있다, 뭐 그런 말을 못 할 것도 없다는 생각이 듭니다만, 어떤 얘기가 입에 오르내렸느냐 하면, 제가 어째서 몹쓸 남자인가, 일본에서 손에 꼽힐 정도로 몹쓸 남자 아닌가,

이런 문제로 사람들 입에 오르내린 것입니다. 그 무렵, 저의 대표작이라 불리던 시집 제목은, 『나는 너무도 어리석은 나머지, 사기꾼마저도 오히려 내게 돈을 쥐어준다』입니다. 이것만 보아도, 문학자로서의 제 이름은 존경의 대상이 아닌 비웃음의 대상이었으며, 극소수의 정 많은 사람들에게 위로와 격려를 받으며, 겨우겨우 목숨만 부지하고 있다는 것을 알 수 있겠지요. 굉장히 이상한 표현이지만, 다시 말해 그 무렵 저의 존재 가치는 제가 지닌 몹쓸 면에만 있었던 것이니, 제가 몹쓸 사람이 아니었다면 저의 존재 가치는 전혀 없었을 테지요. 저는 제가 생각해도 정말 기괴해서 말문이 막히는 위치에 놓여 있었던 것입니다. 하지만 저도 약간 나이가 들면서, 그렇게 특이한 제 위치가, 남자로 태어나 얼마나 낯부끄럽고 파렴치한 것인지를 깨닫고 견딜 수가 없어져, 『지난해의 도덕은 지금 어디에』라는 제목의, 다소 그럴싸해 보이는 시집을 낸 결과, 그길로 저는 완전히 몹쓸 사람이 되어버렸습니다. 안 그래도 몹쓸 사람이었는데, 그보다 더 몹쓸 사람, 말하자면 '진짜' 몹쓸 사람이 되어, 저는 시단詩壇에서 제 지위를 잃었고, 이루 말할 수 없을 정도의 가난과 악전고투하며 살아온 그때까지의 생활에도 지쳐 나가떨어져, 결국 가을바람과 함께 홀로 낙향하는 한심한 처지에 놓이게 되었습니다.

다시 말해 저라는 노인은 단 한 군데도 봐줄 만한 구석이 없고, 내가 바로 이런 사람이라고 큰소리치며 으스댈 일은 절대 아니지만, 그런 남자가, 이 지방의 교육회 분들을 앞에 두고, 도대체 무슨 강연을 하면 좋을까요? 잔혹하다는 건, 바로 이런 것을 두고 하는 말입니다.

애당초 민주주의란, ……허, 이거 참, 너무 당돌해서 제가 말을 꺼내놓고도 제가 깜짝 놀라 쓴웃음이 다 나오는데, 사실 저는, 배운 것이 전혀 없기에 아무것도 모릅니다. 하지만 민주라는 것은, 백성 민民에 주인 주主 자를 쓰는 그 주의, 사상, 미국, 세계, 뭐, 대강 그런 거라고 생각합니다. 그래서 말입니다, 일본에서도 차츰 민주주의가 퍼지고 있다고 하니, 경사스러운 일이긴 한데, 이 민주주의에 의거한, 남녀평등! 이것, 이것이, 저의 가장 큰 관심사이자, 오래도록 기다리고 있었던 것입니다. 이제부터는 저도 남들을 신경 쓰지 않고, 여성에게도 남성의 권리를 주장할 수 있다고 생각하면, 실로 어두운 밤이 지나 날이 밝아온 듯한 기분이 들고, 절로 미소 짓지 아니할 수 없습니다. 정말이지, 저는 이제까지 여자라는 사람들 때문에 험한 꼴만 당해왔습니다. 제가 오늘날 이렇게 몹쓸 노인네가 되어버린 것도, 전부 여자 때문이 아닌가 하는 생각조차 듭니다.

어려서부터 저는 여성이라는 존재에게 시달리며, 고생을 해왔습니다. 제 어머니는 계모도 아니고, 진짜로 저를 낳아주신 친어머니인데, 어째서인지 남동생만 귀여워하고, 장남인 제게는 묘하게 뚱한 태도를 취하는, 심술궂은 사람이었습니다. 어머니는 벌써 저세상으로 떠나셨으니, 저세상에 계신 분께 이러니저러니 원망을 늘어놓는 것은 저로서도 무척 괴로운 일이지만, 저는 잊을 수가 없습니다. 제가 열 살 남짓, 동생이 다섯 살 정도였을 때, 제가 이웃집에서 강아지 한 마리를 받아와 약간 자랑스럽다는 듯이 어머니와 동생한테 보여주자, 동생이 그걸 갖고 싶다며 울었습니다. 그러자 어머니는 동생을 위로하며, 그 강아지는 형이 먹을 밥으로 키울 거라는, 그런 묘한 얘기를 진지한 얼굴로 말했습니다. 형이 먹을 밥이라는 게 무슨 뜻일까요? 제가 먹을 밥을 안 먹고 그 강아지에게 주며 키워야 한다는 의미였을까요? 아니면, 우리 집에서 먹는 밥은 전부 장남인 저의 것이니, 동생에게는 강아지를 키울 자격이 없다는 의미였을까요? 아직까지도 확실히는 모르겠지만, 어쨌든 그런 말을 듣고, 저는 어린 마음에도 마음이 단단히 상해서, 그 강아지를 억지로 동생에게 떠넘겼습니다. 하지만 어머니는 동생에게, 돌려줘라, 돌려줘라, 이건 밥을 먹는 벌레다, 하고 말했습니다. 저도 풀이 죽어서, 동생에게서 그 강아지를 빼앗아 집 뒤편에 있던 쓰레기통에 버렸습니다. 겨울에 있었던 일인데, 우리가 저녁밥을 먹고 있으려니까, 밖에서 낑낑 거리며 우는 강아지 소리가 들려와서, 저는 목구멍으로 밥도 안 넘어갈 만큼 애가 탔습니다. 이윽고 아버지가 그 강아지 울음소리를 듣고서, 어머니께 물었습니다. 그때, 어머니는 아무 일도 아니라는 듯 이렇게 대답했습니다. 이 아이가 강아지를 데려와서, 바로 지겨워졌는지 버린 것 같아요, 이 아이는 뭐든 금방 싫증을 내니까요, 라고 말입니다. 저는 어이가 없어서 어머니 얼굴을 다시 들여다보았습니다. 아버지는 저를 혼냈고, 어머니를 시켜 그 강아지를 집안에 들였습니다. 어머니는 강아지를 안고서, 아이고, 추웠지? 고생 많았어, 불쌍한 것, 불쌍한 것, 하더니, 큰애한테 주면 또 버릴 게 뻔하니, 이건 작은애 장난감으로 씁시다, 하고 웃으며 아버지의 동의를 구했습니다. 저의 냉혹함 탓에 죽어가고 있던 그 강아지는, 어머니의 정 덕분에 목숨을 구하고, 그 이후로는 착한 동생의 종이 되었습니다.

그것 말고도, 어머니가 저를 기묘한 구실로 못살게 군 적이 수도 없이 많은데, 어째서 어머니는 저를 그렇게 괴롭혔을까요? 그건 물론, 제가 이런 추남으로 태어났고, 어릴 적부터 귀여운 구석이 전혀 없는 아이였기 때문일지도 모르지만, 그렇다 쳐도, 어머니의 괴롭힘은 거의 다 도리에 어긋나는 것이라, 뭐가 뭔지, 뭘 어떻게 이해해야 좋을지, 대부분 이해할 수 없는 것들뿐이었으니, 역시 이것은 여성 특유의 술주정 같은 거라고 생각할 수밖에 없습니다.

제가 태어난 집은, 아시는 분도 있을 테지만, 여기에서 삼십 리 정도 떨어진 산기슭의 외진 마을에 있는데, 옛날에도 지금과 다름없는 소지주小地主였습니다. 동생은 저와는 달리 성실한 아이라, 직접 농사도 짓습니다. 이번 농지조정 어쩌고 하는 법령의 그물망에도 걸리지 않을 정도로 보잘것없는 집이지만 말이지요. 그래도 그 마을에서는 약간 잘 사는 집에 속했는지, 제가 어렸을 때는 하녀도 있고 머슴도 있었습니다. 제가 열 살 정도 됐을 때 있었던 일입니다만, 한 열일고여덟쯤 됐을까요? 볼이 빨갛고 눈이 부리부리하며 깡마른 하녀가 있었는데, 이 하녀가 주인집 장남인 제게, 참으로 괘씸한 일을 가르쳐주었습니다. 그 이후 제가 먼저 다가가자, 마치 다른 사람처럼 불같이 화를 내면서 저를 밀치며, 너는 입 냄새가 나서 싫어! 라고 말했습니다. 그때의 부끄러움은, 그 이후 수십 년이 지난 오늘 떠올려 봐도, 어엉! 하고 크게 소리 내어 울부짖고 싶을 정도입니다.

또, 아마도 비슷한 무렵, 동네 소학교를 다니던 시절에 있었던 일을 말씀드리지요. 소학교라고는 해도 학생 사오십 명에 선생님 두 명이 있는 작은 학교였는데, 심지어 선생님은 스물이 갓 넘은 젊은 선생님, 그리고 그 선생님의 사모님, 이렇게 둘이었습니다. 저는 어린 마음에도 그 사모님이 예쁘다고 생각하며 마음에 뒀는데, 아니, 어쩌면 마을 사람들이 예쁘다고 얘기하는 걸 듣고, 저도 모르게 어느새 그런 마음을 품게 된 건지도 모르지요. 어쨌든 저는 어린애였으니, 예쁘다고 마음에 둔다 한들, 딱히 그 때문에 고민하거나 심각하게 생각하지는 않고,

뭐, 막연히 연모하고 있던 정도였을 겁니다. 정말로 저는, 그날 있었던 일을, 지금도 또렷이 기억합니다. 거친 태풍이 휘몰아치던 날이었는데, 저희는 그 아름다운 사모님으로부터 서예를 배우고 있었습니다. 사모님이 제 옆을 지나가시는데, 갑자기 제 벼룻집이 엎어졌고 사모님 옷자락에 먹물이 튀어, 그 때문에 저는 방과 후에 남아야만 했습니다. 하지만 저는 그 사모님을 어렴풋이 연모하고 있었으니, 남으라는 말을 듣고서 오히려 기뻤고, 별로 무섭지도 않고, 아무렇지도 않았습니다. 다른 학생들은 모두 빗속을 걸어 집으로 돌아갔고, 교실에는 저와 사모님 둘만 남았습니다. 그러자 사모님이 갑자기 딴 사람이 된 것처럼 들뜬 모습으로, 오늘 남편은 볼일이 있어 이웃마을에 갔는데 아직 안 왔고, 비도 오는데 심심하니까, 같이 놀고 싶어서 남으라고 한 겁니다, 안 좋게 생각하지 마세요, 도련님, 숨바꼭질이라도 할까요? 라고 하는 겁니다. 도련님이라는 소리를 들은 저는, 우리 집이 그 마을에서는 부잣집이고 좋은 집안 축에 속하니까, 내 행동거지에도 어딘가 고상한 매력이 있어서 이렇게 특별히 예뻐해 주는 건가 싶어, 실로 아이답지 않고 비천하기 짝이 없는 자만심에, 자못 도련님이라 불려 마땅한 아이처럼, 일부러 몸을 더 많이 구부리기도 하고 더 수줍어하기도 했습니다. 그러던 와중에 가위 바위 보를 했는데, 사모님이 져서, 제가 먼저 숨게 되었습니다. 그때 학교 현관 쪽에서 무슨 소리가 들려서, 사모님이 귀를 기울이시더니, 잠시 다녀올 테니 도련님은 그 사이에 좋은 데 숨어 있으세요, 라면서 활짝 웃고는 현관 쪽으로 종종걸음을 치며 달려갔습니다. 저는 그 즉시 교실 한구석에 있던 책상 밑으로 기어들어가, 숨을 죽이고 사모님이 저를 찾으러 오기를 기다렸습니다. 얼마 안 있어 사모님은, 남편과 함께 돌아왔습니다. 그 아이는 느끼하고 기분 나쁜 아이니까 당신이 한 번 제대로 혼내주었으면 해서요, 하고 사모님이 말하자, 남편은, 그래? 어디 있어, 라고 물었고, 사모님은 태연히, 저기 어디 있겠지요? 하고 대답했습니다. 그러자 남편이 성큼성큼 제가 숨어 있는 책상 쪽으로 오더니, 어이 이봐, 그런 데서 뭐 하고 있는 거야, 바보 녀석, 하고 말했습니다. 아아, 저는 책상 밑에 엉금엉금 기어들어가 있었는데, 너무도 부끄러운 나머지 나갈 수가 없었고, 그 사모님이 원망스러워서 눈물을 뚝뚝 흘렸습니다.

모든 게 제가 어리석은 탓이겠지요. 하지만 그렇다 쳐도, 여자들의 그런 무자비함은 대체 어디에서 나오는 걸까요? 저는 그 이후로도, 여자들이 느닷없이 발휘하는 엄청난 잔인함에 늘 갈기갈기 찢기면서 살아왔습니다.

아버지가 돌아가시고 난 뒤, 저희 집안에는 그다지 좋지 않은 일만 일어났습니다. 저는 모든 집안일을 어머니와 동생에게 맡기겠다고 선언한 뒤, 열일곱 봄에 도쿄로 올라가, 간다神田에 있는 어느 인쇄소의 직원이 되었습니다. 인쇄소라고는 해도, 공장에는 주인과 기술자 두 명, 그리고 저, 이렇게 일하는 사람이 넷뿐인 자그마한 개인경영 인쇄소로, 광고지나 명함 따위를 찍는 곳이었습니다. 그 무렵은 러일전쟁 직후라, 도쿄에도 전차가 다니기 시작하고, 서양식 건축물이 우후죽순으로 생기는 등, 경기가 무척 좋았던 시절이어서, 그 작은 인쇄소도 꽤 바쁘게 돌아갔습니다. 아무리 바빠도 일은 힘들지 않았지만, 그 인쇄소 안주인, 그리고 지바 현 출신이라던 서른 남짓 먹은 까무잡잡한 식모, 이 둘이 고약하게 굴어서 몇 번이나 울었는지 모릅니다. 자신들이 하는 행동이 제게 얼마나 큰 상처를 주는지 전혀 모르는 눈치여서, 정말이지 무시무시하다는 말밖에 안 나왔습니다. 안에 있으면 그 안주인과 식모가 저를 괴롭혔고, 가끔 일이 없는 날 밖에 놀러 나가도, 밖에는 또 다른 종류의 심술궂은 괴물들이 있었습니다. 제가 도쿄로 올라온 지 1년 정도 지난 뒤, 매일같이 추적추적 비가 내리던 무렵의 일로 기억하는데, 어울리지도 않게, 인쇄소의 젊은 기술자와 둘이서 우산을 쓰고 요시와라[1]에 놀러갔다가, 참으로 험한 꼴을 당했습니다. 원래 요시와라의 여자들이란, 여자들 중에서도 가장 비참하고 불행하며, 세상의 동정과 연민을 받는 대상일 테지만, 실제로 보니, 어째서인지 꽤 권력이 있어 보이고, 마치 귀부인인 양 제멋대로 구는 사람들이었습니다. 저는 괜히 혼이 날까 싶어 그날 밤에는 살얼음판 위를 걷는 듯한 마음으로 말과 행동을 삼가며, 속으로 염불 따위를 외는 등 제정신이 아니었습니다. 염불 덕분인지 뭔지는 몰라도, 그날 밤에는 딱히 내쫓기는 일도 없이, 여자와 잘 자고 아침을 맞이했고, 여자가 차 한 잔 하고 가라고 했습니다. 그 여자는 기생들 중에서도 약간 지위가 높은 편이었는지도 모릅니다. 위엄마저 느껴졌으니까요. 그리고 노파를 시켜, 저와 함께 온 기술자와 그와 함께 있었던 기생도 우리 방으로 불러서는 조용히 차를 준비하고, 방 한구석에 있던 서랍에서 야채 튀김이 한가득 담긴 접시를 꺼내더니 우리에게 먹으라고 권했습니다. 함께 온 기술자가, 어이 이보게, 하고 저를 부르더니, 사모님께서 직접 만드신 요리야, 한번 먹어보세, 자네, 의외로 인기가 있구먼, 이 미남 같으니라고, 하고 말했습니다. 그 말을 들은 저는 기분이 나쁘지만은 않았지요. 우후후 하고 싱글벙글 웃으며, 고구마튀김을 한입 가득 물자, 저와 함께 있던 여자가, 당신, 농부 집안 자식이지? 하고 차갑게

· · · · · · · · · · ·
1_ 유곽이 밀집해 있던 곳.

말했습니다. 깜짝 놀라 서둘러 튀김을 삼키고 응, 하고 수긍하자, 그 여자는 기술자와 함께 있던 다른 기생 쪽을 보며 작은 목소리로, 안 좋은 집안에서 자란 남자는, 음식을 먹여보면 바로 알 수 있어, 쩝쩝 하고 소리를 내면서 먹으니까, 하고 무표정한 얼굴로, 날씨 애기라도 하는 것처럼 아무렇지도 않게 말했습니다. 아아, 그때 얼마나 민망하던 지. 함께 온 기술자는 제게 나리니 미남이니 하는 소리까지 했는데, 어쩔 줄을 모르겠더라고요. 겉으로는 대강 얼버무리고, 울음을 삼키고 웃다 돌아왔는데, 오는 길에는 게다 끈이 끊어져, 빗속을 맨발로, 옷 뒷자락을 걷어 허리띠에 끼우고서 말없이 걸었습니다. 그때 얼마나 비참하던지. 지금 생각해도 온몸이 떨립니다. 여자들 중에서 가장 핍박 받고 비참하게 산다고들 하는 그 기생들조차, 제게는 실로 무서운, 벼락을 내리는 신이나 다름없었습니다.

이런 식으로 여자한테 한 방 먹은 경험은 셀 수 없이 많지만, 그중에 도, 지금까지도 잊을 수 없는 치욕스런 일만 말씀드린다 해도, 그것만 가지고도 한 달 연속으로 강연을 해야 될 만큼 엄청나게 많으니, 오늘은 그 잊을 수 없는 일들 중에서 서너 가지만 더 말씀드리는 것으로, 일단은 마무리 짓고 싶습니다.

저는 간다의 그 작은 인쇄소에서 안주인과 까무잡잡한 지바 현 출신 식모에게 괴롭힘을 당하면서도, 오 년을 일했습니다. 그 사이에, 이게 저한테 다행인지 불행인지 지금 생각해봐도 모르겠지만, 이렇게 몹쓸 남자가 시단詩壇 한구석에 진출하게 되는 계기가 찾아왔습니다. 참으로, 사람의 일생이란 불가사의한 것이라고 할 수밖에 없지요. 그 무렵 일본에 는 문학 붐이 일었는데, 그것은, 작금의 문화부흥인지 뭔지 하는 장례식처럼 따분한 것과는 비교도 안 될 만큼, 정말 활기차고 세련된 데다 천마天馬가 하늘을 나는 것처럼 대담하고 자유로운 것이었고, 특히 외국 시 번역처럼 무턱대고 행을 바꿔가며 쓰는 시가 크게 유행했습니다. 제가 일하는 인쇄소에도 시를 쓰는 사람들이 기관지機關誌를 인쇄해달라 고 부탁하러 왔는데, 『새벽녘』이라는 제목의, 스무 쪽 남짓 되는 소책자 였습니다. 일을 의뢰받은 저는 늘 그 원고를 읽으며 활자를 골라 끼웠고, 그러면서 차츰 문학에 빠져들어, 책방에 가서 당시 대가들의 시집 같은 것도 사 읽게 되었고, 점점 자신감 같은 것도 붙어서 「돼지 등에 까마귀가 올라타서」라는 제목으로 제가 시골의 밭에서 실제로 목격한 진풍경을, 행만 수시로 바꿔대며 아무렇게나 써봤습니다. 그리고 조마조마한 마음 으로 그것을 『새벽녘』 시인들 중 한 명에게 보여줬더니 재미있다는 평가를 받았고, 그 『새벽녘』지에 게재되는 뜻밖의 영광을 누렸습니다. 그 일로 자신감이 생겨, 다음에는 「사과를 훔치러 갔을 때」라는 제목으 로, 역시 시골에서 있었던 저의 모험 실패담을 꽤 길게, 그 전처럼 행만 수시로 바꿔대며 썼습니다. 그 역시 『새벽녘』에 게재됐는데, 이게 성공했다고나 할까요? 신문 같은 데서도 이것을 자세히 다루며, 무슨 말인지 제가 이해할 수 없는 어려운 말로 된 그럴싸한 논평이 나와, 저조차도 어안이 벙벙했습니다. 졸지에 시인 친구들도 늘었는데, 시인이 라는 사람들은 마냥 술만 퍼마시며 맨바닥에서 자면, 순진하네 어쩌네 하고 칭찬을 하는 사람들이라, 저 역시 술을 퍼마시고서 땅바닥에서 잤더니, 그들은 저를 치켜세워줬습니다. 그러다 돈이 떨어져 전당포를 빈번히 드나들게 되자, 인쇄소 아주머니와, 그 지바 현 출신 여자의 공격의 불길은 거의 극도에 달해, 저는 버티지 못하고 결국 그 인쇄소에서 도망쳐 나오고 말았습니다. 역시 저는, 시詩라는 마물 때문에 일생을 그르쳤는지도 모릅니다. 하지만 그때, 인쇄소 아주머니와 지바 현에서 온 그 여자가, 저를 더 상냥하고 차분한 태도로 대해주었다면, 저는 시를 딱 끊고 성실한 인쇄공으로 돌아가서 지금쯤이면 꽤 으리으리한 인쇄소 주인이 되지 않았을까 싶습니다. 늙은이의 푸념이겠지만, 끊임없이 그런 생각이 들어 견딜 수가 없습니다. 저처럼 몹쓸 남자가, 시 같은 걸 써서, 미덥지 못한 펜 한 자루만 믿고 도쿄의 현명한 문인文人들과 어깨를 나란히 하며 사는 것은, 절대로 불가능한 일입니다. 그 인쇄소에서 도망 나온 뒤 제 생활은, 입에 담기조차 힘든 꼬락서니였으니, 지금 생각해봐도 마치 지옥의 주마등을 멍하니 바라보는 듯한 기분이 들고, 미치지도 않고 굶어 죽지도 않고 이렇게 살아온 게 기적 같아, 제가 생각해도 감탄하지 않을 수 없습니다. 신문배달도 했습니다. 양아치가 되어 살아보기도 했습니다. 짐수레꾼도 해봤습니다. 포장마차도 했습니다. 밀크홀² 같은 것도 해봤습니다. 야한 사진이나 그림을 파는 잡상인도 해봤습니다. 엉터리 신문사의 기자도 했고, 폭력배들의 심부름꾼도 했고, 어쨌든 몹쓸 남자가 할 수 있는 모든 일을 다 해봤다고 해도 과언이 아닙니다. 그리하여 그 몹쓸 남자는, 점점 더 몹쓸 방향으로만 나아가, 결국 홀로 누더기를 두르고 낙향하여, 지금은 동생네 집 식객 생활을 하고 있습니다. 어디 하나 봐줄 만한 데가 없는 생애라, 이제 와서 누구를 원망할 자격도 없지만, 그래도, 아아, 그때 그 여자가, 제게 그렇게 못되게 굴지만 않았더라면, 저도 약간의 자존심과 힘을 가지고, 몹쓸 남자일지언정 괜찮은 구석은 있는 남자가 되지 않았을까 싶습니다. 나이 탓에 자다가 뒤척이며, 어려서부터 여자한테 당한 수많

....
2_ 1900년경부터 1930년경까지 유행했던 우유나 빵, 과자 등을 파는 간이음식점.

은 일들을 돌이켜보면서, 가슴이 쥐어뜯기는 듯한 기분에 사로잡히기도 합니다.

도쿄에서는 세 명의 아내가 저를 두고 도망갔습니다. 첫 번째 아내도 너무한 사람이었지만, 두 번째 아내는 성질이 더욱 더러웠고, 세 번째 아내는 집을 나가기는커녕 오히려 저를 내쫓았습니다.

이상하게 들릴지 모르지만, 저는 이래 봬도 제가 적극적으로 들이대서 결혼한 적이 한 번도 없고, 항상 여자 쪽에서 제게 적극적으로 구애를 했습니다. 아니, 이건 절대 마누라 자랑을 하려는 게 아닙니다. 여자에게는, 의지가 박약한 몹쓸 남자를 거의 직관적으로 식별하고, 그것을 이용하여 그 남자를 혼쭐내다가 재미가 없어지면 헌신짝처럼 버리고서 뒤도 안 돌아보는 경향이 있는 것 같은데, 제가 바로 거기에 딱 알맞은 사냥감이었던 것이겠지요.

첫 번째 아내는 당시 문학소녀로, 안경을 끼고 머리가 나쁜 여자였는데, 이 여자가 아침부터 밤늦게까지 줄기차게 제게, 더 사랑해줘, 더 사랑해줘, 하면서 울었습니다. 제가 너무 지겨워서 무심코 떨떠름한 표정을 지었더니, 별안간 그 여자가 소리를 꽥꽥 질러대며, 아아, 저 무서운 얼굴! 악마다! 색마다! 내 처녀성을 돌려줘! 정조유린! 손해배상! 등등, 참으로 기분 잡치는 말들을 지껄였습니다. 그 무렵 저는 열심히 공부해서 좋은 시를 쓰자고 마음먹고 있었던 참이라, 말하자면 어렴풋이나마 청운의 뜻을 품고 있었으니, 아무리 반미치광이의 헛소리라고는 해도, 악마네 색마네 정조유린입네 하는 제 명예를 실추하는 말을 들으며, 그게 세상에 소문이라도 나면 그것만으로 내 미래가 엉망진창이 되는 거 아닐까 싶어 웃어넘길 수가 없었고, 저도 아직 젊었던지라 너무 우울해서, 이 여자를 죽이고 나도 죽어버릴까 하는 생각을 몇 번이나 했는지 모릅니다. 결국 이 여자는 저와 동거한 지 3년째 되던 해에 저를 버리고 도망갔습니다. 이상한 쪽지를 남기고 갔는데, 그것 또한 정말 기분 나쁜 쪽지였습니다. 당신은 유대인이었군요, 비로소 깨달았습니다, 벌레에 비유하자면, 빨간 개미입니다, 라고 적혀 있었습니다. 무슨 소린지, 정말 말도 안 되는 소리 같지만, 어쨌든 소름이 끼칠 만큼 불쾌한 지옥 마녀의 주문 같고, 기분이 참 이상해지는 말이었지요. 그렇게 머리 나쁜 여자도 이렇게 불쾌하기 짝이 없고 소름이 돋는 말을 생각해내어 내뱉을 수 있다니, 정말이지 여자라는 존재에게는, 속을 알 수 없는 무시무시한 면이 있다는 것을 절실히 느꼈습니다.

하지만 그건 뭐 문학소녀의 문학적인 욕설이고, 두 번째 아내의 현실적인 악랄함에 비하면 그나마 견딜 만하다고 할 수 있을지도 모릅니다. 두 번째 아내는, 제가 혼고에 작은 밀크홀을 개업했을 때 종업원으로 고용한 여자였는데, 밀크홀이 망해서 문을 닫게 된 뒤에도 계속 저희 집에 붙어살았지요. 이 여자는 마치 굶주린 늑대처럼 돈 욕심이 많아서, 제가 시 공부를 하는 것을 꼴도 보기 싫어했고, 함께 시를 쓰는 친구 한 명 한 명에 대해 극도로 심한 험담을 했습니다. 뭐 흔히들 말하는 짠순이 같은 면이 있어서, 제 시 평판이 어떻건 아랑곳 않고, 일을 안 한다고 그저 저를 나무라며, 자기처럼 불행한 사람은 없을 거라고 탄식했습니다. 가끔 잡지사 사람이 저희 집에 시를 의뢰하러 오면, 저를 제쳐 두고 자기가 나서서, 요즘 물가가 비싸다는 둥, 남편은 굼뜨고 머리가 나쁘며 뻔뻔스러워서 전혀 신뢰할 수가 없다는 둥, 시 따위만 써서는 도저히 생활이 안 되니까 앞으로 남편을 철도회사에 취직하라고 할 생각이라는 둥, 시를 쓰는 나쁜 친구들이 붙어 있으니 이대로라면 남편은 난봉꾼이 되어갈 뿐이라는 둥, 그런 얘기를 전혀 웃음기 없는 얼굴로 헝클어진 머리를 거듭 쓸어 올리며, 마치 그 잡지사 사람이 원수라도 되는 양 밉살스럽게 지껄여댔기에, 애써 제게 시 집필을 의뢰하러 와준 사람들도 싫은 내색을 했습니다. 아마 저와 마누라 모두가 경멸스러웠던 거겠지요, 일찌감치 가버리더라고요. 그리고 마누라는, 그 사람이 도망간 뒤 저를 붙잡고 늘어지면서, 저런 사람은 중요한 손님인데, 당신이 붙임성 없게 구니까 바로 도망가 버리지 않느냐며, 나한테만 기대지 말고, 당신도 남자라면 남자답게, 더 기운을 내서 많은 사람들을 사귀어야 한다고, 마구잡이로 잔소리를 해댔습니다.

저는 그 무렵, 어떤 엉터리 신문사에서 광고를 따오는 일을 하고 있어서, 뙤약볕 아래 땀범벅이 되어 도쿄 구석구석을 뛰어다니며, 가는 데마다 거지 취급을 받았습니다. 그래도 웃으며 허리를 백만 번 구부려서, 가까스로 일 엔짜리 지폐를 열 장 가까이 모아, 아주 기세등등하게 집에 들어간 적도 있는데, 저는 그날을 잊을 수가 없습니다. 늦여름 저녁이었는데, 아내는 툇마루에서 웃통을 벗은 채 머리를 감고 있었습니다. 제가, 어이, 오늘은 큰돈을 벌어왔어, 라면서 지폐를 보여줬지만, 아내는 조금도 웃지 않고, 일 엔짜리라면 볼 것도 없다며 다시 계속 머리를 감았습니다. 저는 너무도 비참한 기분에, 그러면 이 돈은 필요 없느냐고 물으니, 그녀는 차분히 자신의 무릎을 턱으로 가리키며, 여기 놓으세요, 했습니다. 아내가 시킨 대로 거기에 놓은 순간, 저녁 바람이 휙 하고 불어와 지폐가 정원 쪽으로 흩어지며 날아갔습니다. 그 돈이 일 엔짜리건 뭐건, 저한테는 죽도록 고생해서 모아온 큰돈이라, 무심코, 아악 하고 소리를 지르며 정원으로 뛰어 내려가 지폐들을 쫓아다니면서 느낀 비참함이란, 이루 말로 다 할 수 없을 정돕니다. 이 여자에게는 신슈에 사는 남동생이 있었는데, 단 하나뿐인 혈육이라면서, 제가 모아 온 돈의 거의 전부를 우편환으로 바꾸어 그 동생 집으로 보냈습니다. 그러면서, 제 얼굴을 보면 바로, 돈, 돈, 돈 해댔습니다. 저는 이 여자에게 돈을 주기 위해 강도든, 살인이든, 뭐든 해주리라고 마음먹은 적마저 있습니다. 돈에 관련된 범죄를 저지르는 사람 주변에는, 필시 이런 여자가 들러붙어 있을 거라고 생각했습니다.

이상하게도, 이 여자는 저의 시인 친구들을 마구 헐뜯었습니다. 특히 동료들 중에도 가장 젊고 오페라에 미쳐 아사쿠사를 드나들던 시인. 시인이라고는 해도 시집 한 번 낸 적 없는 어린애였는데, 그녀는 특히 그 녀석을, 뒤에서 심하게 매도했습니다. 그런 험담은 알고 보면 다 별 게 아니었지요. 결국 그 소년과 눈이 맞아, 저를 버리고 도망갔으니까요. 여자란 참으로 기괴한 행동을 하는 존재입니다. 정말이지, 그 심리를 이해할 수 없을 따름입니다.

하지만 이 여자도, 그 다음에 만난 세 번째 아내에 비하면 그나마 나은 편이었지요. 이 사람은 저를 처음부터, 일꾼처럼 부려먹기 위해 제게 접근했습니다. 그 무렵엔 저도, 점점 몹쓸 사람이 되어 시를 쓸 기력도 없었고, 핫초보리 골목길에서 작은 어묵 포장마차를 하며, 떠돌이 개처럼 거기서 먹고 자고 했습니다. 그 골목길 안쪽에는 예순쯤 먹은 할머니와 그 할머니 딸이라는, 마흔 남짓의 중년 여자가 하는 군고구마 포장마차가 있었는데, 그들은 근처 싸구려 여인숙에 묵어가며, 거의 저와 마찬가지로, 무일푼 거지 같은 생활을 하고 있었습니다. 그 사람들은 저를 발견하고는 시키지도 않은 일들을 도와주어, 결국 저 또한 그 여인숙으로 가게 됐는데, 그게 바로 악연의 시작이었지요.

포장마차 두 개를 붙여 이른바 점포 확장을 해서, 저는 가게 수리나 물건 들이는 일 등등으로 매일 녹초가 될 때까지 일했고, 할머니와 딸은 손님을 상대하며 하기 싫은 일은 전부 제게 떠넘기고, 매상은 모두 자기들이 가로채면서, 차츰 대놓고 저를 하인 취급하기 시작했습니다. 밤에 여인숙에서 제가 딸에게 다가가려 하면, 할머니와 딸은, 쉿, 쉿, 하고 마치 고양이라도 쫓듯 이상하게 성질을 부리며 저를 물리쳤습니다. 나중에 차차 저도 깨닫게 되었는데, 이 할머니와 딸은 진짜 부모자식 간이 아닌 것 같은 구석도 있었고, 도대체 무슨 관곈지 원, 둘 다 매춘을 한 적도 있는 것 같았는데, 어쨌든 심보가 고약하니 다들 싫어하고 모두로부터 버림받아서, 지금은 그 누구도 상대를 해주지 않는 것 같았습니다. 저는 이 마흔 남짓의 중년 부인에게서 나쁜 병까지 옮아서 말 못할 고생을 한 적도 있는데, 할머니와 딸은 오히려 저를 탓했고, 딸은 무언가 안 좋은 일이 있으면 곧바로 허리가 아프네 어쩌네 하며 드러누웠습니다. 할머니와 딸은, 시원찮은 남자랑 엮여서 이렇게 돌이킬 수 없는 몸이 됐다며 입을 모아 저를 나무랐고, 그러면서도 마냥 저를 부려먹었습니다. 가게는 저의 노력 덕분에, 라고 꼬집어 말하고 싶은 심정입니다만, 그 덕분에 조금씩 번창하여, 포장마차 두 개를 이어붙인 정도로는 손님을 다 소화할 수 없게 되었습니다. 그리하여 딸과 할머니의 아이디어로, 신토미초의 큰길가에 있는 작은 집을 빌려, '어묵, 간단한 요리'라고 쓴 등불을 달았습니다. 그 집으로 이사하고 나서, 저는 완전 하인 신세가 되어, 할머니를 사모님이라 부르고, 제 아내를 누님이라고 부를 것을 강요당했고, 할머니와 아내는 2층에서 자고 저는 부엌에 돗자리를 깔고 자게 되었습니다.

잊을 수가 없습니다. 완연한 가을, 무척 아름다운 달밤에 있었던 일입니다. 저는 열두 시가 조금 지나 가게를 닫고, 서둘러 허물없이 지내던 쓰키지의 요릿집에 목욕물을 얻어 쓰러 갔다가, 오는 길에 포장마차에서 메밀국수를 먹고, 돌아와 뒷문을 열려 했는데, 벌써 문을 잠가버렸는지 열리질 않았습니다. 그래서 저는 큰길로 나가 2층을 올려다보며, 사모님, 누님, 사모님, 누님, 하고 작은 목소리로 불러보았지만, 벌써 잠들어버린 건지 어쩐 건지, 2층은 어두컴컴했고 아무런 대답도 없었습니다. 목욕을 하고 나온 뒤라 가을바람이 뼛속까지 스며드는 통에 부아가 치밀어, 저는 쓰레기통을 발판삼아 지붕으로 올라가, 2층 덧문을 살짝 두드리며, 사모님, 누님, 하고 작은 목소리로 불렀는데, 갑자기 안에서 아내가, 도둑이야! 하고 큰 소리로 외치고는, 또다시, 도둑이야! 도둑이야! 도둑이야! 하고 계속 울부짖었습니다. 저는 당황해서, 아냐, 나야, 나, 했지만 제 말을 들어주지 않고, 도둑이야! 도둑이야! 도둑이야!를 계속 외치더니, 이윽고 쟁쟁거리는, 정말 이상한 소리가 안에서 들려왔습니다. 그것은 할머니가 금속으로 된 세숫대야를 두드리는 소리였다는 것을 훗날 알게 되었지만, 어쨌든 온몸에 소름이 돋을 만큼의 공포를 느끼며, 제가 지붕에서 뛰어내려 도망가려고 한 순간, 아내와 할머니가 야단을 피우는 소리를 듣고 달려온 순경에게 붙잡혀, 두어 대를 얻어맞았습니다. 순경은 달빛 아래서 제 얼굴을 유심히 보더니, 뭐야, 너였어? 라고 했습니다. 그는 바로 집근처에 있는 파출소 순경이었는데, 물론 저와는 안면이 있는 사이였습니다. 제가 간단히 사정을 말하자, 순경은, 뭐라고? 그건 너무하잖아, 라며 웃어 넘겼지만, 2층에서는 여전히, 도둑이야! 도둑이야!를 외치고, 대야를 계속 두드려서, 이웃 사람들 모두가 일어나 밖으로 튀어나오고, 일이 더 커져가기만 했지요. 순경은 큰 소리로 2층에 있는 사람들에게, 가게 문 열어! 하고 외쳤습니다. 그러자 겨우 2층의 난리법석도 잠잠해졌고, 불이 켜지고, 아래층 불도 켜지고, 가게 문이 열리더니, 잠옷차림의 할머니와 아내가 조심조심 얼굴을 내밀었습니다. 순경은 쓴웃음을 지으며, 도둑이 아니라면서 저를 앞으로 밀었는데, 할머니는 의아하다는 얼굴로, 이 사람은 누구지요? 이런 남자 모릅니다. 너는 알아? 하고 딸에게 물었는데, 딸도 진지한 얼굴로, 어쨌든 우리 집에 사는 사람은 아닙니다, 라고 대답했습니다. 그런 말까지 들으니, 너무 어이가 없는 나머지 말이 안 나와서, 그래요? 안녕히 계세요, 라고 한 뒤, 순경이 뒤에서 부르는데도 못 들은 척하고, 성큼성큼 강 쪽으로 걸어갔습니다. 어차피, 언젠가 저를 쫓아낼 작정이었을 테고, 오래 지낼 수 있는 집은 절대 아니니, 오늘을 끝으로, 또다시 홀로 방랑 생활을 해야겠다고 각오하며, 다리 난간에 몸을 기대는데, 갑자기 눈물이 왈칵 쏟아져 나왔고, 눈물이 강물로 뚝뚝 떨어져서, 달그림자를 띄운 채 유유히 흘러가는 그 강에는 눈물이 한 방울씩 떨어질 때마다, 작고 아름다운 파문이 생겼습니다. 아아, 그 이후로 벌써 20년 가까이 지났는데, 저는 지금도, 그때의 쓸쓸함과 슬픔을 고스란히, 또렷이 기억합니다.

그 이후로도 저는, 여러 여자들로부터 지속적으로 뼈아픈 타격을 받으며 살아왔습니다. 하지만 그것이, 무식한 여자라 그렇게 참혹한 짓을 하는 거냐고 물으신다면, 천만의 말씀입니다. 절대로 그런 게 아닙니다. 오랫동안 외국에서 공부를 하고 온 어떤 여대 교수 할머니가 있었습니다. 그분은 벌써 예전에 돌아가셨는데, 그분 탓에 저의 한 시집이, 정말 이상할 정도로 엄청난 조소와 매도를 받게 되어 온몸이 떨릴 지경이었고, 그 이후로는 시를 한 줄도 쓸 수 없게 되었습니다.

반박을 하고 싶어도, 참으로 그 매도는 그 어떤 배려도 없는, 인정사정없는 것이었습니다. 제가 소학교를 졸업한 게 전부라 학식이 전혀 없다는 둥, 시를 너무 못 써서 읽어줄 수가 없다는 둥, 동북지방 두메산골에서 태어난 사람이 고귀하고 우아한 시 같은 것을 쓸 수 있을 리가 없다는 둥, 저 얼굴을 봐라, 애당초 시인의 얼굴이 아니다, 생활이 문란한 데다가 비겁하고 미련하기까지 하다는 둥, 이렇게 무식한 룸펜 시인이 어슬렁거리는 한 일본은 절대 문명국이라고 할 수 없다는 둥, 정말이지 하나부터 열까지 다 맞는 말만 했지요. 그런 비난은, 바보한테 대고 너는 집안 발목을 잡는 사람이니 죽는 편이 낫다고 말하는 것만큼 무시무시하고 정확한 말이며, 밑도 끝도 없이, 안 되는 건 안 된다며 한방에 눌러 죽이는 듯한 맹렬한 것이었습니다. 저는 그분과, 언젠가 시인 모임에서 딱 한 번 서로의 얼굴을 얼핏 본 적이 있을 뿐, 개인적인 은혜나 원한이 전혀 없었는데, 어째서 저처럼 있으나 마나 별 상관없는, 말하자면 룸펜 같은 존재를 구태여 골라 비난의 대상으로 삼은 것일까요? 역시 외국에서 오랫동안 공부를 하고 돌아와 대학 교수 같은 것을 해도, 몹쓸 남자의 약점을 잡아 마구잡이로 혼쭐을 내는 여성 특유의 본능이 있어서 그런 걸까요? 어쨌든 저는 그 섬뜩한 문장을 어느 시 잡지에서 보고서는 몸이 덜덜 떨렸고, 극도의 공포감으로 인해 이상한 성적^{性的} 도착까지 일으켜, 남자 중에도 그런 사람이 흔치 않을 만큼 얼굴이 크고 무섭게 생긴 예순 남짓의 할머니에게 다음과 같은 전보를 쳐서, 거듭 수치스런 짓을 저질렀습니다. 너에게, 키스를 보낸다.

하지만 그 할머니 교수는 제게 이렇게 미칠 듯한 공포를 주고, 그렇지 않아도 약해져 있었던 제 시의 숨통을 완전히 끊어버렸다는 것을, 아마 눈치 채지 못했을 테지요. 아니, 눈치 챘다면 오히려 더 기고만장해질지도 모르지만, 아무튼 몇 해 전 편안히 돌아가셨다는 것 같습니다.

어쨌든 벌써 날이 꽤 어두워졌으니, 저의 바보 같은 경험담도 슬슬 끝내고 싶습니다만, 오늘 얘기를 요약하자면, 세상의 여자라는 사람들에게는 학식이 있건 없건 간에 이상하고 무시무시한 잔인함이 있는 것 같고, 그런 주제에 여자는 연약한 존재라며 자신을 위해 달라고 하는데, 그런가 하면 남자는 남자다웠으면 좋겠다고 합니다. 남자다움이란 도대체 뭘 말하는 것인지, 한껏 남자다운 면을 발휘하여 여자 마음에 들려고 애쓰면 난폭해서 싫다는 말을 듣고, 극도로 뼈아픈 복수를 당합니다. 도대체 어쩌라는 건지, 홀로 이곳으로 돌아오고 나서도, 십 년간, 저는 당연히, 제수씨와, 제수씨의 동생이나 이모 등등, 온갖 여자들에게 복잡하고도 기묘한 공격을 받아, 이 세상에 여자가 있는 한 내 몸 둘 곳은 아무 데도 없지 않을까 싶을 정도로 몹시 애를 먹고 있었는데, 이번에 민주주의의 여명이 밝아와, 신헌법으로 남녀평등이 확실히 보장되었다고 하니, 참으로 경사스러운 일입니다. 이제 앞으로는, 여자가 연약하다는 말이 나오는 것을 그냥 둘 수 없습니다. 평등하니까요. 정말이지 유쾌하게, 아무런 거리낌 없이, 감싸줄 것도 없이, 마음껏 여자 험담을 할 수 있게 되었으니, 언론의 자유도, 이런 면에서 더는 고마울 데가 없습니다. 그 할머니 교수에게 시를 읊을 혀를 뿌리째 뽑힌 저도, 아직 여성을 고발하는 혀만큼은, 이번 신헌법의 남녀평등, 언론의 자유로 보장되어 있을 터이니, 앞으로 제 여생을 여성 폭력 적발에 바칠 생각입니다.

大宰治

親友交歡

친한 친구

「친한 친구」

1946년 12월 『신조新潮』에 발표되었다. 패전 후 스스로를 '정의파'
라 칭하며 민중의 '친구'를 자청하던 정치인들을 비판적으로 바라
보던 다자이가, 자신을 모델로 한 마음여린 주인공을 설정하여
그 둘의 대조적인 모습을 그린 작품이다.

쇼와 21년^{1946년} 9월 초에, 어떤 남자가 나를 찾아왔다.

이 사건은 하나도 로맨틱하지 않고, 전혀 저널리스틱하지도 않지만, 내 가슴속에 죽을 때까지 지워지지 않는 흔적을 남기지 않을까 싶어, 묘하게 신경이 쓰이는 사건이다.

사건.

하지만, 역시 사건이라고 하면 과장된 말일지도 모른다. 내가 어떤 남자와 둘이서 술을 마시고, 딱히 싸우지도 않고, 적어도 겉으로 보기에는 화기애애하게 헤어진 게 전부다. 하지만 아무래도, 가볍게 볼 수 없는 중대한 일 같은 느낌이 들어 견딜 수가 없다.

어쨌든 그 사람은, 굉장한 남자였다. 대단한 녀석이었다. 좋다고 할 수 있는 점이 하나도, 정말 티끌만큼도 없었다.

나는 작년에 전쟁 피해를 입은 뒤 이곳 쓰가루의 생가로 거처를 옮겼고 거의 매일, 얌전히 안방에 처박혀 지낸다. 가끔 이 지방의 무슨 무슨 문화회라든가, 무슨 무슨 동지회에서 강연을 하러 오라거나 좌담회에 참석해달라는 부탁을 받아도, "저 말고 더 적당한 강사가 많이 있을 겁니다."라는 말로 거절하고, 늘 몰래 혼자서 술을 마시고 자는, 약간 가짜 은둔자 같은 생활을 하고 있는데, 과거 도쿄에서 지낸 15년 동안, 가장 싸구려 술집을 드나들며 제일 질 나쁜 술을 마시고, 이른바 최하층 사람들과 이야기를 나누곤 했기에, 웬만한 무뢰한을 봐도 놀라지는 않는다. 하지만, 그 자에게는 두 손 두 발 다 들었다. 어쨌든, 남들보다 몇 배는 더 싫었다.

9월 초, 점심식사를 마치고 안채의 거실에서 홀로 멍하니 담배를 피우고 있는데, 작업복을 입은 덩치 큰 아저씨가 현관에 우두커니 서서, "어이." 하고 말했다.

이 사람이 다시 말해, 문제의 '친한 친구'였다.

(어처구니없는 말이지만, 이 수기에 한 농부의 모습을 그려 그의 혐오스런 성격을 세상 사람들 앞에 공표함으로써, 계급투쟁에서 말하는 이른바 '반동세력'을 응원하고자 하는 의도 따위는 전혀 없다는 사실을, 만일을 위해 덧붙여두고 싶다. 그것은 이 수기를 끝까지 읽은 대부분의 독자에게는 자명한 사실이 될 것이며, 이런 양해의 말은 글의 흐름을 끊겠지만, 요즘 머리가 심하게 나쁘고 무감각한 사람들이 줄곧 고리타분한 말을 하면서 소란을 피우고, 어이없는 결론을 내던지기도 하니, 그렇게 사고방식이 고리타분하고 머리가 나쁜(아니, 오히려 영리한 것인지도 모르지만), 그런 사람들을 위해 불가피하게 짤막한 설명을 덧붙여두는 것이다. 이 수기에 등장하는 그는 농부 같아 보이지만, 절대로 '이데올로기스트'들이 말하는 경애의 대상인 농부는 아니다. 그는 참으로 복잡한 남자였다. 어쨌든 나는, 그런 남자를 처음 봤다. 이해할 수 없는 사람이었다. 나는 그가, 새로운 종류의 인간이 아닐까 싶을 지경이었다. 나는 선이나 악이라는 도덕적 심판을 내리려 하는 것이 아니며, 그런 새로운 인류가 있을지도 모른다는 내 느낌을 독자에게

전할 수 있다면, 그것으로 만족한다.)

그는 나와 소학교 시절 동급생이었던 히라타라는 사람이다.

"나 누군지 알겠어?"라고 하더니, 흰 이를 드러내며 웃는다. 그 얼굴은, 어디선가 본 기억이 있는 얼굴이었다.

"알아. 들어올래?" 나는 그날, 경박한 사교가처럼 그를 대했다.

그는 짚신을 벗고 거실로 들어왔다.

"오랜만이네." 그가 큰 소리로 말한다. "몇 년 만이지? 아니, 몇 십 년 만이지? 이봐, 이십 년 만이야. 네가 여기에 와 있다는 얘기는 전부터 들어서 알고 있었는데, 나도 밭일이 꽤 바빠서, 놀러올 시간이 있어야 말이지. 너도 술을 상당히 잘 마신다고 들었는데. 우하하하."

나는 쓴웃음을 지으며 차를 따라주었다.

"너 나랑 싸웠던 거 기억해? 늘 싸우곤 했지."

"그랬었나?"

"그랬었나라니. 이거 봐, 내 손등에 상처 보이지? 이거 너한테 긁힌 상처야."

내 앞으로 쭉 뻗은 그의 손등을 아무리 보아도, 그런 상처로 보이는 것은 어디에도 없었다.

"네 왼쪽 정강이에도, 분명 상처가 있을 게야. 있지? 틀림없이 있을 거야. 그건 내가 너한테 돌을 던졌을 때 난 상처야. 너랑은, 정말 자주 싸웠지."

하지만 내 왼쪽 정강이는 물론 오른쪽 정강이에도, 그런 상처는 전혀 없다. 나는 그냥 애매하게 미소 지으며 그의 이야기를 경청했다.

"그나저나, 너랑 상의하고 싶은 게 하나 있어. 동창회를 할까 하는데 말이지. 어떤가, 싫어? 술이나 진탕 마시자고. 참가자는 열 명으로 하고,

술은 스무 되, 이건 내가 모을게."

"그것도 나쁘진 않은데, 스무 되는 좀 많지 않아?"

"아니, 안 많아. 한 사람당 두 되 정도는 있어야 흥이 나지."

"그런데, 술을 스무 되나 모을 수 있겠어?"

"못 모을지도 모르지. 모르지만, 해볼게. 걱정 마. 하지만, 요즘은 아무리 시골이라도 싸진 않으니까, 그건 네게 부탁할게."

나는 잘 알겠다는 얼굴로 일어나 안방으로 가서 커다란 지폐 다섯 장을 가지고 왔다.

"그럼, 먼저 이것부터 받아 둬. 나머지는 나중에 줄게."

그는, "잠깐." 하고 그 지폐를 내게 되돌려주었다. "이건 아니지. 오늘 나는 돈을 받으러 온 게 아냐. 그냥 상의를 하러 온 거지. 네 의견을 들으러 온 거야. 어차피 너한테 천 엔 정도는 받아야겠지만, 오늘은 상의도 할 겸, 옛 친구 얼굴을 보고 싶어서 온 거라고. 자, 이런 건 됐으니 나한테 맡기고, 돈은 다시 넣어 둬."

"알았어." 나는 지폐를 웃옷 주머니에 넣었다.

"술은 없어?" 그가 갑자기 물었다.

나는 그의 얼굴을 다시 보았다. 그도 한순간 겸연쩍은 표정으로 눈부신 듯 얼굴을 찡그렸지만, 계속 밀고 나왔다.

"너희 집에는 항상 술 두어 되는 있다는 얘기를 들었어. 술 좀 줘. 마누라 없어? 마누라보고 술 좀 따라달라고 해서 한 잔 줘."

나는 일어서서 말했다.

"좋아. 그럼, 이리 와."

기분이 썩 좋지는 않았다.

그를 안쪽 서재로 안내했다.

"좀 지저분한데."

"아니, 상관없어. 문학자의 방은 거의 다 이래. 나도 도쿄에 살았을 때는 여러 문학자들과 친분이 있었으니까."

하지만 나는 도무지 그 말을 믿을 수가 없었다.

"그나저나, 좋은 방을 쓰는군. 수리를 참 잘 해놨어. 정원 조망도 좋고. 구골나무가 있네? 구골나무의 내력 알아?"

"몰라."

"몰라?" 하고 되묻더니 우쭐해서 말했다. "그 내력은, 크게는 세계적, 작게는 가정, 또 너희들이 글을 쓰는 재료가 돼."

전혀 말도 안 되는 소리를 했다. 어디가 모자란 거 아닐까 하는 생각마저 들었다. 하지만, 그렇지는 않았다. 잠시 후, 상당히 교활하고 능란한 일면을 보여주었다.

"뭐지? 그 내력은."

방긋 웃으며,

"다음에 가르쳐주지. 구골나무의 내력."이라며 잘난 척을 했다.

나는 옷장에서 위스키가 반 정도 들어 있는 술병을 꺼내면서,

"위스킨데, 상관없어?" 하고 물었다.

"상관없고말고. 마누라 없어? 술 좀 따르라고 해."

오랜 세월 도쿄에 살면서 많은 손님들을 맞아봤지만, 내게 이런 말을 한 손님은 한 명도 없었다.

"아내는 집에 없어." 나는 거짓말을 했다.

"그러지 말고 좀." 그는 내 말을 들은 척도 안 했다. "불러서, 술 따르라고 해. 네 마누라가 따라주는 술을 한잔 마시고 싶어서 온 거니까."

도회지의 여자, 세련되고 애교 많은 여자, 그런 것을 기대하고 온

거라면 그도 딱하고, 아내도 불쌍하다. 아내는 도회지 출신이기는 하지만, 무척 촌스럽고 못생긴 데다 붙임성도 전혀 없는 여자다. 아내를 부르기에는 마음이 내키지 않았다.

"그냥 마셔도 되잖아. 이 위스키는, 아내가 따라주면 오히려 맛없을 거야."라고 하고는 책상 위의 찻잔에 위스키를 따랐다. "옛날로 치면 삼류품이지만, 메틸[1]은 아니니까."

그는 단숨에 술잔을 비우더니, 쯧쯧 하고 혀를 차며,

"살무사주 같군."이라고 했다.

나는 술을 또 따라주었다.

"하지만 너무 많이 마시면, 나중에 취기가 한꺼번에 올라와서 힘들어져."

"뭐라고? 잘못 생각한 거겠지. 나는 도쿄에서 산토리[2] 양주 두 병을 마신 적도 있어. 이 위스키는, 음, 60도 정돈가? 뭐, 평범하네. 별로 세지 않아."라고 말하며, 또다시 술잔을 단숨에 비운다. 천천히 즐기려는 마음이 전혀 없어 보인다.

이번에는 그가 내게 술을 따라주더니, 자기 찻잔에도 또 한가득 따르고는,

"이제 없어." 하고 말했다.

"어, 알았어." 나는 고상한 사교가처럼 알겠다는 얼굴로 순순히 일어나, 또다시 벽장에서 위스키 한 병을 꺼내어 뚜껑을 열었다.

그는 태연히 고개를 끄덕이고, 또다시 술을 마신다.

· · · · · · · · · · · ·

1_ 메틸알코올의 약어. 술이 부족했던 전후戰後 술 대용으로 마시다가 독성 때문에 사망하거나 실명하는 사람이 속출했다.
2_ 일본의 주류 회사 이름.

나도, 조금씩 짜증이 치밀어 오르기 시작했다. 내겐 어릴 때부터 낭비라는 안 좋은 버릇이 있어서 무언가를 아까워하는 감각은, (결코 자랑할 건 못 되지만) 보통 사람들에 비해 약간 무딘 것 같다. 하지만 이 위스키는, 말하자면 내 비장의 무기였다. 옛날로 치면 안 좋은 술일지라도, 지금은 틀림없는 최고급 술이다. 가격도 무척 비싸지만, 그보다도 이것을 구하기가 상당히 힘들었다. 돈만 있다고 해서 살 수 있는 게 아니었다. 이 위스키는, 내가 꽤 오래전에 간신히 한 다스를 구해놓은 것이다. 이것 때문에 파산했지만 후회는 없고, 찔끔찔끔 마시고 즐기며, 술을 좋아하는 작가인 이부세 씨[3] 같은 사람이 오면 드리려고 애지중지하고 있었다. 하지만 야금야금 없어져서, 그때는 벽장에 두 병 반밖에 남아 있지 않았다.

술 좀 줘, 라는 말이 나왔을 때는, 하필이면 청주나 다른 술이 없어 얼마 남지 않은 비장의 위스키를 내어놓았는데, 이렇게 꿀꺽꿀꺽 많이 마시리라고 생각지는 못했다. 정말 쩨쩨한 푸념처럼 들릴지 모르지만, (아니, 확실히 말하자. 나는 이 위스키에 대해서만큼은 쩨쩨하다. 아깝다.) 당연하다는 듯이 떳떳하게 벌컥벌컥 마시면, 짜증이 나지 않을 수가 없었다.

게다가 나는 그가 하는 이야기에 전혀 공감할 수가 없었다. 그것은 내가 교양 있는 고상한 인간이고 그가 무식한 시골 아저씨라서 그런 게 아니다. 그런 것은, 결코 아니다. 나는 교양이 전혀 없는 매춘부와 '인생의 진실'이라고 할 법한 얘기를 무척 진지하게 나눈 경험도 있다. 학식이 없는 직공 노인의 이야기에 눈물을 흘린 적도 있다. 나는 세상에서

3_ 이부세 마스지(1898~1993). 다자이 오사무의 스승.

말하는 '학문'에 회의를 느끼기까지 한다. 그의 이야기가 전혀 유쾌하지 않았던 것은, 분명 다른 이유 때문이다. 그것이 무엇인가? 그것을 이 글에서 두세 단어로 단정 짓기보다는, 그날 그가 보여준 다양한 언동을 그대로 생생하게 묘사하고 나머지는 독자의 판단에 맡기는 것이, 작가로서 발휘할 수 있는 이른바 건전한 수법이 아닐까 싶다.

그는 '내가 도쿄에 있을 적에'라는 말을 처음부터 줄곧 했지만, 취기가 오르자 그 말을 더욱 빈번히 연발했다.

"근데, 너도, 도쿄에서는 여자 문제로 실수를 했지만," 하고 큰 소리로 말하고는 빙그레 웃더니, "나도 실은, 도쿄에 있으면서 위험한 상황까지 간 적이 있어. 자칫하면, 너랑 비슷하게 큰 실수를 할 뻔했지. 정말이야. 정말, 그런 상황까지 갔어. 하지만 난 도망갔지. 응, 도망갔어. 그래도 여자라는 족속들은, 한번 사랑한 남자를 잘 못 잊는 것 같아. 와하하. 지금도 편지를 보내. 우후후. 얼마 전에도, 떡을 보내왔어. 여자는, 정말 바보야. 여자를 꼬시려면 얼굴도 필요 없고, 돈도 필요 없어. 중요한 건 감정이야, 마음이지. 실제로 나도 도쿄에서는, 꽤나 설치고 다녔지. 생각해보면, 그때는 물론 너도 도쿄에 있었고, 놀면서 기생들 여럿을 울렸을 테지만, 너랑 한 번도 못 만난 게 이상해. 대체 너는 그때, 주로 어느 쪽에서 놀았어?"

그 무렵이라는 게 언제인지, 나는 모른다. 게다가 나는 그의 추측처럼, 도쿄에서 그렇게 기생을 울리면서 논 기억이 전혀 없다. 주로 닭꼬치를 파는 포장마차에서 오키나와 소주나 그냥 소주를 마시며, 횡설수설 술주정을 하고 있었다. 나는 도쿄에서, 그의 말대로 '여자 때문에 실수'를 했다. 심지어는 한두 번도 아니고, 큰 실수만 거듭하다가, 부모 형제를 부끄럽게 했지만, 적어도 이것만큼은 분명히 말할 수 있다. "돈만 믿고 호색한인 체하며, 기생을 울리면서 싱글벙글한 얼굴로 살진 않았어!"
비참한 항의지만, 그의 말을 듣고서 사람들이 아직도 이것조차 믿어주지
않는다는 것을 깨닫고 몸서리를 쳤다.

하지만 이러한 불쾌함은 이 남자로 인해 처음으로 맛본 것이 아니라,
도쿄에 있는 문단 비평가라는 사람들, 그 외에도 다양한 사람들, 혹은,
친구처럼 지내는 사람들로 말미암아 맛본 적이 있기에, 이런 말은 이제
웃으며 흘려들을 수 있다. 하지만 이 농부 차림의 남자는 그들보다
한술 더 떠서 그것을 나의 큰 약점으로 생각하는지, 그 부분을 물고
늘어지려 하는 게 느껴졌는데, 그런 그의 태도가 정말이지 한심하고,
못마땅했다.

하지만 그날 나는 지극히 경박한 사교가였다. 의연한 구석이 하나도
없었다. 무엇보다 나는 거의 무일푼의 전쟁 피해자이고, 처자식을 데리
고서 그리 풍요롭지도 않은 이 마을에 억지로 비집고 들어와 간신히
이슬 같은 목숨을 이어가고 있는 신세이니, 이 마을 토박이들을 대할
때면, 자연스레 경박한 사교가가 되지 않을 수 없었다.

나는 안채에서 과일을 가져와 그에게 권하며 말했다.

"좀 먹어봐. 과일을 먹으면, 술이 깨서 다시 진탕 마실 수 있어."

나는 그가 이런 속도로 위스키를 들이키면 머지않아 고주망태가
될 것이고, 난동까지는 안 피우더라도 정신을 잃으면 처치 곤란이라는
생각에, 그를 약간 진정시키려고 배를 깎아 내왔다.

하지만 그는 술이 깨는 게 싫은지, 과일에는 눈길도 주지 않고 위스키
가 담긴 찻잔에만 손을 가져갔다.

"나는 정치가 싫어." 갑자기, 화제가 정치로 바뀐다. "우리 농민들은,
정치 따위 아무것도 몰라도 돼. 실제로 우리 생활에 조금이라도 도움이

되는 일을 해준다면, 그쪽 편을 들겠어. 그러면 되는 거잖아? 실제 물건을 눈앞에 가져와서 우리 손에 쥐어주면, 그쪽 편을 들겠어. 그러면 되는 거 아냐? 우리 농민들한테는 야심이 없어. 받은 은혜는, 꼭, 그대로 갚지. 우리 농민들은 정직하니까. 진보당이든 사회당이든, 그딴 건 상관없어. 우리 농민들은 논을 일구고 밭을 갈 수 있다면, 그걸로 충분해."

나는 처음에 그가 어째서 갑자기 이렇게 이상한 얘기를 꺼냈는지, 이유를 알 수 없었다. 하지만 다음 말을 듣고, 그의 진의를 알게 되어 쓴웃음이 났다.

"그나저나, 일전에 있었던 선거에서, 너도 형 선거운동을 했지?"

"아니, 전혀. 하나도 안 했어. 이 방에서 매일, 내 일만 했지."

"거짓말. 네가 아무리 정치가가 아닌 문학자라 하더라도, 그건 사람의 정情 문제잖아. 보나마나 형을 많이 도와줬겠지. 나는 말이지, 배운 건 쥐뿔도 없는 농민이지만, 인정머리는 있어. 나는, 정치가 싫어. 야심이고 뭐고 아무것도 없어. 사회당이고 진보당이고 무서울 건 없지만, 인정머리는 있다고. 나는 말이지, 딱히 네 형의 측근도 아니고 뭣도 아니지만, 적어도 너는, 나랑 동급생이었고, 친한 친구잖아? 이런 게 인정이라는 거야. 나는 누가 부탁하지도 않았지만, 네 형에게 한 표를 줬어. 우리 농민은, 정치고 뭐고 아무것도 몰라도 돼. 인정 하나만 잊지 않으면, 그걸로 충분하다고 생각하는데, 넌 어떻게 생각해?"

그 한 표를 던졌으니, 위스키를 마실 권리가 있다는 것일까? 속이 너무 빤히 들여다보여서, 더욱 짜증스러울 따름이었다.

하지만, 그도 그리 단순한 남자는 아니다. 잽싸게, 갑자기 무언가를 눈치 챈 모양이다.

"하지만 나는, 너희 형의 수하가 되고 싶다는 건 아니야. 나를 그런 식으로 업신여기면 곤란해. 너희 집도, 근본을 따지면 기름 장수였지. 알고 있어? 나는, 우리 할머니한테서 들었어. 기름 한 홉 사준 사람에게는 사탕 한 알을 사은품으로 줬대. 그게 성공한 거야. 또 강 건너에 사는 사이토도, 지금은 저런 대지주가 되어 으스대고 있지만, 3대 전에는 강에 떠내려가는 잡목을 주워 그걸 잘라 꼬치를 만들고, 강에서 잡은 잡어들을 그 꼬치에 꽂아 구워서, 한 푼인가 두 푼에 팔아 돈을 번 거지. 또, 오이케 씨네 집도, 길가에 통을 늘어놓고 지나가는 사람 소변을 받아서, 소변이 통에 가득 차면 그걸 농부들한테 팔아 돈을 벌기 시작했는데, 지금은 재산이 저렇게 불어난 거래. 부자들이란, 그 근본을 따지면 다들 이런 식이지. 우리 가족은 말이지, 이 지방에서는 가장 오래된 집안이야. 아마도 조상은 교토 사람인데." 말을 하다 말고, 부끄러운지 후후 하고 웃었다. "할머니가 한 얘기라 다 믿을 수는 없지만, 어쨌든 제대로 된 족보는 있어."

나는 진지하게,

"그렇다면, 역시 궁정 귀족 출신일지도 모르겠군." 하고 말해, 그의 허영심을 만족시켜주었다.

"응, 뭐, 그건, 확실히는 모르지만, 대강 그렇겠지. 나는 이렇게 더러운 차림으로 매일 논밭에 나가고 있지만, 우리 형은, 너도 알다시피 대학을 나왔어. 대학 야구 선수라서 신문에도 하루가 멀다 하고 이름이 나왔었잖아. 동생도 지금, 대학생이야. 나는 느낀 바가 있어 농부가 되었지만, 형이든 동생이든, 지금은 내 앞에서 기를 못 펴. 어쨌든 도쿄에는 식량이 없으니까, 형은 대학을 나와서 과장이 되었지만, 늘 나보고 쌀을 보내달라는 편지를 써. 하지만, 보내기가 힘들어서 말이지. 형이 직접 가지러 온다면, 그러면 얼마든지 줄 텐데, 역시 도쿄에 있는 관공서 과장 정도 되면, 쌀을 가지러 올 수도 없다는 것 같아. 너도 지금 뭐 부족한 게 있으면, 언제든 우리 집에 와. 나는 말이지, 너한테 공짜 술을 얻어 마시려는 게 아냐. 농부들은, 정직한 사람들이지. 받은 은혜는 반드시, 꼭 그대로 갚아. 아니, 이제 네가 따르는 술은 안 마실래! 마누라를 불러 와. 마누라가 따라주는 술이 아니면, 난 안 마시겠어!" 나는 기분이 좀 이상했다. 딱히 내가 그에게 술을 주고 싶은 것도 아닌데 말이다. "이제 나는 안 마실래. 마누라 데려 와! 네가 안 데려오면, 내가 가서 끌고 오겠어. 마누라는, 어디 있어? 침실? 안방? 나는 천하의 농부다. 히라타 가문을 몰라?" 점점 더 취해서 볼썽사납게 소란을 피우며 비틀비틀 일어섰다.

나는 웃으면서 그를 달래어 앉힌 뒤,

"좋아, 정 그렇다면 데리고 오지. 별 볼 일 없는 여자야. 괜찮겠어?"

하고는 아내와 아이가 있는 방으로 가서,

"어이, 옛날 소학교 시절 친구가 놀러왔으니, 잠깐 인사 좀 해."

하고, 천연덕스러운 얼굴로 말했다.

나는 아내가 내 손님을 얕보는 게 싫었다. 나를 찾아온 손님이 누구라도, 가족들이 그를 얕보는 기색이 조금이라도 보이면, 나는 괴로워 견딜 수가 없다.

아내는 작은 아이를 업고 서재로 들어왔다.

"이분은, 내 소학교 시절 친구인, 히라타 씨야. 소학교 시절에는 줄곧 싸워서 이분의 오른쪽인가 왼쪽 손등에는 내가 할퀸 상처가 아직도 남아 있어서 말이지, 오늘은 그 복수를 하러 온 모양이야."

"어머나, 무서워라." 아내는 웃으며, "잘 부탁드립니다."라고 하면서 정중하게 절을 했다.

이처럼 경박하기 그지없는 우리 부부의 사교적 의례가 싫지만은 않았는지, 그는 얼굴 한가득 미소를 머금었다.

"이런, 그렇게 딱딱한 인사를 하실 필요는 없습니다. 부인, 여기, 이쪽으로 가까이 오셔서 술을 따라주십시오." 그 또한 빈틈이 없는 사교가였다. 뒤에서는 마누라라고 하고, 면전에서는 부인이라고 했다.

아내가 따라준 술을 단숨에 들이키더니,

"부인. 방금 슈지(나의 어릴 적 이름)한테도 얘기했지만, 무언가 부족한 게 있으면, 저희 집에 오십시오. 뭐든 있습니다. 감자, 야채, 쌀, 계란, 닭도 있어요. 말고기는 어떻습니까, 잘 드십니까? 저는 말가죽 벗기기 선수입니다. 드신다면, 가지러 오세요, 말 다리 하나를 드리지요. 꿩은 어떻습니까? 산새가 더 맛있으려나? 저는 총을 잘 쏩니다. 총 잘 쏘는 히라타라고 하면, 이 동네에서는 모르는 사람이 없지요. 원하시는 건 뭐든 쏴드리겠어요. 오리는 어떻습니까? 오리라면, 내일 아침에라도 논에 나가서 열 마리 정도는 바로 쏘아 보이지. 아침식사 전에, 쉰여덟 마리를 쏘아 떨어뜨린 적도 있다니까. 내 말이 거짓말 같으면, 다리 옆에서 대장간을 하는 가사이 사부로 집으로 가서 물어봐. 그 사람은, 나에 관해서는 뭐든 알고 있지. 총 잘 쏘는 히라타라고 하면, 이 지방 젊은이들은 절대 복종이야. 맞아, 어이 문학자, 내일 밤에 나랑 신사 축제 전야제 안 갈래? 내가 데리러 올게. 젊은이들의 패싸움이 있을지도 몰라. 어쩐지, 심상치 않은 분위기야. 거기에 내가 뛰어 들어가서, 잠깐! 이라고 말하는 거지. 마치 반즈인 조베에[4]처럼 말이지. 나는 이제 목숨도 안 아깝고, 아쉬울 게 아무것도 없어. 내가 죽어도, 내겐

....
4_ 幡隨院長兵衛(1622~1657). 에도시대 초기, 평민 출신 협객들의 우두머리로 무사들과 대립하며 평민들 사이에 큰 인기를 끌었던 인물. 일본 협객의 원조.

재산이 있으니 마누라와 자식은 곤란할 일이 없어. 어이, 문학자. 내일 밤에 꼭, 같이 가자고. 내가 얼마나 훌륭한 사람인지 보여주지. 매일 이런 안방에서 우물쭈물하고 있으면 좋은 문학이 나오나? 이런 저런 경험을 쌓아야 돼. 대체 너는, 무슨 얘길 쓰고 있는 거야? 우후후. 기생 소설인가? 너는 고생을 모르니 틀렸어. 나는 이미, 마누라를 세 번 바꿨지. 새 부인일수록, 더 귀여운 법이야. 너는 어때. 너도, 두 명인가! 세 명인가! 부인, 어떻습니까, 슈지는, 부인을 귀여워하나? 나는, 이래 뵈도 도쿄에 산 적이 있는 남자라서."

점점 더 듣기 싫은 얘기를 해댔다. 나는 아내에게 안채로 가서 술안주라도 받아오라는 말로 그 자리를 뜨게끔 했다.

그는 유유히 허리춤에서 담뱃갑을 꺼내더니, 담뱃갑에 달려 있는 주머니 안에서 화용과 부싯돌 따위를 꺼내어 이리저리 긁어대며 담뱃대에 불을 붙이려 했지만, 쉽사리 불이 붙지 않았다. 내가,

"담배는, 여기 많이 있으니까 이걸 피워. 담뱃대로 하면 귀찮잖나."

라고 하자, 나를 보며 방긋 웃더니, 담뱃갑을 집어넣고 무척 자랑스럽다는 듯 말했다.

"우리 농부들은, 이런 걸 가지고 다녀. 너희들 눈엔 우습게 보이겠지만, 편리해. 빗속에서도, 부싯돌은 긁어대기만 하면 불을 피울 수 있지. 다음에 내가 도쿄에 가게 되면, 이걸 가지고 긴자 한복판에서 긁어댈 생각이야. 너도 머지않아 도쿄로 돌아가겠지? 놀러 갈게. 너희 집은, 도쿄 어디에 있어?"

"전쟁으로 불타서, 어디로 갈지 아직 몰라."

"그렇군, 전쟁 피해를 입었군. 처음 알았네. 그러면, 이것저것 특별 배급 받은 거 많지? 얼마 전에 전쟁 피해자한테 담요 배급이 있었다고

들었는데, 그거 나 줘."

나는 당황했다. 그의 진의를 이해할 수가 없었다. 하지만 그는 그게 딱히 농담도 아닌지, 끈질기게 졸라댔다.

"줘. 난, 점퍼를 만들 거야. 비교적 좋은 담요라던데? 줘. 어디 있어? 집으로 돌아갈 때 가져 갈게. 이런 게 내 스타일이야. 가지고 싶은 게 있으면, 이거 가져갈래! 라고 말해서 챙겨버리지. 그 대신, 네가 우리 집에 왔을 때 너도 그러면 돼. 나는 아무렇지도 않아. 뭐든 가져가도 상관없어. 나는 그런 스타일이야. 예의고 뭐고, 귀찮은 건 싫어. 알겠어? 담요, 가져갈게."

그 딱 한 장밖에 없는 담요는, 아내가 보물처럼 소중하게 쓰고 있는 것이다. 지금은 이른바 '대궐 같은' 집에 살고 있으니, 우리에게는 뭐든 남아돈다고 여기는 것일까? 우리는 어울리지도 않는 커다란 조개껍질 속에 얹혀살고 있는 꼴이며, 조개껍질에서 쏙 빠져나오면 불쌍한 벌거숭이 벌레라, 부부와 두 아이는 특별 배급 받은 담요와 모기장을 안고서 집 밖을 어슬렁거려야 한다. 집이 없는 가족의 비참함을, 시골에 집과 논밭이 있는 사람들은 모를 것이다. 이번 전쟁으로 집을 잃은 사람 중 태반은, (이것은 내 추측이지만) 틀림없이 언젠가 한 번쯤은 일가족 동반자살이라는 수단을 머릿속에 떠올려봤을 것이다.

"담요는, 안 돼."

"이런 치사한 녀석."

이러면서 더 끈질기게 조르려고 하던 차에, 아내가 밥상을 들고 왔다.

"아이고, 부인." 하고 화살은 아내 쪽으로 돌아갔다. "번거롭게 해서 죄송합니다. 음식 따위 아무것도 필요 없으니, 어서 여기 와서 술을 따라주십시오. 슈지가 따라주는 술은, 이제 마실 기분이 안 나요. 치사해서 싫습니다. 패버릴까? 부인, 저는 말입니다, 도쿄에 있을 적에, 싸움을 꽤 잘 했어요. 유도도 좀 했지요. 지금도, 이런 슈지 같은 사람은 단박에 해치웁니다. 언제든, 슈지가 부인 앞에서 으스대면, 제게 말씀하십쇼. 흠씬 패줄 테니까요. 어떻습니까, 부인. 도쿄에 살았을 때도 그렇고, 여기 와서도 슈지한테 이렇게 거리낌 없이 친근하게 말할 수 있는 남자는 없었지요? 어쨌든 옛 싸움친구니까, 슈지도 제 앞에서 허세를 부릴 수가 없지요."

이쯤에서 그의 거침없는 언행도 명백히 의식적인 노력에 의한 것이었음을 알게 되어, 나는 점점 더 짜증이 났다. 어디 가서 위스키를 얻어먹으며 실컷 난동을 피우다 왔다는 부질없는 자랑을 늘어놓고 싶은 것일까? 문득, 기무라 시게나리와 차 담당 벼슬아치 사이에 있었던 이야기[5]가 떠올랐다. 그리고 간자키 요고로와 마부의 이야기[6]도 떠올랐다. 한신韓信이 남의 가랑이 밑으로 기어들어간 이야기[7] 또한 떠올랐다. 원래 나는,

5_ 기무라 시게나리木村重成는 아즈치모모야마시대 말~에도시대 초기의 무장. 그가 열대여섯 살 때, 오사카 성 안에서 함께 있던 차 담당 관리에게 농담을 했다. 그 말을 진심으로 받아들인 차 담당 관리는 크게 화를 내며 그에게 덤벼들려고 했으나, 시게나리는 조금도 동요하지 않고, "내가 마음에 품은 뜻이 없다면 이대로 가만두지 않았을 것이다."라는 말을 남기고 자리를 떠났다.

6_ 간자키 요고로는 에도시대의 무사 간자키 노리야스神崎 則休(1666~1703)의 별명. 간자키가 적을 치러 가는 길에 들른 여관에서, 한 건달 마부가 자기 말을 타라며 괜한 시비를 걸어왔는데, 간자키는 그것을 거절했다. 그러자 마부는 사과문을 쓰라는 무리한 요구를 했는데, 간자키는 적을 치러 가는 길에 소란을 피우면 안 된다고 판단하여 순순히 사과장을 써준다. 사과문을 받은 마부는 웃으며 그 자리를 떠났지만, 후에 간자키가 어떤 인물인지를 알고서 자신의 잘못을 뉘우치고 출가했다고 한다.

7_ 중국 한나라의 장수 한신韓信에 관련된 이야기. 어느 날 마을의 건달 한 명이 그에게 다가와 "야, 이놈아! 몸뚱이만 커가지고, 칼을 차고 있으면 다냐. 속은 겁쟁이면서."하며 모욕을 주었다. 그리고 그는 "야! 용기가 있으면 나를 찔러봐. 그럴 용기가 없으면 내 가랑이 아래로 기어들어가든지." 하고 놀려댔다. 한신이 그를 한참 쳐다보더니 빙그레 웃으면서 엎드려

기무라 씨나 간자키 씨, 그리고 한신의 경우에도, 그 인내심에 감탄하기보다는 그 사람들이 각각 무뢰한에게 품었던 무언의, 헤아릴 수 없는 경멸감을 생각하면, 오히려 아니꼽고 짜증만 났다. 늘 술집에서 일어나는 말싸움에서, 한 명은 분개하며 흥분해 있는데 다른 한 명은 여유롭게 히죽거리며, 주위 사람들에게 "이런 주사를 부리면 못 쓰지."라고 말하는 듯한 눈빛으로, 그 흥분해 있는 상대에게, "응, 내가 잘못 했어. 용서해 줘. 무릎 꿇을게."라는 말을 하는 것을 본 적이 있는데, 그것은 실로 아니꼬운 일이다. 비겁한 것 같다. 그런 식으로 나오면, 비분으로 가득 찬 남자는 더 미친 듯이 날뛸 수밖에 없을 것이다. 기무라 씨와 간자키 씨, 혹은 한신은 관중들에게 그런 망측한 눈빛으로 "내가 잘못했어. 용서해 줘."라면서 노골적인 스탠드플레이[8]를 하는 일 없이, 당당하게, 그야말로 겉과 속이 다를 바 없는 용서를 빌었을 테지만, 그래도 이들의 미담은, 나의 모럴과는 다르다. 나는, 그 이야기에서 인내심이라는 것을 느낄 수 없다. 인내란 그런 일시적이고 드라마틱한 것이 아닌 것 같다. 아틀라스의 인내나 프로메테우스의 인고(忍苦)처럼, 상당히 영속적인 모습으로 나타나는 덕이라고 생각한다. 게다가 앞서 언급한 그 세 위인들 모두 묘한 우월감에 젖어 있었다는 게 어렴풋이 엿보인다. 그런 사람들이라면 내가 차 담당 벼슬아치나 마부였어도 당연히 패버리고 싶었을 것이니, 오히려 그 무뢰한들에게 동정심이 일기까지 했다. 특히 간자키 씨로부터 사과문을 받은 마부 같은 사람은, 공을 들여 사과문까지 받아냈

건달의 가랑이 밑으로 기어들어갔다. 이를 지켜본 온 시장 사람들은 가랑이 밑을 기어간 한신을 겁쟁이라고 비웃었다. 그리고 이로 인해 한신은 그날 이후 굴욕적인 별명도 얻었는데, 그 별명은 다름 아닌 사타구니 무사였다.

8_ 관중을 의식한 과장된 연기나 동작.

으면서도 몹시 우울한 마음으로 네댓새 동안 홧김에 술만 퍼마시지 않았을까 싶다. 이처럼 나는 원래, 그런 미담 속 위인들의 마음에는 전혀 공감하지 못하고, 오히려 무뢰한들에게 많은 동정과 공감을 느껴왔다. 하지만 지금 눈앞에 이토록 특이한 손님을 맞은 이 시점에서, 내가 이전부터 기무라, 간자키, 한신에 대해 가지고 있던 생각에, 중대한 정정을 가해야 할 것 같았다.

비겁하다고 하든, 뭐라 하든 상관없다. 날뛰는 말은 피해야 한다는 모럴로 마음이 기울어졌다. 인내니 뭐니 하는 미덕에 대해 깊이 생각할 여유는 없다. 나는 단언한다. 기무라, 간자키, 한신은 분명 그 난폭한 건달보다 약했기 때문에 꼬리를 내린 것이다. 승산이 없었을 것이다. 예수 또한 상황이 불리하다는 판단이 서면 도망갔으니, 성서에도 '이리하여 주님은 물러가셨다'라는 식으로 되어 있지 않은가.

도망가는 수밖에 없다. 이 집은 우리 집이 아니니까, 지금 여기서 이 친한 친구를 화나게 하고, 장지문을 부수는 식의 활극을 펼치는 것은 온당치 않은 일이다. 그렇지 않아도 아이가 장지문을 부수고 커튼을 찢거나 벽에 낙서를 해서, 나는 언제나 조마조마하다. 지금은 어떻게든 이 친한 친구의 마음이 상하지 않게끔 애써야 한다. 그 세 명의 전설은 도덕 교과서 등에서 '인내'나 '대용大勇과 소용小勇' 따위의 테마로 다뤄지고 있으니, 나처럼 도道를 추구하는 사람을 이렇게 혼란스럽게 하는 것이다. 내가 만일 도덕 교과서에 그 이야기를 싣는다면, 제목을 '고독'으로 할 것이다.

나는 비로소 그 세 명이 그때 느꼈을 고독감을 깨달은 듯했다.

기염을 토하는 그의 얘기를 들으며 속으로는 이런 번민에 빠져 있는데, 갑자기 그가,

"우와아!" 하고 엄청난 소리를 질러댔다.

흠칫 놀라 그를 보니, 그는 마치 금강신金剛神이나 부동명왕不動明王[9]처럼 눈을 꼭 감고,

"취한다!" 하고 신음하며, 두 팔을 무릎 쪽으로 당기며 안간힘을 다해 취기와 싸우는 모습이다.

취할 만도 하다. 거의 혼자서, 새로 꺼낸 술을 반 병 이상 마셨다. 머리에는 진땀이 번들거려서, 그야말로 금강신金剛神 혹은 아수라阿修羅라는 말이 어울리는, 대단한 모습이었다. 우리 부부는 그를 보고 불안한 시선을 주고받았지만, 30초 후에 그는 아무렇지도 않게 말했다.

"역시, 위스키는 좋구먼. 더 취해야겠다. 부인, 어서 술을 따라주십시오. 이쪽으로 더 가까이 오세요. 나는 말이지, 아무리 취해도 정신을 잃지는 않아. 오늘은 너한테 얻어먹었지만, 다음에는 꼭 대접해줄게. 우리 집에 와. 그런데, 우리 집에는 아무것도 없어. 닭을 키우기는 하지만, 그건 절대로 손댈 수 없어. 평범한 닭이 아냐. 댓닭이라고 하는, 싸움용 닭이야. 올 11월에 싸움닭 대회가 있어서, 그 대회에 전부 내보낼 생각이라 지금 훈련 중인데, 시합에서 진 한심한 녀석들만 목을 비틀어 죽여서 먹을 생각이야. 그러니까, 11월까지 기다려야 돼. 뭐, 무 두어 개 정도는 내놓을게." 점점 스케일이 작아졌다. "술도 없고, 아무것도 없어. 그러니까, 이렇게 마시러 왔지. 조만간, 오리 한 마리, 잡으면 줄 테지만, 거기엔 조건이 있어. 그 오리를, 나와 슈지와 부인 셋이서 먹고, 그때 슈지는, 위스키를 내주고, 그 오리 고기를 맛없다고 하면 가만두지 않을 거야. 왜 이렇게 맛없는 걸 주느냐는 식으로 말하면 내가 가만두나

9_ 금강신: 불교에서 불법을 수호하는 신. 부동명왕: 불교에서 악마를 굴복시키는 왕.

봐라. 내가 모처럼 고생해서 잡은 오리니까. 맛있다고 말해줬으면 좋겠
어. 알았지? 약속했다. 맛있다! 맛있다! 라고 하는 거야. 와하하하. 부인,
농부라는 건 이런 겁니다. 얕보이는 게 싫어요. 새끼줄 하나라도 남이
적선해주는 건 싫습니다. 농부와 친하게 지내는 데는 요령이 필요해요.
잘 듣고 계십니까? 부인. 잘난 척하면 안 됩니다. 잘난 척하면. 뭐,
부인도, 제 마누라랑 마찬가지로, 밤이 되면, ……."

아내는 웃으며,

"아이가 안에서 울고 있는 것 같아서요."

라고 하고는 도망가 버렸다.

"어딜 가!" 그가 소리치며 일어섰다. "네 마누라는, 틀렸어! 내 마누라
는 저렇진 않아. 내가 가서 끌고 오겠네. 날 우습게 보지 마. 우리
가정은, 좋은 가정이야. 아이는 여섯 명 있고, 부부 사이도 원만해.
거짓말 같으면, 다리 옆 대장간 사부로네 집으로 가서 물어봐. 마누라
방이 어디야. 침실을 보여줘. 너희가 자는 방을 보여줘."

아아, 이런 사람에게 소중한 위스키를 주다니, 아까워 죽겠네!

"그만해, 그만하라고." 나도 일어나서 그의 손을 잡았다. 웃을 기분도
아니었기에, "그런 여자를 상대하려 하지 마. 오랜만이잖아. 즐겁게
마시자고."라고만 말했다.

그는 털썩 주저앉았다.

"너희 부부는, 사이가 안 좋은가봐? 그런 느낌이 드는데? 이상해.
무언가 있어. 어쩐지, 그런 느낌이 들어."

그런 느낌이고 뭐고 그런 건 없다. 그 '이상'한 원인은, 친한 친구의
터무니없는 술주정에 있었다.

"심심하다. 시 한 수 읊어볼까?"

그가 이렇게 말하기에 나는 두 가지 의미에서 마음이 놓였다.

하나는 시를 읊음으로써 지금의 거북함이 없어질 것이라는 점이고, 또 하나는 나의 마지막 소원 때문이었다. 어쨌든 나는 대낮부터 날이 저물 때까지 대여섯 시간씩이나, '전혀 친분이 없었던' 이 친한 친구를 상대해주며, 그의 이런저런 이야기를 들었지만, 그동안 단 한순간이라도 이 친한 친구를 좋아할 만한 녀석이라거나 대단한 녀석이라고 생각할 수가 없었기에, 이대로 헤어지면 나는 이 사람을 떠올릴 때마다 영원히 공포와 혐오만을 느끼게 될 거라고 생각하니, 그를 위해서도, 또 나를 위해서도 그건 너무 의미 없는 일 아닌가 싶었다. 그래서 시를 읊겠다는 그의 제안을 듣고서, '딱 하나만이라도 좋으니, 뭐든 즐겁고 그리운 추억이 될 언동을 보여줘, 뭐든, 헤어질 때, 슬픈 목소리로 쓰가루 민요든 뭐든 노래를 불러서 나를 울려줘.' 하고 바라는 마음이 간절해졌기 때문이다.

"그거 좋네. 한 수, 부탁해."

그것은 더 이상 경박한 사교용 언사가 아니었다. 나는 진심으로 그 하나에 기대를 걸었다.

하지만 그 마지막 소원은, 무참히 짓밟혔다.

산천초목은 너무도 황량하네

백 리 멀리까지 피비린내가 나는 새로운 전쟁터[10]

심지어, 후반부는 잊어버렸다고 한다.

· · · · · · · · · · ·
10_ 러일전쟁이 한창이던 1905년 6월 7일, 장군이었던 노기 마레스케乃木希典가 일기에 쓴 시로 열흘 전에 아들을 잃고도 계속 전쟁에 임하는 그의 마음을 노래한 것이다.

"그럼, 나는 이만 가겠네. 네 마누라는 도망가 버렸고, 네가 따라주는 술은 맛이 없으니, 슬슬 가야겠어."

나는 붙잡지 않았다.

일어선 그가 심각한 표정으로 말했다.

"그럼, 동창회는, 하는 수 없지, 내가 동분서주할 테니, 나머지는 잘 부탁해. 틀림없이, 재밌을 거야. 오늘 잘 먹었어. 위스키는 받아 갈게."

그건 이미 각오한 일이었다. 내가 술이 4분의 1 정도 들어 있는 병에 그가 찻잔에 남긴 위스키를 따르고 있는데,

"어이, 어이. 그거 말고. 치사하게 굴지 마. 벽장 속에 새 거 한 병 더 있잖아?"

"그걸 알다니." 나는 전율했다. 그리고 오히려 통쾌하게 웃었다. 대단하다는 말밖에는 할 말이 없다. 도쿄에도 그렇고 어디에도, 이런 남자는 없었다.

이제 이부세 씨가 오든 누가 오든, 함께 즐길 수가 없다. 나는 벽장에서 마지막 한 병을 꺼내어 그에게 건네주며, 마음 같아서는 이 위스키 가격을 말해줄까 싶었다. 그걸 알려줘도 그가 태연할지, 아니면 미안하니까 필요 없다고 할지 궁금했지만, 관두기로 했다. 아무리 그래도, 남을 대접한 뒤에 그 가격을 말하는 짓 따위는 할 수 없었다.

"담배는?"이라고 말해보았다.

"응, 그것도 필요하지. 나는 담배 없인 못 사니까."

소학교 시절 동창 중에 진짜로 친한 친구가 대여섯 명 있기는 하지만, 이 자에 대한 기억은 별로 없다. 그도 그 무렵 나에 대한 기억은, 싸웠다는 것 말고는 거의 없지 않을까? 그런데도 반나절 꼬박, 친한 친구 대접을

했다. 내 머릿속에는, 강간이라는 극단적인 말까지 떠올랐다.

하지만, 이게 다가 아니었다. 거기에 유종의 미 하나가 더해졌다. 정말이지 통쾌하다고도 할 수 없고, 속이 후련하다고도 할 수 없고, 뭐라 표현할 길이 없는 사람이었다. 현관까지 그를 배웅하는데, 드디어 찾아온 이별의 순간, 그는 내 귓가에 대고 날카로운 목소리로 이렇게 속삭였다.

"잘난 척하지 마!"

トカトントン

タントタンタン

太宰治

「타앙탕탕」

1947년 1월 『군조群像』에 발표되었다. 다자이가 쓰가루 생활을
정리하고 다시 도쿄로 돌아가기 직전, 모르는 청년에게서 받은
편지에서 힌트를 얻어 쓴 것으로 전해진다. 전쟁이 끝난 뒤 지식인들
의 관념적 니힐리즘에 대해 반감을 느끼던 다자이가 또 다른 차원의
심정적 허무감을 그려낸 작품이다.

안녕하십니까.

하나만 가르쳐주십시오. 난감한 상황입니다.

저는 올해 스물여섯입니다. 태어난 곳은, 아오모리 시의 데라마치입니다. 아마 모르시겠지만, 데라마치의 세이가지 절 옆에 도모야라는 작은 꽃집이 있었습니다. 저는 그 도모야의 둘째 아들로 태어났습니다. 아오모리에 있는 중학교를 나와, 그 이후 요코하마에 있는 어느 군수공장 사무원으로 3년을 일하고, 군대에서 4년을 지내다가 무조건항복과 동시에 고향으로 돌아왔는데, 집은 불타서 없어져 있었고, 아버지와 형님, 형수님, 셋이 그 집 자리에 초라한 판잣집을 지어 살고 있었습니다. 어머니는 제가 중학교 4학년 때 돌아가셨습니다.

그 자리에 지은 작은 집으로 들어가기에는, 아버지께도 그렇고 형 부부에게도 송구스러워서, 아버지와 형과 상의한 끝에 아오모리 시에서 20리 정도 떨어진, A라는 해안마을의 삼등 우체국[1]에서 일하게 되었습니

1_ 우체국을 전국 각지에 설치하기가 재정적으로 힘들었을 때 그 방편으로 생긴 제도로, 해당 지역의 유명인이나 대지주에게 토지와 건물을 무상으로 임대하여 사업을 위탁하는 방식으로 운영된 소규모 우체국이다.

다. 이 우체국은 돌아가신 어머니의 친정인데, 국장님은 어머니의 오라버니이십니다. 여기에서 일한 지가 벌써 이래저래 1년이 되었는데, 날이 갈수록 제가 쓸모없는 존재가 되어가는 듯한 기분이 들어서, 정말 고민입니다.

제가 당신의 소설을 읽기 시작한 것은, 요코하마의 군수공장에서 사무원으로 일하던 시절이었습니다. 『문체文體』라는 잡지에 실린 당신의 짧은 소설을 읽은 뒤에, 당신의 작품을 찾아 읽는 습관이 생겨서 여러 가지 작품을 읽던 중, 당신이 저의 중학교 선배이며, 또한 당신이 중학교 시절 아오모리의 데라마치에 있는 도요타 씨 댁에 계셨다는 것을 알고 무척 놀랐습니다. 포목점을 하는 도요타 씨 댁이라면 저희 집과 같은 마을에 있었으니, 잘 압니다. 선대이신 다자에몬太左衛門 씨는 뚱뚱했기 때문에 다자에몬이라는 이름도 잘 어울렸었지만, 이번 대 다자에몬 씨는 야위고 멋쟁이이신 분이라, 우자에몬羽左衛門 씨라고 부르기라도 해야 할 것 같았습니다.[2] 하지만, 모두 좋은 분들이시지요. 이번 공습으로 도요타 씨네 집도 다 불타고 곳간까지 무너져버렸다고 들었는데, 정말 유감스런 일입니다. 저는 당신이 한때 도요타 씨네 집에 지냈다는 것을 알고서, 마음 같아서는 다자에몬 씨에게 소개장을 써달라고 해서 당신을 찾아갈까 싶기도 했지만, 저는 성격이 소심해서 그냥 그런 공상만 해볼 뿐, 행동으로 옮길 용기는 없었습니다.

그러던 중 저는 군인이 되어 지바 현 해안 방비를 맡게 되었고, 전쟁이 끝나기 전까지 매일매일 죽어라고 삽질만 해댔는데, 그래도 이따금 반나절이라도 휴가가 나오면 읍내로 나가서 당신 작품을 찾아

. . . .
2_ 다자에몬은 그 집안의 가호家號로 다자에몬에는 뚱뚱하다는 의미의 클 태太자가 들어가는데, 야윈 사람이니 그 글자 대신 가벼움을 의미하는 깃털 우羽가 어울리지 않겠느냐는 의미.

읽었습니다. 그러면서, 당신께 편지를 드리고 싶어 몇 번이나 펜을 잡았는지 모릅니다. 하지만, 안녕하십니까, 라고 쓴 다음, 무슨 말을 써야 할지 종잡을 수가 없었습니다. 딱히 무슨 용건이 있는 것도 아니고, 심지어 저는 당신에게 그야말로 생판 남이니, 펜을 쥔 채 홀로 쩔쩔매기만 했습니다. 이윽고 일본은 무조건항복을 했고, 저도 고향으로 돌아와 A의 우체국에서 일하게 되었습니다. 일전에 아오모리에 간 김에 서점에 들러 당신 작품을 찾아 읽었는데, 당신도 전쟁 피해를 입고 태어난 곳인 가나기 마을에 와계시다는 사실을, 당신 작품을 통해 알고서, 또다시 깜짝 놀랐습니다. 하지만 저는 당신 생가에 느닷없이 찾아갈 용기는 없었고, 여러모로 생각한 끝에, 어쨌든 편지를 쓰기로 한 것입니다. 이번에는 저도 안녕하십니까, 라는 말만 써놓고 쩔쩔매지는 않을 겁니다. 왜냐하면, 이 편지는 용건이 있어서 쓰는 거니까요. 심지어는 몹시 다급한 일입니다.

가르쳐주셨으면 하는 것이 있습니다. 참으로 난감한 상황입니다. 게다가 이것은 저 혼자만의 문제가 아니고, 저 말고도 이와 비슷한 생각으로 고민하고 있는 사람이 있는 것 같으니, 저희들을 위해 가르쳐주십시오. 요코하마의 공장에 있었던 시절에도, 그리고 군대에 있었던 시절에도, 당신께 편지를 보내야지 보내야지 하다가, 이제야 겨우 당신께 편지를 드리는데, 그 첫 편지가 이처럼 좋을 게 없는 내용이 되리라고는, 전혀 생각지도 못했습니다.

쇼와 20년[1945년] 8월 15일 정오에, 우리는 병영 앞 광장에 대열을 갖추어 서서 폐하가 직접 하시는 방송이라는, 잡음 때문에 거의 아무것도 알아들을 수 없는 라디오 방송을 들었습니다. 그리고 젊은 중위가 성큼성큼 단상 위로 뛰어 올라가더니,

"들었나? 알겠나? 일본은 포츠담 선언을 받아들여, 항복을 했다. 하지만 이것은 정치적인 일이다. 우리 군인은, 언제까지고 대항전을 계속하여, 마지막에는 한 명도 남김없이 자결하고, 그로써 천황 폐하께 용서를 빌 것이다. 나는 처음부터 그럴 생각으로 있었으니, 자네들도 그런 각오로 있도록. 알겠나? 좋다. 해산."

그렇게 말한 뒤, 그 젊은 중위는 단 아래로 내려가 안경을 벗고, 눈물을 뚝뚝 흘리며 걸었습니다. 엄숙이란, 그런 느낌을 말하는 것일까요? 저는 똑바로 서 있었는데, 주위가 자욱이 어두워지더니, 어디선가 차가운 바람이 불어와서, 제 몸이 자연히 땅바닥으로 가라앉는 듯했습니다.

죽자고 생각했습니다. 정말 죽어야 한다고 생각했습니다. 앞쪽에 있는 숲은 이상하리만치 고요하고 칠흑처럼 어두워보였고, 그 위에서 새떼 한 무리가 참깨 한 줌을 공중에 뿌린 듯, 소리도 없이 날아올랐습니다.

아아, 그때였습니다. 등 뒤의 병영 쪽에서, 타앙탕탕 하고 누군가가 쇠망치로 못을 박는 소리가, 어렴풋이 들렸습니다. 갑자기 눈앞이 환해진다는 건 그런 느낌을 말하는 걸까요? 그 소리를 듣는 순간 비장함과 엄숙함이 모두 순식간에 사라지고, 저한테 들렸던 귀신이 떨어져나간 것처럼 멍해져서 아무것도 내키지 않는 기분으로 여름철 대낮의 모래벌판을 바라보았는데, 제겐 아무런 감개도 없었습니다.

그리고 저는 배낭 속에 많은 물건을 쑤셔 넣고, 멍하니 고향으로 돌아왔습니다.

그, 멀리서 들려왔던 어렴풋한 쇠망치 소리 덕분에, 저는 이상하리만치 깔끔하게 밀리터리즘의 환영幻影에서 벗어날 수 있었습니다. 그 비장하고 엄숙한 악몽에 취하는 일은 이제 완전히 없어진 것 같기는 하지만, 어쩐지 그 작은 소리가 제 머릿속의 가장 중요한 부분을 쏘아버렸는지, 그 이후로 지금까지 계속 들려오고 있고, 저는 참으로 이상하고 흉측한 간질병 환자 같은 인간이 되었습니다.

말은 이렇게 하지만, 끔찍한 발작을 일으킨다는 것은 결코 아닙니다. 그 반대입니다. 무슨 일에 감격해서 흥분을 느낄라치면, 어디선가 어렴풋이, 타앙탕탕 하고 그 쇠망치 소리가 들려옵니다. 저는 그 순간 멍해집니다. 눈앞의 풍경이 완전히 달라지고, 영사기가 뚝 끊기고 난 뒤 새하얀 스크린을 물끄러미 바라보는 것처럼, 정말 덧없고, 부질없다는 기분이 듭니다.

처음에 저는 이곳 우체국에 와서, 자 이제부터는 뭐든 좋아하는 공부를 자유로이 할 수 있다, 우선 소설 한 편이라도 써 당신께 보내 읽어달라고 부탁해야겠다 싶어, 우체국 일을 하며 짬짬이 군생활의 추억담을 써보았는데, 열심히 노력하여 백 장 정도를 쓰고 드디어 오늘내일 중으로 완성하겠다 싶었던 가을날 저녁, 우체국 일이 끝난 뒤 목욕탕에 가서, 목욕물에 몸을 데우며, 오늘 밤 마지막 장을 쓰는데, 『오네긴』[3]의 마지막 장처럼 눈부시게 슬픈 결말을 쓸까, 아니면 고골리의 『싸움이야기』[4]처럼 절망스럽게 끝맺을까 고민하며 엄청난 흥분에 두근대는 가슴을 안고, 목욕탕의 높은 천장에 매달려 있는 백열등 불빛을 올려다보는데, 타앙탕탕, 하고 저 멀리서 그 쇠망치 소리가 들려왔습니다. 그 순간 파도가 물러가듯, 저는 그냥 어스름한 욕조 구석에서 첨벙첨벙

3_ 러시아 작가 푸시킨(1799~1837)의 작품.
4_ 러시아 작가 고골리(1809~1852)의 『이반 이바노치와 이반 니키포로비치가 어떻게 싸우게 되었는가에 대한 이야기』.

물을 휘젓는, 일개 벌거숭이에 지나지 않는 사람이 되었습니다.

몹시 언짢은 기분으로 욕조에서 기어 올라와 발바닥 때를 밀며, 목욕탕의 다른 손님들이 하는 배급 이야기 따위에 귀를 기울였습니다. 푸시킨과 고골리도, 마치 외제 칫솔 이름처럼 무의미하게 여겨졌습니다. 목욕탕을 나와서 다리를 건너 집으로 돌아와 묵묵히 밥을 먹고, 제 방으로 돌아가 책상 위에 놓인 백 장에 가까운 원고를 팔랑팔랑 넘겨봤는데, 너무나 시시한 얘기라 어이가 없었고, 지긋지긋한 마음에 찢을 기력도 없었기에, 그 이후부터 매일 코푸는 휴지로 쓰기로 했습니다. 그 뒤로 저는 오늘까지, 소설 비슷한 글은 단 한 줄도 쓰지 않았습니다. 큰아버지 댁에는 적으나마 장서가 있어서, 가끔 메이지 다이쇼시대의 걸작소설집 따위를 빌려 읽고, 감탄하기도 하고, 감탄하지 않기도 하고, 무척이나 불성실한 태도로, 눈보라가 치는 밤이면 일찍 자고, 전혀 '정신적'이지 못한 생활을 했는데, 그러는 동안 세계 미술 전집 따위를 보았습니다. 이전에 그토록 좋아하던 프랑스 인상파 그림에는 그렇게까지 큰 감흥을 느끼지 못했지만, 일본 겐로쿠시대의 오가타 고린과 오가타 겐잔[5], 이 두 명의 작품이 가장 흥미롭게 여겨졌습니다. 고린의 철쭉 같은 것은, 셀린느, 모네, 고갱 등의 그림보다도 뛰어나다고 생각했습니다. 이리하여 또다시 차츰, 이른바 저의 정신생활이 되살아나는가 싶었지만, 저 스스로가 고린, 겐잔 같은 대가가 되겠다는 엄청난 야심이 생기지는 않았습니다. 저는 그저 촌구석의 딜레탕트[6]이며, 제가 할 수

5_ 오카타 고린尾形光琳(1658~1716). /오가타 겐잔尾形乾山(1663~1743). 둘 다 에도시대 중기의 화가이자 공예가.

6_ dilettante. 예술이나 학문 따위를 직업으로 하는 것이 아니고 취미 삼아 하는 사람을 이르는 말.

있는 최대한의 일은 기껏해야 아침부터 밤까지 우체국 창구에 앉아 다른 사람의 지폐를 세는 일 정도지만, 저처럼 무능하고 무식한 인간에게는, 그런 생활도 반드시 타락한 생활이라고는 할 수 없겠지요. 겸손의 왕관이라는 것이 있을지도 모르고, 평범한 하루하루의 업무에 힘쓰는 것이야말로 가장 고상한 정신생활일지 모른다는 생각에, 조금씩 저의 평소 생활에 자부심이 생기기 시작했습니다. 그 무렵에는 화폐개혁 때문에 이런 촌구석 삼등 우체국도, 아니, 작은 우체국일수록 일손이 부족한지라 오히려 더 바빴던 것 같은데, 그 무렵 저희는 매일 이른 아침부터 예금 신고 접수나, 구 화폐에 증명서를 붙이는 업무 등으로 기진맥진이 되어도 쉴 수가 없었고, 무엇보다 저는 큰외삼촌 댁의 식객 처지라 이번 기회에 은혜를 갚아야지 싶어, 마치 두 손에 무거운 철 장갑이라도 낀 것처럼, 내 손이라는 느낌이 전혀 안 들 정도로 일했습니다.

그렇게 일한 뒤 죽은 사람처럼 자고, 이튿날 아침에는 머리맡의 시계 알람이 울리자마자 벌떡 일어나, 곧바로 우체국에 가서 대청소를 시작했습니다. 청소 같은 일은 여자 직원이 하게 되어 있었지만, 그 화폐개혁이라는 난리법석이 시작된 이래, 저는 일에 이상한 탄력이 붙어 닥치는 대로 무슨 일이든 죽어라고 하고 싶어졌습니다. 그리하여 어제보다는 오늘, 오늘보다는 내일 더욱 엄청난 가속도를 붙이며, 거의 반미치광이, 혹은 흥분한 사자처럼 계속 일을 해댔습니다. 이윽고 화폐개혁 관련 업무도 끝나던 날, 저는 평소대로 어스름한 새벽에 일어나 서둘러 우체국 청소를 했고, 말끔히 끝낸 뒤 제 담당 창구에 앉았는데, 아침햇살이 제 얼굴에 똑바로 비춰들었습니다. 저는 수면 부족으로 충혈된 눈을 가늘게 떴지만, 그래도 무언가 무척 자랑스럽고 만족스러운 기분이 들었고, '노동은 신성하다'는 말도 떠올리며, 휴 하고 한숨을 내지었을 때, 타앙탕탕 하는 그 소리가 저 멀리서 어렴풋이 들려오는 듯하더니 갑자기 모든 것이 한순간 부질없게 느껴져서, 일어나 제 방으로 가, 이불을 뒤집어쓰고 누워버렸습니다. 점심시간을 알리는 사람이 왔지만, 저는 몸이 안 좋아 오늘은 안 일어날 거라고 무뚝뚝하게 말했습니다. 그날은 우체국도 몹시 바빴는지, 가장 우수한 노동력인 제가 드러누워 버려서 정말 난처한 모양이었지만, 저는 하루 종일 비몽사몽 했습니다. 큰외삼촌께 은혜를 갚기는커녕, 천방지축 같은 저의 이런 행동 탓에 오히려 마이너스가 된 것 같았지만, 이미 제게는 정성을 다해 일할 마음이 전혀 없었기 때문에, 그 다음 날에는 아주 늦게까지 늦잠을 자고 일어나서 제 담당 창구에 멍하니 앉아 하품만 해댔고 대부분의 일은 옆자리 여직원에게 다 맡겼습니다. 그리고 그 다음날도, 다다음날도, 저는 무척 무기력하고 굼뜨면서 기분 나쁜, 다시 말해 보통의 창구 직원이 되었습니다.

"아직도 몸이 어디 안 좋은 거야?"

국장인 큰외삼촌님이 그렇게 물어도 엷은 웃음을 띠며,

"안 좋은 데는 전혀 없습니다. 신경쇠약일지도 몰라요."

하고 답했습니다.

"그래, 그럴 줄 알았어." 큰외삼촌님은 자신만만한 얼굴로, "나도 그런 걸 거라고 생각했어. 너는 머리도 나쁘면서 어려운 책을 읽으니까 그리 되는 거야. 나랑 너처럼 머리가 나쁜 사람은, 어려운 생각은 하지 않는 편이 좋아."라고 말하며 웃었고, 저도 씁쓸한 웃음을 지었습니다.

이 큰외삼촌은 전문학교를 나왔던 것으로 기억하지만, 인텔리다운 면이 전혀 없습니다.

그리고 그 이후, (제 편지에는 그리고와 그 이후라는 말이 상당히 많지요? 이 역시 머리 나쁜 사람이 쓰는 문장의 특색일는지요. 제가 봐도 신경이 많이 쓰이지만, 저도 모르게 자연스럽게 튀어나오니, 어쩔 수 없는 일입니다.) 그리고 그 이후, 저는 사랑을 하기 시작했습니다. 웃으시면 안 됩니다. 아니, 웃으셔도 어쩔 수가 없지요. 어항의 송사리가, 어항 밑에서 두 치 정도 위에 뜬 채 가만히 멈춰 있다가 저 혼자 새끼를 배듯, 저도, 멍하니 살다가 어느새, 어쩐지, 부끄러운 사랑을 시작하고 있었습니다.

사랑을 시작하면, 음악이 가슴속 깊이 와 닿지요. 그것이 사랑이라는 병의 가장 확실한 징후라고 생각합니다.

짝사랑입니다. 하지만 저는, 그 여자가 너무 좋아서 미칠 것 같습니다. 그 사람은 이 해안 마을에 딱 하나뿐인 작은 여관의 종업원입니다. 아직 스물이 안 된 것 같습니다. 큰외삼촌이신 국장님은 술고래이셔서, 마을의 연회가 그 여관 안방에서 열릴 때마다 꼭 빠지지 않고 참석하시는지라, 그 종업원과 친한 모양입니다. 종업원이 저금이나 보험 일로 우체국 창구 저 멀리서 나타나면, 큰외삼촌은 항상 우습지도 않은 진부한 농담을 하며 그 종업원을 놀립니다.

"요즘은 너도 경기가 좋은 모양이야, 저금도 열심히 하고. 기특해라. 좋은 손님이라도 하나 문 거야?"

"재미없어요."

라고 말합니다. 그리고 정말로, 재미없다는 듯한 표정으로 말합니다. 반 다이크[7] 그림의, 여자가 아닌 귀공자 같은 얼굴입니다. 이름은 도키다

7_ 안토니 반 다이크(1599~1641). 플랑드르의 화가. 초상화로 유명하다.

하나에입니다. 저금통장에 그렇게 쓰여 있습니다. 이전에는 미야기 현에 살았는지, 통장 주소 란에는 이전의 그 미야기 현의 주소가 쓰여 있는데 빨간 선으로 지워져 있고, 그 옆에 이곳의 새 주소가 적혀 있습니다. 여자 직원들의 소문에 따르면, 아마도, 미야기 현에서 전쟁 피해를 입고, 무조건항복 직전에 이 마을에 불쑥 나타난 여자로, 그 여관 주인과 먼 친척이라고 하는데, 몸가짐이 바르지 못한 모양인지, 아직 어린애 주제에 수완이 꽤 좋다는 얘기가 있습니다. 하지만 전쟁 피해 때문에 온 사람치고 이 지방 사람들 사이에 평판이 좋은 사람은 한 명도 없습니다. 저는 수완이 좋다는 그런 말은 전혀 믿지 않았습니다. 하지만, 하나에 씨의 저금은 그렇게 적은 액수가 아니었습니다. 우체국 직원이 이런 사실을 공표하면 안 되지만, 어쨌든 하나에 씨는, 국장님께 놀림을 받으면서도 일주일에 한 번 정도는 신권으로 이백 엔이나 삼백 엔을 저금하러 와서, 총액이 빠른 속도로 늘고 있습니다. 설마하니 좋은 손님이라도 하나 문 건가 하는 생각은 안 하지만, 저는 하나에 씨의 통장에 이백 엔이나 삼백 엔 도장을 찍을 때마다, 어쩐지 가슴이 두근거리고 얼굴이 붉어집니다.

그리하여 저는 차츰 괴로워졌습니다. 하나에 씨가 수완이 좋은 사람은 아니겠지만, 이 마을 사람들은 모두 하나에 씨를 노리며 돈을 주고, 그리하여, 하나에 씨를 엉망으로 만들지 않을까? 틀림없이 그럴 거라는 생각이 들어, 밤중에 자다가 벌떡 일어난 적도 있습니다.

하지만 하나에 씨는 여전히 일주일에 한 번 꼴로, 태연히 돈을 가지고 옵니다. 이제는, 가슴이 두근거리고 얼굴이 붉어지다 못해, 너무 괴로워서 얼굴이 창백해지고 이마에 진땀이 배어나오는 기분이 들어서, 하나에 씨가 태연히 내미는, 증명서가 붙은 더러운 십 엔짜리 지폐를 한 장

두 장 세면서, 그 자리에서 전부 찢어버리고 싶은 충동을 느낀 적도 한두 번이 아닙니다. 저는, 하나에 씨에게 한마디 해주고 싶었습니다. 그 유명한 교카의 소설에 나오는 유명한 구절처럼, "죽는 한이 있어도, 남의 노리개가 되지는 마!"[8]라고. 볼썽사납기도 하고, 저처럼 촌스러운 촌놈은 도저히 입 밖에 내기 어려운 말이지만, 저는 그 한마디를 해주고 싶은 간절한 마음을 주체할 수가 없었습니다. 죽는 한이 있어도, 남의 노리개가 되지는 마, 물질이라는 게 다 무엇이고, 돈이 다 무엇이냐, 라고 말이지요.

사랑을 하면 상대도 자신을 사랑하게 된다는 말이, 정말 맞는 말일까요? 5월 중순이 지난 무렵에 있었던 일입니다. 하나에 씨는 언제나 그렇듯 태연히 우체국 창구 너머로 나타나, 부탁드립니다, 라면서 제게 돈과 통장을 내밉니다. 저는 한숨을 지으며 그것을 받아들고, 슬픈 마음으로 지저분한 지폐를 한 장 두 장 셉니다. 그러고는 통장에 금액을 기입한 뒤, 아무 말 없이 하나에 씨에게 돌려줍니다.

"다섯 시쯤, 시간 괜찮으신가요?"

저는, 제 귀를 의심했습니다. 봄바람이 불어온 것을 착각한 게 아닌가 싶었습니다. 그만큼 낮은 음성에 빠른 말투였습니다.

"시간 괜찮으시면, 다리로 오세요."

그렇게 말하고 살짝 웃더니, 하나에 씨는 다시 태연히 가버렸습니다.

저는 시계를 보았습니다. 두 시가 조금 지난 시간이었습니다. 부끄러운 애기지만, 그때부터 다섯 시까지 무엇을 했는지, 지금은 도무지 생각이 나질 않습니다. 아마 괜히 심각한 얼굴로 어정버정하다가, 갑자

....
8_ 이즈미 교카泉鏡花의 단편소설 『노래 등불歌行燈』(1910)에 나오는 구절.

기 옆에 앉은 여직원에게, 날씨가 흐린데도 불구하고, 오늘 날씨 좋다, 하고 큰 소리로 말한 뒤, 상대가 놀라면, 눈을 번뜩이며 쏘아보고, 일어서서 변소에 가는 등, 정말 바보같이 굴고 있었겠지요. 다섯 시 7, 8분 전에 저는 집을 나섰습니다. 도중에 손톱이 긴 것을 깨닫고, 어째서인지 정말 울고 싶었던 것을, 지금도 기억합니다.

다리 끝에, 하나에 씨가 서 있었습니다. 스커트가 너무 짧은 것 같았습니다. 쭉 뻗은 맨다리를 언뜻 보고, 저는 눈을 내리깔았습니다.

"바다 쪽으로 가요."

하나에 씨가 차분히 그렇게 말했습니다.

하나에 씨가 앞장서고, 저는 대여섯 걸음 떨어져서 천천히 바다 쪽으로 걸어갔습니다. 그 정도 떨어져 걷는데, 둘의 발걸음이 어느새 딱 맞아버려서 당황스러웠습니다. 흐린 날씨에 약한 바람이 불었고, 바닷가에는 모래먼지가 일고 있었습니다.

"여기가 좋겠어요."

하나에 씨는 뭍에 대어져 있는 커다란 어선과 어선 사이로 가더니, 모랫바닥에 앉았습니다.

"여기로 오세요. 앉으면 바람을 안 맞아서 따뜻해요."

저는 하나에 씨가 두 다리를 앞으로 뻗어 앉은 자리에서 2미터 정도 떨어진 곳에 앉았습니다.

"불러내서 미안해요. 하지만, 당신께 한마디 하지 않고서는 견딜 수가 없었어요. 제 저금에 대해서, 이상하게 생각하고 있죠?"

저도 이때다 싶어, 진지한 목소리로 대답했습니다.

"이상하게 생각합니다."

"그렇게 생각하는 게 당연하겠죠." 하나에 씨는 고개를 숙인 채,

모래를 퍼서 맨다리에 뿌리며 말했습니다. "그건 말이죠, 제 돈이 아니에요. 제 돈이라면, 저금 같은 거 안 할 거예요. 일일이 저금을 하다니, 귀찮게시리."

그렇겠구나 싶어, 저는 말없이 끄덕였습니다.

"그렇지요? 그 통장은요, 주인아주머니 거예요. 그래도, 그건 절대 비밀이에요. 당신, 아무한테도 말하면 안 돼요. 아주머니가 어째서 그런 일을 하는지, 저는 어렴풋이 알지만, 그건 굉장히 복잡한 일이니, 말하고 싶지 않아요. 괴로워요, 전. 믿어주시겠어요?"

살짝 웃는 하나에 씨의 눈이 묘하게 빛나는가 싶었는데, 그것은 눈물이었습니다.

저는 하나에 씨에게 키스를 하고 싶어서 견딜 수가 없었습니다. 하나에 씨와 함께라면, 어떤 고생도 감수할 수 있다고 생각했습니다.

"이 마을 사람들은 다들 너무해요. 저, 당신께 오해받지 않을까 싶어서, 당신께 한마디 해주고 싶어서, 그래서 오늘 큰맘 먹고."

그때, 바로 근처에 있는 작은 집에서, 타앙탕탕 하고 못을 박는 소리가 들렸습니다. 이때 들은 소리는, 제 환청이 아니었습니다. 바닷가에 사는 사사키 씨네 헛간에서 누군가, 정말로, 요란한 소리를 내며 못을 박기 시작한 것이었습니다. 타앙탕탕, 타앙탕탕, 하는 소리가 연신 들려왔습니다. 저는 몸서리를 치며 일어났습니다.

"알겠습니다. 아무에게도 말하지 않겠습니다." 그때 하나에 씨의 바로 뒤편에 상당히 많은 개똥이 있는 것을 발견하고, 하나에 씨에게 조심하라고 말해줄까 싶었습니다.

파도는 나른하게 넘실대고, 더러운 돛을 단 배가 기우뚱거리며 바닷가 바로 앞을 지나갑니다.

"그럼, 실례."

공허하고 막막했습니다. 지금이야 어떻건, 내가 알 게 뭐람. 애당초 남남이다. 남의 노리개가 되든 말든, 나와는 전혀 상관없는 일 아닌가? 바보 같으니라고. 배고프다.

그 이후로도 하나에 씨는 변함없이 일주일이나 열흘 정도에 한 번씩 돈을 가지고 와 저금을 하고, 이제는 몇 천 엔 정도로 불었는데, 저는 전혀 관심이 없습니다. 하나에 씨의 말대로 그게 아주머니의 돈이건, 하나에 씨의 돈이건, 어느 쪽이건 저와는 전혀 관계없는 일이니까요.

차인 사람이 대체 누구인지를 따져든다면, 저는 아무래도 제가 차인 것 같기는 하지만, 차이고서 별로 슬프지도 않으니, 퍽이나 특이한 방식의 실연이 아니었나 싶습니다. 그리고 저는, 또다시 멍청한 보통 직원이 되었습니다.

6월이 된 뒤, 볼일이 있어 간 아오모리에서 우연히 노동자들의 데모를 보게 되었습니다. 그때까지 저는 사회운동이나 정치운동 같은 것에는 별로 흥미가 없었고, 아니 그렇다기보다, 절망 비슷한 것을 느끼고 있었습니다. 누가 뭘 하건, 마찬가지라고 생각했습니다. 그리고 제가 어떤 운동에 참가한다 한들, 어차피 그것은 지도자들의 명예욕이나 권세욕의 희생양이 될 뿐이라고 생각했습니다. 남의 의심을 살 여지없이 당당하게 소신을 밝히고, 자신의 말에 따르면 너 자신과 네 가정, 너희 마을, 너희 나라, 아니 전 세계가 구원받을 것이라고 허세를 부리고는, 구원받지 못하는 것은 너희들이 내 말을 따르지 않기 때문이라고 딱 잡아떼며, 창녀 한 명에게 줄기차게 차여서, 될 대로 되라는 심정으로 공창제公娼制 폐지를 부르짖으며 흥분한 맘에 미남 동지를 때리고, 난리를 피우고, 남을 귀찮게 굴다, 어쩌다 훈장을 받고, 기고만장해져서 자기 집으로 뛰어가, 이것 봐 이것 봐, 하고 의기양양하게, 훈장이 든 작은 상자를 슬며시 열어 아내에게 보여주면, 아내가 차갑게, 어머, 훈5등 아냐? 적어도 훈2등 정도는 받아야지, 라고 말해, 기가 죽는 남편. 이처럼 시종일관 반미치광이 같은 남자가, 그 정치운동입네 사회운동입네 하는 것에 몰두하는 거라 믿었습니다. 그러니까, 올 4월에 있었던 총선거도, 민주주의네 뭐네 하며 난리가 났었지만, 저는 그 사람들을 전혀 신용할 수 없었습니다. 자유당, 진보당은 여전히 고리타분한 사람들만 있는 것 같으니 언급할 가치도 없고, 사회당, 공산당은 이상하리만치 우쭐해하면서 들떠 있지만, 이들 또한 패전 분위기에 편승했다고나 할까요? 무조건항복이라는 시체에 들끓는 구더기들처럼 불결하다는 인상을 지울 수가 없어, 4월 10일 투표일에도 국장님이신 큰외삼촌이 저더러 자유당의 가토 씨를 찍으라고 했지만, 네, 네 하며 집을 나선 뒤 바닷가를 산책하고서 그대로 집으로 돌아왔습니다. 사회문제나 정치문제에 대한 자기 생각을 아무리 떠들어댄다 한들, 평소 생활 속에서 우리가 느끼는 우울함은 해결될 수 없다고 생각했었지만, 저는 그날, 아오모리에서 우연히 노동자들의 데모를 보고, 지금까지 제가 가지고 있던 생각이 전부 틀렸다는 사실을 깨달았습니다.

생기발랄하다고나 할까요? 어쩜 그리도 즐겁게 행진을 할까요? 저는 그들에게서, 우울한 기색이나 비굴한 주름을 찾아볼 수 없었습니다. 오로지 넘치는 활력뿐이었습니다. 젊은 여자들도 손에 깃발을 들고 노동가를 불렀고, 저는 가슴이 벅차올라 눈물이 났습니다. 아아, 일본이 전쟁에 져서 다행이라고 생각했습니다. 난생 처음으로, 진정한 자유의 모습을 본 것 같았습니다. 만약 이것이, 정치 운동과 사회 운동으로 말미암아 생겨난 모습이라면, 인간은 우선 정치사상과 사회사상을 가장 중시하며 공부해야 한다고 생각했습니다.

계속 행진을 지켜보던 중, 제가 가야 할 빛나는 길을 또렷이 알게 된 듯한 기분에 너무 기뻐 눈물이 뺨을 타고 기분 좋게 흘러내렸고, 그러다 물속에서 눈을 뜬 것처럼, 주위 풍경이 흐릿한 초록빛으로 번져, 그 부옇고 어스름한 풍경 속에 진홍빛 깃발이 타오르는 모습을, 아아, 그 빛깔을, 훌쩍훌쩍 울면서, 죽어도 잊지 않으리라고 생각하는데, 타앙 탕탕 하고 아득하고 어렴풋한 소리가 들려와, 제가 느끼고 있던 모든 감정이 다 사라지고 말았습니다.

도대체, 그 소리는 무슨 소리일까요? 허무_{원문 옛주: 니힐}라는 말로 간단히 정리할 수도 없을 것 같습니다. 타앙탕탕 하는 그 환청은, 허무마저도 부수어버립니다.

여름이 되자, 이 지방 청년들 사이에서는 갑자기 스포츠 붐이 일었습니다. 제겐 다소 늙은이처럼 실리주의적인 경향이 있는 것일까요? 무의미하게 발가벗고 씨름을 하다 넘어져 큰 부상을 입거나, 얼굴을 붉히며 악을 쓰고 달려 누구보다 누가 더 빠르다고 법석을 떨다니, 어차피 다들 100미터를 20초에 뛰면서 그러는 건 도토리 키 재기나 마찬가지이니 부질없다는 생각에, 청년들이 하는 그러한 스포츠에 참가할 마음이 든 적은 한 번도 없었습니다. 하지만 올 8월에, 이 해안선을 따라 있는 마을들을 이어 달리는 경주가 있어, 이 마을 많은 청년들이 참가했는데, 이곳 A의 우체국도 그 시합의 중계소가 되어, 아오모리를 출발한 선수가 여기에서 다음 선수와 교대하게 되었습니다. 오전 열 시가 조금 지난 시간, 슬슬 아오모리를 출발한 선수들이 여기 도착할 즈음이 됐다 하여, 우체국 사람들은 모두 밖으로 구경을 나가고 저와 국장님만 우체국에 남아 간이보험 정리를 하고 있었습니다. 이윽고, 왔다, 왔어, 하고 술렁이는 사람들의 소리가 들려, 일어나 창문을 내다보았습니다. 아마 그게 라스트 스퍼트였겠지요. 양손의 손가락 사이를 개구리처럼 쫙 벌리고, 바람을 가르며 달리는 양 이상하게 팔을 휘저으며, 알몸에 팬티 한 장 차림으로, 그리고 물론 맨발로, 넓은 가슴을 쫙 펴고, 고통스러운 표정으로 고개를 젖히고 좌우로 움직이며, 비틀비틀 달려 우체국 앞까지 오더니 으윽 하는 신음소리를 한 번 내고는 쓰러졌습니다.

옆에 있던 사람이 "잘했어! 수고했어!" 하고 외치더니, 그 사람을 안아 올려 제가 보고 있던 창문 밑으로 데려와, 준비된 세숫대야의 물을 그 선수에게 쫙 끼얹었습니다. 선수는 거의 반은 죽은 듯 위험한 상태 같았고, 새파란 얼굴로 축 늘어져 뻗어 있었습니다. 그 모습을 보며 저는, 실로 이상한 감격을 느꼈습니다.

가련하다는 말은 스물여섯 먹은 제가 하기에는 건방진 소리 같지만, 애처로움이랄까요? 어쨌든, 이렇게까지 힘을 낭비하다니 대단하다는 생각이 들었습니다. 이 사람들이 일등을 하든 이등을 하든, 세상 사람들은 그에게 거의 관심이 없는데, 그래도 목숨을 걸고 라스트 스퍼트를 하는 것입니다. 딱히, 그 역전경주를 함으로써 이른바 문화국가를 건설하겠다는 이상理想이 있는 것도 아닐 테고, 다른 이상도 뭣도 없을 텐데, 체면 때문에, 그런 이상이 있는 척하며 달림으로써, 세상 사람들로부터 칭찬을 받으려는 것도 아니겠지요. 또한, 앞으로 훌륭한 마라토너가 되겠다는 야심도 없고, 어차피 시골 뜀박질에서 기록 같은 것은 중요하지 않다는 점은 잘 알고 있을 테고, 집에 돌아가도, 가족들에게 자랑을 할 마음도 없고, 오히려 아버지께 혼나지나 않을까 걱정되지만, 그래도 달리고 싶은 것입니다. 목숨을 걸고, 해보고 싶은 것입니다. 아무도 칭찬하지 않는다 한들 괜찮습니다. 그냥, 달려 보고 싶은 것입니다.

보수가 없는 행동입니다. 어린아이가 위험을 무릅쓰고 나무를 타는 것은, 그나마 감을 따보겠다는 욕심이 있어서이지만, 목숨을 건 이 마라톤에는 그마저도 없습니다. 거의, 짙은 허무감이 만든 열정으로 보였습니다. 그것이, 그때 저의 공허한 기분과 딱 맞아들었습니다.

저는 우체국 동료들과 함께 캐치볼을 시작했습니다. 기진맥진할 때까지 계속하니, 무언가 껍데기를 벗은 듯한 상쾌한 기분이 들어, 바로 이거구나, 라고 생각한 순간, 또다시 그 타앙탕탕 하는 소리가 들렸습니다. 그 타앙탕탕 하는 소리는, 짙은 허무감이 만든 열정마저 부수어버립니다.

이제, 요즘은, 그 타앙탕탕 하는 소리가 더 자주 들려서, 신문을 펼치고 신新헌법의 한 항목 한 항목을 묵독할라 치면, 타앙탕탕, 큰외삼촌이 우체국 인사이동에 대해 얘기하면서 문득 좋은 생각이 떠올라도, 타앙탕탕, 당신 소설을 읽으려 해도, 타앙탕탕, 얼마 전 이 마을에서 불이 나서 그곳으로 달려가려는데, 타앙탕탕, 큰외삼촌과 함께 저녁을 먹으며 술을 마시고, 술을 조금 더 마셔볼까 하면, 타앙탕탕, 이제 미쳐버린 거 아닐까 하는 생각이 들면, 그럴 때도 타앙탕탕, 자살을 생각하면, 타앙탕탕.

"인생이란, 한마디로 표현하면 무엇인가요?"

저는 지난밤 큰외삼촌과 함께 반주를 마시며, 장난스런 투로 물어보았습니다.

"인생, 그건 몰라. 하지만, 세상은 색色과 욕慾이지."

의외의 명답이라고 생각했습니다. 그리고 문득 저는, 암거래 상인이 될까 하는 생각을 했습니다. 하지만, 암거래 상인이 되어 만 엔을 벌었을 때를 생각하자, 바로 타앙탕탕 하는 소리가 들려왔습니다.

가르쳐주십시오. 이 소리는, 무엇일까요? 그리고 이 소리로부터 벗어나기 위해서는, 어떻게 해야 할까요? 저는 지금, 정말이지, 이 소리 때문에 꼼짝도 할 수 없습니다. 부디, 답장 주십시오.

그리고 마지막으로 한마디 덧붙이자면, 저는 이 편지를 절반도 채 쓰기 전부터 이미, 타앙탕탕 하는 소리를 수도 없이 들었습니다. 이런 편지를 쓴다는 건 부질없는 일이지요. 하지만 꾹 참고 어쨌든, 이만큼 썼습니다. 그리고 너무 쓸데없는 짓을 한다는 생각에, 될 대로 되라는 심정으로 거짓말만 쓴 것 같은 기분도 듭니다. 하나에 씨 같은 여자도 없고, 데모를 본 적도 없습니다. 그 밖의 다른 것들도, 거의 다 거짓말 같습니다.

하지만 타앙탕탕이라는 소리만큼은, 거짓말이 아닌 듯합니다. 다시 읽지 않고, 그냥 보냅니다. 실례.

이런 기이한 편지를 받은 어떤 작가는, 안타깝게도 무식한 데다 사상이랄 것도 없는 사람이었지만, 다음과 같은 답장을 보냈다.

답장 드립니다. 허세로 가득 찬 고민이네요. 별로 동정심이 안 생깁니다. 열 손가락이 가리키는 바, 열 개의 눈이 지켜보는 바[9] 어떠한 변명도 통하지 않는 추태를, 당신은 아직도 피하고 있는 모양이군요. 진정한 사상이란, 지혜보다도 용기를 필요로 하는 법입니다. 마태복음 10장 28절, '몸은 죽여도 영혼은 능히 죽이지 못하는 자들을 두려워하지 말고, 몸과 영혼 모두를 능히 지옥에 멸할 수 있는 이를 두려워하라.'

9_ 『대학大學』에 나오는 말로, 저 혼자만이 아는 내면의 깊은 마음이라도 이내 훤히 드러나기 마련이라는 의미.

이 경우의 '두려워하다'라는 말은, '경외敬畏'라는 뜻에 가까운 것 같습니다. 예수의 이 말에 가슴이 무너지는 느낌을 받을 수 있다면, 당신의 환청은 없어질 것입니다. 그럼 이만.

メリイクリスマス

メリ クリスマス

太宰治

「메리 크리스마스」

1947년 1월 『중앙공론中央公論』에 발표되었다. 쓰가루 생활을 접고 도쿄로 돌아온 다자이가, 과거 알고 지냈던 소녀 하야시 세이코林聖子를 우연히 만난 실제 사건을 각색한 작품이다.

도쿄는 슬픈 활기를 띠고 있었다, 라는 말을 첫머리에 쓰게 되지 않을까 생각하며 도쿄로 되돌아왔지만, 예상과는 달리 내 눈에는 변함없는 '도쿄생활'처럼 보였다.

　나는 일 년 삼 개월간 쓰가루의 생가에서 지내다 올 11월 중순에 처자식을 데리고 도쿄로 이사 왔는데, 와보니 마치 이삼 주간의 짧은 여행을 마치고 돌아온 듯한 기분이었다.

　'오랜만의 도쿄는, 좋지도 않고, 나쁘지도 않고, 이 도시의 성격은 전혀 달라진 게 없습니다. 물론 형이하학적인 변화는 있지만, 형이상학적인 기질에 있어, 이 도시는 변함이 없습니다. 바보는 죽지 않는 이상 나아지지 않는다는 말과 흡사한 느낌입니다. 조금 더 바뀌어도 괜찮을 텐데, 아니, 바뀌어야 한다는 생각조차 들었습니다.'

　나는 시골에 있는 어떤 사람에게 이런 편지를 보냈다. 그리고 나 또한 전혀 다를 것 없이, 구루메가스리 재질의 평상복에 니주마와시[1]를 걸쳐 입고, 멍청히 도쿄 거리를 누비고 다녔다.

1_ 구루메가스리: 후쿠오카 현 구루메 지방에서 생산되는 남색 바탕의 비백무늬 무명 옷감.
　/ 니주마와시: 기모노 위에 입는 일본식 남자 코트의 일종.

12월 초, 나는 도쿄 교외에 있는 어느 영화관, (영화관이라기보다, 활동사진관이라는 말이 딱 들어맞는 아담하고 조촐한 곳이지만) 그 영화관에 들어가 미국 영화를 보고, 오후 여섯 시 무렵에 그곳을 나왔다. 도쿄 거리에는 저녁 안개가 연기처럼 뿌옇게 가득 차 있고, 검은 옷을 입은 사람들이 그 안개 속을 바삐 오가고 있어 벌써 거리에는 완연한 음력 섣달의 분위기가 흐르고 있었다. 도쿄 생활은, 역시 조금도 변한 게 없다.

나는 서점에 들어가 어느 유명한 유태인이 쓴 희곡집 한 권을 사고, 그것을 주머니에 넣고서 문득 입구 쪽을 봤는데, 젊은 여자가 막 날아오르려고 하는 새처럼 서서 나를 보고 있었다. 입을 작게 벌리고 있지만, 아직 말은 내뱉지 않고 있다.

길吉인가 흉凶인가?

내가 옛날에 쫓아다닌 적은 있지만 지금은 전혀 좋아하지 않는, 그런 여자와 만나는 것은 최대의 흉凶이다. 그리고 내게는, 그런 여자가 많다. 아니, 그런 여자밖에 없다고 해도 좋다.

신주쿠의, 그, ……. 그 사람이면 안 되는데. 하지만, 그 사람인가?

"가사이 씨." 여자는 중얼거리듯 내 이름을 부르더니, 슬며시 무릎을 굽히며 애매한 인사를 했다.

녹색 모자를 쓰고, 모자 끈을 턱에 묶고서 새빨간 비옷을 입고 있었다. 순식간에 그 사람이 어려져서, 열두세 살 소녀가 되어, 내 추억 속의 어떤 영상과 딱 겹쳐졌다.

"시즈에코."

길吉이다.

"나가자, 나가자고. 아니면 뭔가 사고 싶은 잡지라도 있는 거야?"

"아니. 『아리엘』²이라는 책을 사러 왔는데, 그냥, 됐어."

우리는 음력 섣달 무렵의 도쿄 거리로 나갔다.

"많이 컸네. 몰라봤어."

역시 도쿄다. 이런 일도 있다.

나는 노점에서 한 봉지에 십 엔 하는 땅콩 두 봉지를 사고, 지갑을 넣고서 잠시 생각에 잠긴 뒤 다시 지갑을 꺼내어 한 봉지를 더 샀다. 옛날에 나는 이 아이를 위해, 언제나 무슨 선물을 사서 이 아이의 엄마 집에 놀러가곤 했다.

아이 엄마는, 나와 동갑이었다. 그리고 그 사람은 내 추억 속 여자 중 한 사람으로, 지금 느닷없이 만나도 내가 무서워하거나 난처해하지 않아도 되는 극히 드문, 아니, 유일한 사람이라고 할 수 있는 사람이었다. 그건 어째서일까? 지금 임시로 네 가지 해답을 써 보겠다. 그 사람은 이른바 귀족 태생으로, 예쁘고 병에 걸려서, 라고 해봤자, 그런 조건은 그냥 듣기 거북하고 짜증나는 것일 뿐, 앞서 말한 '유일한 사람'의 자격이 될 수 없다. 대단한 부자였던 남편과 헤어지고 몰락한 뒤, 약간의 재산을 가지고 딸과 둘이 아파트에 살면서, 라고 설명해봤자, 나는 여자의 신상에는 전혀 관심이 없는 편이라, 실제로 그 대단한 부자 남편과 헤어진 이유가 무엇인지, 약간의 재산이라는 게 얼마인지, 전혀 알지 못했다. 들어도 잊어버리겠지. 여자에게 지나치게 많은 조롱을 받아온 탓인지, 여자가 내게 자신의 딱한 처지를 아무리 얘기해줘도, 모든 게 그냥 지껄여보는 거짓말 같다는 기분이 들어서, 눈물 한 방울도 흘리지 못한다. 다시 말해 나는 그 사람의 집안이 좋다든가, 미인이라든

. . . .
2_ 프랑스 작가 앙드레 말로의 1923년 작 『아리엘 셸리의 생애*Ariel ou la vie de Shelley*』로 추정된다.

가, 서서히 몰락한 사람이라 불쌍하다는, 말하자면 로맨틱한 조건 때문에 '유일한 사람'으로 꼽았던 것은 아니다. 그 답은 다음 네 가지가 전부다. 우선, 깔끔한 것을 좋아한다는 점이다. 외출한 뒤 돌아오면 꼭 현관에서 손발을 씻는다. 몰락했다고는 해도 방 두 개가 있는 정갈한 아파트에 살았는데, 언제나 구석구석까지 걸레질을 했고, 특히 부엌 기구가 청결했다. 둘째로, 이 사람은 내게 조금도 이성으로서의 호감이 없다는 점이었다. 그리고 나도, 그 사람에게 전혀 끌리지 않았다. 성욕에 있어, 그 당황스럽고 징그러우며 귀찮은, 배려라든가 착각이라든가, 마음을 끌어본다든가 혼자 쇼를 한다든가 등등, 모든 면에서 십 년이 하루 같은, 아니 천 년이 하루 같은 진부한 남녀 간의 줄다리기를 하지 않아도 되었다. 내 생각에, 그 사람은 여전히 헤어진 남편을 사랑하고 있었다. 그리고 그 남편의 아내로서의 자긍심을, 가슴속 깊이 묻어두고 있었다. 세 번째로는, 그 사람이 내 처지에 민감하다는 것이었다. 내가 이 세상 일이 다 재미없어서 미칠 것 같을 때, "요즘 기운이 넘치시네요." 같은 말을 듣는 것은 짜증스런 일이다. 그 사람은 내가 놀러 가면, 언제나 그때의 내 처지에 딱 맞는 이야기를 했다. 어느 시대건 진실을 말하면 죽임을 당하지요, 요한도 그랬고, 예수도 그랬어요, 그리고 요한 같은 사람한테는 부활조차 없으니까요, 라고 말한 적이 있다. 일본의 살아 있는 작가에 대해서는 한마디도 한 적이 없다. 넷째로는, 이게 가장 중요한 점일지도 모르는데, 그 사람 아파트에는 언제나 술이 넉넉했 다는 것이다. 나는 딱히 내가 인색하다고 생각하지는 않지만, 모든 술집에 진 외상 빚이 불어나서 우울할 때는, 자연히 공짜 술을 마실 수 있는 곳으로 향하게 된다. 전쟁이 오랫동안 이어져 일본의 술이 차츰 부족해져도, 그 사람 집에 찾아가면 언제나 무언가 마실 술이 있었다. 나는 그 사람의 딸에게 줄 선물로 변변치 않은 물건을 사서 가져갔고, 만취할 때까지 술을 마신 뒤 돌아왔다. 이상 네 가지가, 어째서 그 사람이 내게 있어 '유일한 사람'인가에 대한 대답인데, 그것이 너희 둘의 연애 방식 아니었냐고 누군가 캐묻는다면, 나는 멍청한 얼굴로, 그럴지도 모른다고 답할 수밖에 없다. 남녀 간의 친분이 모두 연애라고 한다면, 우리의 경우도 그럴지 모르지만, 나는 그 사람 때문에 번민했던 적이 한 번도 없고, 그 사람도 연극처럼 복잡한 것은 꺼려했다.

"엄마는? 잘 계셔?"

"응."

"어디 아픈 덴 없고?"

"응."

"지금도 엄마랑 둘이 살아?"

"응."

"집은, 여기서 가까워?"

"가깝긴 해도, 굉장히 지저분해."

"상관없어. 지금 당장 가야겠다. 그리고 너희 엄마를 끌어내서, 어딘가 이 근처 술집에서 술이나 거나하게 마셔야지."

"응."

여자아이는, 점점 맥이 풀리는 듯했다. 그리고 조금씩 어른스러워지는 듯 보였다. 이 아이는 아이 엄마가 열여덟 살 때 낳은 아이라고 했고, 엄마는 나와 동갑인 서른여덟, 그렇다면……

나는 우쭐했다. 엄마에게 질투를 느끼는 게, 분명하다. 나는 화제를 바꿨다.

"아리엘?"

"그게 참 이상해요." 예상대로, 생기를 되찾았다. "옛날에, 내가 중학교에 들어간 지 얼마 안 됐을 때, 가사이 아저씨가 아파트에 놀러왔어. 여름이었는데, 엄마랑 하는 얘기 중에 끊임없이 아리엘, 아리엘이라는 말이 나왔는데, 그게 무슨 얘긴지는 몰랐지만, 묘하게 잊을 수가 없어서." 갑자기 얘기하는 게 재미없어졌는지 말끝을 흐리더니, 그대로 입을 다물고 잠시 걷다가, 딱 잘라 말했다. "그건 책 제목이었지?"

나는 차츰 더 우쭐해졌다. 확실하다고 생각했다. 아이 엄마는 내게 반하지 않았었고, 나 또한 아이 엄마에게 색정을 느낀 적은 없었지만, 이 아이라면 혹시나, 싶었다.

아이 엄마는 집이 망했어도 맛있는 음식을 안 먹으면 살아갈 수 없는 성격이었기 때문에, 태평양 전쟁이 시작되기 전에 일찌감치 맛있는 것이 많이 나는 히로시마 근처 지역으로 딸과 함께 피난을 갔고, 피난을 간 직후에, 나는 아이 엄마에게서 짧은 소식이 담긴 그림엽서를 받았지만, 당시 나는 괴로운 생활을 하고 있었기에, 피난을 가서 느긋하게 지내는 사람에게 답장을 써야겠다는 마음도 들지 않아 그냥 있었는데, 그 사이에 내 환경도 빠르게 바뀌어, 결국 5년 동안, 이 모녀와는 소식이 끊긴 상태였다.

그리고 오늘 밤, 5년 만에, 심지어는 전혀 생각지도 못한 장소에서 나와 만났다. 아이 엄마의 기쁨과 아이의 기쁨 중에, 어느 쪽이 더 클까? 나는 어째서인지, 이 아이의 기쁨이 엄마의 기쁨보다도 순수하고 깊을 것이라 생각했다. 정말 그렇다면, 나도 이제부터 내 소속을 분명히 해둘 필요가 있다. 아이와 엄마 모두에게 똑같이 소속되는 것은 불가능한 일이다. 오늘 밤부터 나는 아이 엄마를 배신하고, 이 아이와 친구가 되어야겠다. 설령 아이 엄마가 싫은 내색을 보인다 해도 상관없다.

사랑을, 느껴버렸으니.

"언제 여기에 왔어?" 하고 내가 묻는다.

"10월, 작년."

"뭐야, 전쟁 끝나고 바로잖아? 원체 네 엄마처럼 제멋대로인 사람은, 절대 시골 같은 데서 오랫동안 참고 살 수 없을 테지만."

나는 깡패 같은 말투로 아이 엄마의 험담을 했다. 딸의 환심을 사기 위해서다. 여자는, 아니, 인간은, 부모자식 간이라도 서로 경쟁하기 마련이다.

하지만, 딸은 웃지 않았다. 험담을 하든 칭찬을 하든, 엄마 얘기를 꺼내는 것은 금물처럼 보였다. 나는 질투심이 대단하구먼, 하고 홀로 지레짐작했다.

"어떻게 이렇게 만났지?" 나는 곧바로 화제를 바꿨다. "시간을 정하고 그 서점에서 만나기로 약속한 것 같아."

"정말 그래." 하고, 이번에는 나의 달콤한 감개에 쉽사리 걸려들었다. 나는 우쭐해져서,

"영화 보면서 시간 때우다, 약속 시간 딱 5분 전에 그 서점에 가서, ……."

"영화?"

"응, 가끔 봐. 서커스 줄타기 영화였는데, 광대가 광대 역할을 하면, 잘 하더라. 연기를 잘 못하는 배우라도, 광대 연기를 하면 그럴싸해. 정신 자체가 광대니까. 광대의 슬픔이, 무의식중에 배어나오는 거지."

연인 사이에는, 역시 영화 얘기만 한 얘깃거리가 없다. 이상하리만치 딱 좋다.

"그건, 나도 봤어."

"만난 순간, 둘 사이로 파도가 쏴아 밀려들고, 다시 헤어지잖아. 그 부분도, 좋아서. 인생에는, 그런 일로 다시 영원히 헤어지는 일도 있기 마련이니까."

이 정도로 달콤한 말을 아무렇지 않게 할 수 있는 사람이 아니면, 젊은 여자의 애인이 될 수 없다.

"내가 1분 먼저 서점을 나오고, 그런 다음 네가 그 서점에 들어왔으면, 우리는 영원히, 아니 적어도 십 년은 못 만났을 거야."

나는 오늘 밤의 해후를 가능한 한 로맨틱하게 포장하려 애썼다.

길은 좁고 어두웠고, 게다가 미끄럽기까지 해서 우리 둘은 나란히 걸을 수가 없었다. 여자가 앞에 서고, 나는 니주마와시 주머니에 양손을 찔러 넣고 그 뒤를 따라가며,

"반 정ᴛ, 약 55m쯤 더 걸어? 아니면 한 정?" 하고 묻는다.

"저기, 나, 한 정이 어느 정돈지, 잘 몰라."

실은 나도 마찬가지로, 거리에 대한 감각이 없다. 하지만, 연애에 있어 바보스런 느낌을 주는 것은 금물이다. 나는, 과학자처럼 시치미를 떼고,

"백 미터 정도는 되나?" 하고 말했다.

"글쎄."

"미터라면 감이 오겠지. 백 미터가 반 정이야."라고 가르쳐줬는데, 어쩐지 불안해서 속으로 암산을 해보니 백 미터는 약 한 정이었다. 하지만 나는 내 말을 바로잡지 않았다. 연애에 있어 우스운 느낌은 금물이다.

"바로 저쪽이야."

상태가 심각한 가건물 아파트였다. 어스름한 복도를 지나, 왼편 다섯

번짼가 여섯 번째 방문에, '진바'라는 귀족의 성이 적혀 있다.

"진바 씨!" 나는 큰 소리로 방 안을 향해 외쳤다.

분명, 네에, 하는 대답이 들렸다. 뒤이어, 문의 불투명 유리에 그림자가 움직이는 게 보였다.

"오오, 있군, 있어." 내가 말했다.

딸은 우뚝 선 채 얼굴에 혈기를 잃고, 아랫입술을 심하게 일그러뜨리는가 싶더니, 갑자기 울음을 터뜨렸다.

아이 엄마는 히로시마의 공습 때 죽었다고 한다. 죽기 직전에 헛소리처럼 한 말에, 가사이 씨의 이름도 나왔다고 한다.

딸은 홀로 도쿄로 돌아와 엄마 쪽 친척인 진보당 국회의원의 법률사무소에서 일하고 있다고 한다.

엄마가 돌아가셨다는 말을 못 꺼내겠어서, 어쩔 줄을 몰라 하다가 일단 여기까지 안내해준 거라고 한다.

내가 엄마 얘기를 꺼내면 시즈에코짱이 갑자기 활기를 잃는 것도 그 때문이었다. 질투도 아니고, 사랑도 아니었다.

우리는 방 안에 들어가지 않고, 그대로 발걸음을 돌려 역 근처 번화가에 왔다.

아이 엄마는, 장어를 좋아했다.

우리는 장어요리 포장마차의 포렴을 걷고 들어섰다.

"어서 오세요."

서서 먹는 손님은 우리 두 명뿐이고, 포장마차 안쪽에 앉아서 술을 마시는 신사 한 명이 있었다.

"큰 꼬치로 드릴까요, 아니면 작은 꼬치로 드릴까요?"

"작은 꼬치로. 삼 인분."

"네, 알겠습니다."

그 젊은 주인은 도쿄 토박이로 보였다. 화로에 대고 펄럭펄럭 기운차게 부채질을 한다.

"그릇은, 하나씩 따로따로 세 개 놓아주게."

"네? 다른 한 분은? 나중에 오십니까?"

"세 명 있잖소." 나는 웃지 않고 말했다.

"네?"

"이 사람이랑 나 사이에, 한 명 더, 걱정스러운 얼굴을 한 미인이 있잖아?" 이번에는 나도 약간 웃으며 말했다.

젊은 주인은 내 말을 어떻게 이해했는지,

"이야, 못 말리겠군."

하고 웃으며, 머리띠 매듭 쪽에 한 손을 가져갔다.

"이거, 있어?" 나는 왼손으로 술을 마시는 시늉을 해보였다.

"최고급 술이 있습니다. 아니, 그렇지도 않은가?"

"컵으로 세 잔."이라고 내가 말했다.

작은 꼬치가 놓인 접시 세 장이, 우리 앞에 놓였다. 우리는 가장 가운데 접시를 그대로 두고, 양 끝에 놓인 접시에 각자의 젓가락을 가져갔다. 이윽고 술이 가득 담긴 컵 세 개도 놓였다.

나는 가장 끝에 놓인 컵을 집어 쭉 들이켠 뒤,

"도와주자."

하고, 시즈에코에게만 들릴 정도의 작은 목소리로 말하고, 엄마의 컵을 집어 쭉 들이켠 뒤, 주머니에서 좀 전에 산 땅콩봉지 세 개를 꺼내어,

"오늘 밤엔 술을 좀 마셔야겠으니, 땅콩이라도 먹으면서 같이 있어

쥐." 하고, 이 역시 작은 목소리로 말했다.

시즈에코는 끄덕였고, 그 이후로 우리는 한마디도, 아무 말도 하지 않았다.

내가 묵묵히 네다섯 잔을 연거푸 마시는 중에, 포장마차 안쪽에 있던 신사가 장어집 주인을 상대로 마구 소란을 피워댔다. 정말이지 시시하고 우습지도 않은 데다, 센스라고는 눈곱만큼도 없는 농담을 하고, 본인은 정말 재미있다는 듯 웃고, 주인도 비위를 맞추느라 웃었다. "뭐라 뭐라 했는데, 그러니까, 얼굴이 확 붉어져서 말이지, 사과는 귀여워, 기분을 다 아니까[3] 라고 하면서, 와하하하, 그 녀석 머리가 좋으니까, 도쿄역이 우리 집이라고 해서 말이지, 할 말을 잃었는데, 내 첩네 집이 마루노우치 빌딩이라고 하니까, 이번에는 그 사람이 할 말을 잃어서, ……." 이런 식으로, 어디 하나 재미있지도 우습지도 않은 농담을 언제까지고 줄줄 해대는 통에, 나는 일본 취객의 빈약한 유머감각에 새삼스레 넌더리가 났다. 그 신사와 주인은 함께 웃었지만, 나는 조금도 웃지 않고 술을 마시며 섣달그믐 무렵 포장마차 옆을 오가는 사람들의 풍경을, 멍하니 바라보고만 있었다.

신사는 문득 내 시선이 어디에 있는지를 확인한 뒤, 나를 따라 포장마차 바깥을 오가는 사람들의 행렬을 잠시 바라보더니, 느닷없이 큰 소리로,

"헬로우, 메리, 크리스마스."

하고 외쳤다. 미국 군인이 걸어가고 있었던 것이다.

딱히 이유는 없지만, 나는 신사의 그 해학에 웃음을 터뜨렸다.

3_ 1945년 소치쿠에서 만든 영화 <산들바람そよかぜ>의 삽입곡 <사과의 노래>.

그 얘기를 들은 군인은, 어이없다는 듯한 얼굴로 고개를 저으며 큰 보폭으로 걸어갔다.

"이 장어도 먹어버릴까?"

나는 한가운데에 남아 있던 장어 접시에 젓가락을 가져갔다.

"응."

"반씩."

도쿄는 여전하다. 이전과 조금도 다르지 않다.

ヴィヨンの妻

비용의 아내

太宰治

「비용의 아내」

1947년 3월 『전망展望』에 발표되었다. 다자이는 「사양」을 쓰기 시작할 무렵 (1947년 1월) 본격적으로 방탕한 생활을 하기 시작했는데, 이 작품에 등장하는 오타니는 다자이가 스스로를 희화화하여 그린 인물이라고 볼 수 있다. 이는 「사양」의 우에하라 지로와 「오상」의 저널리스트 등과 상통하는 면이 있다. 또한 오타니와는 대조적으로 비참한 생활 속에서도 밝고 씩씩하게 사는 여성상 삿짱을 그려냄으로써 대작 「사양」을 집필하기 위한 발판을 마련했다는 평가도 있다. 2009년 영화화되어 화제가 되기도 했다.

1

다급히 현관문을 여는 소리가 들렸기에, 저는 그 소리에 눈을 떴지만, 그건 고주망태가 되어 한밤중에 들어오는 남편일 게 뻔하기에, 그대로 아무 말 없이 누워 있었습니다.

남편은 옆방 전등을 켜고는, 허억허억 하고 몹시 거친 숨소리를 내면서, 책상 서랍과 책장 서랍을 열어 휘저으며 무언가를 찾는 것 같았습니다. 이윽고 쿵 하고 바닥에 주저앉는 듯한 소리가 들렸고, 그 뒤로는 그저, 헉헉거리는 거친 숨소리만 들려왔습니다. 뭘 하고 있는 건지, 제가 누운 채로,

"왔어? 저녁은 먹었어? 찬장에 주먹밥 있는데."

라고 하자,

"오오, 고마워." 하고 웬일로 상냥하게 대답하더니, "애는 어때? 아직도 열 나?" 하고 물었습니다.

이 또한 드문 일이었습니다. 아이는 내년에 네 살이 되는데, 영양부족 탓인지, 아니면 남편의 술독 때문인지, 병독病毒 때문인지, 다른 집 두

살배기 아이보다도 작을 지경이고, 걸음걸이도 불안하며, 말도 기껏해야 엄마, 싫어 같은 말만 겨우 할 수 있을 정도라, 뇌에 이상이 있는 게 아닐까 싶습니다. 저는 이 아이를 목욕탕에 데리고 갔을 때 옷을 벗기고서 끌어안고는, 너무 작고 볼품없이 마른 것을 보고 안쓰러운 마음에 많은 사람들 앞에서 울어버린 적도 있습니다. 그리고 이 아이는 늘 배탈이 나거나, 열이 납니다. 남편은 집에 있을 때가 거의 없고, 아이 일에 관심이 있는 건지 없는 건지, 아이가 열이 난다고 해도, 아, 그래? 병원에 데려가면 되잖아, 라고 하면서, 바쁜 듯 니주마와시를 걸쳐 입고 어디론가 나가버립니다. 병원으로 데려가려 해도 돈이 한 푼도 없으니, 저는 아이와 나란히 누워 가만히 아이의 머리를 쓰다듬어주는 수밖에 없습니다.

하지만 그날 밤에는 웬일로, 이상하리만치 상냥하게 애 열은 어떠냐고 묻기에, 저는 기쁘기보다도, 어쩐지 무서운 예감이 들어 등줄기가 써늘 했습니다. 뭐라 대답해야 할지 몰라 가만히 있자니, 잠시 동안은 그냥, 남편의 거친 숨소리만 들렸는데,

"실례합니다."

하고, 현관에서 가느다란 여자의 목소리가 났습니다. 저는 온몸에 냉수를 뒤집어쓴 듯 오싹했습니다.

"실례합니다. 오타니 씨."

이번에는 약간 가시 돋친 말투였습니다. 동시에 현관을 여는 소리가 들리더니,

"오타니 씨! 계시지요?"

하고, 명백히 화가 난 사람의 목소리가 들렸습니다.

남편은 그제야 현관에 나갔는지,

"뭐야."

하고, 덜덜 떠는 듯하면서도 얼이 빠진 것 같은 목소리로 대답했습니다.

"뭐냐고 물을 때가 아녜요." 여자가 목소리를 낮추어 말했습니다. "이렇게 제대로 된 집도 있는 사람이 도둑질을 하다니, 이게 웬일이에요? 말도 안 되는 농담 집어치우고, 그 돈 돌려주세요. 그러지 않으면, 지금 당장 경찰에 신고할 거예요."

"무슨 소리야? 무례한 소리 하지 마. 여기는 너희가 올 데가 아냐. 돌아가! 돌아가지 않으면, 내가 너희를 신고할 테니까."

그때, 또 다른 한 남자의 목소리가 들렸습니다.

"선생님, 배짱 한번 좋군요. 너희가 올 데가 아니라니, 대단합니다. 어이가 없어서 말이 다 안 나오네. 다른 일과는 다릅니다. 남의 집 돈을, 이봐요, 농담을 해도 정도껏 해야지. 이제까지 우리 부부가, 당신 때문에 얼마나 고생을 많이 했는지 모를 거요. 그런데도 이렇게, 오늘 밤처럼 한심한 짓거리를 하다니. 선생님, 제가 사람을 잘못 봤습니다."

"협박이군." 남편이 근엄한 목소리로 말했지만, 그 목소리는 떨리고 있었습니다. "공갈 그만 해. 돌아가! 불만이 있으면, 내일 듣겠어."

"대단한 말씀을 하시는구먼. 선생님, 이미 어엿한 악당이 되셨군요. 그럼 이제 경찰에 신고하는 수밖에 없지요."

그 말투에는, 온몸에 소름이 끼칠 정도로 엄청난 증오가 서려 있었습니다. "멋대로 해!" 하고 외치는 남편의 갈라진 목소리는 공허하게 들렸습니다.

저는 일어나 잠옷 위에 겉옷을 걸치고 현관으로 나가 두 명의 손님께,

"어서 오세요."

하고 인사했습니다.

"오오, 부인되십니까?"

둥근 얼굴에 무릎까지 오는 짧은 외투를 입은 쉰 정도 되어 보이는 남자가, 전혀 웃음기 없는 얼굴로 저를 향해 고개를 살짝 까딱이며 인사했습니다.

여자는 마흔 남짓한 나이에 삐삐 마르고 체구가 아담하며, 깔끔하게 차려입은 사람이었습니다.

"이렇게 늦은 시간에 찾아와서 죄송합니다."

그 여자 역시, 조금도 웃지 않고 숄을 벗으며 저의 인사에 답했습니다.

그때, 남편이 별안간 게다를 신더니 밖으로 뛰쳐나가려고 했습니다.

"이런, 이러면 안 되지."

남자가 남편의 한쪽 팔을 잡았고, 두 사람은 잠시 몸싸움을 벌였습니다.

"이거 놔! 칼로 찔러버릴 거야."

남편의 오른손에는 잭나이프가 빛나고 있었습니다. 그 나이프는 남편의 애장품인데, 제 기억에 남편 책상 서랍 속에 있었던 것입니다. 좀 전에 남편이 집에 오자마자 서랍을 휘저었는데, 남편은 이미 이런 일이 일어날 것을 짐작하고서 나이프를 찾아 주머니에 넣고 있었던 것임에 틀림없습니다.

남자는 한발 물러섰습니다. 그때를 틈타 남편은 커다란 까마귀처럼 니주마와시 소매를 펄럭이며 밖으로 달려 나갔습니다.

"도둑이야!"

남자가 큰 소리로 외치며, 곧이어 밖으로 달려 나가려 했지만, 저는 맨발로 흙마루로 뛰어 내려가 남자를 끌어안아 붙들었습니다.

"그만두세요. 두 분 다 다치시면 안 돼요. 뒤처리는, 제가 할게요."

라고 제가 말하자, 옆에 있던 마흔 남짓의 여자도,

"맞아요, 여보. 칼을 쥔 미치광이예요. 무슨 짓을 할지 몰라요."

라고 했습니다.

"제길! 경찰서로 가야겠군. 더 이상 못 참겠어."

멍하니 캄캄한 바깥을 내다보며 혼잣말처럼 그렇게 중얼거렸지만,
그 남자는 이미 온몸에 기운이 하나도 없었습니다.

"죄송합니다. 어서 들어오셔서, 무슨 일인지 말씀해주세요."

라고 말한 뒤 저는 마루로 올라가 웅크리고 앉았습니다.

"제가 뒤처리를 할 수 있을지도 모르니까요. 자 들어오세요, 어서.
집이 지저분하지만요."

두 손님은 얼굴을 마주 보고는 어렴풋이 고개를 끄덕였고, 남자가
옷매무새를 가다듬고서 말했습니다.

"무슨 말씀을 하시든, 저희는 이미 마음을 정했습니다. 하지만, 이제
까지 무슨 일이 있었는지에 대해서는, 일단 부인께 말씀드리지요."

"네, 어서 들어오세요. 들어오셔서 느긋하게 쉬다 가세요."

"아니, 그렇게 느긋하게 있다 갈 수는 없지만 들어가지요."

남자는 외투를 벗기 시작했습니다.

"외투는 벗지 마세요. 추우니까요. 그냥 그 차림 그대로 들어오세요.
집안에는 난방기구가 전혀 없으니까요."

"그럼, 실례지만 이대로 들어가겠습니다."

"어서 들어오세요. 그쪽에 계신 분도 어서, 그냥 들어오세요."

남자가 먼저 들어왔고, 그런 다음 여자가, 남편이 쓰는 방으로 들어왔
습니다. 썩어 들어가는 다다미, 찢길 대로 다 찢긴 장지문, 떨어져가는

벽지, 종이가 벗겨져서 살이 다 드러난 맹장지, 구석에 놓인 책상과 책장, 그것도 텅 빈 책장, 방 안의 그런 황량한 풍경을 접하고, 두 분 다 바짝 긴장한 듯 보였습니다.

저는 두 분께 솜이 삐져나온 찢어진 방석을 권하며,

"다다미가 더러우니, 자, 이거라도 깔고 앉으세요."

하고는, 다시금 두 분께 인사를 드렸습니다.

"처음 뵙겠습니다. 남편이 그동안 폐를 많이 끼친 것 같은데, 오늘 밤엔 또 무슨 짓을 했는지 저렇게 무섭게 구니, 뭐라 사죄의 말씀을 드려야 할지 모르겠습니다. 보시다시피, 워낙 특이한 사람이라서 말이죠."

말을 하던 중에 말문이 막히고, 눈물이 났습니다.

"부인. 정말 실례지만, 나이가 어떻게 되시는지요?"

남자는 찢어진 방석에 아랑곳 않고 책상다리를 하고 앉아, 무릎 위에 팔을 괴고 턱에 주먹을 댄 채 상반신을 내밀며 제게 물었습니다.

"아, 저요?"

"네. 제 기억에 남편분은 서른인데, 맞지요?"

"네, 저는, 그러니까, ⋯⋯. 네 살 아래입니다."

"그러면, 스물, 여섯, 아니 이건 너무했군. 아직 그것밖에 안 됐어요? 아니, 그렇겠지요. 남편이 서른이라면 뭐 그럴 테지만, 놀랍군요."

"저도, 아까부터." 여자는 남자의 등 뒤에서 얼굴을 내밀더니, "감탄하고 있었어요. 이렇게 훌륭한 부인이 있는데, 오타니 씨는 어째서 저런 거지요?"

"병이야. 병에 걸린 거야. 전에는 저 정도까지는 아니었는데, 차츰 더 안 좋아졌어."

라고 말하며 크게 한숨을 내짓더니,

"실은 말이지요, 부인." 하고 정중한 어조로 말하기 시작했습니다. "저희 부부는 나카노 역 근처에서 작은 요릿집을 하고 있습니다. 저도 그렇고 이 사람도 조슈 출신입니다. 저는 이래 봬도 성실한 장사꾼이었는데, 겉멋이 들었다고나 할까요? 시골 농부들을 상대로 초라한 장사를 하기가 싫어져서, 20년 전, 아내를 데리고 도쿄로 올라와서 아사쿠사에 있는, 어떤 요릿집에 살며 종업원 생활을 시작했습니다. 보통 사람들처럼 된통 고생을 한 적도 있고 조금은 편하게 산 적도 있는데, 그러다 돈도 좀 모여서, 지금 있는 나카노 역 근처에 쇼와 11년[1936년]이었나, 다다미 여섯 장 크기 방 한 칸에 흙마루 하나 딸린, 정말 누추하기 그지없는 작은 집을 빌려서, 한 번 쓰는 유흥비가 기껏해야 1엔이나 2엔 남짓한 손님들을 상대하는 조촐한 음식점을 차렸습니다. 그래도 우리 부부는 사치도 부리지 않고 성실하게 일해 왔지요. 그 덕분인지 소주나 진 같은 술을 비교적 많이 사들여놓을 수 있었던지라, 이후에 술이 부족한 시대가 되고 나서도, 다른 음식점처럼 업종을 바꾸지도 않고, 겨우겨우 장사를 계속할 수 있었습니다. 또 상황이 그렇게 되니 단골손님들도 한마음으로 응원해주셔서, 이른바 군관[軍官]들이 먹고 마시는 술과 안주를 우리 가게에 들일 수 있게끔 길을 터주시는 분도 있었기에, 미국과 영국을 상대로 하는 전쟁이 시작되어 차츰 공습이 더 심해지고 나서도, 저희에겐 거치적거리는 아이도 없고, 폭격을 피해 고향으로 내려갈 마음도 없었으니, 까짓것 이 집이 불타기 전까지는 장사를 계속하자는 생각에, 이 장사 하나에만 매달려 살았습니다. 그렇게 가까스로 전쟁 피해를 입지도 않고 전쟁이 끝났으니 가슴을 쓸어내리고는, 이젠 서슴지 않고 판매가 금지된 술을 들여 팔고 있습니다. 간단히 말하자면,

저는 그런 사람입니다. 하지만, 이렇게 간단히 얘기하면 그렇게까지 큰 어려움 없이 비교적 운 좋게 살아온 인간처럼 생각하실지 모르지만, 인간의 한평생은 지옥이며 촌선탁마寸善尺魔라는 말은, 정말 맞는 말입니다. 한 치의 행복에는 반드시 한 자의 마물이 딸려옵니다. 1년 365일 중에 아무 걱정도 없는 날이 하루, 아니 반나절이라도 있다면, 그 사람은 행복한 사람입니다. 당신 남편인 오타니 씨가 처음으로 우리 가게에 온 것은, 쇼와 19년[1944년] 봄이었나? 어쨌든 그 무렵이었는데, 전쟁도 그렇게까지 패색이 짙지는 않았습니다. 아니, 차츰 패색이 짙어지고 있었지만, 우리는 그 실체랄까요, 진상이랄까요, 그런 건 몰랐고, 앞으로 이삼 년만 더 힘을 내면 어떻게든 대등한 입장에서 화친을 맺을 수 있을 거라고 생각하고 있었습니다. 오타니 씨가 처음으로 우리 가게에 왔을 때도, 아마, 무명 재질의 평상복에 니주마와시를 걸치고 있었던 것으로 기억합니다. 하지만, 오타니 씨뿐만 아니라 그 무렵 도쿄에는 방공복을 제대로 갖춰 입고 다니는 사람이 적었고, 대체로 평범한 복장으로 태연히 나다닐 수 있었던 때라, 저희도, 그때 오타니 씨의 복장을 딱히 단정치 못하다거나, 특이하다고 생각지는 않았습니다. 오타니 씨는 그때 혼자가 아니었습니다. 부인 앞이지만, 까짓것 뭐, 이제 숨김없이 다 털어놓지요. 남편은, 어떤 중년 여자와 함께 가게 뒷문으로 살그머니 들어왔습니다. 원체 그 무렵에는, 저희 가게도 매일 대문은 잠가두고, 그 무렵에 유행하던 말로 표현하자면 폐점개업開店開業을 하고 있었던지라, 극히 소수의 단골손님들만 뒷문으로 살그머니 들어와서, 가게 흙마루에 있는 의자에 앉아 술을 마시는 게 아니라, 안쪽 방의 어둑한 전등 아래서 큰 목소리를 내지 않고, 얌전히 취해가는 식이었습니다. 그 중년 여자라는 사람은 그즈음까지 신주쿠의 바 여급으로 있던 사람인데,

그 시절에 좋은 집안 출신의 손님을 우리 가게에 데리고 와서 술을 마시면서 우리 단골손님이 되었지요. 뭐랄까, 자기랑 비슷비슷한 사람들과 어울려 지내는 것 같았는데, 그 사람은 근처에 있는 아파트에 사는 사람이었던지라, 신주쿠 바가 문을 닫아서 일을 관두고 나서도, 이따금 아는 남자를 데리고 왔습니다. 우리 가게의 술도 차츰 떨어져가서, 아무리 돈이 많은 손님이라도 술손님이 느는 게 예전처럼 달갑지 않음은 물론, 꺼려지기까지 했습니다. 하지만 그 전 네댓 해 동안 돈을 펑펑 쓰는 손님들만 많이 데리고 왔었으니, 의리도 있고 해서 그 중년 여자의 소개로 오게 된 손님께는, 저희도 싫은 내색 않고 술을 드렸습니다. 그 중년 여성은 아키짱이라고 하는 사람인데, 오타니 씨는 그 사람과 함께 부엌 뒷문으로 살그머니 들어왔기에, 별로 수상쩍게 여길 일도 없었던지라, 언제나처럼 안쪽 방을 내주고 소주를 내었습니다. 그날 밤 오타니 씨는, 얌전히 술을 마시다 계산은 아키짱에게 시키고서 또다시 뒷문을 통해 함께 돌아갔는데, 저는 이상하게도 그날 밤, 묘하게 조용하고 고상해보이던 오타니 씨의 모습을 잊을 수가 없습니다. 마물魔物이 사람의 집에 처음으로 나타날 때는, 그렇게 얌전하고 순진한 모습으로 나타나는 걸까요? 그날 밤부터 우리 가게는 오타니 씨의 표적이 되고 말았습니다. 그 후 열흘 정도 지나, 이번에는 오타니 씨 혼자 뒷문으로 들어오더니 갑자기 백 엔짜리 지폐 한 장을 꺼냈습니다. 그 무렵에는 아직 백 엔이라고 하면 큰돈이었어요. 지금의 이삼천 엔 정도, 아니 그 이상의 금액에 상당하는 큰돈이었습니다. 그것을 막무가내로 제 손에 쥐어주며, 부탁이야, 라고 하면서 나약한 느낌의 미소를 지었습니다. 이미 꽤 술을 많이 드신 것 같았지만, 어쨌든, 부인도 아시겠죠. 그렇게 술이 셀 수가 없습니다. 취했나 싶으면 갑자기 조리 있게 이야기하고, 술을 아무리 많이 마셔도 저희 앞에서 비틀거리는 모습을 보인 적이 없으니까요. 서른을 전후한 나이는 말하자면 혈기 왕성한 시기라, 술을 잘 마실 나이이긴 하지만, 그런 사람은 드뭅니다. 그날 밤에도 어디 다른 집에서 꽤 많이 마시고 온 것 같았는데, 그러고 나서도 우리 집에서 소주를 연거푸 열 잔이나 마셨습니다. 거의 아무 말 없이, 저희 부부가 뭐라고 말을 시켜도 부끄러운 듯 웃기만 하면서, 응, 응, 하고 애매하게 수긍한 뒤, 갑자기, 몇 십니까? 하고 시간을 물으며 일어나기에, 제가, 거스름돈 드리지요, 라고 말하니까, 아니, 괜찮습니다, 라고 했습니다. 이러시면 곤란하다며 제가 강경하게 밀어붙이자, 빙긋이 웃으며, 그러면 제가 다음에 올 때까지 맡아 주십시오, 또 오겠습니다, 라고 하고는 돌아갔습니다. 부인, 저희가 그 사람에게서 돈을 받은 것은, 그 전은 물론 그 후로도 한 번도 없었고 오로지 그때뿐이었습니다. 그 뒤로는 어쩌고저쩌고 둘러대면서 3년간, 돈 한 푼 안 내고 우리 가게에 있던 술을 전부 거의 혼자서 다 마셔버렸으니, 어이없지 않습니까?"

저는 무심결에, 웃음을 터뜨렸습니다. 까닭모를 웃음이 복받쳐 올라왔습니다. 서둘러 입을 꼭 틀어막고 안주인 쪽을 보니, 안주인도 묘한 웃음을 지으며 고개를 숙이고 있었습니다. 주인장도 어쩔 수 없다는 듯 쓴웃음을 지으며,

"사실 그게, 전혀 웃을 일은 아니지만, 너무 어이가 없으니까, 웃음도 나오네요. 실생활에서 보여주는 그런 실력을 다른 방면에서 제대로 발휘한다면, 고위 관료건, 박사건, 뭐든 될 수 있습니다. 우리 부부뿐만 아니라, 그 사람의 표적이 된 바람에 빈털터리가 되어 이 엄동설한에 울고 있을 사람이 저희 말고도 많을 것 같아요. 실제로 아키짱 같은

사람도, 오타니 씨와 어울린 탓에 좋은 손님은 도망가 버리고, 돈도 다 쓰고 기모노도 잃게 되어, 지금은 더러운 다세대 주택 방 한 칸에서 거지처럼 살고 있다는데, 정말이지, 아키짱은 오타니 씨를 알게 되었을 무렵, 꼴사나울 정도로 흥분해서는, 우리한테도 이런저런 이야기를 떠들어대곤 했습니다. 우선, 신분이 굉장한 사람이다. 시코쿠의 어떤 귀족 집안에서 분가한 오타니 남작의 차남으로, 난봉을 피우다 결국 연을 끊은 상태지만, 언젠가 아버지인 남작이 죽으면 장남과 둘이서 재산을 나눌 것이다. 머리는 또 어찌나 좋은지, 천재라고 할 수 있다. 스물하나에 책을 썼는데, 그것은 이시카와 다쿠보쿠[1]라는 엄청난 천재가 쓴 책보다도 더 훌륭한 책이며, 그 이후로도 열 몇 권의 책을 썼다, 나이는 어리지만, 일본에서 제일가는 시인이다, 게다가 학식도 풍부해서, 가쿠슈인學習院과 제1고등학교, 제국대학을 나와 독일어, 프랑스어 등등을 익혔다는 둥, 뭐 굉장했지요. 정말, 아키짱 말에 따르면 마치 하느님 같은 사람이었어요. 그런데 그게 다 틀린 말은 아닌지, 다른 사람 얘기로도 오타니 남작의 차남으로 유명한 시인이라는 것에는 틀림이 없었기에, 나이도 먹을 만큼 먹은 제 집사람까지, 아키짱과 경쟁하듯 흥분해서는, 과연 좋은 집안에서 자란 분은 어딘가 다르다고 하면서 오타니 씨가 오기를 기다릴 정도였으니, 말 다 했지요. 이제는, 화족[2]이고 나발이고 다 없어진 모양이지만, 전쟁이 끝나기 전까지 여자를 꼬드기기 위해서는, 뭐니 뭐니 해도 화족의 방탕한 아들이라는 수법을 쓰는 게 제일이었던 것 같습니다. 여자들 눈이 휘둥그레진답디다. 역시

1_ 1886~1912. 시인이자 평론가. 낭만파 시인으로 출발하여, 훗날 프롤레타리아 문학에 큰 영향을 미쳤다.

2_ 華族. 1869년에서 1947년까지 있었던 근대 일본의 귀족계급.

이건 그, 요즘 유행하는 말로 치면 노예근성이라는 거겠지요. 저는 남자인 데다, 심지어는 세상사에 닳아빠진 사람이니, 겨우 화족, 아니, 부인 앞에서 이런 말을 해도 되나 싶지만, 시코쿠의 귀족도 아니고 거기서 분가해 나온 사람이고, 심지어는 차남이라니, 그런 사람은 우리 신분과 다를 게 전혀 없을 테니까, 그렇게 한심하게 눈이 휘둥그레지지는 않습니다. 하지만 그래도, 그 선생님은 어쩐지 대하기가 어려운 사람이 었습니다. 다음에는 기필코, 아무리 졸라대도 술을 내주지는 않겠다고 굳게 결심하고 있어도, 쫓기는 사람처럼 생각지도 못한 시간에 불쑥 나타나서는 우리 집에 와서 겨우 한숨을 돌린 듯한 기색으로 있는 걸 보면, 어느새 제 결심도 무뎌져서 술을 내어줘 버립니다. 취해도 별반 시끄럽게 떠들어대지도 않으니, 계산만 제대로 해준다면 좋은 손님인데 말이지요. 스스로 자신의 신분을 떠들고 다니는 것도 아니고, 천재다 뭐다 하며 어리석은 자랑을 한 적도 없는데, 아키짱 같은 사람이 그 선생님 옆에서 저희를 상대로 그 선생님이 얼마나 위대한 분인지를 광고하고 있으면, 나는 돈이 필요해, 여기 술값을 내고 싶어, 하고 전혀 다른 얘기를 하며 그 분위기에 찬물을 끼얹어버립니다. 그 사람은 이제까 지 우리에게 술값을 치른 적이 없지만, 그 사람 대신 아키짱이 가끔 돈을 내고 가고, 또 아키짱 말고도 아키짱이 알면 안 되는 비밀스런 관계에 있는 여자도 있습니다. 그 사람은 다른 사람의 부인인 것 같은데, 그 사람도 가끔 오타니 씨와 함께 와서, 오타니 씨 대신 술값보다 더 많은 돈을 두고 가는 일도 있습니다. 저희도 장사치니까, 그런 거라도 없으면 아무리 오타니 씨가 선생님이든 황족이든, 언제까지고 그렇게 공짜 술을 대접할 수는 없지요. 하지만 그렇게 가끔 내는 돈만 가지고는 충분치 않고, 저희가 큰 손해를 보고 있으니, 고가네이에 선생님의 집이 있고 거기에는 정식으로 결혼한 부인도 있다는 애기를 듣고서, 그곳에 한번 상의를 하러 가자는 생각에, 오타니 씨에게 댁이 어디냐고 넌지시 물은 적도 있지만, 바로 낌새를 알아채고는, 없는 건 없는 거야, 어째서 그렇게 조바심을 내는 거야? 싸우고 절교하면 너희가 손해야 등등, 듣기 싫은 소리를 했습니다. 그래도 저희는 어떻게든 선생님의 집이 어디인지, 그것만이라도 알아두고 싶어서 미행을 붙인 적도 두어 번 있지만, 오타니 씨는 그때마다 미행을 모두 따돌렸습니다. 얼마 후 도쿄에는 연이어 큰 공습이 있었는데, 그 난리 통에 오타니 씨가 전투모를 쓰고서 뛰어 들어와서는 멋대로 벽장 속에 있던 브랜디 병을 꺼내어 선 채로 꿀꺽꿀꺽 마시고 바람처럼 사라졌습니다. 술값 계산 따위 하는 일 없이. 이윽고 전쟁이 끝나, 저희도 불법으로 유통되던 술과 안주를 공공연히 들여왔고, 가게 앞에는 새로운 포렴을 걸어놓았습니다. 가난했지만 큰맘 먹고 손님에 대한 서비스 차원에서 여자아이 하나를 고용하기도 했지만, 또다시 그 마물과도 같은 선생이 나타났습니다. 이번에는 여자가 아니라, 항상 신문기자나 잡지사 기자 두어 명과 함께 와서는, 그 기자들이, 어쨌든 앞으로는 군인이 몰락하고 이제까지 가난하게 살던 시인 같은 사람들이 세간의 칭송을 받게 되었다는 애기를 했는데, 오타니 선생님은, 그 기자들을 상대로, 외국인 이름인지, 영언지, 철학인지, 무엇인지 알 수 없는 이상한 애기를 들려주고는, 벌떡 일어나 밖으로 나가더니 그 뒤로 돌아오지를 않습니다. 기자들은 흥이 가셨다는 얼굴로, 녀석 어디 갔을까, 우리도 슬슬 갈까, 하고 일어설 준비를 시작합니다. 저는, 잠깐만요, 선생님은 언제나 저런 수법으로 도망칩니다. 계산은 당신들이 해주세요, 라고 합니다. 얌전히 함께 돈을 모아 내는 사람들도 있지만, 오타니한테 내라고 해, 우리는 오백 엔으로 생활하고 있으니까, 라면서 화를 내는 사람도 있습니다. 그래도 저는, 아뇨, 이제까지 밀린 오타니 씨의 외상값이, 얼마인지 아십니까? 만약 당신들이 오타니 씨에게서 그 외상값 중 몇 푼이라도 받아 주신다면, 저는 당신들에게 그 절반을 드리겠습니다, 라고 하면, 기자들도 어이없다는 표정으로, 뭐야, 오타니가 그렇게 한심한 녀석인 줄은 몰랐네, 앞으로는 녀석이랑 술 마시지 말아야지, 지금 우리에겐 백 엔도 없어, 내일 가지고 올 테니, 그때까지 이걸 맡겨둘게, 하고 위세 좋게 외투를 벗어두고 가는 사람도 있습니다. 세간에는 기자라는 사람들의 사람 됨됨이가 별로라는 얘기도 있는 것 같지만, 오타니 씨에 비하면 참으로 정직하고 시원시원한 사람들이라, 오타니 씨가 남작의 차남이라면 기자들은 공작의 맏아들이라고 해도 될 만한 사람들입니다. 오타니 씨는 전쟁이 끝난 뒤 주량이 한층 더 늘었고, 인상이 험악해져서는, 이제까지 입에 담은 적이 없는, 몹시 천한 농담을 지껄이기도 하고, 데리고 온 기자들을 별안간 때리거나 서로 멱살을 잡아가며 싸우기도 했습니다. 심지어 저희 가게에서 일하는, 아직 스물도 안 된 여자아이를 어느새 감쪽같이 속여서 손에 넣은 듯했습니다. 저희도 깜짝 놀랐고 정말 난감했지만 이미 엎질러진 물이니 울면서 잠들 수밖에 없었고, 여자아이에게도 포기하라고 타이른 뒤, 슬그머니 부모님 곁으로 돌려보냈습니다. 오타니 씨, 이제는 아무 말 않겠습니다. 제발 부탁이니, 더 이상 오지 마십시오, 라고 해도, 오타니 씨는, 불법으로 돈을 버는 주제에 평범한 사람처럼 말하지 마, 나는 뭐든 다 알아, 하고 상스럽게 협박하듯 말하고는, 또다시 바로 다음날 밤에 태연한 얼굴로 찾아옵니다. 저희도, 전쟁 중에는 불법 장사를 해서 그 벌로 이렇게 도깨비 같은 사람을 들이게 되었는지도 모르지만, 오늘 밤처럼 말도 안 되게 굴면, 시인이고 선생님이고 나발이고 없습니다. 도둑이에요. 저희 돈 오천 엔을 훔쳐 달아났으니까요. 요즘은 저희도 물건을 들이는 데 돈이 많이 들어서, 집안에 두는 현금은 기껏해야 오백 엔에서 천 엔 정도밖에 없습니다. 진짜예요. 장사로 번 돈은 곧바로 물건을 들이는 데 다 쏟아 부어야 합니다. 오늘 밤 저희 집에 오천 엔이라는 큰돈이 있었던 것은, 올해도 섣달그믐날이 코앞으로 다가와서, 저희가 단골손님들의 집을 돌며 외상값을 받아 간신히 그만큼 모았기 때문입니다. 당장 오늘 밤에라도 거래처에 돈을 치르지 않으면, 내년 설날부터는 저희 장사를 계속해나갈 수 없어요. 그런 중요한 돈인데, 아내가 안방에서 돈을 세고 선반 서랍에 넣어두는 것을, 그 사람이 흙마루 의자에 앉아 홀로 술을 마시면서 보고 있었는지, 갑자기 일어서서 성큼성큼 방으로 올라가더니, 아무 말 없이 아내를 밀치고 서랍을 열어 그 오천 엔 다발을 꽉 움켜쥐고는 겉옷 주머니에 쑤셔 넣고, 우리가 어이없어 하는 틈을 타 재빨리 흙마루로 내려가 가게에서 나가버리기에, 저는 오타니 씨를 불러 세우려고 목청껏 소리 지르며 아내와 함께 뒤를 쫓았습니다. 이렇게 된 이상 저는, 도둑이야! 하고 외쳐서, 오가는 사람들을 모아 그를 붙잡아달라고 할까 싶기도 했지만, 어쨌든 오타니 씨는 저희와 아는 사이니까 너무 매정하게 그러기도 뭐해서, 오늘 밤에는 무슨 수를 써서라도 오타니 씨를 놓치지 않고 끝까지 뒤를 쫓아가서 어디로 가는지를 확인하고, 좋게 얘기해서 그 돈을 돌려받으려 한 겁니다. 뭐, 저희 장사는 힘을 쓰는 일이 아니니까, 저희 부부가 힘을 합쳐서 가까스로 이 집을 알아내고, 흥분을 가라앉히며 돈을 돌려달라고 좋게 얘기했는데, 이게 무슨 일입니까? 칼 같은 걸 휘두르며 찌르겠다고 하다니, 이 무슨."

또다시, 까닭모를 웃음이 복받쳐 올라와서, 저는 소리 내어 웃고 말았습니다. 안주인도, 얼굴을 붉히며 살짝 웃었습니다. 웃음이 좀체 멈추지를 않아서, 주인에게는 미안했지만, 어쩐지 이상하게 우스워서, 마냥 계속 웃다가 눈물이 났는데, 문득, 남편의 시에 나오는 '문명의 열매인 함박웃음'이란 이런 기분을 가리키는 말 아닐까, 하는 생각이 들었습니다.

2

하지만 어쨌든, 그렇게 실컷 웃는다고 끝날 일이 아니었으니, 저도 생각 끝에, 그날 밤 두 분에게, 그러면 제가 어떻게든 뒤처리를 하겠으니, 경찰에 신고하지 마시고 하루만 더 말미를 주세요, 내일 제가 그쪽으로 찾아가겠습니다, 라고 말씀드리고, 나카노에 있다는 그 가게가 어디에 있는지 자세히 물은 뒤, 두 사람을 억지로 설득하여, 일단 그날 밤에는 돌려보냈습니다. 그런 뒤에 싸늘한 안방 한가운데에 홀로 앉아 머리를 짜내보았지만, 별반 좋은 생각이 떠오르지 않아, 일어나 하오리[3]를 벗고, 아이가 자고 있는 이불 속으로 들어가 아이의 머리를 쓰다듬으며, 시간이 아무리 지난들, 영원히 날이 밝지 않았으면 좋겠다고 생각했습니다.

제 아버지는 이전에 아사쿠사 공원의 효탄 연못 근처에서 어묵을 파는 포장마차를 했습니다. 어머니는 일찍 돌아가신지라 아버지와 둘이서 다세대 주택에 살았고, 포장마차도 아버지와 둘이서 했는데, 지금 저와 함께 사는 그 사람이 가끔 포장마차에 들렀고, 그러다 아버지

. . . .
3_ 기모노 위에 입는 짧은 겉옷.

몰래 그 사람과 다른 곳에서 만나게 되어, 뱃속에 아이가 생겨서, 이런저런 난리를 피운 끝에, 간신히 그 사람의 아내처럼 살게 되었지만, 물론 호적에 이름이 올라가 있지도 않으니, 아이도 공식적으로는 아비 없는 자식입니다. 그 사람은 집을 나서면 사나흘, 아니, 한 달이 지나도 안 들어올 때도 있는데, 어디에서 뭘 하는지는 모릅니다. 들어올 때는 언제나 만취 상태이고, 새파란 얼굴로, 헉헉, 하고 괴로운 듯 숨을 고르며, 내 얼굴을 가만히 바라보며 펑펑 울 때도 있습니다. 또 갑자기, 제가 누워 있는 이불 속으로 기어 들어와서 제 몸을 꼭 껴안으며,

"아아, 안 되겠어. 무서워. 무서워, 나. 무서워! 살려줘!"

라고 하면서 벌벌 떨 때도 있고, 잠든 뒤에도 잠꼬대를 하고, 신음소리도 내고, 다음 날 아침이 되면 영혼이 빠져나간 사람처럼 멍하니 있다가, 어느새 갑자기 사라져서, 또다시 사나흘이 지나도 안 들어옵니다. 옛날부터 남편과 알고 지내는 출판 관계자 두어 분이 저와 아이의 처지를 딱하게 생각하여 가끔 돈을 보내주셔서, 저희는 굶어죽지 않고 오늘날까지 간신히 살아왔습니다.

깜빡 잠이 들었다가 퍼뜩 눈을 떠보니, 덧문 틈으로 아침햇살이 새어드는 게 보여서, 일어나 몸단장을 한 뒤 아이를 업고, 밖으로 나갔습니다. 도저히 집안에 가만히 앉아 있을 수가 없었습니다.

뚜렷한 목적지도 없이 역 쪽으로 걸어가, 역 앞 노점에서 사탕을 사서 아이에게 물린 뒤, 갑자기 어떤 생각이 떠올라 기치조지까지 가는 차표를 사서 전철을 탔습니다. 손잡이에 매달려 무의식중에 전철 천장에 달려 있는 포스터를 보는데, 남편 이름이 나와 있었습니다. 그것은 잡지 광고였는데, 남편은 그 잡지에 「프랑수와 비용[4]」이라는 긴 논문을 발표한 것 같았습니다. 저는 프랑수와 비용이라는 제목과 남편 이름을

올려다보다가, 무슨 까닭인지는 모르겠지만 쓰디쓴 눈물이 터져 나와, 시야가 흐려져 포스터를 볼 수가 없었습니다.

기치조지에서 내려, 정말 몇 년 만에 이노카시라 공원으로 걸어가 보았습니다. 연못가의 삼나무가 싹 다 잘려나가서, 앞으로 무슨 공사라도 있을 땅처럼, 예전과는 달리 이상하게 황량하고 쓸쓸한 느낌이었습니다.

아이를 등에서 내려놓고 연못가의 부서진 벤치에 나란히 앉아, 아이에게 집에서 가져온 감자를 먹였습니다.

"아가. 연못 예쁘지? 옛날에는 말이다, 이 연못에 잉어랑 금붕어가 정말 정말 많았는데, 지금은 아무것도 없네? 재미없어."

아이는 무슨 생각이 들었는지, 감자를 입 안 가득 문 채 케케, 하고 이상한 소리를 내며 웃었습니다. 제 아이지만, 거의 바보 같아 보였습니다.

그 연못가 벤치에 마냥 앉아 있는다고 해서 무슨 수가 있는 것도 아니니, 저는 또다시 아이를 업고 어슬렁어슬렁 기치조지 역으로 돌아와, 시끌벅적한 노점들을 구경하고, 역에서 나카노 행 차표를 산 뒤, 아무런 생각이나 계획도 없이, 말하자면 무시무시한 악마의 골짜기로 점점 빨려 들어가듯, 전철을 타고서 나카노에 내린 뒤, 어제 들은 얘기대로 길을 찾아 걸어서, 그 사람들의 요릿집 앞에 도착했습니다.

대문이 닫혀 있어서, 뒤로 돌아가 뒷문으로 들어갔습니다. 주인어른은 없었고, 안주인 혼자 가게 청소를 하고 있었습니다. 안주인과 얼굴이 마주친 순간 저는, 저 스스로도 생각지 못한 거짓말을 줄줄 늘어놓았습니

· · · · · · · · · · · · ·
4_ 1431~1463? 강도, 살인, 소매치기를 저질러 인생의 대부분을 교도소에서 보내면서도 아름다운 서정시를 많이 남긴 프랑스의 시인.

다.

"저, 아주머니, 돈은 제가 전부 돌려드릴 수 있을 것 같아요. 오늘 밤이 아니면 내일, 어쨌든, 확실하니까 이제 걱정 마세요."

"어머나, 정말 감사합니다."

안주인은 약간 기쁜 표정을 지었지만, 그래도 무언가 마음이 안 놓이는지 얼굴 어딘가에 불안한 그림자가 남아 있었습니다.

"아주머니, 정말이에요. 확실히, 여기에 가지고 오겠다는 사람이 있어요. 그때까지 저는 인질로, 여기 계속 있을 거예요. 그러면 마음이 놓이시죠? 돈이 올 때까지, 제가 가게 일을 도와드릴게요."

저는 아이를 안방에 내려놓고 혼자 놀게 한 뒤, 여기저기를 쓸고 닦았습니다. 아이는 원래 혼자 노는 데 익숙한지라 전혀 거치적거리지 않습니다. 또한 머리가 안 좋은 탓인지, 낯을 안 가려서 안주인을 보고도 웃었고, 제가 안주인 대신 가게 배급물을 타러 간 사이에도 안주인이 가지고 놀라며 건네준 미국 통조림 껍데기를 가지고, 그것을 두드리고 굴려가며 얌전히 방구석에서 논 모양이었습니다.

점심 무렵, 주인이 가게에서 쓸 생선과 야채를 사가지고 돌아왔습니다. 저는 주인 얼굴을 보자마자 빠른 속도로, 안주인에게 한 거짓말을 똑같이 되풀이했습니다.

주인은 눈이 휘둥그레져서,

"네? 하지만 부인, 돈이라는 건, 자기 손에 들어오기 전까지는 믿을 수가 없는 겁니다."

하고 의외로 조용히, 설교조로 말했습니다.

"아뇨, 그게 말이죠, 정말 확실해요. 그러니까 저를 믿으시고, 신고하지 마시고 하루만 더 기다려 주세요. 그때까지 저는, 이 가게 일을 도울 테니까요."

"돈을 돌려주시기만 한다면야, 뭐 그렇게까지 할 필요가 있나." 하고, 주인이 혼잣말처럼 중얼거렸습니다. "어쨌든 올해도 앞으로 대엿새밖에 안 남았으니까요."

"네, 그래서, 그러니까 말이죠, 저기 저는, 어머? 손님 오셨네요. 어서 오세요." 저는 가게로 들어온, 기술자로 보이는 세 명의 손님들에게 웃어 보이고는, 나직이 "아주머니, 죄송합니다. 앞치마 좀 빌려주세요." 라고 했습니다.

"오, 미인을 고용했구먼. 정말 예쁜데?"

손님 한 명이 말했습니다.

"유혹하지 마세요." 주인은, 꼭 농담인 것만은 아닌 듯 말했습니다. "돈이 걸려 있는 몸이니까요."

"백만 달러짜리 명마名馬인가?"

또 다른 손님 한 명이, 천박한 우스갯소리를 했습니다.

"명마라도, 암컷은 반값이라지요."

제가, 술을 따끈하게 데우면서 그에 질세라 천박한 농담으로 받아쳤더니,

"겸손하기는. 앞으로 일본은, 말이든 개든 남녀평등이래." 하고 가장 젊은 손님이 호통을 치듯 말했습니다. "누님, 나 반해버렸어. 한눈에 반했어. 그런데 가만있자, 애가 있네?"

"아뇨." 안쪽에서 안주인이 아이를 안고 나와서 말했습니다. "이 아이는, 이번에 우리가 친척 집에서 데려온 아이예요. 이제 겨우 우리한 테도, 이 집을 이을 아이가 생긴 거죠."

"돈도 생기고."

손님 한 명이 놀리자 주인은 진지하게,

"여자도 생기고, 빚도 생기고." 하고 중얼거리더니, 완전히 다른 말투로, "뭐 드시겠습니까? 모둠 전골이라도 만들까요?"

하고 손님에게 물었습니다. 저는 그때, 어떤 사실 하나를 깨달았습니다. 역시 그렇구나, 하고 홀로 수긍한 뒤, 겉으로는 아무렇지도 않게 손님들에게 술병을 날랐습니다.

그날은 크리스마스 전야제인가 뭔가 하는 날이었는데, 그 때문인지 손님이 끊임없이 계속 들이닥쳐서, 저는 아침부터 거의 아무것도 안 먹은 상태였지만, 가슴속에 생각이 꽉 찬 탓인지, 주인아주머니가 뭘 먹으라고 권해도, 아뇨, 괜찮아요, 라고 대답하고는, 깃털 한 장만 걸치고 날아다니듯 가벼운 몸놀림으로 일했습니다. 제 착각인지도 모르지만, 원래 조용했다던 가게가 그날은 유난히 활기차 보였고, 제 이름을 묻거나 악수를 청하는 손님도 한두 명이 아니었습니다.

하지만 이런다고 해서 뭐가 달라질까요. 저는 그 무엇도 짐작할 수 없었습니다. 그냥 웃으며 손님들의 추잡한 농담에 장단을 맞추고, 그보다 더 상스러운 농담으로 되받아치고, 손님들 사이사이를 지나 술을 따르며 돌아다녔고, 그러는 동안, 제 머릿속에는 내 몸이 아이스크림처럼 녹아내려버리면 좋겠다는 생각밖에 없었습니다.

기적은 역시, 이 세상에도 이따금 일어나는 모양입니다.

아홉 시가 조금 넘은 시간이었을까요? 크리스마스를 기념하는 종이 고깔모자를 쓰고, 루팡처럼 얼굴 윗부분을 가리는 검은 가면을 쓴 남자와 함께, 서른 너덧 남짓으로 보이는 예쁜 아주머니 손님이 오셨습니다. 남자는 우리를 등지고 흙마루 구석에 놓인 의자에 앉았지만, 저는 그 사람이 가게로 들어오자마자 그게 누군지 바로 알아챘습니다. 도둑질을 한 남편이었습니다.

남편은 제가 있다는 것을 모르는 것 같았기에, 저도 모른 척하며 다른 손님과 농담을 주고받고 있었습니다. 그러다 그 부인이 남편 맞은편에 앉더니,

"언니, 잠깐만요."

하고 불러서,

"네."

하고 대답한 뒤 둘이 앉아 있는 테이블로 갔습니다.

"어서 오세요. 술 드릴까요?"

하고 말하는데, 가면 속 남편의 눈이 언뜻 저를 보고 놀란 듯했지만, 저는 그의 어깨를 가볍게 쓰다듬으며,

"크리스마스 축하합니다, 라고 하는 건가요? 뭐라고 해야 하죠? 한 되는 더 마실 수 있을 것 같네요."

라고 했습니다.

부인은 제 말에 대꾸하지 않고 굳은 얼굴로,

"저기 언니, 죄송하지만, 여기 사장님께 드릴 말씀이 있으니, 사장님 좀 불러주세요."

하고 말했습니다.

저는 안쪽에서 튀김을 만들고 있던 사장님 쪽으로 가서,

"오타니가 왔어요. 만나주세요. 하지만 같이 온 여자분께는, 저에 대해 비밀로 해주세요. 오타니가 창피를 당하면 안 되니까요."

"드디어, 올 게 왔구먼요."

주인은 제가 했던 그 거짓말을, 반은 의심하면서도 적잖이 믿고 있었던 모양인지, 남편이 온 것도 제가 오라고 해서 온 것으로 섣불리

지레짐작하고 있는 듯한 눈치였습니다.

"저에 대한 건, 비밀로 해주세요."

하고 거듭 말하자,

"그러는 편이 좋다면, 그렇게 하겠습니다."

라며 바로 알겠다고 하더니, 흙마루로 나갔습니다.

주인은 흙마루에 있던 손님들을 쭉 둘러본 뒤, 바로 남편이 있는 테이블로 걸어가서 그 예쁜 부인과 무슨 말인지를 두세 마디 주고받은 뒤, 셋이 함께 가게를 나갔습니다.

이제 괜찮다. 만사가 해결되었다. 저는 어째서인지 그런 생각이 들어, 기쁜 맘에, 잔무늬 남색 기모노를 입은, 아직 스무 살 정도밖에 안 된 어린 손님의 손목을 느닷없이 꼭 잡고,

"마셔요. 더 마시자고요. 크리스마스니까요."라고 했습니다.

3

딱 30분, 아니, 더 빨리, 깜짝 놀랄 만큼 빨리, 주인이 혼자 돌아와서 제 옆으로 다가오더니,

"부인, 감사합니다. 돈은 돌려받았습니다."

"그래요? 잘 됐네요. 전부요?"

주인은 묘한 표정으로 웃으며,

"네, 어제 훔쳐간 그 돈은 다요."

"이제까지 못 받은 외상값이, 전부 해서 얼마예요? 대강, 좀 관대하게 봐줘서요."

"이만 엔."

"그것뿐인가요?"

"관대하게 봐줘서요."

"갚을게요. 아저씨, 내일부터 저 여기서 일하게 해주시면 안 되나요? 제발, 부탁이에요! 일을 해서 갚을게요."

"네? 부인, 오카루[5]가 따로 없네요?"

우리는 나란히 웃었습니다.

그날 밤 열 시가 조금 지나서, 저는 나카노의 가게를 나와 아이를 업고서 고가네이의 우리 집으로 돌아왔습니다. 예상대로 남편은 아직 안 들어왔지만, 저는 아무렇지 않았습니다. 내일 또다시 그 가게에 가면 남편을 만날 수 있을지도 모릅니다. 어째서 제가 이제까지 이렇게 좋은 생각을 못 했을까요? 어제까지 제가 해온 고생도, 결국은 제가 바보인 탓에 이렇게 좋은 생각을 못 했기 때문이겠지요. 저도 옛날에는 아사쿠사의 아버지 포장마차에서 일한 적이 있어 손님들 시중을 드는 데는 익숙하니, 앞으로 나카노의 그 가게에서 일을 잘 해나갈 수 있을 것입니다. 실제로 오늘 밤에도 저는, 팁을 오백 엔 가까이 받았으니까요.

주인의 말에 따르면, 남편은 어젯밤 그러고 나서 아는 사람 집에 묵었고, 오늘 아침 일찍, 그 예쁘게 생긴 부인이 경영하는 교바시의 바에 찾아가 아침부터 위스키를 마시고, 그러다가 그 가게에서 일하는 여자아이 다섯 명에게 크리스마스 선물이라며 돈을 마구 나눠주더니, 점심 즈음 택시를 불러 어디론가 갔고, 잠시 후 크리스마스 고깔모자와 가면, 장식 케이크, 칠면조까지 가지고 와서는, 사방팔방 전화를 걸라고

......

5_ 일본의 전통 조루리 극인 <가나데혼 주신구라仮名手本忠臣藏>에서 남편 간베이가 적을 죽이는 데 필요한 자금 때문에 유곽에 팔리는 아내.

시켜, 지인들을 불러 모아 큰 파티를 열었다고 합니다. 항상 돈이 한 푼도 없는 사람인데 이상해서, 바의 마담이 의심스럽다는 생각에 슬그머니 캐묻자, 남편은 태연히 어젯밤에 있었던 일을 모조리 사실대로 말했다고 합니다. 그 마담도 전부터 오타니 씨와 각별한 사이였는지, 어쨌든 경찰서에 신고가 들어가 일이 커지면 곤란할 테니, 돈을 돌려줘야 한다며 부드럽게 달래고는, 마담이 돈을 대신 치러주기로 해서, 남편의 안내를 받아 나카노의 가게에 왔다고 합니다. 나카노의 가게 주인이 제게 물었습니다.

"대강 그럴 거라는 생각은 했지만, 부인, 당신의 예감이 잘 들어맞았군요. 오타니 씨 친구분께 부탁이라도 한 건가요?"

여전히, 제가 처음부터 이렇게 돈이 돌아올 것을 예상하고, 이 가게에 한발 먼저 와서 기다리고 있었다는 것으로 생각하며 말하는 눈치였기에, 저는 웃으며,

"네, 뭐."

라고만 대답해두었습니다.

그 다음날부터 저는, 이제까지와는 완전 딴판으로, 설레고 즐거운 생활을 했습니다. 당장 미용실에 가서 머리 손질을 했고, 화장품도 종류별로 갖추어놓고, 기모노를 수선하고, 또, 주인아주머니로부터 새 흰 다비일본식 버선 두 켤레를 받았습니다. 이제까지 가슴속에 묵직하게 들어차 있던 괴로움들이, 말끔히 씻겨 내려간 기분이었습니다.

아침에 일어나 아이와 둘이서 밥을 먹고, 도시락을 싼 뒤 아이를 업고서 나카노로 출근하게 되었습니다. 섣달그믐, 설날, 가게가 한창 바쁜 때라, 쓰바키 식당의 삿짱, 이라는 게 이 가게에서 불리는 제 이름인데, 그 삿짱은 매일 정신없이 바빴고, 이틀에 한 번은 남편도

술을 마시러 와서, 돈은 저더러 치르게 해놓고는 또 갑자기 없어졌다가,
밤늦게 제가 있는 가게에 잠시 들러,

"안 들어가?"

하고 슬그머니 묻습니다. 제가 끄덕인 뒤 돌아갈 채비를 하고, 함께
즐겁게 귀가하는 일도, 종종 있었습니다.

"어째서, 처음부터 이렇게 안 했을까? 나 정말 행복해."

"여자한테는, 행복도 없고 불행도 없어."

"그래? 듣고 보니 그런 것 같기도 한데, 그럼, 남자는 어때?"

"남자한테는, 불행만 있어. 언제나 공포와 맞서 싸우기만 하지."

"모르겠다, 난. 하지만 앞으로도 쭉 이렇게 살고 싶어. 쓰바키 식당
아저씨, 아주머니 모두 정말 좋은 분들이니까."

"바보야, 그 사람들은. 촌사람들이지. 그래보여도 꽤 욕심이 많아서.
내게 술을 먹이고, 결국은 돈을 받아 챙기려고 들지."

"장사니까, 그건 당연한 거야. 하지만, 그게 다가 아니지 않아? 당신,
그 아주머니 건드렸었지?"

"옛날 일이지. 바깥양반도, 알고 있어?"

"아는 것 같아. 언젠가, 여자도 있고, 빚도 있네, 하고 한숨지으면서
말한 적이 있어."

"난 말이지, 재수 없게 들리겠지만, 죽고 싶어서, 견딜 수가 없어.
태어났을 때부터, 죽을 생각만 했지. 모두를 위해서도 죽는 편이 좋아.
그건, 확실해. 그런데도, 도저히 죽을 수가 없어. 이상한, 무서운 신
같은 게, 내가 못 죽게 자꾸 발목을 잡아."

"일이 있으니까."

"일 따위, 아무것도 아냐. 걸작입네 졸작입네, 그런 건 없어. 남들이

좋다고 하면 좋아지고, 안 좋다고 하면 안 좋아져. 마치 날숨과 들숨 같은 거지. 무서운 건 말이지, 이 세상 어딘가에 신이 있다는 거야. 있겠지?"

"응?"

"있겠지?"

"난 몰라."

"그렇군."

열흘, 스무날 가게에 다니는 중에, 저는 쓰바키 식당에 술을 마시러 오는 손님들이, 한 명의 예외도 없이 모두 범죄자들이라는 사실을 알아차렸습니다. 남편 같은 사람은 그나마 나은 편이라고 생각하게 되었습니다. 또한 가게 손님들뿐만 아니라, 길을 지나가는 사람들 모두가, 무언가 꺼림칙한 죄를 숨기고 있다는 생각이 들었습니다. 화려한 차림새의, 쉰 남짓 되어 보이는 아주머니가 쓰바키 식당의 뒷문 쪽으로 술을 팔러 와서, 한 되에 삼백 엔이라고 분명히 말했습니다. 요즘 물가치고는 싼 편이라, 주인아주머니는 바로 그것을 사주었지만, 물을 탄 술이었습니다. 그렇게 고상해 보이는 아주머니조차 이런 일을 해야만 하는 세상에서, 꺼림칙한 데 하나 없이 살아가기란 불가능하다는 생각이 들었습니다. 트럼프 놀이처럼, 마이너스를 전부 모으면 플러스로 바뀌는 일은, 이 세상의 도덕에서 일어날 수 없는 일이 아닐는지요.

신이 있다면, 나와 보세요! 저는 1월 말, 가게 손님에게 더럽혀졌습니다.

그날 밤에는 비가 내렸습니다. 남편은 안 왔지만, 남편이 옛날부터 알고 지낸 출판 관계자이자 가끔 저희 집에 생활비를 보내주는 야지마 씨가, 동업자인 듯한, 야지마 씨와 마찬가지로 마흔 남짓으로 보이는 분과 함께 찾아오셔서, 술을 마시면서, 둘이서 목청 높여, 오타니의 아내가 이런 데서 일하는 건 바람직하지 않다느니, 괜찮다느니, 하는 얘기를 반농담조로 떠들었습니다. 저는 웃으면서,

"그 부인은, 어디에 계신데요?"

하고 묻자, 야지마 씨는,

"어디에 있는지는 모르지만, 적어도 쓰바키 식당의 삿짱보다는, 더 기품 있고 예뻐."

하고 대답하기에,

"질투 나네. 오타니 씨 같은 분이라면, 하룻밤이라도 좋으니 함께 있어보고 싶네요. 저는 그렇게 뻔뻔한 사람이 좋아요."

"이렇다니까."

야지마 씨는 함께 온 분을 향해 입을 삐죽여보였습니다.

그 무렵이 되자 제가 오타니라는 시인의 아내라는 사실이, 남편과 함께 찾아오는 기자들에게도 알려져 있었고, 또 그분들에게서 얘기를 듣고 구태여 저를 놀리러 오는 별난 분들도 있어서, 가게는 북적이는 한편, 주인아저씨도 그게 싫지만은 않은 듯했습니다.

그날 밤, 야지마 씨 일행은 종이 암거래 따위에 관한 얘기를 나누다가 열 시가 지나 돌아갔습니다. 저도 오늘 밤에는 비도 오고 남편이 올 것 같지도 않았기에, 손님 한 명이 남아 있기는 했지만, 슬슬 돌아갈 준비를 하며 방 한구석에서 자고 있던 아이를 안아 올려 업고서,

"오늘도, 우산 좀 빌릴게요."

하고 작은 목소리로 주인아주머니께 부탁을 드리는데,

"우산이라면, 저한테도 있습니다. 배웅해드리지요."

하고 가게에 홀로 남아 있던, 스물대여섯 정도에 마르고 왜소하며

공장 기술자처럼 보이는 손님이, 진지한 얼굴로 일어났습니다. 그 사람은, 제가 그날 밤 처음으로 본 손님이었습니다.

"괜찮습니다. 혼자 걷는 데는 익숙하니까요."

"아뇨, 댁은 멀잖습니까? 다 압니다. 저도 고가네이 근처에 사는 사람입니다. 모셔다 드리지요. 아주머니, 계산이요."

가게에서는 세 병을 마신 게 전부라, 그렇게 취한 것 같지도 않았습니다.

함께 전철을 타고 고가네이에서 내린 뒤, 함께 한 우산을 쓰고서 비 내리는 어두컴컴한 길을 나란히 걸었습니다. 그 젊은 사람은 그때까지 거의 아무 말 없이 있다가, 조금씩 입을 열기 시작했습니다.

"알고 있습니다. 저는, 오타니 선생님이 쓰신 시를 좋아하는 팬입니다. 저도 말이죠, 시를 쓰는 사람이거든요. 조만간, 오타니 선생님께 보여드릴 생각인데요. 어쩐지, 오타니 선생님이 무서워서."

집에 도착했습니다.

"감사합니다. 그럼, 가게에서 또 뵐게요."

"네, 안녕히 계십시오."

젊은 사람은 뒤돌아서 다시 빗속을 걸어갔습니다.

깊은 밤, 덜컹거리며 현관이 열리는 소리에 눈을 떴지만, 언제나처럼 만취한 남편이 돌아왔다고 생각하여 그대로 가만히 누워 있는데,

"실례합니다. 오타니 씨, 실례합니다."

하고 남자 목소리가 들립니다.

일어나 전등을 켜고 현관에 나가보니, 좀 전의 젊은 사람이 거의 똑바로 서는 게 불가능해보일 정도로 휘청거리고 있었습니다.

"부인, 죄송합니다. 가는 길에 포장마차에 들러 한 잔 더 했는데,

실은 말입니다, 저희 집은 다치카와거든요. 역으로 가보니 벌써 전철이 끊겼더라고요. 부인, 부탁드립니다. 재워 주십시오. 이불도 필요 없고, 아무것도 필요 없습니다. 이 현관 앞 마루라도 상관없습니다. 내일 아침 첫차 때까지 잠깐 눈만 붙이게 해주십시오. 비만 안 내리면 그 근처 처마 밑에서 자겠는데, 비가 이렇게 오니까 그럴 수도 없네요. 부탁드립니다."

"남편도 없으니, 이런 마루라도 괜찮으시다면, 그렇게 하세요."

하고 대답한 저는, 찢어진 방석 두 장을 마루로 가져다주었습니다.

"죄송합니다. 아아 취했군."

괴로운 듯 나직이 말하더니 바로 그대로 마루에 쓰러져서, 제가 이부자리로 돌아왔을 때는 이미 드르렁드르렁 코를 고는 소리가 들려왔습니다.

그리고 그 다음 날 새벽, 저는, 어이없게도 그 남자 품에 안겨 있었습니다.

그날도 저는, 겉으로 보기에는 평소와 다름없이, 아이를 업고 가게 일을 하러 나갔습니다.

나카노 가게의 흙마루에는 남편이, 술이 담긴 컵을 테이블 위에 올려두고, 홀로 신문을 읽고 있었습니다. 컵에는 오전의 햇살이 비쳐 들어서 아름다웠습니다.

"아무도 없어?"

남편이 제 쪽을 돌아보며,

"응. 아저씨는 물건 들이러 나가서 아직 안 들어왔고, 아주머니는, 방금 전까지 부엌에 있는 것 같았는데, 없어?"

"어제는, 안 왔어?"

"왔어. 요즘은 쓰바키 식당의 삿짱 얼굴을 안 보면 잠이 안 와서. 열 시 좀 지나서 들러보니, 방금 돌아갔다고 하더군."

"그래서?"

"자버렸지, 여기서. 비가 억수로 쏟아졌으니."

"나도, 앞으로는 이 가게에서 쭉 자게 해달라고 할까봐."

"괜찮겠네, 그것도."

"그래야겠다. 그 집에 마냥 세 들어 사는 것도 무의미하니까."

남편은 묵묵히 다시 신문으로 시선을 돌리며,

"이런, 또 내 험담을 썼군. 에피큐리언[6] 가짜 귀족이라니. 이 녀석은, 틀렸어. 신을 두려워하는 에피큐리언이라고 했으면 좋았을 텐데. 삿짱, 이거 봐, 나더러, 사람도 아니라고 하네. 아니지? 이제 와서 하는 말이지만, 작년 말에 여기서 오천 엔을 가지고 갔던 건, 삿짱과 아이에게, 그 돈으로 오랜만에 행복한 설을 보내게 해주고 싶었기 때문이야. 사람이니까, 그런 짓도 하는 거지."

저는 딱히 기쁘지도 않은 맘으로,

"사람이 아니어도 상관없잖아. 우린, 살아 있기만 하면 되는 거야."

라고 말했습니다.

6_ 원래는 그리스의 철학자 에피쿠로스의 사상을 신봉하는 정신적 쾌락주의자를 가리키는 말이었으나, 현재는 원뜻을 떠나, 널리 관능적 · 찰나적인 쾌락을 추구하는 사람을 말한다.

太宰治

어머니
母

「**어머니**」

1947년 3월 『신조^{新潮}』에 발표되었다. 다자이가 실제 경험을 바탕
으로 쓴 작품으로, 작중에 나오는 여관은 아오모리 현 니시쓰가루
군 아지가사와에 위치한 '수천각^{水天閣}'으로 알려져 있다.

쇼와 20년^{1945년} 8월부터 약 1년 3개월간, 혼슈의 북단 쓰가루의 생가에서 이른바 이재민 생활을 했는데, 그동안 나는 거의 집에만 있으면서 여행다운 여행은 한 번도 해본 적이 없다. 한번은 쓰가루 반도의 일본해 쪽에 있는 어느 항구 마을에 놀러갔지만, 그곳은 내가 있던 마을에서 기차를 타고 고작 서너 시간 걸리는 곳이라, '외출'이라고 하는 편이 어울릴 정도로 간단한 나들이였다.

하지만 나는 그 항구마을의 어느 여관에서 하룻밤 묵으며, 슬픈 이야기라고 할 법한 기묘한 사건을 접했다. 그 얘기를 써보려 한다.

내가 쓰가루에서 지내던 무렵, 내 발로 남의 집에 찾아간 일은 거의 없었고, 나를 찾아오는 사람도 거의 없었다. 그래도 이따금, 군대에서 돌아온 청년들이 소설 이야기를 들려달라며 찾아왔다.

"지방문화라는 말을 많이들 쓰는 것 같은데, 선생님, 그건 무슨 의미입니까?"

"음. 나도 잘 모르지만. 예를 들면, 이 지방에는, 탁주가 많이 나는 것 같은데, 어차피 만드는 거라면 맛있게, 그리고 많이 마셔도 숙취가 없는 질 좋은 것을 만드는 거지. 탁주뿐만 아니라 딸기주든, 오디주든,

머루주, 사과주라도 여러모로 연구해서 기분 좋게 취할 수 있는 질 좋은 술을 만드는 거야. 음식도 마찬가지로, 이 지방 산물을, 가능한 한 맛있게 먹기 위해 독자적인 연구를 하는 것. 그렇게 해서 모두가 유쾌하게 먹고 마시는 거지. 그런 게 아닐까?"

"선생님은, 탁주 같은 것을 드십니까?"

"마시기는 하는데, 그렇게 맛있다는 생각은 안 들어. 취했을 때 느낌도, 좋진 않고."

"근데, 좋은 것도 있어요. 요즘은 청주랑 전혀 다를 바가 없는 것도 나왔고요."

"그렇군. 그게 다시 말해, 지방문화의 진보라는 것일지도 몰라."

"다음에, 선생님 댁에 가져와도 됩니까? 선생님 드시겠어요?"

"뭐, 마셔주지. 지방문화의 연구를 위한 일이니까."

며칠 후에, 그 청년은 물통에 술을 담아 왔다.

나는 마셔보고,

"맛있다."

라고 말했다.

청주와 마찬가지로 투명하게 맑고, 청주보다도 더 짙은 호박색에 알코올 도수도 꽤 높은 듯한 느낌이었다.

"좋죠?"

"음. 좋군. 지방문화를 얕보면 안 되겠네."

"그리고 선생님, 이게 뭔지 아십니까?"

청년은 가지고 온 도시락 뚜껑을 열어 탁상 위에 올려놓았다.

나는 한번 보고,

"뱀이군."

하고 말했다.

"맞습니다. 살무사 양념구이입니다. 이것 또한, 지방문화의 일종 아닐까요? 이 지방의 산물을 가능한 한 맛있게 먹기 위해 독자적인 연구를 한 결과, 이런 게 생겼습니다. 지방문화 연구를 위해서라도, 먹어보십시오."

나는 마음을 단단히 먹고, 먹었다.

"어떻습니까. 맛있지요?"

"음."

"정력에 좋아요. 이걸 한 번에 다섯 치 이상 먹으면, 코피가 납니다. 선생님은 지금 두 치 드신 거니까, 아직 괜찮습니다. 두 치 더 드셔보세요. 네 치 정도 먹으면 딱 알맞게 몸에 좋을 겁니다."

나는 하는 수 없이,

"그러면, 두 치 더 먹어보지."

하고 말한 뒤, 먹었다.

"어때요? 몸이 따뜻해지지 않습니까?"

"음. 따뜻해지는 것 같다."

갑자기 청년은, 소리 내어 웃었다.

"선생님, 죄송합니다. 이건, 구렁이입니다. 술도, 탁주가 아닙니다. 최고급 청주에 제가 위스키를 섞은 겁니다."

하지만 나는, 그 이후로 그 청년과 친해졌다. 나를 이렇게 깜빡 속이다니, 장래가 밝은 친구라고 생각했다.

"선생님, 언제 한번 저희 집에 놀러 오시지 않겠습니까?"

"귀찮아."

"저희 집엔 지방문화가 많이 있습니다. 청주도 그렇고, 맥주, 위스키,

생선, 고기도요."

이 청년의 이름은 오가와 신타로인데, 일본해에 면해 있는 어느 항구 마을의 여관집 외아들이라는 것을, 나는 알고 있었다.

"그걸 미끼로, 좌담회를 하라는 거 아냐?"

나는 소위 문화강연회라거나 좌담회 같은 곳에 나가서, 사람들에게 민주주의의 의의 같은 얘기를 들려주는 게 싫다. 그런 걸 하는 나는 마치 내가 아닌 것 같고, 너구리 도깨비 같은 기분이 들어서 짜증스럽기 때문이다.

"설마, 선생님 말씀을 듣겠다고 오는 사람은 없겠지요."

"그렇지도 않아. 자네도, 내 얘기를 듣겠다고 이렇게 가끔 찾아오잖나."

"아닙니다. 저는 놀러 오는 거예요. 어떻게 놀지를 연구하러 오는 거라고요. 이것도 문화운동의 일종이잖아요?"

"잘 배우고 잘 놀아라, 라는 말 같은 건가? 뭐 그런 착상도, 나쁘진 않네."

"그러면 저희 집에, 아무 뜻 없이 그냥 놀러 오셔도 좋지 않습니까? 누추한 곳이지만, 바닷가에서 막 잡아 올린 생선의 맛만큼은 보증합니다."

나는 가기로 했다.

내가 지내던 마을에서 기차로 서너 시간을 가서 어느 항구 마을의 역에 내리자, 오가와 신타로 군이 말쑥한 양복 차림으로 마중 나와 있었다.

"자네는 이런 좋은 양복이 있으면서, 우리 집에 올 때는 어째서 더러운 군복 따위를 입고 오는 건가?"

"일부러 초라하게 하고 가는 겁니다. 미토 고몬도 그렇고, 사이묘지 뉴도[1]도 여행을 떠날 때는 일부러 더러운 차림으로 가지 않습니까? 그러면, 여행이 더욱 재미있어집니다. 놀 줄 아는 사람은, 초라한 행색으로 다니는 법입니다."

구정 무렵이라, 항구마을의 눈길은 어쩐지 들떠 보이는 사람들로 떠들썩했다. 흐린 날씨지만 비교적 따뜻하고, 눈길에서 따끈따끈한 온기가 올라오고 있다.

바로 오른쪽에 바다가 보인다. 겨울의 일본해는 시커멓고, 쿵쾅거리면서 아무렇게나 몸부림치고 있다.

바다를 따라 난 눈길을, 나는 고무장화를 신고, 오가와 군은 삑삑 소리가 나는 붉은 가죽 단화를 신고, 느릿느릿 걸어가면서 이야기를 나눴다.

"군대에서는, 꽤 많이 맞았지요."

"그야, 그렇겠지. 나도 자네를 때리고 싶을 때가 있으니까."

"좀 건방져 보여서 그럴까요? 하지만, 군대는 정말 말도 안 되는 곳입니다. 제가 이번에 군대에서 돌아오고 나서 오가이[2] 전집을 펼쳐봤는데, 오가이가 군복을 입은 사진을 보고는, 진저리가 나서 전집을 몽땅 팔아치워 버렸습니다. 오가이가 싫어졌습니다. 죽는 한이 있어도 안 읽겠다고 다짐했습니다. 그런 군복 따위를 입고 있으니까요."

"그렇게 싫으면 자네도, 안 입고 다니면 되잖아. 초라한 행색 따위가

1_ 미토 고몬水戸黄門(1628~1701). 미토 번의 번주였던 도쿠가와 미쓰쿠니의 별칭으로, 개혁을 위해 일본 각지를 여행한 것으로 유명하다. / 사이묘지 뉴도最明寺入道(1227~1263). 가마쿠라 막부의 5대 집권자 호조 도키요리의 호.
2_ 모리 오가이森鴎外(1862~1922). 육군의 군의관으로 유럽에서 유학, 고급 관료이자 소설가로 나쓰메 소세키와 더불어 메이지 문단을 대표하는 소설가.

다 무슨 소용이야."

"너무 싫어서 입고 다니는 겁니다. 선생님은 모르시겠지요. 어쨌든 여행에는, 많은 굴욕이 따르는 법이잖아요? 군복은 그런 굴욕에 제격이니까요. 그래서 말입니다. 선생님은 모르시려나? 작가를 찾아가는 것도 일종의 굴욕이니까요. 아니, 굴욕 중의 굴욕이지요."

"그렇게 건방진 소리를 하니까 맞는 거야."

"그런가요? 진짜 싫네요. 남을 때리다니, 그건 미치광이가 아니고서는 할 수 없는 일 아닐까요? 저는 말입니다, 군대에서 너무 많이 맞아서, 저도 미친 사람 흉내를 내보자 싶어서, 고민 끝에 두 눈썹을 깨끗하게 밀고 상관 앞에 선 적도 있습니다."

"정말, 큰맘 먹었군. 상관도 어이없어 했지?"

"어이없어 하더군요."

"그 다음부터는 안 맞았겠네."

"아뇨, 오히려 더 심하게 맞았습니다."

오가와 군 집에 도착했다. 산을 뒤로하고 바다에 면해 있는 아담한 여관이었다.

오가와 군의 서재는 뒤편 2층에 있었다. 명창정궤明窓淨几, 필연지묵筆硯紙墨, 개극정량皆極精良[3]이라고 할 법한 느낌으로, 지나치게 정돈이 잘 되어 있어서 오히려 오가와 군이 이 방에서는 공부를 전혀 안 하는 거 아닐까 싶을 정도였다. 마루 기둥에, 샤라쿠[4]의 판화가 들어간 은색 액자가 걸려 있었다. 그것은 마치 하늘을 날다 땅에 떨어진 덴구[5]처럼 생긴,

. . . .

3_ 밝은 창에 깨끗한 책상, 붓 벼루 종이 먹 등이 극상품이라는 뜻으로, 중국 북송의 정치가이자 문인 구양수歐陽修(1007~1072)의 「시필試筆」에 나오는 말.

4_ 도슈사이 샤라쿠東洲齋 寫樂. 에도시대 중기에 살았다고 전해지는 수수께끼의 화가.

그로테스크한 연기자의 초상화다.

"닮았지요? 선생님이랑 꼭 닮았어요. 오늘은 선생님이 오신다고 해서, 특별히 이걸 여기에 걸어둔 겁니다."

나는, 기분이 썩 좋지는 않았다.

우리는 책상 옆에 있는 화롯가에 마주 앉았다. 그의 책상 위에는 책 한 권이 펼쳐진 채 놓여 있었다. 방금 전까지 읽고 있었다는 것을 보여주려고 그렇게 놓았는지는 몰라도, 지나치게 깔끔하게 놓여 있어서, 오히려 그가 그 책을 한 페이지도 안 읽은 것 아닐까, 하는 실례가 될 법한 의심이 절로 끓어오를 정도였다.

내가 책상 위를 흘끗 보고서 무심코 입을 삐죽이는 것을 그가 알아챘는지, 분연히, 라고 표현해야 마땅할 기세로 책상 위의 그 책을 들더니,

"이거, 좋은 소설이더군요."

라고 했다.

"안 좋은 소설은, 권하지도 않아."

그 책은 내가, 어떤 책을 읽으면 좋겠냐는 그의 질문을 받고서 꼭 읽으라고 권한 단편집이었다.

"정말 훌륭한 작가예요. 저는 이제껏 모르고 있었어요. 진작 읽었으면 좋았을 걸 그랬습니다. 만세일계[6]란 이런 작가를 두고 하는 말입니다. 이 작가에 비하면, 선생님 같은 사람은 거지 같아요."

그 단편집의 저자가 만세일계일지 어떨지, 그것은 그에게도 언론의 자유가 있으니 불문에 붙인다 할지언정, 그에 비해 내가 거지라는 그의

• • • • • • • • • • •
5_ 天狗. 빨간 얼굴에 높고 커다란 코를 가진 상상의 괴물로, 하늘을 날아다닌다.
6_ 万世一系. 만세일계란 일본 천황가의 혈통이 단 한 번도 단절된 적이 없다고 주장하는 견해로, 여기에서는 시대를 초월하여 가치가 높은 작품이라는 뜻.

결론은 납득할 수가 없었다. 나이 어린 녀석과 지나치게 친해지면, 자칫 이렇게 불쾌한 일을 겪을 수 있다.

나는 잠시 여관을 나갔다가 다시 들어와서, 생판 남인 여행객처럼 여기 머물다가, 무슨 일이 있어도 반드시 돈을 치르고, 깜짝 놀랄 만큼 많은 팁을 준 뒤, 이 자식과는 말 한마디 섞지 않고 돌아갈까 하는 생각마저 들었다.

"과연 선생님은, 안목이 높다고 생각했습니다. 정말로, 재미있었어요."

오가와 군은 별 생각 없이 그렇게 말하는 것 같았다.

생각해 보니 내가 너무 비뚤게 받아들였나 싶기도 했다.

"도련님."

장지문 뒤에서 어떤 여자가 신타로 군을 불렀다.

"무슨 일이야?"

하며 장지문을 열고 복도로 나가더니,

"응, 그래, 그래, 맞아. 도테라[7]? 물론이지. 서둘러."

따위의 말을 했다.

그러고는 방 안에 있는 내게 말했다.

"선생님, 탕으로 가실까요? 도테라로 갈아입고 계십시오. 저도 지금 갈아입고 올 테니까요."

"실례합니다. 저희 여관을 찾아주셔서 감사합니다."

마흔 전후로 보이는, 갸름한 얼굴에 옅은 화장을 한 여종업원이, 도테라를 가지고 방으로 들어와 내가 옷을 갈아입는 것을 도왔다.

• • • • • • • • • • • •

7_ 보통의 기모노보다 조금 길고 두툼한 솜옷으로, 일본 전통의 방한복이다.

나는 남의 외모나 복장보다도, 목소리에 더 민감한 모양이다. 목소리가 안 좋은 사람이 옆에 있으면, 묘하게 초조해져서 술을 마셔도 기분 좋게 취하질 않는다. 그 마흔 정도의 여종업원은, 외모는 둘째 치고 목소리가 꽤 좋았다. 도련님, 하고 장지문 뒤에서 불렀을 때부터, 나는 그것을 눈치 챘다.

"당신은 이 지방 사람인가요?"

"아뇨."

나는 욕장으로 안내받았다. 흰 타일을 붙인 서양풍 욕장이었다.

오가와 군과 둘이서 투명한 목욕물에 몸을 담근 채, 자네 집은 그냥 잠만 자는 단순한 여관이 아니지 않느냐고 말함으로써 내 감각을 얕보면 안 되는 이유를 말하고, 좀 전의 거지라는 말에 대한 보복을 하려 했지만, 이내 마음을 접었다. 딱히 무슨 확증이 있어서 그런 것은 아니었다. 그냥 문득 그런 기분이 들었던 것인데, 만약에 내가 틀렸다면, 그에게 용서를 빌 수도 없을 만큼 실례가 되는 질문을 한 꼴이 된다.

그날 밤에는, 이른바 지방문화의 정수를 만끽했다.

좀 전의 그 목소리가 예쁜 중년의 여종업원은, 날이 어두워지자 짙은 화장을 하고 입술도 붉게 칠하고는, 술과 요리 따위를 우리 방 앞에 가지고 오더니, 주인님의 명령인지 아니면 도련님의 명령인지는 모르지만, 방 입구에 그것을 두고 인사한 뒤 묵묵히 그대로 물러가버렸다.

"자네는 나를, 호색한이라고 생각하나? 어떻게 생각해?"

"그야 물론, 호색한이지요."

"실은, 그래."

라고 하며, 여종업원에게 술이라도 따르게 하려고 에둘러 수수께끼를 내보기도 했지만, 그는 의식적으로 그러는 건지, 아니면 무의식적으로 그러는 건지, 도무지 그것을 눈치 채지 못한 얼굴로, 이 항구 마을의 흥망성쇠의 역사만 장황하게 늘어놓았다. 나는 실망스러웠다.

"아아, 취한다. 자야겠다."

내가 말했다.

나는 아마도 이 여관에서는 가장 좋은 방인 것 같은 바깥채 2층의, 다다미 스무 장 크기의 커다란 방 한가운데에서 혼자 자게 되었다. 나는, 괴로울 정도로 만취해 있었다. 지방문화를 업신여기면 안 된다, 나무아비타불, 나무아비타불, 하고 잠꼬대처럼 종잡을 수 없는 혼잣말을 중얼거리며, 어느새 잠든 것 같다.

문득, 깼다. 깼다고는 해도, 실제로 눈을 뜬 것은 아니다. 눈을 감은 채 정신이 들어, 우선 파도 소리가 귀에 들려와서, 아아 여기는, 항구 마을의 오가와 군네 집이다, 어젯밤에는 실례가 많았군, 하고 후회를 하기 시작했고, 불안한 내 미래를 생각하니 가슴이 두근거려, 갑자기 20년이나 된 거슬리는 나의 행동 하나가, 아무런 앞뒤 연관도 없이 선명하게 떠올라, 꺄악 하고 소리를 지르고 싶을 정도로 견딜 수가 없어져, 안 돼! 소용없어! 하고 입 밖으로 나직이 중얼거려 보면서 이불 속에서 이리저리 뒤척이고 있었다. 만취한 상태로 자면, 늘 습관적으로 이처럼 한밤중에 깨어, 신께서 내리신, 견딜 수 없는 두세 시간의 형벌을 받는다.

"조금이라도 눈을 붙이는 게, 몸에 좋을 거예요."

틀림없이 그 여종업원의 목소리였다. 하지만, 나보고 하는 말은 아니다. 내 이부자락과 맞닿아 있는 옆방에서 작게 새어나오는 소리다.

"네. 잠이 잘 안 와서요."

젊은 남자의, 아니, 거의 소년에 가까운 사람의, 악의 없는 대답이
들렸다.

"한잠 자요. 몇 시죠?" 하고 여자가 말했다.

"세 시, 십삼, 아니 사 분이에요."

"그렇군요. 그 시계는, 이렇게 어두운 데서도 보여요?"

"보여요. 형광판이거든요. 이거 보세요, 반딧불 같지요?"

"그러네요. 비싼 거죠?"

나는 눈을 감은 채로 뒤척이며 생각한다. 뭐야, 역시, 그랬군. 작가의
직관을 얕보면 안 된다. 아니, 호색한의 직관을 얕보면 안 된다, 랄까?
오가와 군은 나보고 거지라고 하면서 자기는 굉장히 고결한 사람인
척 점잔을 빼지만, 이것 봐, 이 집 여종업원은 손님과 함께 자고 있잖아?
내일 아침이 되면 바로 그에게 이 사실을 말해서, 그를 당황하게 만드는
것도 재밌겠다.

지금도 옆방에서 둘이 소곤거리는 소리가 새어들고 있다.

대화를 들으며 나는, 남자가 전쟁터에서 돌아온 공군이라는 것, 그리
고 방금 돌아와서 어젯밤 이 항구 마을에 도착했고, 그의 고향은 이
항구 마을에서 삼십 리는 걸어야 하는 외딴 마을이라 여기서 한숨
돌리고 날이 밝으면 바로 고향의 생가를 향해 출발할 예정이라는 것,
둘은 어젯밤 처음으로 만났고 딱히 원래 알던 사이도 아닌지 서로
약간 조심스럽게 대한다는 것도 알았다.

"일본 여관은 좋군요." 하고 남자가 말했다.

"왜요?"

"조용하니까요."

"하지만, 파도 소리가 시끄럽죠?"

"파도 소리에는 익숙합니다. 제가 태어난 마을에서는 파도 소리가 더 시끄럽게 들려요."

"어머니 아버지가 기다리실 텐데요."

"아버지는 안 계세요. 돌아가셨어요."

"어머니만 계신가요?"

"네."

"어머니는 연세가 어떻게 되시죠?" 하고 가볍게 물었다.

"서른여덟이요."

나는 어둠 속에서 눈을 번쩍 떠버렸다. 그 남자가 스무 살 정도라고 하면, 그의 어머니 나이는 당연히 그럴지도 모른다. 그럴 것이다. 이상할 것은 없다고 생각했지만, 그래도 서른여덟이라는 말은 옆방의 내게도 충격이었다.

"……."

라고 표현해야 마땅할 것처럼, 아니나 다를까 여자는 입을 다물어버렸다. 깜짝 놀라 숨을 삼킨 여자의 희미한 기척이, 어둠을 통해 내가 있는 방으로 들어와 내 호흡과 딱 맞물린 듯한 느낌이었다. 그럴 만도 하다, 그 여자는 서른여덟이나 아홉일 것이다.

서른여덟이라는 말을 듣고 숨을 삼킨 사람은 여종업원과 옆방의 호색한 선생뿐이었고, 젊은 귀환병은 아무것도 눈치 채지 못했다.

"아까, 손에 화상을 입었다고 하셨는데, 어때요? 아직 아픈가요?" 하고, 태연히 묻는다.

"아뇨."

내 기분 탓인지, 그것은 개미가 기어들어가듯 맥 빠진 목소리였다.

"화상에 굉장히 잘 듣는 약이 있는데요. 그 배낭에 들어 있습니다.

발라드릴까요?"

여자는 아무런 대답도 하지 않았다.

"불 켜도 되나요?"

남자가 일어선 듯하다. 배낭에서 그 화상 약을 꺼내려고 하는 모양이다.

"괜찮아요. 춥다. 주무세요. 잠을 안 자는 건 건강에 안 좋아요."

"저는 하룻밤 정도 안 자는 것쯤 아무렇지 않아요."

"불 켜지 마세요!"

가시 돋친 말투였다.

옆방의 선생님은 홀로 끄덕였다. 불을 켜면 안 된다. 성모聖母를, 밝은 곳으로 끌어내지 마!

남자는 다시 이불 속으로 들어간 것 같다. 그리고 잠시, 둘은 잠자코 있다.

이윽고 남자는 나직이 휘파람을 불었다. 전쟁 중에 유행했던 소년 공군의 노래인 것 같았다.

여자가 갑자기 말했다.

"내일은, 바로 집으로 돌아가세요."

"네, 그럴 생각입니다."

"옆길로 새면 안 돼요."

"안 샐 거예요."

나는 깜빡 졸았다.

눈을 떴을 때는 이미 오전 아홉 시가 지나 있었고, 옆방의 젊은 손님은 나가고 없었다.

이불 속에서 꾸물거리고 있자니, 오가와 군이 코로나[8] 대여섯 대를 가지고 내 방으로 찾아왔다.

　　"선생님, 좋은 아침입니다. 어젯밤에는 잘 주무셨습니까?"

　　"응. 푹 잤어."

　　나는 옆방에서 있었던 그 일을 말해서 오가와 군을 당황시키려던
마음을 접었다. 그리고 말했다.

　　"일본의 여관은, 좋군."

　　"왜요?"

　　"응. 조용해서."

8_ 담배 이름.

父

아버지

太宰治

「아버지」

1947년 4월 『인간시間』에 발표되었다. 방탕한 삶을 살며 가정을
돌보지 않는 아버지였던 다자이가 삶의 근거를 '의義'라는 키워드로
표현한 작품이다. 하지만 그 '의義'가 무엇인지 구체적으로 정의
내릴 수 없다는 식으로 얼버무려, 삶의 근거를 찾지 못하고 헤매던
자신의 번뇌를 드러냈다.

이삭이 아버지 아브라함에게

"아버지!" 하고 부르자,

그가 답하기를,

"얘야, 왜 그러느냐?"

라고 했다.

—창세기 22장 7절

    의義를 위해 자기 자식을 희생하는 일은 인류가 생기고서 바로 그 직후에 일어났다. 신앙의 시조라 불리는 아브라함이 신앙에 대한 의리 때문에 자신의 아이를 죽이려 한 일은 구약성서의 창세기에 수록되어 있어 유명하다.

    하느님께서 아브라함을 시험해 보시려고,

    "아브라함아!"

    하고 부르시자,

    그가

    "예, 여기 있습니다." 하고 대답했다.

    하느님께서 말씀하셨다.

    "너의 아들, 네가 사랑하는 외아들인 이삭을 데리고 저쪽 산 정상으로 가서, 이삭을 번제燔祭의 제물로 바쳐라."

    아브라함은 아침 일찍 일어나 나귀에 안장을 얹고 사랑하는 외아들 이삭을 태워, 하느님께서 자신에게 지시한 산기슭에 이르러 이삭을 나귀에서 내리고, 번제에 쓸 장작을 이삭에게 지운 뒤 자신의 손에는 불과 칼을 쥐고 함께 산을 올랐다.

이삭이 아버지 아브라함에게

"아버지!" 하고 부르자,

그가 답하기를,

"애야, 왜 그러느냐?"

라고 했다.

이삭이

"불과 장작은 있는데, 제물로 바칠 어린 양은 어디에 있습니까?"
하고 묻자,

아브라함이

"애야, 제물로 바칠 어린 양은 하느님께서 준비하실 거란다."라고
했다.

두 사람은 함께 걸어가, 결국 산 정상에 이르렀다.

아브라함은 제단을 쌓고 장작을 얹어놓은 뒤, 그의 아들 이삭을
묶어 제단의 장작 위에 올려놓았다.

아브라함이 바로 손을 뻗어 칼을 잡고, 그의 아들을 죽이려 했다.

그때 주님의 사자가 하늘에서,

"아브라함아,

아브라함아!"

하고 그를 불렀다.

그가

"예, 여기 있습니다." 하고 대답하자,

사자가 말했다.

"그 아이에게 손대지 마라.

그에게 아무 해도 입히지 마라.

너는 너의 외아들조차도 나를 위해 아끼지 않았으니, 나는 이제 네가 하느님을 경외한다는 것을 알았다."[1]

이로써 이삭은 아버지에게 죽임을 당하지 않고 겨우 살았지만, 아브라함은 자신에게 신앙에 대한 의리가 있음을 보이기 위해 망설임 없이 사랑하는 외아들을 죽이려고 한 것이다.

동서양을 막론하고, 그리고 신앙의 대상이 무엇인지를 막론하고, 의義의 세계란 슬프기 마련이다.

<사쿠라 소고로[2] 일대기>라는 활동사진을 본 것은 내가 일곱 살인가 여덟 살 때였는데, 나는 그 활동사진 중에 소고로의 악령이 못된 관리를 괴롭히는 장면과, 눈 오는 날에 자식과 생이별하는 장면을, 지금도 잊을 수가 없다.

소고로가 결국 고발을 하기로 결심하고, 눈 내리는 날 집을 떠난다. 집 격자창 사이로 아이들이 얼굴을 내밀고 이별을 아쉬워한다. 아버지, 하고 저마다 울면서 아버지를 부른다. 소고로는 우산으로 자신의 얼굴을 가리고 배를 탄다. 눈이 줄기차게 내리고, 눈보라가 친다.

일고여덟 살 때 나는 그것을 보고 눈물을 흘렸다. 하지만 그것은 울부짖는 아이들에게 동정심을 느꼈기 때문이 아니다. 의義를 위해 자식을 버리는 소고로의 괴로움을 생각하니 견딜 수가 없었기 때문이다.

그리고 그 이후로 나는 소고로를 잊을 수가 없다. 앞으로 살아가면서, 소고로가 자식과 생이별을 한 것처럼, 틀림없이 견딜 수 없을 만큼 괴로운 일을 두어 번 겪게 될 것이라는 예감이 들었다.

. . . .
1_ 창세기 22장 1~13절, 그중에 하인에 대한 내용을 다자이가 의도적으로 삭제한 것으로 보인다.
2_ 佐倉宗吾郎(1605?~1653?). 에도시대 전기의 명주名主로, 당시 번주藩主였던 홋타 씨의 악정을 고발했다.

이제까지 40년 가까이 인생을 살면서, 행복의 예감은 대부분 빗나가는 것이 관례가 되었지만, 불길한 예감은 모조리 적중했다. 자식과의 생이별도, 두어 번은커녕, 최근 수년 동안 거의 하루걸러 하루 꼴로, 정말 빈번하게 겪고 있다.

나만 없다면, 적어도 내 주위 사람들은 편안하고 침착한 생활을 할 수 있지 않을까? 나는 올해로 벌써 서른아홉인데, 내가 이제까지 글을 써서 번 수입 모두를 내 유흥비로만 낭비해왔다고 해도 과언은 아니다. 게다가, 그 유흥이라는 것은 내게 있어 지옥 같은 고통을 견디다 못해 마신 홧술과, 불쾌하고 무서운 악귀 같은 여자와 맞붙어 싸우는 꼴과도 비슷한 외도였고, 나 스스로도 전혀 즐겁지 않았다. 또한, 이런 나와 함께 놀며 내게 술을 얻어먹는 지인들도 그저 조마조마해 할 뿐 전혀 즐겁지 않은 듯하다. 결국 나는 내 모든 수입을 낭비하고, 단 한 명의 인간도 즐겁게 할 수 없었으며, 심지어는 아내가 풍로 하나를 사도, 이거 얼마야? 낭비하지 마, 라며 잔소리를 하는 막무가내 가장이다. 바람직하지 않다는 것은, 너무나 잘 알고 있다. 그래도 나는, 그 버릇을 고칠 수가 없었다. 전쟁 전에도 그랬다. 전쟁 중에도 그랬다. 전쟁이 끝난 후로도, 그렇다. 나는 태어날 때부터 지금까지 실로 골치 아픈 큰 병에 걸려 있는지도 모른다. 태어나서 바로 요양원 같은 곳에 입원해서 오늘까지 충분한 요양 생활을 해왔다 한들, 그 비용은 내가 지금까지 술과 담배에 쓴 돈의 십분의 일 정도일지도 모른다. 참으로, 터무니없이 돈이 많이 드는 환자다. 우리 집안에서 이렇게 큰 병에 걸린 환자 한 명이 나온 탓에, 우리 가족들은 모두 야위고, 다들 조금씩 수명이 단축된 것 같다. 죽으면 그만이다. 시시한 작품을 써 놓고, 가작이네 뭐네 하는 경박한 평가를 듣고 싶어 하는 탓에 가족들의 수명이 줄다니, 미워하기도 아까운 극악인 아닌가. 죽자!

부모가 없어도 아이는 자란다는 말이 있다. 나의 경우는, 부모가 있어서 아이가 자라지 않는 것이다. 부모가 아이의 저금까지 다 쓰고 있는 꼴이다.

화롯가의 행복. 어째서 내겐, 그것이 불가능할까? 도저히 가만히 앉아 있을 수가 없다. 화롯가가 너무 무섭다.

오후 세 시인가 네 시쯤, 나는 일을 일단락 짓고 자리에서 일어선다. 책상 서랍에서 지갑을 꺼내어, 안에 얼마가 들었는지를 슬쩍 확인한 뒤 주머니에 넣고, 겉옷을 걸쳐 입고 살그머니 밖으로 나간다. 밖에서는 아이들이 놀고 있다. 그 아이들 중에 우리 아이도 있다. 우리 아이는 놀기를 멈추고 나를 향해 똑바로 다가와 내 얼굴을 올려다본다. 나도 아이 얼굴을 내려다본다. 둘 다 말이 없다. 이따금 내가 소맷자락에서 손수건을 꺼내어 아이의 코를 꼭 쥐어 콧물을 닦아줄 때도 있다. 그리고 나는 재빨리 걸어간다. 아이의 간식, 아이의 장난감, 아이의 옷, 아이의 신발, 여러 가지를 살 돈을, 하룻밤 사이에 휴지조각처럼 낭비할 만한 곳을 향해, 재빨리 걸어간다. 다시 말해, 이것이 나와 자식이 생이별하는 장면이다. 나가서 이삼일 동안 집에 안 들어갈 때도 있다. 아버지는 어딘가에서 의義를 위해 놀고 있다. 지옥 같은 기분으로 놀고 있다. 목숨을 걸고 놀고 있다. 어머니는 포기하고, 막내를 업고, 큰애의 손을 잡아끌고서 헌책방에 책을 팔러 나간다. 아버지는 어머니에게 돈을 주고 가는 경우가 없으니까.

그런데 올해 4월에는, 또 아이가 태어난다고 한다. 그렇지 않아도 얼마 없었던 옷의 절반이, 전쟁 때 불타버렸기 때문에 이번에 태어날 아이의 배내옷이나 이불, 기저귀 등 모든 것을 어떻게 마련할지 감이 안 잡혀서, 애 엄마는 멍하니 한숨만 내짓고 있는 듯하지만, 애 아빠는 그것을 모른 척하고 서둘러 집을 나선다.

좀 전에 나는, '의義를 위해' 논다는 말을 썼다. 의? 허튼소리 하지 마. 너는, 살아 있을 자격도 없는 방탕병에 걸린 중환자에 지나지 않잖아? 그걸 의義라고 표현하다니. 도둑이 외려 큰소리친다는 말은, 이런 걸 두고 하는 소리다.

그것은 분명, 도둑에게도 나름 할 말이 있다는 옛말과도 비슷한 데가 있지만, 내 가슴속의 흰 비단에, 무언가 깨알 같은 글씨가 한가득 적혀 있다. 그 글씨가 무엇인지, 나도 확실히는 읽을 수가 없다. 예를 들면, 개미 열 마리가 먹물 바다에서 흰 비단 위로 기어 올라와 바스락바스락 작은 소리를 내며 돌아다니면서, 무언가 작고 가늘게, 여기저기 먹물 발자국을 남긴 듯한, 희미하고, 간지러운 글씨. 그 글씨를 모두 다 이해할 수 있다면, 내 입장에서 보는 '의義'의 의미도 모두에게 명백하게 설명할 수 있을 것 같기도 하지만, 그것은 상당히 복잡하고, 까다로운 일이다.

이런 비유를 써서 적당히 얼버무리려 하는 것은 결코 아니다. 그 글씨를 구체적으로 설명하기는, 어려울 뿐만 아니라 위험하다. 잘못하면, 아니꼽고 꼴사나우며 허영 어린 감상 같아 보일 우려도 있고, 혹은 어이없다는 생각밖에 안 드는 뻔뻔한 철면피의 궤변, 혹은 음사사교淫祠邪敎의 붓끝, 혹은 허풍쟁이 양치기의 구국救國 정치담으로 전락할 위험도 있을 수 있다.

더러운 이虱나 다름없는 그들과, 내 가슴속 흰 비단에 적혀 있는 개미 발자국 같은 글씨는 본질적으로 전혀 다른 것이라고 확신하지만, 그것을 설명할 수는 없다. 또한, 지금 해야겠다는 생각도 안 든다. 꼴사나운 표현이지만, 꽃피는 시절이 찾아오지 않는 이상, 그것을 확실히 해명할 수는 없을 것 같다.

올해 1월 10일 무렵, 차가운 바람이 불던 날에,

"오늘만 집에 좀 계시지 않을래요?"

하고 집사람이 내게 말했다.

"왜?"

"쌀 배급이 있을지도 모르니까요."

"나더러 받으러 가라고?"

"아뇨."

집사람이 이삼일 전부터 감기에 걸려 기침이 심하다는 것을, 나는 알고 있었다. 그런 환자에게 배급미를 이고 오게 하는 것은 잔인한 일이라는 생각도 들었지만, 내가 직접 그 배급을 받으려 몰려든 사람들 틈에 끼어 줄을 서서 차례를 기다리기도 몹시 귀찮았다.

"괜찮아?"

하고 내가 말했다.

"제가 가겠지만, 아이를 데려가기는 힘들 테니, 당신이 집에 있으면서 아이들을 봐주세요. 쌀만 해도 꽤나 무거울 거예요."

집사람의 눈에는 눈물이 빛나고 있었다.

뱃속에도 아이가 있고, 한 명은 등에 업고, 또 한 명의 손을 잡아끌고서, 자기도 감기 기운이 있는데 열 되 가까이 되는 쌀을 나르는 괴로움은, 그 눈물을 볼 것도 없이, 나도 잘 안다.

"있을게. 있을게. 집에 있을게."

그로부터 30분 정도 지난 뒤,

"실례합니다."

하고 현관에서 여자 목소리가 들려서 나가보니, 미타카의 어느 어묵 집 여종업원이 와 있었다.

"마에다 씨가 오셨는데요."

"아, 그래?"

이미 내 손은 방문 옆 벽에 걸린 외투 쪽으로 가고 있었다.

순식간에 그럴싸한 거짓말도 떠오르질 않아서, 나는 옆방의 집사람에게는 한마디도 않고 외투를 걸쳐 입었다. 그리고 책상 서랍을 휘저어도 돈은 별로 없었기에, 오늘 아침에 잡지사에서 보내온 참인 우편환 세 장을 봉투째로 외투 주머니에 넣고 밖으로 나갔다.

바깥에는 큰딸이 서 있었다. 곤란하다는 듯한 얼굴이었다.

"마에다 씨가? 혼자서?"

나는 일부러 아이를 무시하고 어묵 집 종업원에게 물었다.

"네. 잠시라도 좋으니, 뵙고 싶다는데요."

"그렇군."

나는 아이를 뒤로하고 서둘러 걸었다.

마에다 씨는 마흔 남짓 되는 여자였다. 오랫동안 유라쿠초의 신문사에서 일했다고 한다. 하지만 지금은 무엇을 하고 있는지, 나도 모른다. 그 사람은 2주 정도 전, 연말에 그 어묵 집에 밥을 먹으러 왔다. 그때 나는 친한 동생 두 명과 함께 술을 마시며 만취해 있었는데, 문득 그 여자에게 말을 걸어서 함께 술을 마시고, 그 사람과 악수를 했다. 다른 일은 전혀 없는 사이였는데 내가 그 사람에게,

"놉시다. 앞으로, 놉시다. 제대로 놉시다."

라고 하자 그 사람이,

"잘 놀지도 못하는 사람들이 그렇게 의기 충만한 말을 하기 마련이지

요. 평소에는 돈에 벌벌 떨면서 일만 하죠?"

하고 평범한 목소리로, 차분히 말했다.

나는 가슴이 철렁해서,

"좋았어, 다음에 만나면, 내가 얼마나 잘 노는지 보여주지."

라고 했지만, 속으로는 불쾌한 아줌마라고 생각했다. 내 입으로 이런 말을 하면 이상하게 들릴지 모르지만, 이런 사람이야말로 진정 불건전한 사람이 아닐까 싶었다. 나는 고민 없이 노는 것을 증오한다. 열심히 공부한 사람이 그런 뒤에 노는 것은 긍정할 수 있어도, 그냥 노는 사람만큼 나를 짜증나게 하는 사람은 없다.

바보 같은 녀석이라 생각했다. 하지만, 나도 바보였다. 지고 싶지 않았다. 그렇게 거들먹거려도, 이 녀석은 어차피 속물임에 틀림없다. 다음번에는, 끌고 다니면서 들볶다가 낯가죽을 벗겨 주리라 마음먹었다.

언제든 좋으니, 마음이 동하면 이 어묵 집에 와서 종업원을 시켜 저를 부르십시오, 하고 말한 뒤 악수를 하고 헤어졌던 것을, 나는 그때 만취해 있었지만 잊지 않고 있었다.

이렇게 쓰면, 마치 나 혼자만 고결하고 착한 사람처럼 보일지 모르지만, 역시, 만취 탓에 느긴 너저분하고 저속한 색욕이 내가 이걸 기억하는 이유의 전부일지도 모른다. 말하자면, 근묵자흑이라는 추하고 괴이한 꼴에 지나지 않는 것이었는지도 모른다.

나는, 그 불건전한 악마가 있는 곳으로 발걸음을 서둘렀다.

"새해 복 많이 받으십시오."

나는 마에다 씨에게, 멋쩍음을 감추려 그런 말을 했다.

마에다 씨는 전에는 양장을 했었는데 이번에는 기모노를 입었다. 어묵 집 흙마루 의자에 앉아 담배를 피우고 있었다. 그 사람은 마르고

키가 컸다. 얼굴은 갸름하고 창백하며, 분도 칠하지 않고 입술연지도 바르지 않은 듯했고, 가느다란 입술은 하얗게 마른 듯한 느낌이었다. 도수가 꽤 높은 근시 안경을 썼고, 미간에는 주름이 져 있었다. 다시 말해, 내가 가장 싫어하는 외모였다. 일전에 취한 내 눈에는 조금 더 나은 사람처럼 보였지만, 제 정신으로 보니 실망할 수밖에 없었다.

나는 무턱대고 컵에 따른 술을 들이켰고, 주로 어묵 집 주인과 여종업원을 상대로 수다를 떨었다. 마에다 씨는 거의 아무 말도 하지 않았고, 술도 별로 안 마셨다.

"오늘은, 너무 얌전하신데요?"

나는 참으로 탐탁찮은 기분으로 그렇게 말해 보았다.

하지만 마에다 씨는 얼굴을 가린 채 훗 하고 웃기만 했다.

"맘껏 놀자고 약속했잖습니까." 내가 또다시 말했다. "술 좀 드세요. 요전에 만났던 밤에는 꽤 많이 드셨잖아요?"

"낮에는, 못 마셔요."

"낮이건 밤이건 똑같습니다. 당신은, 놀이의 챔피언이잖아요?"

"술은, 놀이에 안 들어가요."

하고 시건방진 말을 했다.

나는 차츰 흥이 깨져서,

"그럼 뭐가 좋습니까? 키스요?"

이 호색한 아줌마 같으니라고! 나는 아이와 생이별까지 하고서 놀아 주고 있는데.

"저, 이만 갈게요." 여자는 테이블 위의 핸드백을 끌어당기며, "실례 많았습니다. 그럴 생각으로 부른 건, ……."이라고 하다가 하던 말을 멈추고 울상을 지었다.

그것은, 실로 못 봐줄 표정이었다. 정말 눈뜨고 못 봐줄 지경이라, 딱했다.

"아, 죄송합니다. 함께 나갑시다."

여자가 어렴풋이 고개를 끄덕이고는, 일어나 코를 풀었다.

함께 밖으로 나가서,

"저는 야만인이라, 놀음이고 뭐고 아무것도 모릅니다. 술을 못 마신다면, 곤란한데."

어째서 이대로, 바로 헤어질 수 없는 것일까?

밖에 나가자 여자는 갑자기 활기를 띠며,

"창피해라. 그 어묵 집은 제가 전부터 다니던 곳인데, 오늘 당신을 불러달라고 주인아주머니한테 부탁하니까, 정말 불쾌하고도 이상한 표정을 짓더라고요. 내가 애인도 뭣도 아닌데, 짜증나. 당신은, 어떻게 생각하시나요? 애인인가요?"

점점 더 거슬리는 말을 한다. 하지만, 그럼에도 나는 이별을 고할 수가 없었다.

"놉시다. 무언가 좋은 아이디어 없습니까?"

하고, 발치의 돌멩이를 차면서, 마음과는 정반대의 말을 했다.

"저희 집에 가지 않으시겠어요? 오늘은 처음부터 그럴 생각이었어요. 저희 집에는 재미있는 친구가 많아요."

나는 우울했다. 내키지가 않았다.

"당신 집에 가면, 재미있는 놀이라도 할 수 있는 겁니까?"

큭 하고 웃더니,

"아무것도 없어요. 작가란, 의외로 현실주의자네요?"

"그야, ……."

나는, 말하다 말고 입을 다물었다.

이런! 집사람이다. 반 환자인 집사람이, 흰 거즈 마스크를 쓴 채, 작은 아들을 업고 찬바람을 맞으며, 쌀을 배급받기 위해 늘어서 있는 사람들 틈바구니 속에 서 있었다. 집사람은 나를 못 본 척했지만, 그 옆에 서 있는 큰딸이 나를 보았다. 여자아이는 엄마를 따라 작고 흰 거즈 마스크를 쓰고, 대낮에 취해서 이상한 아줌마와 걸어가는 아비에게 달려올 듯한 기색을 비쳤기에 아비는 숨통이 끊어질 것 같았지만, 엄마는 아무렇지도 않게 여자 아이의 얼굴에 자신의 포대기 자락을 덮어 씌웠다.

"따님 아니신가요?"

"농담 하지 마십쇼."

웃으려 했지만 입만 약간 삐죽였다.

"하지만, 느낌이 어쩐지……."

"놀리지 마세요."

우리는 배급소 앞을 지나갔다.

"당신 집은 어디죠? 멉니까?"

"아뇨, 바로 앞이에요. 오시겠어요? 친구들이 좋아할 거예요."

집사람한테 돈을 안 주고 왔는데, 괜찮을까? 나는 진땀이 났다.

"갑시다. 가는 길에 어디, 위스키라도 주는 가게 없으려나?"

"술이라면, 제가 준비해둔 게 있어요."

"얼마만큼 있는데요?"

"현실주의자시네요."

아파트에 있는 마에다 씨의 방에는 서른을 훌쩍 넘긴, 마에다 씨와 마찬가지로 어쩐지 단정치 않은 느낌의 여자 두 명이 놀러와 있었다. 여성스런 매력이 전혀 없는, 아니, 여성스런 매력을 너무 두려워하는 나머지 미친 것 같다고나 할까, 어쨌든 남자보다도 더 거친 태도로 내게 말을 걸고, 또 여자들끼리, 철학인지 문학인지 미학인지, 무슨 얘긴지 전혀 조리가 서지 않는, 시시하기 그지없는 논쟁을 벌인다. 이건 지옥이다, 지옥이다, 라고 생각하면서도, 나는 적당히 얘기를 받아치며 술을 마시고, 쇠고기 전골을 휘젓고, 떡국을 먹고, 고타쓰에 기어들어가, 자면서, 집에 들어가려고 들지를 않는다.

의義.

의義란?

그게 무엇인지 해명할 수는 없지만, 아브라함은 외아들을 죽이려 했으며, 소고로는 자식과 생이별을 했고, 나는 오기를 부리며 지옥으로 빠져들어야만 한다. 그 의義, 의義란, 아아, 남성의, 버겁고도 슬픈 약점 같다.

女神
여신

太宰治

「여신」

1947년 5월 『일본소설^{日本小說}』에 발표되었다. 전쟁 중에 팽배하던 남성논리에 대한 반성과 함께 광기 어린 전후^{戰後} 일본의 현실에 대한 비판이 담긴 작품이다. 하지만 이 시기 다자이의 작품들 대다수가 그렇듯, 이야기는 그 비판 대상들이 방탕한 생활을 하는 자신보다는 낫다는 일종의 자책으로 이어지고 그것에서 묘한 해학이 느껴지기도 한다.

그 유명한, 지코손[1]인가 뭔가 하는 사람의 소동이 있기 조금 전에 그와 약간 비슷한 사건이, 내 주변에서도 일어났다.

나는 고향인 쓰가루에서 약 1년 3개월간, 이른바 이재민 생활을 하고 작년 11월에 또다시 도쿄로 돌아와, 오랜만에 도쿄의 많은 지인들과 옛 정을 다시 나눌 수 있었는데, 호소다 씨의 갑작스런 방문은 그중에서도 가장 인상적이었다.

호소다 씨는 대전大戰 전에는 애국비시愛国悲詩라고 할 수 있는, 끔찍할 정도로 낭만적인 시를 써서 팔기도 하고, 독일어도 좀 하는지 하이네의 시 따위를 번역해서 팔기도 하고, 여학교의 임시직 교사를 하기도 하면서 무척이나 막연한 생활을 하고 있던 사람이다. 나이는 나보다 두세 살 많을 터인데, 좁은 이마에, 칠흑같이 고운 머리칼에는 언제나 포마드를 듬뿍 발랐으며, 특이한 모양의 테 없는 안경을 쓰고, 심지어는 뺨이 연분홍빛이라, 오히려 나보다 네다섯 살은 아래로 보였다. 마른 체형에 왜소한 사람이었는데, 그의 복장에는 그야말로 눈곱만 한 빈틈도 없다고

. . . .
1_ 璽光像. 제2차 세계대전 중에 생겨 전쟁이 끝난 후 크게 유행한 신흥 종교단체 지우璽宇의 교주로, 종말 사상을 퍼뜨리며 신도들을 상대로 사기 행각을 벌이다 1947년 체포되었다.

해도 과언이 아닐 정도로, 비오는 날에는 꼭 오버슈즈라는 것을 신발 위에 덧씌우고 다녔다.

좀처럼 웃지 않는 사람이라 그런 점이 약간 거북했지만, 신주쿠의 스탠드바에서 알게 된 이후 그가 이따금 술을 가지고 우리 집에 놀러 와서, 차츰 좋은 술친구가 되어갔다.

대전大戰이 시작되어 날이 갈수록 우리들의 생활이 힘들어졌을 무렵 그는 내게, 이 전쟁은 오래 이어질 겁니다, 내지內地[2]의 병사를 전부 몰아내어 만주로 이동시키고, 만주에서 결전을 하려는 게 군의 방침인 것 같습니다, 그래서 저는 아내를 데리고 만주로 피난을 갈 생각입니다, 만주는 당분간 가장 안전하다는 것 같아요, 일자리도 얼마든지 있는 것 같고, 게다가 술도 꽤 많대요, 어떻습니까, 당신도 가는 게, 라고 말했다. 나는 그에 답하기를, 그야 당신은, 자식도 없고, 부인과 둘이서 가볍게 어디든 갈 수 있겠지만, 저는 아무래도 자식이 있다 보니, 뜻대로 움직일 수가 없어요, 라고 했다. 그러자 그는 나를 동정하는 듯한 눈빛으로 내 얼굴을 빤히 들여다보며, 침묵했다.

결국 그는 부인과 함께 만주로 갔고, 만주의 어느 출판사에서 부인과 함께 일하게 되었는지, 그런 얘기를 적은 엽서를 한 장 보내왔고, 그것을 마지막으로 소식이 끊겼다.

그 호소다 씨가 작년 말에 갑자기, 미타카에 있는 우리 집에 찾아왔다.

"호소다입니다."

이름을 듣고 그제야 아, 하고 그를 알아봤을 만큼, 호소다 씨의 외모는 많이 변해 있었다. 그 멋쟁이가 군복 같은 카키색 옷의 깃을 세우고,

. . . .
2_ 제국주의 시대에 식민지를 제외한 일본 본토를 이르던 말.

머리는 빡빡 밀고, 촌스러운 로이드안경을 끼고서, 안 좋은 얼굴색에 수염을 아무렇게나 기르니, 거의 다른 사람처럼 보였다.

방으로 들어와서 방석에 무릎을 꿇고 앉더니,

"저는, 제정신입니다. 제정신이라고요. 아시겠어요? 믿으시겠습니까?"

조금도 웃지 않고 그렇게 말했다.

미심쩍었지만 나는 웃으며,

"무슨 일이지요? 이거 왜 이러십니까. 편하게 앉으세요, 편하게."

라고 말할 수밖에 없었다. 그러자 그가 일어서더니,

"잠깐, 손 좀 씻고 싶습니다. 그리고 당신도 손을 씻으십시오."

라고 한다.

나는 바로, 어떤 단정을 지었다.

"우물은 현관 옆에 있죠? 함께 씻읍시다."

라고 하며 같이 나가자고 권한다.

나는 속상한 마음으로 그를 따라 밖으로 나가 우물가에 가서, 말없이 교대로 펌프질을 하며 함께 손을 씻었다.

"이를 닦으십시오."

그를 따라, 나도 의미를 알 수 없는 양치질을 했다.

"악수!"

나는 그 명령도 따랐다.

"키스!"

"그만하십시오."

나는 그 명령만은 따르지 않았다.

그는 살짝 웃으며,

"언젠가 사정을 알게 된다면, 당신이 먼저 제게 키스를 해달라고 할 겁니다."

라고 말했다.

방으로 돌아와서, 테이블을 사이에 두고 다시 마주 앉았다.

"놀라시면 안 됩니다. 잘 들으세요. 실은, 당신과 저는 형제입니다. 같은 어머니에게서 태어난 아이입니다. 이런 말을 듣고 보면, 당신도 짚이는 데가 있지요? 물론 저는 당신보다 나이가 위니까 형이고, 당신은 동생입니다. 그리고 이건 당분간 비밀로 하는 게 좋을지도 모르지만, 우리에게는 또 한 명의 형이 있습니다. 그 형은," 아무리 언론의 자유가 있다지만, 그는 여기에 쓰기가 송구스러울 정도로 엄청난 위인의 이름을, 태연히, 자랑스럽다는 듯 말했다. "알겠습니까? 이건 확실한 거지만, 당분간은 비밀로 해두는 편이 좋을 겁니다. 민중들의 오해를 사면 괜히 골치 아파질 테니까요. 우리 삼형제가, 앞으로 힘을 합쳐서 문화적인 일본을 건설하기 위해 애써야만 합니다. 이것을 가르쳐준 사람은, 저희 어머니이십니다. 놀라지 마십시오. 우리 셋을 낳은 어머니가, 사실은 저의 아내였습니다. 제 아내는, 호적에는 서른넷으로 되어 있지만, 그건 이 세상에서 쓰는 가짜 나이이고, 실은 몇 백 살이나 먹었습니다. 한참 오랜 옛날부터 젊음을 유지하며, 이곳 일본의 변화를 가만히 지켜보고 있었던 겁니다. 그런데 전쟁이 끝난 후에, 일본이라는 나라가 시작된 이래 가장 혼란스러운 모습을 보고, 이제 가만히 있어서는 안 되겠다 싶어 제게 자신의 정체를 털어놓고, 저의 형과 동생을 알려주며, 삼형제가 힘을 합쳐 일본을 구해라, 다른 남자들은 모두 틀렸다, 라고 하는 겁니다. 우리 어머니 말씀에 따르면, 백 년 전쯤부터 이미 세계는 남성이 쇠퇴하는 시대로 들어섰고, 남성은 육체적으로도 그렇고 정신적으로도 지쳐서, 이제 무슨 일을 하더라도 제대로 할 수 없는 열등한 종족이 되어가고 있고, 앞으로는 남성의 모든 일을 여성이 대신해야 할 때라고 합니다. 아내가, 아니지, 어머니가 제게 그 얘기를 털어놓은 것은, 만주에서 배를 타고 돌아올 때였는데, 저는 그때 육체적으로도 그렇고 정신적으로도, 정말 지칠 대로 지쳐 있었습니다. 만주에서는 고생을 너무 많이 했고, 배가 고픈 나머지 말뼈를 갉아 먹어본 적도 있습니다. 날이 갈수록 눈에 띄게 야위어갔는데도, 아내는, 아니지, 어머니는, 정말 변변찮게 먹으며, 무언가 맛있는 거라도 손에 들어오면 자기는 하나도 안 먹고 모두 제게 먹였는데, 그런데도 언제나 뽀얗고 포동포동하게 살이 쪘어요. 힘도 어찌나 센지, 저보다 더 세서 저로선 도저히 멜 수 없는 무거운 짐을 가볍게 메고, 거기다 양손에 보자기 따위까지 들고 다닐 수 있었습니다. 저도 정말 이상하다는 생각에, 돌아오는 배 안에서, 어째서 너는 그렇게 항상 기운이 넘치느냐, 너뿐만 아니라, 남자들은 예외 없이 삐쩍 말라서 반은 환자 같은데, 돌아가는 이 배 안에 탄 여자들 모두가 자신 만만한 기운이 넘쳐 보인다, 무언가 결정적인 이유가 없다면 말이 안 되는데, 그 이유는 무엇이냐, 하고 물었더니, 아내는 생글생글 웃으며, 실은 남성쇠퇴시대가 백 년 전부터 시작되었고, 앞으로는 모두 여성의 힘에 의지하지 않으면 세상은 멸망할 것이라면서, 그 여성들의 우두머리는 자기 자신이며, 실은 자신이 여신이라고 하더군요. 남자아이 셋이 있는데, 이 세 명만큼은 여신님 덕에 쇠약해지지 않고, 앞으로도 여성에게 예속되는 일 없이, 남성과 여성의 융화를 꾀하며, 그럼으로써 문화적인 일본을 건설하는 데 멋지게 성공할 수 있는 큰 인물이라고 했습니다. 그러니 당신도 기운을 내어, 일본으로 돌아가면 두 형제와 힘을 합쳐, 여신의 아이다운 진가를 발휘하기 위해 애써야 한다고, 이때 처음으로,

모든 비밀을 밤새 털어놓은 것입니다. 그 얘기를 들은 저는 갑자기 기운이 넘쳐서, 이젠 이틀 동안 아무것도 안 먹어도 아무렇지 않습니다. 우리는 여신님의 자식이니, 아무리 가난해도 절대로 쇠약해지지 않습니다. 당신도 아무쪼록, 기운을 내 주십시오. 저는 제정신입니다. 침착합니다. 제 말을, 믿어야만 합니다."

영락없는 미친 사람이다. 만주에서 고생을 하다 미친 거겠지. 혹은 외지에서 고약한 성병에 걸린 탓인지도 모른다. 딱하다고 해야 할지 불쌍하다고 해야 할지 비참하다고 해야 할지, 뭐라 표현할 수 없는 괴로운 기분으로, 그의 말도 안 되는 소리를 들으며, 나는 몇 번이나 눈시울이 뜨거워지는 것을 느꼈다.

"알겠습니다."

나는 그냥 그렇게 말했다.

그는 그제야 빙그레 웃으며,

"아아, 당신은, 역시 알아주시는군요. 당신이라면, 틀림없이 제 말을 전부 믿어줄 거라 생각했지만, 역시 피를 나눈 형제이니만큼, 빨리 알아주시네요. 키스합시다."

"아뇨, 그럴 필요는 없을 텐데요."

"그럴까요? 그러면, 슬슬 나갈까요?"

"어디로 말입니까?"

삼형제 중 큰형을, 지금 만나러 가자는 것이다.

"인플레이션이 말이죠, 이대로라면 안 됩니다. 어머니가 요즘 그런 얘기를 합니다. 어쨌든, 가장 큰형을 만나서, 잘 상의해봐야만 합니다. 어머니의 의견에 따르면, 일본의 지폐에는 하나같이 그로테스크한 얼굴에 수염이 덥수룩한 남자 사진이 나와 있는데, 그것이 인플레이션의 원인이라고 합니다. 지폐에는, 여자의 나체나, 여자가 크게 웃는 얼굴을 인쇄해야만 한다고 합니다. 하긴 생각해 보면, 독일어에서도 그렇고 프랑스어에서도, 지폐는 언제나 여성명사니까요. 수염이 덥수룩한 할아버지의 무서운 얼굴 따위를 인쇄하는 건, 명백한 정부의 실책입니다. 일본의 모든 지폐에, 우리 어머니이신 여신님이 크게 웃는 얼굴이라도 인쇄해서 발행한다면, 일본의 인플레이션은 곧바로 잦아들 겁니다. 일본의 인플레이션은, 더 이상 단 하루도 방치할 수 없는 고비에 접어들었으니 말입니다. 그에 대한 처치가 하루라도 늦어진다면, 끝장입니다. 한시라도 더 서둘러야 해요. 당장 갑시다."

라고 말하며, 일어선다.

나는 함께 가야 할지 말아야 할지 망설였다. 지금 그를 홀로 밖으로 내보내기도 내키지 않았다. 이 기세라면, 그가 정말로 그 맏형 집으로 달려가 큰 소란을 피우지 않으리라는 법도 없다. 그리고 그 문 앞에서, 그의 진짜 가족이라는 나(다자이)의 이름까지 지껄이고, 내가 그와 한통속인 양 오해받는 일이라도 생기면 큰일이다. 그를 그대로, 혼자서 밖으로 내보내는 것은 위험한 일이다.

"대강 알았지만, 저는 맏형을 만나기 전에 우리 어머니를 만나서, 직접 이런저런 얘기를 듣고 싶습니다. 우선 먼저, 저를 어머니가 있는 곳으로 데려가 주세요."

부인이 있는 곳으로 바래다주는 것이, 가장 무난하다고 생각했다. 아직까지 나는 그의 부인을 만난 적이 한 번도 없다. 그는 홋카이도 출신이지만 부인은 도쿄 사람으로, 신극新劇의 여배우 같은 것을 한 적도 있는데, 서로 좋아하다 결혼하게 됐다는 얘기를 그에게서 들은 적이 있다. 다른 사람에게서 꽤나 미인이라는 얘기를 들은 적도 있었지만, 직접 만난 적은 한 번도 없었다.

어쨌든 그날, 나는 그의 헛소리를 들으며 쓰린 마음에, 그 여자를 좋게 생각할 수는 없었다. 적어도 지식인인 그로 하여금 이렇게 한심하고 불결한 헛소리를 하게 만든 책임의 절반은 그녀에게 있는 것이 명백하다. 그녀도 미쳤을지 어떨지, 그것은 만나보지 않으면, 그냥 그의 얘기만 듣고는 모를 일이지만, 그의 부인은 그에게, 틀림없이 악마의 역할을 하고 있다. 당장 그의 집으로 찾아가 부인을 만나고, 경우에 따라서는, 그 여신인지 뭔지 하는 사람의 낯가죽을 벗겨주자는 생각에, 평상시에 입는 기모노에 니주마와시를 걸쳐 입고,

"그럼, 함께 갑시다."

라고 말했다.

밖으로 나가도 그의 흥분은 조금도 가라앉지 않았다. 그는 마치 춤을 추며 걷는 듯한 한심한 꼴로,

"오늘은 참으로, 좋은 날이군요. 기적 같은 날입니다. 쇼와 22년^{1947년} 12월 12일이지요? 게다가, 열두 시에, 우리 형제가 나란히 어머니를 만나기 위해 출발했습니다. 신의 뜻이 분명합니다. 12라는 숫자는, 6으로도 나눌 수 있고, 3으로도 나눌 수 있고, 4로도 나눌 수 있고, 2로도 나눌 수 있는, 정말 신성한 숫자니까요."

라고 했지만, 물론 그날은 쇼와 12년^{1947년} 12월 12일이 아니었다. 시간도 이미 거의 오후 세 시였다. 그때 실제의 연월일시 중에서 6으로 나눌 수 있는 숫자는 12월뿐이었다.

그가 지금 사는 곳이 다치카와라고 하기에, 우리는 미타카 역에서 전철을 탔다. 전철은 꽤 혼잡했지만, 그는 승객들을 마구잡이로 밀어젖히며, 입구에서 하나 두울 세엣 하고 큰 소리로 손잡이를 세더니 열두

번째 손잡이를 잡고, 내게도 그 손잡이를 함께 잡으라며 명령조로 말했다.

"다치카와立川라는 말을 영어로 하면, 스탠딩리버잖아요? 스탠딩리버. 몇 개의 철자로 이루어진 말인지, 손가락으로 계산해보세요. 거봐요, 12지요? 12입니다."

하지만 내 계산으로는, 13이었다.

"확실히, 다치카와는 신성한 땅입니다. 미타카, 다치카와. 음, 이두 땅 사이에 무언가 신성한 관련이 있는 것 같네요. 으음, 미타카三鷹를 영어로 하면, 쓰리, ……쓰리, 쓰리, 으음, 영어로 매를 뭐라고 하죠? 독일어로 하면 델파르케인데, 영어로는, 이글, 아니 그게 아닌가? 어쨌든 12가 될 겁니다."

나는 짜증이 솟구쳐서, 당장 그를 후려갈기고 싶은 충동마저 느꼈다.

다치카와에서 내려 그의 아파트로 가는 도중에도, 그는 그처럼 어리석기 그지없는 신의 뜻을 쉼 없이 늘어놨다.

"여깁니다, 들어오십시오."

대나무 숲에 둘러싸여 황폐한 병원처럼 보이는 그의 아파트에 이르렀을 때는, 벌써 날이 어스름했고, 추위도 한층 더 심해진 듯했다.

그의 집은 2층에 있었다.

"어머니, 다녀왔습니다."

그는 집으로 들어가자마자, 정좌하고 바닥에 손을 딱 짚으며 절을 했다.

"다녀오셨어요. 밖은 춥지요?"

부인은 부엌 쪽 커튼에서 얼굴을 내밀며 웃었다. 건강해 보이는, 보통 여자다. 심지어, 나도 모르게 눈이 휘둥그레질 정도로 예뻤다.

"오늘은 동생을 데리고 왔습니다."

그는 나를 부인 쪽으로 끌어당겼다.

"어머."

하고 작게 외친 뒤, 재빨리 앞치마를 벗고 내 대각선 앞에 앉았다.

나는 내 이름을 말한 뒤 절을 했다.

"아, 이런, 이런. 항상 남편이 신세를 많이 졌다고 해서, 언젠가 저도 찾아뵙고 싶다는 생각은 하고 있었는데, 이거 실례가 많습니다, 정말이지 오늘은, 잘 오셨고, ……."

보통 여자들처럼 인사를 할 뿐, 미친 사람 같은 느낌은 전혀 없다.

"음, 이제 어머니와 아들의 대면도 끝났군요. 그러면, 이제 인플레이션 해결에 착수합시다. 우선, 신선한 물을 마셔야 합니다. 어머니, 주전자 좀 빌려 주십시오. 제가 우물에서 떠오겠습니다."

호소다 씨 혼자만 씩씩하다.

"네, 네."

태연히 쾌활하게 대답한 뒤, 부인은 그에게 주전자를 건네준다.

그가 방을 나간 뒤, 나는 바로 부인에게 물었다.

"언제부터, 저렇게 됐지요?"

"네?"

하고, 내 질문의 의미를 모르겠다는 듯한 눈빛으로, 무심히 반문한다. 오히려 내가 약간 당황해서는,

"저기, 호소다 씨가, 조금 흥분해 계신데요."

"음, 그런 걸까요?"

라고 말하며 웃었다.

"괜찮은 건가요?"

"항상, 장난스런 말만 하고, ……."

태연했다.

이 여자는, 남편이 미쳤다는 사실을 모르고 있는 걸까? 나는 무척 당황스러웠다.

"술이라도 있으면 좋을 텐데요."라고 말하며 일어서더니, 전등 스위치를 틀며, "요즘 남편이 금주 중이라, 배급받은 술도 다른 집에 줘버려서, 아무것도 없네요. 실례지만, 이런 거라도 드시겠어요?"

부인은 차분히 말하며 내게 귤을 권했다. 불이 켜지자 깔끔하게 정돈된 방 안이 보였는데, 전혀 미친 사람이 사는 방 같지가 않았다. 행복한 가정이라는 느낌이 들 정도다.

"아니, 전혀 신경 쓰실 것 없습니다. 저는 이만 실례하지요. 호소다 씨가 어쩐지 흥분해 계신 것 같아서, 걱정돼서 집까지 바래다준 겁니다. 그럼, 모쪼록, 호소다 씨께 잘 말해주십시오."

붙잡는 것을 뿌리치고, 나는 아파트를 나와, 몹시 무거운 마음으로 섣달그믐의 안개 속을 걸어 다치카와 역 앞의 포장마차에서 술을 진탕 마시고 집으로 돌아갔다.

모르겠다.

전혀 모르겠다.

나는 늦은 저녁식사를 하면서, 집사람에게 오늘 있었던 일을 자세히 말했다.

"그런 일도 다 있군요."

집사람은 그다지 놀라는 기색도 없이, 그냥 그렇게만 중얼거렸다.

"하지만, 그 부인은 기분이 어떨까? 난, 전혀 모르겠어."

"미쳤건, 안 미쳤건, 비슷한 거니까요. 저도 그렇고, 당신 친구들도 거의 그런 것 같지 않아요? 금주 중이라니, 부인은 오히려 좋으시겠네요. 당신처럼, 술집 여기저기에서 외상술을 마시고 다니는 것보다는, 순진하고 좋잖아요? 어머니네 여신이네 하는 말을 들으면서 공경 받고."

나는 뒤통수를 한 대 얻어맞은 기분으로,

"당신도 여신이 되고 싶어?"

하고 물었다.

집사람은 웃으며,

"그것도 나쁘지 않겠네요."

하고 말했다.

太宰治

フォスフォレッスセンス

포스포레센스

「포스포레센스」

1947년 7월 『일본소설』에 발표되었다. 비현실, 비일상적인 것, 무의식 등에서 오히려 리얼리티를 느끼던 다자이의 마음을 엿볼 수 있는 작품이다.

"와, 예뻐라. 너 이대로 왕자님께 시집갈 수 있겠구나."

"어머, 엄마, 그건 꿈이야."

이 둘의 대화에 있어, 도대체 어느 쪽이 몽상가이고 어느 쪽이 현실주의자일까?

말만 놓고 보면 엄마는 마치 몽상가 같은 상태이고, 딸은 그 몽상을 깨는 듯한, 이른바 현실주의자 같은 말을 하고 있다.

하지만, 실제로 어머니는 그 꿈의 가능성을 조금도 믿고 있지 않으니 그런 몽상을 쉽게 말할 수 있는 것이고, 오히려 그것을 서둘러 부정하는 딸 쪽이, 혹시나 하는 기대를 가지고 서둘러 부정하는 것으로 보인다.

나는 요즘 세상의 현실주의자와 몽상가의 구별도, 이처럼 얽히고설킨 문제 같다는 생각을 한다.

나는 이 세상에 살고 있다. 하지만 그것은, 나의 극히 일부분일 뿐이다. 마찬가지로 당신도, 그리고 저 사람도, 다른 사람이 전혀 알 수 없는 곳에서 대부분의 시간을 살고 있음에 틀림없다.

예를 들어 내 경우만 보더라도, 나는 이 사회와 완전히 동떨어진 다른 세계에서 몇 시간을 산다. 내가 잠을 자는 몇 시간 동안이 그렇다.

나는 이 지구 어디에도 없을 아름다운 풍경을, 눈으로 똑똑히 보고, 심지어는 잊지 않고 기억한다.

내가 나의 이 몸을 가지고 그 풍경 속에서 놀았다. 기억, 그것은 현실이건, 잘 때 꾸는 꿈이건, 그 선명함에 차이가 없다면 내게는 똑같은 현실 아닐까?

나는 자다가 꿈속에서, 어느 친구가 하는 매우 아름다운 말을 들었다. 또한, 그에 답하는 내 말도, 무척 자연스러운 느낌이었다.

또한 나는 꿈속에서, 사모하는 여인으로부터 그녀의 본심을 들었다. 그리고 나는, 잠에서 깨어난 뒤에도 여전히 그것을 나의 현실로 믿고 있다.

몽상가.

그처럼, 나 같은 사람은 몽상가라 불리며, 많은 이들이 생각이 무르고 칠칠치 못한 종족으로 여기는 조소와 경멸의 대상인 모양인데, 그것을 비웃는 사람에게, 웃고 있는 당신도 내게는 꿈이나 마찬가지라고 하면, 그 사람은 어떤 표정을 지을까?

나는 하루에 여덟 시간씩 자면서 꿈속에서 성장하고, 늙어왔다. 다시 말해 나는, 이른바 이 세상의 현실이 아닌 다른 세계의 현실 속에서도 자라온 사람이다.

내게는 이 세상 어디에도 없는 친한 친구가 있다. 게다가 그 친구는 살아 있다. 또한 내게는, 이 세상 어디에도 없는 아내가 있다. 게다가 그 아내는 말과 육체를 다 가지고 살아 있다.

나는 자고 일어나 세수를 하면서, 가까이서 그 아내의 냄새를 느낄 수 있다. 그리고 밤에 잘 때는 또다시 그 아내를 만날 수 있다는 기대감에 설렌다.

"꽤 오랜만에 보는데, 무슨 일 있었어?"

"앵두 따러 갔었어."

"겨울인데 앵두가 있어?"

"스위스."

"그렇군."

식욕이니, 성욕이니 하는 것이 전혀 없는 산뜻한 사랑의 대화가 이어지고, 꿈에서 이전에 몇 번이나 본적이 있는, 하지만 지구상에는 절대로 없는 호숫가의 푸른 초원에, 우리 부부는 아무렇게나 드러눕는다.

"분하지요?"

"바보야. 다들 바보야."

나는 눈물을 흘린다.

그때, 눈이 뜨인다. 나는 눈물을 흘리고 있다. 잘 때 꾸는 꿈과 현실이 이어진다. 기분이 그대로, 이어진다. 그래서 내게 이 세상의 현실은 잘 때 꾸는 꿈의 연속이기도 하고, 꿈은 오롯이 현실이기도 하다고 생각한다.

이 세상의 내 실제 생활만을 보고 나의 전부를 이해하기란, 다른 사람들에게는 불가능할 것이다. 그와 동시에, 나 또한 다른 사람에 대해 전혀 이해할 수 없다.

꿈은, 그 유명한 프로이트 선생의 설에 따르면, 이 현실세계에서 모두 암시를 받고 있는 거라는데, 하지만 그것은, 엄마와 딸은 마찬가지라는 식의 억지 주장인 것 같기도 하다. 그것들 간에는, 연관이 있으면서도 본질적인 차이가 있는, 별개의 세계가 펼쳐져 있을 터이다.

나의 꿈은 현실의 연속이며, 현실은 꿈의 연속이라고는 해도, 그 공기는 전혀 다르다. 꿈속 나라에서 흘린 눈물이 이 현실로 이어져서,

나는 여전히 분한 눈물을 흘리고 있지만, 생각해보면 그 나라에서 흘린 눈물이 훨씬 더 진정성 있는 눈물이었던 듯한 기분이 든다.

예를 들면 어느 날 밤, 이런 일이 있었다.

언제나 꿈속에 나타나는 아내가,

"당신은, 정의라는 게 뭔지 알아요?"

하고, 놀리는 투가 아니라, 나를 온전히 신뢰한다는 듯한 투로 물었다.

나는, 대답하지 않았다.

"당신은, 남자답다는 게 뭔지 알아요?"

나는, 대답하지 않았다.

"당신은, 청결이라는 게 뭔지 알아요?"

나는, 대답하지 않았다.

"당신은, 사랑이라는 게 뭔지 알아요?"

나는, 대답하지 않았다.

그때 역시, 그 호숫가 초원에 아무렇게나 누워 있었는데, 나는 누워서 눈물을 흘렸다.

그러자, 새 한 마리가 날아왔다. 그 새는 박쥐와 비슷했지만, 한쪽 날개 길이만 3미터 정도였는데, 그 날개를 조금도 움직이지 않고, 글라이더처럼 소리도 없이 우리 머리의 2미터 정도 위로 아슬아슬하게 날아왔다. 그리고 까마귀가 우는 듯한 소리로 이렇게 말했다.

"여기에서는 울어도 괜찮지만, 저쪽 세계에서는 이런 일로 울지 마."

나는 그 이래로, 인간은 이 현실 세계와, 수면 중의 꿈속 세계, 이 두 세계에서 생활하는 존재이며, 그 두 가지 생활 체험이 얽히고설킨 곳에, 말하자면 전 인생全人生이라고 할 법한 게 있지 않을까, 하고 생각하게 되었다.

"안녕히."

하고 현실 세계에서 헤어진다.

꿈에서 다시 만난다.

"좀 전에는 숙부님이 와 계셔서, 미안하게 됐어요."

"숙부님은 벌써 가셨어?"

"저를 데리고 연극을 보러 가겠다면서, 고집을 부리셔요. 새로 대를 이은 우자에몬羽左衛門과 바이코梅幸[1]가 하는 첫 공연인데, 이번 우자에몬은 전대 우자에몬보다도 더 남자답고, 말쑥하고, 귀엽고, 목소리도 좋고, 연기도 전의 우자에몬과는 비교가 안 될 정도로 잘한대요."

"그랬지. 고백하자면, 전대 우자에몬이 너무 좋아서 그 사람이 죽고 나서는 더 이상 가부키를 볼 마음도 안 들 정도였어. 하지만 그 사람보다도 더 잘생긴 우자에몬이 나왔다면, 나도 보러 가고 싶은데, 당신은 어째서 안 간 거야?"

"지프차가 왔었어요."

"지프차가?"

"저, 꽃다발을 받았어요."

"백합이지?"

"아뇨."

그리고 내가 알 수 없는, 포스포 어쩌고 하는 길고 어려운 꽃 이름을 말했다. 나는 내 부족한 어학 실력이 부끄러웠다.

"미국에도, 초혼제가 있을까?"

. . . .
1_ 둘 다 가부키 배우 집안의 가호家號.

하고 그 사람이 말했다.

"초혼제 꽃이야?"

그 사람은 그 질문에는 답하지 않고,

"무덤이 없는 사람은, 불쌍하지. 나, 야위었어."

"무슨 말을 해야 좋을까. 좋아하는 말을 뭐든 해줄게."

"헤어진다, 라고 말해줘."

"헤어지고서, 다시 만나는 거야?"

"저 세상에서."

그 사람이 그렇게 말했지만 나는, 아아 이것은 현실이다, 현실 세계에서 헤어지더라도, 또다시, 이 사람과 그 꿈속 세계에서 만날 수 있으니, 아무 일도 아니다, 하고 무척 느긋한 기분으로 있었다.

그리고 아침에 눈을 뜨고는, 헤어진 것은 현실 세계의 일이며, 만난 것은 꿈속 세계의 일, 그리고 또 헤어진 것 역시 꿈속 세계의 일, 이렇게 다 마찬가지라는 기분으로, 이불 속에서 멍하니 있는데, 마감일이 오늘인 원고를 받으러, 어느 잡지의 젊은 편집자가 찾아왔다.

나는 아직 한 장도 못 썼다. 용서해주세요, 다음 호나, 그 다음에 쓰게 해주세요, 하고 부탁했지만, 그는 받아들여주지 않았다. 오늘 중으로 다섯 장이든 열장이든 써주시지 않으면 곤란하다고 한다. 나도, 그건 곤란하다고 말한다.

"이러면 어떨까요? 이제부터 함께 술을 마시면서, 제가 당신 말씀을 받아 적겠습니다."

나는 술 유혹에는 극도로 약하다.

둘이서 집을 나선 뒤 전부터 다니던 내 단골 어묵 집으로 가서, 주인장에게 2층의 조용한 방을 빌려달라고 부탁했다. 그날은 6월 1일이었는데, 하필이면 그날부터 요릿집들이 전부 자숙 휴업을 해서, 주인장은 방을 빌려줄 수 없다고 했다. 그러면 자네 가게에 있는 술 중에 팔다 남은 것은 없는가, 그것을 주었으면 하는데, 하고 내가 말해, 주인장에게 청주 한 되를 사서, 우리 둘은 한 되들이 병을 들고 초여름의 교외를 정처 없이 돌아다녔다.

퍼뜩 떠오른 바가 있어, 그 사람의 집 쪽으로 걸어갔다. 그때까지 그 집 앞을 지나간 적은 종종 있었지만, 그 집에 들어가 본 적은 아직 없었다. 다른 곳에서만 만났다.

그 집은 꽤 넓었고, 가족도 적으니, 틀림없이 빈 방 하나 정도는 있을 것이다.

"저희 집은 보셨다시피 아이들이 많고 시끄러워서 아무것도 할 수 없는데, 거기다 손님까지 오면 정말 난처합니다. 아는 사람 집이 있으니, 거기로 가서 일을 해봅시다."

이런 일이라도 구실로 삼지 않으면, 이제 그 사람과 만날 수 없을지도 모른다.

나는 용기를 내어 그 집 초인종을 눌렀다. 하녀가 나왔다. 그 사람은 없다고 한다.

"연극 보러 가셨나요?"

"네."

나는 거짓말을 했다. 아니, 역시, 거짓말이 아니다. 내게는, 현실의 말이 다.

"그럼 바로 돌아오실 겁니다. 아까 이 댁 숙부님을 만났는데, 함께 연극을 보러 나왔다가 도중에 도망가 버렸다고 말씀하시며 웃으시더라고요."

하녀는 나를 가까운 사람으로 생각했는지, 웃으며 들어오기를 권했다.

우리는 그 사람 방으로 들어갔다. 정면의 벽에, 젊은 남자 사진이 걸려 있었다. 무덤이 없는 사람은, 불쌍하지. 나는 순식간에 그 말을 이해했다.

"남편이시죠?"

"네, 아직 남방南方[2]에서 안 돌아오셨어요. 벌써 7년 동안 소식이 없대요."

그 사람에게 남편이 있다는 것을, 실은 나도 그때 처음 알았다.

"예쁜 꽃이네요."

젊은 편집자는 그 사진 밑에 장식되어 있는 꽃 한 다발을 보고, 그렇게 말했다.

"무슨 꽃이지요?"

그가 묻는 말에, 나는 거침없이 답했다.

"Phosphorescence."[3]

. . . .
2_ 제2차 세계대전 때 동남아시아 지역을 이르던 말.
3_ 인광(푸른 빛)이라는 의미.

朝
아
침

太宰治

「아침」

1947년 7월 『신사조新思潮』에 발표되었다.

나는 무엇보다 놀기를 좋아하기에 집에서 일을 하는 중에도 마음속으로는 늘 먼 데 사는 친구가 찾아오기를 기다리고 있어, 현관이 덜커덩하고 열리면 겉으로는 눈살을 찌푸리면서도, 속으로는 설레는 마음으로 글을 쓰던 원고지를 곧장 치워버리고 그 손님을 맞이한다.

"아, 이런. 작업 중이셨군요."

"아니, 별것 아닙니다."

그리고 그 손님과 함께 놀러 나간다.

하지만 그런 상태라면 언제까지고 전혀 일을 할 수가 없기 때문에, 모처에 비밀 작업실을 두기로 했다. 그게 어디에 있는지는 집사람에게도 말하지 않았다. 매일 아침 아홉 시쯤, 나는 집사람에게 도시락을 싸달라고 하여 그걸 가지고 작업실로 출근한다. 그 비밀 작업실에 찾아오는 사람은 없기에, 내 작업도 대개 계획대로 진행된다. 하지만 오후 세 시 무렵이 되면 피곤해지기도 하고 사람이 그리워져서, 알맞은 시점에 일을 일단락 짓고 집으로 돌아간다. 돌아가는 중에 어묵 집 같은 곳에 들른 다음 밤늦게 들어갈 때도 있다.

작업실.

하지만 그 방은, 여자가 쓰는 방이다. 그 젊은 여자는 아침 일찍 니혼바시에 있는 어느 은행에 출근한다. 그 후에 내가 가서, 거기서 네다섯 시간 일을 하고, 여자가 돌아오기 전에 나간다.

애인이라거나 다른 특별한 사이는 아니다. 나는 그 사람의 어머니와 아는 사이인데, 그 사람의 어머니는 어떤 사정 때문에 딸과 헤어지게 되어 지금은 동북지방에 살고 있다. 그리고 이따금 내게 편지를 보내서는 딸의 혼담에 대한 나의 의견을 물어 와, 그 사윗감 청년을 만나보고, 그런 사람이라면 좋은 사위가 될 겁니다, 찬성입니다, 하고 마치 그 혼담에 한몫을 한 양 그런 말을 써 보낸 적도 있었다.

하지만 지금은 그 어머니보다도 딸이 나를 더 많이 의지하는 것 같다.

"기쿠짱. 얼마 전에 미래의 네 남편을 만났어."

"그래요? 어땠어요? 좀 꼴불견인 사람이죠? 그렇죠?"

"음 하지만, 다 그렇지. 뭐, 나에 비하면 어떤 남자든 모두 바보 같아 보일 테니까. 좀 참으렴."

"그건, 그렇지요,"

딸은 그 청년과 흔쾌히 결혼하려 마음먹은 모양이었다.

지난 밤 나는 술을 진탕 마셨다. 아니, 그건 매일 밤 있는 일이라 이렇다 할 일도 아니지만, 그날 작업실에서 집으로 가는 길에, 역 앞에서 오랜만에 친구를 만났다. 그래서 곧장 내 단골 어묵 집으로 친구를 데려가 술을 거나하게 마시고, 차츰 속이 메스껍다 느끼던 와중에 잡지사 편집자가 여기 있을 줄 알았다며 위스키를 가지고 나타났다. 그 편집자와 또다시 위스키 한 병을 다 마시고는, 이제 토하는 것 아닐까, 내가 생각해도 어쩐지 두려워서, 이쯤에서 그만 마시려고 했다. 그런데 이번에는 친구가 자기가 한턱내겠다며 2차를 가자고 해서, 전차를 타고 친구의 단골 요릿집으로 끌려갔다. 거기서 또다시 청주를 마시고, 사람들과 겨우겨우 헤어졌을 때, 이미 나는 걸을 수 없을 정도로 취해 있었다.

"재워줘. 집까지 못 걸어갈 것 같아. 이대로 뻗어버릴 테니까. 부탁이야."

나는 고타쓰에 발을 넣고 외투를 입은 채로 잤다.

밤중에 문득 눈을 떴다. 어두컴컴하다. 몇 초 동안, 나는 우리 집에서 자는 듯한 느낌이 들었다. 발을 약간 움직이다가, 내가 다비를 신은 채 자고 있는 것을 깨닫고 깜짝 놀랐다. 이런! 이러면 안 되는데!

아아, 나는 이런 경험을, 이제까지 몇 백 번, 몇 천 번 되풀이해왔는가.

나는 신음했다.

"춥지 않으신가요?"

기쿠짱이 어둠 속에서 말했다.

나와 직각으로, 고타쓰에 발을 넣고 누워 있는 듯했다.

"아니, 안 추워."

나는 상반신을 일으켜 세우고,

"창문 밖으로 소변 봐도 돼?"

하고 말했다.

"상관없어요. 그러는 편이 간단하고 좋아요."

"기쿠짱도 가끔 그러는 거 아냐?"

나는 일어서서 전등 스위치를 틀었다. 안 켜졌다.

"정전이에요."

기쿠짱이 나직이 말했다.

나는 손을 더듬어 슬금슬금 창문 쪽으로 가다가 기쿠짱의 몸에 발이 걸려 넘어졌다. 기쿠짱은 가만히 있었다.

"이럼 안 되는데."

나는 혼잣말처럼 중얼거리며, 겨우 창문 커튼을 잡은 뒤 그것을 젖혀 창문을 조금 열고, 오줌 소리를 냈다.

"기쿠짱 책상 위에 『클레브 공작부인』[1]이라는 책 있었지?"

나는 또다시 조금 전처럼 몸을 누이며 말했다.

"그 무렵 귀부인들은 말이지, 궁전 뜰이나 복도 계단 아래 어두운 곳에서 아무렇지도 않게 소변을 봤대. 그러니까 창문으로 소변을 보는 것도, 원래는 귀족적인 일이야."

"술 드시고 싶으시면, 내올게요. 귀족은, 자면서도 술을 마신다지요?"

술을 마시고 싶었다. 하지만 마시면 위험할 거라 생각했다.

"아니, 귀족은 어둠을 싫어하는 법이야. 원래 겁쟁이니까. 어두우면, 무서워서 옴짝달싹 못해. 양초 없어? 촛불을 켜주면 마실 수 있을 텐데."

기쿠짱은 말없이 일어섰다.

그리고 촛불이 켜졌다. 나는 마음이 놓였다. 이제 오늘 밤은 아무 짓도 저지르지 않고 무사히 넘길 수 있다고 생각했다.

"어디에다 둘까요?"

"촛대는 높은 곳에 두라는 말이 성서에도 나오니까, 높은 곳이 좋겠지. 그 책장 위 어때?"

"술은요? 컵에 드시나요?"

"성서에, 심야에 마시는 술은 컵에 따르라는 말이 있지."

. . . .
1_ 프랑스의 작가 라파예트 부인이 1678년에 발표한 연애소설. 사랑 없이 존경만으로 결혼한 클레브 공작부인이 결혼 후 느무르 공작을 만나게 되면서 겪는 갈등과 고뇌를 섬세한 필체로 그려낸 소설이다.

나는 거짓말을 했다.

기쿠짱은 히죽거리면서 술이 가득 담긴 커다란 컵을 가져 왔다.

"아직 한 잔 정도 더 있어요."

"아니, 이거면 충분해."

나는 컵을 받아서 꿀꺽꿀꺽 마시고, 다 마신 뒤 천장을 보고 벌렁 드러누웠다.

"이제, 한숨 더 자자. 기쿠짱도 잘 자."

기쿠짱도 천장을 보고 나와 직각으로 누웠다. 하지만 속눈썹이 길고 커다란 눈을 끊임없이 깜빡이는 것을 보니 잘 것 같지가 않았다.

나는 가만히 책장 위의 촛불을 보았다. 촛불은 살아 있는 것처럼 늘어났다 줄어들기를 반복하면서 타올랐다. 보는 사이에 나는, 문득 어떤 생각이 들어 두려움에 떨었다.

"이 양초 너무 짧네. 잠시 후에는 없어질 거야. 더 긴 양초 없어?"

"그것밖에 없어요."

나는 침묵했다. 하늘에 기도라도 올리고 싶은 심정이었다. 그 양초가 다 닳기 전까지 내가 잠들든가, 방금 마신 술 한 컵의 취기가 깨든가, 그 둘 중 하나가 아니면 기쿠짱이 위험하다.

불꽃은 가늘게 떨리면서 타오르며 조금씩 작아졌지만, 나는 전혀 잠이 오지 않았고, 한 컵 술의 취기도 깨기는커녕, 몸이 뜨거워져서 점점 나를 대담하게 만들 뿐이었다.

나는 무심코 한숨을 내쉬었다.

"다비를 벗으시는 게 어때요?"

"왜?"

"그러는 편이 더 따뜻하거든요."

나는 시키는 대로 다비를 벗었다.

이젠 정말 틀렸다. 촛불이 꺼지면, 끝장이다.

나는 각오를 다잡기 시작했다.

촛불이 작아지면서, 몸부림을 치듯 좌우로 움직이다가 일순간 커져서 밝아지더니, 지지직 하는 소리를 내며 금세 작게 움츠러들고는, 꺼졌다.

희끄무레하게 날이 밝아오고 있었다.

방이 어슴푸레해져서, 이제는 어둡지 않았다.

나는 일어나 돌아갈 채비를 했다.

斜陽
사양

大宰治

「사양」

  1947년 7월~10월에 걸쳐 『신조^{新潮}』에 연재되고, 12월 단행본으로 출판되었다. 다자이 오사무 생전의 최고 히트작이자, 첫 베스트셀러이다. 다자이 사상의 에센스가 담겨 있다는 평을 받는 이 작품은 패전으로 좌절에 빠져 있던 당시 일본인들에게 큰 공감을 사면서 패전 후 몰락한 상류계층의 사람을 일컫는 '사양족^{斜陽族}'이라는 말이 유행하는 등 큰 인기를 끌었다. 창작에는 다자이 오사무와 교제 중이던 여성 오타 시즈코(1913~1982)의 일기장과 둘 사이에 주고받은 편지가 중요한 참고자료로 쓰였다. (창작 배경 및 내용에 관한 자세한 설명은 해설 참고.)

1

아침에 식당에서 수프 한 술을 살짝 떠 드시던 어머니가,

"아."

하고 희미한 비명을 지르셨다.

"머리카락?"

수프에 무언가 이상한 거라도 들어 있나 싶었다.

"아니."

어머니는 아무 일도 없었다는 듯 또다시 수프 한 술을 입으로 살짝 흘려 넣은 뒤, 태연히 고개를 옆으로 돌리더니, 부엌 창밖의 만개한 산벚나무로 시선을 돌리고는, 고개를 옆으로 한 채 또다시 수프 한 술을 조그만 입술 사이로 살짝 흘려 넣었다. 어머니의 경우, '살짝'이라는 말은 절대 과장된 표현이 아니다. 여성잡지 같은 데 나오는 식사 예절 따위와는, 정말이지 전혀 다르다. 남동생인 나오지가 언젠가 술을 마시면서 누나인 내게 이런 말을 한 적이 있다.

"작위爵位가 있다고 해서 다 귀족은 아니야. 작위가 없어도 천작天爵이라는

게 있는 훌륭한 귀족도 있고, 우리처럼 작위는 있어도 귀족이기는커녕 천민에 가까운 사람도 있지. 이와시마 같은 놈(나오지의 학교 친구인 백작의 이름을 대며)은 진짜, 신주쿠 유곽의 호객꾼보다도 더 천박하잖 아? 얼마 전에도 야나이(역시 동생의 학교 친구인 자작子爵의 둘째 자제분 이름을 대며)네 형 결혼식에, 그 자식이 턱시도 같은 걸 입고 왔는데, 아니 어째서 그딴 걸 입고 오는 거지? 그건 그렇다 치고, 아무튼 테이블 스피치 때 그 녀석이 '~있사옵니다'라는 이상한 말을 쓰는데 어이가 없더라고. 잘난 척한다는 건 품위와는 전혀 상관없는 한심한 허세지. 혼고 근처에 고급 하숙집이라고 쓰인 간판이 많이 있었는데, 사실 화족華族의 대부분이 고급 거지라고 할 수 있어. 진짜 귀족은 이와시마처럼 어설프게 잘난 척하지 않아. 우리 가족 중에서도 진짜 귀족은, 음, 어머니 한 분 정도겠지. 어머니는, 진짜야. 아무도 못 당할 걸."

수프를 드시는 것만 보아도, 우리는 그릇 위로 고개를 약간 숙인 채 스푼을 옆으로 들고 수프를 떠서 그대로 입가에 가져가지만, 어머니는 왼손을 테이블 끝에 살짝 걸치고 상체는 전혀 숙이지 않은 채, 고개를 똑바로 들고, 접시를 제대로 보지도 않고 스푼을 옆으로 들고 떠서, 제비 같다고 할 수 있을 만큼 가볍고 산뜻하게 스푼을 입과 직각이 되게끔 입으로 가져가, 스푼 끝에서부터 수프를 입술 사이로 흘려 넣는 다. 그리고 무심한 듯 곁눈으로 여기저기를 보시다가 가벼이, 스푼을 마치 작은 날개인 양 다루시면서, 수프는 한 방울도 흘리시는 법이

1_ 天爵. 하늘이 준 벼슬이라는 뜻으로, 남으로부터 존경을 받을 만한 타고난 덕행을 이르는 말.
2_ 華族. 1869년 일본 왕실에서 중세의 봉건영주제도를 없애고 그 대신 귀족작위를 하사하면서 창설한 귀족 계급을 총칭하는 말.

없고, 먹는 소리나 그릇 소리도 전혀 내시지 않는다. 그것은 이른바 정식 예법에 맞는 방식은 아닐지도 모르지만, 내 눈에는 굉장히 귀엽고, 그야말로 진짜처럼 보인다. 또한 실제로도 수프나 국은 고개를 숙인 채 스푼 옆으로 먹는 것보다도, 천천히 상반신을 일으켜 스푼 끝부분에서부터 입으로 흘려 넣어서 먹는 편이, 이상할 정도로 맛있다. 하지만 나는 나오지가 말하는 고급 거지라서, 스푼을 어머니처럼 가볍고 손쉽게 다루지 못하니까 어쩔 수 없이 포기하고 그릇 위로 고개를 숙인 채, 이른바 정식 예법대로의 우울한 방식으로 먹는 것이다.

어머니는 수프뿐만 아니라, 다른 음식을 드실 때도 정식 예법과는 매우 다른 방식으로 드신다. 고기를 드실 때면 나이프와 포크로 재빨리 전부 작게 자른 뒤에, 나이프를 놓고 포크를 오른손으로 바꿔든 다음, 한 조각 한 조각을 포크로 찍어 느긋하고 즐겁게 드신다. 또한 뼈가 있는 치킨 같은 것은, 우리가 접시 소리를 내지 않으면서 살을 발라내려 애쓰고 있을 때, 어머니는 태연히 손가락으로 뼈 부분을 집어든 뒤 입으로 살을 발라내신다. 그렇게 천한 행동도, 어머니가 하시면 귀여울 뿐만 아니라 묘하게 에로틱해 보일 지경이니, 과연 진짜는 남다른 법이다. 어머니는 뼈가 있는 치킨뿐 아니라, 점심 반찬으로 나온 햄이나 소시지 같은 것을 과감하게 손가락으로 집어 드시는 일도 종종 있다.

"주먹밥이 어째서 맛있는지 알아? 그건 말이지, 사람 손으로 꼭 쥐어서 만들기 때문이야."

라고 말씀하신 적도 있다.

정말로, 손으로 먹으면 맛있겠다 싶을 때가 있지만, 나 같은 고급 거지가 어설프게 흉내를 내다가는 진짜 거지처럼 보일 것 같아서 참고 있다.

동생인 나오지마저도 어머니께는 못 당하겠다고 하는데, 나 또한 정말이지 어머니를 당해낼 수가 없어서, 절망에 가까운 감정을 느낄 때가 있다. 언젠가 초가을 달 밝은 밤, 니시카타마치의 집 안뜰에서, 어머니와 둘이 연못 옆에 있는 정자에서 달구경을 하며, 여우가 시집갈 때와 쥐가 시집갈 때 신부의 치장이 어떻게 다른지 웃으며 이야기하는데, 어머니가 갑자기 일어나셔서 정자 옆의 싸리 덤불 속으로 들어가시더니, 새하얀 싸리 꽃 사이로 그보다 더 산뜻하고 뽀얀 얼굴을 내밀고는 살짝 웃으시면서,

"가즈코, 엄마가 지금 무얼 하고 있는지 맞춰 봐."

라고 하셨다.

"꽃을 꺾고 계세요."

그러자 작게 소리 내어 웃으시면서,

"쉬 해."

라고 하셨다.

놀랍게도 몸을 전혀 숙이지 않고 계셨는데, 정말 나 같은 사람은 절대 흉내 낼 수 없는, 뼛속부터 귀염성 있는 느낌이었다.

오늘 아침에 있었던 수프 사건 이야기를 하다가 옆길로 샜다. 얼마 전 어떤 책을 읽다가, 루이 왕조 시대의 귀부인들은 궁전 뜰이나 구석진 복도 같은 데서 아무렇지도 않게 오줌을 누었다는 사실을 알고서, 그 무심함이 너무도 귀엽게 여겨진 적이 있는데, 우리 어머니야말로 진짜 귀부인 가운데 마지막으로 남은 한 사람이 아닌가 하고 생각했다.

그건 그렇고, 오늘 아침에는 수프 한 술을 드시고서 아, 하고 작은 목소리를 내시기에, 머리카락? 하고 여쭤봤더니, 아니, 라고 대답하셨다.

"짠가?"

오늘 아침 수프는 얼마 전 미국에서 배급해준 완두콩 통조림을 체로 걸러내어, 내가 포타주[3]처럼 만든 것이다. 원래 요리에는 자신이 없기 때문에, 어머니는 아니라고 하셨지만 조마조마한 마음에 재차, 그렇게 물어봤다.

"맛있게 잘 됐어."

어머니는 진지하게 그렇게 말하고는 수프를 다 드신 다음, 김에 싼 주먹밥을 손으로 집어 드셨다.

나는 어려서부터 아침에 입맛이 없고, 열 시 정도 되지 않으면 배가 안 고프다. 그날도 수프 정도는 간신히 먹었지만, 다른 음식은 넘어가지를 않아서 주먹밥을 접시 위에 올려놓고 젓가락으로 찔러 다 헤집어 놓은 뒤, 그중 덩어리 하나를 젓가락으로 집어, 어머니가 수프를 드실 때처럼, 젓가락과 입이 직각이 되도록 하여, 마치 작은 새에게 모이를 주는 것처럼 입에 넣고 느릿느릿 씹고 있는데, 어머니는 벌써 식사를 다 마치고 훌쩍 일어나 아침햇살이 들고 있는 벽에 등을 기대어 잠시 내가 식사하는 모습을 지켜보시며,

"가즈코는 아직 안 되겠다. 아침밥이 제일 맛있다고 느껴야지."

라고 말씀하셨다.

"어머니는요? 맛있어요?"

"그야 물론이지. 난 환자가 아니니까."

"저도 환자가 아니잖아요."

"아직 안 돼, 안 된다고."

어머니는 쓸쓸한 듯 웃으며 고개를 가로저었다.

· · · · · · · · · · ·
3_ 체에 거른 야채, 생선, 고기, 곡식 따위의 여러 가지 재료로 진하게 끓인 수프.

나는 오 년 전 폐병으로 몸져누운 적이 있었는데, 그건 그냥 제멋대로 굴다 걸린 병에 지나지 않았다. 하지만 얼마 전 어머니가 앓으신 병은, 참으로 걱정스럽고 안쓰러운 병이었다. 그런데도 어머니는 내 걱정만 하신다.

"아."

하고 내가 말했다.

"왜 그래?"

이번에는 어머니가 내게 묻는다.

얼굴을 마주 보고, 어쩐지 다 알 것 같은 느낌이 들어 내가 우후후 하고 웃자, 어머니도 생긋 웃으셨다.

무언가 견딜 수 없는 부끄러움을 느꼈을 때, 그 이상한, 아, 라는 희미한 비명소리가 나는 것이다. 나는 느닷없이 육 년 전 내가 이혼했던 일이 선명하게 가슴속에 떠올라서 무심코 아, 하는 소리를 낸 것인데, 어머니는 어째서 그러셨을까? 설마 어머니께 나처럼 부끄러운 과거가 있을 리는 없는데, 아니, 어쩌면, 무언가.

"어머니도 아까 무슨 생각이 나서 그런 거죠? 무슨 생각했어요?"

"잊어버렸어."

"내 생각?"

"아니."

"나오지 생각?"

"그럴."

이라고 말하다 말고 고개를 갸웃하며,

"지도 모르겠네."

라고 하셨다.

동생 나오지는 대학에 다니던 도중에 군의 소집 명령을 받아 남방[4]의 섬으로 갔는데, 소식이 끊겨버려 전쟁이 끝났는데도 행방을 알 수 없던 터라, 어머니는 이제 다시 나오지를 만나지 못할 것을 각오하고 계신다지만, 나는 그런 '각오'를 한 적이 한 번도 없고, 틀림없이 만날 수 있을 거라 생각한다.

"포기한 줄 알았는데, 맛있는 수프를 먹으니 나오지 생각이 나서 견딜 수가 없네. 나오지한테 더 잘해줄 걸 그랬어."

나오지는 고등학교에 들어간 무렵부터 이상하리만치 문학에 빠져 거의 불량소년이나 다름없이 살면서, 어머니 속을 얼마나 썩였는지 모른다. 그런데도 어머니는 수프 한 술을 떠먹고는 나오지 생각을 하며, 아, 하신다. 나는 입속에 밥을 욱여넣으며 눈시울이 뜨거워졌다.

"괜찮을 거예요. 나오지는, 괜찮을 거예요. 나오지 같은 악당은 쉽게 죽지 않아요. 죽는 사람들은 꼭 얌전하고 잘생기고 상냥한 사람들이에요. 나오지 같은 애는 몽둥이로 두드려 패도 안 죽어요."

어머니는 웃으며,

"그럼, 가즈코는 일찍 죽겠네?"

라면서 나를 놀리신다.

"어머, 왜요? 저는 악당 중에서도 우두머리라, 여든까지는 괜찮아요."

"그래? 그러면 엄마는 아흔까지는 괜찮겠네."

"네."

하고 대답하면서도 좀 난감했다. 악당은 오래 산다. 아름다운 사람은 빨리 죽는다. 어머니는 아름다우시다. 하지만 오래 사셨으면 좋겠다.

4_ 南方. 제2차 세계대전 때 동남아시아 지역을 이르던 말.

나는 몹시 당황했다.

"너무해!"

라고 하는데, 아랫입술이 부르르 떨리면서 눈에서 눈물이 뚝뚝 떨어졌다.

뱀 이야기를 해볼까. 그날로부터 네댓새 전 오후에, 동네 꼬마들이 정원 울타리에 있는 대숲에서 뱀 알을 열 개쯤 발견했다.

아이들은,

"살무사 알이야."

하고 단정했다. 그 대나무 숲에 살무사가 열 마리나 생기면 섣불리 정원에 나가지도 못하겠다는 생각이 들어,

"태워버리자."

라고 하자, 아이들은 뛸 듯이 기뻐하며 내 뒤를 따라왔다.

대숲 옆에 나뭇잎과 잡목을 쌓아올리고, 그것을 태워 그 불 속에 알을 하나씩 던져 넣었다. 알은 쉽사리 타지 않았다. 아이들이 나뭇잎과 나뭇가지를 더 얹어 불길을 세게 해봤지만, 알은 탈 기미가 보이지 않았다.

아랫집 농가 아가씨가 울타리 밖에서,

"뭐 하세요?"

하고 웃으며 물어왔다.

"살무사 알을 태우는 중이에요. 살무사가 나오면 무서울 테니까요."

"크기가 어느 정도지요?"

"메추리알만 하고 새하얘요."

"그러면 그건 그냥 뱀 알이에요. 살무사 알이 아니고요. 알을 그냥

태우면 잘 안 타요."

아가씨는 자못 재미있다는 듯 웃고는, 가버렸다.

삼십 분 정도 불을 피웠지만, 아무리 해도 알이 타지를 않아서, 아이들에게 불 속에서 알을 주워 매화나무 아래 묻으라고 한 뒤, 나는 작은 돌멩이를 모아 묘표墓標를 만들어주었다.

"자, 다 같이 합장하자."

내가 쪼그리고 앉아서 합장을 하자, 아이들도 얌전히 내 뒤에 쪼그리고 앉아 합장하는 것 같았다. 아이들과 헤어진 뒤 홀로 천천히 돌계단을 올라가는데, 돌계단 위 등나무 시렁 그늘에 서 계셨던 어머니가,

"참 가여운 일을 하는구나."

라고 하셨다.

"살무사인 줄 알았는데 그냥 뱀이었어요. 그래도 잘 묻어주었으니까, 괜찮아요."

라고 말했지만, 어머니가 다 보고 계셨을 거라고 생각하니 찜찜했다.

어머니는 결코 미신을 믿는 사람이 아니지만 십 년 전, 아버지가 니시카타마치의 집에서 돌아가신 후로는 뱀을 몹시 무서워하신다. 아버지 임종 직전, 어머니가 아버지의 머리맡에 가늘고 검은 끈이 떨어져 있는 것을 보고는 무심히 그것을 주우려 했는데, 그것은 뱀이었다. 스르르 기어 도망가더니 복도로 나가버려서 그 후로는 어디로 갔는지 알 수 없었는데, 그 뱀을 본 사람은 어머니와 와다 숙부님, 둘뿐이었다. 둘은 얼굴을 마주 보았지만 임종을 맞는 그 상황에서 소란을 피우지 않으려고, 참고 가만히 있었다고 한다. 그래서 우리도 그 자리에 함께 있었지만, 뱀이 있었다는 것은 전혀 몰랐다.

하지만 아버지가 돌아가신 그날 저녁, 정원 연못가의 나무란 나무에

모두 뱀이 올라가 있었던 것은, 나도 직접 보아 알고 있다. 나는 지금 스물아홉 먹은 아줌마니까, 십 년 전 아버지가 돌아가셨을 때는 열아홉 살이었다. 나는 이미 어린애가 아니었기 때문에, 십 년이 지난 지금도 그때의 일은 정확히 기억한다. 아버지께 바칠 꽃을 꺾으려고, 정원의 연못 쪽으로 걸어가 연못가 철쭉 앞에 멈춰 서서 언뜻 보니, 철쭉 가지 끝에 작은 뱀이 붙어 있었다. 조금 놀라 그 옆에 있는 황매화나무 가지를 꺾으려 했는데 그 가지에도 붙어 있었다. 그 옆의 물푸레나무에도, 어린 단풍나무에도, 금작화에도, 등나무에도, 벚나무에도, 어느 나무랄 것 없이 모든 나무에 뱀이 붙어 있었다. 하지만 나는 그렇게까지 무섭지는 않았다. 뱀도 나와 마찬가지로 아버지의 죽음을 슬퍼하며 구멍에서 기어 나와 아버지의 영혼에 절을 하고 있는 것이라 여겼을 뿐이었다. 내가 어머니께 정원에서 본 뱀에 대해 슬쩍 얘기하자, 어머니는 침착한 태도로 고개를 약간 갸웃거리며 무언가를 생각하는 듯했지만, 딱히 아무 말씀도 하지 않으셨다.

하지만 뱀과 관련된 이 두 가지 사건으로 인해, 그 이후 어머니가 뱀을 극도로 싫어하게 된 것은 사실이었다. 뱀을 싫어한다기보다는 뱀을 숭상하고 두려워하는, 이른바 외포畏怖의 감정을 가지게 된 듯하다.

어머니가 뱀 알을 태운 것을 보시고서 틀림없이 무언가 심히 불길한 예감에 사로잡혀 계실 거라고 생각하니, 나도 갑자기 뱀 알을 태운 것이 너무도 무시무시한 일처럼 여겨져, 이 일이 혹시 어머니께 무서운 재앙을 가져오는 거 아닌가 싶어, 너무 걱정스러운 나머지 그 다음날에도, 또 그 다음날에도 그 일을 잊을 수가 없었다. 그런데 오늘 아침 식당에서 아름다운 사람은 빨리 죽는다는 터무니없는 말을 지껄이고는, 도저히 그 말을 수습할 길이 없어서 울어버렸는데, 아침식사 후 설거지를 하면서 어쩐지 내 가슴속에 어머니의 명을 단축시키는 꺼림칙한 작은 뱀 한 마리가 들어 있는 것만 같다는 생각에, 진저리가 났다.

그리고 그날, 나는 정원에서 뱀을 보았다. 그날은 날씨가 무척 온화하고 좋았기에, 부엌 정리를 마치고 정원 잔디밭에서 뜨개질을 하려고, 등나무 의자를 들고 정원으로 나갔는데, 정원석 옆 조릿대 부근에 뱀이 있었다. 아아, 싫다. 나는 그냥 그렇게 생각했을 뿐, 더 깊이 생각하지도 않고 등나무 의자를 들고서 다시 툇마루로 올라와, 거기에 의자를 놓고 앉아 뜨개질을 하기 시작했다. 오후가 되어 나는 정원 구석의 불당 안에 놔둔 장서 중에서 로랑생[5]의 화집을 꺼내오려고 정원으로 나갔는데, 뱀이 잔디 위를 느릿느릿 기어가고 있었다. 아침에 본 것과 똑같은 뱀이었다. 홀쭉하고 우아했다. 나는, 암컷이구나, 하고 생각했다. 그 뱀은 잔디를 조용히 가로질러 찔레덩굴 아래까지 가더니, 멈춰 서서 고개를 들고는 가느다랗고 불꽃 같은 혀를 날름거렸다. 그러고는 주위를 둘러보는 듯하더니, 잠시 뒤 고개를 늘어뜨리고 정말 슬프다는 듯 몸을 웅크렸다. 나는 그때도 그냥 아름다운 뱀이라는 생각만 하고는, 불당에서 화집을 꺼내어 돌아오는 길에 조금 전 뱀이 있던 곳을 슬쩍 보았는데, 뱀은 이미 그곳에 없었다.

저녁 즈음, 어머니와 중국차를 마시면서 정원 쪽을 쳐다보고 있는데, 돌계단의 세 번째 계단 쪽에 아침에 본 뱀이 또다시 스르르 나타났다.

어머니도 그것을 보고,

"저 뱀은?"

하시며 일어서서 내게 달려와, 내 손을 잡은 채 꼼짝도 않으셨다.

<hr>

5_ Marie Laurencin(1885~1956). 프랑스의 화가. 형태와 색채의 단순화와 양식화 속에 자기의 진로를 개척하여, 감각적이며 유연하고 독특한 화풍을 만들어냈다.

그 말을 듣고는, 나도 문득 짚이는 데가 있어,

"알의 어미?"

라는 말을 입 밖으로 내버렸다.

"그래, 맞아."

어머니의 목소리는, 갈라져 있었다.

우리는 손을 맞잡고 숨을 죽인 채, 가만히 그 뱀을 지켜보았다. 돌계단 위에 슬프다는 듯 웅크리고 있던 뱀은, 힘없이 움직이기 시작하더니 돌계단을 가로질러, 제비붓꽃 쪽으로 들어가 버렸다.

"아침부터, 정원을 돌아다니고 있었어요."

내가 나직이 말하자, 어머니는 한숨을 짓고는 의자에 털썩 주저앉으시며,

"그렇지? 알을 찾고 있는 거야. 불쌍해라."

하고 가라앉은 목소리로 말씀하셨다.

나는 하는 수 없이, 후후 하고 웃었다.

저녁 해가 어머니 얼굴에 비쳐들어 어머니의 눈이 푸르게 빛나 보였고, 어렴풋이 화가 난 듯한 그 얼굴은, 매달려 안기고 싶을 정도로 아름다웠다. 그리고 나는, 아아, 어머니의 얼굴이, 조금 전에 본 그 아름다운 뱀과, 어딘가 비슷하다는 생각을 했다. 그리고 내 가슴속에 사는 살무사처럼 징그럽고 추한 뱀이, 깊은 슬픔에 젖어 있는 너무도 아름다운 어미 뱀을, 언젠가 잡아먹게 되지 않을까 싶었다. 어쩐지, 자꾸만, 그런 생각이 들었다.

나는 어머니의 부드럽고 가냘픈 어깨에 손을 올리고, 까닭 모를 몸부림을 쳤다.

우리가 도쿄 니시카타마치의 집을 떠나 이즈에 위치한, 약간 중국 분위기가 나는 이곳 산장으로 이사 온 것은, 일본이 무조건항복을 했던 해의 12월 초였다. 아버지가 돌아가시고 난 뒤 우리 집 살림살이는 어머니의 남동생이자, 지금은 어머니의 유일한 가족이기도 한 와다 숙부님이 모든 것을 보살펴주고 계셨는데, 전쟁이 끝나고 세상이 바뀌자, 와다 숙부님은 이젠 형편상 집을 팔 수밖에 없고, 하녀들도 모두 내보내고 시골에 있는 아담한 집을 사서 모녀 둘이 여유롭게 사는 편이 낫다고 생각한 모양이었다. 어머니는 돈에 관해서는 어린애보다도 더 무지한 분이라, 와다 숙부님께 그런 이야기를 듣고는, 그러면 잘 해결해달라고 하시면서 덥석 부탁해버린 것 같았다.

11월 말에 숙부님으로부터 속달우편이 왔다. 슌즈 철도 연선沿線에 있는 가와다 자작子爵의 별장이 매물로 나와 있다, 집은 높은 지대에 있어서 전망이 좋고 딸린 밭도 백 평 정도 된다, 그 부근은 매화의 명소이며 겨울은 따뜻하고 여름에는 시원하니 살아보면 틀림없이 마음에 들 거라 생각한다, 상대와 직접 만나 이야기를 해볼 필요도 있을 테니, 우선 내일 긴자에 있는 내 사무소로 와 달라, 라는 내용이었다.

"어머니, 가실 거예요?"

내가 묻자,

"당연하지, 내가 부탁한 거였으니까."

하고, 참으로 견딜 수 없이 슬퍼 보이는 미소를 지으며 말씀하셨다.

이튿날, 어머니는 원래 우리 집 운전사로 있던 마쓰야마 씨께 농행을 부탁하여, 점심때가 조금 지난 무렵에 집을 나섰다가 저녁 여덟 시쯤, 마쓰야마 씨와 함께 돌아오셨다.

"결정했어."

어머니는 내 방으로 들어와서, 책상에 손을 짚고는 그대로 쓰러지듯 주저앉으시며 그렇게 말씀하셨다.

"결정했다니, 뭘요?"

"전부."

"아니,"

나는 놀라서 말했다.

"어떤 집인지 보지도 않고, ……."

어머니는 책상 위에 한쪽 팔꿈치를 올려놓고, 이마에 살며시 손을 대고는 작은 한숨을 내쉬며,

"와다 숙부님이 좋은 곳이라고 하니까. 나는 그냥, 이대로 눈 딱 감고 그 집으로 이사를 가도 좋을 것 같아."

하시고는 고개를 들어 희미하게 웃으셨다. 그 얼굴은 약간 초췌하고, 아름다웠다.

"하긴."

나도, 와다 숙부님에 대한 어머니의 신뢰가 너무도 아름다워서, 어쩔 수 없이 맞장구를 쳤다.

"그러면, 저도 눈 딱 감죠, 뭐."

둘이서 소리를 내어 웃었지만, 웃고 난 뒤에는 몹시 쓸쓸해졌다.

그 뒤로 며칠 동안, 집에 인부들이 와서 이삿짐을 꾸리기 시작했다. 와다 숙부님도 오셔서, 팔 것은 팔게끔 처리해 주셨다. 나는 하녀인 오키미와 둘이서, 옷 정리를 하거나 정원에서 잡동사니를 태우며 바삐 움직였지만, 어머니는 정리를 돕거나 지시를 내리시는 일 없이, 늘 방 안에서, 무얼 하시는지 꾸물거리고 계셨다.

"왜 그러세요? 이즈에 가기 싫어졌어요?"

하고 큰맘 먹고 약간 단호하게 물어보아도,

"아니."

하고 멍한 표정으로 대답하실 뿐이었다.

열흘 정도 걸려, 정리가 다 끝났다. 저녁에 오키미와 함께 정원에서 쓰레기와 지푸라기를 태우고 있는데, 어머니도 방에서 나와 툇마루에 서서, 우리가 불을 피우는 모습을 가만히 지켜보셨다. 서쪽에서 차가운 잿빛 바람이 불어와, 연기가 낮게 깔렸다. 문득 어머니 얼굴을 올려다봤는데, 어머니의 안색이 전에 없이 나쁜 것을 보고는 깜짝 놀라서,

"어머니! 안색이 안 좋아요."

라고 소리쳤다. 어머니는 엷은 미소를 띠며,

"아무렇지도 않아."

라고 하시고는, 다시 조용히 방으로 들어가셨다.

그날 밤, 이불은 이미 싸두었기에 오키미는 2층 방 소파에서 자고, 어머니와 나는 어머니 방에 옆집에서 빌려온 이불 세트를 펴고 나란히 누웠다.

어머니는 깜짝 놀랄 만큼 노쇠하고 힘없는 목소리로,

"가즈코가 있으니까, 가즈코가 함께 있으니까 내가 이즈로 가는 거야. 가즈코가 있으니까."

하고 뜻밖의 말씀을 하셨다.

나는 가슴이 철렁해서,

"가즈코가 없으면요?"

하고 무심코 물었다.

어머니는 갑자기 우시면서,

"죽는 편이 나아. 아버지가 돌아가신 이 집에서, 엄마도 죽어버리고

싶어."

하고, 띄엄띄엄 말씀하시더니, 결국 하염없이 눈물을 쏟으셨다.

어머니는 이제껏 내게 마음 약한 소리를 하신 적이 한 번도 없었고, 이렇게 심하게 우는 모습을 보이신 적도 없었다. 아버지가 돌아가셨을 때도, 그리고 내가 시집을 갔을 때도, 임신을 한 뒤에 어머니를 만나러 왔을 때도, 그리고 아기가 병원에서 죽은 채로 태어났을 때도, 또, 내가 병에 걸려서 몸져누웠을 때도, 나오지가 나쁜 짓을 했을 때도, 어머니는 절대로 이렇게 약한 모습을 보이지는 않았다. 아버지가 돌아가신 뒤 십 년간, 어머니는 아버지가 살아계셨을 때와 조금도 변함없이, 느긋하고 상냥한 어머니였다. 그리고 우리도, 마음 놓고 응석을 부리며 자랐다. 하지만 어머니께는 이제 돈이 없다. 모두 우리를 위해, 나와 나오지를 위해 조금도 아까워하지 않고 써버렸기 때문이다. 그리고 이제, 오랜 세월을 보내며 정든 집을 떠나 이즈에 있는 작은 산장에서 나와 단둘이, 쓸쓸한 생활을 시작해야만 한다. 만일 어머니가 심술궂은 구두쇠이고, 우리를 혼내면서 남몰래 혼자 재산을 늘릴 궁리라도 하시는 분이라면, 아무리 세상이 변해도 이렇게 죽고 싶어 하시지도 않을 텐데, 아아, 돈이 없어진다는 것은, 얼마나 무섭고, 비참하며, 헤어날 수 없는 지옥인가, 하고 난생 처음으로 깨달은 듯한 기분에 가슴이 먹먹해져서, 너무도 괴로운 마음에 울고 싶어도 울 수가 없었다. 인생의 엄숙함이란 이런 느낌을 말하는 걸까. 옴짝달싹할 수 없는 기분에 똑바로 누운 채, 나는 돌처럼 굳어 있었다.

이튿날, 어머니는 전날과 마찬가지로 안색이 안 좋았고, 어쩐지 더 꾸물거리면서 그 집에서 조금이라도 더 오래 있고 싶어 하시는 눈치였지만, 와다 숙부님이 오셔서는, 짐도 거의 다 보냈으니 오늘 이즈로 출발하자고 하시자, 어머니는 마지못해 코트를 입고, 작별 인사를 하는 오키미와 일꾼들에게 말없이 고개 숙여 인사하신 뒤, 숙부님과 나와 어머니, 이렇게 셋이서 니시카타마치의 집을 나섰다.

기차는 비교적 한산해서 셋 다 앉을 수 있었다. 기차 안에서 숙부님은 무척 기분이 좋은지 노래를 흥얼거리셨지만, 어머니는 안색이 안 좋았고 고개를 숙인 채로 몹시 추운 듯 움츠리고 계셨다. 미시마에서 순즈 철도로 갈아타고 이즈 나가오카에서 내린 뒤, 버스를 타고 15분 정도 들어가, 산 쪽으로 이어지는 완만한 비탈길을 올라가자 작은 마을이 나왔고, 그 마을 변두리에 중국풍의, 약간 멋스런 산장이 있었다.

"어머니, 생각했던 것보다 더 좋네요?"

나는 가쁜 숨을 고르며 말했다.

"그러네."

어머니도 산장 현관 앞에 서서, 순간 기쁜 듯한 눈빛을 보이셨다.

"무엇보다 공기가 좋네. 공기가 맑아."

숙부님은 우쭐해하셨다.

"정말."

어머니는 미소를 지으시며,

"맛있다. 여기 공기는, 맛있네."

라고 하셨다.

그러고는, 다함께 웃었다.

현관으로 들어가 보니 이미 도쿄에서 보낸 짐들이 도착해 있어, 현관과 방이 온통 짐으로 가득 차 있었다.

"그리고 방에서 보이는 전망이 좋아."

숙부님은 들떠서 우리를 방으로 끌고 들어가 앉혔다.

오후 세 시쯤이었는데, 겨울의 햇살이 정원 잔디에 부드럽게 내리쬐고 있었다. 잔디에서 돌계단으로 내려가면 작은 연못이 있고, 매화나무가 잔뜩 있었으며, 정원 아래에는 귤 과수원이 펼쳐져 있고, 그 옆에는 길이 있고, 건너편에는 논, 그 너머에는 솔숲이 있고, 그 솔숲 건너편으로 바다가 보였다. 바다는, 방에 앉아 있으면 딱 내 가슴께에 수평선이 닿을 정도로 보였다.

"풍경이 부드러운 느낌이네."

어머니는 내키지 않는 듯한 투로 말씀하셨다.

"공기 때문인가? 햇빛이 도쿄와는 전혀 달라요. 빛이 체에 걸러져서 나오는 것 같아."

내가 부푼 맘으로 말했다.

다다미 열 장 크기 방과 여섯 장 크기 방, 그리고 중국식 응접실, 다다미 세 장 크기 현관, 욕실 쪽에도 다다미 세 장 정도 크기의 방이 딸려 있었고, 식당과 부엌, 2층에는 커다란 침대가 딸린 손님용 방이 한 칸 있었다. 방은 그게 다였지만 우리 둘, 아니, 나오지가 돌아와서 셋이 산다 해도, 별로 좁지 않겠구나 싶었다.

숙부님은 이 마을에 단 하나밖에 없다는 여관에, 식사를 마련해 달라는 부탁을 하러 나가셨다. 잠시 후 그 여관에서 도시락을 보내와서, 숙부님은 그것을 방에 펼쳐놓고 도쿄에서 가져온 위스키를 마시며, 이 산장의 전 주인이었던 가와타 자작과 중국에서 놀았을 때의 실수담 따위를 무척 쾌활하게 들려주셨지만, 어머니는 도시락에 아주 조금 젓가락을 대다 마셨다. 이윽고 날이 어두워졌을 무렵,

"나, 이대로 조금만 누울게."

하고 나직이 말씀하셨다.

짐 속에서 이불을 꺼내어 눕혀드린 뒤, 어쩐지 너무 걱정스러운 마음에 체온계를 찾아와 열을 재보니, 39도였다.

숙부님도 깜짝 놀라시며 의사를 찾기 위해 서둘러 아랫마을로 가셨다.

"어머니!"

하고 불러보아도, 그냥 꾸벅꾸벅 졸기만 하셨다.

나는 어머니의 자그마한 손을 꼭 쥐고, 흐느껴 울었다. 어머니가 너무도 가여워서, 아니, 우리 둘이 너무도 가여워서, 아무리 울어도 눈물이 그치지를 않았다. 울면서, 정말 이대로 어머니와 함께 죽고 싶다고 생각했다. 이제 우리에게는, 아무것도 필요 없다. 우리의 인생은 니시카타마치의 집을 나설 때, 이미 끝났다고 생각했다.

두 시간 남짓 지나 숙부님이 아랫마을의 의사선생님을 데리고 오셨다. 의사 선생님은 꽤 연세가 있으신 듯한 분이었는데, 센다이히라로 된 하카마[6] 차림에 흰 다비를 신고 계셨다.

진찰이 끝나자,

"폐렴일지도 모릅니다. 하지만, 폐렴이라 해도 걱정하실 필요는 없습니다."

하고, 어쩐지 미덥지 않은 말씀을 하시고는, 주사를 놓고 가셨다.

이튿날이 되어도 어머니의 열은 내리지 않았다. 와다 숙부님은 내게 이천 엔을 건네주시며, 만약에 입원해야 하는 일이 생기면 도쿄로 전보를 넣어달라는 말을 남기고, 일단 그날은 도쿄로 돌아가셨다.

나는 짐 속에서 필요한 취사도구만 꺼내서, 죽을 만들어 어머니께 권했다. 어머니는 누운 채로 세 술을 드신 뒤 고개를 저었다.

· · · · · · · · · · ·
6_ 센다이히라: 센다이산 견직물로, 하카마 옷감으로는 최상급이다. / 하카마: 일본식 정장.

정오가 조금 안 된 시간에, 아랫마을의 의사선생님이 다시 찾아오셨다. 이번에는 하카마를 입고 오지는 않으셨지만, 흰 다비는 여전히 신고 계셨다.

"입원하는 편이, ……."

하고 내가 말하자,

"아니, 그럴 필요는 없습니다. 오늘은 강력한 주사 한 대를 놓아드릴 테니, 열도 내려갈 겁니다."

하고, 여전히 미덥지 않은 대답을 한 뒤, 강력하다는 그 주사를 놓고 가셨다.

그런데 그 강력한 주사가 효과가 있었던 것인지, 그날 점심이 조금 지나 어머니의 얼굴이 새빨개지더니 땀이 비 오듯 배어 나와서, 잠옷을 갈아입는데 어머니가 웃으며,

"명의^{名醫}인지도 모르겠구나."

라고 하셨다.

열은 37도로 내렸다. 나는 기쁜 맘에, 마을의 유일한 여관으로 달려가 주인아주머니께 계란을 열 개 정도 얻어 와 반숙으로 익힌 뒤 어머니께 드렸다. 어머니는 반숙 세 개와 죽 반 그릇 정도를 드셨다.

이튿날, 그 명의가 또 흰 다비를 신고 오셨는데, 내가 어제 센 주사를 놓아 주셔서 고맙다고 하자, 그게 잘 들은 것이 당연하다는 표정으로 고개를 크게 끄덕이시고는, 정성스럽게 진찰을 하신 뒤 나를 돌아보며,

"사모님은 이제 병이 다 나으셨습니다. 그러니까 앞으로는 뭐든지 드셔도 좋고, 무얼 하셔도 괜찮습니다."

하고, 여전히 이상한 말투로 말씀하셔서, 나는 웃음이 터져 나오려는 걸 꾹 참느라 혼났다.

선생님을 현관까지 배웅한 뒤 방으로 돌아와 보니, 어머니는 이부자리 위에 앉아,

"정말로 명의구나. 나, 이제, 안 아파."

하고, 무척 즐겁다는 듯한 표정으로, 멍하니 혼잣말처럼 말씀하셨다.

"어머니, 장지문 열까요? 눈이 오네요."

꽃잎처럼 탐스런 함박눈송이가, 사뿐히 내려앉고 있었다. 나는 장지문을 열고 어머니와 나란히 앉아, 유리문 너머 이즈의 눈을 내다보았다.

"이제 안 아파."

라고, 어머니는 혼잣말처럼 되뇌고는 뒤이어 말씀하셨다.

"이렇게 앉아 있으니, 전에 있었던 일들이 모두 꿈처럼 느껴지는구나. 나는 사실 이사 직전까지도, 이즈로 오는 게 견딜 수 없을 정도로 싫었어. 니시카타마치의 그 집에 하루라도, 반나절이라도 더 오래 있고 싶었어. 기차에 탔을 때는 반은 죽은 듯한 기분이었고, 여기에 도착했을 때도 처음에는 잠시 즐거웠지만, 날이 어두워지니까 도쿄가 너무 그리운 나머지, 가슴이 타들어가는 것 같아서 정신이 아찔했지. 평범한 병이 아니었어. 신께서 나를 한번 죽이신 다음에, 어제까지의 나와 다른 나로 되살려주신 거야."

그 이후 오늘까지, 우리 둘만의 산장생활은 그럭저럭 별일 없이, 쭉 평탄했다. 마을 사람들도 우리를 친절하게 대해주었다. 여기로 이사 온 것이 작년 12월, 그리고 1월, 2월, 3월, 4월인 오늘까지, 우리는 식사를 준비할 때 말고는 거의 툇마루에서 뜨개질을 하거나 응접실에서 책을 읽거나 차를 마시며, 세상과는 동떨어진 듯한 생활을 했다. 2월에는 매화가 피어, 마을 전체가 매화에 파묻혔다. 그리고 3월에도 바람이 없는 화창한 날이 많았기 때문에, 활짝 핀 매화는 조금도 시들지 않고,

3월 말까지 아름답게 피어 있었다. 아침에도, 낮에도, 저녁에도, 밤에도, 매화는 한숨이 나올 정도로 아름다웠다. 그리고 툇마루의 유리문을 열면, 늘 꽃향기가 방 안으로 순식간에 흘러들어왔다. 3월 말에는 저녁이 되면 어김없이 바람이 불어서, 내가 저녁놀이 비치는 식당에서 그릇을 놓고 있으면, 창문으로 매화 꽃잎이 날아와서 그릇 속으로 들어가 젖어들었다. 4월이 된 후, 어머니와 내가 툇마루에서 뜨개질을 하며 나누는 대화의 주제는 주로 밭을 어떻게 가꿀지에 대한 것이었다. 어머니도 돕고 싶다고 하셨다. 아아, 이렇게 쓰고 보니, 진짜 우리는 언젠가 어머니가 말씀하셨듯, 한 번 죽은 뒤 이전과는 다른 사람이 되어 되살아난 것 같기도 하다. 하지만 예수님처럼 부활하는 것은 어차피 인간에게는 불가능한 일 아닐까? 어머니는 말씀은 그렇게 하셨지만, 수프 한 술을 드시고는 나오지를 생각하고, 아, 하고 외치신다. 그리고 내 과거의 상처도, 실은, 조금도 낫지 않고 있다.

아아, 아무것도 숨기지 않고, 솔직하게 쓰고 싶다. 나는 속으로, 이 산장의 평온함이, 모두 거짓된 허식에 불과하다고 생각할 때도 있다. 이것이 우리 모녀가 신으로부터 받은 짧은 휴식기간이라고 한다 해도, 이미 이 평화에는, 무언가 불길하고 어두운 그림자가 숨어들어 있는 것 같아서 견딜 수 없다. 어머니는 행복한 척하면서도, 나날이 쇠약해져 갔고, 내 가슴속에는 살무사가 꿈틀거렸으며, 어머니를 희생시키면서까지 살이 쪘다. 살찌지 않으려 아무리 자제를 해도 살이 찌니, 아아, 이건 그냥 계절 탓이면 좋으련만. 나는 요즘, 이런 생활에 넌더리가 날 때가 있다. 뱀 알을 태우는 천박한 일을 한 것도, 나의 그런 초조함을 말해주는 것이었음에 틀림없다. 그러면서 그저, 어머니를 더욱 슬프고 쇠약하게 만들 뿐이다.

사랑, 이라고 쓰고 나니, 그 다음을 쓸 수가 없다.

2

뱀 알 사건이 있은 뒤 열흘쯤 지나, 불길한 일이 연이어 일어나 결국 어머니의 슬픔이 더 깊어졌고, 상태가 더욱 안 좋아졌다.

내가, 불을 낸 것이다.

내가 불을 낸다. 내 생애에 그렇게 무시무시한 일이 있으리라고는, 어려서부터 지금까지 한 번도, 꿈에서조차 생각해본 적이 없었는데.

불을 함부로 쓰다가는 불이 난다는, 지극히 당연한 사실도 모를 만큼, 나는 이른바 '공주님'이었던 것일까?

밤중에 화장실에 가려고 일어나 현관에 있는 칸막이 옆까지 갔는데, 욕실 쪽이 환했다. 아무 생각 없이 들여다보니, 욕실 유리문이 새빨갛고 타닥타닥 하는 소리가 들렸다. 종종걸음으로 달려가 욕실 쪽문을 열고 맨발로 밖에 나가보니, 욕실 화덕 옆에 쌓아둔 장작더미가, 엄청난 기세로 타오르고 있었다.

정원 바로 아래 있는 농가로 뛰어가서 힘껏 문을 두드리며,

"나카이 씨! 일어나세요, 불이 났어요!"

하고 외쳤다.

나카이 씨는 주무시고 계셨던 모양이지만,

"네, 바로 가겠습니다."

하고는, 내가, 부탁드립니다. 어서요, 하고 말하는 사이에 유카타[7] 잠옷 차림 그대로 집에서 뛰어나오셨다.

둘이서 불이 타오르는 곳으로 뛰어가 양동이로 연못물을 퍼 올려 뿌리는데, 복도 쪽에서 어머니가 아악, 하고 비명을 지르는 소리가 들렸다. 나는 양동이를 집어던지고, 정원에서 복도로 올라가,

"어머니, 걱정 마세요. 괜찮으니까 쉬고 계세요."

하고, 막 쓰러질 듯한 어머니를 안아 올려서 이부자리로 데려가 눕힌 뒤, 다시 불이 난 곳으로 달려갔다. 이번에는 욕조에 있던 물을 퍼서 나카이 씨에게 건네주었고, 나카이 씨는 그것을 장작더미에 뿌렸지만 불길은 더 거세져서, 그렇게 해서는 도저히 꺼질 것 같지가 않았다.

"불이야! 불이야! 별장에 불이 났다!"

라는 목소리가 아래쪽에서 들려왔고, 순식간에 마을사람 네댓 분이 울타리를 부수고 뛰어들어 오셨다. 그리고 울타리 밑에 있던 농업용수로 쓰는 물을, 돌아가며 양동이에 퍼 와서, 이삼 분 만에 불을 꺼주셨다. 조금만 더 늦었어도, 불이 욕실 지붕으로 옮겨 붙을 상황이었다.

다행이다, 하고 생각한 순간, 나는 이 화재의 원인을 깨닫고 섬뜩해졌다. 나는 그제야 비로소, 이 화재 소동이 내가 저녁에 욕실 화덕에서 타다 남은 장작을 꺼낸 뒤, 불씨가 다 꺼졌다고 생각하고는 장작더미 옆에 놓아서 일어났다는 것을 깨달았다. 그것을 깨닫고는 울음이 터질 것 같아 가만히 서 있는데, 앞집 니시야마 씨네 며느리가 울타리 밖에서, 욕실이 다 타버렸어, 화덕 불을 제대로 안 꺼서, 하고 목청 높여 말하는 소리가 들렸다.

마을 이장인 후지타 씨, 니노미야 순사, 경비대장인 오우치 씨가 사람들과 함께 찾아오셨다. 후지타 씨는 늘 그렇듯 상냥한 미소를 지으

. . . .
7_ 여름철이나 잘 때 입는 일본식 홑옷.

며,

"놀랐지요? 어찌된 일이지요?"

하고 물으셨다.

"제 잘못이에요. 장작불을 끈 줄 알았는데, ……."

말하다 말고, 내가 너무 비참하다는 생각에 눈물이 끓어올라서, 그대로 고개를 숙인 채 잠자코 있었다. 그때, 경찰에 끌려가서 죄인이 될지도 모른다는 생각이 들었다. 맨발인 데다 잠옷을 입은, 흐트러진 내 모습이 갑자기 부끄러워졌고, 다 틀렸다는 생각만이 머리를 맴돌았다.

"알겠습니다. 어머님은요?"

후지타 씨가 위로하듯 조용히 말씀하셨다.

"방에서 주무시고 계세요. 많이 놀라셔서, ……."

"그래도, 뭐."

젊은 니노미야 순사도,

"불이 집에 옮겨 붙지 않아 다행입니다."

하고 위로하려는 듯 말씀하셨다.

그때 아래 농가에 사는 나카이 씨가 옷을 갈아입고 다시 오셔서는,

"그냥 뭐, 장작이 조금 탔을 뿐입니다. 불이라고 할 수도 없지요."

하고 가쁜 숨을 몰아쉬며, 나의 어리석은 실수를 감싸주셨다.

"그래요? 잘 알겠습니다."

마을 이장인 후지타 씨가 몇 번이나 고개를 끄덕인 뒤, 니노미야 순사와 작은 목소리로 무언가를 의논하시더니,

"그럼, 이만 가보겠습니다. 어머니께 안부 전해주시고요."

라고 하시고는, 곧바로 경비대장인 오우치 씨와 다른 사람들과 함께 돌아가셨다.

니노미야 순사만 홀로 남아 내 앞까지 가까이 다가와서는 숨소리밖에 들리지 않는 듯한 낮은 목소리로,

"그러면, 오늘 밤 일은 따로 신고하지 않는 것으로 하겠습니다."

하고 말씀하셨다.

니노미야 순사가 간 뒤에 아래 농가의 나카이 씨가,

"니노미야 씨가 뭐라고 했습니까?"

하고, 진심으로 걱정스럽다는 듯 긴장한 목소리로 물었다.

"신고하지 않는다고 하셨어요."

내가 대답하자, 아직 가지 않고 울타리 쪽에 남아 있던 동네 사람이 내 대답을 들은 듯, 그렇구나, 다행이네, 다행이야, 라고 하면서 천천히 자리를 떴다.

나카이 씨도, 안녕히 주무십시오, 라고 인사하고는 집으로 돌아가신 뒤, 홀로 남아 타버린 장작더미 옆에 우두커니 서서 눈물을 글썽이며 하늘을 올려다보니, 이미 하늘빛은 새벽녘에 가까워진 듯했다.

욕실에서 손발을 씻고 세수를 한 뒤, 어머니를 보기가 어쩐지 무서워서, 욕실 옆에 딸린 작은 방에서 머리를 손질하며 꾸물거리다가 부엌에 가서는, 날이 완전히 밝을 때까지 괜스레 부엌에 있는 그릇을 정리했다.

날이 밝아져서 발소리를 죽이고 살금살금 방 쪽으로 가보니, 어머니는 벌써 옷을 다 갈아입고 응접실의 의자에, 지쳐 나가떨어진 표정으로 앉아 계셨다. 나를 보고 방긋 웃으셨지만, 어머니의 얼굴은, 깜짝 놀랄 만큼 창백했다.

나는 웃지 않고, 가만히 어머니가 앉아계신 의자 뒤로 가서 섰다.

잠시 후 어머니가,

"별일 아니었네. 장작은 어차피 태우라고 있는 거니까."

라고 하셨다.

나는 갑자기 기분이 좋아져서, 후훗 하고 웃었다. '경우에 합당한 말은 아로새긴 은쟁반에 금사과니라'[8]라는 성서의 잠언을 떠올리며, 이렇게 상냥한 어머니를 둔 나는 얼마나 행복한가 싶어 신께 진심으로 감사드렸다. 어젯밤 일은, 어젯밤 일. 더 이상 끙끙 앓지 말아야겠다고 생각하고는, 응접실 유리문 너머로 보이는 아침의 이즈 바다를 바라보며, 어머니 뒤에 마냥 서 있는데, 끝내는 어머니의 고요한 숨결과 내 숨결이 딱 맞아들었다.

아침 식사를 가볍게 마친 뒤에 탄 장작더미를 정리하고 있는데, 이 마을에 있는 유일한 여관의 주인아주머니이신 오사키 씨가,

"어떻게 된 거예요? 무슨 일이죠? 지금 막 듣고 왔는데, 어젯밤에 대체, 무슨 일이 있었던 거죠?"

라면서 정원의 사립문에서 종종걸음으로 달려오셨다. 그리고 그 눈가에는 눈물이 빛나고 있었다.

"죄송합니다."

나는 작은 목소리로 용서를 구했다.

"죄송이고 뭐고, 그보다 아가씨, 경찰은?"

"괜찮대요."

"그거 잘 됐네요."

진심으로 기쁜 표정을 지으셨다.

나는 오사키 씨께, 마을 사람들에게 어떤 식으로 감사 인사를 드리고 용서를 빌어야 할지에 대해 조언을 구했다. 오사키 씨는 역시 돈이

8_ 구약성서 잠언 25장 11절.

좋을 거라며, 돈을 가지고 인사를 가야 할 집들을 가르쳐 주셨다.

"아가씨가 혼자 다니기 싫다면, 저도 함께 가줄게요."

"혼자 가는 편이 좋지 않나요?"

"혼자 갈 수 있어요? 그야, 혼자 가는 편이 좋지요."

"혼자 갈게요."

그리고 오사키 씨는 화재 뒷정리를 조금 도와주셨다.

정리를 마친 뒤, 나는 어머니로부터 돈을 받아 백 엔짜리 지폐를 한 장씩 얇은 기름종이로 싸서 종이마다 사례, 라고 썼다.

우선 제일 먼저 마을 사무소로 갔다. 마을 이장이신 후지타 씨가 안 계셔서 접수 일을 보는 언니에게 그 종이를 내밀며,

"어젯밤에는 정말 실례가 많았습니다. 앞으로 조심할 테니, 부디 용서해주세요. 이장님께 잘 전해주세요."

하고 용서를 빌었다.

그런 다음, 경비대장인 오우치 씨 집으로 갔다. 오우치 씨가 현관까지 나오셔서 나를 보고는 가만히 슬픈 듯 미소를 지으셨기에, 나는, 어째서 인지 갑자기 울고 싶어져서,

"어젯밤 일은, 죄송합니다."

라고 겨우 말을 끝맺고는 서둘러 그 집을 나왔다. 돌아오는 길에 눈물이 쏟아져 나오는 바람에 얼굴이 엉망이 되어, 일단 집으로 돌아가 세면대에서 세수를 하고 화장을 고쳤다. 다시 나가려고 현관에서 신발을 신는데, 어머니가 나오셔서는,

"또, 어디 가는 거야?"

하고 물으셨다.

"네, 이제 시작이에요."

나는 고개를 숙인 채 대답했다.

"고생이 많네."

차분히 말씀하셨다.

어머니의 애정에 힘입어, 이번에는 한 번도 울지 않고 모든 집을 돌 수 있었다.

구역장님 댁에 갔더니, 구역장님은 안 계셨고 며느리 분이 나오셨는데, 나를 보자마자 오히려 그분이 울어버리셨다. 또, 순사님 댁에서는 니노미야 순사님이 다행이네, 다행이야, 하고 말씀하시는 등, 모두 상냥한 분들이셨다. 동네를 돌며, 모든 분들에게 동정과 위로를 받았다. 단, 앞집의 니시야마 씨의 며느님, 이라고 해도 이미 마흔 정도 된 아주머니인데, 그분만큼은 나를 호되게 꾸짖으셨다.

"앞으로는 조심하세요. 황족인지 뭔지는 모르겠지만, 저는 전부터 당신들의 소꿉장난 같은 생활을 보면서 늘 조마조마했어요. 어린애 둘이 살고 있는 것 같으니, 이제까지 불이 안 난 게 이상할 정도예요. 앞으로는 진짜 조심하세요. 어젯밤에도, 바람이 세게 불기라도 했으면, 마을 전체가 다 타버렸을 거예요."

니시야마 씨의 며느님은, 아래 농가의 나카이 씨가 촌장님과 니노미야 순사님 앞에서 불이랄 것도 없다고 하시며 나를 두둔해주셨을 때, 울타리 밖에서 욕실이 다 타버렸어, 화덕 불단속이 허술했던 탓이야, 하고 큰 소리로 말씀하셨던 분이다. 하지만 나는 니시야마 씨 며느님의 꾸중도, 당연한 것이라 여겼다. 정말 맞는 말이라고 생각했다. 결코 니시야마 씨 며느님을 원망하지 않는다. 어머니는, 장작은 태우라고 있는 거라는 농담을 하며 나를 위로해 주셨지만, 그때 바람이 강했다면, 니시야마 씨 며느님의 말씀대로 이 마을 전체가 다 타버렸을지도 모른다. 그랬다면 나는, 죽음으로써 용서를 빌어도 소용이 없었을 것이다. 내가 죽으면, 어머니도 살아갈 수 없을 테고, 돌아가신 아버지 이름에도 먹칠을 하게 된다. 이제는 황족도 없고 화족도 없지만, 어차피 몰락할 것이라면, 있는 힘껏 화려하게 몰락하고 싶다. 불을 내고서 용서를 빌기 위해 죽는다니, 그렇게 비참한 죽음을 맞는다면, 죽어도 눈을 못 감을 것이다. 어쨌든 더욱, 정신을 똑바로 차리고 살아야 한다.

나는 이튿날부터 밭일에 정성을 쏟았다. 아랫집 농가의 나카이 씨 따님이 이따금 도와주셨다. 불을 내는 추태를 보이고 난 뒤로는, 내 몸에 흐르는 피가 어쩐지 조금 검붉어진 듯한 기분이 들었다. 전부터 가슴속에 심술궂은 살무사가 들어앉아 있던 통에, 이번에는 혈색까지 약간 바뀌어서, 점점 더 야성野性의 시골 아가씨가 되어가는 기분이었다. 어머니와 함께 툇마루에서 뜨개질을 해도 묘하게 답답하고 숨이 막혀 와서, 오히려 밭으로 나가 흙을 가는 편이 마음 편할 정도였다.

육체노동이라고나 할까? 내가 이렇게 힘쓰는 일을 하는 게 이번이 처음은 아니다. 나는 전쟁 때 징용되어 달구질[9]까지 했다. 지금 신고 나온 작업화[10]도, 그때 군대에서 배급받은 것이다. 작업화라는 것을, 그때 난생 처음 신어보았는데, 깜짝 놀랄 만큼 편했다. 그걸 신고 정원을 걸어보는데, 새나 짐승들이 맨발로 맨땅을 걸을 때의 상쾌함을 나도 알 것 같은 기분이 들어서, 가슴이 시큰거릴 정도로 기뻤다. 전쟁 중의 즐거운 기억은 그것 하나뿐. 돌이켜보면 전쟁 따위, 시시한 것이었다.

- - - - - - - - - - -

9_ 원문은 요이토마케. 땅을 고르고 다지기 위해 여럿이서 무거운 망치를 도르래로 올렸다 내렸다 하는 노동으로 대부분 여자들이 했다.
10_ 地下足袋. 일본식 버선 모양의 노동자용 작업화.

작년에는, 아무 일도 없었다.

재작년에는, 아무 일도 없었다.

그 전 해에도, 아무 일도 없었다.

이런 재미있는 시가 전쟁이 끝난 직후에 어떤 신문에 실렸었는데, 정말이지 지금 생각해도, 이런저런 일이 있었던 것 같으면서도, 결국 아무 일도 없었던 것 같은 기분도 든다. 나는 전쟁의 추억에 대해서는 말하기도 싫고, 듣기도 싫다. 많은 사람들이 죽었지만, 그래도 너무 진부하고 지루하다. 하지만, 나는 역시 너무 제멋대로인 걸까? 내가 징용되어 작업화를 신고서 달구질을 했던 것만큼은, 그렇게 진부하지 않은 것 같다. 꽤 힘들기는 했지만, 그 달구질 덕분에 몸도 부쩍 건강해졌고, 심지어는 지금도 사는 게 힘들어지면 달구질을 하며 살아야겠다고 생각할 때가 있을 정도다.

전쟁 분위기가 점점 절망적인 방향으로 흘러갔을 무렵, 군복 비슷한 옷을 입은 남자가 니시카타마치의 집으로 찾아와서, 내게 징용령이 담긴 종이와, 노동 일정표가 적힌 종이를 건네주었다. 일정표를 보니, 나는 그 다음날부터 이틀에 한 번씩 다치카와의 산속에 가야 했기에, 무심코 눈에서 눈물이 흘러나왔다.

"대리인을 보내면 안 되나요?"

눈물이 멈추지를 않아서, 흐느껴 울기 시작했다.

"군에서 당신 앞으로 징용령이 내려졌으니, 반드시 본인이 가야 합니다."

그 남자가 힘주어 대답했다.

나는 가기로 결심했다.

그 다음날에는 비가 왔고, 우리는 다치카와의 산기슭에 줄지어 서서, 우선 장교의 설교를 들었다.

"전쟁에는, 반드시 이길 것이다."

하고 말을 꺼내더니,

"전쟁에는 반드시 이기겠지만, 제군들이 군의 명령대로 일하지 않으면, 작전에 지장이 생겨서 오키나와처럼 되어버릴 것이다. 반드시, 맡은 일만큼은 해주었으면 한다. 그리고 이 산에도 스파이가 있을지 모르니, 서로 조심할 것. 여러분도 앞으로는 군인과 마찬가지로 진지陣地 안으로 들어가 일을 할 것이니, 진지의 상황은 절대로 다른 사람에게 말하지 않도록, 각별히 주의했으면 한다."

라고 했다.

산에는 비가 부옇게 내렸고, 남녀를 합해 오백 명 남짓한 대원들이 비를 맞고 서서 그 이야기를 듣고 있었다. 대원들 중에는 국민학교[11] 남학생 여학생도 섞여 있었고, 모두 춥다는 듯 울상을 짓고 있었다. 비는 비옷과 웃옷을 뚫고, 속옷까지 적실 정도였다.

그날은 하루 종일 삼태기를 메고서 흙을 날랐는데, 돌아오는 전철 안에서 눈물이 나와 어쩔 줄을 몰랐다. 그 다음번에는 달구질을 하느라 밧줄을 당기는 일을 했다. 나는 그 일이 가장 재미있었다.

두 번, 세 번, 산에 드나드는 중에 국민학교 남학생들이 내 모습을 지나치게 뚫어져라 쳐다보기 시작했다. 어느 날 내가 삼태기를 메고 흙을 나르는데, 남학생 두세 명이 나와 스쳐지나갔다. 그리고 그중 한 명이,

....
11_ 1941년 국민학교령에 기초하여 설립된 것으로, 6년의 초등과와 2년의 고등과로 이루어진 학교. 전쟁을 위해 기존의 학교 체제가 개편된 것이었다.

"저 녀석이 스파이인가?"

하고 나직이 말하는 것을 듣고, 깜짝 놀랐다.

"왜 저런 말을 하는 걸까?"

내가, 옆에서 흙을 나르던 젊은 아가씨에게 물었다.

"외국인 같으니까요."

젊은 아가씨가 진지하게 대답했다.

"당신도, 저를 스파이라고 생각하나요?"

"아뇨."

이번에는 약간 웃으면서 대답했다.

"저, 일본인이에요."

그렇게 말하고 나서는, 내가 생각해도 당찮고 엉뚱한 말을 한 것 같아서, 홀로 큭큭 웃었다.

화창한 어느 날, 아침부터 남자들과 함께 통나무를 나르고 있는데, 감시 당번을 맡은 젊은 장교가 얼굴을 찌푸리고 나를 가리키며,

"어이, 이봐. 자네, 이리 와봐."

라고 하더니, 빠른 걸음으로 솔숲으로 들어갔다. 불안과 공포에 두근거리는 가슴을 안고 그 뒤를 따라가 보니, 숲 속에는 제재소에서 방금 보내온 판자가 쌓여 있었다. 장교는 그 앞에 멈춰서더니 내 쪽으로 획 돌아서서는,

"매일, 힘들지요? 오늘은 이 목재를 지키는 당번을 하십시오."

하고 흰 이를 드러내며 웃었다.

"여기에 서 있으면 되나요?"

"여기는 시원하고 조용하니까, 이 판자 위에서 낮잠이라도 주무세요. 만약에 지겨우면, 이건 이미 읽으셨을지도 모르지만."

라고 하더니, 웃옷 주머니에서 작은 문고본을 꺼내어 부끄럽다는
듯 판자 위에 던졌다.

"이런 거라도, 읽으십시오."

문고본에는, '트로이카'[12]라고 적혀 있었다.

나는 그 문고본을 들고서,

"감사합니다. 저희 집에도 책을 좋아하는 사람이 있어요. 지금은
남방에 가 있지만."

라고 했는데, 말을 잘못 알아들었는지,

"아, 그렇군요. 남편분 말씀이시죠? 남방이라니, 고생 많으시겠습니
다."

하고 고개를 내저으며 차분한 어조로,

"어쨌든, 오늘은 여기서 이걸 지키세요. 당신 도시락은 나중에 제가
가져다 드릴 테니, 느긋하게 쉬십시오."

라고 하고는, 서둘러 그곳을 떠났다.

나는 목재 위에 앉아 문고본을 읽었다. 반 정도 읽었을 때쯤, 그
장교가 뚜벅뚜벅 구두 소리를 내며 다가와,

"도시락 가져왔습니다. 혼자 심심하시지요?"

라고 하더니, 도시락을 풀밭 위에 놓고 또다시 바삐 되돌아갔다.

나는 도시락을 다 먹고 난 뒤, 이번에는 목재 위로 기어 올라가
누워서 책을 읽었고, 다 읽고 나서는 꾸벅꾸벅 졸기 시작했다.

눈을 뜨니 오후 세 시가 조금 지나 있었다. 나는 문득 그 젊은 장교를,
전에 어디선가 본 적이 있는 것 같아서 누군지 생각해보았지만, 기억나지

. . . .
12_ 참고로 당시 '트로이카'라는 제목으로 출판된 책은 없었다.

않았다. 목재에서 내려와 머리칼을 매만지고 있자니, 또다시 뚜벅뚜벅 구두 소리가 들렸다.

"정말, 오늘은 고생 많으셨습니다. 이제 돌아가셔도 됩니다."

나는 장교에게 달려가 문고본을 내밀고, 감사의 인사를 하려 했지만 말이 안 나와서, 가만히 장교의 얼굴을 올려다보았다. 시선이 마주치자, 내 눈에서 눈물이 뚝뚝 떨어졌다. 그러자 그 장교의 눈에도, 눈물이 반짝였다.

그대로 아무 말 없이 헤어졌지만, 그 젊은 장교는 그 후 다시는 내가 일하는 곳에 얼굴을 보이지 않았고, 나는 그날 딱 하루를 쉴 수 있었을 뿐, 그 이후로는 전과 마찬가지로 이틀에 한번 다치카와의 산에서 고된 작업을 했다. 어머니는 내 건강을 몹시 걱정하셨지만, 나는 오히려 건강해졌으며, 이제는 달구질에도 자신이 있고, 밭일도 별로 고생스럽다고 느끼지 않는 여자가 되었다.

전쟁 이야기는 하고 싶지도 않고 듣고 싶지도 않다고 했지만, 무심코 나의 '소중한 경험담'을 얘기해버렸다. 하지만 나의 전쟁 추억 중에서, 조금이라도 말하고 싶은 것은 대강 이 정도이고, 나머지는 언젠가 보았던 시처럼,

작년에는, 아무 일도 없었다.
재작년에는, 아무 일도 없었다.
그 전 해에도, 아무 일도 없었다.

라고 하고 싶을 만큼, 그냥 시시한 것이며, 내게 남은 것은 이 작업화 한 켤레가 주는 허무함뿐이다.

작업화 얘기를 하다가, 나도 모르게 쓸데없는 이야기로 샜는데, 나는

이 전쟁의 유일한 기념품이라고 할 수 있는 작업화를 신고, 매일같이 밭에 나와서, 가슴속의 은밀한 불안과 초조를 달래고 있지만, 어머니는 요즘, 눈에 띄게 나날이 쇠약해지시는 것 같다.

뱀 알.

불.

그 무렵부터, 어쩐지 어머니는 부쩍 환자 같아졌다. 그리고 나는 그와 반대로, 점점 거칠고 천박한 여자가 되어가는 것 같다. 왠지 내가, 어머니로부터 점점 더 많은 생기를 빨아들이면서 살이 찌고 있는 듯한 기분이 들어 미칠 것 같다.

불이 났을 때도, 어머니는 어차피 장작은 태우라고 있는 거라는 농담을 한 뒤, 그 이후 화재에 대해서는 한마디도 하지 않고 오히려 나를 위로해주려 하셨지만, 아마 어머니가 실제로 받으신 충격은, 내가 받은 충격의 열 배는 더 컸을 것이다. 그 화재가 있은 뒤로, 어머니는 밤중에 가끔 신음소리를 내시기도 하고, 바람이 심한 밤이면 화장실에 가는 척을 하면서 몇 번이고 이부자리를 빠져 나가 집안을 살피신다. 그리고 안색은 언제나 좋지 않고, 걷는 것조차 힘들어 보이는 날도 있다. 전에는 밭일을 돕고 싶어 하셨지만, 언젠가 한번은 내가 하지 말라고 했는데도 우물에서 커다란 통으로 물을 퍼서 대여섯 번 밭으로 나르시고는, 이튿날 숨쉬기가 힘들 정도로 어깨가 쑤신다면서 온종일 누워계신 일이 있다. 그러고 나서는 어머니도 밭일을 포기하셨는지, 가끔 밭에 나오셔도 내가 일하는 모습을, 그냥 물끄러미 지켜보기만 하신다.

"여름 꽃을 좋아하는 사람은 여름에 죽는다던데, 진짜 그럴까?"

오늘도 어머니는 내가 밭일을 하는 모습을 물끄러미 바라보시며,

느닷없이 그런 말씀을 하셨다. 나는 가만히 가지에 물을 주고 있었다. 아아, 그러고 보니, 벌써 초여름이다.

"나는 자귀나무 꽃을 좋아하는데, 여기 정원에는 한 그루도 없네."

어머니가 또다시, 나직이 말씀하셨다.

"협죽도가 많잖아요."

나는 일부러, 퉁명스럽게 말했다.

"그건 마음에 안 들어. 여름 꽃은 거의 다 좋은데, 그건 너무 어수선하게 생겨서."

"저는 장미꽃이 좋아요. 하지만 그건 사철 내내 피니까, 장미꽃을 좋아하는 사람은 봄에도 죽고, 여름에도 죽고, 가을에도 죽고, 겨울에도 죽고, 네 번이나 다시 죽어야 하는 거예요?"

함께, 웃었다.

"잠깐 쉬지 않을래?"

어머니는, 또 웃으시면서 말씀하셨다.

"오늘은, 가즈코한테 상의하고 싶은 일이 있어."

"뭔데요? 죽는 얘기라면, 딱 질색이에요."

나는 어머니 뒤를 따라가서, 등나무 아래 벤치에 나란히 앉았다. 등나무 꽃은 이미 다 진 뒤였고, 부드러운 오후의 햇살이 잎을 뚫고 우리 무릎 위에 떨어져서, 우리의 무릎을 초록빛으로 물들였다.

"전부터 얘기하고 싶었는데, 서로 기분이 좋을 때 해야겠다 싶어서 오늘까지 기회를 살피고 있어. 어차피, 좋은 얘기는 아니니까. 하지만, 오늘은 어쩐지 나도 술술 잘 말할 수 있을 것 같으니, 너도 그냥 참고 끝까지 들어줘. 실은, 나오지가, 살아 있어."

나는, 몸이 굳었다.

"대엿새 전에, 와다 숙부님한테서 편지가 와서 말이지, 숙부님 회사에서 전부터 일하고 계시던 분이 최근에 남방에서 돌아와서, 숙부 집에 인사를 와서는, 그때 이런저런 얘기를 했대. 그런데 그분이 우연히도 나오지와 같은 부대에 있었던 거야. 나오지는 무사하고, 이제 곧 돌아올 거라고 했대. 하지만 말이지, 안 좋은 일이 하나 있어. 그분 얘기로는, 나오지가 꽤 심한 아편 중독자인 것 같다고……."

"또!"

나는 쓴 음식을 먹은 것처럼, 입을 일그러뜨렸다. 나오지는 고등학교 때 어떤 소설가를 따라 마약중독자가 되어, 그 때문에 약방에 엄청난 액수의 외상 빚을 졌고, 어머니는 그 외상값을 치르는 데 이 년이나 걸렸다.

"응, 또 시작인가 봐. 하지만, 그걸 고치기 전까지는 귀환도 허용되지 않을 테니, 아마 다 고친 뒤에 올 거라고, 그분이 그러셨다는구나. 숙부가 편지에 쓰기를, 고치고 나서 온다고 해도, 그런 마음가짐을 지닌 사람을 데려다 바로 어디 취직 시킬 수도 없고, 이렇게 혼란스러운 도쿄에서 일하면, 정상적인 인간조차도 자기가 미친 것 아닌가 싶을 정돈데, 중독을 갓 벗어난 반 환자라면 바로 미쳐버릴 테니, 무슨 일을 저지를지 모른대. 그러니까 나오지가 돌아오면, 바로 이곳 이즈 산장으로 불러들여서, 아무 데도 내보내지 않고 당분간 여기에서 요양을 시키는 편이 좋대. 그거랑, 또 하나는, 있지, 가즈코, 숙부님이 또 하나 시키신 일이 있어. 숙부님 말로는 이제 곧 우리 재산이 바닥나버린대. 지금 봉쇄[13]다, 재산세다 뭐다 해서 숙부님도 지금까지 해온 것처럼 우리한테 돈을

. . . .
13_ 1946년 2월 27일 금융긴급조치령에 의해 예금이 봉쇄되어, 일정 범위 내에서만 현금 지불을 인정했다.

보내기가 힘들어졌대. 그래서 말이지, 나오지가 돌아오면 엄마랑, 나오지, 가즈코 이렇게 셋이 아무 일도 안 하고 살면, 숙부님도 우리 생활비를 마련하시기가 무척 힘들어지실 테니, 지금 이럴 때 가즈코의 혼처를 알아보든가, 일할 수 있는 집을 찾든가, 둘 중 하나를 하라는, 뭐, 그런 얘기야."

"일할 수 있는 집이라니, 하녀가 되라는 거예요?"

"아니, 숙부님이 말이지, 저기, 그, 고마바에 있는."

하고 어떤 황족의 성함을 대며,

"그 황족이라면, 우리와도 친척이고, 따님 가정교사를 겸해 일하면, 가즈코가 그렇게 서운하거나 힘들지는 않겠지, 라고 말씀하셨어."

"거기 말고, 달리 일할 만한 데가 없을까요?"

"가즈코는, 다른 일은 절대 못 하겠지, 라고 하셨어."

"왜 절대 못 해요? 왜, 왜 못 해요?"

어머니는 쓸쓸히 미소 지을 뿐, 아무 대답도 하지 않으셨다.

"난 싫어요! 그런 얘기."

내가 생각해도 괜한 말을 지껄였구나 싶었다. 하지만, 거기에서 그치지 않았다.

"내가, 이런 작업화를, 이런 작업화를."

눈물이 나와서, 얼결에 엉엉 울기 시작했다. 고개를 들고 눈물을 손등으로 훔치면서, 어머니를 향해, 이러면 안 된다, 이러면 안 된다 생각하면서도, 말은 무의식적으로, 내 마음과는 아무런 관계도 없는 양, 연이어 튀어나왔다.

"언젠가, 그러셨잖아요. 가즈코가 있으니까, 가즈코랑 함께 있으니까, 어머니도 이즈에 가는 거라고 했잖아요. 가즈코가 없으면, 죽어버린다고 했잖아요. 그러니까, 그래서, 가즈코는, 아무 데도 안 가고, 어머니 곁에서, 이렇게 작업화를 신고, 어머니께 맛있는 야채를 드리고 싶다고, 그런 생각만 하고 있는데, 나오지가 돌아온다니까, 갑자기 나를 귀찮아하면서, 아가씨 하녀가 되라니, 너무해요, 정말 너무해."

내가 생각해도 너무 심한 말을 지껄이는 것 같았지만, 말은 나와 별개의 짐승처럼, 아무리 자제하려 해도 그치지 않고 튀어나왔다.

"가난해져서 돈이 떨어지면, 우리 옷을 팔면 되잖아요. 이 집도 팔아버리면 되잖아요. 나는, 뭐든 할 수 있어요. 이 마을 관공서 사무원도 할 수 있고, 뭐든 할 수 있어요. 관공서에서 나를 안 써주면, 달구질도 할 수 있어요. 가난하다는 건, 아무것도 아녜요. 어머니만 나를 예뻐해준다면, 나는 평생 어머니 곁에 있겠다는 생각으로 있는데, 어머니는, 나보다도 나오지가 좋은 거죠? 나갈게요. 내가 나갈게요. 어차피 나는, 나오지랑은 옛날부터 성격이 안 맞았으니까, 셋이서 같이 살면 서로 불행해질 거예요. 난 이제까지 계속 어머니와 둘이 살아왔으니, 이제 미련은 없어요. 앞으로 나오지가 어머니와 둘이서 오손도손 살면서, 나오지가 열심히 효도를 하며 살면 돼요. 난 이제, 싫어졌어요. 이제까지의 생활이, 싫어졌어요. 나갈게요. 오늘, 지금 당장 나갈게요. 나는, 갈 데가 있어요."

나는 일어섰다.

"가즈코!"

어머니가 엄한 목소리로 나를 부르며, 이제까지 본 적이 없을 만큼 위엄 있는 얼굴로 벌떡 일어나 나와 마주 섰는데, 나보다도 약간 키가 더 큰 느낌이었다.

나는, 죄송해요, 라고 당장 말하고 싶었지만, 아무래도 입이 안 떨어졌고, 오히려 엉뚱한 말이 튀어나와버렸다.

"속았어요. 나는, 어머니께 속았어요. 나오지가 올 때까지, 나는 이용
당한 거야. 나는, 어머니의 하녀. 필요 없어졌으니, 이제 아가씨 집으로
가라니."

엉엉 소리를 내며, 나는 선 채로 실컷 울었다.

"넌, 바보로구나."

나직이 말씀하시는 어머니의 목소리는, 분노로 떨렸다.

나는 고개를 들고,

"그래요, 바보예요. 바보니까 속지요. 바보니까, 귀찮게 느껴지고.
없는 편이 낫죠? 가난이라는 게, 뭐죠? 돈이라는 게, 뭐예요? 나는,
몰라요. 애정, 어머니의 애정, 나는 그것만 믿으며 살아왔어요."

또다시 엉뚱하고 쓸데없는 말을 지껄였다.

어머니는, 고개를 휙 돌렸다. 우시는 것이었다. 나는, 잘못했다고
하며 어머니께 다가가 안아드리고 싶었지만, 밭일을 하느라 손이 더러워
진 것이 좀 마음에 걸려서, 괜스레 더 뻔뻔하게,

"나만 없어지면 되는 거죠? 나갈게요. 나는, 갈 곳이 있어요."

라는 말을 남긴 채, 곧장 종종걸음으로 욕실로 달려가 흐느껴 울며,
세수를 하고 손발을 씻은 뒤, 방으로 가서 옷을 갈아입다가, 또다시
엉엉 하고 큰 소리를 내며 자지러지게 울고는, 더욱 맘껏 울고 싶어져서
2층 방으로 뛰어 올라가 침대에 몸을 던지고, 담요를 머리에 뒤집어쓴
채, 실이 빠지는 느낌이 들 정도로 한껏 울었다. 조금 더 울면 정신이
나갈 것 같은 기분이 들었고, 울면 울수록, 어떤 사람이 더욱 그리워졌다.
그 사람의 얼굴을 보고, 목소리를 듣고 싶어 견딜 수 없는 마음에,
두 발바닥에 뜨거운 뜸을 뜨면서 가만히 참고 있는 듯한, 이상한 기분이

들었다.

저녁 무렵, 어머니는 조용히 2층 방으로 들어와서 전등불을 탁 켜고, 침대 쪽으로 다가오셔서는,

"가즈코."

하고, 무척 상냥한 목소리로 나를 부르셨다.

"네."

나는 일어나 침대 위에 앉아, 양손으로 머리를 쓸어 올리며 어머니의 얼굴을 보고, 후후 웃었다.

어머니도 희미하게 웃으시고는, 창문 아래 있는 소파에 몸을 깊숙이 파묻었다.

"내가 난생 처음, 와다 숙부님 말씀을 거슬렀어. ……엄마가 말이지, 지금, 숙부한테 답장을 썼어. 제 아이들 일은, 제가 알아서 하겠습니다, 라고 썼어. 가즈코, 옷을 팔자. 우리 둘의 옷을 다 팔아버리고, 맘껏 사치를 부리면서, 호화롭게 살자. 나는 이제, 네게 밭일 같은 건 시키고 싶지 않아. 비싼 야채를 사는 게 뭐 어때서? 그렇게 매일 밭일을 하는 건, 네겐 무리야."

실은 나도 매일 밭일을 하는 게, 조금씩 힘들어지고 있었다. 조금 전에 그렇게 미친 사람처럼 울며 소란을 피운 것도, 밭일을 하며 쌓인 피로와 슬픔이 뒤섞여서, 모든 게 원망스럽고, 넌더리가 났기 때문인지도 모른다.

나는 침대 위에서 고개를 숙인 채 잠자코 있었다.

"가즈코."

"네."

"갈 데가 있다고 한 건, 어디를 말하는 거야?"

나는 내 몸이, 목덜미까지 빨개졌음을 알아차렸다.

"호소다 씨?"

나는 잠자코 있었다.

어머니는 깊은 한숨을 내쉬시며,

"옛날 얘기 하나 해도 돼?"

"하세요."

내가 나직이 말했다.

"네가 야마키 씨 집에서 나와서, 니시카타마치의 집으로 돌아왔을 때, 엄마는 절대 너를 꾸짖지 않으려 했지만, 그래도, 딱 한마디, '넌 엄마를 배신했어.'라고 말했지. 기억 나? 그랬더니, 네가 울음을 터뜨려서, ……나도 배신했다는 심한 말을 써서 미안했지만……."

하지만 나는 그때 어머니께 그 말을 듣고, 어쩐지 고마워서, 기쁜 맘에 울었던 것이다.

"엄마가 말이지, 그때 배신했다고 한 건, 네가 야마키 씨 집을 나온 걸 말한 게 아니야. 야마키 씨한테서, 가즈코는 사실, 호소다와 사랑하는 사이였다는 얘기를 들었을 때야. 그 얘기를 들었을 때는 정말, 내 낯빛이 바뀌는 게 느껴졌어. 왜냐면 호소다 씨한테는, 진작부터 부인도 있고 자식도 있으니, 아무리 네가 그분을 따른다고 해도 소용이 없고, ……."

"사랑하는 사이라니, 그렇게 심한 말을. 야마키 씨가, 그냥 그렇게 멋대로 추측하고 있었을 뿐이에요."

"그래? 너, 설마, 호소다 씨를, 아직도 사랑하고 있는 건 아니지? 갈 곳이라는 게, 어디야?"

"호소다 씨 집은 아녜요."

"그래? 그럼, 어디야?"

"어머니, 제가 말이죠, 얼마 전에 생각한 건데, 인간이 다른 동물과 전혀 다른 점이, 뭘까요? 언어든 지혜든, 사고思考든, 사회 질서든, 모두 정도의 차이는 있지만, 다른 동물들도 다 갖고 있잖아요? 신앙도 있을지 몰라요. 인간은 만물의 영장이랍시고 으스대지만, 다른 동물과는 본질적인 차이가 전혀 없는 것 같지 않아요? 그런데 말이죠, 어머니, 딱 하나 있어요. 모르실 테죠. 다른 동물에게는 절대로 없고, 인간에게만 있는 것. 그건 말이죠, 비밀이라는 거예요. 어떻게 생각하세요?"

어머니는 어렴풋이 얼굴을 붉히시며 아름답게 웃으시고는,

"아아, 가즈코의 그 비밀이, 좋은 결실을 맺으면 좋을 텐데. 엄마는 매일 아침, 아버지께 가즈코를 행복하게 해달라고 기도한단."

내 가슴속에 문득, 아버지와 나스노에 드라이브를 갔다가 도중에 내려서 본 가을 풍경이 떠올랐다. 싸리꽃, 패랭이꽃, 용담, 마타리 등 가을 들꽃들이 피어 있었다. 머루 열매는 아직 파랬다.

그러고 나서 아버지와 비와琵琶호수에서 모터보트를 타고, 내가 물속으로 뛰어들었는데, 해초 틈에 사는 작은 물고기가 내 다리에 닿고, 호수 바닥에 내 다리 그림자가 선명히 비치고 움직이던, 그 모습들이, 아무런 전후 연관관계도 없이, 문득 가슴속에 떠올랐다, 사라졌다.

나는 침대에서 미끄러져 내려와, 어머니의 무릎에 매달린 채 그제야,

"어머니, 아까는 죄송했어요."

라고 말할 수 있었다.

돌이켜보면 그즈음이, 우리들의 행복이 타다 남은 마지막 불꽃이 반짝이던 무렵이고, 그 이후 나오지가 남방에서 돌아오고 나서, 우리들의 진짜 지옥이 시작되었다.

3

아무래도 더 이상, 도저히 살아 있을 수 없을 것 같은 초조함. 이게 그, 불안이라는 감정일까? 가슴에 고통의 물결이 밀려드는데, 그것이 마치, 소나기가 개고 난 뒤 하늘에 흰 구름이 황급히 몰려왔다 지나가는 것처럼, 내 심장을 조였다 풀었다 하면서, 맥박이 딱 멈추고, 호흡이 희미해지고, 눈앞이 몽롱하고 어두워져, 손끝에서 온몸의 힘이 쭉 빠져나가는 듯한 기분이 들어, 뜨개질을 계속할 수가 없다.

요즘은 우울하게 비가 계속 내려서, 무엇을 하려 해도 내키지가 않아, 오늘은 툇마루에 등나무 의자를 내놓고, 올 봄에 뜨다 말고 그냥 넣어둔 스웨터를, 다시 떠보려 마음먹었다. 옅은 모란색의 흐릿한 털실인데, 나는 그 실에 코발트블루색 실을 더해 스웨터를 만들 생각이다. 이 옅은 모란색 털실은 지금으로부터 20년 전, 내가 아직 초등과에 다니고 있었을 무렵, 어머니가 내 목도리를 떠준 털실이었다. 그 목도리의 끝은 망토처럼 되어 있어서, 그것을 뒤집어쓰고 거울을 들여다보면, 작은 도깨비 같았다. 게다가 색깔이, 다른 친구들의 목도리 색깔과 전혀 달랐기에, 너무 싫어서 미칠 지경이었다. 관서지방의 고액납세자 집안 출신인 친구가, "목도리 좋은 거 했네." 하고, 어른스런 말투로 칭찬해주었지만, 나는 더욱 부끄러운 마음이 들어, 그 이후로는 한 번도 이 목도리를 두른 적이 없고, 긴 세월 동안 그냥 내팽개쳐두고 있었다. 그것을 올해 봄, 안 쓰고 저박아둔 물건을 부활시키자는 의미에서, 다 풀어 내 스웨터를 만들려고 해보았는데, 어쩐지 이 번진 듯한 색깔이 마음에 들지 않아 다시 내팽개쳐두었다가, 오늘은 무료함을 달래려, 문득 꺼내어 천천히 마저 떠 보았다. 하지만 뜨개질을 하는 사이에 나는, 이 옅은 모란색 털실과 비 내리는 잿빛 하늘이, 하나로 녹아들어서, 뭐라 형언할 수 없이 부드럽고 은은한 빛깔을 만들고 있다는 것을 깨달았다. 나는 몰랐다. 옷은, 하늘색과의 조화를 생각하지 않으면 안 된다는 중요한 사실을 몰랐다. 조화란, 얼마나 아름답고 멋진 것인가 싶어, 다소 놀라서 멍해졌다. 비 내리는 잿빛 하늘과, 옅은 모란색 털실, 이 둘이 어우러지면 둘 다 동시에 생기를 찾으니, 이상한 일이다. 손에 든 털실이 갑자기 포근해지고, 비 내리는 차가운 하늘도 우단처럼 부드럽게 느껴진다. 그리고 모네[14]의 안개 속 사원 그림이 떠오른다. 나는 이 털실 색을 보고, 처음으로 '구우'[15]라는 것을 깨달은 듯한 기분이 들었다. 고상한 취향. 어머니는, 눈 내리는 겨울 하늘에, 이 옅은 모란색이 얼마나 잘 어울리는지를 알고 일부러 이 색을 골라주셨는데, 나는 바보처럼 싫어했다. 하지만 그것을 아이인 내게 강요하려 하지도 않으시고, 내가 하고 싶은 대로 하게 놔두신 어머니. 내가 이 색의 아름다움을 진정으로 깨달을 때까지, 이십 년 동안이나 이 색에 대해 한마디 설명도 없이, 묵묵히 모르는 척하며 기다려주신 어머니. 참으로 좋은 어머니라는 생각이 사무쳤다. 그와 동시에, 이렇게 좋은 어머니를, 나와 나오지가 둘이서 괴롭히고, 난처하게 만들고 쇠약해지게 하고는, 언젠가 죽게 만드는 건 아닐까, 하고 문득 견딜 수 없는 공포와 걱정이 구름처럼 뭉게뭉게 피어올랐다. 이것저것 생각에 생각을 거듭할수록, 앞으로 너무나 무시무시하고 나쁜 일만 생기지 않을까 싶어, 이제, 도저히, 살아갈 수 없을 것 같은 불안감에, 손끝의 힘도 빠져서, 뜨개바늘을

14_ 1940~1926. 프랑스의 인상주의 화가. <수련>시리즈로 유명하며, 안개 속 사원 그림이란 <베퇴유의 안개>를 가리키는 것으로 보인다.
15_ 프랑스어로 고상한 취미라는 뜻.

무릎에 내려놓고 크게 한숨을 내쉰 뒤, 고개를 위로 젖힌 채 눈을 감고는 무심코,

"어머니."

하고 말했다.

어머니는, 방 한구석의 책상에 앉아 책을 읽고 계셨는데,

"응?"

하고, 미심쩍다는 듯 대답하셨다.

나는 잠시 머뭇거리다, 더욱 큰 소리로 말했다.

"드디어 장미가 피었어요. 어머니는 알고 계셨어요? 저는, 지금 알았어요. 드디어 피었네."

툇마루 바로 앞에 있는 장미꽃. 그것은 와다 숙부님이 옛날에, 프랑스인지 영국인지 잊어버렸지만, 어쨌든 먼 곳에서 가져오신 장미인데, 두어 달 전에 숙부님이 이 산장 정원에 옮겨 심어주셨다. 마침내 오늘 아침에 한 송이가 핀 것을, 나는 알고 있었지만, 멋쩍음을 숨기려, 방금 알아챈 것처럼 야단스럽게 소란을 피워댄 것이다. 짙은 보라색에, 의연하고 거만한 분위기를 풍기는 꽃이었다.

"알고 있었어."

어머니가 조용히 말씀하셨다.

"네겐, 저런 게 굉장히 중요한가보네."

"그런지도 모르죠. 불쌍해요?"

"아니, 너한테 그런 부분이 있다는 걸 말했을 뿐이야. 부엌에서 쓰는 성냥갑에 르누아르의 그림을 붙이거나, 인형 손수건을 만드는, 그런 걸 좋아하지? 거기다 정원 장미에 대해, 네가 하는 얘기를 듣고 있으면, 살아 있는 사람 얘기를 하는 것 같아."

"아이가 없어서 그래요."

스스로도 전혀 생각지 못했던 말이, 입에서 나왔다. 말해 놓고는 깜짝 놀라서, 민망한 마음에 무릎 위의 뜨개질 거리를 만지작거리는데,

—스물아홉이니까.

라고 말하는 남자 목소리가, 전화기에서 흘러나오는 간지러운 저음으로 또렷이 들린 듯한 기분이 들어서, 부끄러움에 볼이 타오를 듯 뜨거워졌다.

어머니는 아무 말 없이, 다시 책을 읽으셨다. 어머니는 얼마 전부터 거즈 마스크를 하고 계시는데, 그 때문인지 요즘 눈에 띄게 말수가 줄었다. 마스크는 나오지의 권유로 하시게 된 것이다. 나오지는 열흘쯤 전에, 남방의 섬에서 검푸른 얼굴로 돌아왔다.

아무런 기별도 없이, 여름날 저녁 뒷문을 통해 정원으로 들어와서는,

"와, 너무하네. 이 집 지은 사람 취향 한번 고약하군. 중화반점. 슈마이[16] 팝니다, 라고 써 붙여 놔."

이것이 나와 처음으로 얼굴을 마주했을 때, 나오지가 한 인사였다.

그 이삼일 전부터 어머니는 혀가 아프다며 누워계셨다. 혀끝이, 겉으로 보기에는 아무렇지 않은데, 움직이면 아파 죽겠다며, 식사도 묽은 죽만 드셨다. 의사한테 진찰을 받아보지 그러냐고 해도 고개를 저으며,

"웃음거리가 될 걸."

하고 쓴웃음을 지으며 말씀하셨다. 루골액[17]을 발라드렸지만, 효과가 전혀 없는 것 같아, 나는 어쩐지 초조했다.

그때, 나오지가 돌아온 것이다.

16_ 찐만두와 비슷한 중국 요리.
17_ 치과구강용 약.

나오지는 어머니의 머리맡에 앉아, 다녀왔습니다, 하고 절을 한 뒤 바로 일어나서 자그마한 집 구석구석을 둘러보았고, 나는 그 뒤를 따라갔다.

"어때? 어머니는, 변했어?"

"변했네, 변했어. 수척해졌어. 어서 돌아가시는 편이 좋을 텐데. 이런 세상에서 어머니 같은 사람은, 절대 살아갈 수 없지. 너무 비참해서 봐줄 수가 없어."

"나는?"

"천박해졌어. 남자 두어 명은 있어 보이는 얼굴이야. 술 없어? 오늘 밤에 술 마셔야 되는데."

나는 마을의 유일한 여관에 가서, 주인아주머니인 오사키 씨께 남동생이 돌아왔으니 술을 조금 나눠 달라고 부탁했는데, 오사키 씨가 하필이면 술이 다 떨어졌다 하시기에 빈손으로 돌아왔다. 나오지에게 사정을 말하자, 나오지는 다른 사람 같은 생소한 표정을 지으며, 쳇, 흥정을 잘 못하니까 그렇지, 라고 하며 그 여관이 어디에 있는지를 묻더니, 정원용 신발을 신고 밖으로 뛰어나가고는, 아무리 기다려도 돌아오지 않았다. 나오지가 좋아하던 사과구이와 달걀 요리를 차려놓고, 식당의 전구도 더 밝은 것으로 갈고 한참을 기다리는데, 오사키 씨가 뒷문으로 고개를 불쑥 내밀더니,

"저기요. 괜찮나요? 소주 마시고 계신데."

하고 늘 그렇듯 잉어 눈처럼 동그란 눈을 더욱 크게 뜨고, 무슨 중대사라도 되는 양 낮은 목소리로 말했다.

"소주라니. 그, 메틸[18] 말인가요?"

"아뇨, 메틸은 아닌데요."

"마셔도 병에 걸리진 않죠?"

"네, 하지만, ……."

"마시게 놔두세요."

오사키 씨는 침을 삼키듯 고개를 끄덕이고는 돌아갔다.

내가 어머니께 가서,

"오사키 씨 댁에서, 술 마시고 있대요."

하고 말했더니, 어머니는 입꼬리를 약간 올리고 웃으며 말씀하셨다.

"그래? 아편은 끊었을까? 너는, 밥 먹어. 그리고 오늘 밤엔, 셋이서 이 방에서 자자. 나오지 이불을 중간에 펴고."

나는 울고 싶었다.

나오지는 한밤중에 거친 발소리를 내며 집에 들어왔다. 우리는 한 방에서 셋이, 같은 모기장 안에서 잤다.

"어머니께 남방 이야기를 들려드리는 게 어때?"

내가 누워서 그렇게 묻자 나오지가 답했다.

"얘기할 게 아무것도 없어. 아무것도. 다 잊어버렸어. 일본에 와서 기차를 타는데, 차창 밖으로 보이는 논이, 굉장히 멋져보였어. 그뿐이야. 불 꺼. 잠 안 오니까."

나는 불을 껐다. 여름 달빛이 모기장 안에 홍수처럼 흘러넘쳤다.

이튿날 아침, 나오지가 이부자리에 엎드린 채 담배를 피우며, 멀리 있는 바다를 내다보면서,

"혀가 아프다고요?"

하고, 어머니 상태가 안 좋다는 것을 그제야 알아차린 듯한 투로

18_ 메틸알코올의 약어. 전후戰後 술 대용으로 마시다가 독성 때문에 사망하거나 실명하는 사람이 속출했다.

말했다.

어머니는, 그냥 희미하게 웃으셨다.

"그건, 분명 심리적인 걸 거야. 밤에, 입 벌리고 주무시죠? 칠칠치
못하게. 마스크를 하세요. 거즈에 레버놀 액이라도 적셔서, 그걸 마스크
속에 넣어두면 좋아요."

나는 그 말을 듣고 웃음을 터뜨렸다.

"그건, 무슨 요법이야?"

"미학美學 요법이라고 하는 거야."

"그래도, 어머니는 마스크 같은 건 분명 싫어하실 거야."

어머니는 마스크뿐만 아니라 안대, 안경처럼 얼굴에 뭔가를 걸치는
것을 싫어하신다.

"그렇죠? 어머니. 마스크 하시겠어요?"

내가 묻자,

"할게."

하고 진지하고 낮은 목소리로 대답하셔서, 나는 깜짝 놀랐다. 나오지
말이라면, 무엇이든 믿고 따르려고 하시는 것 같다.

내가 아침식사 후에, 조금 전 나오지가 말한 것처럼, 거즈에 레버놀
액을 적셔 마스크를 만들어 어머니께 가져가자, 어머니는 잠자코 그것을
받아들고, 누운 채로 마스크 끈을 두 귀에 거셨다. 그 모습이 진짜
어린 소녀 같아서, 슬펐다.

정오가 조금 지나, 나오지는 도쿄에 있는 친구와 문학 선생님을
만나야 한다며 정장으로 갈아입은 뒤, 어머니로부터 이천 엔을 받아들고
도쿄로 가버렸다. 그 이후로 벌써 열흘 남짓 지났지만, 나오지는 집에
들어오지 않고 있다. 그리고 어머니는 매일 마스크를 하시고서, 나오지

를 기다리신다.

"레버놀이란 거, 좋은 약인가 봐. 이 마스크를 하고 있으면 혀 통증이 없어져."

웃으면서 말씀하셨지만, 나는 아무래도 어머니가 거짓말을 하고 계신 것 같다. 이제 괜찮다고 하시면서 지금은 일어나 계시지만, 식욕도 여전히 거의 없는 것 같고, 말수도 눈에 띄게 줄었으니, 정말 걱정이다. 나오지는 대체 도쿄에서 뭘 하고 있을까. 그 우에하라라는 소설가와 함께 도쿄를 쏘다니며, 도쿄의 광기 어린 소용돌이에 빨려 들어가고 있는 게 틀림없다. 그렇게 생각하면 할수록, 괴롭고 힘들어서, 어머니께, 느닷없이 장미꽃 얘기를 하고, 아이가 없어서 그래, 라는 나 스스로도 예기치 못한 이상한 말을 지껄이고, 점점 더 견딜 수가 없어져서,

"아."

하고 일어섰지만, 갈 곳이 아무 데도 없다는 걸 깨닫고는, 내 몸 하나 주체하지 못하고, 비틀비틀 계단을 올라가, 2층 방에 들어가 보았다.

이제 여기는 나오지 방으로 쓰려고, 사오일 전 어머니와 상의하여 아래 농가에 사는 나카이 씨께 도움을 청해, 나오지의 옷장과 책상, 책장, 그리고 장서와 노트 같은 것이 가득 들어 있는 나무 상자 대여섯 개 등, 어쨌든 옛날 니시카타마치 집의 나오지 방에 있던 모든 것을, 여기로 옮겨 두었다. 곧 나오지가 도쿄에서 돌아오면 옷장이나 책장 같은 것은 나오지 마음대로 옮기게 하고, 그때까지는 아무렇게나 놔두는 편이 좋을 것 같아서, 더 이상 발 디딜 틈이 없을 정도로, 온통 어질러진 상태였다. 나는 아무 생각 없이 발치에 있던 나무상자에서 나오지의 노트 한 권을 꺼내보았는데, 그 노트 표지에는,

박꽃 일기

라고 적혀 있었고, 그 속에는, 다음과 같은 말들이 빼곡히, 아무렇게나
적혀 있었다. 나오지가 마약 중독으로 괴로워하던, 그 무렵의 수기인
듯했다.

온몸이 타들어가서 죽는 느낌. 괴로워도, 괴롭다고 일언반구, 외치지
못하고, 예부터, 미증유, 인간 세상이 생긴 이래, 전례 없는, 그 끝을
알 수 없는 지옥의 느낌을, 숨기려 하지 마.

사상? 거짓말이다. 주의? 거짓말이다. 이상? 거짓말이다. 질서? 거짓
말이다. 성실? 진리? 순수? 모두 거짓말이다. 우시지마의 등나무[19]는
수령 천년, 유야의 등나무[20]는 수백 년이라는데, 그 나무들의 꽃술도,
전자는 가장 긴 것이 아홉 자, 후자는 다섯 자 정도라는 얘기를 듣고서,
오로지 그 꽃술에만, 가슴이 뛴다.

저것도 사람의 아들. 살아 있다.

논리는 결국, 논리에 대한 사랑이다. 살아 있는 인간에 대한 사랑이
아니다.

돈과 여자. 논리는 수줍어하며, 허둥지둥 달음질친다.

역사, 철학, 교육, 종교, 법률, 정치, 경제, 사회, 그 따위 학문보다,
저녀 한 병의 미소가 고귀하다는 파우스트 박사의 용감한 실증実証.

학문이란, 허영의 다른 이름이다. 인간이, 인간이 아닌 것이 되고자

19_ 사이타마 현 가스카베 시 동부의 우시지마에 있는, 특별천연기념물로 지정된 등나무.
20_ 시즈오카 현 이와타 군에 있는, 천연기념물로 지정된 등나무.

하는 노력이다.

괴테에게도 맹세할 수 있다. 저는, 어떻게든 멋진 글을 쓸 수 있습니다. 단 한 편의 구성도 그르치지 않고, 적당한 골계, 독자의 눈시울을 뜨겁게 할 비애, 혹은 숙연함, 이른바 옷매무새를 가다듬게 하는 완벽한 소설, 낭랑한 목소리로 음독하니, 그야말로, 스크린의 설명이냐, 부끄러워서, 쓸 수 있겠느냐고. 애당초 그런 걸작의식이, 쩨쩨하단 말이지. 소설을 읽고 옷매무새를 가다듬다니, 미친 사람이 하는 행동이다. 그렇다면 더더욱, 하오리에 하카마를 입어야겠군. 좋은 작품일수록, 으스대는 면이 없어 보이는데 말이지. 나는 친구가 진심으로 즐거운 듯 웃는 모습을 보고 싶어서, 소설 한 편을, 일부러 엉망진창으로 써놓고, 엉덩방아를 찧고 머리를 긁적이며 달아난다. 아아, 그때, 기뻐하는 친구의 얼굴이란!

제대로 된 문장도 짓지 못하고, 사람도 덜 된 주제에, 장난감 나팔을 불며 말하기를, 여기 일본 제일의 바보가 있습니다. 당신은 아직 괜찮은 편입니다. 건재하기를! 하고 기원하는 애정, 이건 도대체 무엇일까요?

친구는, 의기양양한 얼굴로, 저게 저 녀석의 나쁜 버릇, 아까워라, 하고 말했다. 사랑받고 있는 줄을, 모른다.

불량하지 않은 인간이 있을까?

따분한 생각.

돈이 있었으면 좋겠다.

그렇지 않으면,

자다가 자연사自然死!

약방에 천 엔 정도의 외상 빚이 있다. 오늘 전당포 지배인을 몰래 집으로 데려와, 내 방을 보여주며, 이 방에 무언가 값나갈 만한 물건 없소? 있으면 가져가시오, 급히 돈이 필요하오, 라고 하자, 지배인은 방 안을 제대로 보지도 않고, 관두십시오, 당신 물건도 아니면서, 라고 지껄였다. 좋아, 그렇다면, 내가 지금까지, 내 용돈으로 산 물건만 가지고 가, 하고 우쭐대며 말하고, 잡동사니를 그러모아 봤지만, 돈이 될 만한 물건이 하나도 없었다.

우선, 한 손만 있는 석고상. 이것은, 비너스의 오른손. 달리아 꽃처럼 생긴 한쪽 손, 새하얀 한쪽 손, 이게 그냥 선반 위에 놓여 있다. 하지만 자세히 들여다보면, 이건 비너스가, 어떤 남자에게 알몸을 보이고서, 화들짝 놀라고 부끄러움에 휩싸여, 무참하게도 온몸이 온통 연분홍으로 물들고, 화끈 달아올라, 몸을 비틀다 손을 이렇게 한 것이다. 숨 막힐 정도로 부끄러워하던 비너스의 그 마음이, 손가락에는 지문도 없고, 손바닥에는 손금도 없는, 가냘프고 새하얀 오른손에, 보는 사람의 마음도 괴로울 정도로 애달프게 깃들어 있음을, 알 수 있을 것이다. 하지만, 이것은, 이른바, 쓸모없는 잡동사니. 지배인, 가격을 오십 전으로 매겼다.

그 밖에, 커다란 파리 근교 지도, 직경이 한 자에 가까운 셀룰로이드 팽이, 실보다도 더 가느다란 글씨를 쓸 수 있는 특제 펜촉. 모두 진귀한 물건이라 생각하며 산 물건들이었지만, 지배인은 웃으며, 이만 실례하겠습니다, 라고 한다. 잠깐, 하고 멈춰 세우고, 결국 또다시, 책을 산더미처럼 지배인에게 싫어지우고, 돈 오 엔 정도를 받았다. 내 책장에 있는 책은, 거의 싸구려 문고본뿐이고, 게다가 헌책방에서 산 것이니, 전당포에서 매기는 가격도, 자연히 이렇게 싼 것이다.

빚 천 엔을 갚아야 하는데, 오 엔이라니. 세상을 살아가는 내 실력은,

대강 이 정도인 듯하다. 웃을 일이 아니다.

데카당[21]? 하지만, 이렇게라도 하지 않으면 살 수가 없는 걸. 그런 말을 하면서 나를 비난하는 사람보다는, 죽어버려! 라고 말해주는 사람이 고맙다. 산뜻하다. 하지만 사람들은 좀처럼, 죽어버려! 라는 말을 하지 않는다. 쩨쩨하고, 조심성 많은 위선자들이여.

정의? 이른바 계급투쟁의 본질은, 그런 것이 아니다. 인도人道? 웃기고 있네. 나는 안다. 자신들의 행복을 위해, 상대를 넘어뜨리는 것이다. 죽이는 것이다. 죽어버려! 라는 선고宣告가 아니라면, 무엇이겠는가. 속이려 해서는 안 된다.

하지만 우리 계급에도, 제대로 된 녀석이 없다. 백치, 유령, 수전노, 미친 개, 허풍쟁이, 잘난 척하는 놈, 구름 위에서 오줌.

죽어버려! 라는 말조차, 아깝다.

전쟁. 일본의 전쟁은, 자포자기다.

자포자기에 휘말려 죽기는 싫다. 차라리, 혼자서 죽고 싶다.

인간은, 거짓말을 할 때, 반드시, 진지한 표정을 짓기 마련이다. 요즘, 지도자들의, 그, 진지함이란. 풋!

남으로부터 존경받으려 하지 않는 사람들과 놀고 싶다.

하지만, 그렇게 좋은 사람들은, 나와 놀아주지 않는다.

내가 조숙한 척하면, 사람들은 내가 조숙하다고 수군거렸다. 내가

21_ 퇴폐, 허무, 찰나적인 감정에 몸을 맡기며 생활하는 것을 뜻하는 프랑스어.

게으른 척하면, 사람들은 내가 게으름뱅이라고 수군거렸다. 내가 소설을 잘 못 쓰는 척하면, 사람들은 내 글솜씨가 형편없다고 수군거렸다. 내가 거짓말쟁이인 척하면, 사람들은 내가 거짓말쟁이라고 수군거렸다. 내가 부자인 척하면, 사람들은 내가 부자라고 수군거렸다. 내가 냉담한 척하면, 사람들은 내가 냉담한 녀석이라고 수군거렸다. 하지만, 내가 정말로 괴로워서 나도 모르게 신음했을 때, 사람들은 내가 괴로운 척하는 거라고 수군거렸다.

자꾸만, 어긋난다.

결국, 자살하는 수밖에 없지 않은가.

이렇게 괴로워한들, 그냥 자살로 끝날 뿐이다. 이런 생각이 들자, 소리 내어 울어버렸다.

봄날 아침, 꽃망울 두세 개가 터진 매화나무 가지에 아침햇살이 비쳐들고 있었는데, 그 가지에 하이델베르크의 젊은 학생이, 목을 매고 축 늘어진 채 죽어 있었다고 한다.

"어머니! 저를 혼내주세요."

"어떻게?"

"'이 겁쟁아!' 하고."

"알았어. 겁쟁이. ……이제 됐지?"

어머니께는 다른 이에게서는 찾아볼 수 없는 좋은 점이 있다. 어머니를 생각하면, 울고 싶어진다. 어머니께 용서를 빌기 위해서라도, 죽어야 한다.

용서해주세요. 지금, 한 번만, 용서해주세요.

해마다

눈먼

새끼 학이

커간다.

안타깝구나, 살찌는 모습.

　　　　　　　　—설날에 지음

모르핀 아트로몰 나르코폰 판토폰 파비날 판오핀 아트로핀[22]

자긍심이란 무엇인가, 자긍심이란.

인간은, 아니, 남자는, 자기가 '뛰어난 사람'이라거나 '좋은 점이 있다'는 생각을 하지 않고서는, 살아갈 수 없는 존재일까?

사람들을 싫어하고, 사람들에게 미움을 산다.

지혜 겨루기.

엄숙＝멍청함

어쨌든, 살아 있으니까, 사기를 치고 있는 게 틀림없어.

· · · · · · · · · ·

22_ 마약의 종류를 나열한 것.

돈을 꿔달라는 어떤 편지.

"답장을.

답장을 주십시오.

그리고 그것이 반드시 좋은 소식이기를 바랍니다.

저는 다양한 굴욕을 느끼며, 홀로 신음하고 있습니다.

연기를 하는 게 아닙니다. 결코 그런 게 아닙니다.

부탁드립니다.

저는 부끄러워서 죽을 것 같습니다.

과장이 아닙니다.

매일매일, 답장을 기다리며, 밤낮으로 벌벌 떨고 있습니다.

저를 저버리지 마십시오.

벽에서 숨죽여 웃는 소리가 들려와서, 깊은 밤, 이불 속에서 뒤척이고 있습니다.

제가 부끄러운 일을 당하지 않게 해주십시오.

누님!"

거기까지 읽고 나서 나는, 그 <박꽃 일기>를 덮고 나무 상자에 다시 넣어둔 뒤, 창문 쪽으로 다가가 창문을 활짝 열고, 비가 희부옇게 내리는 정원을 내려다보며, 그 무렵에 있었던 일을 생각했다.

벌써, 그로부터 육 년이 흘렀다. 나오지의 마약 중독이, 내 이혼의 원인이 되었다. 아니, 그렇게 말하면 안 되지. 나오지의 마약 중독이 아니더라도, 다른 무언가의 계기로 언젠가는 내가 이혼하게끔, 내가 태어났을 때부터 그렇게 정해져 있었던 듯한 기분도 든다. 나오지는 약방에 치를 돈이 없어서, 걸핏하면 내게 돈을 달라고 졸랐다. 내가 야마키 씨 집에 시집을 간 지 얼마 안 되었을 때라, 돈을 그리 마음대로 쓸 수 있을 리가 없었고, 또 시댁의 돈을 고향에 있는 남동생에게 몰래 보내기는 무척 꺼림칙하기도 했기에, 고향에서부터 함께 와서 내 시중을 들어 주던 오세키 할머니와 상의해서 내 팔찌와 목걸이, 드레스를 팔았다. 동생은 내게 돈을 달라는 편지를 썼고, 또한, 지금은 괴롭고 부끄러워서, 누님 얼굴을 똑바로 쳐다볼 수도 없고, 전화로 이야기를 나누는 것조차 불가능하니, 돈은, 오세키를 시켜서, 교바 시의 ×마을 ×번지에 있는 가야노 아파트에 살고 있는, 누님도 이름만은 알고 있을 터인, 소설가 우에하라 지로 씨 집으로 보내 주십시오, 우에하라 씨는, 악덕한 사람이라는 평판이 자자하지만, 절대로 그런 사람이 아니니, 안심하고 돈을 우에하라 씨 집으로 보내주십시오, 그렇게 하면, 우에하라 씨가 바로 내게 전화를 걸어 알려주기로 했으니, 반드시 그렇게 해 주십시오, 저의 이번 중독을, 어머니만은 모르셨으면 좋겠습니다, 어머니가 모르는 동안에, 어떻게 해서든 이 중독에서 벗어날 생각입니다, 저는, 이번에 누님에게서 돈을 받으면, 그걸로 약방에 진 빚을 전부 갚고, 그러고 나서 시오하라에 있는 별장에라도 가서, 건강을 되찾아 돌아올 생각입니다, 정말입니다, 약방에 진 빚을 전부 갚으면, 저는 정말로 그날부터, 마약을 딱 끊을 생각입니다, 신께 맹세합니다, 믿어주세요, 어머니께는 비밀로 하고, 오세키를 시켜 가야노 아파트의 우에하라 씨에게 전해주십시오, 라는 내용이 편지에 적혀 있었고, 나는 동생 말대로 오세키를 시켜 우에하라 씨 집에 돈을 전해주었지만, 동생이 편지에 쓴 맹세는 항상 거짓말이었다. 동생은 시오하라의 별장에 가지 않았고, 마약 중독은 더욱더 심해졌는지, 돈을 달라고 조르는 편지 내용도, 비명소리로 들릴 만큼 괴로워 보였고, 이번에는 반드시 약을 끊겠다며, 시선을 돌리고 싶을 정도로 애절하게 맹세했기에, 또 거짓말일지도 모른다고 생각하면서도, 또다시 오세키를 시켜 브로치 따위를 팔아, 그 돈을 우에하라 씨의 아파트로 보냈다.

"우에하라 씨라는 사람은, 어떤 분이야?"

"자그마한 몸집에 안색이 안 좋고, 무뚝뚝한 분이에요."

오세키가 대답했다.

"하지만, 집에는 잘 안 계세요. 거의, 사모님과 예닐곱 살 아가씨, 두 분만 계세요. 사모님은 그렇게 예쁘지는 않지만, 상냥하고, 됨됨이가 바른 분인 것 같아요. 그런 사모님이라면, 안심하고 돈을 맡길 수 있어요."

그 무렵의 나는 지금의 나에 비해, 아니, 비할 수도 없을 만큼, 완전히 딴 사람처럼 멍하고 태평했는데, 그래도 연이어, 심지어는 점점 더 많은 돈을 달라는 요구에 걱정이 되어 견딜 수가 없던 지라, 하루는 노[23]를 보고 집에 가는 길에 긴자에서 자동차를 먼저 보내고, 혼자 걸어서 교바 시의 가야노 아파트에 찾아갔다.

우에하라 씨는 방에서, 홀로 신문을 읽고 계셨다. 줄무늬 겹옷에 감색 웃옷을 입고 계셨는데, 노인 같기도 하고, 젊은 것 같기도 한, 이제까지 본 적 없는 기괴한 짐승 같은, 묘한 첫인상을 받았다.

"아내는 지금, 아이와, 함께, 배급을 받으러 갔습니다."

약간 콧소리를 섞어, 띄엄띄엄 그렇게 말씀하셨다. 나를 부인의 친구로 오해한 모양이있다. 내가 나오지의 누나라고 하자, 우에하라 씨는 훗, 하고 웃었다. 나는, 어쩐지 섬뜩했다.

23_ 能. 일본의 전통 가면극.

"나갈까요?"

그렇게 말하고는 어느새 외투를 걸치고서 신발장에서 새 게다를 꺼내 신더니, 잽싸게 앞장서서 아파트 복도를 걸어가셨다.

밖은, 초겨울 저물녘. 바람이 차가웠다. 스미다강에서 불어오는 강바람 같은 느낌이었다. 우에하라 씨는 그 강바람을 거스르듯, 오른쪽 어깨를 약간 들고서 쓰키지 쪽으로 말없이 걸어갔다. 나는 종종걸음으로 그 뒤를 따랐다.

도쿄 극장 뒤편에 있는 빌딩 지하실로 들어갔다. 네다섯 무리의 손님들이 다다미 스무 장 크기 남짓의 폭이 좁고 기다란 방에서, 제각기 탁자에 둘러앉아, 조용히 술을 마시고 있었다.

우에하라 씨는, 컵으로 술을 마셨다. 그리고 내게도 다른 컵을 가져다 주더니, 술을 권했다. 나는 그 컵으로 두 잔을 마셨지만, 아무렇지도 않았다.

우에하라 씨는 술을 마시고 담배를 피우면서, 마냥 잠자코 있었다. 나도 가만히 있었다. 나는 그런 곳에 난생 처음 가보았지만, 무척 편안하고, 기분이 좋았다.

"술이라도 마시면 좋겠구먼."

"네?"

"아니, 동생분 말입니다. 알코올로 갈아타면 좋을 텐데 말이지요. 저도 옛날에 마약에 중독된 적이 있었는데, 남들이 저를 보고 기분 나빠 하더군요. 알코올도 비슷한 건데, 사람들은 알코올에 대해 의외로 관대합니다. 동생을, 술꾼으로 만들어버립시다. 괜찮은 생각이죠?"

"저, 한 번, 술꾼을 본 적이 있어요. 연초에, 제가 외출하려는데, 그때 저희 집 운전사 친구가 차 조수석에서, 도깨비처럼 새빨간 얼굴로 드르렁드르렁 코를 골며 자고 있었어요. 제가 깜짝 놀라 비명을 질렀더니, 운전사가, 이 녀석은 못 말리는 술꾼이라면서 차에서 끌어내어 어깨에 메고 어딘가로 데려갔어요. 뼈가 없는 사람처럼 축 쳐져 있으면서도, 무슨 말을 중얼거렸지요. 그 사람이, 제가 처음으로 본 술꾼이었는데, 재미있었어요."

"저도, 술꾼입니다."

"어머, 설마, 그냥 하시는 말씀이죠?"

"당신도, 술꾼입니다."

"그렇지 않아요. 저는 술꾼을 본 적이 있는걸요. 절대 아니에요."

우에하라 씨는 그제야 재미있다는 듯 웃으며 말했다.

"어쨌든, 동생분도 술꾼이 될 수 없을지는 모르지만, 술을 마시는 사람이 되는 편이 좋습니다. 그만 일어나지요. 늦으면 안 되잖아요?"

"아뇨, 상관없어요."

"아니, 실은 내가 불편해서 안 되겠어. 여기요! 계산!"

"많이 비싼가요? 저도, 돈은 좀 있는데."

"그래요? 그렇다면, 계산은 당신이 해요."

"모자랄지도 몰라요."

나는 가방 속을 보고서, 돈이 얼마나 있는지 우에하라 씨에게 말했다.

"그 정도 있으면 2차, 3차까지 갈 수 있겠네. 날 놀리는 건가?"

우에하라 씨가 얼굴을 찡그리며 말하고는, 웃었다.

"또, 어디로 가서 술 드시나요?"

하고 물어보자, 진지한 표정으로 고개를 저으며 말했다.

"아니, 이걸로 됐어. 택시를 잡아줄 테니, 타고 가요."

우리는, 지하의 어두운 계단을 올라갔다. 한 발 앞서 올라가던 우에하라 씨가, 계단 중간쯤에서 몸을 휙 틀어 내 쪽으로 돌아서더니, 순식간에 내게 키스를 했다. 나는 입술을 꼭 다문 채, 그것을 받아들였다.

딱히 우에하라 씨를 좋아한 것도 아니었는데, 그럼에도 불구하고 그때부터 내게, '비밀'이 생기고 말았다. 후다닥, 우에하라 씨가 계단을 뛰어올라갔고, 나는 이상하고 투명한 기분으로, 천천히 계단을 올라 밖으로 나갔는데, 강바람이 뺨에 스쳐 무척 상쾌했다.

우에하라 씨가 택시를 잡아주었고, 우리는 아무 말 없이 헤어졌다.

흔들리는 차 안에서, 나는 세상이 갑자기 바다처럼 넓어진 듯한 기분이 들었다.

"내겐, 애인이 있어."

어느 날, 나는 남편의 잔소리를 듣고 쓸쓸해져서, 불쑥 그렇게 말했다.

"알아. 호소다 말하는 거지? 도저히 단념이 안 돼?"

나는 잠자코 있었다.

무언가 언짢은 일이 생길 때마다, 그 문제가 우리 부부 사이에 끼어들기 시작했다. 나는, 이제 다 틀렸다고 생각했다. 드레스를 만들 때 마름질을 잘못한 것처럼, 이제 그 옷감은 꿰맬 수도 없어서 모두 버리고, 다시 새로운 옷감으로 마름질을 해야 한다.

"설마, 그, 뱃속의 아이는."

어느 날 밤 남편에게 이런 말을 듣고, 나는 너무 무서워서, 몸이 후들후들 떨렸다. 지금 생각하면, 나도, 남편도 어렸다. 나는, 남녀 간의 사랑을 몰랐다. 그냥 사랑조차 몰랐다. 나는 호소다 씨가 그린 그림에 푹 빠져, 그런 분의 아내가 되면 얼마나 아름다운 생활을 할 수 있을까, 그렇게 멋진 취향을 지닌 분과 결혼하지 않는다면, 결혼 따위 의미가 없다고 모두에게 떠벌리고 다녔기에, 그 때문에 모두에게 오해를 샀다. 그럼에도 나는, 연애도 사랑도 모르는 주제에, 태연히 호소다 씨를 좋아한다는 말을 공공연히 내뱉었고, 아니라는 말도 하려 들지 않았기에, 일이 이상하게 꼬여서, 그 무렵 내 뱃속에 잠들어 있던 작은 아기마저도, 남편의 의혹을 사게 되었다. 누구 하나 이혼이라는 말을 노골적으로 꺼낸 사람도 없었지만, 어느새 주위 사람들은 서먹서먹 해졌고, 나는 시집올 때 함께 왔던 오세키와 함께 친정어머니 집으로 돌아왔다. 그리고 아기가 죽어서 태어났고, 나는 병이 나서 몸져누웠다. 야마키와의 관계는, 그것으로 끝이었다.

나오지는 나의 이혼에 무언가 책임감 같은 것을 느꼈는지, 죽어버릴 거라고 하면서 엉엉 소리를 내면서, 얼굴이 눈물에 녹을 정도로 울었다. 동생에게 약방에 진 빚이 얼마나 되는지 물어보았는데, 정말 엄청난 액수였다. 게다가, 나중에 알고 보니 그것은 동생이 차마 실제 액수를 말할 수가 없어서, 거짓말을 한 것이었다. 나중에 밝혀진 실제 액수는, 그때 동생이 내게 말했던 금액의 약 세 배 정도였다.

"나, 우에하라 씨를 만났어. 좋은 분이더라. 앞으로는 우에하라 씨랑 같이 술 마시면서 놀지 그래? 술은 굉장히 싸잖아. 술 마실 돈 정도는, 내가 너한테 언제든 줄 수 있어. 약방에 치러야 되는 돈도, 걱정 마. 어떻게든 될 거야."

내가 우에하라 씨를 만났고, 또 우에하라 씨가 좋은 분이라고 말한 것이 무척이나 기뻤는지, 그날 밤 동생은 내게 돈을 받아들고, 곧장 우에하라 씨네 집에 놀러갔다.

중독은, 그야말로 정신병인지도 모른다. 내가 우에하라 씨를 칭찬하고, 동생으로부터 우에하라 씨의 저서를 빌려 읽으며 훌륭한 분이라고 하면, 동생은 누나가 뭘 아느냐고 하면서도 무척 기쁜지, 그러면 이것도 읽어보라며 우에하라 씨의 또 다른 저서를 권했다. 그러던 중 나도 우에하라 씨의 소설을 본격적으로 읽게 되어, 둘이서 우에하라 씨에 대해 이런 저런 이야기를 나누기도 했고, 동생은 거의 매일같이 밤이 되면 우쭐대며 우에하라 씨네 집에 놀러갔는데, 우에하라 씨의 계획처럼 점차 알코올로 갈아탄 듯 보였다. 약방에 진 빚을 갚는 문제를 어머니께 슬쩍 말씀드렸더니, 어머니는 한 손으로 얼굴을 감싸신 채 한참을 가만히 있다가, 고개를 들고 쓸쓸히 웃으시며, 생각해본들 소용없겠지, 몇 년이 걸릴지 모르지만, 매달 조금씩이라도 갚아나가자, 라고 하셨다.

그 일이 있은 지, 벌써 육 년이 지났다.

박꽃. 아아, 동생도 괴롭겠지. 게다가 앞길이 가로막혀서 무엇을 어찌해야 좋을지, 아직 아무것도 모르고 있는 거겠지. 그저 매일, 안간힘을 쓰며 술을 마시고 있는 거겠지.

차라리 큰맘 먹고, 더 본격적으로 불량해진다면 어떨까. 그러면 동생도 더 편해지지 않을까.

불량하지 않은 인간이 있을까, 라는 말이 그 노트에 적혀 있었는데, 그리고 보면 나도 불량, 숙부님도 불량, 어머니도 불량한 것처럼 느껴진다. 불량하다는 건, 상냥하다는 뜻 아닐까.

4

편지를 쓸까 말까, 무척이나 망설였습니다. 하지만 오늘 아침, 비둘기처럼 순박하게, 때로는 뱀처럼 슬기롭게 행동하라는 예수님 말씀[24]을 문득 떠올리고는, 이상하게 기운이 나서 편지를 보내기로 했습니다.

나오지의 누나입니다. 잊어버리셨을까요. 잊으셨다면, 기억을 되살려주세요.

나오지가, 얼마 전 또 선생님을 찾아가서는 너무 많은 폐를 끼친 것 같아 송구스럽습니다. (하지만 사실, 나오지의 일은 나오지가 알아서 할 일인데, 제가 나서서 용서를 비는 것은 얼토당토않은 일이라는 생각도 듭니다.) 오늘은 나오지 일이 아니라, 제 일로 부탁이 있습니다. 교바시의 아파트에 불이 나서, 그 후로 지금 주소로 이사하셨다는 얘기를 나오지한테 듣고서, 아예 도쿄 교외에 있는 댁으로 찾아갈까 싶었지만, 어머니가 얼마 전부터 다시 몸이 좀 편찮으셔서, 도저히 어머니만 남겨두고 도쿄에 갈 수 없기에, 이렇게 편지를 드립니다.

당신께, 조언을 구하고 싶은 일이 있습니다.

제가 지금 드리는 말씀이, 이제까지의 '여대학'[25] 입장에서 보면 몹시 교활하고 불순한지라, 악질 범죄일지도 모르지만, 저는, 아니, 저희는, 도저히 예전처럼 살 수 없을 것 같으니, 동생 나오지가 이 세상에서 가장 존경한다는 당신께, 저의 솔직한 심정을 들려드리고, 제가 앞으로 어떻게 하면 좋을지 조언을 구하고자 합니다.

저는, 지금 생활을 견딜 수가 없습니다. 좋고 싫음을 떠나서, 저희 세 식구는, 도저히 이대로 살아갈 수가 없습니다.

어제도, 괴로워서 몸에서 열이 나는 것 같고, 숨이 가빠 와서 어쩔 줄을 모르고 있는데, 이른 오후, 아래 있는 농가의 따님이 빗속을 뚫고

24_ 마태복음 10장 16절. 원전은, '뱀처럼 슬기롭게, 비둘기처럼 순박하게 행동하라'고 되어 있다.

25_ 女大學. 에도시대에 널리 읽히던 여자 대상의 교훈서. 부모와 남편, 시어머니와 시누이에게 복종하며 가정을 꾸려나가야 한다는 내용을 담은 책인데, 광의적으로 구식 여자 교육을 일컫는 말로도 쓰인다.

쌀을 짊어지고 왔습니다. 그리고 저는 약속대로 옷을 내주었습니다. 따님은 식당에서 저와 마주 앉아 차를 마시면서, 정말이지 직설적으로,

"이봐요, 물건을 팔아서, 앞으로 언제까지 생활할 수 있는 건가요?"

라고 말했습니다.

"반년에서 일 년 정도요."

제가 대답했습니다. 그리고 오른손으로 얼굴 반 정도를 가린 채,

"졸려요. 졸려 죽겠어요."

라고 했습니다.

"피곤한 거겠죠. 신경쇠약 때문에 졸린 걸 거예요."

"그렇겠지요."

눈물이 터져 나올 것 같은 와중에, 문득 가슴속에 리얼리즘이라는 단어와, 로맨티시즘이라는 단어가 떠올랐습니다. 제게 리얼리즘은, 없습니다. 이런 상태로 살아갈 수 있을까 생각하니, 온몸이 오싹합니다. 어머니는 거의 환자처럼 누웠다 일어나기를 반복하고 있고, 동생은, 아시다시피 마음의 병을 앓고 있는 중환자라, 여기서 지낼 때면 요릿집을 겸하고 있는 근처 여관에 날마다 출근하여 소주를 마시고, 사흘에 한 번은, 우리가 옷을 판 돈을 가지고 도쿄로 출장을 갑니다. 하지만 이런 것 때문에 괴로운 게 아닙니다. 저는 그저, 저 자신의 생명이, 이런 일상생활 속에서, 파초 이파리가 지지 않고 썩어가듯, 그 자리에 우뚝 선 채 그대로 썩어가는 제 미래가 눈에 선해서 두려운 것입니다. 도저히, 견딜 수가 없습니다. 그래서 저는, '여대학'에 어긋나더라도, 지금 생활에서 벗어나고 싶습니다.

그래서 제가, 당신께 조언을 구하는 것입니다.

저는 지금, 어머니와 동생에게, 분명히 선언하고 싶습니다. 제가

전부터 어떤 분을 사랑하고 있고, 언젠가 그분의 애인으로 살아갈 작정이라는 것을, 분명히 말해버리고 싶습니다. 그분이 누구인지는, 당신도 아마 알고 계실 것입니다. 그분의 성함 이니셜은, M·C입니다. 저는 전부터 무언가 괴로운 일이 생기면, 이 M·C에게 달려가고 싶어서 마음이 타들어갈 지경입니다.

M·C에게는 당신과 마찬가지로, 부인과 자식이 있습니다. 게다가, 저보다 훨씬 젊고 예쁜 여자 친구도 있는 것 같습니다. 하지만 제겐, M·C에게 가는 것 말고는 달리 살아갈 방도가 없는 듯합니다. M·C의 부인과는 아직 만난 적이 없지만, 무척 상냥하고 좋은 분이라고 합니다. 저는 그 부인을 생각하면, 제가 무서운 여자라는 생각이 듭니다. 하지만 지금의 제 생활이 그 이상으로 무서운지라, M·C에게 기대지 않을 수 없습니다. 비둘기처럼 순박하고, 뱀처럼 슬기롭게, 저는 제 사랑을 이루고 싶습니다. 하지만 분명, 어머니와 동생, 그리고 세상 사람들도, 누구 하나 저를 지지해주지 않겠지요. 당신은 어떤가요? 저는 결국 혼자 생각하고 행동하는 수밖에 없다고 생각하니, 눈물이 납니다. 난생 처음 겪는 일이니까요. 이 힘든 일을, 주위 사람들 모두의 축복을 받으며 이루는 방법은 없을까 하고, 무척 까다로운 수학 인수분해 문제의 답안을 고민하듯 골똘히 생각하다가, 어딘가 한 군데쯤은 쉽게 술술 풀리는 실마리가 있을 것 같아서, 갑자기 힘이 나기도 합니다.

하지만, 정작 M·C가 저를 어떻게 생각하고 있을지. 그 생각을 하면 맥이 풀립니다. 말하자면 저는, 불청객, ……같은 걸까요, 억지로 결혼한 아내라고 할 수도 없고, 억지로 사귄 애인이라고나 할까요? 그런 셈이니, M·C 씨가 정 싫다고 하면, 그걸로 끝이지요. 그러니까, 당신께 부탁드리는 것입니다. 부디 그분께, 물어봐주세요. 육 년 전 어느 날, 제 가슴에 아스라이 옅은 무지개가 걸렸습니다. 그것은 연애감정도 아니고 인류애적인 사랑도 아니었지만, 세월이 지날수록 그 무지개가 더욱 아름답고 또렷해져서, 저는 이제껏 한 번도 그것을 잃은 적이 없습니다. 소나기가 갠 뒤 하늘에 걸리는 무지개는, 결국 덧없이 사라져버리지만, 사람의 마음에 걸리는 무지개는, 사라지지 않는 모양입니다. 부디, 그분께 물어봐주세요. 말 그대로, 비 개인 하늘에 걸린 무지개 같은 것으로 여기셨을까요? 그래서 이미 엊저녁에 사라져버린 것으로?

그렇다면 저도, 저의 무지개를 지워야만 합니다. 하지만 제 목숨을 먼저 지우지 않으면, 제 가슴속 무지개는 사라질 것 같지 않습니다.

답장, 기다리고 있겠습니다.

우에하라 지로 님 (나의 체호프. 마이, 체호프. M · C)

저는 요즘, 조금씩 살이 찌고 있습니다. 동물 같은 여자가 되어간다기보다는, 사람다워지고 있는 것이라 생각합니다. 올 여름에는, 로렌스의 소설 한 편만을 읽었습니다.

답장이 없으시니, 재차 편지 올립니다. 일전에 올린 편지는, 무척 교활한 뱀의 술수로 넘쳐나는 편지였는데, 그건 전부 알아채셨겠지요? 정말로, 저는 그 편지 한 줄 한 줄에 극도로 교활한 꾀를 담아 썼습니다. 결국 제가 당신께 편지를 올린 의도는, 생활이 힘드니, 돈이 필요하다는 편지에 지나지 않는다고 생각하셨겠지요? 저 역시 그것을 부정하지는 않겠습니다. 다만, 이런 말씀드리기 송구스럽지만, 그저 후원자가 필요했던 거라면, 굳이 당신께 부탁드리지는 않았을 것입니다. 당신 말고도 저를 귀여워해주는 부자 노인들도 많은 것 같습니다. 실제로 얼마 전에도, 기묘한 혼담 같은 게 들어왔습니다. 당신도 그분의 성함을 아실지 모르겠네요. 예순이 넘은 독신 할아버지인데, 무슨 예술원의 회원이라나 뭐라나, 아무튼 그런 훌륭하신 어르신이, 저를 데려 가겠다며 이 산장에 찾아왔습니다. 그 어르신은 우리가 니시카타마치에 살 때 근처에 사시던 분이니, 이웃 사이였던지라 가끔 만난 적이 있습니다. 언젠가 한번은, 가을 저녁에 있었던 일로 기억하는데, 저와 어머니 둘이서 차를 타고 그 어르신 댁 앞을 지나치는데, 그분이 홀로 멍하니 자기 집 문 옆에서 계셨습니다. 어머니가 차창 너머로 어르신께 가볍게 인사를 하자, 신경질적으로 생긴 그 어르신의 검푸른 얼굴이 갑자기 단풍잎처럼 붉게 물들었습니다.

"사랑일까?"

저는 들떠서 말했습니다.

"어머니를 좋아하나 봐요."

하지만 어머니는 차분히,

"아냐, 훌륭한 분이셔."

하고 혼잣말처럼 말씀하셨습니다. 예술가를 존경하는 것은, 저희 집안의 가풍인 듯합니다.

그 어르신이, 몇 해 전 부인과 사별한 뒤, 와다 숙부님이 요곡[26]을 함께 즐기는 어떤 황족 분을 통해 어머니께 혼담을 꺼내셨고, 어머니는 네 생각을 담아 어르신께 직접 회답을 드리는 게 어떻겠느냐고 하셨습니다. 저는 깊이 생각할 것도 없이 싫었기 때문에, 제겐 지금 결혼할 생각이 없다는 내용을, 덤덤한 마음으로 막힘없이 적었습니다.

. . . .

26_ 謠曲. 일본의 전통 가면극인 노能에 나오는 노래.

"거절해도 되는 거지요?"

"그야 물론. ……나도, 그건 무리라고 생각해."

그 무렵, 어르신은 가루이자와에 있는 별장에 계셨기에, 그 별장으로 거절의 편지를 보냈는데 이틀 후, 그 편지가 도착하기도 전에, 어르신이 이즈에 있는 온천에 볼일이 있어 잠깐 들렀다고 하시며 불쑥 찾아오셨습니다. 물론 제가 보낸 답장 내용은 전혀 모르셨지요. 예술가들은, 아무리 나이를 먹어도, 이렇게 어린애처럼 내키는 대로 행동하나 봐요.

어머니는 몸이 안 좋으셔서, 제가 나가 응접실에서 차를 내드리며,

"저기, 거절한다는 얘기를 쓴 편지가, 지금쯤 가루이자와 댁에 도착했을 거예요. 신중히 생각했는데 말이죠."

하고 말했습니다.

"그렇군요."

황급히 땀을 닦으며 말씀하셨습니다.

"하지만 한 번 더, 신중히 생각해 보세요. 저는 당신을, 뭐라고 하면 좋을까, 말하자면 정신적으로 행복하게 해줄 수는 없을지 모르지만, 그 대신 물질적으로는 얼마든지 행복하게 해줄 수 있습니다. 이것만큼은 분명히 말할 수 있습니다. 뭐, 툭 터놓고 말해 그렇다는 거지요."

"말씀하신, 그 행복이라는 게 뭔지, 저는 잘 모르겠어요. 건방진 소리를 해서 죄송합니다. 체호프가 아내에게 쓴 편지에, 아이를 낳아 주시오, 우리 아이를 낳아 주시오, 라는 문장이 있었지요. 니체였는지 누구였는지 잘 생각은 안 나지만, 어떤 에세이에 내 아이를 낳아주었으면 하는 여자, 라는 말도 있고요. 전, 아이를 원해요. 행복 따위, 그런 건 아무래도 상관없어요. 돈도 필요하지만, 아이를 기를 돈만 있다면, 그걸로 충분해요."

어르신은 묘한 웃음을 지으시며,

"당신은, 보기 드문 분이군요. 누구에게나 자기 생각을 그대로 말할 수 있는 분이네요. 당신 같은 사람과 함께 있으면, 저도 일을 할 때 새로운 영감이 솟아날지도 모르겠군요."

하고, 연세에 걸맞지 않게, 약간 거슬리는 말을 했습니다. 이렇게 훌륭한 예술가의 작업에 정말 제 힘으로 젊은 기운을 불어넣을 수 있다면, 그것도 보람 있는 일일지도 모른다는 생각이 들기도 했지만, 그래도 저는 그 어르신께 안기는 제 모습을, 도저히 상상할 수가 없었습니다.

"제게, 사랑의 감정이 없어도 괜찮은가요?"

제가 약간 웃으며 묻자, 어르신은 진지한 표정으로,

"여자는, 그래도 괜찮습니다. 여자는 좀 멍해도 괜찮아요."

라고 말씀하셨습니다.

"하지만 저 같은 여자는, 사랑의 감정이 없으면 결혼을 생각할 수가 없어요. 저는 이미 어른인 걸요. 내년이면, 벌써 서른."

말을 하다 말고, 저도 모르게 입을 틀어막고 싶어졌습니다.

서른. 여자에게는, 스물아홉까지는 처녀 냄새가 남아 있지만, 서른 먹은 여자의 몸에는 처녀 냄새가 어디에도 남아 있지 않다는, 예전에 읽은 프랑스 소설에 나오는 말이 문득 떠올라서, 견딜 수 없는 쓸쓸함에 휩싸여 바깥을 보니, 바다가 한낮의 햇살을 받으며, 유리 파편처럼 눈부시게 빛나고 있었습니다. 그 소설을 읽었을 때는, 그야 그럴 테지, 하고 가볍게 수긍하고 그냥 넘어갔습니다. 서른이 되면 여자의 생활은 끝장나는 거라고, 아무렇지도 않게 그리 생각했던 그때가 그립습니다. 팔찌, 목걸이, 드레스, 허리띠, 하나씩 하나씩 제 몸에서 사라지면서,

제 몸의 처녀 냄새도 점점 엷어져갔던 것이겠지요. 가난한 중년 여자. 아아, 싫다. 하지만 중년 여자의 생활에도, 역시 여자의 생활이 있을 터입니다. 요즘 들어, 그걸 알게 되었습니다. 영국인 여교사가 영국으로 돌아갈 때, 열아홉이었던 제게 이렇게 말했던 것을 기억합니다.

"당신은, 사랑을 하면 안 됩니다. 당신은, 사랑을 하면 불행해집니다. 사랑을 하려거든, 좀 더 나이를 먹은 뒤에 하세요. 서른이 되거든 그 이후에 하세요."

하지만 그 말을 들은 저는, 어안이 벙벙할 뿐이었습니다. 그 무렵의 저는, 서른 이후의 일을 상상조차 할 수 없었습니다.

"이 별장을 내놓았다는 소문을 들었는데요."

어르신은, 짓궂은 표정으로 불쑥 그런 말씀을 하셨습니다.

저는 웃었습니다.

"죄송해요. 『벚꽃 동산』[27]을 떠올렸거든요. 당신이 사 주시는 거죠?"

어르신은 과연 예리하게 제 말뜻을 알아챘는지, 화난 듯 입을 일그러뜨린 채 잠자코 있었습니다.

어느 황족이 거처로 쓸 목적으로, 새로운 화폐로 50만 엔에 이 집을 판다 어쩐다 하는 얘기가 있었던 것은 사실이지만, 그 얘기는 없던 일이 되었습니다. 어르신은 아마 그 소문을 들은 거겠지요. 하지만, 우리가 자신을 『벚꽃 동산』의 로파힌[28] 같은 사람으로 여기면 곤란하다는 생각에 기분이 몹시 언짢으셨는지, 그러고 나서는 잠시 잡다한 얘기만 하다가 가버리셨습니다.

· · · · · · · · · · ·
27_ 러시아의 몰락해 가는 지주계층의 이야기를 담은 안톤 체호프의 희곡(1903년 작).
28_ 『벚꽃 동산』의 등장인물. 경매로 나온 라네프스카야 집안의 영지, '벚꽃 동산'을 사들여 별장 분양지로 만들려 하는 농노 출신의 신흥 부자.

제가 지금 당신께 원하는 것은, 로파힌 같은 사람이 되어달라는 게 아닙니다. 그건, 분명히 말할 수 있습니다. 그냥, 중년 여자의 억지를 받아주세요.

　당신을 만난 지, 벌써 육 년이나 지났습니다. 그때 저는 당신이 어떤 사람인지, 아무것도 몰랐습니다. 그저, 동생의 스승님, 더구나 좀 못마땅한 스승님, 그렇게만 생각하고 있었습니다. 그리고 함께 컵으로 술을 마시고서, 당신이 살짝 가벼운 장난을 치셨지요. 하지만, 저는 아무렇지 않았습니다. 다만, 묘하게 홀가분했을 정도입니다. 당신이 좋지도 싫지도 않고, 아무 감정이 없었기 때문입니다. 그러다가 동생 비위를 맞춰주려고, 동생에게서 당신이 쓴 책을 빌려 읽었습니다. 재미있는 것도 있고 재미없는 것도 있었지요. 그렇게 열성적인 독자는 아니었지만, 육 년 동안, 어느새 당신이 제 마음속에 안개처럼 스며들었습니다. 어느 밤 지하 계단에서 우리 사이에 있었던 일도, 갑자기 생생하고 선명하게 떠올라, 그게 어쩐지, 제 운명을 결정지을 만큼 중대한 일이었던 것 같은 기분이 들어서, 당신이 그립고, 이게 사랑일지도 모른다고 생각하니, 몹시 불안하고 쓸쓸해져서, 혼자 홀쩍홀쩍 울었습니다. 당신은 다른 남자들과는 전혀 다릅니다. 저는, 『갈매기』[29]에 나오는 니나처럼 작가를 사랑하는 게 아닙니다. 저는, 소설가 같은 사람들을 동경하지 않습니다. 저를 문학소녀로 여기시면 곤란합니다. 저는, 당신의 아기를 가지고 싶습니다.

　훨씬 오래전, 당신이 혼자 몸이고, 저도 야마키 씨에게 시집가기 전이었을 때 만나 둘이 결혼을 했다면, 저도 지금처럼 괴롭지는 않았을지

29_ 안톤 체호프의 희곡(1896년 작).

도 모르지만, 저는 이제 당신과 결혼할 수 없으리라는 생각에 그런 건 다 포기했습니다. 당신의 부인을 내쫓는 것은, 비열한 폭력 같아서 싫습니다. 저는, 첩(이 말은 되도록이면 하고 싶지 않았지만, 그래도 애인이라고 표현한다 한들 그건 결국 속된 말로 첩이니까, 분명히 말해 두겠어요), 그것도, 상관없습니다. 하지만 세상에서 평범한 첩으로 살아가는 것도, 쉽지만은 않은 모양이더군요. 사람들 말로는, 첩은 보통 필요 없어지면 버림받는대요. 나이가 환갑에 가까워지면, 어떤 남자라도 모두 본처에게 돌아간대요. 그러니, 다른 건 몰라도 첩은 되면 안 된다고, 니시카타마치의 할아버지와 유모가 하는 얘기를, 들은 적이 있습니다. 하지만 그건 일반적인 첩 얘기이고, 우리 경우는 다른 것 같습니다. 당신에게 가장 중요한 것은, 역시 당신의 일이라 생각합니다. 그리고 당신이 저를 좋아하신다면, 우리가 사이좋게 지내는 것이, 일을 위해서도 좋겠지요. 그러면 당신 부인도 우리를 이해해 주실 겁니다. 이상하고 억지스런 논리 같지만, 그래도 제 생각이 틀렸다고 생각지는 않아요.

문제는, 당신의 대답뿐입니다. 저를 좋아하시는지, 싫어하시는지, 그것도 아니면 아무 감정이 없는지, 그 대답이 어떨지 너무나 두렵지만, 그래도 들어야만 합니다. 얼마 전에 드린 편지에도, 제가 억지로 사귀게 된 여자, 라는 말을 쓰고, 이 편지에도, 중년 여자의 억지라는 말을 썼는데, 이제 와서 가만히 생각해보니, 당신이 아무 대답도 해주지 않는다면, 억지를 부리고 싶어도 아무런 구실이 없어, 홀로 멍하니 야위어 가겠지요. 역시 당신이 무슨 말이든, 해주셔야만 합니다.

지금 문득 든 생각인데, 당신은 사랑의 모험담 같은 소설을 꽤 많이 쓰셨고, 성질 고약한 악한이라는 소문도 파다하지만, 실제로는 상식이 있는 분이시겠지요. 저는 상식이라는 게 뭔지 모릅니다. 좋아하는 일을 할 수만 있다면, 그게 잘 사는 것이라고 생각합니다. 저는 당신의 아기를 낳고 싶습니다. 다른 사람의 아기는, 무슨 일이 있어도 낳고 싶지 않습니다. 그래서 제가 당신께 상의를 드리는 겁니다. 이해가 되신다면 답장 주세요. 당신의 마음을, 분명히 알려 주세요.

비가 그치고, 바람이 불기 시작했습니다. 지금은 오후 세 시입니다. 이제부터 술(여섯 홉) 배급을 받으러 갑니다. 럼주 병 두 개를 봉투에 넣고, 가슴에 달린 주머니에 이 편지를 넣고서 십 분 정도 후에, 아랫마을로 갈 것입니다. 이 술은 동생이 못 마시게 할 겁니다. 제가 마실 겁니다. 매일 밤, 컵으로 한 잔씩 마실 겁니다. 술은, 원래 컵으로 마시는 거지요?

여기로, 오지 않으시겠어요?

M · C님

오늘도 비가 내렸습니다. 눈에 보이지도 않을 만큼 자잘한 안개비가 내리고 있습니다. 날마다, 밖에 나가지도 않고 답장을 기다리고 있는데, 결국 오늘까지 편지가 오지 않았습니다. 도대체 당신은, 무슨 생각을 하시는 걸까요? 얼마 전에 보낸 편지에, 그 어르신 얘기를 쓴 게 마음에 안 드셨나요? 이런 걸로 질투심을 부추기려고 한다는 생각에 불쾌하셨나요? 하지만 그 혼담은 그걸로 끝이었어요. 어머니는 얼마 전 혀끝이 아프셔서, 나오지의 권유로 미학 요법을 해봤는데, 그 치료 덕에 통증이 없어져서 요즘은 건강하십니다.

조금 전 제가 툇마루에 서서, 소용돌이치듯 흩어지는 안개비를 쳐다보며, 당신 마음이 어떨지를 생각하는데,

"우유를 데웠으니 이리 오렴."

하고 어머니가 식당에서 저를 부르셨습니다.

"추워서 아주 뜨겁게 데웠어."

우리는 식당에서 김이 나는 뜨거운 우유를 마시며, 얼마 전에 찾아왔던 어르신에 대한 이야기를 했습니다.

"그분이랑 전, 애당초 전혀 안 어울리죠?"

어머니는 태연히,

"안 어울려."

라고 하셨습니다.

"전, 아시다시피 제멋대로고, 예술가라는 사람들을 싫어하지도 않는데다, 그분은 수입도 많은 모양이니, 그런 분과 결혼하면 좋을 거라는 생각은 들어요. 그런데, 못 하겠어요."

어머니는 웃으시며,

"가즈코는 못됐네. 못 하겠다면서, 저번에 그분이 오셨을 때, 함께 오랜 시간 동안 무슨 얘기를 그렇게 즐겁게 나눈 거야? 네 마음을 모르겠어."

"어머, 그땐, 진짜로 재밌었으니까요. 더 오래, 이런저런 얘기를 나누고 싶었어요. 저, 가벼운 사람인가 봐요."

"아니, 진중한 사람이야. 가즈코는 진중하지."

오늘 어머니는, 무척 활기가 넘치셨습니다.

그리고 어제 처음으로 올린 제 머리를 보시더니,

"올림머리는 말이지, 머리숱이 적은 사람이 하는 게 좋아. 네가 올림머리를 하면 지나치게 커다래서, 작은 금관이라도 씌워보고 싶을 정도야. 안 되겠네."

"실망스러워라. 어머니가 언젠가, 가즈코는 목덜미가 희고 예쁘니까 되도록 목덜미를 감추지 말라고 하셨잖아요?"

"그런 말은 용케도 기억하네."

"사소한 거라도 칭찬받은 건 죽을 때까지 안 잊어버려요. 기억해 두는 게 좋으니까."

"일전에 그분께도 무슨 칭찬 들었지?"

"네, 그래서 진중해진 거예요. 나랑 함께 있으면 영감靈感이, 아아, 싫다. 전 예술가가 싫지는 않은데, 그렇게 자기가 군자라도 되는 양 거드름피우는 사람은, 정말 싫어요."

"나오지네 선생님은 어떤 사람이야?"

저는, 뜨끔했습니다.

"잘 모르지만, 나오지의 선생님이니까 말이죠. 불량하다는 딱지가 붙은[30] 사람인 모양이에요."

"딱지가 붙었다고?"

어머니는 재미있다는 듯한 눈빛으로 중얼거리셨습니다.

"재미있는 말이네. 딱지가 붙었다면, 오히려 안전하잖아. 목에 방울을 단 아기고양이 같아 귀여울 정도네. 딱지가 안 붙은 불량함이 무서운 거야."

"그런가?"

너무나도 기쁜 나머지, 몸이 연기처럼 훅 퍼져 하늘로 빨려 들어가는 듯한 기분이었습니다. 아시겠어요? 제가 어째서 기뻤는지. 모르신다면, ……때려버리겠어요.

정말로, 여기 한번 놀러오지 않으시겠어요? 제가 나오지에게 당신을

. . . .

30_ 에도시대에 죄인의 가족이나 친척 중 행동이 불량한 자가 있으면 당시의 호적등본에 딱지를 붙여 요주의인물로 취급한 데서 유래된 관용 표현으로, 정평이 난 나쁜 사람을 이와 같이 표현한다.

모시고 오라고 하는 것도, 어딘가 부자연스럽고 이상하니, 당신 스스로
술기운에 불쑥 여기에 들르게 됐다는 식으로, 나오지의 안내를 받으며
오시면 좋겠지만, 그래도 되도록이면 혼자서, 그리고 나오지가 도쿄에
가고 없을 때 와주세요. 나오지가 있으면 당신을 나오지에게 빼앗겨서,
틀림없이 당신들은 오사키 씨의 여관으로 소주를 마시러 나갈 테고,
그러고는 안 돌아오실 게 뻔하니까요. 저희 집안은 대대로, 예술가를
좋아했던 모양입니다. 고린[31]이라는 화가도, 옛날에 우리가 살던 교토의
집에 오랫동안 지내면서, 장지문에 아름다운 그림을 그려주셨습니다.
그러니 어머니도, 당신이 오시면 분명 기뻐하실 것입니다. 당신은 아마
2층 방에서 주무시겠지요. 잊지 말고 전등을 꺼주세요. 저는 한 손에
양초를 들고, 어두운 계단을 올라, 그러면 안 되나요? 너무 섣부르지요?

저는 불량한 게 좋아요. 그것도, 딱지가 붙은 불량함이 좋아요. 그리고
저도, 딱지가 붙은 불량한 사람이 되고 싶어요. 그렇게 되는 것 말고는,
제가 살아갈 방도가 없는 것 같기도 해요. 당신은 일본에서 제일가는,
딱지가 붙은 불량한 사람이지요. 그리고 요즘은 또, 많은 사람들이
당신을, 더럽다거나, 추접하다고 하면서 굉장히 미워하고 공격한다는
얘기를 동생에게서 듣고, 당신이 더욱 좋아졌어요. 당신에게는 틀림없이
애인이 많이 있겠지만, 머지않아 오직 저 한 사람만을 좋아하게 될
거예요. 어째서인지 저는, 자꾸만 그런 생각이 듭니다. 그리고 당신은
저와 함께 살며, 매일 즐겁게 일을 할 수 있겠지요. 어릴 적부터 저는,
'너와 함께 있으면 피곤을 잊게 된다'는 말을 종종 들었습니다. 저는
이제껏 남들에게 미움을 산 적이 없습니다. 모두가 저를 좋은 사람이라

• • • • • • • • • • •
31_ 오카타 고린尾形光琳(1658~1716). 에도시대 중기의 화가이자 공예가.

말해주었습니다. 그러니 당신도, 결코 저를 싫어하실 리가 없다고 생각합니다.

만나면 그만입니다. 이제, 답장이고 뭐고 필요 없습니다. 만나고 싶습니다. 제가 도쿄에 있는 당신 집으로 찾아가면 가장 손쉽게 만날 수 있겠지만, 어머니가 거의 환자나 다름없고, 저는 단 한 명뿐인 간호사 겸 하녀인지라, 도저히 그렇게는 할 수 없습니다. 부탁드립니다. 부디, 여기로 와주세요. 한번 뵙고 싶습니다. 그리고 모든 것은, 만나면 알게 될 것입니다. 제 입 양옆에 생긴 희미한 주름을 봐주세요. 슬픔이 만든 세기世紀의 주름을 봐 주세요. 제가 무슨 말을 하는 것보다도, 저의 얼굴이, 당신께 제 가슴속 생각을 분명히 알려드릴 것입니다.

가장 먼저 드린 편지에, 제 가슴에 걸린 무지개에 대해 썼습니다만, 그 무지개는 반딧불이나 별빛처럼, 고상하고 아름다운 것은 아닙니다. 그렇게 엷고 아득한 마음이라면, 저는 이렇게 괴롭지도 않을 테고, 당신을 차츰 잊을 수 있겠지요. 제 가슴속 무지개는 불꽃이 타오르는 다리입니다. 가슴이 타들어가는 심정입니다. 마약중독자가, 마약이 다 떨어져서 약을 찾아 헤맬 때의 심정도, 이 정도로 괴롭지는 않겠지요. 잘못된 행동도 아니고, 부당한 것도 아니라고 생각하면서도 문득, 제가, 엄청난 바보짓을 벌이려 하는 게 아닌가 싶어 섬뜩할 때도 있습니다. 미친 게 아닌가 싶어 반성하는 마음도, 충분히 있습니다. 하지만 저도 냉정한 마음으로 계획해놓은 일이 있습니다. 정말로, 한번 여기로 와주세요. 언제 오시든 상관없습니다. 저는 어디에도 가지 않고, 언제나 기다리고 있습니다. 저를 믿으세요.

한 번 더 만나고서, 그때 싫다면 분명히 말해주세요. 제 가슴속 불꽃은 당신이 지핀 것이니, 당신이 꺼주세요. 저 혼자 힘으로는 도저히 끌

수가 없습니다. 어쨌든 만나면, 만나주시기만 하면, 고맙겠습니다. 만요
나 겐지 이야기[32] 시대라면, 제가 하는 얘기가 대수롭지 않았을 텐데.
저의 소망. 당신의 애첩이 되어, 당신 아이의 엄마가 되는 것.

이런 편지를 비웃는 사람이 있다면, 그 사람은 여자가 살아가는
노력을 비웃는 사람입니다. 여자의 목숨을 비웃는 사람입니다. 저는
항구의 숨 막히고 탁한 공기를 견딜 수가 없기에, 바다에 폭풍이 몰아친다
한들 돛을 올리고 싶습니다. 그냥 쉬고 있는 돛은 예외 없이 더럽습니다.
저를 비웃는 사람은 분명, 모두 쉬고 있는 돛입니다. 할 줄 아는 게
아무것도 없을 테지요.

골치 아픈 여자. 하지만, 이 문제로 가장 괴로운 사람은 저입니다.
이 문제에 대해 전혀, 조금도 괴로워하지 않는 방관자가, 돛을 추하게
늘어뜨리고 가만히 있으면서 이 문제를 비판하는 것은, 이치에 맞지
않는 일입니다. 저는, 그 사람들이 멋대로 무슨 사상을 갖다 붙이는
게 싫습니다. 제겐 사상이 없습니다. 저는 사상이나 철학 같은 것 때문에
행동한 적이 단 한 번도 없습니다.

세간에서 좋은 평가를 받으며 존경받는 사람은 모두 거짓말쟁이고
가짜라는 것을, 저는 알고 있습니다. 저는 세상을 믿지 않습니다. 딱지가
붙은 불량함만이, 제 편입니다. 딱지가 붙은 불량함. 저는, 오로지 그
십자가에만은 매달려 죽어도 좋다고 생각합니다. 만인에게 비난을 받는
다 한들, 저는 되받아칠 것입니다. 당신들은 딱지가 안 붙은 더 위험하고
불량한 사람들이잖아, 라고.

· · · · · · · · · · · ·
32_ 만요万葉: 『만요슈万葉集』. 일본에서 가장 오래된 시가집. 나라시대 말기(630년~760년경)에
　　성립되었다. / 『겐지 이야기』: 무라사키 시키부가 지은 일본 헤이안시대(11세기 초)의 장편소
　　설.

아시겠어요?

사랑에는 이유가 없습니다. 쓸데없는 얘기를 지나치게 많이 했습니다. 동생 흉내를 낸 것에 불과하다는 기분도 듭니다. 오시기만을 기다리고 있을 뿐입니다. 한 번 더 뵙고 싶습니다. 그뿐입니다.

기다림. 아아, 인간의 생활에는, 기쁨, 분노, 슬픔, 미움 등등 여러 가지 감정이 있지만, 그래도 그것은 인간 생활의 단 1퍼센트만을 차지하는 감정이고, 나머지 99퍼센트는 그냥 기다리면서 사는 게 아닐까요. 행복의 소식을 알리러 온 발소리가 복도에서 들리기를, 이제나저제나 가슴이 미어지는 심정으로 기다리지만, 아무 일도 없는 것. 아아, 인간의 생활이란, 지나치게 비참하네요. 태어나지 않는 편이 좋았을 거라고 모두가 생각하고 있는 이 현실. 그러면서도 매일, 아침부터 밤까지, 헛되이 무언가를 기다리고 있다니. 너무 비참합니다. 태어나길 잘했다며, 아아, 목숨을, 인간을, 세상을, 달가워 해보고 싶습니다.

앞을 가로막는 도덕을, 밀쳐낼 수는 없나요?

M · C (마이, 체호프의 이니셜이 아닙니다. 저는, 작가를 사랑하는 게 아니에요. 마이, 차일드).

5

나는 올 여름, 어떤 남자에게 세 통의 편지를 보냈지만, 답장은 없었다. 아무리 생각해도, 내겐 그것 말고는 달리 살아갈 방도가 없었기에, 편지 세 통에 내 마음을 적어, 벼랑 끝에서 성난 파도를 향해 뛰어내리는 심정으로 우체통에 넣었는데, 아무리 기다려도 답장이 없었다. 동생 나오지에게 그 사람이 어떻게 지내는지 넌지시 물어도, 그 사람은 전과 다름없이 매일 밤 술을 마시고 다니며, 전보다도 더욱 부도덕한 작품을 써서 세상의 어른들로부터 빈축과 미움을 사는 모양이었다. 또한 출판업을 시작하라는 그 사람의 권유를 흔쾌히 받아들인 나오지는, 그 사람과 다른 소설가 두세 명을 고문顧問으로 앉혔고, 자본을 대주는 사람도 있다나 뭐라나. 나오지 이야기를 듣고 있자면, 내가 사랑하는 사람의 주변 분위기에, 나의 존재감이 조금도 스며 있지 않는 듯해서, 부끄러운 마음보다도 이 세상이라는 것이, 내가 생각하는 세상과는 전혀 다른 기묘한 생물처럼 느껴지고, 나 혼자만 덩그러니 남겨진 채, 아무리 소리쳐 불러 보아도 아무런 대답이 없는 가을날 황혼 속 광야에 서 있는 듯한, 이제까지 맛본 적 없는 처참한 기분에 휩싸였다. 이게, 실연이라는 것일까? 광야에 이렇게, 우두커니 서 있는 사이에, 해가 저물고, 밤이슬을 맞으며 얼어 죽는 수밖에 없는 걸까 하고 생각하니, 눈물은 안 나는데도 통곡을 하게 되어, 양 어깨와 가슴이 격렬하게 들썩여서 숨도 쉴 수 없을 지경이다.

이제 이렇게 된 이상, 무슨 수를 써서라도 도쿄에 가서 우에하라 씨를 만나자, 내 돛은 이미 올라 있고, 항구를 떠나버렸으니, 멍하니 서 있을 수만은 없지, 갈 데까지 가야만 해, 하고 남몰래 상경할 마음의 준비를 시작하자마자, 어머니의 용태가 이상해졌다.

어느 날 밤, 기침이 심해서 열을 재보니 39도였다.

"오늘 추웠으니까 그런 거겠지. 내일이면 나을 거야."

어머니는 기침을 삼키며 나직이 말씀하셨지만, 아무래도 단순한 기침이 아닌 것 같았기에, 날이 밝으면 일단 아랫마을 의사선생님을 부르리라 마음먹었다.

이튿날, 열은 37도로 내렸고 기침도 멈췄지만, 그래도 나는 아랫마을로 가서, 요즘 어머니가 부쩍 쇠약해지셨고, 어제부터 또 열이 났으며 기침도 그냥 감기 때와는 뭔가 다른 것 같다고 말씀드리며, 진찰을 부탁했다.

선생님은, 그러면 이따가 들르겠습니다, 이거 선물 받은 건데, 라고 하시며 응접실 구석에 있는 찬장에서 배 세 개를 꺼내어 내게 주셨다. 그리고 저녁이 조금 지났을 무렵, 흰 잔무늬가 있는 여름 하오리를 입고 진찰을 와 주셨다. 여느 때처럼 정성스럽게, 청진기를 대고 한참을 진찰하신 뒤, 나를 향해 몸을 트시더니,

"걱정하지 않으셔도 됩니다. 약을 드시면 낫습니다."

라고 하셨다. 나는 괜스레 웃음이 나와서, 웃음을 참으며,

"주사는 안 놓으시나요?"

하고 물었는데, 진지하게,

"그럴 필요는 없을 겁니다. 감기니까, 가만히 쉬시다 보면 곧 감기가 떨어져나갈 겁니다."

라고 하셨다.

하지만, 어머니의 열은 그로부터 일주일이 지나도 내리지 않았다. 기침은 잦아들었지만, 열은, 아침에는 37도 7부 정도였고, 밤이 되면 39도가 되었다. 의사 선생님은 그 이튿날부터 배탈로 일을 쉬셨기에, 내가 직접 약을 받으러 가서 간호사에게 어머니의 상태가 심상치 않다는 얘기를 선생님께 전해드리리고 했지만, 그냥 평범한 감기이니 걱정할 필요가 없다는 대답과 함께, 물약과 가루약을 주신 것이 전부였다.

나오지는 여전히 도쿄에 출장을 가 있고, 집에 안 들어온 지가 벌써 열흘 남짓 됐다. 나 혼자 너무 불안한 나머지, 와다 숙부님께 엽서를

써서 어머니의 건강이 안 좋다는 사실을 알렸다.

열이 나기 시작한 지 이래저래 열흘째 되던 날, 아랫마을 의사 선생님이 드디어 배탈이 다 나았다면서 진찰을 와 주셨다.

선생님은 심각한 표정으로 어머니의 가슴에 청진기를 대시며,

"알겠습니다, 알겠어요."

하고 큰 소리로 말하고는 또다시 내 쪽을 돌아보며,

"열의 원인을 알겠습니다. 왼쪽 폐에 침윤이 생긴 것 같습니다. 하지만, 걱정하실 필요는 없습니다. 열은 당분간 계속되겠지만, 안정을 취하시면 걱정하실 건 없습니다."

라고 하셨다.

정말 그럴까 싶었지만, 물에 빠져 지푸라기라도 잡고픈 사람의 심정이었던지라, 그런 선생님의 진단에 약간 마음이 놓이기도 했다.

의사선생님이 돌아간 뒤 어머니께,

"다행이네요, 어머니. 누구에게나 어느 정도의 침윤은 있대요. 마음 단단히 먹고 있다 보면, 곧 나을 거예요. 올 여름은 날씨가 변덕스러웠으니 그게 안 좋았던 거겠죠. 여름이 싫어요. 전, 여름 꽃도 싫어요."

어머니는 눈을 감은 채 웃으시며,

"여름 꽃을 좋아하는 사람은 여름에 죽는다고 하니, 나도 올 여름쯤 죽겠구나 싶었는데, 나오지가 돌아와서, 가을까지 살아버렸네."

어머니는 저런 나오지를 의지하며 사는 건가 싶어, 마음이 쓰렸다.

"그래도 이제 여름이 다 끝났으니, 어머니한테 위험한 시기도 다 지나갔네요. 어머니, 정원에 싸리꽃이 피었어요. 그리고 마타리, 오이풀, 도라지, 솔새, 참억새도. 정원이, 완연한 가을 정원이 됐네요. 시월이 되면 틀림없이 열도 내릴 거예요."

나는, 그러기를 빌었다. 어서 이 9월의 후텁지근한, 늦더위의 계절이 지나갔으면 좋겠다. 그리하여 국화가 피고, 화창하고 따뜻한 날씨가 계속되면, 틀림없이 어머니의 열도 내리고 건강해지셔서, 나도 그 사람과 만날 수 있게 되어, 내 계획도 탐스런 국화 꽃망울처럼 멋진 꽃을 피울 수 있을지도 모른다. 아아, 어서 시월이 되어, 어머니의 열이 내리면 좋을 텐데.

와다 숙부님께 엽서를 보낸 뒤, 일주일 남짓 지나 숙부님의 배려로, 전에 주치의를 맡아 주셨던 미야케 선생님이 진찰을 위해 간호사를 데리고 도쿄에서 와 주셨다.

연로하신 선생님은 돌아가신 우리 아버지와도 친분이 있었던 분이라, 어머니는 무척 기뻐하셨다. 게다가 선생님은 옛날부터 예의범절과는 거리가 먼 분이라 말투도 거친데, 그런 것이 어머니의 마음에 들었는지, 그날 두 분은 진찰은 뒷전으로 미루고, 허물없이 잡담을 나누며 즐거워하셨다. 내가 부엌에서 푸딩을 만들어 방으로 가져가자, 벌써 그 사이에 진찰도 다 끝났는지, 선생님은 청진기를 목걸이처럼 아무렇게나 목에 걸친 채, 복도의 등나무의자에 앉아,

"저 같은 사람도 말이죠, 포장마차에 들어가 우동을 서서 먹는다니까요. 맛있건 맛없건, 그런 건 따질 겨를도 없어요."

하고, 느긋하게 잡담을 이어가고 있었다. 어머니도 태연한 표정으로 천장을 올려다보며 그 얘기를 듣고 계셨다. 아무 일도 없었구나 싶어서, 나는 안심했다.

"어땠어요? 이 마을 의사 선생님은, 왼쪽 가슴에 침윤이 있다고 하셨는데."

나도 갑자기 기운이 나서, 미야케 선생님께 물었는데, 선생님은 아무

렇지 않게,

"뭐, 괜찮아."

하고 가볍게 말씀하셨다.

"정말 다행이에요, 어머니."

나는 진심어린 미소를 지으며, 어머니를 불렀다.

"괜찮대요."

그때, 미야케 선생님이 등나무의자에서 대뜸 일어나 응접실 쪽으로 가셨다. 무언가 내게 할 얘기가 있는 듯 보였기에, 나는 슬며시 그 뒤를 따랐다.

선생님은 응접실 벽걸이 뒤쪽에 멈춰서시더니,

"그르렁그르렁 하는 소리가 들려."

라고 말씀하셨다.

"침윤이 아닌가요?"

"아냐."

"기관지염 아니에요?"

나는, 급기야 눈물을 글썽이며 물었다.

"아냐."

결핵! 나는 그것이라 생각하고 싶지 않았다. 폐렴이나 침윤, 기관지염이라면, 반드시 내 힘으로 낫게 할 수 있다. 하지만 결핵이라면, 아아, 이젠 가망이 없는지도 모른다. 발치가, 무너져 내리는 듯한 기분이었다.

"소리가, 많이 안 좋은가요? 그르렁그르렁 하는 소리가 들려요?"

불안한 마음에, 나는 흐느껴 울기 시작했다.

"왼쪽, 오른쪽 모두 그래."

"하지만, 어머니는, 아직 건강하세요. 밥도, 계속 맛있다고 하시고,

……."

"어쩔 도리가 없어."

"거짓말. 그럴 리 없잖아요? 버터나 계란, 우유를 많이 먹으면 낫는 거죠? 몸에 저항력만 생기면 열도 내리는 거죠?"

"응, 뭐든 많이 먹는 게 중요해."

"거봐요, 그렇죠? 토마토도 매일, 다섯 개 정도는 드세요."

"응, 토마토는 몸에 좋지."

"그럼, 괜찮은 거죠? 나을 수 있는 거죠?"

"하지만, 이번 병으로 목숨을 잃을지도 몰라. 그런 각오로 있는 게 좋아."

이 세상에는, 사람의 힘으로 도저히 어찌할 수 없는 일이 많이 있다는 절망스런 벽의 존재를, 난생 처음으로 알게 된 기분이었다.

"이 년? 삼 년?"

나는 떨리는 목소리로 나직이 물었다.

"몰라. 어쨌든 이제, 손을 쓸 수가 없어."

잠시 후, 미야케 선생님은 그날 이즈에 있는 나가오카 온천 여관에 예약을 해놨다면서, 간호사와 함께 돌아가셨다. 문밖까지 배웅해드린 뒤, 정신없이 방으로 돌아와 어머니의 머리맡에 앉아, 아무 일도 없었다는 듯 웃어보이지, 어머니가,

"선생님이, 뭐라시니?"

하고 물으셨다.

"열만 내리면 괜찮대요."

"가슴은?"

"별 문제없대요. 예전에 앓았던 병이랑 비슷한 걸 거예요, 아마.

곧 시원해지니까, 점점 좋아질 거예요."

나는 내 거짓말을 믿기로 했다. 목숨을 잃는다는 무시무시한 말은, 잊으려 애썼다. 내겐, 어머니가 돌아가신다는 게, 내 몸도 함께 없어져버리는 듯한 느낌이라, 있을 수 있는 일이라고는 도저히 생각할 수 없었다. 앞으로는 모든 것을 잊고, 어머니께 맛있는 음식을 수도 없이 만들어드려야지. 생선. 수프. 통조림. 간. 고깃국. 토마토. 계란. 우유. 맑은 장국. 두부가 있으면 좋을 텐데. 두부를 넣은 된장국. 흰 쌀밥. 떡. 맛있는 것은 뭐든, 내 물건을 다 팔아서, 어머니께 대접해 드려야지.

나는 일어나서 응접실로 갔다. 그리고 응접실 소파를 방에 있는 툇마루 근처로 옮겨두고, 어머니의 얼굴이 보이는 곳에 앉았다. 누워 계시는 어머니의 얼굴은, 전혀 환자 같지 않았다. 눈은 아름답고 촉촉하며, 안색도 좋아보였다. 매일 아침 같은 시간에 일어나 세수를 하신 뒤, 욕실에 딸린 방에서 직접 머리를 매만지고 옷차림을 가지런히 하고 나서, 이부자리로 돌아와 앉아 식사를 마치신다. 이부자리에 누웠다 일어났다 하시면서 오전 중에는 계속 신문이나 책을 보시는데, 열이 나는 것은 늘 오후시간부터다.

"아아, 어머니는 건강하셔. 틀림없이 괜찮을 거야."

나는, 마음속으로 미야케 선생님의 진단을 억지로 부정했다.

시월이 되고, 국화꽃이 필 무렵이 되면, 하고 생각하던 사이에 나는 꾸벅꾸벅 졸기 시작했다. 현실에서는 한 번도 본 적 없는 풍경인데, 꿈에서는 종종 그 풍경을 보고, 아아, 또 여기에 왔구나, 싶은 익숙한 숲 속 호숫가로 나갔다. 나는, 기모노를 입은 청년과 발소리도 내지 않고 함께 걸었다. 모든 풍경에 초록빛 안개가 뒤덮인 듯한 느낌이었다. 그리고 호수 밑에는 가느다란 하얀색 다리가 잠겨 있었다.

"아아, 다리가 잠겨 있네. 오늘은 아무 데도 못 가겠다. 여기 있는 호텔에서 자요. 아마, 빈 방이 있을 거예요."

호숫가에 돌로 지은 호텔이 있었다. 그 호텔의 돌은 초록빛 안개에 촉촉하게 젖어 있었다. 돌문 위에, HOTEL SWITZERLAND라는 가느다란 금색 글자가 새겨져 있었다. SWI 하고 읽다가, 불현듯 어머니가 떠올랐다. 어머니는 어떻게 하실까? 어머니도 이 호텔로 오시려나? 궁금해졌다. 그리고 청년과 함께 돌문을 지나, 앞뜰로 들어갔다. 안개가 자욱한 뜰에 수국처럼 생긴 붉고 커다란 꽃이 타오르듯 활짝 피어 있었다. 어린 시절, 이불에 새빨간 수국 꽃무늬가 잔잔하게 박혀 있는 것을 보고 괜스레 슬펐는데, 붉은 수국이 진짜로 있구나 싶었다.

"춥지 않아?"

"응, 조금. 안개에 귀가 젖어서, 귀 뒤쪽이 차가워."

라고 말한 뒤 웃으면서,

"어머니는, 어떻게 하실까?"

하고 물었다.

그러자 청년은, 몹시 슬프고 자상한 미소를 지으며,

"그분은, 무덤 속에 계세요."

하고 대답했다.

"아."

나는 작게 외쳤다. 그랬다. 어머니는 이미 안 계셨다. 어머니의 장례식도 오래전에 있었던 일 아닌가. 아아, 어머니는 이미 돌아가셨다는 사실을 깨닫고는, 말로 표현할 수 없는 적막감에 몸서리를 치다, 눈을 떴다.

베란다에는, 이미 땅거미가 내려앉아 있었다. 비가 내리고 있었다.

꿈에서 본 초록빛 쓸쓸함이, 현실에서도 사방에 감돌고 있었다.

"어머니."

내가 불렀다.

조용한 목소리로,

"뭐 하니?"

라고 대답하셨다.

나는 기쁜 나머지 벌떡 일어나 방으로 가서,

"지금 저, 자고 있었어요."

"그래? 뭐하나 싶었어. 낮잠을 꽤 오래 잤네?"

라고 하시며 재미있다는 듯 웃으셨다.

나는 어머니가 이렇게 우아하게 숨 쉬며 살아계신다는 게, 너무나 기쁘고 고마워서, 눈물을 글썽이고 말았다.

"저녁 반찬은 뭐로 할까요? 드시고 싶은 거 있어요?"

나는 약간 들뜬 투로 말했다.

"괜찮아. 아무것도 필요 없어. 오늘은, 열이 39도 5부로 올랐어."

나는, 순식간에 맥이 풀렸다. 그래서 어찌할 바를 몰라 어둑한 방 안을 멍하니 둘러보며, 문득, 죽고 싶어졌다.

"어쩐 일일까요? 39도 5부라니."

"아무렇지도 않아. 그냥, 열이 나기 직전에만 좀 힘들지. 머리가 약간 아프고, 몸이 으슬으슬하다가 열이 나."

바깥은 이미 어두워져 있었고 비는 그친 듯했지만, 바람이 불고 있었다. 전등을 켜고 식당으로 가려는데, 어머니가,

"눈부시니까, 켜지 마."

라고 말씀하셨다.

"캄캄한 데서 가만히 누워 계시는 거, 싫지 않으세요?"

하고 선 채로 묻자,

"눈 감고 누워 있으니 마찬가지야. 하나도 안 쓸쓸해. 오히려 눈부신 게 싫어. 앞으로도 쭉, 방 전등불은 켜지 마."

라고 하셨다.

나는 그 또한 불길하게 여겨져서, 잠자코 방의 전등불을 끄고 옆방으로 가, 스탠드 불을 켰다. 쓸쓸한 마음을 주체할 수가 없어 서둘러 식당으로 가서 통조림에 든 연어를 찬밥 위에 얹어 먹는데, 눈물이 뚝뚝 떨어졌다.

밤이 되자 바람은 더욱 강해졌고, 아홉 시쯤부터는 비도 와서 폭풍이 몰아쳤다. 이삼일 전에 감아올려둔, 마루 끝에 있는 발에서 탁탁 하는 소리가 났고, 나는 옆방에서 기묘한 흥분을 느끼며 로자 룩셈부르크[33]의 『경제학 입문』을 읽었다. 이 책은 2층에 있는 나오지 방에서 가져온 책인데, 그때 이것과 함께 레닌[34] 선집, 카우츠키[35]의 『사회 혁명』 같은 책들도 내 멋대로 가져와, 어머니 방 옆의 내 책상 위에 올려놓았다. 어머니가 아침에 세수를 하고 들어가던 중, 내 책상 옆을 지나다가 문득 그 책 세 권이 눈에 띄었는지 한 권 한 권 들고 펴보면서, 작게 한숨을 내쉬고는 다시 책상 위에 살며시 놓고, 쓸쓸한 표정으로 나를 흘끗 보았다. 하지만 그 눈빛은, 깊은 슬픔으로 가득 차 있으면서도,

<hr />

33_ 폴란드 출신의 독일 여성혁명가이자 경제학자(1870~1919). 동물학, 정치학, 경제학을 공부하고 독일사회민주당 좌파 및 폴란드 혁명운동의 이론적 지도자가 된다.

34_ 러시아의 정치가(1870~1924). 마르크스주의자. 1917년 10월 혁명을 성공시켜, 소비에트 정권의 수반이 되어 사회주의국가 건설을 지도했다. 또한 마르크스주의를 제국주의와 프롤레타리아 혁명 시대의 이론으로서 발전시켜, 세계 혁명운동에 큰 영향을 미쳤다.

35_ 독일의 마르크스주의 경제학자이자 역사가, 정치가(1854~1938). 제2인터내셔널의 이론적 지도자로, 마르크스주의 보급 운동에 힘썼다.

결코 거부감이나 혐오감이 담긴 눈빛은 아니었다. 어머니가 읽으시는 책은 위고,[36] 뒤마 부자,[37] 뮈세,[38] 도데[39] 등이 쓴 책인데, 나는 그런 감미로운 이야기책에도 혁명의 기운이 있다는 것을 알고 있다. 어머니처럼 천성적인 교양, 이라고 하면 좀 이상한 말 같지만, 그런 게 있는 사람은 의외로 아무렇지도 않게, 당연한 일인 양 혁명을 받아들일 수 있을지도 모른다. 나 또한 이렇게 로자 룩셈부르크의 책을 읽으며, 이런 내가 때로는 아니꼽게 여겨지기도 하지만, 그래도 나 나름대로 깊은 흥미를 느낀다. 이 책의 내용은, 경제학적인 것이기는 하지만, 경제학으로 읽으면 너무도 시시하다. 지나치게 단순하고 다 아는 뻔한 얘기들뿐이다. 아니, 어쩌면 나는 경제학이라는 것을 전혀 이해하지 못하고 있는 것인지도 모른다. 어쨌든, 재미가 하나도 없다. 인간이란 원래 쩨쩨한 존재이며, 영원히 쩨쩨하다는 전제가 없으면 절대 성립할 수 없는 학문으로, 쩨쩨하지 않은 사람에게는 분배 문제도 그렇고 다른 문제도, 전혀 흥미롭지가 않다. 그래도 나는 이 책을 읽으며 다른 부분에 기묘한 흥분을 느낀다. 그것은, 아무런 망설임 없이 과거의 사상들을 모조리 파괴해 나가는 저자의 무모한 용기다. 그것이 아무리 도덕에 반하는 것일지언정, 사랑하는 사람을 향해 거침없이 달려드는 유부녀의

36_ 빅토르 위고(1802~1885). 프랑스의 시인이자 극작가, 소설가. 주요 작품에 『노틀담 드 파리』, 『레미제라블』이 있다.

37_ 알렉산드르 뒤마 부자父子. 프랑스의 극작가이자 소설가. 아버지는 큰 뒤마(1802~1870)로 불리며 주요 작품에 『삼총사』, 『몬테크리스토 백작』이 있다. 아들은 작은 뒤마(1824~1895)로 불리며 주요 작품에 『춘희』가 있다.

38_ 알프레드 드 뮈세(1810~1857). 프랑스의 낭만파 시인이자 극작가. 주요 작품에 『세기아의 고백』이 있다.

39_ 알퐁스 도데(1840~1897). 프랑스의 시인이자 소설가, 극작가. 주요 작품에 『풍찻간 소식』, 『마지막 수업』이 있다.

모습이 떠오를 정도다. 파괴사상. 파괴란 애절하고 슬프며, 아름다운 것이다. 파괴하고, 다시 세워서, 완성하고자 하는 꿈. 일단 파괴하고 나면 완성될 날이 영원히 오지 않을지도 모르지만, 그래도 사랑하는 마음이 있기에, 파괴해야만 한다. 혁명을 일으켜야만 한다. 슬프게도, 로자는 마르크스주의를 일편단심으로 사랑했다.

십이 년 전 겨울, 이런 일이 있었다.

"너는 『사라시나 일기』[40]의 소녀 같아. 더 이상 무슨 말을 해도 소용없어."

그런 말을 남긴 채 내게서 멀어져 간 친구. 언젠가 그 친구에게, 나는 레닌의 책을 읽지 않고 돌려주었다.

"읽었어?"

"미안. 안 읽었어."

니콜라이 당[41]이 보이는 다리 위에서 나눈 얘기다.

"왜? 어째서?"

그 친구는 나보다 키가 한 치 정도 더 크고, 어학에 소질이 있으며, 빨간 베레모가 무척 잘 어울렸고, 모나리자같이 생겼다는 소문이 자자한, 예쁜 친구였다.

"표지 색이 마음에 안 들어서."

"넌 참 특이해. 그게 아닐 텐데? 실은, 내가 무서워서서 그렇지?"

40_ 『更級日記』. 스가와라 다카스에노 무스메菅原孝標女가 지은 헤이안시대의 작품으로, 13세부터 52세까지 있었던 약 40여 년간의 일을 기록한 회상기이다. 늘 무언가를 동경하고 기대하면서 살아온 여성의 삶이 그려져 있으며 하급 귀족 딸의 생활상도 엿볼 수 있다.

41_ 1891년 일본에 최초로 정교회를 전파한 선교사 니콜라이가 세운 정교회 건물로, 비잔틴 양식으로 된 아치형 창문과 돔형 천장이 특징적이다. 도쿄 지요다 구 간다 스루가다이에 위치.

"안 무서워. 그냥, 표지 색이 너무 싫었어."

"그렇구나."

쓸쓸한 듯 그렇게 말한 뒤, 나더러 사라시나 일기 같다고 하고는, 무슨 말을 해도 소용없다고 단정지어버렸다.

우리는 잠시 아무 말 없이 서서 겨울의 강을 내려다보았다.

"안녕. 만약 이것이 영원한 이별이라면, 영원히, 안녕. 바이런.[42]"

그렇게 바이런의 시 구절을 원어로 빠르게 암송하더니, 내 몸을 가볍게 끌어안았다.

내가 부끄러워서,

"미안해."

하고 작은 목소리로 용서를 빈 뒤, 오차노미즈 역 쪽으로 걸어가다가 뒤돌아보니, 그 친구는 여전히 다리 위에 선 채, 꼼짝도 않고 나를 물끄러미 바라보고 있었다.

그 뒤로, 그 친구를 만난 적은 없다. 같은 외국인 선생님 댁에 드나들었지만, 학교가 달랐기 때문이다.

그로부터 십이 년이 지났지만, 나는 여전히 사라시나 일기에서 한 발짝도 나아가지 못하고 있다. 도대체 나는 그 사이에, 뭘 하고 있었던 걸까? 혁명을 동경한 적도 없고, 사랑조차 몰랐다. 이제까지 세상의 어른들은 우리에게, 혁명과 사랑, 이 두 가지가 가장 어리석고 꺼림칙한 것이라 가르쳤고, 전쟁 전에도 그렇고 전쟁 중에도, 우리는 그런 줄로만 알고 있었다. 하지만 패전 후 우리는 세상의 어른들을 신뢰하지 않게 됐고, 모든 면에서 그 사람들이 하는 말의 반대쪽에 진정한 삶의 길이

· · · · · · · · · · · ·

42_ 조지 고든 바이런(1788~1824). 영국의 낭만파 시인.

있는 듯한 느낌이 들기 시작했다. 혁명도 그렇고 사랑도, 사실은 이 세상에서 가장 좋고, 달콤한 것이라, 너무 좋은 것이다 보니 짓궂은 어른들이 우리에게 그것이 신 포도라는 거짓말을 하고 있었던 것이 분명하다고 여기기 시작했다. 나는 확신한다. 인간은 사랑과 혁명을 위해 태어난 것이다.

살며시 장지문이 열리더니, 어머니가 웃는 얼굴을 내미시며,

"아직 깨어 있었구나. 안 졸려?"

하고 물으셨다.

책상 위 시계를 보니 열두 시였다.

"네, 하나도 안 졸려요. 사회주의에 대한 책을 읽으니까 흥분이 되네요."

"그렇구나. 술 없어? 그럴 땐 술을 마시면, 푹 잘 수 있는데."

놀리듯 말씀하셨지만, 그 태도에는 어딘가 데카당과 종이 한 장 차이의 요염함이 있었다.

이윽고 시월이 되었지만, 맑게 개어 화창한 가을 날씨는 아니었고, 장마철처럼 눅눅하고 후텁지근한 날씨가 계속되었다. 그리고 어머니의 열은 여전히 매일 저녁이 되면, 38도와 9도 사이를 오르내렸다.

그리고 어느 날 아침, 나는 무서운 것을 보았다. 어머니의 손이 부어 있는 것이다. 아침밥이 제일 맛있다고 하시던 어머니도, 요즘은 이부자리에 앉아 정말 소금, 가볍게 죽 한 그릇을 드시고, 반찬도 냄새가 강한 것은 못 드신다. 그날은 송이버섯을 넣은 맑은 장국을 드렸는데, 송이버섯 향도 싫어지셨는지, 그릇을 입가에 대다 말고 다시 밥상 위에 살짝 내려놓으셨다. 그때 나는, 어머니의 손을 보고 깜짝 놀랐다. 오른손

이 부어올라 퉁퉁해져 있었다.

"어머니! 손, 괜찮아요?"

얼굴도 약간 창백하고, 부어 있는 것 같았다.

"아무렇지도 않아. 이 정도는, 아무렇지도 않아."

"언제부터 부은 거예요?"

어머니는 눈이 부신 듯, 얼굴을 찡그리며 잠자코 계셨다. 나는 소리 내어 울고 싶었다. 이런 손은, 어머니의 손이 아니다. 모르는 아주머니의 손이다. 우리 어머니의 손은, 더 가늘고 작다. 내가 잘 아는 손. 부드러운 손. 귀여운 손. 그 손은 영원히 사라진 것일까. 왼손은 아직 그렇게까지 붓지는 않았지만, 어쨌든 마음이 아파 보고 있을 수가 없어서, 나는 시선을 돌려 장식선반에 있는 꽃바구니를 노려보았다.

눈물이 날 것 같아 견딜 수가 없어서, 재빨리 일어나 식당으로 가니 나오지가 혼자서 계란 반숙을 먹고 있었다. 이따금 이곳 이즈의 집에 머물 때가 있지만, 밤에는 늘 오사키 씨가 하는 여관에 가서 소주를 마시고, 아침에는 언짢은 얼굴로 밥은 안 먹고 반숙 계란 네댓 개만 먹은 뒤, 다시 2층으로 가서 자다 깨다 한다.

"어머니 손이 부어서……."

나오지에게 얘기하다 말고, 고개를 숙였다. 말을 이을 수가 없어서, 나는 고개를 숙인 채, 어깨를 들썩이며 울었다.

나오지는 잠자코 있었다.

내가 고개를 들고,

"이제, 가망이 없어. 넌 몰랐어? 저렇게 부으면, 이젠, 틀린 거야."

하고, 테이블 끝을 잡고 말했다.

나오지도 어두운 표정으로,

"그야, 머지않았지. 쳇, 일이 성가시게 됐네."

"난, 한 번 더 낫게 해드리고 싶어. 무슨 수를 써서라도, 낫게 해드리고 싶어."

양손을 맞잡고 얘기하는데, 갑자기 나오지가 훌쩍훌쩍 울면서,

"좋은 일이, 아무것도 없네. 우리한테는, 좋은 일이 아무것도 없어."

라면서, 주먹으로 눈을 아무렇게나 비벼댔다.

그날 나오지는 와다 숙부님께 어머니 상태를 알리고 앞으로 어떻게 해야 할지를 상의하러 도쿄에 갔고, 나는 어머니 곁에 있을 때를 빼고는, 아침부터 밤까지, 거의 울며 지냈다. 아침 안개를 뚫고 우유를 받으러 갈 때도, 거울을 보며 머리를 매만지면서도, 립스틱을 바르면서도, 계속 울었다. 어머니와 보낸 행복했던 시절의 이런저런 일들이 그림처럼 떠올라, 도저히 울음을 멈출 수가 없었다. 저녁이 되어 어둑해진 뒤, 응접실 베란다로 나가서 한참을 흐느껴 울었다. 가을 하늘에는 별이 반짝였고, 발치에는 남의 집 고양이가 웅크려 앉아 꼼짝 않고 있었다.

이튿날, 손의 부기는 한층 더 심해졌다. 식사는, 아무것도 드시지 않았다. 감귤 주스도, 입안이 헐어 아려서 못 마시겠다고 하셨다.

"어머니, 이번에도 나오지가 하라고 한 마스크를 하지 그러세요?"

웃으며 말할 생각이었는데, 말하다가 괴로워져서, 엉엉 하고 소리 내어 울고 말았다.

"매일 바빠서 힘들지? 간호사를 고용해 줘."

나직이 말씀하시는데, 자신의 몸보다도 나의 건강을 걱정하고 계시다는 것이 느껴져서, 한층 더 슬픈 맘에, 일어나 욕실에 딸린 방으로 달려가, 실컷 울었다.

정오가 조금 지난 무렵, 나오지가 미야케 선생님과 간호사 둘을

데리고 왔다.

늘 농담만 하시는 선생님도, 화가 난 듯한 기세로 쿵쿵거리며 들어오시더니, 곧바로 진찰을 시작하셨다. 그리고 누구에게랄 것도 없이,

"쇠약해지셨네요."

라는 한마디를 나직이 말씀하시고, 캠퍼 주사[43]를 놓아주셨다.

"선생님 숙소는요?"

어머니가 헛소리처럼 말씀하셨다.

"이번에도 나가오카로 갑니다. 예약은 해두었으니 걱정 마십시오. 환자분은, 남의 걱정 같은 건 하지 말고, 자기 생각만 하면서, 먹고 싶은 게 있으면 뭐든 많이 드셔야 합니다. 영양가가 많은 음식을 먹으면 좋아질 겁니다. 내일 또 오겠습니다. 간호사 한 명을 두고 갈 테니 필요한 게 있으면 도움을 받아 보시지요."

선생님은 병상의 어머니를 향해 큰 소리로 말하고는, 나오지에게 눈짓을 하며 일어났다.

홀로 선생님과 함께 왔던 간호사를 배웅하러 나갔다가 다시 들어온 나오지의 얼굴을 보니, 울고 싶은 걸 억지로 참고 있는 표정이었다.

우리는 살그머니 병실을 나와, 식당으로 갔다.

"이젠 틀렸대? 그런 거야?"

"제길."

나오지는 입술을 일그러뜨리고 웃으며 말했다.

"급격히 쇠약해지신 모양이야. 오늘내일 사이에 어떻게 될지도 모른다더라고. 젠장."

. . . .
43_ 쇠약해진 혈관운동신경을 흥분시키는 주사.

말하는 중에 나오지의 눈에서 눈물이 흘러 나왔다.

"여기저기 전보를 치는 게 좋을까?"

나는 오히려, 침착하게 말했다.

"그건, 숙부님과도 상의해봤는데, 숙부님이 말씀하시길, 지금은 그렇게 사람을 모을 수 있는 시대가 아니래. 사람들이 와도, 이렇게 좁은 집에 오게 하는 건 오히려 실례고, 이 근처에는 제대로 된 여관도 없는 데다 나가오카 온천도, 방 두세 개를 잡기는 힘들어. 한마디로 우리는 이제 가난하니까, 그렇게 높은 분들을 불러 모을 힘이 없단 얘기지. 숙부님은 이제 곧 오실 테지만, 옛날부터 치사한 분이라 전혀 미덥지가 않아. 어젯밤에도 어머니 병환은 뒷전으로 미루고, 나한테 잔소리만 늘어놨어. 치사한 사람이 하는 잔소리를 듣고 정신을 차렸다는 사람은 동서고금을 통틀어 이제까지 한 명도 없었어. 누나랑 남동생이라도, 어머니와 숙부님은 정말로 하늘과 땅 차이니까, 너무 싫어."

"하지만, 난 어쨌든 네가 앞으로 숙부님을 의지해야, ……."

"천만에. 차라리 거지가 되는 편이 나아. 누나야말로, 앞으로 숙부님께 잘 매달려 보시지?"

"난, ……."

눈물이 났다.

"난, 갈 곳이 있어."

"결혼하기로 한 거야? 결정됐어?"

"아니."

"혼자 살겠단 거야? 직업 부인[44]이라. 관둬, 관둬."

· · · · · · · · · · · ·

44_ 일본에서 사회활동을 하는 여성이 드물었던 시대에 직업을 가진 여성을 이르던 말로, 1960년대 이후에는 OL(Office Lady)이라는 말로 대체되었다.

"혼자 살겠다는 게 아니야. 나, 혁명가가 될 거야."

"뭐?"

나오지는 이상한 표정으로 나를 쳐다보았다.

그때, 미야케 선생님이 데려온 간호사가 나를 부르러 왔다.

"사모님께서 찾으십니다."

서둘러 병실로 가서, 이불 옆에 앉아,

"왜요?"

하고 얼굴을 가까이 대고 물었다.

어머니는 무슨 말을 하고 싶으신 눈치였지만, 가만히 계셨다.

"물 드릴까요?"

하고 물었다.

어렴풋이 고개를 저었다. 물을 달라는 게 아닌 것 같았다.

잠시 후 조용한 목소리로,

"꿈을 꿨어."

라고 하셨다.

"그래요? 어떤 꿈이요?"

"뱀 꿈."

나는, 오싹했다.

"툇마루 섬돌 위에, 붉은 줄무늬가 있는 암컷 뱀이 있을 거야. 보고
와."

온몸이 싸늘해지는 기분으로, 바로 일어나 툇마루로 나가서 유리문
너머를 내다보니, 섬돌 위에 뱀이, 가을 햇살을 받으며 기다란 몸을
늘어뜨리고 있었다. 나는, 어질어질 현기증이 났다.

나는 너를 알고 있다. 너는 그때에 비하면, 조금 크고 늙었지만,

틀림없이 나 때문에 알을 잃은 그 암컷 뱀이지. 너의 복수는, 이제 나도 충분히 알겠으니, 저리 가. 어서, 저리로 가줘.

마음속으로 그런 생각을 하며 그 뱀을 지켜보았지만, 뱀은 도무지, 꿈쩍도 하려 들지 않았다. 나는 어쩐지, 간호사에게 그 뱀이 있다는 것을 들키고 싶지 않았다. 쿵 하고 발을 세게 구르며,

"없어요, 어머니. 꿈이란 건 믿을 게 못 돼요."

하고 일부러 필요 이상으로 큰 소리로 말한 뒤, 언뜻 섬돌 쪽을 보니, 뱀은 그제야 기다란 몸을 이끌고 돌 밑으로 내려가고 있었다.

이젠 다 틀렸다. 다 틀렸다고, 그 뱀을 보고서, 그제야 체념이라는 감정이 가슴속에 끓어올랐다. 아버지가 돌아가셨을 때도, 머리맡에 작고 검은 뱀이 있었다고 했고, 그때 정원의 나무란 나무에는 모두 뱀이 붙어 있었던 것을, 나는 보았다.

어머니는 이부자리에 일어나 앉을 기운도 없어진 듯, 늘 잠에 취한 것처럼 보였고, 이제 몸을 가눌 때도 항상 간호사의 도움을 받았으며, 식사는 목 뒤로 넘기지 못하는 것 같았다. 뱀을 보고 나서 내겐, 슬픔의 바닥을 치고 난 뒤 찾아온 마음의 평안, 이라고나 할까? 그런 행복과도 비슷한 마음의 여유가 생겨서, 이제 이렇게 된 이상, 가능한 한 어머니 곁에만, 마냥 있어야겠다고 생각했다.

그리고 그 이튿날부터, 어머니 머리맡에 바싹 붙어 앉아 뜨개질을 했다. 나는 뜨개질도 그렇고 바느질도 남들보다 훨씬 더 빨리 하지만, 잘하지는 못했다. 그래서 어머니는 늘, 손을 잡고 내가 잘못한 부분을 하나하나 가르쳐주시곤 했다. 그날도 나는 딱히 뜨개질을 하고 싶지는 않았지만, 어머니 곁에 바싹 붙어 있어도 어색하지 않도록, 구태여 털실 상자를 꺼내어 뜨개질에 정신이 팔린 척했다.

어머니는 내 손놀림을 물끄러미 바라보며,

"네가 신을 양말을 뜨는 거잖아? 그러면, 여덟 코는 더 떠야 신기가 편할 거야."

하고 말씀하셨다.

내가 어렸을 때는, 어머니께 아무리 배워도 뜨개질이 전혀 늘지 않았는데, 그때처럼 당황스럽고, 부끄럽고, 그립고, 아아 이제, 이렇게 어머니한테 뜨개질을 배우는 것도, 이것으로 끝이라 생각하니, 그만 눈물이 나와서 바늘 코가 안 보일 지경이었다.

어머니는 이렇게 누워 계시면 전혀 괴로운 분 같지가 않았다. 식사는, 아침부터 지금까지 아무것도 드시지 않았고, 거즈에 차를 적셔 가끔 입을 축여드린 게 전부였지만, 의식은 또렷해서, 이따금 내게 다정하게 말을 거셨다.

"신문에 폐하의 사진이 나와 있었던 것 같은데, 한 번 더 보여줘."

나는 신문에서 그 부분을 찾아 어머니 얼굴 위로 내밀었다.

"늙으셨네."

"아니, 이건 화질이 안 좋은 거예요. 얼마 전에 나온 사진은, 굉장히 젊고 생기발랄했는걸요. 오히려 시대가 이렇게 돼서 기쁘신 거겠죠?"

"어째서?"

"왜냐면, 폐하도 이번에 해방됐으니까요."

어머니는 쓸쓸한 듯 웃으셨다. 그리고 잠시 후,

"울고 싶어도, 이제 눈물이 안 나와."

라고 하셨다.

나는 문득, 어머니는 지금 행복하신 게 아닐까, 하고 생각했다. 행복이라는 것은, 슬픔의 강바닥에 가라앉아, 희미하게 빛나는 사금과도 같은 것 아닐까. 슬픔이 바닥을 치고 난 뒤의, 이상하고 어스름한 기분. 그것이 행복이라면, 폐하도, 어머니도, 그리고 나도, 분명 지금, 행복한 것이다. 고즈넉한 가을날 오전. 부드러운 햇살이 비치는 가을의 정원. 나는 뜨개질을 하다 말고, 가슴께 높이에서 빛나는 바다를 내다보며,

"어머니. 저는 이제껏, 세상을 너무 몰랐어요."

라고 했는데, 하고 싶은 말이 더 있었지만, 방 한편에서 정맥주사를 놓을 준비를 하던 간호사가 들을까 부끄러워서, 입을 다물었다.

"이제껏이라니, ……."

어머니가, 희미하게 웃으면서 되물었다.

"그럼, 이젠 세상을 알겠다는 거야?"

나는 어쩐지 얼굴이 새빨개졌다.

"세상은, 모르겠어요."

어머니가 얼굴을 저쪽으로 돌리시고는 혼잣말처럼 나직이 말씀하셨다.

"난 모르겠어. 그걸 아는 사람은 없지 않을까? 아무리 시간이 흘러도, 모두 어린애야. 무엇 하나, 제대로 아는 게 없지."

하지만, 나는 살아나가야만 한다. 아직 어린애일지도 모르지만, 이젠 응석만 부리고 있을 수는 없다. 나는 앞으로 세상과 싸워나가야만 한다. 아아, 어머니처럼, 남들과 다투지 않으며, 미워하시도, 원망하지도 않고, 아름답고 슬프게 생애를 마감할 수 있는 사람은, 어머니가 마지막이고, 앞으로 이 세상에는 존재할 수 없는 게 아닐까. 죽어가는 사람은 아름답다. 산다는 것. 살아남는다는 것. 그것은, 몹시 추하고 피비린내 나는, 추저분한 것 같기도 하다. 나는, 방바닥을 내려다보며 새끼를 배고 구멍을 파는 뱀의 모습을 떠올려 보았다. 하지만, 내겐 도저히 단념할

수 없는 것이 있다. 한심해 보인들 상관없다. 나는 살아남아, 하고자 하는 일을 이루기 위해 세상과 싸워나갈 것이다. 어머니의 죽음이 결국 기정사실이 되자, 나의 로맨티시즘과 감상感傷은 차츰 사그라지고, 어쩐지 내가 무섭고 교활한 생물로 변해가는 듯한 기분이었다.

그날 오후, 어머니 곁에서 입을 적셔드리고 있는데, 대문 앞에 자동차가 멈춰 섰다. 와다 숙부님이 숙모님과 함께 도쿄에서 차를 타고 달려오신 것이다. 숙부님이 병실로 오셔서 어머니 머리맡에 말없이 앉으시자, 어머니는 손수건으로 자신의 코 아래를 가리시고는, 숙부님 얼굴을 바라보며 우셨다. 하지만 얼굴만 우는 표정이었을 뿐, 눈물을 흘리지는 않으셨다. 인형 같은 느낌이었다.

"나오지는 어디 갔어?"

잠시 후 어머니가, 나를 보며 말씀하셨다.

나는 2층으로 올라가, 소파에 드러누워 신간 잡지를 읽고 있던 나오지에게,

"어머니가 찾으셔."

라고 하자,

"와, 또 눈물바다야? 당신들은 용케 잘 참고 거기 있네. 감정이 메말랐나봐. 박정해라. 나는 너무 괴롭고, 마음은 뜨겁지만 몸이 약해서, 어머니 곁에 있을 기력이 없어."

라면서 웃옷을 걸치고, 나와 함께 1층으로 내려왔다.

둘이서 어머니 머리맡에 나란히 앉자, 어머니는 갑자기 이불 속에서 손을 내미시고 가만히 나오지를 가리키고, 또 나를 가리키더니, 숙부님을 향해 고개를 돌리시고는, 두 손바닥을 맞댔다.

숙부님은 고개를 크게 끄덕이면서,

"예, 알겠습니다. 알겠습니다."

라고 하셨다.

어머니는 안심하신 듯, 눈을 살짝 감고 손을 이불 속으로 가만히 넣으셨다.

나도 울고, 나오지도 고개를 숙인 채 오열했다.

그때 미야케 선생님이 나가오카에서 오셔서, 우선 주사를 놓으셨다. 어머니도 숙부님을 만났으니, 이제 여한이 없다고 생각하신 것인지,

"선생님, 어서 편안해지게 해주세요."

라고 하셨다.

선생님과 숙부님은, 가만히 얼굴을 마주 보았다. 그리고 두 분의 눈에는 눈물이 반짝였다.

나는 일어나 식당으로 가서, 숙부님이 좋아하는 유부 우동을 만들어 선생님과 나오지, 숙모님이 먹을 것까지 4인분을 응접실로 가져갔다. 그리고 숙부님이 사 오신 마루노우치 호텔의 샌드위치를 어머니께 보여드리고, 어머니 머리맡에 놓는데,

"힘들지?"

하고 어머니가, 나직이 말씀하셨다.

응접실에서 모두 함께 잠시 잡담을 나누다가, 숙부님과 숙모님은 중요한 일이 있어 오늘 밤 중으로 도쿄로 돌아가야 한다고 하시고는, 필요할 때 쓰라면서 내게 돈 봉투를 주셨다. 미야케 선생님도 간호사와 함께 돌아가게 되어, 우리 집에서 지내는 다른 간호사에게 여러 가지 치료법을 일러둔 뒤, 어쨌든 아직 의식이 또렷하고 심장도 그렇게 안 좋은 상태는 아니니, 주사만 맞아도 앞으로 네댓새는 괜찮을 거라고 하셨고, 그날은 일단 모두가 차를 타고 도쿄로 돌아갔다.

모두를 배웅하고 나서 방으로 돌아가자, 어머니는 늘 내게만 지어보이는 다정한 미소를 띠시며,

"힘들었지?"

하고, 또 속삭이듯 작은 목소리로 말씀하셨다. 그때 어머니의 얼굴은, 생기가 넘치고 오히려 빛이 나는 듯했다. 숙부님을 만나 기분이 좋으시구나, 하고 생각했다.

"아뇨."

나도 약간 들뜬 맘으로 방긋 웃었다.

그리고 이것이, 어머니와의 마지막 대화였다.

그러고 나서 세 시간쯤 뒤에, 어머니는 돌아가셨다. 고요한 가을날 저물 녘, 간호사가 맥을 짚고, 나오지와 나, 단둘뿐인 혈육이 지켜보는 가운데, 일본의 마지막 귀부인이었던 아름다운 어머니가.

돌아가신 어머니의 얼굴은, 거의 평소와 다름없었다. 아버지가 돌아가셨을 때는 금세 낯빛이 변했지만, 어머니의 낯빛은 조금도 변함이 없었고, 호흡만 멈췄다. 호흡이 멈춘 것이, 정확히 언제인지도 몰랐을 정도였다. 전날부터 얼굴의 부기도 빠져서 뺨이 밀랍처럼 매끈했고, 얇은 입술이 약간 일그러져서 미소를 머금고 있는 것처럼 보이기도 해서, 생전의 어머니보다도 더 아리따웠다. 나는, 피에타[45]의 마리아를 닮았다고 생각했다.

. . . .
45_ 크리스트교 미술에서 십자가에 매달려 죽은 예수를 성모가 무릎에 안아 애도하는 회화나 조각의 주제.

6

전투, 개시.

마냥 슬픔에 잠겨 있을 수만은 없었다. 내게는, 반드시 싸워서 쟁취해야만 하는 것이 있었다. 새로운 윤리. 아니, 그런 표현은 위선적이다. 사랑. 그것뿐이다. 로자가 새로운 경제학에 기대지 않고서는 살아갈 수 없었듯, 나는 지금, 사랑 하나에 매달리지 않고는 살아갈 수 없다. 예수가 이 세상의 종교인, 도덕가, 학자, 권력자들의 위선을 폭로하고, 하느님의 진정한 애정을 조금도 망설임 없이, 있는 그대로 사람들에게 알리기 위해, 열두 제자들을 각지에 파견하기 전에 제자들에게 준 가르침은, 지금의 내 경우와 전혀 무관한 일은 아닌 양 여겨졌다.

"너희 전대縛帶에 금이나 은, 돈을 지니지 마라. 여행 보따리에 여벌 옷도, 신발도, 지팡이도 지니지 마라. 나는 이제 양들을 이리 떼 가운데로 몰 듯 너희를 보낸다. 그러므로 뱀처럼 슬기롭고 비둘기처럼 순박해져라. 사람들을 조심하여라. 그들이 너희를 의회에 넘기고 회당에서 채찍질할 것이다. 또 너희는 나 때문에 총독들과 임금들 앞에 끌려가, 그들과 다른 민족들에게 증언할 것이다. 사람들이 너희를 넘길 때, 어떻게 말할지, 무엇을 말할지 걱정하지 마라. 너희가 무엇을 말해야 할지는, 그때 너희에게 일러주실 것이다. 진정 말하는 이는 너희가 아니라 너희 안에서 말씀하시는 아버지의 영靈이시다. 그리고 너희는 내 이름 때문에 모든 사람에게 미움을 받을 것이나. 하지만 끝까지 견디는 이는 구원을 받을 것이다. 어떤 고을에서 너희를 박해하거든 다른 고을로 피하여라. 내가 진실로 너희에게 이르노니, 너희가 이스라엘의 모든 고을들을 다 돌기 전에 사람의 아들이 올 것이다.

육신은 죽여도 영혼은 죽이지 못하는 자들을 두려워하지 마라. 오히려 영혼도 육신도 지옥에서 멸망시키실 수 있는 분을 두려워해라. 내가 세상에 평화를 주러 왔다고 생각하지 마라. 평화가 아니라 칼을 주러 왔다. 나는 아들이 아버지와, 딸이 어머니와, 며느리가 시어머니와 갈라서게 하려고 왔다. 집안 식구가 바로 원수가 된다. 아버지나 어머니를 나보다 더 사랑하는 사람은 나에게 합당하지 않다. 아들이나 딸을 나보다 더 사랑하는 사람도 나에게 합당하지 않다. 또 제 십자가를 지고 나를 따르지 않는 사람도 나에게 합당하지 않다. 제 목숨을 얻으려는 사람은 목숨을 잃고, 나 때문에 제 목숨을 잃는 사람은 목숨을 얻을 것이다."[46]

전투, 개시.

만약에 내가 사랑을 위해 예수님의 가르침을 곧이곧대로, 반드시 지키겠다고 맹세한다면 예수님은 나를 꾸짖으실까? 어째서, '남녀 간의 사랑'은 나쁘고, 그냥 '사랑'은 좋은 것인지, 나는 모른다. 같은 것 아닌가 하는 생각이 자꾸만 든다. 무엇인지 잘 알 수도 없는 사랑을 위해, 이성을 향한 사랑을 위해, 그 슬픔을 위해 육체와 영혼을 나락으로 내던질 수 있는 자, 아아, 나는 나 자신이야말로, 그런 사람이라고 자랑스럽게 말하고 싶다.

숙부님들의 도움으로 어머니의 밀장[47]은 이즈에서 치르고, 본 장례식은 도쿄에서 치렀다. 그 후 또다시 나오지와 나는 이즈의 산장에서, 서로 얼굴을 마주쳐도 아무 말도 하지 않는, 까닭을 알 수 없는 서먹한 생활을 했고, 나오지는 출판업을 위한 자본금이 필요하다는 명목 하에 어머니의 보석류를 죄다 가지고 도쿄로 가서, 술에 절어 지냈다. 그러다

. . . .
46_ 마태복음 10장 9, 10, 16~20, 22, 23, 28, 34~39절을 구분 없이 연달아 쓴 것.
47_ 密葬. 식구들끼리만 모여서 하는 간소한 장례식.

지치면 중환자처럼 창백한 얼굴로 비틀비틀 이즈의 산장으로 돌아와서 잤다. 하루는 댄서로 보이는 어린 여자를 데려온 나오지가 약간 멋쩍어하는 것 같아서 이렇게 말하고 나왔다.

"오늘 나 도쿄에 가도 돼? 오랜만에 친구 집에 놀러 가고 싶어서. 사나흘 정도 있다 올 테니까, 집 잘 봐. 식사는 저분께 부탁하고."

나오지의 약점을 놓치지 않고, 말하자면 뱀처럼 슬기롭게, 나는 가방에 화장품과 빵 따위를 가득 넣고, 지극히 자연스럽게, 그 사람을 만나러 도쿄로 갈 수 있었다.

도쿄 교외, 국철 오기쿠보 역 남쪽 출구에 내려, 그곳에서 20분 정도 더 가면 그 사람이 전쟁이 끝난 후 이사한 새집이 있다는 얘기를, 전에 나오지에게서 얼핏 들은 적이 있다.

찬바람이 심하게 부는 초겨울이었다. 오기쿠보 역에 내렸을 무렵에는, 이미 날이 어둑해져 있었다. 나는 지나가는 사람을 붙잡고, 그 사람의 주소를 대며 어떻게 가야 하는지 물어가면서 어두운 교외의 골목길을 한 시간 정도 서성였는데, 너무 불안한 나머지 눈물이 났다. 그러다 자갈길 돌부리에 발이 걸려 게다 끈이 툭 끊어져서, 어쩔 줄을 몰라 하며 가만히 멈춰 섰다. 그때 문득 오른쪽에 있던 다세대 주택 두 집 중 한 집의 문패가, 그 어둠 속에서도 희뿌옇게 떠올랐다. 거기에 우에하라라고 적혀 있는 듯한 느낌이 들어, 한쪽 발은 다비만 신은 채 그 집 현관으로 달려가, 문패를 자세히 들여다보니, 적혀 있는 이름은 우에하라 지로가 맞았지만, 집안은 캄캄했다.

어쩔까, 하고 잠시 가만히 서서 생각하다가, 몸을 던지는 기분으로 현관 격자문에 쓰러지듯 바싹 다가가,

"실례합니다."

하고는, 양손의 손가락 끝으로 격자문을 쓰다듬으며,

"우에하라 씨."

라고 나직이 속삭여보았다.

대답이 들렸다. 하지만, 그것은 여자 목소리였다.

현관문이 열리자, 갸름한 얼굴에 고풍스런 분위기의, 나보다 서너 살쯤 많아 보이는 여자가 어두컴컴한 현관에서 얼핏 웃으며,

"뉘신지요?"

하고 물었다. 그 말투에서는 아무런 악의도, 경계심도 느껴지지 않았다.

"저기, 말이지요."

하지만 나는, 미처 내 이름을 댈 수 없었다. 이 사람에게만큼은 내 사랑도, 어쩐지 떳떳하지 못했기 때문이다. 덜덜 떨면서 비굴하다 싶은 느낌으로,

"선생님은요? 계신가요?"

"아뇨."

딱하다는 듯 내 얼굴을 보면서 말했다.

"안 계시지만, 아마도, ……."

"멀리 가셨나요?"

"아뇨."

우습다는 듯 한쪽 손을 입에 갖다 대고,

"오기쿠보에 가셨을 거예요. 역 앞에, 시라이시라는 어묵 집에 가시면, 아마 어디 가셨는지 알 수 있을 거예요."라고 했다.

나는 뛸 듯이 기뻤다.

"아, 그렇군요."

"어머, 신발이."

사모님의 권유에 못 이겨, 나는 현관 안으로 들어가 마루에 앉아, 간이 끈이라고나 할까, 게다 끈이 끊어졌을 때 손쉽게 수선할 수 있는 가죽 끈을 받아 게다를 수선했다. 그러다 사모님이 현관으로 촛불을 가져오시더니,

"하필이면 지금, 전구 두 개가 다 나가버렸지 뭐예요. 요즘 전구는 너무 비싼 데다 왜 이렇게 금방 나가버리는지 모르겠어요. 남편이 있으면 사달라고 할 수 있는데, 어제도 그렇고 그제 밤에도 안 들어와서, 사흘 밤 동안 돈 한 푼 없이 지내며 일찍 잤어요."

하고, 정말 느긋한 웃음을 지으며 말씀하셨다. 사모님 뒤편에는 열두 세 살 남짓 되어 보이는, 눈이 크고 애교가 별로 없어 보이는 깡마른 여자아이가 서 있었다.

적. 나는 그렇게 생각하고 싶진 않지만, 사모님과 아이는 언젠가 나를 적이라고 생각하며 미워할 때가 올 것이다. 그렇게 생각하니 내 사랑도, 순식간에 싸늘히 식어버린 듯한 느낌이 들어, 게다 끈을 갈아 끼우고 일어서서 양손을 탁탁 치며 손에 묻은 먼지를 터는데, 맹렬한 기세로 엄습해오는 쓸쓸함에 견딜 수가 없어, 방으로 뛰어 들어가 새카만 어둠 속에서 사모님 손을 잡고 울어버릴까 싶었지만, 문득, 그러고 난 뒤에 내가 얼마나 뻔뻔하고 볼썽사나워 보일까 싶어, 그러기도 싫었다.

"실례 많았습니다."

하고, 지나치리만치 정중한 인사를 한 뒤 밖으로 나가 찬바람을 맞으며, 전투, 개시, 사랑한다, 좋아한다, 애가 탄다, 정말 사랑한다, 정말 좋아한다, 정말 애가 탄다, 사랑하니까 어쩔 수 없다, 좋아하니까

어쩔 수 없다, 애가 타니까 어쩔 수 없다, 그 사모님은 분명 보기 드물게 좋은 분이고, 따님도 예쁘다, 하지만 나는, 신의 심판대에 올라선다 해도, 조금도 양심의 가책을 느끼지 않을 것이다, 인간은, 사랑과 혁명을 위해 태어난 것이다, 신도 벌하실 리가 없다, 내겐 잘못이 전혀 없다, 정말 좋아하니까 떳떳하게, 그 사람을 만날 때까지, 이틀 밤이든 사흘 밤이든 노숙을 하더라도, 기필코.

역 앞의 시라이시라는 어묵 집은 바로 찾을 수 있었다. 하지만 그 사람은 없었다.

"틀림없이 아사가야에 있을 겁니다. 아사가야 역 북쪽 출구로 나가서 앞으로 곧장 가시면 말이죠, 가만있자, 한 정 반^{약 163m} 정도 가시면 철물점이 있습니다. 거기서 오른쪽으로 돌아서, 반 정쯤 가면 야나기야 라는 조그만 요릿집이 있거든요. 선생님이, 요즘은 야나기야에서 일하는 오스테 씨와 뜨거운 사이라, 거기 틀어박혀 있어요, 정말 못 말려."

역으로 가서 차표를 사고 도쿄 행 전철을 타고 아사가야에서 내려, 북쪽 출구, 약 한 정 반, 철물점에서 오른쪽으로 돌아 반 정, 야나기야는 조용한 분위기였다.

"방금 나가셨는데, 여럿이서 니시오기쿠보에 있는 지도리에 가서 밤새 마신다고 하시던데요."

나보다도 더 젊고, 침착하고, 기품 있고, 친절해 보이는 이 사람이 그, 오스테 씨라는, 그 사람과 뜨거운 사이라는 사람일까?

"지도리? 니시오기쿠보 어디쯤 있는 집이죠?"

불안해서 눈물이 날 것 같았다. 문득, 내가 지금 미친 게 아닐까 싶었다.

"잘은 모르겠지만요, 니시오기쿠보 역에 내려서 남쪽 출구로 나가 왼쪽으로 들어가면 있다는 것 같던데. 어쨌든 파출소에 물어보면 알 수 있지 않겠어요? 어차피 한 가게에서 마신 술로는 성에 차지 않는 사람이니, 또 중간에 어딘가로 샜을지도 모르지만요."

"지도리로 가보겠습니다. 안녕히 계세요."

다시 되돌아갔다. 아사가야에서 다치카와 행 전철을 타고 오기쿠보, 니시오기쿠보 역 남쪽 출구로 나가서, 찬바람을 맞으며 헤매다 파출소를 찾아, 지도리가 어디에 있는지를 물은 뒤, 들은 대로 밤길을 뛰다시피 걷다가 지도리의 푸른 전등을 보고, 서슴없이 격자문을 열었다.

마루 바로 앞에 다다미 여섯 장 크기의 방이 있었고, 자욱한 담배 연기 속에서 열 명 정도 되는 사람들이, 방 안에 있는 커다란 탁자에 둘러앉아 시끌벅적하게 술판을 벌이고 있었다. 나보다 더 젊어 보이는 아가씨 세 명 정도가, 그 속에서 함께 담배를 피우며 술을 마시고 있었다.

나는 마루에 서서 그들을 둘러보다가, 보았다. 꿈꾸는 듯한 기분이었다. 다른 사람이었다. 육 년. 완전히, 딴 사람이 되어 있었다.

이 사람이, 바로, 나의 무지개, M · C, 내 삶의 낙이었던, 그 사람일까? 육 년. 헝클어진 머리는 옛날 그대로지만 불그스름해진 데다 숱이 줄었고, 얼굴은 누렇게 뜨고 눈가는 벌겋게 부은 데다 앞니가 빠지고, 끊임없이 입을 우물거리고 있는 걸 보고 있자니, 늙은 원숭이 한 마리가 등을 구부리고 방구석에 앉아 있는 느낌이었다.

아가씨 한 명이 나를 보고는 우에하라 씨에게 내가 왔다는 사실을 눈짓으로 알렸다. 그 사람은 앉은 채로 가늘고 긴 목을 빼고 나를 보더니, 아무런 표정도 없이, 턱을 까딱이며 들어와 앉으라는 신호를 보냈다. 다른 사람들은 내게 아무런 관심이 없는 듯 계속 소란을 피워댔지만, 그래도 간격을 좁혀 앉아, 우에하라 씨 바로 오른쪽 옆에 내 자리를 만들어주었다.

나는 잠자코 앉았다. 우에하라 씨는, 내 컵에 술을 가득 따라주고 난 뒤, 자신의 컵에도 술을 가득 따르고는,

"건배."

하고 쉰 목소리로 나직이 말했다.

컵 두 개가 맥없이 닿아서, 쨍 하고 슬픈 소리가 났다.

길로틴,[48] 길로틴, 슈루슈루슈, 하고 누군가가 말하자, 또 다른 누군가가 그걸 받아 길로틴, 길로틴, 슈루슈루슈 라고 하며 쨍, 하고 컵을 세게 맞부딪치고는 단숨에 마셨다. 길로틴, 길로틴, 슈르슈르슈, 길로틴, 길로틴, 슈르슈르슈, 하고 말도 안 되는 노랫소리가 여기저기에서 들리고, 컵을 바삐 맞부딪히며 건배를 했다. 그런 장난스런 리듬으로 흥을 북돋워 억지스레 술을 삼키는 모양이었다.

"그럼, 실례합니다."

라면서 비틀거리며 자리에서 일어나는 사람이 있는가 싶더니, 또 새로운 손님이 불쑥 들어와서는 우에하라 씨에게 가볍게 고개를 숙이며 자리에 끼어들었다.

"우에하라 씨, 거기 말이지, 우에하라 씨, 그, 아아아, 라는 부분 있잖아요, 그건, 말할 때 어떻게 말하면 됩니까? 아, 아, 아, 예요? 아아, 아, 예요?"

그렇게 신이 나서 물어보는 사람은, 분명 나도 무대에서 본 기억이 있는 신극 배우 후지타다.

"아아, 아, 야. 아아, 아. 지도리의 술은 너무 비싸, 라고 말하는

<hr>

48_ 단두대라는 의미의 불어. 원어 발음은 기요틴.

느낌이랄까?"

하고 우에하라 씨가 말했다.

"허구한 날 돈 얘기만 하셔."

라고 아가씨가 말했다.

"참새 두 마리에 1전이라면, 그건 비싼 건가요? 싼 건가요?"

하고 젊은 신사가 물었다.

"'한 푼이라도 남김이 없이 다 갚기 전에는'[49]이라는 말도 있고, '한 사람에게는 금 5달란트를, 한 사람에게는 2달란트를, 한 사람에게는 1달란트를'[50]이라는, 정말 복잡한 얘기도 있잖나. 예수도 계산할 땐 꽤 자잘한 것까지 생각했어."

하고 다른 신사가 말했다.

"게다가 녀석은 술꾼이었지. 이상하게 성경에 술의 비유가 많다 싶더니만, 아니나 다를까, 보라, 술을 즐기는 자여, 하고 비난을 받았다는 얘기도 성경에 나와 있더라고. 술을 마시는 사람이 아니라 술을 즐기는 사람이라고 했으니, 상당한 술꾼이었던 게 틀림없어. 적어도 한 되는 마시지 않았을까?"

하고 또 다른 신사가 말했다.

"그만, 그만. 아아, 아, 그대들은 도덕이 두려워 예수 핑계를 대려 하는구나. 지에짱, 마시자. 긴로틴, 긴로틴, 슈르슈르슈."

우에하라 씨는 가장 어리고 예쁜 아가씨와 컵을 쨍 하고 세게 맞부딪치고는 술을 단숨에 들이켰다. 입가에서 술이 흘러내려 젖은 턱을 손바닥으로 아무렇게나 훔치더니, 요란한 재채기를 대여섯 번 연달아 했다.

- - - - - - - - - - -
49_ 마태복음 5장 26절.
50_ 마태복음 25장 15절.

나는 살그머니 일어나 옆방으로 가서, 환자처럼 창백하고 야윈 여주인에게 화장실이 어디냐고 물어보고는, 화장실에 갔다가 돌아오는 길에 그 방을 지나는데 좀 전에 본, 가장 예쁘고 어린 지에짱이라는 아가씨가 나를 기다리는 듯이 서 있었다.

"배, 안 고프세요?"

하고 친근하게 웃으면서 물었다.

"네, 전, 빵을 가져 왔어요."

"별건 없지만."

환자 같은 여주인이 나른한 듯 화로에 기대어 비스듬하게 앉은 채 말했다.

"이 방에서 식사하세요. 저런 술꾼들을 상대하고 있다가는, 밤새 아무것도 못 먹어요. 앉으세요, 여기. 지에짱도 같이 앉으세요."

"어이, 기누짱, 술이 없어."

옆방에서 신사가 외쳤다.

"네, 네."

서른 살 남짓의 세련된 줄무늬 기모노를 입은 여종업원이 그렇게 대답하며 쟁반으로 열 병쯤 되는 술을 가지고 부엌 쪽에서 나타났다. 이 사람이 기누짱이라는 사람인가보다.

"잠깐만."

여주인이 불러 세우더니,

"여기도 두 병."

하고 웃으면서 말했다.

"그리고 말이지, 기누짱, 미안하지만, 뒷집 스즈야에 가서 우동 두 그릇만 빨리 가져와."

나와 지에짱은 화로 옆에 나란히 앉아, 손을 쬐었다.

"이불 덮고 계세요. 추워졌네요. 술 안 마실래요?"

여주인은 자기 찻잔에 술을 따르고는 또 다른 찻잔 두 개에도 술을 따랐다.

그리고 우리 셋은 말없이 술을 마셨다.

"다들, 술이 세시네요?"

여주인은 어째서인지 차분한 어조로 말했다.

그때 드르륵하고 문 열리는 소리가 나더니,

"선생님, 가져왔습니다."

라는 젊은 남자의 목소리가 들렸다.

"원체 저희 사장님은 빈틈이 없는 분이라서 말이죠. 2만 엔을 달라고 졸랐는데, 간신히 만 엔 받았네요."

"수표야?"

라고 말하는, 우에하라의 쉰 목소리가 들렸다.

"아뇨, 현금입니다. 죄송합니다."

"뭐, 괜찮아. 수취인 서명을 해야겠군."

길로틴 길로틴 슈르슈르슈, 라는 건배의 노래가, 그 사이에도 쉼 없이 들려오고 있다.

"나오지 씨는?"

여주인은 진지한 얼굴로 지에짱에게 물었다. 나는 움찔했다.

"몰라요. 세가 나오시 씨만 시키고 앉아 있는 것도 아니고."

지에짱은 당황해서 안쓰러울 정도로 낯을 붉혔다.

"요즘 우에하라 씨랑 무언가 안 좋은 일이라도 있었던 거 아니야? 항상 같이 왔었잖아."

여주인이 침착한 태도로 물었다.

"춤을 추는 게 더 좋아졌대요. 댄서 애인이라도 생겼나보죠."

"어휴, 나오지 씨는 술도 좋아하면서 여자까지 좋아하니까, 정말 못 말리겠어."

"선생님이 가르치신 걸요."

"그래도 나오지 씨가 질이 더 안 좋아. 그런 몰락한 부잣집 도련님은, ……."

"저기,"

나는 미소 지으며 대화에 끼어들었다. 가만히 있는 게, 도리어 이 둘에게 실례가 될 것 같았기 때문이다.

"제가 실은, 나오지의 누나예요."

여주인은 놀랐는지 내 얼굴을 다시 살펴보았지만, 지에짱은 아무렇지도 않게,

"얼굴이 많이 닮았네요. 아까 전에 어둑한 마루에 서 계신 걸 보고, 나오지 씨 아닌가 싶어 깜짝 놀랐어요."

"그렇군요."

하고, 여주인이 좀 전과는 사뭇 다른 태도로 말했다.

"이런 누추한 데를 오시다니, 세상에. 그런데 그 우에하라 씨와는, 전부터 알던 사인가요?"

"네, 육 년 전에 처음 만나서……."

말문이 막혀서 고개를 숙였다. 눈물이 날 것 같았다.

"오래 기다리셨습니다."

여종업원이 우동을 가지고 왔다.

"드세요. 식기 전에."

여주인이 먹기를 권했다.

"잘 먹겠습니다."

그릇에서 올라오는 김을 얼굴 가득 맞으며 우동을 먹으면서, 나는 비로소 산다는 것의 쓸쓸함의 극치를 맛본 듯한 기분이 들었다.

길로틴, 길로틴, 슈르슈르슈, 길로틴, 길로틴, 슈르슈르슈, 하고 나직이 흥얼거리며, 우에하라 씨가 우리 방으로 들어오더니, 내 옆에 떡하니 책상다리를 하고 앉아, 아무 말 없이 여주인에게 커다란 봉투를 건넸다.

"이것만 주고서, 나머지 돈은 대충 넘어가시려 들면 안 돼요."

여주인은 봉투 안을 보지도 않고, 그것을 화롯가의 서랍에 넣으면서 웃으며 말했다.

"줄게. 나머지 돈은, 내년에 주지."

"이렇다니까."

만 엔. 그런 돈이 있다면, 전구를 몇 개 살 수 있을까? 내게 만 엔이 있다면 일 년을 여유롭게 생활할 수 있다.

아아, 이 사람들은, 무언가 잘못됐다. 하지만 이 사람들도 내 사랑과 마찬가지로, 이렇게라도 하지 않으면 살아갈 수 없는 것인지도 모른다. 사람이 이 세상에 태어난 이상, 어떻게 해서든 죽을 때까지 살아가야만 한다면, 이 사람들이 끝까지 살기 위해 노력하는 모습도 증오해서는 안 된다. 산다는 것. 산다는 것. 아아, 그것은, 얼마나 숨 막히게 버거운 일인가.

"어쨌는 말이지."

옆방의 신사가 말한다.

"앞으로 도쿄에서 살려면, 안녕하쇼, 하고 경박하기 짝이 없는 인사를 능청스럽게 할 수 있어야 해. 지금의 우리에게 중후함이라든가, 성실함

같은 미덕을 요구하는 건, 목을 맨 사람의 다리를 잡아당기는 것과
마찬가지야. 중후함? 성실함? 그런 건 개나 주라지. 살아갈 수가 없잖아.
만약에 안녕하쇼, 하고 가볍게 말할 수 없다면, 길은 세 가지 밖에
없어. 하나는 귀농, 두 번째는 자살, 또 하나는 여자의 내연남."

"그중에 단 하나도 못 하는 불쌍한 녀석에게는, 딱 한 가지 방법밖에
없지."

하고 다른 신사가 말했다.

"우에하라 지로한테 들러붙어서, 술 퍼마시기."

길로틴, 길로틴, 슈르슈르슈, 길로틴, 길로틴, 슈르슈르슈.

"잘 데 없지 않아?"

우에하라 씨가 나직이, 혼잣말처럼 말했다.

"저요?"

나는 내 안의 뱀이 고개를 쳐드는 것을 느꼈다. 적의敵意. 이와 비슷한
감정으로, 몸이 굳었다.

"사람들 많은데 섞여 잘 수 있어? 추운데."

내 분노와는 상관없이 우에하라 씨가 말했다.

"그건 힘들겠지요."

여주인이 끼어들었다.

"불쌍해요."

우에하라 씨가 쳇, 하고 혀를 차더니 말했다.

"그러면, 이런 데 오질 말든가. 왜 왔어?"

나는 잠자코 있었다. 이 사람은 분명, 내 편지를 읽었다. 그리고
그 누구보다도 나를 사랑하고 있다는 것을, 그의 말투에서 금세 알아차렸
다.

"어쩔 수 없지. 후쿠이 씨한테 재워달라고 부탁해볼까? 지에짱, 데려가주지 않겠어? 아니, 밤이니까 여자끼리만 가면 위험하겠군. 귀찮아라. 이보시게, 이 사람 신발을 부엌 쪽에 몰래 갖다놔 줘. 내가 바래다주고 올 테니."

밖으로 나가니 밤이 깊어져 있었다. 바람은 어느 정도 잦아들고, 반짝이는 별이 하늘을 뒤덮고 있었다. 우리는 나란히 걸으며,

"저, 사람 많은 데서도 그냥 잘 수 있는데."

우에하라 씨는 졸린 목소리로,

"응."

이라고만 말했다.

"단둘이 있고 싶었던 거죠? 그렇죠?"

내가 그렇게 말하며 웃자 우에하라 씨는,

"이래서 싫다는 거야."

하고 입을 삐죽이며 쓴웃음을 지었다. 이 사람이 나를 몹시 좋아한다는 것이 절실히 느껴졌다.

"술 꽤 많이 드셨죠? 매일 밤 마시나요?"

"응, 매일. 아침부터."

"맛있어요? 술이."

"맛없어."

그렇게 말하는 우에하라 씨의 목소리에, 나는 어쩐지 오싹했다.

"일은요?"

"못 하겠어. 무슨 글을 써도 형편없고, 또, 그냥 너무 슬퍼서 견딜 수가 없어. 삶의 황혼. 인류의 황혼. 예술의 황혼. 이런 말도, 밥맛없지."

"유트릴로."[51]

나는 거의 무의식적으로 그렇게 말했다.

"아아, 유트릴로. 아직 살아 있는 모양이더군. 알코올의 망자^{다룸}. 시체지. 최근 십 년간 그 녀석의 그림은 묘하게 세속적이라 다 별로야."

"유트릴로만 그런 게 아니잖아요. 다른 예술가들도 전부, ……."

"응, 쇠약해졌지. 새싹도, 새싹 상태로 시들어 있어. 서리. 프로스트 frost. 전 세계에 때 아닌 서리가 내린 격이야."

우에하라 씨가 내 어깨를 가볍게 끌어안아, 우에하라 씨의 옷자락이 내 몸을 감쌌지만 나는 거부하지 않고, 오히려 바싹 붙어 천천히 걸었다.

가로수의 나뭇가지. 이파리가 한 장도 안 달린 가늘고 날카로운 가지가 밤하늘을 찌르고 있기에,

"나뭇가지란, 아름다운 거네요."

하고 무심코 혼잣말처럼 중얼거리자,

"응, 꽃과 새까만 가지의 조화가 말이지."

하고 약간 당황한 듯 말씀하셨다.

"아뇨, 저는 꽃이나 잎, 싹 같은 게 하나도 안 달린, 이런 가지가 좋아요. 저래 봬도 살아 있는 거겠죠? 죽은 나뭇가지랑은 달라요."

"자연만큼은 쇠약해지지 않는 건가?"

그렇게 말하고는, 또다시 요란한 재채기를 연거푸 했다.

"감기 걸리신 거 아니에요?"

"아니 아니, 안 걸렸어. 실은 말이지, 이건 내 버릇이라, 취기가 포화점에 이르면, 곧 이렇게 재채기가 나와. 취기의 바로미터 같은 거지."

"사랑은요?"

· · · · · · · · · · ·

51_ 모리스 유트릴로(1883~1955). 프랑스의 인상주의 화가. 독특한 화풍으로 파리의 변두리 풍경을 그렸다.

"응?"

"그런 사람 있어요? 더 이상 사랑할 수 없을 정도로 사랑하는 분이."

"뭐야, 놀리지 마. 여자는 다 똑같아. 까다로워서 틀려먹었지. 길로틴, 길로틴, 슈르슈르슈, 실은. 한 명, 아니, 반 명 정도 있어."

"제 편지, 읽어보셨어요?"

"읽었지."

"답장은요?"

"나는 귀족이 싫어. 아무래도, 어딘가 아니꼽고 거만한 구석이 있어. 네 동생인 나오지도, 귀족치고는 괜찮은 사람이지만 가끔, 갑자기 상대해주기가 힘들 만큼 건방진 태도를 보이지. 나는 시골 농부의 아들이라, 이런 개울가를 지날 때면 꼭 어린 시절 고향에 있는 개울에서 붕어랑 송사리를 잡았던 게 생각나서 가슴이 먹먹해져."

우리는, 어둠 속에서 희미한 소리를 내며 흐르는 시냇물을 따라 난 길을 걷고 있었다.

"하지만 당신네 귀족들은, 그런 우리의 감상感傷을 절대로 이해하지 못하는 것은 물론이고, 경멸하지."

"투르게네프[52]는요?"

"그 녀석은 귀족이야. 그래서 싫어."

"하지만, 『사냥꾼 일기』,[53] ……."

"응, 그거 하나만 좀 잘 썼어."

- - - - - - - - - - -

52_ 러시아의 소설가(1818~1883). 주로 농노해방운동을 전후로 한 귀족의 의식과 개혁 사상을 지닌 새로운 세대와의 대립을 서정적으로 그려냈다.

53_ 투르게네프가 1852년에 발표한 소설. 중부 러시아의 자연을 배경으로, 농노의 생활과 인간성을 다채롭게 그려낸 작품이다.

"그건, 농촌생활의 감상, ……."

"그 녀석은 시골 귀족쯤 된다고 쳐주지."

"저도 이젠 시골 사람이에요. 밭농사를 지어요. 시골에 사는 가난뱅이."

"지금도, 내가 좋아?"

거친 말투였다.

"내 아이를 가지고 싶나?"

나는 대답하지 않았다.

바위가 떨어져 내리는 듯한 기세로 그 사람의 얼굴이 다가왔고, 나는 엉겁결에 키스를 당했다. 성욕이 느껴지는 키스였다. 나는 키스를 받으며 눈물을 흘렸다. 굴욕적이고, 분해서 흘리는 눈물처럼 씁쓸한 눈물이었다. 눈물이 그칠 줄을 모르고 나와서는, 흘러내렸다.

다시 둘이서 나란히 걷는데 그 사람이,

"낭패로군. 반해버렸어."

하고는, 웃었다.

하지만 나는 웃을 수가 없었다. 눈썹을 찌푸리며 입술을 오므렸다.

어쩔 수 없다.

말로 표현하자면, 그런 느낌이었다. 나는 내가 게다를 질질 끌며 아무렇게나 걷고 있다는 사실을 알아차렸다.

"낭패로군."

그 남자가 또다시 말했다.

"갈 데까지 가볼까?"

"꼴사나워요."

"요 녀석."

우에하라 씨는 주먹으로 내 어깨를 툭 치더니 또다시 요란하게 재채기를 했다.

후쿠이 씨라는 분 댁에 가보니 모두 이미 잠자리에 든 분위기였다.

"전보, 전보. 후쿠이 씨, 전봅니다."

큰 소리로 말하며, 우에하라 씨는 현관문을 두드렸다.

"우에하라야?"

집 안에서 남자 목소리가 들렸다.

"빙고. 프린스와 프린세스가 하룻밤 묵으러 왔네. 이렇게 추워서야, 재채기만 나와서 모처럼 벌인 사랑의 도피 행각도 코미디가 되어버릴 테니."

안쪽에서 현관문이 열렸다. 쉰은 족히 더 되어 보이는, 땅딸막한 대머리 아저씨가 화려한 잠옷을 입고, 묘하게 수줍은 미소를 지으며 우리를 맞아주었다.

"부탁해."

우에하라 씨는 이 한마디와 함께, 망토도 벗지 않고 성큼성큼 집안으로 들어갔다.

"아틀리에는 추워서 안 돼. 2층을 빌리겠네. 이리 와."

내 손을 잡고 복도 끝에 있는 계단을 올라 어두운 방으로 들어갔고, 구석에 있던 스위치를 딸깍 하고 틀었다.

"요릿집 방 같네요."

"응, 졸부 취향이지. 그래도 저런 엉터리 화가한테는 아까워. 악운이 지나치게 강한 나머지 힘든 일조차 안 생기는 사람이야. 맘껏 이용하지 않을 수가 없지. 자, 이제 자야지."

자기 집처럼 멋대로 벽장을 열고 이불을 꺼내어 깔더니,

"여기서 자. 나는 갈 테니까. 내일 아침에 데리러 올게. 화장실은 계단을 내려가서 바로 오른쪽에 있어."

우당탕탕 하고 계단에서 굴러 떨어지듯 야단스럽게 아래층으로 내려가더니, 머지않아 다시 고요해졌다.

나는 다시 스위치를 돌려 전등을 끄고, 아버지가 외국에서 사온 천으로 만든 우단 코트를 벗은 뒤, 허리띠만 풀고 기모노를 입은 채 이부자리에 들었다. 피곤한 데다 술기운 탓인지, 몸이 나른해서 금세 잠들었다.

어느새, 그 사람이 내 옆에 누워 있었고, ……나는 한 시간 남짓 필사적으로 무언의 저항을 했다.

문득 가엾다는 생각에, 포기했다.

"이렇게 하지 않으면 안심이 안 되는 거죠?"

"뭐, 그런 셈이지."

"당신, 몸이 안 좋은 거 아닌가요? 각혈하셨죠?"

"어떻게 알았지? 실은 얼마 전에 꽤 심하게 각혈을 했는데, 아무한테도 말하지 않았어."

"어머니가 돌아가시기 전에도 똑같은 냄새가 났으니까요."

"죽어라고 술을 마셔. 살아 있다는 게 슬퍼서 견딜 수가 없거든. 외롭다느니 쓸쓸하다느니 하는, 그런 여유로운 감정이 아니고, 그냥 슬퍼. 사방에서 음침한 탄식을 내뱉는 소리가 들려올 때, 자기들만의 행복 같은 게 있을 리가 없잖아. 살아 있는 한 나의 행복이나 영광이 결코 없을 거라는 사실을 깨달았을 때, 사람은 어떤 기분이 들까? 노력. 그런 건, 그저 굶주린 야수의 먹잇감이 될 뿐이지. 비참한 사람이 너무 많아. 듣기 거북한가?"

"아뇨."

"사랑뿐이야. 네가 편지에 쓴 것처럼."

"그렇군요."

나의 그 사랑은, 사라지고 없었다.

날이 밝아왔다.

방이 어스름해져서 나는, 옆에 잠들어 있는 그 사람의 얼굴을 유심히 바라보았다. 머지않아 죽을 사람처럼 보였다. 지칠 대로 지친 얼굴이었다.

희생자의 얼굴. 고귀한 희생자.

내 사람. 나의 무지개. 마이, 차일드. 미운 사람. 교활한 사람.

이 세상에 다시없을, 너무도, 너무나도 아름다운 얼굴처럼 보이고, 사랑이 되살아났는지 가슴이 뛰어서, 그 사람의 머리칼을 어루만지며 내가 먼저 키스를 했다.

슬프디 슬픈 사랑의 성취.

우에하라 씨는 눈을 감은 채 나를 안고 말했다.

"삐딱했던 게지. 나는 농부의 자식이니까."

이제 이 사람 곁을 떠나지 않으리.

"전 지금 행복해요. 사방에서 탄식하는 소리가 들려온다 해도, 저의 행복은 포화점에 다다랐거든요. 재채기가 나올 정도로 행복해요."

우에하라 씨는 후후, 하고 웃었다.

"그나저나, 시간이 벌써 이렇게 됐군. 낭거미가 지고 있어."

"아침이에요."

동생 나오지는, 그날 아침에 자살했다.

7

나오지의 유서.

누나.

전 안 되겠어요. 먼저 갑니다.

저는 제가 왜 살아 있어야만 하는지, 도무지 알 수가 없습니다.

살고 싶은 사람만, 살면 됩니다.

인간에게는 살 권리가 있는 것과 마찬가지로, 죽을 권리도 있을 터입니다.

저의 이러한 사고방식은 조금도 새로울 게 없는 것이며, 지극히 당연한, 그야말로 프리미티브[54]한 것인데, 사람들은 이상하게 두려워하며, 대놓고 입 밖에 꺼내지 않을 뿐입니다.

살고 싶은 사람은 무슨 수를 써서라도 반드시 씩씩하게, 끝까지 살아내야만 하고, 그것은 멋진 일이며, 인간의 영광이라는 것도 그런 것에 있을 테지만, 죽는 것 또한 죄는 아니라고 생각합니다.

저는, 저라는 풀은, 이 세상의 공기와 햇빛 속에서 살기가 힘듭니다. 살아가는 데 있어, 뭔가 하나가 부족합니다. 모자랍니다. 이제까지 살아온 것, 그것도 벅찬 일이었습니다.

저는 고등학교에 들어가 제가 자란 계급과 전혀 다른 계급에서 자란, 강하고 씩씩한 풀 같은 친구를 처음으로 만나 친하게 지냈고, 그 기세에 짓눌려, 지지 않으려고 마약을 하며, 반미치광이 상태로 저항했습니다.

. . . .
54_ primitive. 원시적인, 본원적인.

322 사양

그 뒤 군인이 되어 그곳에서도, 삶의 마지막 방편으로 아편을 했습니다. 누나는 이런 제 기분을, 모르겠지요.

저는 천박해지고 싶었습니다. 씩씩해지고, 아니, 난폭해지고 싶었습니다. 그리고 그것이, 이른바 민중의 벗이 될 수 있는 유일한 길이라고 생각했습니다. 술 정도로는 결코 만족할 수 없었지요 늘 어질어질 현기증이 나는 상태여야만 했습니다. 그러려면, 마약 말고는 길이 없었습니다. 저는 집을 잊어야만 했습니다. 아버지의 피에 반항해야만 했습니다. 어머니의 상냥함을 거부해야만 했습니다. 누나에게 차갑게 대해야만 했습니다. 그러지 않으면 민중의 방에 들어가는 입장권을 얻을 수 없을 거라 생각했습니다.

저는 천박해졌습니다. 천박한 말을 쓰게 되었습니다. 하지만 그 절반은, 아니지, 60퍼센트는, 가련한 연기에 불과했습니다. 어설픈 잔꾀였습니다. 민중에게 저는 여전히 아니꼽고 새침하며, 거북한 사람이었습니다. 그들은 저와 진심으로 허물없이 놀아주지 않았지요. 하지만, 이제 와서 다시 살롱[55]으로 돌아갈 수는 없습니다. 이제 저의 천박함은, 비록 60퍼센트는 억지 연기라고 할지언정, 나머지 40퍼센트는 진짜 천박함이기 때문입니다. 저는 그, 이른바 고급 살롱의 역겨운 고상함을 보면 토할 것 같아서, 잠시도 참을 수가 없습니다. 지체 높으신 분 혹은 유명인이라 불리는 사람들 또한 저의 버릇없는 태도에 질려 저를 당장 내쫓아버리겠지요. 버린 세계로 돌아갈 수도 없고, 민중들은 제게 악의가 넘치는, 지나치리만치 징글한 방청석을 내어주었을 뿐입니다.

어떤 시대든, 저처럼 이른바 생활력이 없고 결함이 있는 풀은 사상이

- - - - - - - - - - - -
55_ 상류사회의 모임. 문화적인 사교의 장.

고 뭐고 없이 그저 스스로 소멸되어갈 운명인지도 모릅니다. 하지만 제게도, 변명거리가 조금은 있습니다. 아무리 애써 봐도 살기 힘든 이유가, 제게 있는 것 같습니다.

인간은, 모두, 다 똑같다.

이게 과연, 사상일까요? 저는 이 이상한 말을 만든 사람이 종교인도 아니고 철학자도, 예술가도 아니라고 생각합니다. 민중들의 술자리에서 생겨난 말입니다. 구더기가 들끓듯, 어느새, 누가 먼저 꺼낸 말이라고 할 것도 없이, 뭉게뭉게 피어올라 전 세계를 뒤덮고, 세상을 거북하게 만들었습니다.

이 이상한 말은 민주주의와도, 마르크시즘과도 전혀 관계가 없습니다. 이 말은, 필시 술자리에 있던 추남이 미남을 향해 던진 말입니다. 단순한 조바심입니다. 질투입니다. 사상과는 전혀 관계가 없는 말입니다.

하지만 그 술자리에서 질투심에 홧김에 내뱉은 말이, 묘하게 사상을 품은 듯한 얼굴로 민중들 사이를 누비고 다닌 탓에, 민주주의와도, 마르크시즘과도 아무런 관계가 없는 그 말이, 어느새 정치사상과 경제사상에 뒤얽혀, 기묘하게 고약한 것이 되어버렸습니다. 메피스토[56]라도 이렇게 터무니없는 말을 사상으로 탈바꿈시키는 짓은, 양심에 찔린다며 주저했을지도 모릅니다.

인간은, 모두, 다 똑같다.

이 얼마나 비굴한 말입니까. 남을 업신여김과 동시에 자신을 업신여기고, 자존심도 없이, 온갖 노력을 포기하게 만드는 말. 마르크시즘은,

. . . .
56_ 메피스토텔레스 괴테의 『파우스트』에서 주인공 파우스트와 영혼을 건 계약을 하면서 악의 세계로 유혹하는 악마이다.

일하는 자의 우위를 주장합니다. 다 똑같다는 말은 하지 않습니다. 민주주의는, 개인의 존엄성을 주장합니다. 다 똑같다는 말은 하지 않습니다. 오로지, 유곽의 호객꾼만이 그런 말을 합니다. "헤헤, 아무리 잘난척 해봤자, 어차피 다 똑같은 인간이잖아?"

어째서 똑같다고 하는 걸까요? 뛰어나다고 말할 수는 없는 걸까요? 노예근성의 복수.

하지만 이 말은 실로 외설스럽고 기분 나쁘기에, 사람들은 다들 두려워하고, 온갖 사상들을 능욕하며 노력을 비웃고 행복은 부정하며 미모는 더럽히고, 영광은 끌어내리니, 이른바 '세기의 불안'은 이 이상한 말 한마디에서 나온 것이라는 생각이 듭니다.

불쾌한 말이라고 생각하면서도, 저 역시 이 말의 협박에, 두려움에 떨게 되어 무슨 일을 해도 부끄럽고 끊임없이 불안하고, 가슴이 두근거려 몸 둘 바를 모르겠어서, 차라리 술과 마약의 현기증에 기대어 한순간의 안정을 찾고 싶었습니다. 그리하여, 모든 게 다 엉망진창이 되었습니다.

유약한 탓이겠지요. 무언가 중대한 결함 하나가 있는 풀인 탓이겠지요. 또, 뭔가 그럴싸한 변명을 늘어놓아봤자, 원래 노는 걸 좋아했고, 게으름뱅이에, 색골에, 제멋대로 방탕하게 사는 사람이라며, 그 유곽의 호객꾼이 코웃음을 치며 말할지도 모릅니다. 그리고 저는 그런 말을 들어도, 이제까지는 그냥 쑥스러워서 애매하게 수긍해왔지만, 죽음을 앞두고 한마디, 항의를 해보고 싶습니다.

누나.

믿어주십시오.

저는, 놀면서도 전혀 즐겁지 않았습니다. 쾌락에 불감증이 있는 것인지도 모릅니다. 저는 그저, 귀족이라는 자신의 그림자에서 벗어나고 싶은 마음에, 미쳐 날뛰고, 놀고, 황폐한 생활을 했습니다.

누나.

대체, 우리에게 무슨 죄가 있는 걸까요? 귀족으로 태어난 것이 우리의 죄일까요? 그저, 이 집에 태어난 것만으로, 우리는 영원히, 이를테면 유다의 가족들처럼, 주눅이 들어서, 사죄하고, 부끄러워하며 살아야만 합니다.

저는, 더 빨리 죽어야 했습니다. 하지만 단 하나, 어머니의 애정. 그 생각을 하면, 죽을 수가 없었습니다. 인간은, 자유롭게 살 권리가 있음과 동시에, 언제든 멋대로 죽을 권리도 있지만, '어머니'가 살아 있는 동안에는, 그 죽음의 권리를 유보해야만 한다고 생각합니다. 그것은 동시에, '어머니'마저 죽여 버리는 일이기도 하니까요.

이제는, 제가 죽어도 건강이 나빠질 만큼 슬퍼할 사람도 없고, 아뇨, 누나, 저는 알고 있습니다. 저를 잃은 당신들의 슬픔이 어느 정도일지, 아니, 허식어린 감상感傷을 말하지는 않겠습니다. 당신들은 나의 죽음을 알게 되면 필시 울겠지요. 하지만, 살면서 느끼는 저의 고통과, 그 지긋지긋한 삶에서 완전히 해방될 저의 기쁨을 생각해보신다면, 당신들의 슬픔은 점차 사그라질 것입니다.

저의 자살을 비난하며, 그래도 끝까지 살아야 했다고 하면서, 제게 아무런 도움도 주지 않고, 의기양양한 얼굴로 그저 입으로만 비판을 하는 사람은, 폐하께 과일가게를 열어보라는 권유를 할 수 있을 만큼 대단한 위인임에 틀림없습니다.

누나.

저는, 죽는 편이 낫습니다. 제게는, 이른바 생활 능력이 없습니다. 돈 문제로 다른 사람과 다툴 힘이 없습니다. 저는, 남에게 빌붙는 짓조차 못합니다. 우에하라 씨와 놀아도, 제가 먹은 술값은 언제나 제가 치렀습니다. 우에하라 씨는 그것을 두고 귀족의 알량한 자존심이라고 하면서 무척 싫어했지만, 저는 자존심 때문에 술값을 치른 게 아니라, 우에하라 씨가 일을 해서 번 돈으로 제가 허투루 먹고 마시고 여자를 안는다는 게 두려워서, 도저히 그럴 수 없었습니다. 우에하라 씨가 하는 일을 존경하고 있기 때문이라고, 그냥 간단히 말해버린다 해도, 그것은 거짓말입니다. 실은 저도 확실히 알지 못합니다. 그냥, 남이 사주는 술을 먹기가, 어쩐지 두렵습니다. 특히나, 그 사람이 자신의 능력만으로 번 돈으로 사주는 술을 얻어먹는 것은, 괴로워서 견딜 수가 없습니다.

그래서 막무가내로, 우리 집에서 돈이나 물건들을 가지고 나가서 어머니와 누나를 슬프게 했지만, 저 자신도 전혀 즐겁지 않았습니다. 출판업 따위를 하려고 한 것도, 그냥 겸연쩍음을 숨기기 위한 방책이었을 뿐, 실은 전혀 진심이 아니었습니다. 진지한 마음으로 그런 것을 해본다 한들, 남에게 얻어먹지도 못하는 남자가 벼락부자가 되기란 절대로 불가능하다는 것. 제가 아무리 어리석다 해도, 그 정도는 알고 있습니다.

누나.

우리는 가난해지고 말았습니다. 살아 있는 동안은 남에게 술이나 밥을 사주며 살고 싶다고 생각했지만, 이제, 남에게 얻어먹지 않고서는 살 수가 없게 되었습니다.

누나.

그런데도 제가, 어째서 살아 있어야만 한다는 걸까요? 이젠 안 되겠습니다. 저는, 죽겠습니다. 편안히 죽을 수 있는 약이 있습니다. 군대에 있을 때 손에 넣은 것입니다.

누나는 아름답고, (저는 아름다운 어머니와 누나가 자랑스러웠습니다.) 또 현명하니까, 누나에 대해서는 아무런 걱정이 없습니다. 제겐, 걱정을 할 자격조차 없습니다. 도둑이 피해자의 신상을 배려하는 것과 마찬가지라, 낯부끄러울 따름입니다. 누나는 필시, 결혼을 해서 아이를 낳고, 남편에게 의지하면서 끝까지 잘 살아나갈 것이라 생각합니다.

누나.

제게, 한 가지 비밀이 있습니다.

오랫동안, 혼자만의 비밀로 간직한 채 전쟁터에서도 그 사람만을 그리워하며, 몇 번이나 그 사람의 꿈을 꾸고, 눈을 뜨면 울상을 지었는지 모릅니다.

그 사람의 이름은, 도저히, 누구에게도, 입이 썩는 한이 있더라도 말할 수 없습니다. 저는 곧 죽으니, 적어도 누나에게만이라도 확실히 말해둘까 싶었지만, 아무래도 두려운 마음에 그 이름을 말할 수가 없습니다.

하지만 제가, 그 비밀을 절대적인 비밀로 간직한 채, 결국 이 세상의 누구에게도 털어놓지 않고 가슴속에 묻고서 죽는다면, 저의 몸이 화장이 된다 해도, 비릿한 가슴속만 타지 않고 남을 듯한 느낌이 들어서, 불안하기 그지없으니, 누나한테만, 에둘러, 애매하게, 픽션처럼 각색을 해서 말해두겠습니다. 픽션이라고는 해도, 누나는, 분명 그 상대가 누구인지, 바로 알아챌 것입니다. 픽션이라기보다는, 그냥 가명을 써서 속이는 정도니까요.

누나는, 알까요?

누나는 그 사람을 알 테지만, 아마도 만난 적은 없을 것입니다. 그 사람은 누나보다도 약간 나이가 많습니다. 쌍꺼풀이 없고 눈꼬리가 올라갔으며, 파마를 한 적이 없고, 언제나 바싹 당겨 묶은 머리랄까요,

그런 수수한 머리 모양을 하고 있으며, 차림새가 무척 초라합니다. 하지만 아무렇게나 차려입지는 않고, 언제나 정갈하고 청결합니다. 그 사람은 전쟁이 끝난 후에 새로운 터치화를 연이어 발표하여 갑자기 유명해진 어느 중년 서양화가의 부인으로, 그 서양화가는 매우 난폭하고 거친 사람이지만, 그 부인은 태연히, 언제나 상냥한 미소를 띠고 있습니다.

어느 날 제가 자리에서 일어나면서,

"그러면, 이만 가보겠습니다."라고 말했습니다.

그 사람도 일어나더니 아무런 경계심 없이 제 옆으로 다가와, 제 얼굴을 올려다보며,

"왜요?"

하고 평소와 다름없는 목소리로 말하고는, 정말로 이상하다는 듯 약간 고개를 갸웃거리며, 잠시 저의 눈을 바라보았습니다. 그 사람의 눈에는, 사심이나 허식이 전혀 없었습니다. 저는 여자와 눈이 마주치면 허둥지둥 시선을 돌려버리는 성격이지만, 그때만큼은 전혀 어색하지 않았고, 한 자 정도 떨어진 곳에서 60초, 어쩌면 그보다 더 오래, 아주 기분 좋게 그 사람의 눈동자를 바라보다가, 무심코 미소를 짓고 말았습니다.

"하지만, ……."

"곧 들어올 거예요."

라고, 여전히 진지한 얼굴로 말했습니다.

정직이란, 이런 느낌의 표정을 말하는 것 아닐까, 하고 문득 생각했습니다. 정직이라 일컬어지는 덕이란 원래, 도덕 교과서에서 말하는 것 같은 엄격한 덕목이 아니라, 이처럼 사랑스러운 것이 아닐까 싶었습니다.

"또 오겠습니다."

"그래요."

처음부터 끝까지, 대수롭지 않은 대화를 나눕니다. 어느 여름날 오후, 그 서양화가의 아파트에 찾아갔는데, 서양화가는 집에 없었습니다. 하지만 곧 돌아올 테니 들어오지 않겠냐는 부인의 말을 따라, 집안으로 들어가서, 30분 정도 잡지 따위를 읽었지만 들어올 기미가 안 보여, 그냥 자리에서 일어나 돌아왔다는 것, 일어난 일은 그뿐이지만, 저는, 그날 그때, 그 사람의 눈동자에, 고통스런 사랑을 느끼고 말았습니다.

고귀함이라고 표현하면 좋을까요? 제 주변의 귀족들 중에, 어머니를 제외하고, 그렇게 경계심 없고 '정직'한 눈빛을 보여줄 수 있는 사람은 아무도 없었다는 사실만은 단언할 수 있습니다.

그리고 저는, 어느 겨울날 저녁, 그 사람의 옆모습에 가슴이 시렸던 적이 있습니다. 그때도, 서양화가의 아파트에서 화가의 술동무를 해주며 고타쓰[57]에 들어가 아침부터 술을 마시고, 화가와 함께 일본의 소위 문화인들을 마구잡이로 씹어대며 배를 잡고 웃다가, 이윽고 화가가 뻗어서 요란하게 코를 골며 잤고, 저도 누워서 졸고 있는데, 누군가 포근한 담요를 덮어주었습니다. 실눈을 뜨고 보니 도쿄의 저녁 하늘은 맑은 물처럼 투명했고, 부인은 따님을 안고 아파트 창가에 태연히 앉아 있었습니다. 부인의 단정한 옆모습은 하늘빛이 도는 아득한 저녁놀을 뒤로하고, 르네상스 시대의 그림처럼 윤곽이 선명했습니다. 제게 살포시 담요를 덮어준 친절은, 아무런 요염함도, 욕심도 없는 것이었습니다. 아아, 휴머니티라는 말은 이럴 때 쓰이면서 살아남은 말이 아닐지.

. . . .

57_ 일본의 난방기구로, 밥상을 이불이나 담요로 덮은 것.

인간이라면 당연히 느끼는 쓸쓸한 배려심에, 거의 무의식적으로 행동한 듯, 그림과 꼭 닮은 차분한 모습으로 먼 데를 내다보고 있었습니다.

저는 눈을 감았습니다. 너무도 사랑스러워서, 가슴이 타들어가서 미칠 것 같은 기분에, 눈에서 눈물이 흘러나온 탓에 담요를 머리끝까지 뒤집어써버렸습니다.

누나.

제가 그 화가의 집에 놀러간 것. 그것은, 처음에는 그 화가 작품의 특이한 터치와 그 근저에 깔린 강렬한 열정에 반했기 때문이었지만, 화가와 점점 더 가까워짐에 따라 그 사람의 무식함과 절도 없는 지저분한 생활에 호감이 싹 사라졌습니다. 그리고 그런 감정에 반비례하여, 그 사람의 부인이 지닌 심성의 아름다움에 끌렸습니다. 아니, 올바른 애정을 지닌 사람이 좋아서, 끌렸고, 부인의 모습을 한 번 보고 싶다는 마음에, 그 화가 집에 놀러가게 되었습니다.

저는 이제, 그 화가 작품에 예술의 고귀한 분위기라고 할 만한 것이 조금이라도 나타나 있다면, 그것은 부인의 상냥한 마음이 반영된 것 아닐까 하는 생각이 들기까지 합니다.

지금 제 느낌을 확실하게 말하자면, 그 화가는 그냥 술고래에 놀기를 좋아하는, 교묘한 장사치입니다. 노름에 쓸 돈이 필요해서, 그저 캔버스에 물감을 아무렇게나 칠하고는, 유행을 타고 기고만장해져서 비싸게 팔고 있는 것입니다. 그 사람이 가진 것은 촌놈의 뻔뻔함, 바보 같은 자신감, 교활한 상술뿐입니다.

아마도 그 사람은 다른 사람의 그림에 대해서라면, 그것이 외국인의 그림이든 일본인의 그림이든, 아무것도 모르겠지요. 게다가 스스로의 그림에 대해서도, 전혀 모를 것입니다. 그냥 유흥비가 필요해서, 아무 생각 없이 캔버스에 물감을 칠하고 있을 뿐입니다.

또한 더욱 놀라운 점은, 그 사람이 스스로가 엉망진창인 사람이라는 사실에, 아무런 의심이나 수치심, 공포를 느끼지 않고 있는 것 같다는 점입니다.

그저, 의기양양할 뿐입니다. 어차피 자기가 그린 그림을 스스로도 이해하지 못하는 사람이니, 다른 사람의 작품이 지닌 좋은 점을 알리가 없지요. 그래서 그냥 그렇게, 험담만 지껄이는 겁니다.

다시 말해 그 사람의 데카당한 생활은, 입으로는 괴로운 양 어쩌고저 쩌고하지만, 사실은 바보 같은 촌놈이 평소에 동경하던 도시로 나와서, 스스로 생각해도 의외다 싶을 만큼 성공하고 기고만장해져서 흥청거리며 놀고 있는 것일 뿐입니다.

언젠가 제가,

"친구들이 모두 게으름을 피우며 놀고 있을 때, 저 혼자만 공부하는 것은 부끄럽고, 무서운 일이라 도저히 그럴 수가 없어서, 놀고 싶은 마음이 전혀 없어도, 그들 틈에 끼어 놉니다."

라고 하자, 그 중년 화가가,

"뭐라고? 그게 귀족 기질이라는 건가? 재수 없어. 나는 남들이 노는 걸 보면, 나도 안 놀면 손해라는 생각에 맘껏 놀지."

라고 대답하고는 태연한 표정을 지었습니다. 하지만 저는 그때 그 화가에게 진심으로 경멸을 느꼈습니다. 그 사람의 방탕함에는 고뇌가 없습니다. 오히려, 흥청망청 노는 것을 자랑스럽게 생각합니다. 진정한 바보 방탕아.

하지만 이 이상 그 화가의 험담을 늘어놓아 보았자, 누나하고는 상관없는 일인 데다, 저도 지금 죽는다고 생각하니, 그 사람과 오랫동안 친하게 지내온 게 떠올라 그립고, 한 번 더 만나서 놀고 싶다는 충동이 생기기까지 합니다. 밉다는 생각은 전혀 안 들고, 그 사람 역시 쓸쓸한 사람이며, 좋은 점이 아주 많은 사람이니, 더 이상 아무 말도 않겠습니다.

그냥, 저는 누나가, 제가 그 사람의 부인을 연모한 탓에, 방황하고, 괴로워했다는 것만 알아주시면 좋겠습니다. 그러니까 누나는 이 사실을 알았다고 해도, 딱히 누군가에게 이 이야기를 해서, 동생이 생전에 지녔던 마음을 전해준다든가 하는 쓸데없는 참견을 할 필요는 절대 없습니다. 누나 혼자만 알고, 마음속으로, 아아, 그렇구나, 하고 생각해주시면 됩니다. 또 욕심을 말하자면, 저의 이런 부끄러운 고백으로 인해, 누나만이라도, 지금까지 제 삶이 얼마나 괴로웠을지 더욱 잘 이해해주신다면, 저는 정말 기쁠 것입니다.

언젠가, 부인과 손을 맞잡는 꿈을 꾸었습니다. 그리고 부인 역시, 오래전부터 저를 좋아했었다는 사실을 알고, 꿈에서 깨고 난 뒤에도 제 손바닥에 부인 손가락의 온기가 남아 있어서, 저는 그것만으로 만족했기에, 포기해야겠다고 생각했습니다. 도덕이 두려웠기 때문이 아니라, 제게는 반미치광이인, 아니, 거의 미친 사람이라고 할 수 있는 그 화가가 너무도 두려웠습니다. 포기해야겠다고 마음먹고는, 마음의 불꽃을 다른 쪽으로 가져가기 위해, 닥치는 대로, 그 화가조차 어느 날 밤 얼굴을 찡그렸을 정도로, 무척 많은 여자들과 미친 듯이 놀았습니다. 어떻게든 부인의 환상에서 벗어나고, 잊어서, 아무렇지도 않게 살고 싶었습니다. 하지만, 틀렸어요. 저는 결국, 한 여자밖에 사랑할 줄 모르는 남자이기 때문입니다. 저는, 분명히 말할 수 있습니다. 저는 부인이 아닌 다른 여자 친구를, 아름답다거나 사랑스럽다고 느낀 적이 단 한 번도 없습니다.

누나.

죽기 전에, 딱 한 번만 써보겠습니다.

……스가짱.

그 부인의 이름입니다.

하지만 제가 어제, 전혀 좋아하지도 않는 댄서(이 여자에게는, 본질적으로 바보 같은 면이 있습니다)를 데리고 산장에 온 것은, 설마하니 오늘 아침에 죽을 작정으로 온 것은 아니었습니다. 언젠가, 조만간 반드시 죽겠다고 마음먹고 있기는 했지만, 어제 여자를 데리고 산장에 온 것은, 여자가 여행을 하자고 졸라대기도 했고, 저 또한 도쿄에서 노는 것에 지쳐, 이 바보 같은 여자와 이삼일 산장에서 쉬는 것도 나쁘지 않겠다는 생각이 들었기 때문입니다. 누나에게는 좀 미안했지만, 어쨌든 여기 함께 왔는데, 누나가 도쿄에 사는 친구 집에 간다고 하니, 그때 문득, 죽는다면 지금이 좋겠다는 생각이 든 것입니다.

저는 옛날부터 니시카타마치의 그 집 안쪽 방에서 죽고 싶었습니다. 길거리나 들판에서 죽어서 구경꾼들이 시체를 마구 주무를 생각을 하면, 도저히 참을 수가 없었기 때문입니다. 하지만 니시카타마치의 그 집은 다른 사람 손에 넘어갔고, 이젠 이 산장에서 죽을 수밖에 없다고 생각했습니다. 하지만 저의 자살을 가장 먼저 발견할 사람이 누나이며, 누나가 얼마나 놀라고 공포에 떨지를 생각하면, 누나와 둘이서만 있는 밤에 자살하기에는 마음이 무거워서, 도저히 그럴 수가 없었습니다.

그런데, 이게 웬 횡재인가요. 누나가 없고, 그 대신 속 터지게 둔한 댄서가 저의 자살을 가장 먼저 발견해줄 수 있다니.

어젯밤, 둘이서 술을 마시고. 여자를 2층 방에 재운 뒤 저 혼자 어머니가 돌아가신 아래층 방에 이불을 깔고서, 이 비참한 수기를 쓰기 시작했습니다.

누나.

제겐, 희망이 자라날 지반地盤이 없습니다. 안녕히.

결국, 저의 죽음은 자연사自然死입니다. 인간은, 사상만으로는 죽을 수 없는 존재니까요.

그리고 또 하나, 정말 부끄러운 부탁이 있습니다. 어머니의 유품인 마麻 기모노, 그것을 누나가, 내년 여름에 입으라며 수선하여 제 옷으로 만들어주셨지요. 그 기모노를, 제 관에 넣어주세요. 입고 싶었거든요.

날이 밝아왔습니다. 오랫동안 고생만 시켜서 미안합니다.

안녕히.

어젯밤에 마신 술의 취기는 완전히 가셨습니다. 저는 맨정신인 상태로 죽는 것입니다.

한 번 더, 안녕히.

누나.

저는, 귀족입니다.

8

꿈.

모두가, 내게서 멀어져간다.

나오지가 죽고서 뒤처리를 끝낸 뒤 한 달 동안, 나는 겨울 산장에서 홀로 지냈다.

그리고 나는 그 사람에게, 아마도 마지막이 될 편지를, 물 같은 기분으로 써 보냈다.

어쩐지, 당신도 저를 버리신 듯합니다. 아니, 차츰 잊어가고 있겠지요.
하지만, 저는 행복합니다. 제 바람대로, 아기가 생긴 것 같아요.
저는 지금 모든 것을 잃어버린 듯한 느낌이지만, 뱃속의 작은 생명이
제게 고독한 미소를 짓게 합니다.

저는 결코, 불결한 실수라고 생각하지 않습니다. 이 세상에 전쟁이니
평화니 무역이니 조합이니 정치니 하는 것이 무엇을 위해 존재하는지,
요즘 들어 저도 알게 되었습니다. 당신은 모르시겠지요. 그러니까 늘
불행한 거예요. 가르쳐드리지요. 그건 말이죠, 여자가 좋은 아이를 낳기
위해서입니다.

저는, 애초에 당신의 인격이나 책임감에 기댈 마음이 없었습니다.
저의 한결같은 사랑의 모험을 완성하는 것만이 중요했습니다. 그리고
저의 그 바람이 완성된 지금, 제 가슴속은 숲 속의 늪처럼 고요합니다.

저는, 이겼다고 생각합니다.

마리아가, 가령 남편이 아닌 다른 사람의 아이를 낳는다 해도, 마리아
에게 빛나는 긍지가 있다면, 성모자^{聖母子}가 되는 것입니다.

제게는, 낡은 도덕을 아무렇지도 않게 무시하고서, 좋은 아이를 가졌
다는 만족감이 있습니다.

당신은 그 이후로도 여전히, 길로틴 길로틴거리며 신사들과 아가씨들
과 함께 술을 마시면서 데카당한 생활을 하고 계시겠지요. 하지만 저는,
그렇게 살지 말라고 하지는 않겠습니다. 그 또한, 당신 나름의 마지막
투쟁일 테니까요.

이제 저는 술을 끊고, 병을 고친 뒤 오래오래 살면서 훌륭한 작품을

쓰시라는 식의 뻔뻔하고 의미 없는 말을 하고 싶지 않습니다. 후세 사람들은 '훌륭한 작품' 따위보다도, 목숨을 버릴 각오로 이른바 방탕한 생활을 계속해나가는 것을, 오히려 고맙게 여길지도 모릅니다.

희생자. 도덕적 과도기의 희생자. 당신도, 저도, 아마 그런 것일 테지요.

혁명은, 대체 어디에서 일어나고 있는 것일까요? 적어도 우리 주변에 서만큼은, 낡은 도덕은 여전히 그 모습 그대로, 조금도 변함없이 우리의 앞길을 가로막고 있습니다. 바다 표면의 파도가 아무리 요동친다 해도, 그 아래 있는 바닷물은, 혁명은커녕, 꿈쩍도 않고 자는 척 드러누워 있는걸요.

하지만 저는, 이제까지 있었던 제1회전에서, 낡은 도덕을 조금이나마 밀어냈다고 생각합니다. 그리고 앞으로는, 태어날 아이와 함께, 제2회전, 제3회전을 싸워 나갈 작정입니다.

사랑하는 사람의 아이를 낳아 키우는 일이, 제 도덕혁명의 완성이기 때문입니다.

당신이 저를 잊는다 해도, 또한 당신이 술로 목숨을 잃는다 해도, 저는 저의 혁명을 완성시키기 위해, 씩씩하게 살아나갈 수 있을 것 같습니다.

당신의 인격이 얼마나 형편없는지에 대해서는, 최근 어떤 사람으로부 터 낱낱이 들었습니다. 하지만 제게 이런 강인함을 심어준 사람은, 당신입니다. 제 가슴속에 혁명의 무지개를 걸어준 사람은, 당신입니다. 살아갈 목표를 갖게 해준 사람도, 당신입니다.

저는 당신을 자랑스럽게 생각하고, 태어날 아이에게도, 당신을 자랑 스럽게 여기게끔 할 것입니다.

사생아와, 그 어머니.

하지만 우리는, 낡은 도덕과 끝까지 싸우며, 태양처럼 살아갈 것입니다.

아무쪼록 당신도, 당신의 투쟁을 계속해주세요.

혁명은 아직, 조금도, 전혀 일어나지 않았습니다. 더욱더 많은, 안타깝고 고귀한 희생이 필요한 모양입니다.

요즘 세상에서, 가장 아름다운 것은 희생자입니다.

작은 희생자가, 한 명 더 있었습니다.

우에하라 씨.

저는 이미 당신께 어떤 부탁을 드릴 마음도 없지만, 그 작은 희생자를 위하여 단 하나, 부탁하고 싶은 것이 있습니다.

그것은 제가 낳은 아이를, 단 한번이라도 좋으니, 당신의 부인이 안아주셨으면 하는 것입니다. 그리고 그때, 저는 이렇게 말할 것입니다.

"이 아이는 나오지가, 어떤 여자에게 몰래 낳게 한 아이입니다."

어째서 그렇게 하는 것인지, 그것만큼은 누구에게도 말할 수 없습니다. 아니, 저 스스로도, 어째서 그런 부탁을 하는 것인지, 잘 모릅니다. 하지만 저는 꼭 그런 부탁을 해야만 합니다. 나오지라는 그 작은 희생자를 위해, 기필코, 그렇게 해야만 합니다.

불쾌하신지요? 불쾌하시더라도, 참아주세요. 이것이 버려지고, 잊혀져가는 여자의 유일하고 사소한 투정이라 여기시어, 부디 들어주셨으면 합니다.

M·C 마이, 코미디언.

쇼와 22년^{1947년} 2월 7일

新釈諸国噺

새로 읽는 전국 이야기

太宰治

「새로 읽는 전국 이야기」

1945년 1월, 단행본 『새로 읽는 전국 이야기』가 간행되었다. 단, 「벌거숭이 강」, 「의리」, 「가난뱅이의 자존심」, 「인어의 바다」, 「여자 산적」 등 다섯 편은 각각 『신조新潮』 1944년 1월호, 『문예文藝』 1944년 5월호, 『문예세기文藝世紀』 1944년 9월호, 『신조新潮』 1944년 10월호, 『월간동북月刊東北』 1944년 11월호에 발표된 적이 있다.

이 작품의 집필 의도는 작가가 직접 범례에 밝혀둔 바와 같이 이하라 사이카쿠(인간의 욕망과 향락적 생활을 소재로 해학적인 작품을 다수 남긴 에도시대의 작가(1642~1693))에 대한 오마주라 할 수 있으며, 이것은 다룰 수 있는 소재에 많은 제약이 있었던 전쟁기에 다자이가 취한 작가로서의 생존법이기도 하다. 이해를 돕기 위해 원전과의 차이를 간략히 정리해둔다.

「가난뱅이의 자존심」 가난한 이들 간의 우정과 의리를 다룬 원작에서, 주인공 우치스케의 도착적 자존심을 부각시켜 이를 희화화하면서도 긍정했다.

「장사」 주인공을 한층 더 무자비하고 호전적인 인물로 그렸다.

「원숭이 무덤」 원전은 종교 문제에 초점이 맞춰져 있으나, 여기서는 후반부의 각색을 통해 남녀관계의 아이러니를 지적했다.

「인어의 바다」 교훈을 주기 위한 유형적 설화에 지나지 않는 원전의 틀에서 벗어나, 신의와 성실함을 극단적이다 싶을 만큼 밀어붙인 뒤 그 결과 비애를 맛보게 된다는 이야기를 그렸다.

「파산」 원전과는 달리 방탕함에 한해서는 주인공의 아내도 주인공과 공범으로 그려졌다. 또한 원전은 그냥 단순한 파산으로 이야기가 끝나지만, 여기에서는 그 파산이 동네에 소문이 나는 것까지 그려, '세상'의 존재를 부각시켰다.

「벌거숭이 강」 원전의 교훈담에서 벗어나, 주인공 아오토가 합리성과 저항 정신을 지닌 일꾼 아사다의 비판을 듣는 등 희화화된 부분이 있다.

「의리」 진정으로 용기 있는 자와 용기 있는 척하는 겁쟁이의 성격을 대조적으로 그려, 당시 지식인들의 태도를 우회적으로 비판했다.

「여자 산적」 원전의 틀에서 크게 벗어나지 않고, 인간을 신뢰한다는 것의 아름다움을 강조했다.

「붉은 북」 다자이의 여성관과 유머를 가미했다.

「날라리」 주인공의 추태를 유머러스하게 그려낸 작품으로, 다자이 작품에 종종 등장하는 한심한 남자 캐릭터를 부각시켰다.

「유흥계」 방탕한 자의 결말을 그린 작품으로, 앞서 발표한 「가난뱅이의 자존심」과 「벌거숭이 강」과 관련지어 각색했다.

「요시노산」 원전은 주인공의 색욕色慾을 부각시킨 작품이지만, 그러한 부분을 모두 삭제하고 작가 자신의 청춘을 투영함과 동시에 현실에 대한 인식을 반영했다.

범례

하나. 나의 사이카쿠라는 독음을 달고 싶은 기분으로 새로 읽는 전국 이야기라는 제목을 붙였지만, 이것은 결코 사이카쿠의 현대어 역 같은 것이 아니다. 고전의 현대어 역 따위는 거의 의미가 없는 일이다. 작가가 할 일이 아니다. 3년 정도 전에, 나는『요재지이』에 나오는 이야기 중 하나를 골자로 내가 멋대로 공상한 것을 가미하여 「청빈담」[1]이 라는 단편소설을 써서『신조新潮』신년호에 실은 적이 있는데, 거의 그러한 방식으로 독자들이 색다른 재미를 느낄 수 있게끔 할 생각이다. 사이카쿠는 세계에서 가장 위대한 작가다. 메리메, 모파상 같은 수재들 도 사이카쿠에 비하면 아무것도 아니다. 나의 이런 글로 인해 사이카쿠의 위대함이 더욱더 널리 알려질 수 있다면, 내 보잘것없는 글도 의미가 없지는 않을 것이라 생각한다. 나는 사이카쿠의 모든 작품들 중에서 내가 좋아하는 소품 스무 편 정도를 골라 그와 관련된 나의 공상을

• • • • • • • • • • • •
1_ 도서출판 b 전집 4권 수록.

자유로이 써서, 『새로 읽는 전국 이야기』라는 제목을 달아 책 한 권으로 정리하여 출판할 계획인데, 우선은 『무가 의리 이야기武家義理物語』에 나오는 벌거숭이 강이라는 제재를 이용하여 내 소설로 쓰고 싶다. 원문은 사백 자 원고지 두어 장 정도 분량의 소품이지만, 내가 쓰면 그 열 배인 이삼십 장이 된다. 나는 『무가 의리』, 그리고 『영대장永代蔵』, 『전국 이야기』, 『꿍꿍이셈』 등을 좋아한다. 소위 호색물好色物은 좋아하지 않는다. 그렇게 좋은 작품이라는 생각이 안 든다. 착상이 진부하다는 생각마저 든다.

하나. 윗글은, 올해 『신조新潮』 1월호에 「벌거숭이 강」을 발표했을 때 서문으로 쓴 것이다. 그 뒤로 차츰 이 작업을 진행해나갔는데 처음에는 스무 편 정도 쓸 예정이었지만, 열두 편을 쓰고 나니 녹초가 됐다. 다시 읽어보니 도무지 못마땅하고, 부끄러워서 얼굴이 화끈 달아오르는 듯한 심정이지만, 이 정도가 지금 내 능력의 한계인지도 모르겠다. 단편 열두 편은 장편 한 편보다도 훨씬 더 고생스럽다.

하나. 목차를 보면 대략 알 수 있도록 써두었지만, 각 작품의 제재는 사이카쿠의 모든 저작에서 상당히 폭넓게 가져왔다. 변화를 많이 주면 더욱 재미있을 것이라 생각했기 때문이다. 이야기의 무대도 일부러 에조, 오슈, 관동, 관서, 추고쿠, 시코쿠, 규슈 등 전국 각지로 했다.

하나. 하지만 나는 어차피 동북지방에서 태어난 작가다. 사이카쿠가 아니라 도카쿠 홋키²에 가까울 수밖에 없다. 게다가 이 도카쿠나 홋키는 사이카쿠에 비해 풋내기다. 나이라는 것은 정말이지 어쩔 도리가 없는 것 같다.

　하나. 이 작품도, 쓰기 시작한 지 거의 1년이 지났다. 그동안 일본에는 정말 많은 일이 있었다. 내 신상에도 언제 어떤 일이 생길지 예측할 수 없다. 요즘 같은 때, 독자들에게 일본의 전통적인 작가 정신을 분명히 알리는 일이 무척 중요하지 않을까 싶어, 나는 경계경보가 울리는 날에도 끊임없이 이 작품을 썼다. 잘 쓴 작품은 아닌지라 불만스럽기는 하지만, 이 작품을 쓰는 것이 쇼와昭和라는 성스러운 시대의 일본 작가에게 주어진 의무라고 믿으며 진지한 마음으로 썼다는 말은 할 수 있다.

　　　　　　　쇼와 19년1944년 늦가을, 미타카의 누추한 집에서

. . . .
2_ 사이카쿠西鶴(서쪽의 학)라는 이름을 이용한 말장난. 도카쿠東鶴는 동쪽의 학, 홋키北龜는 북쪽의 거북이.

목차

가난뱅이의 자존심 貧の意地

옛날 에도 시나가와에 있는 후지자야 근처에 하라다 우치스케라는 사람이 살았는데, 그는 수염이 덥수룩하며 눈은 항상 충혈되어 있는 우람한 체구의 중년 남자였다. 무섭게 생긴 사람은 자기 얼굴에서 풍기는 위엄에 위축되어, 오히려 마음이 묘하게 여려지기 마련이다. 이 하라다 우치스케라는 사람도, 눈썹이 두껍고 눈이 부리부리한 것이 좀체 보기 드문 멋진 외모를 지녔지만, 모든 면에서 되는 일이 없는 남자였다. 검술을 할 때면 눈을 꼭 감고 기묘한 소리를 지르며 엉뚱한 방향으로 돌진하여 벽에 부딪히고는 아이쿠, 라고 하여, 돌파남이라는 부질없는 별명으로도 유명했다. 언젠가 한번은 교활한 재첩팔이 소년이 거짓으로 지어낸 신세한탄을 듣고서는 엉엉 목 놓아 울다가, 재첩을 몽땅 사서 집으로 돌아갔다. 부인은 화를 내며 그에게 사흘 밤낮으로 재첩만 먹였는데 그 탓에 위경련이 나서 데굴데굴 굴렀다. 논어를 펼쳐들고 학이제일^學^{而第一}까지 읽으면 어김없이 졸음이 밀려왔고, 송충이를 싫어해서 그것을 보면 꺅 하고 비명을 지르고 손사래를 치며 뒤로 넘어갔다. 사람들의 부추김에도 쉬이 넘어가서 귀신에 홀린 듯 허둥지둥 전당포로 달려가 돈을 만들어 와서는 술값을 치러줬고, 섣달그믐³에는 아침부터 술을 마시고 할복하는 시늉을 하며 외상값을 독촉하러 온 사람을 물리쳤다.

풍류를 즐기려 초가집에 사는 게 아니라 그저 돈이 없어서 그리 된 것으로, 아무런 실속도 없는 속 터지는 가난뱅이라, 친척들조차 두 손 두 발 다 든 처치곤란 백수였다. 다행히도 친척 중에 부유한 사람이 두어 명 있어 상황이 다급해지면 그 친척들의 도움을 받았는데, 그렇게 해서 받은 돈의 태반은 술값으로 나갔다. 그렇게 그는 봄의 벚꽃이고 가을의 단풍이고 뭐고 아무것도 안 보이고 안 들리는 무아지경 상태로, 화차火車에 올라탄 듯한[4] 극빈생활을 이어가고 있었다. 봄의 벚꽃과 가을의 단풍을 등지고 살아도 살기야 하겠지만, 1년에 한 번 있는 섣달그믐을 모른 척하고 살기는 힘들다. 이윽고 올해도 섣달그믐이 다가오자, 하라다 우치스케는 미친 사람 흉내를 내며 괜스레 긴 칼을 만지작거리면서 에헤헤, 하고 괴상하게 웃어대어 외상값을 독촉하러온 사람을 기분 나쁘게 만들었다. 사흘 뒤면 설인데 천장의 그을음도 안 닦고, 수염도 안 깎고, 얇은 이불은 그대로 펴둔 채, 올 테면 와봐라, 하고 마치 잠꼬대인 양 가련한 말을 힘없이 중얼거리고는, 또다시 에헤헤, 하고 웃었다. 매년 있는 일이었지만 그의 아내는 생지옥에 빠진 듯한 심정을 주체하지 못하고 뒷문으로 뛰쳐나가, 간다의 신사 부근 뒷골목에 사는 오빠이자 의사인 나카라이 세이안의 집으로 달려가, 눈물을 머금고 궁핍한 자신의 처지를 호소하며 도움을 청했다. 세이안도 가끔씩 있는 이런 일이 지긋지긋했지만 세련된 사람이었던지라, "친척 중에 그런 못난 놈 한 명쯤 있는 것도 세상사는 맛이지." 하고 웃으며 중얼거리더니, 종이에 금화 열 냥을 싸서 그 종이에 '가난 병의 묘약, 금용환金用丸,

<hr />

3_ 일본에서는 섣달그믐에 밀린 외상값을 치르는 풍습이 있었다.
4_ 화차란 불교 용어로 생전에 죄를 많이 지은 죽은 자를 태우고 지옥을 향해 달리는 수레이다. 화차를 탄 자는 심한 고통을 맛본다는 의미에서 궁핍한 경제 상태를 뜻하는 말로도 쓰인다.

모든 증상에 효능이 있음.'이라고 쓴 뒤 불행한 여동생에게 건네주었다.

아내가 그 가난 병의 묘약을 내밀자, 하라다 우치스케는 기뻐하기는커
녕 곤란하다는 표정을 지으며 잠긴 목소리로, "이 돈은 쓸 수가 없어."
하고 엉뚱한 소리를 했다. 아내는, 남편이 이제 진짜로 미쳤나 싶어서
흠칫했다. 미친 게 아니다. 되는 일이 없는 사람은, 행복을 받아들이는
데에도 몹시 서툴기 마련이다. 갑자기 찾아온 행복에 어찌할 바를 모르고
쑥스러워하다가, 오히려 기묘한 궤변을 늘어놓으며 화까지 내면서 모처
럼 찾아온 행복을 내쫓아버린다.

우치스케는 진지한 표정으로, "너무 운이 좋으면 오히려 재수가
없다지. 난 죽을지도 몰라." 하더니, "너는 나를 죽일 셈이야?"라면서
충혈된 눈으로 아내를 노려본 뒤 씨익 웃으며 말을 이었다. "설마,
네가 야차[5]는 아니겠지. 술이나 마시자. 술을 안 마신다면 난 죽을
거야. 오오, 눈이 오는군. 오랜만에 풍류를 아는 친구들과 수다를 떨어야
겠어. 지금 당장 근처에 사는 친구들을 불러오도록 해. 야마자키, 구마이,
우쓰기, 오타케, 이소, 쓰키무라, 여섯 명을 불러와. 참, 단케이 녀석도
불러야겠다. 그렇게 일곱 명. 오는 길에 술집에 들러 술 좀 사오고,
술안주는 집에 있는 걸로 대충 때우면 되겠지." 별다른 얘기가 아니다.
너무 기뻐서 설레는 맘에 술을 마시고 싶어졌다는 것일 뿐이다.

야마자키, 구마이, 우쓰기, 오타케, 이소, 쓰키무라, 단케이. 모두
그 근처 다세대 주택에 살며 매일매일 가난 병에 시달리는 백수들이다.
다들 눈 구경을 하며 술을 마시자는 하라다의 제안을 듣고, 오늘 밤만큼은
불구덩이 같은 섣달그믐의 집에서 빠져나올 수 있다는 생각에 지옥에서

· · · · · · · · · · · ·
5_ 夜叉. 불교 용어로, 하늘을 날아다니며 사람을 괴롭힌다는 추악하고 잔인하게 생긴 귀신.

부처님을 만난 기분으로, 지의[6]에 잡힌 주름을 펴고, 장롱 속에 고개를 처박고 우산이며 다비며 온갖 잡동사니를 다 끄집어냈다. 여름옷에 소매 없는 겉옷을 입은 사람이 있는가 하면, 감기기운이 있다며 홑옷을 다섯 벌 겹쳐 입고서 목에 헌 솜을 둘둘 감고 온 사람도 있었고, 부인의 평상복을 뒤집어 입고는 소매 모양을 숨기기 위해 팔짱을 끼고 온 사람, 반팔 속옷에 승마용 하카마를 입고 가문의 문장紋章이 수놓인 여름 겉옷을 입은 사람, 끝에 솜이 삐져나온 방한복을 입고 엉덩이 바로 아래까지 접어 올려 털북숭이 정강이를 다 드러낸 사람도 있었다. 제대로 된 옷을 입은 사람은 한 명도 없었지만, 무사들의 친교란 역시 격이 다른 것인지, 하라다의 집에 모여도 서로의 복장을 비웃는 사람은 한 명도 없었다. 다들 진지한 표정으로 인사를 주고받다가 제각기 자리에 앉자, 여름옷에 소매 없는 겉옷을 입은 야마자키 옹이 유유히 나서서 그날 밤의 손님들을 대표하여 주인 하라다에게 정중히 감사의 인사를 건넸다. 하라다도 찢어진 지의紙衣 소매에 신경을 쓰며,

"여러분, 정말 잘 오셨습니다. 섣달그믐에도 아랑곳 않고 이렇게 눈 구경을 하며 술을 마시는 것도 나름 즐겁지 않을까 해서, 한동안 연락 없이 지낸 것에 대해 사죄도 할 겸 오늘 밤 이렇게 오시라고 했는데, 모두들 지체 없이 와주셔서 정말 기쁩니다. 모쪼록 편히 지내다 가십시오."라면서, 비록 보잘것없는 것이었지만 술과 안주를 대접했다.

손님 중에 술잔을 손에 들고 벌벌 떠는 사람이 있었다. 왜 그러느냐고 묻자, 그는 흐르는 눈물을 닦으며,

"아닙니다, 신경 쓰지 마십시오 제가 가난해서 오랫동안 술과 멀어져

6_ 紙衣. 솜 대신 종이를 채워 넣은 방한복.

있었던지라, 부끄럽게도 술을 마시는 법을 잊어버렸습니다."라면서 쓸쓸한 듯 웃었다.

"여러분." 반팔 속옷에 승마용 하카마를 입은 사람이 무릎걸음으로 다가가 말했다. "저도 방금 두세 잔을 연달아 마셨더니 정말 기분이 이상야릇해져서, 앞으로 어떻게 하면 좋을지 모르겠습니다. 술에 취하는 방법을 잊어버렸습니다."

모두 비슷한 생각을 하는지 침울한 공기가 감돌았고, 다들 쭈뼛대고 소곤거리며 서로 술잔을 주거니 받거니 하고 있는데, 그러다가 모두들 술에 취하는 방법이 떠올랐는지 웃음소리도 나기 시작했다. 술자리 분위기가 차츰 밝아졌을 무렵, 주인 하라다가 금화 열 냥이 든 종이 꾸러미를 꺼내들었다.

"오늘은 여러분께 보여드리고 싶은 진귀한 물건이 있습니다. 여러분은 주머니 사정이 나빠지면 바로 술을 멀리하고 검소하게 사시니 섣달그믐이 되어도 저 하라다만큼 괴롭지는 않으실 겁니다. 저는 돈이 정말 없으면 술을 마시고 싶은 마음이 한층 더 커지는 사람이라, 그 때문에 도리를 저버리고 진 빚이 산더미처럼 쌓여 연말이 다가올 때마다 마치 팔대지옥[7]이 눈앞에 펼쳐진 듯한 기분이 듭니다. 결국은 무사의 자존심이고 뭐고 다 버리고, 친척에게 찾아가 울면서 도움을 청하는 한심한 지경에 이르러, 올해도 친척에게서 이렇게 금화 열 냥을 받아, 간신히 남들처럼 설을 맞이할 수 있게 되었는데, 이런 행복을 저 혼자 누렸다가는 재수가 없어져서 죽을지도 모르니, 오늘 이렇게 여러분을 불러 술을 양껏 대접해드리자고 결심한 것입니다." 하고 기분 좋게 말했다. 그러자

. . . .
7_ 八大地獄. 불교 용어로, 뜨거운 불길에 휩싸인 여덟 가지 종류의 큰 지옥.

자리에 모인 사람들이 저마다 한숨을 내쉬며,

"뭐야, 처음부터 그런 줄 알았으면 더 마음껏 마셨을 텐데. 나중에 회비를 걷는 거 아닌가 싶어서 괜히 걱정하면서 마셨네."라고 말하는 사람이 있는가 하면,

"이제라도 알았으니, 이 술을 맘껏 마시고 자네의 행운을 나눠 갖고 싶네. 집에 들어가면 생각지도 못한 곳에서 등기가 와 있을지도 몰라."라고 하는 사람도 있었고,

"좋은 친척을 둔 사람은 좋겠수다. 내 친척들은 오히려 내 주머니를 노리니까 있으나 마나야."라고 하는 사람도 있었다. 좌중은 점점 더 활기차고 시끌벅적해져 하라다는 너무 기쁜 나머지 수염 끝에 맺힌 술 방울을 손으로 닦아내며 말했다.

"그나저나, 잠시 이렇게 손바닥 위에 금화 열 냥을 올려놓고 있어보니, 꽤 무겁군요. 어떠십니까, 순서대로 이걸 손바닥 위에 올려놓아 보시겠습니까? 돈이라고 생각하면 싫지만, 이건 돈이 아닙니다. 이 포장지에 떡하니 쓰여 있어요. 가난 병의 묘약, 금용환金用丸, 모든 증상에 효능이 있음, 이라고 말입니다. 그 친척이 멋을 아는 사람이라 이렇게 써놓은 건데, 자, 이것 보십시오, 돌아가면서 한번 보세요." 금화 열 냥과 포장지를 손에 들어본 손님들은 다들 그 금화의 무게에 놀랐다. 포장지에 쓰인 문구의 경쾌함과 교묘함에 감탄하며 옆자리 사람에게 차례로 그걸 돌리는데, 시구詩句가 떠올랐다는 사람도 나왔다. 붓과 벼루를 가져오라 하더니 포장지의 여백에, 가난 병에 잘 듣는 약을 먹으며 바라보는 어슴푸레한 설경, 이라는 말을 써서 흥을 돋워, 다들 더욱 활기차게 술잔을 주고받았다. 그러다 금화가 한 바퀴 돌아 주인에게 돌아왔을 때 연장자인 야마자키가 자세를 고쳐 앉으며 말했다.

"이거, 덕분에 훌륭한 송년회에 오게 되어, 저도 모르게 너무 오래 있었습니다." 야마자키가 사려 깊은 감사의 인사를 한 뒤 이만 실례한다며 일어서려 하자 낡은 솜을 목에 두른 감기 기운이 있는 사람이 가슴을 내밀고는 천추락[8]을 부르기 시작했고, 주객은 모두 무릎을 두드리며 장단을 맞췄다. 앉아 있던 자리를 떠나는 새가 흔적을 남기지 않듯, 예나 지금이나 무사의 마음가짐도 그러하니, 노래가 다 끝나자 냄비, 찬합, 젓갈 통 등, 각자 주변에 있던 그릇을 부엌 뒷문으로 가져와 부인에게 건네주었다. 금화가 주인 무릎 밑에 흩어져 있는 것을 보고 잘 챙기라고 한 손님의 말에 하라다는 대충 금화를 긁어모으다가, 얼굴색이 확 바뀌었다. 한 개가 부족했던 것이다. 하지만 하라다는 술은 잘 마셔도 마음만큼은 여린 사람이다. 무서운 인상과는 달리, 벌벌 떨며 남의 기분만 살피는 사람이다. 가슴이 철렁했지만 아무 일도 없는 척하며 그냥 넣으려 하는데, 그 자리에서 가장 연장자였던 야마자키가 손을 들며 태연히 말했다.

"잠깐, 금화가 하나 부족하잖나."

"아, 아뇨, 이건," 하라다는, 나쁜 짓을 하다 들킨 사람처럼 크게 당황하며 말했다. "이건, 그, 제가 여러분이 오시기 전에 술가게에 한 냥을 줬기 때문에, 아까 제가 돈을 꺼냈을 때부터 아홉 냥이었습니다. 문제될 게 전혀 없어요." 하지만 야마자키는 고개를 저으며 말했다.

"아니, 아니, 그렇지 않아." 그가 나이다운 완고함을 보이며, "내가 아까 손바닥 위에 올렸던 것은 틀림없는 금화 열 냥이었네. 등잔 밑이 어둡다지만, 이 야마자키의 눈이 틀릴 리가 없어." 하고 딱 잘라 말하자

8_ 千秋樂. 주로 불교에서 법요法要를 마치고 부르는 노래.

다른 여섯 명의 손님들도 분명히 열 개가 있었다고 수군거렸다. 다들 일어서서 등불을 들고 방 안을 구석구석 뒤져보았지만, 금화는 어디에도 없었다.

"일이 이렇게 됐으니, 나는 옷을 다 벗어서 내 결백을 증명하겠네."
야마자키는 늙은이의 고집과 가난뱅이의 자존심이 있는 데다, 아무리 말라비틀어졌을지언정 무사이기는 하니, 혹여 의심이라도 받으면 후대에까지도 그 치욕이 남을 거라고 생각했는지 흥분하며, 소매 없는 겉옷을 벗어 탁 털더니, 너덜너덜한 여름옷을 벗고 훈도시[9] 한 장만 걸치고는 그물이라도 던지는 것처럼 요란한 손놀림으로 옷을 흔들며 창백한 얼굴로 말했다.

"여러분, 다들 보셨습니까?"
다른 손님들도 그냥 있기가 민망해져서, 그 다음으로 오타케가 일어나 가문의 문장紋章이 수놓인 겉옷을 털고, 반팔 속옷을 턴 뒤, 승마용 하카마를 벗었다. 훈도시를 입지 않은 것이 들통 났지만 웃음기 없는 얼굴로 하카마를 뒤집어 털었고, 방 안에는 살기가 느껴질 만큼 팽팽한 긴장감이 감돌았다. 그 다음으로 도테라를 걷어 올려 털북숭이 정강이를 다 내놓은 단케이가 일어서다 말고 갑자기 심한 복통이라도 난 듯 얼굴을 일그러뜨리며 으으음 하고 신음했다.

"하필이면 이럴 때, 같잖은 시를 지었군요. 가난 병에 잘 듣는 약을 먹으며 바라보는 어슴푸레한 설경. 여러분, 그렇습니다. 제 주머니에 금화 한 냥이 있습니다. 이제 와서 옷을 벗어 털어낼 필요도 없지요. 생각지도 못한 일입니다. 변명을 늘어놓는 것도 사내답지 못한 일이니,

---

9_ 성인 남성이 입는 일본의 전통 속옷.

이쯤에서 제 목숨을." 말하다 말고 웃통을 벗고는 허리춤에 차고 있던 단검 쪽으로 손을 가져가자, 주인을 비롯한 모든 사람들이 달려들어 그 손을 막으며 말했다.

"아무도 자네를 의심하지 않아. 자네뿐만 아니라 모두들, 하루를 사는 데도 급급한 한심한 가난뱅이들이지만, 때에 따라 주머니에 돈 한 냥 정도 가지고 있을 수도 있지. 가난한 사람은 가난한 사람의 마음을 아니, 죽어서라도 자신의 결백을 증명하려는 자네의 마음은 알겠네만, 자네를 의심하는 사람은 아무도 없는데 할복을 하려는 건 멍청한 짓 아닌가." 다들 저마다 그를 달랬지만, 단케이는 자신의 불운이 유감스러운지 거듭 탄식을 내뱉다가 이를 악물고,

"말은 고맙지만 그 위로도 내 저승길 선물로 생각하겠네. 한 냥이 문제가 된 이 중요한 때에 하필이면 내 주머니에 한 냥이 들어 있다니. 자네들이 의심하지 않는다 한들, 이건 볼썽사나운 일이야. 세상의 웃음거리가 될 테고, 일생의 불찰이지. 면목이 없어 살아 있을 수가 없어. 사실 이 주머니 속에 있던 한 냥은, 내가 어제 평소에 지니고 다니던 도쿠조[10]의 단검을 한 냥 두 푼에 팔고서 받은 돈이지만, 이제 와서 이런 핑계 같은 변명을 하는 것도 무사의 치욕이겠지. 아무 말 않겠네. 죽게 내버려 두게. 불운한 친구를 조금이라도 측은하게 생각한다면, 내가 죽은 뒤에 언덕 아래 양품점에 가서 그 사실을 확인하고, 내 명예를 되찾아주게!" 하고 힘차게 외치고, 또다시 허리춤의 칼을 잡고서 몸부림을 치는데 그 순간,

"엥?" 하고 주인 하라다가 말했다. "거기 있군요!"

. . . .
10_ 고토 도쿠조^{後藤德乘}(1550~1631). 모모야마시대~에도시대 전기의 유명 조금^{彫金} 기술자.

보니까, 등불 아래 금화 한 닢이 반짝이고 있었다.

"뭐야, 저런 데 있었군."

"등잔 밑이 어둡다는 말이 이래서 있구먼요."

"정말이지, 잃어버린 물건은 생각지도 못한 곳에서 나온다니까. 그래서 평소 마음가짐이 중요해." 야마자키가 말했다.

"참으로, 사람 귀찮게 하는 금화군요. 덕분에 술이 확 깼습니다. 다시 마십시다." 주인 하라다가 말했다.

저마다 자지러지게 웃고 있는데 그때, 부엌 쪽에서,

"어머!" 하고 아내의 놀란 목소리가 들렸다. 이내 아내가 방 안으로 달려 들어오더니, "금화가 여기에 있었어요."라면서 찬합 뚜껑을 내밀었다. 거기에도 반짝이는 금화 한 냥이 있었다. 당황한 일동은 서로 얼굴을 마주 보았고, 아내는 상기된 얼굴로 귀밑머리를 쓸어 올리며 거북한 듯 웃었다. "조금 전 제가 찬합에 참마 찜을 담아 드렸는데, 남편이 뚜껑을 바닥에 아무렇게나 던져놓았기에 제가 주워서 찬합 밑에 깔아놨습니다. 그때 뚜껑 안쪽의 수증기에 금화가 붙었나봐요. 제가 그것도 모르고 그걸 그대로 치웠다가 지금 막 설거지를 하려는데, 어쩜, 짤그랑 하고 금화가 나오지 뭐예요?" 하고 숨을 헐떡이며 말했다. 하지만 모두는 미심쩍다는 얼굴로 여전히 서로의 얼굴만 살피고 있었다. 그렇다면, 금화가 열한 냥이라는 소린데.

"아니, 이런 행운아가 있나." 그 자리에서 가장 맏형이었던 야마자키는 잠시 후 한숨을 내쉬며, 요령이라고는 눈곱만큼도 없는 의견을 내뱉었다. "경사스러운 일이군. 금화 열 냥이 때에 따라서 열한 냥이 되지 않으란 법도 없지. 자주 있는 일이야. 우선, 넣어 둬." 나이 탓에 약간 지친 모양이다.

다른 손님들은 야마자키의 말도 안 되는 의견을 어이없게 생각했지만, 지금과 같은 경우에는 하라다에게 넣어두라고 하는 것이 가장 무난하다고 생각했다.

"그게 좋겠군. 친척 분이 처음부터 열한 냥을 싸서 보내신 게 틀림없소."

"그렇지, 원래 장난기가 많은 분인 것 같으니, 열 냥인 척하면서 실제로는 열한 냥을 넣어 장난을 치신 거겠지."

"그렇군. 취향 참 독특하시네. 멋진 발상이군요. 어쨌든, 넣어두십시오."

다들 제각기 적당한 말로 하라다를 잘 구슬려서 억지로 그 돈을 하라다에게 쥐어주려 했다. 하지만 그 순간, 소심한 술고래에 하는 일마다 되는 일이 없는 하라다 우치스케는 난생 처음으로 묘하게 고집을 부렸다.

"그런 말로 저를 구슬리셔도 소용없습니다. 저를 바보 취급하지 마십시오. 이런 말씀 드리기 죄송하지만, 여러분 모두 가난하시잖습니까. 저 혼자만 열 냥이 손에 들어오는 행운을 누리게 되어 하느님께도 그렇고 여러분께도 미안해서, 괴로운 마음에 가만히 있을 수가 없고, 술이라도 마시지 않으면 견딜 수가 없었습니다. 그래서 오늘 밤 여러분을 초대하여 제 과분한 행복의 액막이를 하려 했거늘, 또다시 기묘한 사건이 일어나 열 냥도 주체하지 못하고 있는 사람한테 심술궂게 한 냥을 더 가지라고 하시다니, 여러분도 참 너무들 하십니다. 이 하라다 우치스케는, 가난하고 변변찮은 사람이기는 해도 명색이 무사武士이기는 하니, 돈이고 뭐고 아무것도 필요 없습니다. 한 냥뿐만 아니라 이 열 냥도, 여러분이 다 가지고 돌아가십시오."라면서, 정말 이상하리만치 화를 냈다. 마음이 여린 남자란 조금이라도 자신에게 득이 되는 일에는 극도로 송구스러워하며 땀을 흘리고 갈팡질팡하기 마련이다. 자신이 손해를 보는 경우에는, 갑자기 딴 사람이 된 양 잘난 척하며 말이 많아지고, 더 많은 손해를 보려 애쓰며, 다른 사람의 말은 절대 받아들이지 않고 말도 안 되는 얘기를 줄기차게 늘어놓으며 고집을 부린다. 극도로 풀이 죽으면, 반대쪽이 부풀어 오른다. 다시 말해, 자존심의 도착倒錯이다. 하라다 또한 필사적으로, 고개를 저어가며 더듬더듬 의견을 개진하면서 끈질기게 고집을 부렸다.

"누굴 바보로 아십니까? 금화 열 냥이 열한 냥이 되다니, 그런 말도 안 되는 농담은 하지 마십시오 누군가가 좀 전에 몰래 내놓으신 거겠죠 그런 게 뻔합니다. 단케이 님이 궁지에 몰린 것을 보다 못해 그 다급한 상황을 무마시키고자, 누군가 가지고 계신 한 냥을 몰래 내놓으신 거겠지요. 틀림없어요. 쓸데없는 잔꾀를 부리신 겁니다. 제 금화는 찬합 뚜껑 뒤에 붙어 있었는데 말입니다. 등불 옆에 떨어져 있던 돈은, 여기 계신 분들 중 한 분이 정을 베풀어 내어놓으신 한 냥입니다. 그 한 냥을 제게 주시는 것은, 실로 이치에 맞지 않는 일입니다. 제가 돈을 가지고 싶어 한다고 생각하시는 겁니까? 가난뱅이에게는 가난뱅이의 자존심이 있습니다. 제가 너무 끈덕지다 여기실지도 모르지만, 열 냥을 가지고 있는 것만으로도 저는 마음이 괴롭고, 세상이 싫어지고 있었는데, 하필이면 이럴 때 한 냥을 더 떠미시다니, 하늘도 저를 버리신 거겠죠. 저의 무운武運도 여기까지인가 봅니다. 할복을 하는 한이 있더라도 이 치욕을 씻어야만 합니다. 저는 술고래인 데다 바보지만, 여러분께 속아서 돈이 아이를 낳았다며 싱글벙글할 정도로 노망이 나진 않았습니다. 자, 이 한 냥을 내놓으신 분은, 어서 도로 가져가십시오." 원래 무섭게 생긴 남자인지라, 자세를 바로 고쳐 앉고 진지하게 말하니 분위기가 사뭇 무시무시했다. 그 자리에 있던 사람들은 목을 움츠리고 아무 말도 하지 않았다.

"자, 어서 털어놓으시지요. 그분은, 정이 깊고 훌륭하신 분입니다. 저는 평생 그분의 종이 되어도 좋습니다. 돈 한 푼도 아까운 이 섣달그믐 날, 몰래 한 냥을 등불 옆에 떨어뜨려 궁지에 처해 있던 단케이 님을 구해주셨습니다. 다 같이 가난한 처지라 서로의 심정을 잘 아는지, 괴로워하는 단케이 님을 보다 못해 자신의 소중한 한 냥을 아무 말 없이 버리시다니, 이 얼마나 훌륭하신 분입니까? 이 하라다 우치스케, 감탄했습니다. 여기 계신 일곱 분 중에, 그런 멋진 분이 있는 게 분명합니다. 말씀해주십시오. 당당하게 자신이라 밝혀주십시오."

이런 말까지 들으면, 숨은 선행자는 그 선행자가 자신이라고 털어놓기가 한층 더 힘들 것이다. 이런 면에서 역시 하라다 우치스케는 뭘 해도 안 되는 남자다. 일곱 명의 손님은 공연히 한숨을 내쉬며 우물쭈물할 뿐, 일이 해결될 기미는 보이지 않았다. 모처럼 마신 술의 취기도 가시고 흥이 깨진 모두를 앞에 두고, 하라다는 눈에 핏대를 세우며, 누구십니까, 누구십니까, 하고 숨은 선행자가 자백하기를 재촉했다. 그러다가 닭이 새벽을 알리며 울었고, 이윽고 지친 하라다가 말했다.

"여러분을 오래 붙잡아 두는 것도 무례인 줄 압니다. 자신이라 밝히시는 분이 없으면, 어쩔 수 없지요. 이 한 냥은 이 찬합 뚜껑 위에 올려놓고 현관 구석에 두겠습니다. 한 분씩 돌아가 주십시오. 그리고 이 금화의 주인인 분은, 그냥 아무 말 없이 가지고 가시기 바랍니다. 이렇게 하면 어떻겠습니까?"

일곱 명의 손님은 안심한 듯 고개를 들고, 그게 좋겠다며 하나같이

동의를 표했다. 미련한 하라다가 생각해낸 거라고는 정말이지 믿을
수가 없을 만큼 훌륭한 생각이다. 마음이 여린 남자는 자신에게 득이
되지 않는 일에 관해서는 가끔, 이렇게 뛰어난 묘안을 생각해낸다.

하라다는 짐짓 자신만만한 표정을 지었다. 모두가 보는 앞에서 찬합
뚜껑에 금화 한 냥을 똑바로 놓은 뒤 현관에 두고 왔다.

"현관마루 오른쪽 끝, 가장 어두운 곳에 놓고 왔습니다. 금화의 주인이
아니신 분은 있는지 없는지도 확인하지 마십시오. 그대로 돌아가십시오.
금화의 주인인 분만, 손을 더듬어 찾고서 티내지 말고 돌아가 주세요.
그러면 먼저, 야마자키 할아버님부터. 아, 아니, 문은 꼭 닫고 가 주십시
오. 그리고 야마자키 할아버님이 현관을 나가신 뒤 발소리가 전혀 안
들릴 때, 다음 분이 일어나주십시오."

일곱 명의 손님은 그의 말대로 조용히, 순서대로 자리를 떴다. 나중에
부인이 촛대를 들고 현관에 나가보니, 금화는 없었다. 부인은 이유를
알 수 없는 전율을 느끼며 남편에게,

"누굴까요?" 하고 물었다.

하라다는 졸린 얼굴로,

"몰라. 술 더 없어?"라고 했다.

아무리 몰락했어도 무사는 과연 남다르구나, 하고 부인은 가련한
긴장을 품고 부엌으로 가서 술을 데운다.

(『전국 이야기』, 1권 세 번째 이야기, 「섣달 그믐날 맞지 않는 계산」)

장사^{大力}

옛날 사누키 지방 다카마쓰에 마루가메야라는 환전상을 하는, 시코쿠 지방 전체에 소문이 자자할 정도로 이름난 부잣집이 있었다. 그 집에는 날 때부터 뼈가 굵고 눈이 부리부리한, 범상치 않은 풍모를 지닌 사이베에라는 아들이 있었다. 세 살 때 손발의 마디가 불거져 나왔고, 아무 생각 없이 자를 휘두르고 다니다 기르던 고양이 머리를 툭 쳤는데 그 고양이는 소리도 없이 죽어버렸다. 놀란 유모가 고양이 시체를 들어보니 머리뼈가 산산조각 나 있었기에, 섬뜩한 마음에 유모를 그만두었다고 한다. 여섯 살 때부터 동네 아이들의 골목대장이 되어, 뒤편 풀밭에 매여 있던 송아지를 부둥켜안고서 머리 위로 들어 올린 채 그 주변을 돌아다녀서 함께 놀던 아이들을 벌벌 떨게 했으며, 매일같이 그 송아지를 장난감 삼아 놀았는데, 소는 점점 더 커갔지만 처음부터 안아 올리는 데 익숙해져 있었으니 눈높이보다 더 높이 소의 사지를 들어 올리는 데에도 전혀 어려움이 없었다. 소가 더 많이 자라 사이베에가 아홉 살이 되었을 때는 그 소도 여유롭게 우차를 끌 정도로 어엿한 어른 소가 되었지만, 사이베에는 아무런 두려움 없이 그 소를 끌어안고 혼자 큰 소리로 웃어댔다. 친구들은 차츰 그를 기분 나쁘게 여겼고 끝내 사이베에와 노는 사람은 아무도 없어졌다. 그래서 사이베에는 홀로 뒷산에 올라 삼나무를 뽑거나 소보다도 더 커다란 바위를 언덕 위에서 뽑아 던지는 등, 시답잖은 짓을 하며 놀았다. 대여섯 살 때는 볼에 수염이 자라 서른 살 정도로 보였고, 묘하게 중후하고 점잖게 생겨서 귀여운 구석이 조금도 없었다. 그 무렵 사누키에는 스모가 유행하여 오제키[11]인 덴지쿠니다유天竺仁太夫, 그 뒤를 이어 오니시鬼石, 구로코마黑駒, 오나미大浪, 이카즈치, 시로타키白滝, 아오자메青鮫 등 다들 한성깔 할 것 같은 이름을 내건 마을의 마구간지기, 산속에 사는 장작 팔이, 혹은 교토에서 원래 스모 선수였던 사람들이 스모의 마흔여덟 개 기술을 연마하느라 피부가 까지고 뼈가 부러지는 등 쓸데없이 큰 부상을 입어대고 있었다. 그런데도 스모에 특별한 애정이라도 있는지, 항상 비단 샅바를 찬 채 있었고 그만두는 사람도 없었다. 가끔 샅바가 느슨해져서 흘러내려도 조금도 웃지 않았고, 바깥쪽으로 잡는 기술이네 안쪽으로 잡는 기술이네 발 기술이 어떠네 하면서, 생업도 잊고 그것이 이 세상에서 가장 중요한 일인 양 법석을 떨며 땀도 닦지 않고, 서로를 붙들고서 옥신각신했다. 그리고 집에 돌아가면 남들의 몇 갑절이나 되는 머슴밥을 먹고 죽은 듯 늘어져 잤다. 힘이라면 자신 있는 사이베에가 어찌 이를 그냥 보고만 있을 수 있겠는가? 비단 샅바를 단단히 매고, 다 덤벼! 하고 양손을 벌리며 모래판에 올라서면, 사이베에가 어려서부터 놀라울 정도로 힘이 셌던 것은 다들 알고 있던 터라, 이내 스모를 하려던 마음을 접고 재빨리 옷을 걸치며 돌아갈 채비를 하는 사람도 있었고, 도련님, 그만두십시오, 헤헤, 체면이 있으신데, 하고 사람들 뒤에 서서 얼굴을 가리고 입에 발린 소린지 충고인지 비난인지 알 수 없는 말을 나직이

. . . .
11_ 스모 선수의 등급 중 하나로 최고위인 요코즈나의 다음 등급이다.

속삭이는 사람도 있었다. 그중에 교토에서 온 와니구치라는 사람이 있었는데, 그는 본업이 스모 선수였다. 교토에서는 약한 축에 속해서 출세를 할 수는 없었지만, 시골에 오자 긴 세월 동안 익혀온 마흔여덟 개 기술이 그 힘을 발휘하여 촌구석 젊은이들의 뚝심도 그에게는 별 소용이 없었다. 그럼 어디 한번 해보세, 하고 태연히 모래판에 올라온 와니구치는, 네 이놈! 하고 사납게 달려드는 사이베에의 다리를 후려 가볍게 업어 쳤다. 사이베에는 모래판 한가운데에 죽은 개구리처럼 볼썽사납게 엎어졌고, 꿈같은 기분으로, 정말 이상한 기술도 다 있다는 생각에 고개를 내저었다. 그는 얼간이 같은 얼굴로 일어나 와 하고 웃어대는 관중들을 한동안 노려보며 조용히 시키고는, 민망함을 숨기려 배가 아프다는 시시한 핑계를 대고 집으로 돌아왔는데, 그 울분을 삭힐 수가 없어, 닭 한 마리를 맨손으로 잡아 찜통에 쪄내고는 뼈째로 오도독 오도독 씹어 먹으며 힘을 보충한 뒤, 그날 밤 와니구치의 집으로 찾아갔다. 조금 전에는 배가 아파서 생각지 못한 실수를 했는데, 이번에는 지지 않겠다며 뜰 앞에서 한판 붙어보자고 청했다. 와니구치는 한창 반주를 곁들여 저녁을 먹는 중이었던지라 귀찮았지만, 그가 너무 끈질기 게 졸라댔기에 옷을 벗고 뜰 앞으로 나갔다. 와니구치는 자신에게 덤벼드 는 사이베에의 거구를 오른쪽 왼쪽으로 허우적거리게 만들며 자유자재 로 따돌렸고, 사이베에는 점점 현기증이 나서 뜰에 있던 소나무를 와니구 치로 착각하여 영차 하고 들어 올리고는 헐떡이며 네 이놈! 하고 외치더 니, 아무런 어려움 없이 그것을 잡아 뽑았다.

"어이, 이봐, 너무 무리하지 마." 와니구치도 사이베에의 괴력에 질려 이런 사람을 계속 상대하고 있다가는 무슨 일이 일어날지 모른다 싶었기에, 툇마루로 올라가 재빨리 옷을 갈아입고는 "꼬마야, 술이라도 한잔 들고 가거라."라고 하며 회유책을 썼다.

사이베에가 소나무를 뽑아 머리 위로 들어 올리다가 문득 방 쪽을 보는데 와니구치가 방 안에서 빙긋이 웃으며 술을 마시고 있었으니, 깜짝 놀란 사이베에는 귀신이 아니고서야 이런 일이 있을 수가 없다는 유치한 착각에 빠져, 소나무고 뭐고 다 집어던지고 뜰 앞에 바싹 엎드려 아앙 하고 소리 내어 울면서 자신을 제자로 받아들여달라고 간청했다.

사이베에는 와니구치를 신처럼 받들어 모셨고, 그 다음날부터 마흔여덟 가지의 스모 기술을 전수받기 시작했다. 그는 애당초 둘도 없는 장사였기에 놀라운 속도로 실력이 늘어, 그를 가르치는 와니구치도 보람을 느꼈다. 당사자인 사이베에도 신이 나서 구름 위를 떠다니는 기분이었고, 자나 깨나 스모 기술 스모 기술 노래를 불러대며 내일은 어떤 기술로 상대를 넘어뜨릴까 하고 밤잠을 설쳐가며 잠꼬대를 했다. 그 열의가 마리지천[12] 님께도 통했는지 스모를 무척 잘하게 되었고, 결국 스승인 와니구치도 그를 버거워할 지경에 이르러, 제자가 자신을 내동댕이치는 것도 모양새가 좋지 않고 어리석은 일이라 생각하게 되었다. 그래서 어느 날 진지한 얼굴로, 너는 이제 어엿한 스모 선수가 되었으니, 지금의 마음가짐을 잊지 마라, 하고 영문을 알 수 없는 훈계를 하면서, 너에게 아라이소荒磯라는 이름을 주겠다. 이제 오지 마라, 라는 말로 황급히 그를 떼어냈다. 사이베에는 스승이 자신을 일부러 떼어냈다는 것도 모르고, 나도 드디어 어엿한 스모 선수가 되었구나, 황송해라, 오늘부터 나는 아라이소다, 이 얼마나 멋진 이름인가! 아아 정말 스승의 은혜는 하늘 같구나, 하고 눈물을 흘리며 기뻐했다. 그 이후 그는 모든

12_ 摩利支天. 불교에서 무사의 수호신.

시합에서 그 누구도 범접할 수 없는 힘을 발휘하여 열아홉 때 사누키의 오제키인 덴지쿠니다유^{天竺仁太夫}를 모래판에 묻어 거의 반죽음 상태로 만들었다. 스모 동료들은 그렇게까지 심하게 내던질 필요는 없지 않느냐 며 그에 대한 악평을 늘어놓았지만, 그는, 시끄러워, 스모는 이기면 그만이야, 라면서 거만한 태도로 딴전을 부려 결국 모두의 미움을 샀다. 마루카메야의 주인인 아버지는 애당초 아들인 사이베에의 힘자랑을 못마땅하게 여겼는데, 그가 무슨 말이라도 할라치면 사이베에가 사납게 쏘아보기 때문에, 자신의 아이임에도 불구하고 어쩐지 꺼림칙해 하며, 그 무시무시한 힘으로 나한테 반항이라도 하면 부모고 뭐고 없겠지, 이 늙고 마른 몸이 산산조각날 거야, 하고 벌벌 떨며 마음을 고쳐먹고 잠시 그냥 지켜보자는 생각에 자중하고 있었다. 하지만 최근 들어 스모만 해대면서 다른 사람을 불구로 만들고 모든 사람들의 적이 된 아들의 모습을 보다 못한 아버지는 어느 날 조심스럽게,

"사이베에 씨." 하고, 자기 아들인데도 씨를 붙여 알랑거리는 목소리 로 말했다. "사람은 태곳적부터 옷을 입고 살았지." 너무 조심스럽게 말한 나머지 자기가 생각해도 무슨 얘긴지 알 수 없는 소리를 해버렸다.

"그렇군요." 아라이소는 어리둥절한 얼굴로 아버지를 보았다. 아버지 는 더욱 쩔쩔매며,

"벌거벗은 채로 그렇게 몸을 험하게 쓰면 여름에는 시원하겠지만 겨울에는 추워서 힘들겠구나."라고, 눈을 내리깔고 무릎을 문지르며 말했다. 아라이소는 웃음을 터뜨리며,

"스모를 그만두라는 말씀이지요?" 하고 가볍게 되받아쳤다. 아버지 는 뜨끔해서 땀을 닦으며,

"아니, 절대 관두라는 말은 아니야. 같은 놀이 중에서도, 양궁 같은

건 어떠냐?" 하고 넌지시 물었다.

"그건 여자들이나 하는 놀이입니다. 명색이 남자가 돼서 굵고 거친 손으로 그렇게 작은 활을 당겨 백발백중의 실력을 가지게 된다 한들, 도둑이 들어와서 그를 쏘려고 한다면 도둑도 웃음을 터뜨릴 것입니다. 생선을 훔쳐가는 고양이를 맞춰도, 고양이는 간지럽다는 생각조차 안 할 겁니다."

아버지는 "그렇겠지." 하고 동의했다. "그러면, 십종향十種香이라는 그, 여러 가지 향을 맡아보는 놀이는 어때?"

"그것도 시시합니다. 향냄새를 다 분간할 수 있을 정도로 코가 예민하다면, 밥이 타는 냄새를 재빨리 알아차리고 하녀에게 가마솥 아래 장작불을 끄라고 할 수는 있을 테니 가계에 보탬이야 되겠지요."

"그렇지. 그러면, 공차기 놀이는?"

"듣자하니 발놀림이 어쩌고저쩌고 하면서 훈련을 한다는 것 같은데, 어딜 갈 때도 문을 거쳐 들어가면 되니 담을 뛰어넘지 못한다 한들 별 지장이 없고, 어두운 밤에는 전등불을 들고 조용히 걸으면 도랑에 빠질 염려도 없습니다. 그런 고생을 해가며 발놀림을 가볍게 만들 필요는 전혀 없습니다."

"그래, 네 말이 맞긴 맞아. 그래도 인간이라면 무언가 애교가 있어야 하지 않을까 싶은데. 즉흥 촌극 같은 걸 배워보면 어때? 집에서 하는 모임 같은 게 있을 때 그걸 모두에게 보여주면, ……."

"지금 장난하십니까? 어린 사람이 그런 걸 하면 애교가 있어 보이겠지만, 수염 난 얼굴로 남들 앞에 나서서 그러고 있으면 하인들마저도 보면서 식은땀을 흘릴 겁니다. 어머니는 관심을 보이며 잘한다고 칭찬하시겠지만, 어머니 말고 다른 사람들에겐 비웃음거리가 될 겁니다."

"그것도 그렇지. 그러면, 꽃꽂이는?"

"아아, 이제 그만 좀 하십시오. 아버지 노망나신 거 아닙니까? 꽃꽂이는 구름 위 깊숙한 곳에 사는 높으신 분들이 들판에 피는 사계절의 꽃을 볼 수 있는 기회가 적기 때문에, 깊은 산속 소나무와 떡갈나무를 들여와 살아 있는 그대로의 모습을 눈앞에 놓고 즐기고 싶어서 시작한 것이지, 우리처럼 천한 사람들이 뜰에 있는 동백나무 가지를 꺾고 화분의 매화나무 가지를 톱으로 잘라 거실에 장식해둔다 한들, 무슨 의미가 있겠습니까? 꽃은 있는 그대로 바라보며 즐기는 편이 낫습니다." 하는 말이 모두 논리적이었기에 아버지도 할 말을 잃고,

"역시 스모가 제일 좋지? 마음껏 하렴. 이 아버지도 스모를 싫어하는 건 아냐. 젊을 때는 나도 했었지."라고 말했다. 상황이 정말 어처구니없게 끝났다. 부인은 남편의 무능함을 경멸하며 나라면 그렇게 말하지 않겠다면서, 하루는 몰래 사이베에를 안방으로 불러들여놓고 일단 오호호 하고 크게 웃고 나서 말했다.

"사이베에야, 여기 앉아 보렴. 어머, 수염이 이렇게나 많이 자랐네. 면도 좀 하는 게 어때? 이렇게 덥수룩해서야 어디, 좀 만져볼까?"

"신경 쓰지 마십시오. 이건 스모에서 산발이라고 해서 멋스럽다^{粋-이키}고들 하는 겁니다."

"어머, 그래? 그나저나 멋스럽다는 말을 다 알고, 다 컸네. 네가 올해 몇 살이지?"

"아시면서."

"열아홉이지?" 어머니는 침착하게, "내가 이 집으로 시집을 온 게 아버지가 열아홉, 내가 열다섯 때였는데 네 아버지는 그때부터 도락^{道樂}을 즐겨서, 열여섯에 요정^{料亭}에서 마시는 술맛을 알았는지 옷차림도

그렇고 모든 것이 정말 멋스러웠지. 나랑 결혼하고 나서도 종종 교토에 가서 예쁜 애인을 많이 만들었어. 지금은 도대체 어디를 보고 있는 건지도 알 수 없는 이상한 얼굴이 됐지만, 젊었을 때는 꽤 멋있었단다. 살짝 고개를 숙이면 지금의 너하고 꼭 닮았었어. 너도 아버지를 닮아 속눈썹이 길어서, 고개를 숙이면 쓸쓸한 느낌이 나니까 분명 여자들이 좋아할 거야. 교토에 가서 시마바라[13]의 미인들을 울린다는 건, 남자로 태어난 사람한테는 다른 무엇보다도 더 큰 복이잖니."라고 하면서 보기 싫게 빙긋이 웃었다.

"뭡니까, 재미없게시리. 여자를 울리는 데는 뭐니 뭐니 해도 패는 게 최곱니다. 스모로 말하자면 빰때리기 기술이지요. 이 기술을 두세 번 쓰면 울지 않을 여자가 없을 걸요? 울리는 게 복이라면, 저는 앞으로 스모 훈련을 더욱 열심히 해서 온 세상의 모든 여자들을 다 때리고 울려보겠습니다."

"무슨 소리야? 그런 얘기가 아니잖니. 사이베에, 너는 열아홉 살이야. 네 아버지는 열아홉 때 이미 요정料亭에서 노는 것을 비롯해 안 해본 게 없었어. 너도 꽃구경도 할 겸 겸사겸사 교토로 가서, 시마바라에라도 들러 놀다 오너라. 천 냥을 쓰건 이천 냥을 쓰건 그리 쉽게 줄어들 재산이 아니니까, 마음에 드는 처자라도 있으면 돈으로 그 기생을 사서 어디 좋은 땅에 멋있는 집을 짓고 얼마간 그 여자랑 소꿉장난이나 하면서 살아보는 것도 좋잖니. 네가 좋다고 하는 땅에, 네 마음에 드는 멋진 집을 지어줄게. 그리고 내가 쌀, 기름, 된장, 소금, 간장, 땔감, 사시사철 둘이 갈아입을 옷, 뭐든 보내주마. 돈도 필요한 만큼 줄 거고,

13_ 島原. 교토의 유흥가로 유명한 지역.

여자 하나로 성에 안 찬다면, 교토에서 첩 두어 명을 더 들이고, 어린 몸종 세 명, 집안일 돌보는 아주머니, 잡일하는 사람, 재봉 일을 할 여자, 그리고 그 밑에 둘 하녀 두 명, 네 비서 역할을 해줄 남자 두 명, 남자아이 한 명, 전문 안마사 한 명, 술 마실 때 옆에서 노래를 불러줄 덴에몬,[14] 요리사 한 명, 가마꾼 두 명, 신발 짓는 사람 애 어른 한 명씩 두 명, 집사 한 명, 뭐 대강 이 정도 딸려 보낼 테니 싫다고는 안 하겠지. 꽃놀이도 할 겸, ……." 하고 열심히 말하는데,

"교토에는 한번 가보고 싶었습니다." 하고 그가 가볍게 대답하자 어머니는 기뻐하며 다가가 앉아 말했다.

"너만 그럴 생각이 있다면 이제 남은 일은 멋진 집을 지어서 첩이든 몸종이든 안마사든, ……."

"그런 건 시시해서 싫습니다. 교토에는 구로지시黑獅子라는 강한 오제키가 있다고 합니다. 무슨 수를 써서라도 그 구로지시를 모래판에 묻어버리고, ……."

"어머, 어쩜 그렇게 한심한 생각만 하는 거니? 좋아하는 여자와 함께 멋진 집에 살면서 술자리에서는 덴에몬을, ……."

"그 집에 모래판이 있습니까?"

어머니는 울음을 터뜨렸다.

장지문 바깥에 있던 지배인과 종업원들이 그 얘기를 몰래 듣고는 서로 얼굴을 마주 보고 한숨을 내쉬며,

"나라면 사모님 말씀을 들을 텐데."

"당연하지. 에조인들의 섬[15] 저 끝이라도 좋아. 딱 사흘만 그런 멋있는

14_ 伝右衛門. 일본의 전통 가면극인 노能의 한 유파.
15_ 지금의 홋카이도 지역.

집에서 호화로운 생활을 해보고 싶어. 그러고 나서는 죽어도 좋아."

"목소리 좀 낮춰. 도련님이 들으시면 그 뺨때리기 기술을 두어 번 당하게 될 거야."

"이크, 그럼 안 되지."

모두가 굳은 얼굴로 슬금슬금 물러갔다.

그 후로는 사이베에게 딴죽을 거는 사람이 없었고, 사이베에의 스모 실력은 점점 더 늘어만 갔다. 사누키는 너무 좁다 하여 아와阿波의 도쿠시마, 이요伊予의 마쓰시마, 도사土佐의 고치 등 축제 전날에 열린 각지의 대회에도 나가 피도 눈물도 없이 상대를 냅다 밀쳐 쓰러뜨려 많은 부상자가 나왔는데, 그는 스모는 이기기만 하면 그만이라며 밉살스럽게 코웃음을 치고 유유히 그 자리를 떴다. 그리고 밤낮으로 소와 말, 양의 생고기를 먹고 힘을 길러 얼굴이 도깨비처럼 시뻘겋게 커져, 아이들은 길가에서 놀다 그를 보면 꺄아 하고 비명을 지르며 기절을 했고, 어른들은 그를 보면 3정丁 앞에서부터 걸음아 날 살려라 하며 도망가는 등, 마루카메야의 아라이소라고 하면 사누키 지방은 물론이고 시코쿠 전체에서 모르는 사람이 아무도 없을 지경이 되었다. 사이베에는 어리석게도 그것을 자신이 출세한 것으로 생각하여 오늘날의 내가 있게 된 것은 마리지천의 은혜는 둘째 치고 스승님이신 와니구치 님 덕분이니 와니구치 님이 계신 쪽으로는 발도 못 뻗고 자겠다는 말을 하곤 했다. 결국 와니구치는 마을 사람들을 볼 면목이 없어, 끝내 출가하지 않으면 안 되는 신세가 되었다. 이런 상황을 가만히 두고 볼 수만은 없었던 마루카메야의 모든 가족들은 은밀히 모여, 어쨌든 결혼을 시켜 여자를 들이는 수밖에 없다, 요코마치에 사는 고헤이타는 장가가고 나서 외통 장기를 끊었고, 사카시타에 사는 요모시치도 장가가고 나서

퉁소를 딱 끊었다, 사이베에도 예쁜 신부를 맞아 인간의 애정이라는 것을 알게 된다면, 분명 저렇게 난폭하고 무참한 시합을 싫어하게 될 것이다, 그러니 반드시 여자를 들여야 한다, 라며 머리를 맞대고 눈을 반짝이면서 다함께 고개를 끄덕이며 결론을 냈다. 사방팔방을 수소문하여 같은 사누키 지방에 사는 대지주의 큰딸이자 올해 열여섯 살 난, 인형처럼 어여쁜 새색시를 데려 왔는데, 사이베에는 결혼식 당일에도 스모 훈련을 하다 헝클어진 머리 그대로, "오늘 무슨 일 있습니까? 많이들 모여 계시군요." 하고는, 정말 몰라서 묻는 것인지는 모르지만 "제삿날입니까?" 하고 한심스런 소리를 해댔다. 부모를 비롯한 친척 일동은 빌다시피 해서 그에게 정식 예복을 입히고 신부 옆에 앉혀 간신히 술잔을 주고받는 의식을 마친 뒤 모두가 한숨을 돌렸다. 그 순간, 사이베에가 벌떡 일어나더니 예복을 벗어 던지며 이렇게 시시한 짓거리를 하다가는 팔 힘이 다 빠진다면서 앞마당으로 뛰어내리더니 마당에 놓여 있던 바위를 들고 영차, 영차 하며 요란스럽게 스모 연습을 했다. 그의 부모는 새색시의 가족들에게 면목이 없어 등에 식은땀을 뻘뻘 흘리며,

"아직 어린애입니다. 보시다시피 어린애예요. 그냥 못 본 체하세요." 하고 말했지만, 가만 보니 아무리 봐도 어린애가 아니었다. 마흔 남짓 아저씨로 보였다. 새색시의 친척들은 어이없어 하며,

"하지만, 저렇게 수염을 기르고 진지한 얼굴로 힘을 쓰고 있는 걸 보면 기름 솥에서 죽었다는 이시카와 고에몬[16]이 생각납니다."라고 솔직한 느낌을 말하고, 어처구니없는 남자에게 딸을 주었다며 얼굴을 마주

<hr />

16_ 石川五右衛門(?~1594). 아즈치 모모야마시대의 유명한 도적.

보며 한숨을 내쉬었다.

사이베에는 그날 밤 새색시를 옆방으로 내쫓고 장지문에 단단히 잠금장치를 했다. 신부가 훌쩍훌쩍 울기 시작하자 큰 소리로,

"시끄러워!" 하고 호통을 치며 말했다. "언젠가 스승님인 와니구치 님이 말씀하셨다. 부부 금술이 좋으면 아무리 한창인 나이에도 팔 힘이 빠진다고. 너는 스모 선수의 부인 아니냐? 그 정도도 몰라서 어쩌느냐? 나는 여자가 싫다. 마리지천 님께 기도하며, 나는 한평생 여자를 가까이 하지 않을 생각이다. 바보 같으니. 훌쩍훌쩍 울지 말고 어서 거기서 이불 깔고 잠이나 자!"

새색시는 겁에 질린 나머지 실신하여 집안이 다 뒤집어질 정도로 소란스러워졌다. 새색시의 고향 사람들은 그날 밤 도깨비가 나왔다며 반미치광이처럼 울부짖는 아가씨를 가마에 태워 고향으로 데려갔다.

이러한 불미스런 일들로 사이베에에 대한 악평이 드높아지자, 이제는 출가하고 스님이 되어 깊은 산속의 암자에서 차분히 염불을 외며 세월을 보내고 있던 옛 스승 와니구치의 귀에도 그 소문이 들어갔다. 스승에게 있어 제자에 대한 악평처럼 괴로운 일은 없으니, 밤낮으로 마음이 쓰여 결국은 염불을 외는 데도 지장이 생기자 어느 날 밤 큰맘 먹고 농부 차림으로 산을 내려가 마을 축제 전야제에서 복면을 쓴 채 늘 그렇듯 시끌벅적한 스모 경기를 구경했다. 얼마 안 있어 아라이소가 쿵쿵거리며 모래판에 올라서더니 오늘 밤에도 내 상대는 없느냐, 뒤꽁무니 빼지 말고 덤벼봐라, 하고 갈라진 목소리로 말하며 주위를 빙 둘러보자, 신사神社의 솔바람소리도 잠잠해졌고 사람들은 말없이 돌아갈 채비를 하기 시작했다. 그때 와니구치 스님이 옷을 벗고 복면을 쓴 채로 어이, 하고 외치며 모래판으로 올라섰다. 아라이소는 한 손으로 스님의 어깨를

덥석 쥐고, 제 목숨이 아까운 줄도 모르는 녀석, 하고 코웃음을 쳤고 스님은 당장이라도 어깨뼈가 부서지지 않을까 싶어 안절부절못하며,

"그만, 그만둬."라고 말했지만, 아라이소가 한술 더 떠 웃기까지 하며 스님의 어깨를 흔들어대자, 도저히 아픔을 참을 수가 없어,

"어이, 이봐. 나야, 나."라면서 복면을 벗었다.

"아, 스승님. 뵙고 싶었습니다." 아라이소가 그렇게 말하는 틈을 타 스님은 샅바를 바깥쪽으로 잡고 던지는 화려한 기술을 썼고, 아라이소의 거구는 공중을 한 바퀴 돌아 모래판 한복판에 쿵 하고 떨어졌다. 그때 아라이소의 모습은, 마치 메기가 표주박에서 미끄러져 떨어지거나 멧돼지가 사다리에서 떨어진 듯한, 이루 말로 표현할 수 없을 정도로 한심한 꼴이었으니, 이것은 두고두고 마을 사람들의 비웃음거리가 됐을 정도다. 스님은 재빨리 사람들 틈에 섞여 자신과는 아무 상관도 없는 일이라는 양 산속의 암자로 돌아가 개운한 마음으로 염불을 왰다. 갈비뼈가 세 대나 부러진 아라이소는 널빤지에 실려 죽은 사람처럼 돌아와서, "스승님, 너무하십니다, 너무하세요." 하고 헛소리를 해댔다. 이런저런 치료를 해보아도 차도가 없었고, 간호하는 사람들을 모두 발로 차버리니 병문안을 오는 사람도 차츰 없어져, 결국은 부모님이 그의 대소변을 받아내는 가당치않은 상황이 벌어졌다고 한다. 그리고 그렇게 엄청났던 거구가 뼈와 가죽만 남아 사라지듯 숨을 거둬, 일본에서 손꼽히는 스무 명의 불효자 중 으뜸이 되었다고 한다.

(『일본 스무 명의 불효자 이야기』, 5권 세 번째 이야기, 「쓸데없는 힘자랑」)

원숭이 무덤猿塚

옛날 지쿠젠 지방 다자이 부府에 시라사카 도쿠에몬이라는, 대대로 술가게를 경영해온 다자이 부에서 으뜸가는 부자가 있었다. 그의 딸인 오란은 유례없는 미인이어서, 일고여덟 살 때부터 보는 사람마다 눈이 휘둥그레졌고, 코흘리개 여자아이를 떠올리면서 술을 마시는 사람들이 많아 마을 전체에 밝고 들뜬 공기가 흘렀을 정도다. 올해 나이가 열예닐곱 이었는데, 가냘픈 몸에 소매가 늘어지는 옷을 입으니 소매가 무거워 보이기까지 했고, 아련한 봄빛이 감돌아 어머니조차 자기 딸에게 말을 걸고서는 자기도 모르게 할 말을 잃고 넋을 놓을 지경이었으니, 그 아이가 아름답다는 소문은 온 동네에 퍼져 그 딸을 본 적이 없는 사람조차 도 사랑에 빠질 정도였다. 이웃 마을에는 구와모리 지로에몬이라는 유복한 전당포집 아들이 살았다. 추남은 아니었지만 코가 크고 눈꼬리가 처진, 딱히 이렇다 할 특징은 없고 성실한 인상에 수염이 덥수룩한 남자였다. 치열이 고르다는 것이 그나마 그의 장점이었는데, 웃으면 약간 애교가 있어 보이는 것이 좋았던 것일까? 사람은 외양이 중요하지 않으며, 사람의 연이란 참으로 기이하고 터무니없기 마련이다. 어느 날 비를 피해 잠시 처마 밑에 함께 머무른 것을 계기로, 그가 오란의 사모의 대상이 되는 어이없는 행운을 잡게 되었다는 것이, 이 이야기의 발단이다. 두 사람의 부모님은 이 사실을 몰랐는데, 지로에몬은 자기 집을 드나드는 생선장수 덴로쿠를 슬쩍 불러, 도쿠에몬 님께 결혼 문제에 관하여 상의를 드리고 싶다는 얘기를 전하라고 시켰다. 덴로쿠는 평소 이 전당포에 적잖은 신세를 지고 있었던지라, 좀처럼 하기 힘들었을 지로에몬의 부탁을 듣고는, '여자 쪽 집은 술가게를 하니 다리를 잘 놔드린다면 술을 마음껏 마실 수 있겠지. 그리고 내 이자 지불 기한도 연기해달라고 할 수 있는 좋은 기회고 말이지.' 하는 생각에 신이 나서, 뻔뻔스럽게도 이제는 전당포 소유가 되어버린 자신의 예복용 기모노를 차려입었다. 모르는 사람이 보면 이게 누군가 싶을 정도로 꾀발라 보이는 얼굴로 도쿠에몬의 집으로 뛰어 들어가, 에헤헤 하고 웃고는 부채를 흔들며 정원석을 칭찬하자, 그를 보고 있던 도쿠에몬은 언짢은 기분으로 "무슨 용건이라도 있습니까?" 하고 물었다. 덴로쿠는 당황하지 않고 "다름이 아니라," 하고 운을 떼며 지로에몬의 의향을 넌지시 비치면서, "여기는 술가게이고 상대는 전당포이니, 그다지 무관한 장사는 아니지 요. 술가게에 뛰어 들어가기 전에는 항상 전당포에 들르고, 전당포를 나오면 항상 술가게에 들르는 법이니, 이 두 집이 연을 맺게 된다면 마치 스님과 의사가 친척이 되는 것처럼 범에 날개를 다는 꼴이니까, 동네 사람들도 다들 껌뻑 죽을 겁니다." 하고 쓸데없는 말까지 지껄였다. 지혜라는 지혜는 다 짜내어 하는 말이었으니 도쿠에몬도 약간 마음이 움직였는지 이렇게 말했다.

"구와모리 님의 큰아들이라면 저희 쪽에서도 그렇게 서운할 건 없습 니다. 그런데, 구와모리 님은 어떤 종지宗들를 믿으십니까?"

"음, 글쎄요." 의외의 질문이었기에 덴로쿠도 말문이 막혔다. "확실하 진 않지만, 아마 정토종일 겁니다."

"그렇다면 이 얘기는 없던 것으로 하지요." 도쿠에몬은 입을 삐죽이며 밉살스럽게 말했다. "우리 집안은 대대로 법화종을 믿어 왔고, 특히 저희 대에서 니치렌日蓮 스님의 뜻에 귀의하게 되어, 밤낮으로 나무묘법연화경南無妙法蓮華経을 끊임없이 외고, 딸에게도 그것을 시키고 있으니, 이제 와서 다른 종파의 집안으로 시집을 보낼 수는 없습니다. 당신이 다른 집 중매를 서려고 나선 사람이라면 그 정도는 알아보고 나서 오지 그러셨습니까?"

"아니, 저기, 저는," 덴로쿠는 식은땀을 흘리며 말했다. "저는 대대로 법화종의 니치렌 스님을 믿고, 밤낮으로 나무묘법연화경을……."

"무슨 말씀 하시는 겁니까? 당신한테 시집을 보내는 게 아니지 않습니까. 구와모리 님이 정토종을 믿는다면, 제 아무리 부자라 한들, 그리고 그분의 아들이 아무리 총명하고 남자다운 사람이라 한들, 저는 싫다고 할 겁니다. 니치렌 스님께 면목이 없어요. 그렇게 음침한 정토종이 어디가 좋다고 믿는 건지 원. 대대로 법화종을 믿는 우리 집 딸을 며느리 삼고 싶다니, 그런 얘기를 잘도 꺼내시는군요. 당신 얼굴만 봐도 속이 울렁거립니다. 돌아가세요."

덴로쿠는 일을 뜻대로 해결하지 못한 채 그대로 물러갔고, 풀이 죽을 대로 죽어서 자신이 들은 이야기를 지로에몬에게 전했다. 지로에몬은 가볍게, "뭐야, 그런 건 문제될 게 없잖아. 우리 집 종지宗旨를 바꾸면 그만이지. 우리 집은 원래 신심信心이 없는 집안이니 정토종이든 법화종이든 상관없어."라고 하면서 원래 있던 염주를 약간 긴 술이 달린 염주로 바꾸어 그것을 부모님께도 권한 뒤, 밤낮으로 나무묘법연화경을 외었다. 부모님은 영문을 알 수 없었지만 아들에게 꼼짝 못하는 부모였던지라 어쨌든 지로에몬이 시키는 대로, 한눈을 팔고 하품을 하면서도 나무묘법연화경을 외었다. 덴로쿠는 또다시 도쿠에몬의 집에 찾아가 구와모리 님의 집안도 니치렌 스님을 믿으며 불경을 외는 중이라고 의기양양한 얼굴로 말했지만, 도쿠에몬은 까다로운 남자였다. '집안의 뿌리부터 법화종이 아니라면 신심이 얄팍하다, 오란을 며느리로 들이고 싶어서 개종한 것이 빤하니 한심하다, 니치렌 스님도 기뻐하시지는 않을 것이다, 조금만 생각해도 알 수 있다, 딸은 법화종을 믿는 지인의 집에 시집을 보내기로 결정했다.'는 내용의 참담한 답변이 돌아왔다. 지로에몬은 그 말을 듣고 깜짝 놀라 우선 오란에게 '덴로쿠가 아무 도움도 안 되었다, 그리고 네가 법화종을 믿는 다른 집에 시집을 간다고 들었다, 빌어먹을, 나는 너를 위해 좋아하지도 않는 염불을 외고 북을 치다 손에 굳은살이 박였거늘, 생각해보면 지로에몬이라는 내 이름이 아즈마 지방의 사노 지로에몬[17]과 비슷해서 평소에도 좀 신경이 쓰였는데, 나 역시 이 사람 저 사람한테 차이는 팔자인가 보다, 일이 이렇게 됐으니 나도 칼을 휘두르고 다니며 백 명을 벨지도 모른다, 남자의 일념을 얕보지 마라.'라 는 내용의 편지를, 눈물을 흘리며 써 보냈다. 곧이어 오란에게서 답장이 왔는데, 그것은 '당신의 편지는 무슨 말씀을 하시는 건지 종잡을 수가 없었습니다. 어쨌든 칼을 휘두르다니, 그런 위험한 일은 하지 마세요. 백 명을 베기는커녕, 한 명을 베기도 전에 당신이 먼저 죽임을 당할 겁니다. 만일 당신의 일신에 위험이 닥친다면 저는 어찌하면 좋을까요? 저를 놀리지 마세요 다른 집과 혼담이 오갔다니, 저는 처음 듣는 얘기입 니다, 당신은 항상 코와 눈꼬리에 자신이 없다는 이유로 이런저런 꼬투리 를 잡아 저를 의심하시는데, 정말 난감합니다. 제가 이제 와서 어디로

....

17_ 佐野次郎左衛門. 가부키 극 『가고쓰루베사토노에이자메龍釣瓶花街醉醒』의 등장인물로, 여자에 게 차이고 끝내 미치광이가 되어 백 명 이상을 죽이는 인물이다.

시집을 가겠어요? 마음 놓으세요. 만약 아버지가 저를 다른 집으로 시집보낸다고 한다면 저는 가출을 해서라도 당신에게 갈 생각입니다. 여자의 일념이 어떤 것인지 보여드리지요.'라는 내용이었다. 지로에몬은 잠시 웃다가, 아직 안심하기에는 이르다는 생각에 억지로 얼굴을 찡그렸다. 어쨌든 이제는 니치렌 스님에게 기대고 싶어졌기에 염불이나 외자 싶어, 나무묘법연화경이라고 큰 소리로 외치며 무턱대고 북을 두드렸다.

이튿날 도쿠에몬은 방으로 오란을 불러들여, "혼초에서 종이가게를 하는 히코사쿠 님과 네 혼담이 잘 해결됐다. 이것도 니치렌 님의 뜻이니 감사하는 마음으로 영원을 약속하는 연을 맺어라." 하고 진지하게 말했다. 오란은 깜짝 놀랐지만 놀란 기색을 드러내지 않고 침착하게 인사한 후 방에서 나왔다. 그리고 날다시피 하여 2층으로 올라갔다. '편지 올립니다. 때가 왔습니다. 드디어 제가 움직일 때가 왔습니다. 저는 도망칠 생각입니다. 오늘 밤 저를 마중 나와 주세요. 부탁드립니다.'라고 허둥지둥 갈겨쓴 뒤, 황급히 가게 점원을 불러 이웃마을로 보냈다. 지로에몬은 그 편지를 쭉 훑어본 뒤 덜덜 떨며 부엌으로 가서 물을 마셨다. 생각을 좀 해봐야겠다 싶어 방 한가운데에 책상다리를 하고 앉아보았지만, 딱히 떠오르는 생각도 없었기에, 일어서서 옷을 갈아입고 가게 계산대에 가서 서랍 여기저기를 다 열어 뒤져보았다. 지배인이 무엇을 하느냐고 캐묻기에 "아, 그냥 좀."이라고 하고는 황급히 약간의 돈을 소매 안에 넣었다. 암담한 기분 탓에 게다를 짝짝이로 신고 나왔다는 사실을 뒤늦게 깨달았지만, 집으로 되돌아가기도 무서워서 잠시 신발가게에 들렀다. 이제 돈이 이것밖에 없다고 생각하니 아껴 써야겠다는 마음에 가장 싼 조리를 샀는데, 바닥이 얇은 조리를 신고 걸으니 땅 위를 맨발로 자박자박 걷고 있는 듯한 느낌에 불안해져서, 걷다가 감정이 복받쳐 올라 눈물이 났다. 이윽고 이웃마을의 도쿠에몬의 집 뒷문에 도착하자 오란이 쏜살같이 뛰어나와서 아무 말 없이 지로에몬의 손을 잡더니 자기가 앞장서서 걷기 시작했다. 지로에몬은 맹인처럼 오란의 손에 이끌려 자박자박 걸었고, 또다시 엉엉 울기 시작했다. 여기까지는 철없는 남녀의 시답잖은 이야기지만, 물론 이야기는 이게 끝이 아니다. 세상살이의 엄숙한 노고에 대한 이야기는 이제부터 시작이다.

두 사람은 그날 밤 70리를 걸었다. 왼쪽으로 드넓게 펼쳐진 하카타의 푸른 바다를 꿈꾸는 기분으로 바라보며 계속 먹지도, 마시지도 않은 채 등 뒤에서 사람의 발소리가 들릴 때마다 자신들을 쫓아오는 사람인가 싶어 간담이 서늘해져서 살아 있다는 기분조차 들지 않았다. 그렇게 계속 걷고 또 걸어서 비틀거리며 도착한 곳은, 다름 아닌 성자필쇠, 시생멸법[18]의 가와가사키,[19] 이곳 가와가사키의 산기슭에 있는 들판 한가운데에 위치한, 지로에몬이 어렴풋이 아는 사람의 집에 찾아갔다. 예상대로 푸대접을 받았지만 그럴 만하다고 생각하며 꾹 참고, "무례를 범해 죄송합니다만, 이거라도 받으시지요." 하고 돈이 든 종이꾸러미를 내밀었고, 그날은 헛간에서 쉴 수 있었다. 그들은 그제야 비로소 자신들의 한심한 처지를 깨닫고 초췌해진 얼굴을 마주 보며 한숨지었다. 오란은 자신의 애완 원숭이인 요시베에의 등을 쓰다듬으며 코를 연신 훌쩍였다. 이 요시베에라는 이름의 원숭이는 새끼 때부터 오란의 사랑을 받으며

• • • • • • • • • • •

18_ 盛者必衰, 是生滅法. 한번 성한 것은 반드시 쇠하기 마련, 이것이 곧 나고 죽는 생사의 법.

19_ 鐘ヶ崎. 가와가사키鐘崎라는 지명은 옛날에 대륙에 있던 범종을 일본으로 옮기던 중 이 지역 바다 앞에 종이 가라앉았다는 전설에서 비롯된 것이다. 이후 그 종을 건져 올리려는 시도가 몇 번이나 있었지만, 모두가 실패했다고 한다.

자란 원숭이인데, 오란이 지로에몬과 함께 밤길을 달릴 때 뒤따라와서 10리 정도 갔을 때 오란의 눈에 띄었다. 혼을 내고 돌을 던져 쫓아내려 해도 졸졸 쫓아와, 지로에몬이 이를 불쌍히 여겨 이왕 따라온 것이니 데려가자고 했다. 오란이 이리 오라고 손짓하자, 원숭이 요시베에는 기뻐하며 달려와 오란에게 안긴 채 눈을 깜빡이며 두 사람의 얼굴을 딱하다는 듯 쳐다보았다. 이제는 둘의 충실한 하인이 되어 헛간에 식사를 나르고, 파리를 쫓고, 빗으로 오란의 귀밑머리를 빗어주는 등, 불필요한 것까지 세심하게 도와주면서, 짐승이면서도 둘의 쓸쓸함을 위로해주려 애썼다. 아무리 숨어 다니는 처지라 한들, 언제까지나 비좁은 헛간에 숨어 살 수는 없었다. 지로에몬은 그 박정한 지인에게 가진 돈의 대부분을 주며 근처의 공터에 초라한 초가집을 지어달라고 했다. 부부와 하인 원숭이는 거기에 살며 좁은 땅을 갈아, 먹고살 만큼의 야채를 키우고 짬짬이 담뱃잎을 잘게 다졌고, 오란은 목면으로 된 형틀을 만들어 팔며 근근이 살아갔다. 좋아하는 것도, 싫어하는 것도 젊은 날의 치기어린 꿈. 부모를 등지고 집을 나와 보아도 딱히 특별한 것은 없었고, 지금은 그저 세상에 차고 넘치는 가난뱅이 집안의 아저씨, 아줌마였다. 얼굴을 마주 보아도 즐거울 것 없었고, 부엌에서 달그락거리는 소리가 나면 "쥐 아냐? 팥에 똥 싸면 안 되는데!" 하고 화들짝 놀라 자리에서 일어날 따름이었다. 가을의 단풍도, 봄의 제비꽃도 아무런 즐거움이 되지 못했다. 원숭이 요시베에는 이 기회에 주인의 은혜에 보답해야겠다는 생각에, 근처 산에 올라가서 떡갈나무 가지와 떨어진 솔잎을 주워 모아 집에 가져온 뒤 화덕 밑에 웅크리고 앉아, 솔잎에서 나는 연기에 고개를 돌리면서 커다란 부채를 힘껏 펄럭펄럭 부쳐댔다. 또 부부에게 미적지근한 차 한 잔을 권하고 우스운 일이 있어도 얌전히 앉아 있었으며, 말은 못 해도 가난한 두 부부를 배려하는 마음에 저녁식사도 사양하면서 조금만 먹어도 배가 부른 듯 벌러덩 드러누웠다. 지로에몬이 식사를 마치면 그에게 다가가 어깨와 발목을 주물렀고, 그게 끝나면 부엌에 가 설거지를 하는 오란을 도왔으며, 이따금 접시를 깨고는 정말 면목이 없다는 듯한 표정을 지었다. 부부는 요시베에를 유일한 낙으로 삼으며 자신들의 근심을 잊었다. 그렇게 그해가 지나 이듬해 가을, 기쿠노스케라는 자식이 생겨 오랜만에 초가집에서 부부의 즐거운 웃음소리가 새어나왔다. 갑자기 부부의 삶에 활력이 생겨서, 아이가 눈을 떴다는 둥, 하품을 했다는 둥 소란을 피우니 요시베에도 깡충깡충 뛰어다니며 기뻐했고, 산에서 나무 열매를 따와 아기의 손에 쥐어주다가 오란에게 혼이 나기도 했다. 그래도 요시베에는 아이가 신기해 죽겠는지, 아이 곁에 꼭 붙어 자는 얼굴을 들여다보았다. 그러다 아기가 울면 놀라서 오란의 품으로 달려가 옷깃을 끌고 와서는 젖을 주라는 몸동작을 해보이고, 아기가 젖을 먹는 모습을 똑바로 앉아 신기한 듯 들여다보았고, 부부는 좋은 유모가 생겼다며 웃었다. 그렇다고는 해도 기쿠노스케도 참으로 딱한 아이였다. 일 년만 더 빨리 구와모리의 옛 고향집에서 태어났다면 비단 이불에서 자고, 유모도 두어 명은 붙었을 것이며, 사방에서 수북이 쌓일 만큼의 배내옷을 선물 받아, 벼룩 한 마리 얼씬하지 못하는 곳에서 백옥 같은 피부로 편하게 자랄 수 있었을 텐데, 1년이 늦은 바람에 비바람도 다 막지 못하는 초가집에서 자고, 나무 열매 따위를 장난감 삼으며 원숭이 유모를 두다니. 이런 식으로, 부부는 자신들의 철없는 사랑 탓에 일어난 일이라는 사실도 잊고 그저 아이만을 불쌍히 여겼다. 지금은 이렇게 비참한 생활을 하고 있지만, 이 아이가 철이 들 무렵까지는 어떻게든 재산을 모아 고향에 계신 부모님 보란 듯이 잘 살아야겠다 하고, 지로에몬은 아이에 대한 사랑으로 말미암아 그렇게 결심을 굳히고 기운을 내어 동네 사람에게 요즘 잘 되는 장사가 무엇이냐고 물으며 다녔고, 초가집도 작년과는 달리 활기를 띠었다. 외아들인 기쿠노스케도 토실토실 살이 오르고 잘 웃었으며, 어머니인 오란을 빼닮아 빛이 날 정도로 외모가 출중했다. 원숭이 요시베에는 들판의 가을 풀을 꺾어와 기쿠노스케의 얼굴 가까이에 내밀면서 아이를 잘 얼렀기에, 부부는 아무런 근심 없이 함께 텃밭으로 나가 무를 캐며 올 가을에는 뭔가 좋은 일 없으려나? 하고 행복을 예감하며 훈훈한 마음으로 지냈다. 그 무렵 근처에 사는 농부로부터 좋은 사업이 있다는 얘기를 듣고 귀가 솔깃해진 그들은, 자세한 얘기를 들어보기 위해 어느 화창한 가을날, 함께 그 사람을 찾아가느라 집을 비웠다. 원숭이 요시베 에는 이제 슬슬 도련님이 목욕할 시간이라며 다 안다는 듯한 얼굴로 일어나, 평소에 오란이 했던 것처럼 우선 화덕에 불을 피워 물을 데우고 물이 끓어오르는 것을 본 뒤 그 뜨거운 물을 한가득 가져와, 다른 준비도 없이 아이의 옷을 벗기고 다 안다는 듯 아이를 안아 올리더니, 오란이 했던 것처럼 아이의 얼굴을 들여다보며 가볍게 고개를 두어 번 끄덕인 뒤 갑자기 아이를 대야에 첨벙 집어넣었다.

아악 하는 외마디 비명과 함께 기쿠노스케의 숨은 끊어졌다. 심상치 않은 비명소리를 들은 부부가 얼굴을 마주 보고는 집으로 달려와 보니, 요시베에는 허둥거리고 있었고, 아이는 대야 속에 잠겨 있었다. 아이를 꺼내보니 마치 찐 새우와도 같았고, 차마 눈을 뜨고 볼 수 없는 무참한 시체가 되어 있었다. 오란은 쓰러져 나뒹굴며, 죽더라도 다시 한 번 그 귀여운 모습을 보고 싶다며 미친 사람처럼 울부짖었다. 어안이 벙벙해 져 있던 원숭이를 붙잡고, 어쨌든 너는 내 아이의 적이니 당장 너를 때려죽이겠다며, 여자 몸에 어울리지 않게 장작을 휘둘렀다. 지로에몬도 가슴이 찢어지는 듯한 슬픔에 하염없이 눈물을 흘렸지만, 이건 남자의 도량이 필요한 일이고, 이것도 다 인과因果에서 비롯된 일이라 생각하며 마음을 가라앉혔다. 그리고 오란의 손에서 장작을 빼앗아 들고는, 요시베에를 때려죽이고 싶은 마음이 드는 것도 당연하지만, 이제 돌이킬 수 없는 일이니 또 살생을 하는 것은 오히려 기쿠노스케의 보리[20]에 안 좋을 것이고, 요시베에도 우리를 도와준답시고 한 것이니 딱하다, 짐승의 지혜가 얕은 것은 어쩔 수가 없는 것이다, 하고 울며불며 말했다. 원숭이 요시베에는 방 한구석에서 눈물을 흘리며 두 손을 모으고 있었다. 부부는 그 모습을 보기가 차츰 더 괴로워져서, 전생에 얼마나 나쁜 일을 했기에 이런 험한 꼴을 당하는 것인가 싶어 삶의 의욕도 잃고 말았고, 기쿠노스케를 묻은 뒤에는 둘 다 병을 얻어 몸져누웠다. 원숭이 요시베에는 밤에도 자지 않고 부지런히 둘을 간호했고 나흘마다 아기의 묘소를 찾아 매번 풀꽃을 꺾어다 바쳤다. 부부가 조금 기운을 차린 백 일째 되던 아침, 요시베에는 쓸쓸히 무덤을 찾아가 대나무 창으로 숨통을 찔러 스스로 목숨을 끊었다. 원숭이의 모습이 보이지 않는 것을 이상하게 여긴 부부는 지팡이에 의지하여 가장 먼저 기쿠노스케의 묘소로 가보았다. 원숭이의 가엾은 모습을 보고 한눈에 모든 상황을 파악한 뒤, 기쿠노스케가 죽고 나서는 요시베에만을 이 세상이 주는 위안으로 삼고 있었거늘, 하고 탄식하며 정성스레 원숭이의 명복을 빌어주었고, 기쿠노스케의 무덤 옆에 원숭이의 무덤을 만들어주었다. 둘은 바로 출가하였는데, (여기까지 쓰고 작자는 어찌할 바를 모르겠다.

· · · · · · · · · · ·
20_ 菩提. 불교의 최고 이상인 불타 정각의 지혜.

염불일까, 나무묘법연화경일까? 원문에는, 그 초가집에서는 끊임없이 나무묘법연화경을 외는 소리가 들렸고, 법화독송法華讀誦 소리 또한 그치지 않았다고 되어 있다. 법화를 주장하는 도쿠에몬의 완고함이 여기에서 고개를 내밀면 이 슬픈 이야기도 다 무너져버릴 것 같다. 끝을 어떻게 맺어야 할지 모르겠다.) 또다시 초가집에서 살기도 내키지 않아, 둘은 가을 풀들을 헤쳐 가며 정처 없는 여행을 떠났다.

(『휴대용 벼루懷硯』, 4권 네 번째 이야기, 「사람 흉내를 낸 원숭이의 목욕」)

인어의 바다 _{人魚の海}

　　고후카쿠사 천황이 재위하던 호지 원년^{1247년} 3월 20일, 쓰가루의
오우라라는 곳에 처음으로 인어가 떠내려 왔다. 머리에는 해초와도
같은 녹색 머리칼이 풍성했고, 얼굴에는 슬픔을 머금은 미녀였다. 미간
에 작은 다홍색 볏이 있었고, 상반신에는 수정처럼 투명하고 아련한
푸른빛이 감돌았으며, 가슴에는 붉은 열매 두 개를 나란히 품은 남천촉
같은 유방이 있었다. 하반신은 물고기 모양이면서도 언뜻 보면 금색
꽃잎처럼 보이는 비늘이 빈틈없이 돋아 있었으며, 꼬리지느러미는 투명
한 금색으로 커다란 은행나무 잎과도 같았다. 목소리는 종다리 노랫소리
와 비슷하면서도 맑고 산뜻했다는 놀라운 이야기가 전해져 내려온다.
어쨌든 북쪽의 땅끝 마을 바닷가에는 이처럼 불가사의한 물고기도
적잖이 있는 모양이다. 옛날에 마쓰마에의 포구 행정관인 주도 곤나이라
는 사람이 있었다. 그는 중년의 나이에 용맹하고 담력이 있는 타고난
무사였다. 어느 해 겨울, 업무상 마쓰마에의 각 포구들을 시찰하고서
날이 저물 즈음 사케가와 만 부근에 이르렀는데, 마침 그곳에서 나가는
배를 만나 다른 승객 대여섯 명과 함께, 예정대로라면 그날 중으로
다음 포구까지 갈 수 있을 것이라 기대하며 배에 올랐다. 북쪽 지방의
겨울 날씨답지 않게 웬일로 하늘도 맑고 물결도 잠잠했다. 출발한 배가

뭍에서 8정^T 정도 나아갔을 무렵, 바람도 없는데 파도가 약간 거칠어지기 시작하더니 배가 나뭇잎처럼 흔들렸다. 승객들은 공포에 질려 얼굴이 흙빛이 되었다. 자신이 사랑하는 여인의 이름을 외쳐대며 안녕, 안녕하고 볼썽사납게 몸부림을 치는 자도 있는가 하면, 짐 꾸러미에서 관음경 觀音經을 꺼내어 거꾸로 든 줄도 모르고 그대로 펼친 채 벌벌 떨며 그것을 읊어대는 자도 있었고, 표주박을 끌어당겨 안에 채워져 있던 술을 서둘러 마시면서 "이것을 다 마시지 못하면 죽어도 눈을 못 감을 것이다, 빈 표주박은 부낭이 될 것이다."라며 무언가 깊은 뜻이라도 있는 듯 다섯 치도 안 되는 작은 조롱박을 사람들에게 보이며 자랑하는 자도 있었다. 왜 그러는지는 몰라도 끊임없이 이마에 침을 바르는 자도 있는가 하면, 서둘러 지갑을 꺼내어 돈 계산을 하고는 한 냥이 부족하다고 중얼거리면서 주위 승객들을 불쾌한 눈초리로 노려보는 자도 있었고, 생사의 갈림길에서도 누가 자기 발을 밟았다며 쓸데없는 실랑이를 벌이는 자도 있었다. 이처럼 사람들은 각양각색으로 소란을 피웠고, 파도가 점점 더 거칠어져 배는 위 아래로 심하게 흔들렸다. 점점 소란을 피울 힘도 없어져, 뱃사공이 배 바닥에 엎드려 "살려주십시오!" 하고 신음하며 죽은 사람처럼 축 처져 있자, 모든 승객들은 쓰러져 울다 제정신을 잃었다. 단, 주도 곤나이만큼은 홀로 처음부터 뱃전을 등지고 책상다리를 하고 앉아 조용히 팔짱을 끼고서 앞을 보고 있었다. 이윽고 눈앞의 바닷물이 금색으로 바뀌고 오색 빛의 물방울이 튀는가 싶더니 하얀 파도가 둘로 갈라져, 전부터 이야기를 들어 알고 있었던 인어가 이야기 속 그 모습으로 나타나 머리를 흔들며 초록빛 머리칼을 뒤로 넘기고 수정 같은 팔로 바닷물을 한두 번 쓸더니 뱀처럼 유연하게 곤나이가 탄 배로 빠르게 다가와 작고 붉은 입을 열어 상쾌한 피리 소리를 냈다. 자신의 뱃길을 방해하는 인어에게 화가 난 곤나이는 짐에서 짧은 활을 꺼내어 신에게 기도한 뒤 화살을 휙 쏘았고, 그것은 빗나가지 않고 인어의 어깻죽지에 명중하여 인어는 소리 없이 물결 속으로 가라앉았다. 그러자 거친 파도는 곧 잦아들었고 바다는 원래대로 잠잠해졌다. 평온한 석양이 배 안에 들이비쳤고, 선장은 얼빠진 표정으로 일어나 "뭐야, 꿈이었나?" 하고 말했다. 곤나이는 자신의 공을 있는 대로 떠들어대는 경박한 무사가 아니었다. 가만히 미소 지으며 좀 전에 하던 대로 팔짱을 끼고서 뱃전에 기대어 앉아 있었다. 승객들도 차츰 흙빛이 된 얼굴을 들어 올렸는데, 부끄러움을 애써 숨기려 요란하게 웃는 자도 있는가 하면, 다섯 치쯤 되는 표주박을 거꾸로 흔들며 모처럼 가져온 술을 아무런 흥취도 없이 다 마셔버려서 앞으로의 낙이 없어졌다는 푸념만 늘어놓는 자도 있었다. 또한 방금 전 집에 홀로 남아 있을 젊은 첩의 이름을 부르며 몸부림치던 여든 먹은 노인네는 "정말 무섭구먼!" 하고 중얼거리며 옷차림을 가다듬더니, 이것은 용이 승천한 것임에 틀림없다고 단정 지었다. "원래 용이 올라가는 모습은 엣추 에치고의 바다에서 많이 볼 수 있는 것으로, 이런 일은 여름에 가장 흔하며 먹구름 떼가 몰려오면 바닷물이 그것을 빨아들이기라도 하는 듯 파도가 높이 말려 올라가 먹구름과 바닷물이 기둥을 만들지. 어떤 책에는 눈을 크게 뜨고 그 엄청난 기둥을 유심히 들여다보면, 아니나 다를까 용의 꼬리와 머리가 그 안에 뚜렷이 보인다는 얘기가 나와 있어. 또 다른 책에는, 어떤 사람이 에도에서 배를 타고 올라와 도카이도에 있는 오키쓰 앞바다를 지나던 중에 하늘에서 먹구름 떼가 밀려와 그 배를 덮쳤는데, 선장이 크게 놀라 이것은 용이 이 배를 휩쓸어 하늘로 끌어올리려는 것이라 재빨리 머리칼을 잘라 태워야 한다며 배 안에 있던 모든 사람들의 머리칼을 잘라 태웠고, 지독한 냄새가 하늘로 올라가자 얼마 안 있어 그 먹구름이 흩어졌다는 얘기가 나와 있지. 나처럼 어리석은 노인네도 젊었을 때 같으면 좀 전 같은 상황에서 그 즉시 머리를 잘랐을 텐데 하필이면 나이를 이렇게나 많이 먹어서……." 하고 말하고는 벗겨진 머리를 진지한 얼굴로 조용히 쓰다듬었다. 관음경을 외던 사람은 "오, 그렇습니까?" 하고 완전 바보 취급을 하는 듯한 표정으로 노인을 외면하며 적당히 받아친 뒤, "모든 것이 틀림없는 관음보살님의 힘입니다." 하고 나직이 중얼거리고는 우쭐대는 표정으로 눈을 감고서 "나무관세음보살." 하고 말했다. "아, 동전이 여기 있었구나!"라며 자기 주머니에서 부족하다던 한 냥을 발견하고 뛸 듯이 기뻐하는 자도 있었는데, 그 가운데 곤나이는 그냥 빙긋이 웃고 있었다. 이윽고 배는 흔들거리며 항구로 들어섰고, 사람들은 생명의 은인이 눈앞에 있는 줄도 모르고 서로를 향해 천진난만하게 축하 인사를 건네며 육지에 올랐다.

주도 곤나이는 곧장 마쓰마에 성으로 가서 상사인 노다 무사시에게 이번 포구 시찰의 결과를 상세히 보고하고, 쉬면서 이런저런 여행담을 늘어놓다가 인어 이야기를, 조금의 과장도 없이 있는 그대로 담담하게 말했다. 무사시는 평소에 곤나이의 올곧은 성격을 잘 알고 있었기에 그 인어의 불가사의함을 의심 없이 그대로 믿고, 무릎을 치며 말했다. "요즘엔 좀체 듣기 힘든 얘기군. 특히 자네의 침착함과 용감함이 빛나는 이야기네. 이 사실을 당장 장군님께 알려드려야겠어."라고 하자, 곤나이는 얼굴을 붉히며 "아닙니다, 그렇게까지 대단한 일도 아닙니다."라고 했지만 그런 곤나이의 말이 끝나기도 전에 "그렇지 않네. 자네는 예부터 전례가 없는 큰 공을 세웠으니, 젊은 가신家臣들에게도 큰 자극이 될 것이네." 하고 강하게 밀어붙이고, 우물쭈물하는 곤나이를 재촉하여 함께 장군님을 뵈러 갔다. 때마침 장군님의 저택에는 많은 중역들도 모여 있어서, 노다 무사시는 더욱 의욕에 차서 말했다. "여러분, 여기 주목하십시오, 정말 기이한 공을 세운 자가 있습니다," 하고 곤나이가 여행길에서 겪은 불가사의한 사건을 전하려 입을 떼자, 장군님을 비롯해 그 자리의 모든 사람들이 관심을 보이며 귀를 기울였다. 그런데 그중에 아오사키 햐쿠에몬이라 하여, 부친인 햐쿠노조가 마쓰마에의 가로[21]로서 충성을 다하여 근무한 덕택에 아버지가 돌아가신 뒤 그 녹봉을 고스란히 받으며 아무 일도 하지 않는 주제에 중역 취급을 받고, 좋은 집안에서 자란 것을 자랑하며 동료들을 업신여기고, 졸부의 딸 같은 사람을 아오사키 집안에 들일 수 없다 하며 아내를 맞지 않고 도락 삼매경에 빠져 세월을 보내다 올해 마흔하나가 된 사람이 있었다. 최근에는 아내를 맞고 싶다고 한들 아무도 자신의 딸을 주려 하지 않았으니, 스스로가 거만하게 군 탓이라고는 하지만 세상살이에 아무런 낙이 없었고, 사사건건 가신[家臣]들에게 밉살스런 말을 했다. 신장은 여섯 자 정도 되고 깡마른 체형에 양손의 손가락은 붓대처럼 길고 가늘었으며, 움푹 파인 작은 눈에는 불쾌한 푸른빛이 감돌았다. 코는 커다란 매부리코에 볼은 홀쭉했으며 입은 일자로 꾹 다물고 있었다. 마치 지옥의 퍼런 도깨비처럼 생겨서 모든 이에게 미움을 사고 있던 햐쿠에몬이, 무사시의 이야기를 절반도 듣지 않고 후후, 하고 웃으며 "이보게, 겐사이." 하고 말석에 머리를 조아리며 앉아 있던 차[茶] 담당 관리 겐사이에게 갑자기 말을 걸었다.

"자네는 어찌 생각하는가? 저런 어처구니없는 이야기를 구태여 장군

. . . .
21_ 家老. 에도시대 다이묘의 으뜸 가신으로 정무를 총괄하는 직책.

님께 고하다니, 너무 무례하다고 생각하지 않는가? 세상에는 도깨비도 없고, 불가사의한 일도 없네. 언제나 원숭이 얼굴은 빨갛고, 개의 다리는 네 개지. 인어라니, 어린애들이 읽는 옛날이야기도 아니고, 나잇살이나 먹은 점잖은 양반이 이마에 붉은 볏이 달렸다느니 어쨌느니 하는 건 너무한 거 아닌가?" 하고 방약무인한 태도로 점점 더 소리 높여 말했다. "그렇지 않은가? 겐사이. 뭐 그 인어인가 뭔가 하는 괴상한 어류가 북쪽 지방 바다에 살고 있다 쳐도, 그런 전례 없는 요괴에게 활을 쏘아 명중시키다니, 그 사람에게 신통력이 없고서야 가능한 일이겠는가? 어중간한 실력으로는 물리칠 수 없을 것이네. 새에게는 날개가 있고 물고기에게는 지느러미가 있지. 나는 새와 헤엄치는 금붕어를 명중시키는 것도 보통 일이 아닌데, 상반신이 수정이라는 괴물을 퇴치하는 것은 활의 신이신 하치만대보살, 요리미쓰, 쓰나, 하치로, 다와라 도타[22] 등 모두의 힘을 다 합친 실력이 아니고서야 불가능하지. 아니, 이렇게 얘기하는 것보다 증거를 보여주겠네. 자네의 집 연못에 있는 금붕어를 생각해 보게. 자네도 알지? 정말 얕은 물을 즐겁게 팔랑팔랑 헤엄치는 금붕어 말일세. 얼마 전에 너무 따분한 나머지 작은 장난감 활로 200발 정도를 쏴보았지만, 그럼에도 명중시키지 못했네. 곤나이 님도 바다에 나가면 흔히 부는 약한 회오리바람을 만나고는 몹시 놀란 맘에 떠내려오는 부목에 활을 쏜 것이 아닌가 싶네만. 그러지 않기를 바라지만 말일세." 하고 몹시 당혹스러워하며 머뭇거리던 차 담당 관리를 붙잡고 장군님더러 들으라는 듯 잡담을 늘어놓았다. 노다 무사시는 이 얘기를 듣다못해 햐쿠에몬을 향해 말했다.

......

22_ 모두 일본의 신사나 절에서 무술의 신으로 추앙받는 인물들.

"그건 자네 공부가 부족한 탓이야." 평소에 햐쿠에몬의 기고만장하고 뻔뻔스러움에 대한 울분도 있었던 탓에 덤벼드는 듯한 말씨로 말했다. "이처럼 어설프게 박학다식한 사람은, 세상에 불가사의한 것이 없고, 도깨비도 없다는 인정머리 없는 말을 하며 잘난 척하기 마련이지만, 원래 이 일본이라는 나라는 신의 나라라 일상적인 도리를 넘어서는 불가사의한 진실들이 명백히 존재하지. 자네 집의 얕은 연못과 비교하면 안 되네. 신국神国 삼천 년, 산해만리山海万里에는 기이하게 생긴 생물들이 있을 법도 하네. 고대에도 닌토쿠 천황 재위 시절 히다 지역에 몸 하나에 얼굴이 둘인 사람이 나왔고, 덴무 천황 시절에는 단바의 산속에 있는 집에서 뿔이 열두 개 달린 소가 나왔으며 몬무 천황 시절, 게이운 4년707년 6월 15일에는 신장 여덟 장약 28.64m에 너비가 한 장 두 척약 2.88m인 머리 하나에 얼굴 셋이 달린 도깨비가 다른 나라에서 들어온 일도 있었네. 이런 일들도 있었으니 인어가 나타났다는 것은 의심할 만한 일도 아니네." 노다 무사시가 이처럼 달변을 뽐내자, 그렇지 않아도 푸른 햐쿠에몬의 낯빛은 한층 더 파래졌지만 그는 히죽 웃고 난 뒤,

"당신이야말로 어설프게 박학다식한 사람이구먼. 나는 논쟁을 싫어하네. 논쟁이란 서로 잘났다고 다투는 천한 것들이나 하는 짓이야. 어린애도 아니고. 목에 핏대를 세워가며 공론을 가지고 싸워본다 한들, 서로 자신의 주장을 더욱 고집하게 될 뿐이니. 논쟁은 시시한 것이지. 나는 인어가 이 세상에 없다고 주장하는 것이 아니네. 본 적이 없다는 것일 뿐이지. 곤나이 님도 공을 세운 김에 그 인어를 가져왔으면 좋았을 텐데 말이야." 하고 밉살스럽게 큰소리를 쳤다. 무사시는 더욱 흥분해서 일어나 그에게 다가갔다.

"무사에게는 믿음이 중요하네. 직접 확인해 보지 않고서야 믿을

수 없다니 원, 그런 마음가짐을 가진 자네가 애처로울 정도야. 마음에 믿음이 없으면 이 세상에 무슨 실체가 있겠는가? 직접 확인해보지 않고서는 믿지 못한다는 것은, 보지 않은 것 모두가 선잠을 자며 꾼 꿈과도 같다는 것이지. 실체는 오로지 믿음으로써 받아들일 수 있네. 그리고 믿음은, 마음에서 우러나는 애정을 근원으로 하는 것이야. 자네의 마음속에는 티끌만큼의 애정도 없고, 믿음도 없군. 저것 보게, 곤나이는 당신의 독설을 듣고 조금 전부터 몸을 떨며 피눈물을 흘리고 있네. 곤나이는 당신과는 달리 거짓말 따위를 할 사람이 아니야. 설마 당신이 곤나이의 평소 올곧은 성격을 모른다고 하지는 않겠지." 하고 추궁했지만, 햐쿠에몬은 이에 개의치 않고,

"이런, 장군님이 일어서셨다. 화나신 것 같아." 하고 준엄한 말투로 말하고는 몸을 납작 엎드리면서 안방으로 들어가는 성주城主더러 들으라는 듯,

"어이쿠, 이런. 내가 바보들에게 실례를 범했네."라고 작은 목소리로 중얼거리고는 일어나, "머리가 잘 안 돌아가는 것을 올곧다는 말로 표현하는지는 모르겠소만, 꿈이나 미신을 진짜인 것마냥 말하며 세상을 어지럽히는 사람은 모두 올곧은 사람들이지."라는 말을 남기고는 고양이처럼 발소리도 내지 않고 물러갔다. 다른 중역들도, 어떤 이는 짓궂은 햐쿠에몬에게 짜증을 냈고, 또 어떤 이는 무사시의 달변도 꼴불견이라며 그놈이 그놈이라 여겼고, 또 어떤 이는 졸다가 무슨 일이 있었는지 영문도 모른 채 멍하니 일어나, 한두 명씩 나가더니 나중에는 무사시와 곤나이만 남았다. 무사시는 분하다는 듯 이를 갈며,

"제길, 그런 되도 않는 말을 잘도 지껄이는군. 곤나이, 자네 마음 다 아네. 당신도 무사이니 이미 각오는 되어 있겠지만, 언제 어떤 상황이

든 이 무사시는 자네 편이네. 그렇다고는 해도, 녀석을 그냥 이대로 두면 안 될 것 같군." 하고 기운을 북돋아주었다. 곤나이는 그 말을 듣고는 한층 더 슬프고 원망스러운 마음에 잠시 말 한마디 없이, 소리도 내지 않고 통곡했다. 불행한 사람은 남이 감싸주거나 동정해주면 기뻐하기보다는, 자신의 처지를 더욱 괴롭고 불행한 것으로 여기기 마련이다. 복받쳐 오르는 감정에 어찌할 바를 모르고 엉엉 울다, 당장이라도 죽음을 각오한 듯 주먹으로 눈물을 훔친 뒤 고개를 들고 또다시 흐느껴 울면서,

"송구하옵니다. 조금 전에 햐쿠에몬이 한 심한 험담을 흘려들을 수가 없어서, 미천한 저 곤나이도 녀석을 두 동강 내버릴까 싶었지만, 장군님 앞이라 꾹 참았습니다. 그저 분함에 목이 메어 있었는데, 이제 마음을 정했습니다. 지금 햐쿠에몬의 뒤를 쫓아가 단칼에 베어오는 것이 가장 쉽겠지만, 그러면 다른 가신[武臣]들은 저 곤나이가 햐쿠에몬 때문에 거짓말을 한 것을 들켜서 너무 분한 나머지 그를 해친 것이라 여겨, 제가 한 인어 이야기도 수상쩍어 할 것이고 장군님께도 폐를 끼치게 될 것입니다. 어차피 저는 내리막길 신세이니, 죽을 때를 놓친 김에 조금 더 오래 살며 사케가와 만 부근을 샅샅이 뒤질 것입니다. 만약 궁술의 신이신 하치만 님께서 저를 버리지 않아 그 인어의 시체를 발견하게 된다면 저 곤나이의 무운[武運]이 아직 다하지 않았다는 증거가 될 것이니, 그것을 가져와 가신들에게 보여준 다음 햐쿠에몬을 기탄없이 때려눕히고 저도 기쁜 마음으로 할복을 하겠습니다."라고 말했다. 무사시는 가련한 마음에 함께 울며,

"내가 쓸데없이 나서서 자네의 용맹을 장군님께 뽐내는 게 아니었어. 괜히 인어 얘기를 꺼낸 탓에 아까운 남자를 죽게 만들다니. 용서하게 곤나이, 다음 세상에는 무사로 태어나지 말게."라고 하더니 고개를

돌리고 일어나, "자네가 없는 동안 이곳 걱정은 말게." 하고 힘차게 말하고는 자리를 떴다.

곤나이의 집에는 살결이 희고 이목구비가 뚜렷하며 산뜻한 느낌에 키가 큰, 올해 나이 열여섯 난 딸아이 야에와 아담한 체구에 영리한 스물한 살의 하녀 마리, 이렇게 둘밖에 없었다. 곤나이의 아내는 6년 전 이미 병으로 세상을 떠났다. 곤나이는 그날 애써 밝은 표정으로 집에 돌아가, "아버지는 바로 또다시 여행을 떠난다. 이번 여행은 조금 길어질지도 모르니 집 잘 보거라."라는 말만 남긴 채 거의 전 재산을 주머니에 쑤셔 넣고서 도망치듯 집을 나섰다.

"아버지 이상하지 않아?" 야에는 아버지를 배웅하고서 마리에게 말했다.

"그러게요." 마리는 침착하게 동의했다. 곤나이는 남을 잘 속이지 못하는 성격이었다. 아무리 밝게 웃어도 사람들은 속지 않았다. 열여섯 난 딸도, 그리고 하녀도 늘 그의 속내를 꿰뚫어보았다.

"돈을 많이 가지고 나가셨잖아." 그런 것까지 다 알고 있었다.

마리는 고개를 끄덕이며,

"보통 일이 아닌 것 같아요." 하고 무언가 있다는 듯한 얼굴로 중얼거렸다.

야에는, "걱정 돼서 가슴이 뛰어."라고 말한 뒤 양팔의 소매로 가슴을 감쌌다.

마리는, "무슨 일이 일어날지 몰라요. 누가 와도 볼품사납지 않도록, 지금 바로 집 안팎을 깨끗이 청소해요."라고 하며 재빨리 소매를 걷어 붙였다.

그때 중역인 노다 무사시가 남의 눈을 피해 하인도 없이 혼자 평상복을

입고 찾아와서,

"곤나이 님은 집에 안 계신지요?" 하고 야에에게 작은 목소리로 물었다.

"네, 돈을 많이 가지고 나가셨습니다."

무사시는 쓴웃음을 지으며,

"긴 여행이 될지도 모릅니다. 혹시 무슨 곤란한 일이라도 생기면 망설이지 말고 저 무사시의 집으로 상의하러 오십시오. 이건 당분간 용돈으로 쓰시고요."라고 한 뒤 꽤 많은 돈을 주고 떠났다.

정말 아버지께 무슨 일이 생겼다는 판단이 선 야에는, 무사의 딸답게 그날 밤부터 은장도를 품에 꼭 안고 허리띠도 풀지 않은 채 웅크리고 잤다.

한편, 인어를 찾아 여행을 떠난 주도 곤나이는 사케가와 만 근처에 도착하여 마을 어부들을 다 불러놓고 가지고 온 돈을 남김없이 나눠주고서, "지금 너희들에게 하는 부탁은 위에서 시킨 일이 아니다. 나 주도 곤나이 일신상의 중요한 일이라, 온 마음을 다해 부탁하는 바다."라고 하며 예의바른 태도로 공과 사의 구분을 분명히 했다. 그리고 약간 우물거리더니 뺨을 붉히고 씁쓸한 웃음을 지으며, "너희들이 믿지 않을 지도 모르지만," 하고 소심하게 운을 떼고서 지난날에 있었던 인어 사건 이야기를 한 뒤, "곤나이의 목숨을 건 부탁이다. 그 인어의 시체를 이 바닷가 밑에서 찾아내어 어떤 남자에게 보여주지 않으면 이 곤나이는 무사로서의 체면이 서지 않는다. 이 추운 날씨에 미안하지만 최선을 다해 그 괴이한 물고기의 시체를 찾아주기 바란다." 하고, 때마침 눈이 펑펑 쏟아지던 황량한 바닷가에서 목이 터져라 소리치며 간청했다. 늙은 어부들은 그 말을 굳게 믿으며 그를 동정했고, 젊은이들은 인어 같은 게 정말 있을까 의심하면서도 약간 호기심이 동했는지 어쨌든 큰 그물을 치고 바다 밑을 다 뒤졌다. 하지만, 그물에 걸린 것은 청어, 대구, 게, 정어리, 가자미 등 익숙한 생선뿐이었고, 괴물 물고기 같은 것은 전혀 없었다. 이튿날에도, 그 이튿날에도, 마을의 모든 배를 앞바다에 띄워 차가운 바람을 맞으며 그물을 치거나 잠수를 하면서, 갖은 고생을 다 해가며 찾아보았지만 모든 것은 헛수고로 끝났다. 젊은이들은 어느덧 불평을 늘어놓으며 '그 무사의 눈빛을 봐라, 아무리 봐도 정상이 아니다, 미친 사람이다, 미친 사람이 하는 말을 그대로 받아들여 이 추운 날씨에 바다에 들어가는 것은 바보 같은 짓이다, 나는 이제 그만두겠다, 있을지 없을지도 모르는 바다의 인어를 찾는 것보다도 마을에 있는 인어와 따뜻하게 지내는 편이 훨씬 낫겠다.' 하고 물가에 피운 모닥불 앞에 선 채 지저분한 농담을 큰 소리로 떠들어대며 와 하고 웃어댔다. 곤나이는 홀로 슬퍼하며 그 애기를 못들은 척하고 간절한 마음으로 용왕님께 기도를 올렸다. 그리고 '그 인어의 비늘 한 장, 머리칼 한 올이라도 이 바닷가에서 나온다면 저의 체면은 물론이고 무사시 님의 명예도 되찾을 수 있을뿐더러, 함께 햐쿠에몬을 혼쭐내면서, 신의信義의 검을 받아라, 하고 정면에서 천벌을 가하여 이 마음속의 한을 깨끗이 풀 수 있을 텐데.' 하고 생각에 잠긴 채, 목을 길게 빼고 바닷가를 바라보았다. 그 애처로운 모습을 보고, 한 나이든 어부가 무심코 눈물을 글썽이며 옆으로 다가왔다.

"까짓것, 신경 쓰지 말게. 젊은이들은 그렇게 말해도, 우리는 이 바다에 틀림없이 무사 양반이 사살한 인어가 가라앉아 있다고 생각해. 이 근처 바닷가에는 말일세, 예로부터 갖가지 이상한 생선들이 있는데 젊은이들은 그걸 모르네. 우리가 어렸을 때도 이 바닷가에 오키나라는 커다란 물고기가 나타나서 무척 떠들썩했었지. 거짓말이 아니라, 정말 그 크기가 이삼십 리, 아니, 더 클지도 몰라. 그 물고기의 전신을 본 사람이 아무도 없으니. 그 물고기가 나타났을 때는 바다가 천둥치듯 울리고 바람도 없었는데 큰 파도가 일어서 고래 같은 것들도 사방으로 도망가고 고깃배들도, '오키나가 왔다!' 하고 외쳐대며 재빨리 뭍으로 돌아왔어. 이윽고 오키나가 바다 위에 떠올랐는데 그 모습은 커다란 섬이 몇 개나 생긴 듯했네. 그것은 오키나의 등지느러미가 조금씩 보인 것이니 몸통 전체의 크기는 정말이지, 보이는 부분만 가지고는 상상할 수도 없는 것이었지. 짐작할 수가 없었어. 이 오키나는 작은 물고기 따위는 쳐다보지도 않고 오로지 고래만 먹으며 산다더군. 이삼십 길 크기의 고래를 뭉텅으로 삼키는데, 그 모습이 고래가 정어리를 삼키는 듯하다 하니 굉장하지 않은가? 그러니 바다가 요동치면 고래가 큰일이다 싶어 사방으로 흩어져 도망을 가지. 그렇게 무서운 물고기도 있었네. 에조 지방의 바다에는 예로부터 이렇게 괴물 같은 물고기가 여럿 있었어. 무사 양반의 인어 이야기도, 우리에겐 전혀 놀라울 게 없었네. 그건 분명 이 바닷가에 있어. 전혀 이상할 것이 없는 일이지. 이삼십 리 크기의 오키나가 헤엄치고 다니는 바다이니 말일세. 조만간 우리가 반드시 그 인어의 시체를 찾아서 무사 양반의 체면을 살려주겠네." 하고 어눌한 말투로 열심히 위로하며 곤나이의 어깨에 쌓인 싸락눈을 털어주었다. 하지만 곤나이는 이처럼 남이 자신을 상냥하게 대하자 더욱 불안해져서, '아아, 나도 결국 이런 노인네가 베푸는 자비를 받아야 하는 하루살이 같은 처지에 놓였군. 이 노인의 위로 속에는 어딘가 절망하고 포기한 듯한 기운이 느껴지는구나.' 하고 비뚤어진 생각을 품고 벌떡 일어나,

"부탁하오! 나는 분명 이 바닷가에서 괴상한 물고기를 쏘아 죽였소. 궁술의 신 하치만 님께 맹세하네. 부탁이니, 더욱 분발하여, 그 인어의 비늘 한 장, 머리칼 한 올이라도 찾아주게나."라고 하고는, 쌓인 눈을 헤치고 물가로 달려가, 슬슬 집으로 돌아갈 준비를 하고 있던 어부들의 팔을 붙잡고 한 번 더 부탁한다며 간절한 눈빛으로 애원했다. 어부들은 이미 돈도 받았겠다 어느 정도 의욕을 상실한 상태였다. 잠시 말을 들어주는 척, 텀벙거리며 얕은 물가에 그물을 치더니 한두 명씩 사라졌고, 어느새 물가에는 개미새끼 한 마리도 보이지 않았다. 날이 저물고 어둑어둑해지자 강한 북풍이 불기 시작하여 눈을 뜨기조차 힘들 만큼 엄청난 눈보라가 휘몰아쳤지만, 곤나이는 기카이가 섬에서 귀양살이를 한 슌칸[23]처럼 물가에서 발을 동동 구르며 서성이다가 밤이 깊어도 마을로 돌아가지 않았다. 처음부터 잠자리는 물가 가까이에 있는 배 창고로 정해두고 있었고, 그 창고 안에서 잠시 졸다가 다시 날이 밝기 전에 또다시 물가로 뛰어나갔다. 파도와 함께 밀려오는 해초 부스러기를 보고는 저것 아닌가 싶어 기뻐하다가도 곧바로 실망하고 울상을 짓는가 하면, 물가 근처를 떠다니는 부목을 보고는 저것 아닌가 하고 첨벙첨벙 바다로 들어갔다가 허무하게 되돌아왔다. 이곳에 와서는 제대로 된 음식도 먹지 않고 그저 인어야 나와라, 인어야 나와라 하고 기도하다가 차츰 정신이 몽롱해져서는 '내가 정말로 인어를 보았을까? 쏘아 죽였다니 말도 안 돼. 꿈이 아닐까?' 하는 생각에 눈으로 뒤덮여 끝없이 하얀, 아무도 없는 모래밭에 홀로 서서 큰 소리로 웃어보기도 하고, '아아, 그때 나도 배에 함께 탄 승객들처럼 실없이 정신을 잃고 인어를 보지

23_ 俊寛(1143~1179). 헤이안시대의 승려. 귀양살이를 하며 함께 의지하고 살던 다른 동료 둘은 사면되지만 슌칸만은 사면되지 않아 홀로 섬에 남게 된 비극적인 이야기로 유명하다.

않았으면 좋았을 텐데, 어중간하게 정신력이 강해서 불가사의한 것을 눈앞에서 봐버린 탓에 이런 어려움이 닥쳤다. 아무것도 보지도 않고, 알지도 못하면서 다 안다는 듯한 얼굴로, 각자의 지레짐작만 가지고 사는 세상의 보통 사람들이 부럽다. 있다. 세상에는, 그 사람들의 생각을 넘어서는 불가사의하고 아름다운 것이 있다. 하지만, 그것을 한 번 본 자는 곧바로 나처럼 이런 지옥으로 떨어지게 된다. 내겐 무언가 안 좋은 전생의 숙업宿業이 있는지도 모른다. 그래서 살아도 사는 보람이 없는, 비참하고 죽을 수밖에 없는 운명으로 태어난 것일 게다. 차라리 저 거친 바다에 몸을 던져 다음 세상에는 인어로 태어날까?' 하는 생각에 잠겨 고개를 숙인 채 비틀거리며 모래사장을 걸었다. 어쩐지 사신死神에게 홀린 모습이었지만, 여전히 인어 생각은 머리를 떠나지 않았고, 점점 더 하얗게 밝아오는 바다를 곁눈질하며 '아아, 적어도 그 나이든 어부가 이야기해준 오키나라는 거대 물고기를 찾는 거라면 훨씬 쉬웠을 텐데.' 하고 진지한 얼굴로 분해하며 한숨지었다. 안타깝게도 용감한 무사는 횡설수설하며 제정신을 잃었고, 앞으로 살날은 하루 이틀 정도밖에 안 남은 것 같았다.

아버지가 없는 빈 집을 지키던 딸 야에는 밤낮으로 신불神佛에 기도를 올리며 아버지가 무사하기를 빌고 있었는데, 사흘이 지나고 나흘이 지나 그릇이 깨지고, 조리일본식 짚신의 끈이 끊어졌으며, 눈이 얼마 쌓이지도 않았는데 정원의 소나무 가지가 부러지는 등 불길한 일들이 계속되어 도저히 집안에 가만히 앉아 있을 수가 없었다. 어느 날 밤 살그머니 무사시의 집에 찾아간 야에는 아버지가 사케가와 만의 바닷가에 있다는 말을 듣고서, 곧장 여행을 떠날 채비를 하여 하녀 마리와 함께 밤길에 쌓인 눈에서 나오는 빛에 의지하며 아버지의 뒤를 쫓아 떠났다. 때로는 남의 집 처마 밑에서 쉬고, 때로는 해안의 바위 구멍에서 둘이 꼭 붙어 파도소리를 들으며 선잠을 잤다. 야에의 통통했던 볼은 야위어갔고, 서로의 기운을 북돋우며 험난한 눈길을 헤치며 발길을 서둘렀지만, 여자의 발인지라 좀처럼 빨리 나아가지 않았다. 이윽고 사흘째 되던 날 저녁, 비틀거리며 사케가와 만의 바닷가에 도착했을 때, 아뿔싸, 아버지는 거친 거적 위에 차가운 몸을 누이고 있었다. 그날 아침 곤나이의 시체가 뭍 가까이에 떠올라 있었다고 한다. 머리에는 해초가 더덕더덕 들러붙어 있어, 곤나이가 보았다고 하는 인어와 비슷한 모습이었다고 한다. 야에와 마리는 시신 양쪽에 달라붙어 아무 말 없이 몸을 떨며 통곡했고, 난폭한 어부들도 그 광경을 보고서는 안 좋은 마음에 시선을 돌렸다. 어머니를 떠나보내고, 이제 아버지까지 떠나보낸 야에는 제정신을 잃고 통곡하다가 겨우 마음을 다잡고 창백한 얼굴을 들어 다음과 같은 한마디를 내뱉었다.

"마리야, 우리도 죽자."

"네."

그들은 함께 조용히 일어났다. 그때 딸가닥거리는 말발굽 소리가 들리더니,

"잠깐, 기다려!" 하고 노다 무사시의 믿음직스럽고 거친 목소리가 들려왔다.

그는 말에서 뛰어내려 곤나이의 시체에 얼굴을 묻고서,

"아아, 결국 일이 이렇게 되고 말았군. 좋아, 이제 인어고 뭐고 다 소용없다. 정말이지 화가 머리끝까지 치밀어 오른다. 이 상황에선, 논리고 뭐고 중요치 않다. 도리道理에 어긋나는 일이더라도 상관없다. 인어 따위는 문제가 아니다. 그런 게 있는지 없는지는 중요하지 않다. 지금은

오로지 그 나쁜 녀석을 단칼에 베어 두 동강 내는 일이 중요하다. 어이, 어부 양반. 말을 빌려주게. 이 두 아가씨들이 탈 것이다. 어서 가져와!" 하고 마구잡이로 호통을 쳤고, 그것으로도 모자라 아에와 마리를 매섭게 노려보며,

"그렇게 울고 있으면 어찌하느냐? 아비의 원수가 있다는 것을 모르는 것이냐? 지금 당장 말을 타고 성 아랫마을로 돌아가거라. 햐쿠에몬의 집으로 뛰어 들어가 목을 베어가지고 와서 곤나이에게 보여주지 않으면 무사의 딸이라 할 수 없다. 훌쩍거리지 마!"

"햐쿠에몬 님이라 하면." 하녀 마리는 조용히 고개를 끄덕인 뒤 앞으로 나아가 말했다. "그 아오사키 햐쿠에몬 님 말씀이십니까?"

"그렇다. 그놈 말고 또 누가 있더냐?"

"짚이는 데가 있습니다." 마리는 침착하게 말했다. "나이도 지긋하신 양반이 평소에 아가씨를 마음에 두었는지 결혼하자고 귀찮게 졸라댔는데, 아가씨는 그런 매부리코에게 시집을 갈 바에야 차라리 죽는 편이 낫겠다고 했고, 그래서 주인 어르신도, ……."

"그렇군. 그런 사정이 있었다니, 이제 이해가 가는군. 녀석, 독신주의라는 둥, 여자가 싫다는 둥 하면서 뒤로는 그런 짓을 하고 있었다니, 그저 여자한테 차인 남자에 불과하다는 얘기군? 한심해라. 그보다 더 한심할 수가 없겠어. 이루어지지 않는 사랑에 대한 복수로 곤나이를 괴롭히다니, 미운 것으로도 모자라 딱하기까지 하군!" 하고 바로 쾌활하게 개가를 올렸다.

그날 밤 무사시를 앞세워 여자 둘이 긴 칼을 가지고 햐쿠에몬의 집으로 뛰어들었다. 무사시가 먼저 안방에서 몸종의 시중을 받으며 술을 마시고 있던 햐쿠에몬의 야윈 오른팔을 베었지만, 햐쿠에몬은

조금도 기가 꺾이지 않았다. 그때 마리가 들어와 두 발을 베어, 햐쿠에몬은 무릎을 꿇었지만 그래도 기가 꺾이지 않았는지 아에를 향해 덤벼들었다. 무사시가 깜짝 놀라 왼쪽 어깨를 베자, 햐쿠에몬은 더 이상 버티지 못하고 뒤로 쓰러졌다. 그럼에도 그는 죽지 않고 뱀처럼 몸을 구부려 작고 날카로운 칼을 아에에게 던졌고, 아에는 재빨리 몸을 구부려 가까스로 그것을 피했다. 아에는 그의 강한 집념에 놀라 저도 모르게 무사시와 얼굴을 마주 보았을 정도였다.

원수의 목을 베는 데 멋지게 성공한 아에와 마리는 서둘러 아버지가 잠들어 있는 사케가와의 바닷가로 발길을 돌렸다. 무사시는 자신의 집으로 돌아가, 이번 칼부림의 자초지종을 소상히 적고 장군님의 허락도 없이 햐쿠에몬을 죽인 죄에 대해 용서를 빌며, 이 일에 대한 책임은 모두 자신에게 있다는 내용의 편지를 써서 수하에게 일러 내일 바로 장군님께 그것을 바치게끔 시켜둔 뒤 아무런 망설임 없이 깔끔하게 할복하여 숨을 거뒀다고 하니, 참으로 훌륭한 무사다. 두 여인은 곤나이의 시신 앞에 햐쿠에몬의 목을 바치고 아버지의 문상을 정성스레 마친 뒤 집으로 돌아와 문을 닫고서 흰옷으로 갈아입은 다음, 여자 몸에도 불구하고 할복을 할 각오로 장군님의 처분을 기다렸다. 성에서는 중역들이 모여 회의를 한 결과, 햐쿠에몬이야말로 보기 드문 악인이었고 무사시는 이미 자결을 했으니 이 사사로운 싸움에는 관여하지 않겠다는 결정을 내렸고, 장군님도 그것을 받아들였다. 장군님은 오히려 아버지의 원수, 주인님의 원수를 갚은 기특한 사람들이라며 아에와 마리를 칭찬하여, 아에를 중역인 이무라 사쿠에몬의 막내아들 사쿠노스케와 결혼시켜 주도의 성씨를 잇게 하고, 하녀인 마리는 감시역을 맡고 있던 젊고 잘생긴 무사, 도이 이치자에몬과 결혼시켰다. 그 후 백 일 정도 지나

기타우라의 가스가묘진 신사 앞 바닷가에서 깊은 밤에 성으로 급한 연락이 왔는데, '이상한 **뼈**가 바닷가에 떠내려 왔습니다, 살은 썩어서 씻겨 내려가 **뼈**만 있는데, 상반신은 거의 인간과 비슷하고 하반신은 물고기와 다름없습니다, 매우 으스스하게 생긴 것이라 급히 연락드립니다.'라고 적혀 있었고, 바로 관리를 시켜 조사해본 결과, 그 이상하게 생긴 **뼈** 어깻죽지에는 주도 곤나이의 영예로운 화살촉이 박혀 있었다. 그리하여 야에[24]의 집에는 그 이름처럼 봄날과 같은 겹경사가 일어났다고 하니, 이는 믿음의 힘이 승리한다는 것을 보여주는 이야기이다.

(『무도전래기』, 2권 네 번째 이야기, 「목숨을 앗아가는 인어의 바다」)

24_ 八重. 여러 겹이라는 의미.

파산 破産

옛날 미마사카 지방에 조고라는 이름의 큰 부자가 있었다. 그의 넓은 집에는 커다란 곳간이 아홉 개나 있었고, 곳간 속 금은보화는 하루가 다르게 늘어만 갔다. 근처 지방 사람들에게도 이 소문이 퍼져 미마사카 지방 사람들은 자기 돈도 아니면서 조고의 많은 재산을 뽐냈고, 허름한 술집에서 탁주를 조금 마시고 취해서는,

"조고 님께는 못 미칠지언정, 만물상만큼이라도 되었으면 좋겠네."

라는 비굴한 노래를 구슬프게 흥얼거리며 함께 쓸쓸한 웃음을 지었다. 이 노래에 나오는 만물상이란 미마사카 지방에서 조고 다음가는 큰 부자로, 주인 한 대代에 모은 재산이 몇 만 냥, 몇 천 관貫인지를 알 수 없을 정도라 알려져 있었다. 심지어는 조고처럼 큰 성을 짓고서 살지도 않았고, 이웃하고 있는 수리점과 숯을 파는 가게, 종이 가게와 조금도 다름없이 처마가 낮고 낡은 집에 살았다. 주인은 매일 아침 일찍 일어나 집 앞의 도로를 청소하고 말똥과 끈, 널빤지 조각을 주워 모으는 등 물건을 함부로 버리지 않았다. 어떤 색, 어떤 무늬의 옷이 유행하건, 그와는 상관없이 항상 손으로 짠 목면 재질의 무늬 없는 천으로 된 옷 한 벌만을 고집했고, 설에 인사를 다닐 때도 사위를 들이면서 맞춘 마 재질의 하카마만을 오십 년 내리 입고 다녔다. 여름에도

훈도시 하나만 입고, 유카타는 아끼느라 안 입는지 그것을 머리에 두른 채 남의 집 목욕물을 얻어 쓰러 갔다. 근처에 사는 농부가 하나에 두 푼, 두 개에 서 푼 하는 햇가지를 팔러 오면, 남들은 모두 75일 더 살기를 바라며[25] 서 푼을 내고 두 개를 샀지만, 이 주인은 과연 비범한 분별력으로, 두 푼을 내고 하나를 산 뒤 이것을 먹고서 75일 더 살기를 바랐고, 나머지 한 푼으로는 가지가 제철을 맞기를 기다려 더 큰 것을 많이 사겠다는 식의 빈틈없는 계산을 했으니, 그야말로 '어둠 속 도깨비' 처럼 재산이 불어갔다. 싫어하는 것은 주酒와 색色 두 가지로, 남자는 술을 어느 정도 마셔야 한다든가, 색色을 싫어하는 남자는 어딘지 아쉽고 밑이 빠진 술잔처럼 무미건조한 사람이라는 말[26]을 남긴 승려를 끊임없 이 증오하며, 제길, 지금 살아 있다면 소송을 걸어서라도 그냥 두지는 않았을 텐데, 하고 열세 살 난 아들이 읽다 만 『도연초徒然草』를 빼앗아 갈기갈기 찢었다. 그러고는 그것을 버리지 않고 종이의 주름을 펴서 가늘고 길쭉하게 잘라 끈처럼 만들었고, 이를 이용하여 능숙한 솜씨로 쉰 개의 하오리 끈을 만든 뒤 서랍에 넣어 두어 일가족들은 이후 십 년간 이 하오리 끈을 썼다. 주인에게는 요시타로라는 아들이 있었는데, 살결이 희고 체격이 가냘파서 주인은 그를 탐탁지 않게 여겼다. 아들이 열네 살 때, 코풀 때 쓰는 부드러운 종이를 주머니에 넣고 다니는 것을 보고 장래성이 없다고 판단하여, 그 자리에서 의절하자고 한 뒤, 반슈에 나바야라는 검약가이자 큰 부자가 있으니 멀리서나마 그것을 배워 마음가짐을 고쳐먹으라고, 눈물 한 방울 흘리지 않고 밉살스럽게 딱

. . . .
25_ 일본에는 햇것을 먹으면 수명이 75일 더 는다는 속설이 있다.
26_ 승려였던 요시다 겐코가 지은 일본 수필문학의 선구 『도연초徒然草』 중 제1단과 제3단에 나오는 말.

잘라 말하고는 반슈의 아보시라는 곳에 있는 그 아이의 유모 집으로 아들을 내쫓았다. 그 이후 주인은 여동생의 아이 중 한 명을 집안에 들이고 스물 대여섯이 될 때까지 종업원처럼 부려먹으며 그가 일하는 모습을 가만히 지켜보았는데, 하는 짓이 꽤나 주인의 마음에 들었다. 다 낡아 떨어진 조리의 짚은 밭에 비료가 된다며 잘 놔두었다가, 다른 볼일로 자기 고향에 가는 사람을 시켜 부모님께도 그것을 보내드릴 정도로 놀라운 마음가짐을 지닌 젊은이였으니, 주인은 이를 매우 마음에 들어 하여 그를 양자로 삼아 가문을 잇게 했다. 어느 날 어떤 신부를 맞겠느냐 묻자 그 양자가 답하기를, "저는 신부를 들이더라도 제가 목석이 아닌 이상 서른 살 마흔 살이 되면 갑자기 바람을 피울지도 모릅니다. 아니, 인간은 그런 방면으로는 앞날을 모르는 법이지요. 그럴 때 마누라가 남편에게 꼼짝 못하고 그냥 봐준다면 그 도락을 끊을 수 없을 것입니다. 저는 그럴 때를 대비하여 미친 사람처럼 시기심이 강한 여자를 아내로 맞고 싶습니다. 남편이 바람을 피웠을 때 식칼이라도 휘두를 만큼 시기심이 강한 마누라라면, 저도 딴생각 없이 살 수 있을 것이고, 이 만물상의 재산도 길이길이 이어질 것입니다."라고 했다. 주인은 무릎을 탁 치면서 눈을 가늘게 뜨고 기뻐하며 곧장 사방으로 손을 써서, 자기 아버지가 아흔 먹은 할머니와 조금만 오래 이야기를 나눠도 "짜증나, 그만해." 하고 성질을 내면서 가자미눈을 하고 달려들며 소란을 피워대는, 그가 바라는 성격의 열여섯 난 이상한 아가씨를 찾아 양자의 신부로 들였다. 그리고 자신은 아내와 함께 은거 생활을 하며 양자에게 집안의 재산을 남김없이, 마음 놓고 물려주었다. 이 양자는 보기 드물 정도로 타고난 검약가였지만 헤아릴 수 없는 엄청난 재산을 손에 넣고는 예상대로 바람을 피우게 되어, 마흔은커녕 서른이 되기도 전에 사업상 모임이 있다면서 유곽 술을 즐기게 되었고, 어울리지도 않게 머리칼을 매만지면서 다비, 조리 등에 신경을 쓰게 되었다. 그러자 부인은 바로 눈을 사납게 치뜨며 양옆으로 있는 이웃집 세 채 정도의 장지문이 찢어질 만큼 큰 목소리로,

"어머머, 짜증나. 남자가 그런 곱슬머리에 기름 같은 걸 바르고 거울을 들여다보면서 입을 꾹 다물어봤다가 방긋 웃다가 고개를 흔들다니, 그런 구질구질한 1인극을 연습해서 대체 뭘 할 생각이에요? 당신 대체 제정신이에요? 하긴, 뻔하지요. 한심해 죽겠네. 시골에 계신 제 아버지는, 남자 중에는 농사일 할 때 입었던 작업복 차림에 손발톱 끝에는 진흙이 낀 상태로, 눈곱도 떼지 않고 똥통을 이고서 유곽에 놀러가는 사람이 제일이고, 그렇지 않은 남자들은 모두 기생들의 정부情夫가 되고 싶어서 가는 거라고 하셨어요. 그렇게 곱슬머리를 매만지다니, 당신은 유곽에 있는 아줌마 기생의 정부라도 될 생각인 게죠? 다 알아요. 당신은 구두쇠니까, 되도록 돈을 안 쓰고 할머니 기생한테 울며 매달리기라도 해서 정부가 되어 그 할머니한테서 용돈이라도 얻어 쓸 생각인 게죠? 뻔하다 뻔해. 이런 말 듣기 싫으면 똥통이라도 짊어지고 나가세요. 못하겠죠? 어머, 그렇게 못생긴 얼굴로 거울을 들여다보며 방긋 웃다니, 아아, 더러워라. 그럴 시간이 있으면 코털이라도 자르지 그래요? 너무 길었잖아요. 싫으면 똥통이나 들고," 정말 시끄럽네, 시끄러워. 애당초 이런 상황에 대비하여 시기심이 많은 여자를 골라 얻은 마누라였지만, 실제로 이렇게 시끄럽게 질투를 해대는 것을 직접 보니 별로 기분이 좋지는 않았다. 양부모님의 마음에 들기 위해 시기심이 강한 부인을 얻고 싶다고 사려 깊은 척 말한 탓에, 참으로 어처구니없는 낭패를 보았구나 싶어, 이제 와서 속으로 후회를 했다. 아내를 흠씬 두드려 패줄까 싶기도

했지만, 은거하며 사는 노부부는 며느리의 질투가 시작되면 그게 좋아 죽겠는지 함께 안채까지 기어 나와서는 우후후 하고 웃으면서 네가 참아야지, 참아, 하고 대강 말리는 척하며 며느리의 얼굴을 뚫어져라 쳐다볼 지경이었으니 때릴 수도 없었다. 그렇다고 똥통을 짊어지고 놀러가는 것도 바보 같다는 생각에, 기분 전환도 할 겸 목욕탕에 가서 현기증이 날 정도로 오랜 시간 동안 욕조에 들어가 있다가 비틀거리며 나와서는, 세상에 목욕만큼 저렴한 놀이는 없다, 오늘 밤에 놀러 가면 어차피 한 냥은 쓸 것이다, 목욕물에 취하나 유곽 술에 취하나 결국 마찬가지다, 하고 영문을 알 수 없는 억지 논리를 갖다 붙이고는, 오기로 가득 찬 가슴을 쓸어내리며 집으로 돌아와 아내의 얼굴을 애써 보지 않으려 노력하면서 술 한 홉을 마셨다. 그러다 무엇을 해도 성에 차지가 않아 자포자기하는 심정으로 머슴밥을 먹고 아무렇게나 드러누워, 자기 집을 드나드는 정원수 다키치 할아버지를 불러 미마사카 지방의 7대 불가사의 이야기를 들었다. 그 이야기는 이미 쉰 번이나 들은 이야기였기에 팔베개를 하고서 천장을 쳐다보며 딴 생각을 했다. 그러다 문득 생각났다는 듯이 몸종을 불러 발을 주무르게 한 뒤, 얼굴이 붉으락푸르락 해져 있는 아내에게 "어이, 차 좀 내 와." 하고 무뚝뚝하게 말했다. 아내에게 찻잔을 들게 하고 자신은 누운 채 고개만 살짝 들고 손 하나 까딱 않고 꿀꺽꿀꺽 마시며 뜨겁다고 잔소리를 했다. 그렇게 마구잡이로 분풀이를 해도 가장이 밤에 놀러 다니지만 않으면 집안은 평온했으니, 은퇴한 옛 주인은 큭큭 웃으면서 편안히 잠자리에 들었고, 하인들도 집에 있는 주인 때문에 긴장하여 잠깐 숙모님 댁에 다녀오겠다는 식의 수상쩍은 외출을 하는 점원도 없었을뿐더러, 뒤뜰의 우물가에서 누구를 기다리는 것처럼 어슬렁거리는 하녀도 없었다. 지배인은 계산대에서 열심인 척 시종일관 장부를 뒤적이며 이유도 없이 주판알을 튕겼는데, 처음에는 그냥 일하는 척만 하는 것이었지만 그러다 약간 이상한 점을 발견하고는 정말로 계산을 처음부터 다시 하기도 했다. 나가마쓰는 옆에서 꼿꼿이 앉아 하품을 참아가며 폐지의 주름을 펴서 연습장을 만들었고, 못 견디게 졸릴 때면 서둘러 교과서를 꺼내어 안에 있는 사람들에게 들으라는 듯 큰 소리로 '덕이 있는 사람은 외롭지 않고 반드시 동지가 있기 마련이다.'[27]라는 문구를 읊었다. 머슴인 규스케는 찢어진 거적을 풀어 돈꿰미를 짜는가 하면, 하녀 오타케는 이참에 아침에 끓일 된장국에 넣을 것이라도 준비하자 싶어 무거운 엉덩이를 번쩍 들어 광에 들어가 야채를 찾았고, 바느질을 하는 오로쿠는 전등 밑에서 등을 구부리고 솔기를 뜯는 일에 여념이 없는 척했으며, 고양이조차도 방심하지 않고 눈을 빛내며 부엌에서 달가닥거리는 소리가 희미하게라도 들릴라치면 야옹 하고 울었다. 재산은 점점 늘어만 갔고 이 집은 평온하기 그지없는 듯 보였지만, 젊은 주인은 홀로 불만에 가득 차 즐겁지 않았고, 아내는 매일 밤 잠꼬대로 된장에 절인 음식이 어쨌다는 둥 소금에 절인 연어 뼈가 어쨌다는 둥 어이가 없을 정도로 못 들어 줄 이야기를 늘어놓았다. 돈은 차고 넘칠 정도였지만, 시기가 많은 아내를 맞은 탓에 현기증이 날 때까지 오랫동안 목욕을 하고, 된장에 절인 음식 이야기나 소금에 절인 연어 이야기를 들어야만 했던 그는 '제길, 언젠가 어르신이 돌아가시기만 하면.' 하고 몹쓸 생각까지 하면서도, 겉으로는 아무 일도 없는 척 열심히 일하며 내심 때를 엿보고 있었다. 이윽고 어르신 부부도 나이를 이기지 못하여, 종이로 엮은 하오리 끈이

. . . .
27_ 논어에 나오는 말.

서랍 속에 아직 여섯 개 남아 있다는 말을 남기고 연로한 아버지가 먼저 돌아가셨고, 연로한 어머니는 그 하오리 끈이 네 개밖에 남지 않은 것을 걱정하며 얼마 안 있어 아버지에 이어 세상을 떠났다. 이제 집에 신경 쓰이는 사람이 없어졌으니 명실공히 젊은 주인의 천하, 우선 시기심 강한 아내를 데리고 이세 신궁[28]에 참배를 갔고, 간 김에 교토와 오사카를 돌며 수도의 멋진 풍속을 보여주면서 촌스러운 아내를 둔 탓에 가장이 살인을 하여 감옥신세를 지게 됐다는 내용의 연극을 보여주어, 아내가 시기심을 자제해야 하는 이유를 무언중 가르쳐주었다. 그리고 도읍에서 유행하는 화려한 기모노와 허리띠를 잔뜩 사주니, 여자의 마음이란 한심한 것, 고향으로 돌아온 뒤에는 도읍 사람들에게 지지 않겠다며 자신을 아름답게 가꾸고 다도와 꽃꽂이 등을 얌전히 익혀, 잠꼬대를 하면서 밥이나 된장 이야기를 하는 것은 촌스러운 일이며, 똥통을 이고 유곽에 놀러가는 사람은 없다는 것도 알게 되었다. 특히 시기심이라는 것이 한심한 것이라는 것을 깊이 반성하면서 말투까지 차분해져서는,

"저도 질투하는 게 좋은 거라고 생각하지는 않았지만, 아버님 어머님이 좋아하시는 통에 저도 모르게 그렇게 큰 소리를 냈어요, 미안해요."라고 하더니, "바람을 피우는 건 남자의 능력이라는 말도 있지요."라고 덧붙였다.

"그렇지, 그렇고말고." 남자는 이때다 싶어 적극적으로 맞장구를 치며, "그래서 말인데," 하고 진지한 표정으로 말을 꺼냈다. "요즘 아무래도, 양아버지와 양어머니가 연이어 돌아가시니, 나도 어쩐지 마음이

28_ 伊勢神宮. 미에 현 이세 시에 있는, 일본 황실의 선조를 모신 신궁.

안 잡혀서 그런지 몸이 좀 안 좋아. 사람들이 남자나이 서른은 액년[29]이라고도 하잖아?" 그런 액년은 없다. "한번 도읍^{현재의 교토}으로 올라가서 천천히 요양이라도 하다 오려고." 터무니없는 얘기다.

"네네," 아내는 온화하기 그지없는 표정으로, "1년이 됐든 2년이 됐든, 느긋하게 요양하고 오세요. 아직 젊으시잖아요. 벌써부터 점잖은 척, 구두쇠처럼 살다가는 오래 못 살아요. 구두쇠는 쉰 넘어서 되어도 충분해요. 서른에 구두쇠라니, 그건 너무 이르지요. 꼴불견이에요. 그런 사람은, 연극에서도 악역으로 나와요. 젊을 때는 마음껏 신나게 노는 편이 좋지요. 저도 놀 생각이에요. 그래도 되지요?"라는 과격한 말까지 지껄였다.

남편은 더욱 들뜬 마음으로,

"그럼, 되고말고. 우리가 아무리 논다 한들 재산은 차고 넘쳐. 창고에 있는 금은보화에도 조금 햇빛을 쏘여줘야지. 그러면 당신 말대로 1년 정도, 교토와 오사카에서 요양을 하고 올게. 내가 없는 동안에는 늦잠도 마음껏 자면서 맛있는 것도 많이 먹고 있어. 도읍에서 유행하는 기모노랑 허리띠도 많이 보내줄 테니까." 하고, 이상하리만치 상냥하게 말했다. 그러고는 속으로는 딴생각을 하면서, 허둥지둥 교토를 향해 출발했다.

그가 집에 없는 동안 아내는 점심 무렵 일어나 동네 아줌마들을 불러 모아놓고 시끌벅적하게 떠들어댔다. 음식을 산더미처럼 쌓아놓고 대접하면서 아줌마들의 명백한 인사치레에 취해, 속옷은 물론이고 기모노를 매일 갈아입고, 일어서서 다양한 포즈를 취하며 사람들의 찬사를 받았다. 한편 지배인은 북새통 속에서 주인의 돈을 자기 처자식 집으로

29_ 厄年. 운수가 사나운 해.

재빨리 날랐고, 어린 종업원은 아침부터 밤까지 부엌을 들락거리며 찬장 속에 머리를 틀어박고서 몰래 음식을 집어먹었다. 규스케는 헛간에 처박혀 탁주를 마시면서 흐릿한 눈동자로 염불소리와 비슷한 노래를 흥얼거렸으며, 오타케는 거울을 들여다보며 온 힘을 다해, 마치 진지하게 가위바위보를 하는 스모 선수처럼 열심히 분을 발라 자기 얼굴을 괴물처럼 만들어놓고, 자신과 자기 얼굴에 정나미가 떨어져서 훌쩍훌쩍 울었다. 바느질을 하는 오로쿠는 마님의 헌옷을 자기 짐꾸러미에 넣고는 두리번거리며 주위를 살핀 뒤 담뱃대를 꺼내어 담배를 피웠고, 한쪽 무릎을 세우고 앉아 코를 흥 풀어 코에서 담배 두 개를 꺼낸 다음, 팔짱을 끼고 뒷문으로 나가 밤늦게까지 들어오지 않았다. 고양이는 쥐를 잡기도 귀찮아하면서 화롯가에 누운 채 똥을 쌌고, 집은 거미줄 천지에 정원에는 풀이 무성해져 이전의 질서정연함은 찾아볼 수 없게 되었다. 도읍에 간 남편 또한, 처음에는 촌사람답게 벌벌 떨면서 유곽에 가서 소심하게 놀았지만, 입에 발린 말을 하기 위해 태어난 유곽 사람들에 둘러싸여 "정말이지 사장님 같은 손님만 오시면 우리 일만큼 편한 일도 세상에 없을 텐데, 남자답지, 조용하지, 젊지, 상냥하지, 배려 있지, 품위 있지, 말수 적고 점잖지, 싸움도 잘할 것 같지, 믿음직스럽지, 옷도 세련되게 입으시지, 눈치도 빠르시지, 뭐든 잘 하실 것 같지, 게다가, 오호호호, 돈도 많고 시원시원하시고,"라는 식으로 칭찬이란 칭찬은 다 받다가 사리분별을 잃고, 자기가 천하제일의 부자일지도 모른다는 착각에 빠져들어 점점 더 대담하게 큰돈을 쓰며 호화롭게 놀았다. 그러다가 돈이란 쓰라고 있는 것이니 써버리자고 결심하여, 돈을 펑펑 쓰고 다녔고, 고향에 연락하여 더 많은 거금을 보내도록 했다. 상황이 이리되고 보니, 노는 것이 몸에 보양이 되기는커녕 도읍의 한량들에게 지고 싶지 않다는 괴로운 오기만 남아 눈빛도 이상해지고 얼굴도 야위고 창백해져갔고, 배겨낼 수 없는 심정으로 돈만 써댔다. 1년도 채 되지 않아 차고 넘치던 재력도 고갈되어, 고향에서 온 심부름꾼이 얼마 얼마밖에 안 남았다고 주인 귀에 대고 속삭이자 주인은 깜짝 놀라며, "아직 백분의 일도 쓰지 않았을 텐데, 아아, 돈에 날개가 달렸나? 쓰는 것은 금방이구나, 좋아, 이제부터 내 진정한 능력을 발휘할 때다. 양아버지로부터 물려받은 재산을 뽐내며 사는 것 따위는 비겁한 짓이야. 남자는 역시 몸뚱어리 하나만 가지고 노력하여 출세해야 돼. 돈이 없어지고 나니 오히려 기분이 상쾌하구나." 하고 현실을 잊으려 억지를 부리며 공허하게 웃고는, 오늘 밤은 마지막으로 거하게 마셔보자며 유달리 들뜬 마음으로 소란을 피워봤지만 유곽 사람들은 인정머리 없게도 썰렁한 반응을 보이며 한두 명씩 사라졌고, 방을 밝히던 촛불을 끄고 가는 사람도 있을 정도였다. 주위가 갑자기 어두워지자 마음이 불안해져서 술을 달라며 소리를 치고 박수를 쳐보았지만 아무도 오지 않았다. 결국 할머니가 복도에 선 채, 오늘은 관리가 순찰을 도는 날이니 조용히 하라며, 마치 생판 남을 대하듯 정중하게 말했고, 주인은 기가 차서, "역시 도읍은 도읍이구나, 너무 인정머리가 없으니 오히려 속이 다 시원하다, 대단하군." 하고 할머니를 칭찬한 뒤 일어섰다. 원래 이 남자도 보통 사람이 아니다. 그토록 지독한 구두쇠였던 만물상의 원래 주인이 마음에 들어 했을 정도다. '뭐, 돈이란 마음만 먹으면 얼마든지 벌 수 있는 것이다. 이제부터 고향으로 돌아가 뼈 빠지게 일해서 전보다 더 큰 재산을 모아, 다시 도읍으로 돌아와 내가 오늘 당한 수모를 갚아주겠다. 할멈, 그때까지 죽지 말고 기다려.' 하고 속으로 다짐한 뒤 거친 발소리를 내며 단골 유곽을 떠났다.

남자는 고향으로 돌아온 뒤 우선 지배인을 불러, "넌 이제 이 집에 돈이 없다고 했지만, 그건 잘못된 말이다. 그렇게 가벼운 말을 해서는 안 돼. 많아서 얼마인지 알 수 없을 정도라 했던 만물상의 재산이 일이 년 사이에 없어질 리가 없어. 너는 아무것도 몰라. 오늘부터 내가 계산대에 앉을 테니, 잘 봐라." 하고는 곧바로 가게를 개조하여 은행을 차렸다. 모든 것을 혼자서 하고, 밤잠도 자지 않고 동분서주했으니, 원래 만물상에 대한 사람들의 신용도 두터웠던 터라, 지금은 땡전 한 푼도 없다는 것도 모른 채 마음 놓고 재산을 맡기는 자가 많았다. 사람들이 맡긴 재산을 이리저리 유용流用하면서 사방팔방으로 손을 써 속사정을 들키지 않고 점점 더 큰 거래를 하기 시작하여, 3년 후에는 어찌됐든 곁에서 보기에는 옛 만물상과 다름없을 정도로 활기를 되찾았고, 내년에는 도읍에 가서 그 인정머리 없는 유곽 사람들을 마음껏 골려주어 울분을 풀고 오겠다며 이를 갈았다. 그해 말, 성공적으로 거래의 잔금을 모두 치르고 나서 수중에 돈이 한 푼도 남지 않았지만, 바로 이럴 때 장사꾼의 실력이 나오기 마련이다. "장사꾼은 겉으로 보이는 신용이 가장 중요해. 올해 남은 모든 일을 잘 매듭짓자고. 비록 우리 집 곳간이 텅텅 비어 있긴 하지만, 그것을 들키지 않고 돈을 이리저리 잘 변통하여 올 연말만 잘 나면, 또다시 내년부터는 우리가 오지 말라 해도 재산을 맡기러 오는 사람이 앞을 다투어 찾아올 정도로 쇄도할 것이야. 부자란 이런 일을 잘 하는 사람을 말하는 게지." 하고 아내와 지배인 앞에서 자신만만한 얼굴로 말했다. 그때 한 상인이 설 장식물을 하나에 서 푼에 팔겠다고 왔는데, 그런 싸구려 장식물은 작은 가게에 팔러 가는 것이라며 집을 잘못 찾아온 거 아니냐고 크게 웃으며 쫓아냈다. 하지만 그때 자기 집에는 현금이 서 푼은커녕 한 푼도 없다는 사실을 새삼 깨닫고, 내심

움찔했다. 빨리 제야의 종소리가 울렸으면 좋겠다고 생각하면서 기다리는데 머지않아 댕, 하고 만금의 무게감이 느껴지는 제야의 종소리가 울려 퍼졌고, 무심코 칠복신七福神처럼 빙긋이 미소 지으며, "자, 이제 됐어, 여보, 내년에는 다시 교토에 데려가줄게. 최근 이삼 년 동안 당신한테 못할 일을 시켰지만, 어때, 남자의 능력이 어떤 건지 봤지? 나한테 다시 흠뻑 빠져도 좋아, 술을 못 마시는 사람은 곳간도 못 만든다는 말30도 있는데, 이쯤에서 우리끼리 축하주 한 잔 할까?" 하고 제야의 종소리를 들으며 마음 놓고 아내에게 술상을 준비하라고 시키는데 그때 대문 앞에서,

"이보게."라는 목소리가 들렸다.

날카로운 눈빛에 깡마른 부랑자가 서슴없이 들어오더니 주인을 향해,

"좀 전에 당신 가게에서 받은 돈 중에 가짜 은화가 하나 섞여 있었소. 그걸 바꿔주었으면 하오." 하고 작은 은 조각 하나를 내던졌다.

"네?" 하고 일어섰지만 주인에게는 은 조각 하나는커녕 한 푼도 없었다.

"그런 일이 있었다니 정말 죄송하지만, 이미 가게가 끝났으니 내년에 해드리면 안되겠습니까?" 하고 밝게 웃으며 천연덕스럽게 말했다.

"아니, 기다릴 수 없소. 아직 제야의 종소리가 울리고 있잖소? 나도 이 돈으로 올해 치러야 할 잔금이 있단 말이오. 밖에 대부업자가 기다리고 있소."

"큰일이군요. 벌써 가게를 닫았고, 돈은 모두 곳간 안에 있는데."

"웃기고 있네!" 부랑자는 큰 소리로 말했다. "백 냥도 아니고 천

. . . .
30_ 술값으로 나갈 돈을 아껴서 곳간을 세우는 사람은 없다는 말로, 술은 마시며 즐기는 편이 좋다는 뜻의 속담.

냥도 아니오. 기껏해야 은 한 조각이오. 이 정도 가게에, 당장 은 한 조각을 바꿀 돈이 없다니, 농담이 지나치지 않소? 아니, 표정이 왜 그렇소? 없소? 진짜로 없는 거요? 아무것도 없소?" 그가 이웃집에 울려 퍼질 정도로 큰 소리로 말하자, 밖에서 기다리던 대부업자도 그 얘기를 듣고서 의아해하는 한편, 이웃의 수리점, 숯가게 사람들도 그 얘기에 귀를 기울이고 있었다. 나쁜 소문은 바로 퍼지기 마련이니, 소문은 곧바로 사방으로 퍼져 나갔다. 사람의 운과 불운은 알 수 없는 것인즉, 제야의 종소리가 들리는 가운데 재산이 바닥났다는 것을 들켜, 3년간의 고생도 물거품으로 돌아갔고, 지혜로웠던 그도 더 이상 버틸 재간이 없어, 겨우 은 조각 하나 탓에 큰 부자였던 만물상은 폭삭 망하고 말았다.

(『일본영대장日本永代蔵』, 5권 다섯 번째 이야기, 「3문 5부 동틀 녘의 돈」)

벌거숭이 강裸川

　해 질 녘 가마쿠라산에서 아오토 사에몬노조후지쓰나는 말을 타고 나메리가와강을 건너고 있었다. 강 한복판에 이르렀을 때 불이 필요해져서 허리에 차고 있던 주머니를 연 순간, 그 안에 들어 있던 돈 열 푼 가량이 물속으로 풍덩 빠져버렸다. 아오토는 굳은 얼굴로 타고 있던 망아지를 멈춰 세우고 등을 구부려 강바닥까지 꿰뚫어보고자 매의 눈으로 강을 들여다보았지만, 석양을 받아 하얗게 빛나는 푸른 물살이 잠시도 쉼 없이 춤추며 흘러가는 통에 바닥까지 들여다볼 수는 없었다. 아오토 사에몬노조후지쓰나는 말 위에서 몸부림을 쳤다. 강을 건널 때는 그 어떤 일이 있더라도 불 피우는 도구가 들어 있는 주머니를 열어서는 안 된다는 말을 가훈으로 정해, 대대손손 알려줘야겠다고 생각했다. 도저히 포기할 수가 없었다. 대체 몇 푼을 떨어뜨린 것일까? 오늘 아침 집을 나서면서, 언제나처럼 동전 마흔 푼을 재차 세어보며 확인하고서 불 피우는 도구 주머니에 넣은 뒤, 관공서에서 서 푼을 썼다. 그래서 지금 이 주머니에는 서른일곱 푼이 남아 있어야 하는데, 열 푼 정도 떨어뜨렸을까? 어쨌든 주머니 안에 남아 있는 돈을 세어보면 알겠지만, 강 한복판에서 돈을 계산하는 것은 아니 될 일이다. 뭍으로 건너간 뒤에 세어보자. 아오토는 참담한 기분에 풀이 죽어서 깊은 한숨을 내쉰 뒤 축 쳐진 모습으로 말을 재촉했다. 뭍에 이르자 말에서 내려 강가에 책상다리를 하고 앉아, 주머니를 열어 남은 돈을 무릎 위에 주르륵 쏟아내고 등을 구부린 채 하나, 둘, 셋, 하고 작은 목소리로 돈을 세기 시작했다. 스물여섯 푼 남아 있었다. '음, 그렇다면 강에 떨어뜨린 것은 열한 푼이군, 아깝다, 참으로 아까워. 아무리 열한 푼이라도 그것은 국토國土의 귀한 보물이거늘, 만약 이대로 버려둔다면 그 열한 푼은 공연히 강바닥에서 썩기만 할 것인데. 아까워라, 그래선 안 되지. 이대로는 도저히 돌아갈 수가 없다, 설사 땅을 가르고 지축을 갈라 용궁까지 가는 한이 있더라도 꼭 다시 찾아보고 돌아가자.' 하고, 엄청난 결심을 하고 말았다.

하지만 아오토는 결코 천박한 수전노가 아니다. 근검절약이 몸에 밴, 청렴결백한 관리다. 국 하나에 야채 하나만 놓고 밥을 먹고, 게다가 하루에 세 끼를 먹지도 않는다. 하루에 한 끼만 먹는다. 그래도 몸은 건강하다. 옷은 지금 입은 이 옷, 단 한 벌. 옷의 찌든 때가 보이지 않도록 짙은 갈색으로 물들였다. 새까만 옷은 오히려 때가 눈에 잘 띈다고 한다. 짙은 갈색에, 어쩐지 매우 두툼한 재질의 옷이다. 한평생 이 옷 한 벌만 입고 살았다. 칼집에는 옻칠을 하지 않았다. 먹을 얼룩덜룩하게 칠해놓았다. 주군主君이었던 호조 도키요리[31]도 보다 못해,

"어이, 아오토 봉급 좀 올려줄까? 꿈에서 네 봉급을 더 올려달라는 계시를 받았어."라고 하자, 아오토는 뾰로통한 얼굴로,

"꿈 따위를 믿으시면 안 됩니다. 언젠가 아오토의 목을 베라는 계시를 받게 된다면 어찌하실 겁니까? 틀림없이 제 목을 치시겠지요."라는

• • • • • • • • • • •
31_ 北條時賴(1227~1263). 가마쿠라 막부 중기의 집권자.

이상한 이유를 대며, 봉급을 올려주겠다는 제안을 거절했다. 욕심이 없는 사람이었다. 봉급을 쓰다 남으면, 주변의 가난한 사람들에게 모두 줘버렸다. 그러니 주변의 가난한 이들은 게으름만 피워대며 도미구이 따위를 먹고 다닐 정도였다. 인색한 사람은 결코 아니었다. 나라를 위해 근검절약을 솔선수범하고 있었던 것이다. 주군이었던 도키요리 또한, 어머니인 마쓰시타 젠니로부터 찢어진 장지문을 도려내고 다시 바르는 것을 배우며 자란 만큼, 술안주로 된장만 놓고 먹을 정도로 제법 알뜰한 사람이었으니, 주군과 하인 사이에 죽이 잘 맞았다. 애당초 아오토 사에몬노조후지쓰나를 발굴하여 서무 담당관으로 임명한 사람이 도키요리였다. 떠돌이 생활을 하던 아오토가 황소를 꾸짖은 일이 있었는데, 그 일화가 도키요리의 귀에 들어가 재미있는 사람이구나 싶어 서무 담당관으로 발탁했다. 그 이야기인즉, 강 속에서 소변을 보고 있던 소를 보고 아오토가 화를 내며,

"저런, 저런, 저 소가 허튼 짓을 하는군. 강에 소변을 보다니, 아까워라. 낭비야. 밭에 소변을 봤다면 좋은 비료가 될 텐데."라면서 발을 동동 구르며 고함을 쳤다고 한다.

성실한 사람이었다. 강에 돈 열한 푼을 떨어뜨리고 용궁까지 가겠다며 이를 갈 만도 했다. 남은 스물여섯 푼을 주머니에 넣고 주머니를 실로 꽉 조여 맨 뒤 일어나서는, 그 동네 사람을 불러놓고 주머니에서 지갑을 꺼내어 석 냥 정도를 꺼내다가 다시 한 냥을 집어넣고는, 잠시 생각에 잠겼다가 음 하고 고개를 끄덕인 뒤 다시 한 냥을 꺼내어 석 냥을 그 사람에게 건네주며, 그 돈으로 당장 인부 열 명 정도를 모아 오라고 말했다. 아오토는 강가에 말을 묶어 두고 엄숙한 표정으로 커다란 바위 위에 유유히 앉았다. 이미 땅거미가 지고 있다. 내일 하면 안 될까?

하지만 그것은 아니 될 일이다. 찾는 것을 내일로 미루면 오늘 밤 사이에 그 열한 푼이 강물에 떠내려가 어디에 있는지 찾을 수 없게 되어, 국토의 귀한 보물을 영원히 잃어버리는 무시무시한 일이 벌어질지도 모른다. 돈 열한 푼이 산산이 흩어지기 전에 한시라도 빨리 주워 담아야 한다. 밤을 새워도 상관없다. 아오토는 홀로 어둑한 강가에 앉아 꿈쩍도 않고 있었다.

이윽고 인부들이 모이자, 아오토는 우선 그들에게 강가에 불을 피우게 한 다음, 인부들에게 저마다 횃불을 들려서 차가운 물속으로 들어가 돈 열한 푼을 찾으라고 명했다. 횃불에 비친 가을의 강물은 밤의 비단처럼 보였고, 사람들은 손에 손을 맞잡고 물살을 가르는 장관을 연출했다. 거기, 거기야, 아니, 더 오른쪽, 아니, 아니, 더 왼쪽, 더 안쪽으로, 하고 아오토가 목청이 터져라 명령을 내렸지만, 어둠은 점점 더 깊어만 갔고 아오토 자신도 돈을 어디에 떨어뜨렸는지 헷갈릴 지경이라, 아오토 혼자 땅을 가르고 지축을 갈라 용궁까지 가겠다며 아무리 발버둥 치고 초조해한들, 인부들의 손끝에는 단 한 푼의 돈도 걸려들지 않았다. 살을 에는 차디찬 강바람이 불어와 인부들은 얼어 죽을 것 같다며 괴로워했고, 점차 여기저기에서 불평이 터져 나왔다. 우리가 전생에 무슨 죄를 지어서 이렇게 힘든 일을 해야 하냐며, 강바닥을 헤집으며 훌쩍훌쩍 우는 사람까지 나왔다.

그때 인부들 중에 아사다 고고로라는, 서른너덧 남짓의 노름꾼이 있었다. 인간은 서른너덧에 자존심이 가장 강해진다는데, 그게 아니더라도 아사다는 가문과 집안 형편이 다른 이들보다 약간 나은 것을 자랑하고 다니는 사람이었다. 지금은 집이 몰락하여 인부들과 같은 처지가 되었지만, 오만불손한 태도로 윗사람을 우습게 보며 일을 게을리했다. 그러다 대단할 것도 없는 기지를 발휘하여 부정한 방법으로 돈을 벌어서는 젊은이들에게 술을 사준 적도 있는데, 형님은 배포가 크다는 말을 듣고는, 그렇지도 않다고 답하면서 그리 싫은 내색은 하지 않는, 대단한 바보였다. 그는 이때도 인부들과 함께 한 손에 횃불을 들고 강바닥을 뒤지는 척은 했지만 애초에 진짜로 열심히 찾을 생각은 없었다. 적당히 하는 척만 하다가 품삯만 받아 챙기려 했는데, 아오토는 강가에 불을 피우고서 서슬 퍼런 도깨비처럼 심술궂은 얼굴에 날카로운 눈빛으로 인부들을 감시하면서, 더 왼쪽, 더 오른쪽, 하고 소리를 질러대니 도무지 시끄러워서 참을 수가 없었다. '쳇, 쩨쩨한 녀석, 열한 푼이 그렇게 아깝나? 정색을 하면서 저런 소란을 피워대다니. 가난한 관리는 이래서 싫어. 돈을 그렇게 가지고 싶으면 내가 줘버릴까? 뭐야, 겨우 열 푼 정도 가지고,' 하는 생각에 불끈 화가 나서, 언제나처럼 자신의 큰 배포를 뽐내고 싶은 마음에 배두렁이에서 서 푼을 꺼내어 들고,

"찾았다!" 하고 외쳤다.

"뭐, 있다고? 동전이 있는가?" 아오토가 물가에서 아사다의 목소리를 듣고 뛸 듯이 기뻐하며, "동전을 찾았는가? 정말로 있는가?" 하고 까치발을 하며 끈덕지게 물었다.

아사다가 그런 그를 한심하게 여기며,

"예, 있습니다. 서 푼이 있습니다. 가져다 드리겠습니다."라고 하면서 물가를 향해 걸어가는데, 그러자 아오토가 더 큰 목소리로,

"움직이지 말게, 꼼짝 마. 그 자리를 찾아보게. 분명 그곳이야. 내가 돈을 떨어뜨린 곳이 그곳이네. 지금 생각났어. 분명 거기야. 여덟 푼이 더 있을 것이야. 떨어뜨린 물건은 분명 떨어뜨린 곳에 있는 법이지. 어이! 여봐라, 동전 서 푼을 찾았다. 더 분발하여, 저 사람 주위를 살펴보시

오!" 하고 부산을 떨었다.

인부들은 하나둘씩 아사다의 주위에 모여들어,

"형님은 역시 감이 좋단 말이야. 무슨 비결이라도 있소? 가르쳐 주오. 난 이제 얼어 죽을 것 같아. 어떻게 하면 그렇게 잘 찾을 수 있소?" 하고 저마다 물었다.

아사다는 기고만장한 얼굴로,

"뭐, 비결이랄 것도 없지만, 중요한 건 발가락일세."

"발가락?"

"그래. 자네들은 손으로 찾으니까 안 되는 거야. 나처럼, 이것 보게, 이렇게 발가락으로 찾으면 찾을 수 있지."라면서 이상한 자세로 강바닥의 자갈을 짓뭉개며 모두가 자신의 발치를 들여다보는 사이를 틈타 또다시 자신의 배두렁이에서 두 푼을 꺼내들고는,

"어?" 하고 그 돈을 쥔 한 손을 물속으로 넣고,

"찾았다!" 하고 외쳤다.

아오토는 "뭐, 찾았다고?"라며 굵직한 목소리로 곧바로 반응을 보였다. "동전을 찾았는가?"

"예, 찾았습니다. 두 푼을 찾았습니다." 아사다가 한 손을 높이 들어 보이며 답했다.

"꼼짝 마라. 움직이지 마라. 그 자리를 찾아보아라. 여봐라! 모두 저기 저 자를 본받아, 저 자처럼 분발하여 더 찾아 보거라." 아오토는 몸을 떨며 한층 더 강한 어조로 명령을 내렸다.

인부들은 모두 하나같이 이상한 자세로 강바닥의 자갈을 더듬으며 다녔다. 몸을 구부리지 않으니까 굉장히 편했다. 모두 크게 기뻐하며 횃불을 한 손에 들고 춤을 추기 시작했다. 뭍에 있던 아오토가 탐탁찮은

얼굴로 장난치지 말라며 혼냈지만, 그렇게 하면 동전을 찾을 수 있다고 대답하니, 못마땅한 마음으로 그냥 그 춤을 보고 있을 수밖에 없었다. 결국 아사다는 또 서 푼에, 한 푼을 더 찾았다며 모두의 눈을 속여 배두렁이에서 돈을 꺼내 들고,

"찾았다!"

"오오, 찾았다!"

하고 진지한 얼굴로 외쳤고, 결국 열한 푼을 전부 자기 혼자 다 찾은 척했다.

뭍에 있던 아오토는 너무도 기쁜 나머지 아사다로부터 건네받은 열한 푼을 세 번이나 세어보고 음, 정확히 열한 푼이군, 이라며 고개를 크게 끄덕인 뒤 짤그랑 소리를 내며 주머니에 넣어두고 빙긋이 웃으며,

"정말이지 이번에 아사다라는 자가 보여준 활약은 대단했네. 덕분에 국토의 귀한 보물이 되살아났어. 상으로 한 냥을 더 주겠네. 강에 떨어진 동전은 헛되이 썩어가기만 하지만, 사람의 손에서 손으로 전해지는 돈은 언제까지나 살아서 세상에 머물며 많은 사람들의 손을 거치지."라고 차분히 말하며 아사다에게 상으로 한 냥을 주고는 말에 훌쩍 올라탄 뒤 딸가닥거리며 떠났다. 인부들은 그를 배웅하며 바보 같은 사람이라고 수군댔다. 지혜가 얕고 미천한 사람들은 아오토의 깊은 뜻을 이해하지 못하고, 한 푼을 아끼다가 백 냥을 잃는다는 옛말도 있다면서 웃고 떠들며 비아냥거렸다. 어느 시대든 소인배들은 한심하고 손쓸 방도가 없기 마련이다.

어쨌든 비천한 사람은 탐욕스러운 법이니, 생각지도 못한 석 냥을 품삯으로 받아들고, 아오토가 강조한 검약의 정신도 잊은 채, 오늘 밤에는 술이라도 마시며 마음껏 놀자며, 모두들 신이 났다. 아사다는

언제나처럼 큰 배포를 뽐내며 상으로 받은 한 냥을 통 크게 모두에게 기부했고, 난생 처음으로 사치스러운 연회를 열었다.

아사다는 누가 뭐래도 좌중의 스타였다. 형님 덕분에 오늘 밤이 행복하다는 말을 듣자, 안 해도 될 말을 했다.

"그러고 보면, 그 아오토라는 사람은 참 멍청해. 내 배두렁이에서 나온 것인 줄도 모르고."라면서 입을 삐죽이며 코웃음을 쳤다. 사람들이 모두 깜짝 놀라 무릎을 치며, 과연 형님은 기가 막힌 생각을 다 한다, 시대만 잘 타고났어도 형님은 아오토보다 더 높은 사람이 되었을 거다, 라는 식의 입에 발린 소리들을 했고, 술자리는 한층 더 시끌벅적해져갔다. 하지만 고지식한 사람은 어디에나 있기 마련이다. 갑자기 술자리 한구석에서 "아사다, 이 바보 녀석아!" 하고 호통 치는 소리가 들렸다. 왜소한 체구의 남자가 새파란 얼굴로 아사다를 노려보며 말했다.

"아오토를 속였다는 네 자랑을 들으니 속이 안 좋아져서 술맛이 다 떨어지는군. 아사다, 왜 그따위 짓을 하는 게냐? 항상 잘난 척하는 너의 말 같은 면상이 못마땅했는데, 이 정도로 엉망진창인 녀석인 줄은 몰랐다. 할 짓이 있고 안 할 짓이 있지, 이 멍청한 녀석아. 아오토의 고결한 뜻도 네 녀석의 무식한 잔꾀 덕에 어이없게 도둑에게 돈을 더 얹어준 셈이 되어버렸어. 다른 사람을 속이는 짓은 도둑질보다도 더 나쁜 짓이다. 부끄럽지 않은가? 하늘이 무섭지도 않느냐 말이야. 세상을 그렇게 우습게 보다가는 언젠가 꼭 큰코다치게 될 날이 올 것이야. 나는 이제 너희들과 놀지 않겠다. 오늘 이후로 나를 생판 남으로 여겨라. 나는 앞으로 효도하며 살겠다. 웃지 마라. 나는 이렇게 세상의 한심한 꼴을 보면, 어쩐지 갑자기 효도를 하고 싶어진다. 이전에도 이따금 그런 일이 있었지만, 오늘은 정말이지 온갖 정나미가 다 떨어졌다. 깨끗하게 손을 씻고 효도하며 살 것이다. 부모님께 효도를 안 하는 인간은 짐승과 매한가지지. 비웃지마라. 아버지, 어머니, 오늘까지 효도하지 못한 저를 용서해주십시오." 의외의 말까지 꺼낸 작은 남자는 소리 내어 울기 시작했고, 울면서 집으로 돌아갔다. 이튿날에는 새벽에 일어나 잔디를 깎고 짚을 꼬아 짚신을 만들어 부모님을 도와서,[32] 훗날 장하게도 효자라는 영예를 얻어 도키요리 공에게 관직을 받는 등, 가운*運이 융성해졌다고 한다.

한편, 아사다의 교활한 술수에 속아 넘어간 아오토 사에몬노조후지쓰나는 그날 밤 기분 좋게 귀가한 뒤 아내와 아이들을 방 안에 모아놓고, "오늘 아버지가 나메리가와강을 건널 때 불 피우는 도구가 든 주머니를 연 순간 동전 열한 푼을 강으로 떨어뜨려서, 국토의 귀한 보물을 영원히 강바닥에 썩히게 되었다는 안타까움에, 인부들을 모아 품삯 석 냥을 주어 지옥 밑바닥까지 다 찾아보라고 지시했다. 한 영리해 보이는 인부가 발가락으로 강바닥을 뒤지다 얼마 안 있어 동전 열한 푼을 모두 찾아내어, 이 자에게는 특별히 한 냥을 상금으로 내렸다. 겨우 열한 푼의 동전을 찾기 위해 넉 냥의 돈을 쓴 이 아비의 마음을 알겠느냐?" 하고 빙긋이 웃으며 가족들을 둘러보았다. 가족들은 머뭇거리며 그냥 애매하게 끄덕였다.

"알겠느냐?" 아오토는 자신만만한 태도로, "강바닥에서 썩는 돈은 모두 나라의 손해이며, 사람의 손에서 손으로 전해지는 돈은 돌고 도는 것이다."라면서 조금 전 강가에서 인부들에게 들려준 이야기를 재차

32_ 에도시대 후기의 농업전문가이자 사상가인 니노미야 다카노리二宮尊德(1787~1856)를 노래한 동요의 한 소절. 니노미야 다카노리가 실천한 자조적自助的인 농업을 모델로, 자주적으로 국가에 헌신, 봉공하는 국민의 육성을 목적으로 한 국가적 움직임을 배경으로 널리 불리던 노래다.

흐뭇한 기분으로 들려주었다.

"아버님." 똘똘해 보이는 여덟 살 난 그의 딸이 눈을 깜빡이며 물었다. "떨어뜨린 돈이 열한 푼인지는 어찌 아셨습니까?"

"오오, 어찌 알았느냐고? 오리쓰는 어른스럽구나. 좋은 질문이야. 이 아비는 매일 아침 동전 마흔 푼을 주머니에 넣어 관공서에 간다. 오늘은 관공서에서 서 푼을 쓰고 주머니에는 서른일곱 푼을 남겼을 터인데 스물여섯 푼밖에 남아 있지 않았으니, 떨어뜨린 돈은 얼마이겠느냐?"

"하지만 아버님은, 오늘아침 관공서에 가시는 길에 절 앞에서 저를 만나 거지에게 적선하라며 두 푼을 주셨습니다."

"어이쿠, 그랬지. 잊고 있었네."

아오토는 깜짝 놀랐다. 떨어뜨린 돈은 아홉 푼이었다. 아홉 푼을 떨어뜨렸는데 강바닥에서 열한 푼이 나온 것은 기괴한 일이다. 아오토는 바보가 아니었다. 어쩌면 이것은 밋밋하게 생긴 아사다라는 인부가 수작을 부린 것인지도 모른다고 생각했다. 생각해보니, 손으로 더듬는 것보다 발로 더듬는 것이 더 빨리 찾을 수 있는 방법이라는 것은 말도 안 되는 소리다. 어쨌든 내일 아침에 그 아사다라는 인부를 관공서로 불러들여 엄하게 문초해보아야겠다고 마음먹은 뒤, 몹시 불쾌한 기분으로 잠자리에 들었다.

속임수는 반드시 탄로 나기 마련인 모양이다. 아사다도 아홉 푼을 떨어뜨렸는데 열한 푼을 주웠다는 사실에 대해서는 변명의 여지가 없었다. 아오토는 불같이 화를 내며, "윗사람을 속이는 몹쓸 녀석, 능지처참 형에 처하고 싶지만 강에 떨어뜨린 아홉 푼이 아직도 그곳에 있는지 마음에 걸리니, 우선 10년이 걸리든, 20년이 걸리든, 한평생이 걸리든,

너 혼자 그것을 찾아내라. 또다시 천박한 잔꾀를 부려서 배두렁이에서 동전을 꺼내는 일이 없도록, 벌거벗은 채로 찾아라. 아홉 푼을 모두 찾아낼 때까지는, 비가 오든, 바람이 세게 불든, 하루도 쉼 없이 강가에 나가 관리의 감시 하에 강바닥을 모두 파헤쳐라." 하고, 우레와 같은 큰 목소리로 명령했다. 진지한 사람이 화를 내면 무서운 법이다.

그날부터 아사다는 관리의 엄중한 감시 하에 벌거벗은 채 강을 뒤졌다. 열흘째 되는 날 한 푼, 20일 지나 한 푼을 주웠다. 강에 있던 버드나무 잎은 한 장도 남김없이 모두 떨어졌고, 강물은 말라 적막한 겨울의 강 속에서, 아사다는 묵묵히 괭이를 휘두르며 자갈을 파헤쳤다. 나오라는 동전은 안 나오고, 깨진 냄비, 낡은 못, 이 빠진 밥그릇 등의 폐품이 쓸데없이 나와서 강변에 산처럼 쌓여갔다. 어떤 노파는 확신에 찬 표정으로 강변으로 부리나케 내려와서는 감시하는 관리에게, "내가 언젠가 이 근처에 비녀 하나를 떨어뜨렸는데, 그건 아직 안 나왔는지요?" 하고 물었다. 관리가 언제 떨어뜨렸냐고 묻자, "정확하지는 않지만 내가 시집오고서 얼마 되지 않았을 때의 일이니 육칠십 년 정도 됐을 건데요." 라고 해서 관리에게 혼이 났다. 어느새 나메리가와滑川강미끄러운 강이 하다카가와裸川강벌거숭이 강이라 불리며 가마쿠라의 명물 중 하나가 되었을 무렵, 그러니까 97일째 되던 날, 300간약 543m 길이의 강바닥에 괭이로 갈리는 흙이 하나도 없을 만큼 깨끗하게 다 파헤친 끝에, 아사다는 겨우 동전 아홉 푼을 다 찾아 다시 아오토와 만났다.

"이놈아, 이제 반성을 좀 했느냐?"

라는 말을 듣고, 아사다는 겁도 없이 고개를 들며,

"일전에 당신께 드린 동전 열한 푼은 제 배두렁이에서 꺼낸 것이었으니 돌려주십시오."라고 했다고 하니, 훗날 사람들은 이 이야기를 두고 허세란 이런 것이 아니겠느냐고 하며 비웃음거리로 삼았다.

(『무가 의리 이야기武家義理物語』, 1권 첫 번째 이야기, 「내 것이기 때문에, 벌거숭이 강」)

의리義理

의리를 위해 죽음을 불사하는 것은 무가武家의 관례이다. 옛날 셋슈 이타미攝州伊丹에 간자키 시키부라는 건실한 무사가 살았는데, 그는 이타미의 성주城主인 아라키 무라시게를 모시는 무사로 일하며 오랜 세월 동안 주군 집안의 평안에 기여했다. 주군의 차남인 무라마루라는 젊은 도련님은 여러모로 어른스럽고 상냥한 장남인 시게마루와는 달리, 정말 손쓸 방도가 없는 개구쟁이였던지라 간자키를 비롯한 중신들의 골칫거리였는데, 성주인 아라키는 오히려 얌전한 장남보다도 이 천방지축 차남을 편애하며 제멋대로 구는 그를 웃음으로 받아주었고, 그래서 그 도가 점점 더 심해져 갔다. 어느 날, 그 차남이 에조[33]라는 곳이 어떤 곳인지 한번 가보고 싶다는 터무니없는 이야기를 꺼냈는데 가신家臣들이 그를 말리자 한층 더 심하게 떼를 쓰면서, 에조에 가기 전에는 밥을 먹지 않겠다며 밥상을 차버릴 지경에 이르렀다. 평소에 무라마루를 편애하던 성주 아라키는 이번에도 웃으며, "좋다, 에조를 돌아보는 것도 좋겠지. 다녀오너라. 젊을 때 하는 긴 여행은 한평생에 있어 약이 되지." 하고 대수롭지 않다는 듯 천방지축 아들의 소원을 들어주었다.

. . . .
33_ 지금의 홋카이도 지역.

함께 가게 된 사람은 간자키 시키부를 비롯하여 가신들 중에 뽑힌 무사 서른 명이었다.

그 일행 중에는 차남의 말동무를 해줄 소년 두 명이 끼어 있었다. 한 명은 간자키 가쓰타로라는 열다섯 소년 무사였는데, 그는 시키부가 애지중지하는 외동아들로 용모가 화려하고 행동거지가 기특하여 아버지의 이름을 부끄럽지 않게 하는 수재였다. 또 한 명은 시키부와 같은 일을 하고 있는 모리오카 단고의 세 아들 중 막내인 단자부로라는 소년이었는데, 그는 모든 면에서 가쓰타로에 비해 뒤떨어지는 소년이었다. 살결이 희고 눈꼬리가 쳐졌으며 입술은 두껍고 새빨개서 저팔계처럼 생긴 주제에 상당한 멋쟁이라, 여드름을 없애려 아침마다 꼬박꼬박 돌멩이로 이마를 문질러댔고, 그 때문에 이마는 이상한 보랏빛으로 빛났다. 뒤룩뒤룩 살이 찐 탓에 덩치가 산만 했고, 일거수일투족이 느려 터진 데다 무예를 싫어하고 여자를 좋아했다. 게다가 보기 흉하게 옆으로 앉아서는 무슨 생각을 하는지 때때로 히죽거리는 등, 정말 추잡스럽기 짝이 없었다. 하지만 어째서인지 무라마루 도련님은 그 소년을 마음에 들어 하여 문어야 문어야, 하고 부르며 언제나 곁에 두었고, 단자부로는 도련님께 수상쩍은 조언을 올리며 함께 천박하게 껄껄거렸다. 원래 시키부는 단자부로를 싫어했다. 이번에 함께 에조에 갈 사람에 이 아이를 껴주고 싶지 않았지만, 성주의 명령으로 자신의 외아들인 가쓰타로가 함께 가게 되었던지라, 같은 직급에 있던 모리오카 단고의 자식을 냉정하게 뺄 수가 없었다. 같은 직급의 무사에 대한 의리 때문이었다. 모리오카 단고는 부모 마음에 막내인 단자부로가 그렇게 뒤떨어진 아이라고 생각하지는 않는지,

"간자키 님, 이번에는 제가 운이 나빠 여기 남게 되었지만, 다행히

저 대신 막내 단자부로가 함께 가게 되었으니, 그 아이의 여행 이야기를 기대하며 기다리고 있겠습니다. 하지만 그 아이는 여행이 처음이고 덩치만 컸지 아직 어린애이니, 아무쪼록 잘 부탁드립니다."라고 인사하면서 부모의 마음을 표현하며 바닥에 양손을 딱 짚고 절을 했다. 거기에 대고 그 아이는 좀 뒤떨어진다는 얘기를 할 수는 없었다. 게다가 문어도 꼭 같이 가게 해달라는 도련님의 은밀한 명령이 있어, 함께 갈 사람 명단에 문어를 넣지 않을 수가 없었다. 마지못해 단자부로를 데리고 출발했지만, 교토를 지나 아즈마지로 내려가 구사쓰의 여관에 도착했을 무렵, 단자부로 탓에 서서히 여행에 차질이 생기기 시작했다. 무엇보다, 너무 늦게 일어났다. 도련님과 함께 밤늦게까지 여관 종업원들을 상대로 시시덕거리며 도박이나 가위바위보, 주사위놀이 등을 하며 쑥덕거리면서 천박하게 웃고 떠들었다. 보다 못한 시키부가 큰맘 먹고,

"내일은 아침 일찍 출발하니 어서 주무시지요." 하고 옆방에서 엄하게 타일러도, 도련님은 태연히,

"놀러온 것이니 상관없다. 그렇지 않느냐, 문어야?"라고 했다.

문어는 "예." 하고 대답한 뒤 히죽히죽 웃었다. 이튿날 아침, 문어는 도련님보다도 늦게 일어났다. 단자부로 한 명이 늦잠을 자는 바람에 일행은 언제나 늦은 시간에 여관을 출발했다. 도련님은 태평하게,

"버리고 가자. 나중에 따라오겠지."라면서 문어를 여관에 두고 재빨리 출발하려 했지만, 간자키 시키부는 단자부로의 아비인 단고로부터 자기 아이를 잘 부탁한다는 얘기를 들은 터라 버리고 출발할 수는 없었다. 자신의 아들인 가쓰타로를 보내어 단자부로를 깨웠다. 가쓰타로는 단자부로보다 한 살 어렸기에, 약간 조심성 있는 말투로 단자부로를 깨웠다.

"저기요, 이제 출발합니다."

"뭐라고? 너무 **빠르**잖아."

"도련님도 이미 채비를 마치셨습니다."

"도련님은 어제 푹 주무셨겠지. 나는 이런저런 생각을 하느라 잠을 설쳤다. 게다가 네 아버지가 어찌나 시끄럽게 코를 고시는지, 잠을 잘 수가 없었어."

"죄송합니다."

"충성을 바치는 것도 힘든 일이야. 난 매일 밤 도련님과 함께 놀아드리느라 기진맥진이야."

"그러실 것 같습니다."

"응, 정말 힘들어. 가끔은 네가 좀 대신 놀아드려도 좋을 것 같은데."

"네, 그러고 싶지만, 저는 가위바위보 같은 걸 잘 못해서 말입니다."

"하긴 너희는 촌스러우니까. 그렇게 딱딱하게 굴기만 하는 건 충성을 다하는 게 아냐. 가위바위보 정도는 익혀 둬."

"네," 하고 살짝 웃으며, "어쨌든, 모두 지금 출발하려 합니다."라고 했다.

"어쨌든이라니? 너희는 나를 우습게 보는구나. 어젯밤에도 그런 생각이 들어서, 분한 맘에 잠이 안 오더라고. 나도 아버지와 함께 왔으면 좋았을 텐데. 부모님 곁을 떠나 여행을 오면, 얼마나 다른 사람 눈치를 보게 되는지, 너는 모르겠지. 나는 고향을 떠나온 이래로 계속 열등감만 느끼고 있어. 인간이란 박정한 존재야. 부모가 없는 자리에서는 어떤 방식으로든 아이를 매정하게 대하니까. 아니, 너희가 그렇다는 얘기는 아냐. 너희 부자는 훌륭하지. 지나칠 정도로 훌륭해. 이번 에조 여행을 마치고, 나는 성주님과 아버지께 너희 부자에 대한 이야기를 할 생각이야. 나는 무엇이든 알고 있지. 네 아버지가 너를 무척이나 애지중지하신 다더군. 내게 숨길 필욘 없어. 어젯밤 이 여관에 도착했을 때 네 아버지가, '가쓰타로야, 발에 박힌 못에는 소주라도 발라 두어라.'라고 말하는 걸 들었어. 나한테 그런 말은 안 하지. 모두가 보고 있는 앞에서는 나한테 굉장히 친절하게 대해주지만, 흥, 나는 다 알아. 진짜 부자간의 정에 비할 수는 없지. 소주라도 발라 둬, 라니. 나중에 남은 소주를 둘이서 사이좋게 마셨겠지? 안 그래? 나한테는 한 방울도 주지 않을뿐더 러 가위바위보도 못하게 하려고 할 정도니까 마음이 착잡해. 어젯밤에 그런 걸 뼈저리게 느꼈어. 실례를 무릅쓰고, 나는 좀 더 자야겠어."

간자키 시키부는 장지문 밖에서 이 대화를 엿듣고 있었다. 이쯤에서 그를 버리고 떠나버릴까 싶었다. 정말 버려두고 가는 편이 좋았다. 그랬다면, 훗날 갖은 불행을 겪지 않아도 되었을지 모른다. 하지만 시키부는 의리를 중히 여기는 무사였다. 바닥에 두 손을 딱 짚고 잘 부탁한다고 말하던 단고의 목소리와 그 모습을 잊을 수가 없었다. 시키부 는 그날도 단자부로가 일어나기를 잠자코 기다렸다.

단자부로는 한도 끝도 없이 방종한 생활을 계속했다. 구사쓰, 미나쿠 치, 쓰치야마를 지나 스즈카 고개에 이르렀을 때는 더 이상 못 걷겠다며 난리를 피웠다. 원래 말을 잘 못 타지만 그렇다고 해서 못 타는 것을 남에게 들키기는 싫은 맘에 억지로 말을 타보았지만, 엉덩이가 너무 아파 견딜 수 없었다. 그래서 "역시 여행길은 걸어야 맛이야. 어차피 편안한 마음으로 하는 유람 여행이기도 하고. 말을 타고 하는 여행은 너무 딱딱한 느낌 아냐? 촌스러워."라면서, 자기만 걷기에는 모양새가 좋지 않다고 생각했는지, 가쓰타로에게도 말을 버리고 함께 걷기를 권하여 같이 도련님의 가마 좌우에 서서 걸어왔지만, 고개로 들어서자 갑자기, 걷는 것도 촌스러운 것이라고 주장하기 시작했다.

"이렇게 터벅터벅 걷는 것도 멋없지 않아?" 문어는 가마를 타고 고개를 넘고 싶었다.

"역시 말을 타는 편이 좋을까요?" 가쓰타로는 어떻게 가든 상관없었다.

"뭐라고, 말이라고?" 말은 싫다. 말도 안 된다. "말도 나쁘지는 않지만, 뭐 일장일단이 있겠지." 애매하게 말끝을 흐렸다.

"그렇지요." 가쓰타로는 그 말을 진심으로 받아들이고 고개를 끄덕였다. "인간도 새처럼 하늘을 날 수 있으면 좋겠다는 생각이 들 때가 있습니다."

"말도 안 되는 소리를 하는군." 단자부로는 그를 비웃으며 말했다. "하늘을 날 필요는 없지만," 가마를 타고 싶다. 하지만 노골적으로 그런 말을 할 수는 없었다. "하늘을 날 필요는 없지만," 하고 재차 말한 뒤, "자면서 걸을 수는 없을까?" 하고 에둘러 말하며 수수께끼를 냈다.

"그건 어렵겠지요." 가쓰타로는 단자부로의 저의를 몰랐다. 천진난만하게 대답했다. "말을 탄다면 자면서 걸을 수도 있지만요."

"응, 그건." 그건, 위험하다. 문어에게는 말 위에서 자는 재주가 없다. 잠이 든다면 바로 말에서 떨어질 것이다. "그것도 촌스러운 짓이야. 눈을 뜬 뒤에 여기가 어디냐고 물어도, 말은 대답해줄 수 없으니 말이지." 가마에 탄다면 가마꾼이 '예, 이제 곧 구와나입니다.'라고 대답해줄 것이다. 아아, 가마를 타고 싶다.

"재미있군요." 가쓰타로에게는 문어의 수수께끼가 통하지 않았다. 그냥 무심히 웃었다.

단자부로는 분하다는 듯 가쓰타로를 곁눈으로 노려보며,

"너는 참 촌스러운 놈이군. 배려라는 걸 모르네."라고 정색을 하고서 말했다.

"네?" 가쓰타로는 어리둥절했다.

"딱 보면 알잖아. 나는 더 이상 걸을 수가 없어. 나는 이렇게 뚱뚱하니까 다리 사이의 살갗이 까져서 남들은 상상도 못할 고생을 하면서 걷고 있어. 잘 보면 알 수 있을 것이야."라면서 갑자기 고통스럽다는 듯 얼굴을 찡그리고 발 한쪽을 절면서 걷기 시작했다.

"어깨 좀 빌려드려라." 그때 가마 뒤를 따라가고 있던 간자키 시키부가 쓴웃음을 지으며 가쓰타로에게 말했다.

가쓰타로가, "예." 하고 대답한 뒤 단자부로의 옆으로 붙어 문어의 오른손을 잡자, 문어가 화를 내며,

"됐어. 나는 이래 봬도 모리오카 단고의 아들이야. 너 같은 어린애 어깨에 기대어 고개를 넘었다는 소문이 고향에 퍼지기라도 하면, 아버지와 형들의 체면이 말이 아닐 텐데. 너희 부자는 한통속이 되어 모리오카 일가를 조롱할 생각인 게지?" 하고 막무가내로 큰소리를 쳤기에, 간자키 부자는 당황했다. 그러자 가마 안에 있던 도련님이,

"시키부," 하고 시키부를 불러, "문어에게도 가마를 내주어라."라고 하여 눈치 빠른 면모를 보여주었다.

시키부는, "네, 바로 내오겠습니다."라고 하며 엎드려 절했다. 문어는 의기양양했다.

그 후 세키, 가메야마, 욧카이치, 구와나, 미야, 오카자키, 아카사카, 고유, 요시다에 이르기까지 문어는 한껏 으스대며 여행을 계속했다. 여관에 도착하면 이전과 마찬가지로 밤을 새우고는 늦잠을 잤다. 단자부

로 한 명 탓에 출발할 때 세웠던 여행 계획은 열흘이나 늦어졌다. 이윽고 음력 4월 말, 스루가 지방의 시마다 여관에 머무는 날이었다. 서둘러 가케가와강을 떠나 나카센 즈음에 이르렀을 저녁 무렵, 비가 쏟아져서 도중에 있는 기쿠가와강도 범람하여 탁류가 다리를 뒤흔들고 길까지 넘쳐흘렀다. 심지어는 바람까지 거세게 불어서 솔바람이 너무 심한 탓에 일행이 입은 비옷의 옷자락이 다 뒤집어지고 찢길 지경이었기에, 기다시피 해서 가나야의 여관에 도착했다. 이제 앞으로 길이 험하기로 소문난 오이^{大井}강을 건너 시마다의 여관으로 가야 했다. 시키부는 오이 강의 강변에 서서 강의 형세를 살핀 뒤,

"수량이 시시각각으로 늘어나는 것 같으니, 오늘은 이곳 가나야의 여관에서 하루 묵어야겠다."라고 모두에게 말했다.

하지만 깡패 같은 도련님은 시키부의 조심성 있는 판단이 마음에 들지 않았다. 강을 보며 코웃음을 치더니,

"뭐야, 이게 그 유명한 오이강이야? 요도가와강의 반도 안 되잖아. 고향에 있는 이나 강보다도 작고 무코강보다도 작잖아. 그렇지? 문어야. 이런 강을 못 건넌다니, 시키부가 노망이 난 모양이다."

"정말 그렇습니다." 문어는 간자키 부자를 곁눈질하며 씨익 웃고 말했다.

"저는 어릴 적부터 말을 타고 고향에 있는 이나 강을 거의 매일같이 건넜기 때문에 익숙해서 그런지, 이렇게 작은 강은 아무리 물이 불어도 무섭지 않지만, 선천성 물 발작이라는, 아무리 말을 잘 타고 활을 잘 쏘아도 물을 보면 무서워서 벌벌 떠는 희귀한 병이 있다고 합니다. 게다가 이 병은 부모에게서 자식에게 유전이 된다지요."

도련님은 웃으며,

"별 이상한 병이 다 있구나. 설마 시키부가 그 물 발작이라는 병에 걸린 건 아니겠지만, 어떠냐, 문어야. 우리 둘이서 먼저 이 탁류를 헤치고 말을 달려, 그 우지강의 선진先陣, 사사키와 가지와라처럼[34] 앞서거니 뒤서거니 하며 강을 건넌다면 겁쟁이 시키부를 비롯한 일행들도 하는 수 없이 뒤쫓아 오지 않겠느냐? 무슨 수를 써서라도 오늘 중에 오이강을 건너 시마다의 여관에 도착하지 않으면 서쪽 지방 무사의 이름에 먹칠을 하는 셈이 된다. 문어야, 계속 가자." 하고 말을 채찍질하며 거친 물살을 향해 뛰어들려고 했다. 시키부는 도롱이와 삿갓을 다 내던지고 쏟아지는 빗속을 필사적으로 달려가 도련님의 말 재갈에 매달려,

"그만두십시오, 제발 부탁입니다. 이 시키부가 전에 들은 얘기로는, 오이강은 강바닥의 형세가 험하여 어디가 얕고 어디가 깊은지 몰라 월천꾼[35]조차도 발을 헛딛는 일이 종종 있다고 합니다. 하물며 다른 지방에 사는 우리가 아무리 용맹하다 한들, 혈기만 가지고는 이 강을 건너기 어려울 것입니다. 저 시키부는 오늘 하루 물 발작이든 뭐든 희귀병에 걸린 것으로 치겠으니, 부디 시키부의 희귀한 병을 불쌍히 여기시어, 강을 건너는 것은 내일로 미루어 주십시오." 하고 눈물을 흘리며 애원했다.

진짜 겁쟁이였던 단자부로는 입으로는 그렇게 큰소리를 쳤어도, 도련님으로부터 "문어야, 계속 가자!"라는 말을 들었을 때는 어질어질 현기증이 나서, 어떻게 해야 하나 싶어 쩔쩔매고 있었는데, 시키부가

. . . .

34_ 일본의 고전 『헤이케모노가타리』平家物語의 우지가와센진宇治川先陣 중에, 서로 경쟁하던 사사키와 가지와라라는 두 무장이 있었는데, 사사키가 말의 안장이 찢어졌다는 거짓말을 하여 선진先陣으로 나아갔다는 내용이 있다.
35_ 옛날에 사람을 업고 강을 건너는 것을 업으로 삼았던 사람.

도련님께 그런 말씀을 올렸기에 마음을 놓고, 창백한 얼굴로 묘한 억지웃음을 띠며 "쳇, 아쉽군."이라고 말했다.

그런 말은 안 하는 게 좋을 뻔했다. 그 허튼 소리가, 도련님의 마음을 더욱 흥분케 했다.

"문어야. 시키부는 비겁한 놈이다. 상관없으니 계속 가라!" 하고, 도련님은 시키부가 정신이 딴 데 팔린 틈을 타 말에 채찍질을 하며 포호빙하,[36] 첨벙 하고 탁류 속으로 몸을 던졌다. 시키부는 더 이상 말릴 수 없다는 판단 하에,

"무엇하느냐! 도련님을 따르라." 하고 일행들에게 큰 소리로 명령했다. 모두들 씩씩한 무사들이었기에, 서른 명의 무사들은 아무런 망설임 없이 연이어 말을 탁류 속으로 몰아 거친 물결을 헤치며 도련님 뒤를 따랐다.

물가에는 단자부로와 가장 마지막에 건너기로 한 시키부 부자만 남았다. 단자부로는 벌벌 떨면서 가쓰타로의 손을 꼭 쥐고,

"도련님도 너무하시지. 배려고 뭐고 아무것도 없으시군. 나는 사실 말을 잘 못 타. 이제 다 틀렸다." 하고 우는 소리로 말했다.

시키부는 조용히 주위를 둘러보며 빠뜨린 것이 없는지를 확인한 뒤, 단자부로에게,

"이게 다 당신이 내뱉은 말에서 비롯된 일입니다. 하지만 이제 와서 그런 말을 한다고 해결될 일이 아닙니다. 당장 도련님 뒤를 따라갑시다. 우리가 과연 살아서 이 강을 건널 수 있을지, 이렇게 물이 불어난 것을 보면 장담할 수 없습니다. 하지만 저는 고향을 떠나면서 당신의 아버님인

· · · · · · · · · · ·

36_ 暴虎馮河. 맨손으로 범을 때려잡고, 황하 강을 걸어서 건넌다는 뜻으로, 용기는 있으나 지혜가 없음을 이르는 말.

단고 님에게서, 단자부로는 아직 정말 어린애인 데다 첫 여행이니 잘 보살펴달라는 부탁을 받았습니다. 그 한마디를 잊을 수가 없어서, 오늘까지 참고 또 참으며 당신을 보살펴왔습니다. 만약 지금 이 거친 강을 건너는 중에 당신에게 무슨 일이 생긴다면, 오늘날까지 제가 해온 고생은 모두 물거품이 됩니다. 가장 기운이 센 말을 당신을 위해 남겨두었습니다. 제 아들인 가쓰타로를 앞세워 미리 건너게 할 테니 당신은 그냥 말의 목에 매달려 가쓰타로를 뒤따라가십시오. 제가 바로 따라가 지켜드릴 테니 걱정 말고, 물을 먹더라도 당황하지 말고 말의 목에서 손을 떼지 마십시오." 너그러운 시키부의 이야기를 들으며 그 바보 같은 단자부로도 조금은 인간다운 마음을 먹게 된 것인지,

"죄송합니다." 하고 엉엉 목 놓아 울었다.

잘 부탁한다는 말 한마디가 이런 상황을 두고 한 말이라 생각하며 자기 아들인 가쓰타로를 앞세우고 단자부로가 그 뒤를 따르게 하여, 특별히 골라둔 말에 태워 건너게 한 뒤, 시키부는 바로 뒤에 딱 붙어 소용돌이치는 거센 물살을 헤치고 나아갔다. 고생 끝에 겨우 뭍 가까이에 이르러 안도의 한숨을 내쉬려던 찰나, 약간의 물살이 단자부로를 내리쳐서 말의 안장이 뒤집히더니, 단자부로는 아악 하는 작은 비명소리를 남긴 채 저 멀리 떠내려가 버려서, 소란을 피울 새도 없이 눈 깜짝할 사이에 행방을 알 수 없게 되었다.

망연자실한 시키부가 뭍에 이르러 보니, 도련님은 무사했고 아들인 가쓰타로도 무사히 뭍에 올라 도련님을 옆에서 모시고 있었다.

세상에 무가武家의 의리만큼 슬픈 것은 없다. 시키부는 마음을 정하고 가쓰타로를 불렀다.

"네게 부탁이 있다."

"예." 하고 대답한 가쓰타로는 맑은 눈동자로 아버지의 얼굴을 올려다보았다. 집안에서 가장 잘생긴 아이였다.

"강으로 뛰어들어 죽어다오. 단자부로는 내가 고생한 보람도 없이 물살을 뒤집어쓰고 안장이 뒤집어져서 강물에 휩쓸려 죽고 말았다. 단자부로는 그의 아버지인 단고 님이 잘 부탁한다고 하며 내게 맡긴 아이다. 단자부로 혼자 물에 빠져 죽고 네가 살았다고 하면 단고 님의 체면도 그렇고, 무사로서의 내 체면도 서지 않는다. 네가 잘 이해해주었으면 한다. 지체 없이, 지금 당장 강으로 뛰어들어 죽어다오." 그가 엄한 표정으로 말하자, 과연 가쓰타로는 무사의 아들이라, "예." 하고 대답한 뒤 한 치의 망설임도 없이 강물 속으로 몸을 던져 숨을 거뒀다.

시키부는 엎드려 눈물을 흘렸다. 참으로 무가의 의리만큼 슬픈 것은 없다. 고향을 떠날 때, 하고 많은 사람 중에 자신에게 잘 부탁한다고 한 그 말 한마디를 흘려들을 수가 없어, 모든 면에서 뒤떨어지는 아이를 잘 보살펴주며 여기까지 왔는데, 뜻밖의 재난을 만나, 단고의 얼굴을 볼 낯이 없어 아무런 죄도 없는 가쓰타로가 눈앞에서 죽는 것을 그냥 보고만 있을 수밖에 없는 괴로운 마음. 하지만 세상은 원망스러운 것. 단고에게는 다른 두 아들이 있어 슬픔이 누그러질 때도 있겠지만, 내게는 가쓰타로 하나뿐. 고향의 애 엄마도 얼마나 슬퍼할꼬. 그는 자신이 늙을 만큼 늙었고, 가쓰타로가 죽고 난 지금은 아무런 소원도 없고 낙도 없다는 생각에 출가하기로 마음먹었다. 겉으로는 아무렇지도 않은 척, 도련님을 모시며 에조 여행을 성공적으로 마치는 데 큰 역할을 한 뒤, 그 후 성주님께 일을 그만두겠다고 청하고 나이든 아내와 함께 출가하여 반슈播州의 기요미즈에 있는 깊은 산속에 숨어 살았다. 단고도 그 경위를 듣고 느낀 바가 있어, 이제 이 세상에서 살 수가 없다고 하며, 곧바로 일을 그만두고 처자식들과 함께 넷이 모두 함께 출가해서 가쓰타로의 명복을 빌었다고 하니, 정말이지 모든 시대를 통틀어 무가武家의 의리만큼 슬프고 아름다운 것은 없다.

(『무가 의리 이야기武家義理物語』, 1권 다섯 번째 이야기, 「죽으면 같은 물결 베개」)

여자 산적 女賊

고가시와바라 천황이 즉위한 다이에이大永시대[1521~1527년], 미치노쿠陸奥 일대에 세고시 아무개라는 유명한 도둑이 센다이의 나토리강 상류, 사사야 고개 부근에 살았다. 그는 오가는 여행자들을 해치고 돈과 짐을 빼앗았는데, 산적치고는 보기 드문 구두쇠라 돈 낭비를 하는 법이 없었고, 서른 남짓한 나이에도 엄청난 돈을 모아 전 재산이 얼마인지 알 수 없을 정도로 큰 부자가 되었다. 멋진 수염이 있었고 행동거지에도 무게감이 있었으며, 산적들이 으레 입는 곰 모피 따위는 입지 않고, 명주로 지은, 가문의 문장紋章이 수놓인 하오리를 걸치고 요곡謠曲 같은 것을 즐기기도 했다. 그 때문인지 동북지방 사투리를 안 쓰고, 어쩌고저쩌고 하나이다, 라는 식으로 말해서 말투에서도 준엄한 느낌이 묻어났다. 하지만 여자를 싫어하는지 아직 독신이었고, 술은 곧잘 마셨지만 여자는 전혀 안중에도 없는지, 여자를 좋아하는 듯한 기색을 보인 적이 이제껏 단 한 번도 없었다. 이따금 수하가 마을에서 여자를 채 오면 눈살을 찌푸리며, "미천한 여자들과 시시덕거리는 것은 남자의 치욕이니라."라는 말로 곧장 여자를 마을로 돌려보냈다. 여자를 싫어하는 것은 형님의 옥의 티라는, 수하들의 거리낌 없는 얘기를 들으면 히죽 웃으며, "센다이에는 미인이 적도다." 하고 중얼거리며 한숨을 내쉬기도 하여, 산적에게는 어울리지 않는 고매한 취미가 있는 것처럼 보이기도 했다. 그가 어느 해 봄, 못생긴 수하 다섯 명에게 곰 가죽 옷을 벗으라 하고 복면도 못 쓰게 하고는 가문의 문장紋章이 수놓인 최고급 하카마를 입혀 이들을 데리고 교토에 갔다. 그는 자신이 동북지방의 시골에 사는 부자인 양 행동하면서 점잖게 최고급 여관에 머물며, 매일 느긋하게 교토 구경을 다녔다. 평소에 쩨쩨하게 굴며 돈을 모은 것도 바로 이럴 때를 위해서였는지, 아까워하는 기색도 없이 돈을 펑펑 쓰고 다녔다. 이윽고 풀꽃구경에도 지쳐, 시마바라에 가서는 교토에서 소문난 명기名妓들을 잔뜩 모아두고 지켜보는데, 여자를 좋아하는 수하 한 명은 입에 거품을 물고 뒤로 자빠지며 물 가져오라는 둥 약 가져오라는 둥 하카마를 벗으라는 둥 난리를 피웠지만, 부자는 근심어린 표정으로 한숨을 내지으며, "교토에도 미인은 적도다."라고 중얼거렸다. 드넓은 교토도 사람의 소문이 퍼지기에는 좁은 곳이라, 이 산적의 교만함은 금세 교토 전체에 퍼져, 그는 '돈 잘 쓰는 수염 양반'이라 불리며 거리에서 만나는 모든 사람들이 이 남자에게 인사를 하게 되었다. 하지만 이 남자는 계속 떨떠름한 얼굴로 지내다가, 이윽고 시마바라에서 노는 것도 지겨워졌는지 매일 어슬렁어슬렁 수하를 데리고 교토의 대로를 돌아다녔다. 어느 날, 낡고 큰 집의 무너진 토담 틈 사이로 어떤 여자를 언뜻 보고는 발길을 멈추더니 손에 들고 있던 부채를 떨어뜨렸다. 그는 큰 산이 움직이는 것마냥 어깨를 움직이며 한숨을 내쉬며, "겁나게 이뻐부러!" 하고 무심코 동북지방 사투리까지 내뱉고는, 또다시 그, 꽃이 만발한 배나무 아래서 남동생처럼 보이는 잘생긴 남자아이와 공놀이를 하며 노는 젊은 아가씨의 모습을, 바보처럼 입을 벌린 채 넋 놓고 바라보았다. 이튿날, '돈 잘 쓰는 수염 양반'은 호화찬란한 금은보화를 잔뜩 들린 수하 다섯을 그 집으로 보내어, 꽤나 당돌하고 강경한 기세로 아가씨를 꼭 자신에게 달라고 밀어붙였다. 그 집의 나이든 주인은 어느 정도 유서 깊은 가문 출신으로 옛날에는 상당한 권세가였는데, 명예욕이 너무 강한 나머지 더 크게 출세하려고 많은 사람들을 사귀며 밤낮으로 시끌벅적하게 고관들을 대접하다가, 오히려 바보 취급을 받고 심지어는 재산도 모두 잃어, 모든 면에서 실패한 사람이었다. 이제는 다 쓰러져가는 토담을 수리할 돈도 없을 지경인 데다 중풍도 있어, 떨리는 손으로, 이 세상은 다 덧없다는 시를 휴지 양면에 적어가며 그날그날의 시름을 달래며 지내고 있었다. 그래서 그는 이 갑작스런 이야기를 듣고 처음에는 적잖이 당황했지만, 눈앞에 산처럼 가득 쌓인 금은보화를 보자, 재산이 이 정도 있다면 다시 고관들을 대접해 세상에 멋지게 복귀할 수 있겠다는 생각에, 왕년의 그 허영심이 불끈 되살아났다. '돈 잘 쓰는 수염 양반'이라 면 요즘 이곳 교토에서도 유명한 사람이고, 어쨌든 먼 동북지방의 부잣집 도련님이라니까 부자이기만 하면 촌놈인들 무슨 상관있겠냐는 생각에, 이 혼담이 나쁘지 않다고 여겼다. 사람이 가난하면 어리석어진다는 옛말이 있듯, 그 말처럼 주인의 마음도 적잖이 움직여, 그날 그는 심부름 꾼에게 온갖 애교를 떤 뒤 확답은 나중에 드리겠다 하고, 어쨌든 오늘 받은 선물에 대한 답례로 내일 그쪽 주인님이 머물고 있는 여관으로 찾아뵙겠다고 했다. 수하들은 돌아가는 길에, 이제 됐다, 그런 분위기라 면 괜찮다, 하고 줄곧 고개를 끄덕였고, 돌아와 주인에게 그 사실을 보고했다. 산적 두목은 활짝 웃으며 "의외로 쉽구나."라고 말했다. 이튼 날, 토담집의 나이든 주인은 무사들이 쓰는 두건을 쓰고, 몹시 요란한 차림새로 산적이 머물고 있는 교토의 여관을 찾아와, 공손한 말씨로 전날 받은 선물에 대해 감사 인사를 했다. 그는 두목의 호방한 행동거지와 멋진 턱수염을 보고 한눈에 반하여, 감사 인사만 하고 나온다는 것을, 자기도 모르게, 부족한 딸이지만 잘 부탁드린다는 얘기까지 꺼냈다. 산적 두목은 교토 사람의 경박함에 쓴웃음을 지었지만, 융숭하게 대접하면서 전날보다 더 값비싼 선물도 주었다. 토담집 주인은 구름 위를 걷는 듯한 심정으로 두건도 깜빡 여관에 두고 집으로 돌아가, 딸을 불러서는 "여자는 온 세상에 안주할 곳이 없다.[37] 여기는 너의 집이 아니며, 네 동생이 이 가문을 이을 것이니 너는 이 집에 있을 필요가 없어. 여자는 온 세상에 안주할 곳이 없다는 말은 이런 뜻이다." 하고, 참으로 난폭한 설교를 늘어놓으며 딸을 울렸다. "왜 우느냐, 이 아비가 너를 위해 멋진 사위를 찾아다 주었는데, 훌쩍훌쩍 우는 것은 큰 불효가 아니냐."라고 하면서 중풍 탓에 떨리는 팔을 휘둘러 딸을 때리는 시늉을 하며, "교토 사람은 피부가 희지만 가난해서 틀렸어. 동북지방 사람은 털이 굵고 얼간이처럼 생겼지만 여자한테는 잘해준다. 가거라. 당장 산속이든 어디든 가거라. 돌아가신 네 어머니도 기뻐할 것이다. 이 아비 걱정은 하지 말거라. 나는 앞으로 또다시 가문을 일으킬 것이야. 알겠느냐? 오오, 받아들이겠느냐? 여자는 온 세상에 안주할 곳이 없다. 어디에 있건 소용이 없어." 하고 이상한 소리까지 해댔다. 그는 사윗감이 어느 집안 출신인지 제대로 알아보지도 않고, 어쨌든 지금 교토에서 이름 높은 '돈 잘 쓰는 수염 양반'이니까 괜찮다며 경솔하게 지레짐작하고는, 기뻐 어쩔 줄 몰라 하며 이 혼담을 받아들였다. 열일곱 난 딸은 머나먼 동북지방, 그것도 에조 지방의 무쓰로 시집을 가야 하는 자신의 운명을 한탄하며, 두려운 마음에 정신없이 울고불고 하면서 가마에

· · · · · · · · · ·
37_ 원문은 '여자는 삼계三界에 집이 없다.'는 일본의 속담. 여기서 삼계란 불교 용어로 욕계欲界·색계色界·무색계無色界, 즉 온 세상을 의미한다.

올랐다. 한심한 아버지는 홀로 들뜬 얼굴로 소란을 피워대며, 위태로운 자세로 말을 타고 교토 변두리까지 배웅한 뒤, 오로지 자신의 입신출세만을 가슴속에 그리며 두근대는 심정으로, "안녕, 안녕." 하고 이별 인사도 건성으로 하고, 집으로 돌아간 지 닷새가 되던 날 심장마비를 일으켜 급사했다나 뭐라나. 정말이지 사람의 앞날은 알 수가 없는 것이다. 한편, 열일곱 난 딸은 아버지가 비참하게 급사한 줄도 모른 채 흔들리는 가마를 타고 동북지방으로 향하면서, 신랑의 수염을 유심히 보고는 형언할 수 없는 공포에 휩싸여 울고, 수하들의 거친 동북지방 사투리에 깜짝 놀라 울고, 에도를 지나 드디어 센다이 지방 가까이 와서는 봄인데도 산에 아직 눈이 남아 있는 것을 보고 우는 등, 연신 울어대며 산적들의 애를 먹였다. 산적 일행이 전에 살던 산채에 이르렀을 무렵, 수하들은 하도 울어서 눈이 부은 탓에 원숭이 같아진 그녀의 얼굴을 보고 깜짝 놀랐지만, 두목은 상냥하게도 손수 여자를 간호했다. 여자는 그 눈의 붓기가 다 가라앉았을 무렵 두목을 조금씩 따르게 되었고, 동북지방 사투리도 점점 알게 되어, 산적 수하들의 무식한 농담에 무심코 미소를 짓기도 했다. 이윽고 남편의 질 나쁜 생업을 알게 되어 흠칫 놀랐지만, 여자는 온 세상에 안주할 곳이 없는 데다, 여기에서 도망가더라도 교토로 어떻게 돌아가는지 알 길이 없었다. 여자는 이렇게 되면 배짱이 좋아지기 마련이라, 에라 모르겠다, 하고 체념했다. 남편도 잘 해주고 수하들도 누님이라고 부르며 받들어 모시니, 기분이 그렇게 나쁘지도 않았던지라, 여자도 어느새 악惡에 물들고 말았다. 남편이 하는 일이면 다 어리석은 짓이라 생각하는 아내도 있고, 또, 남편이 하는 일은 모두 다 대단한 일처럼 생각하는 아내도 있는데, 그런 아내들은 다 악처다. 교토 출신의 이 미녀는 후자에 속했는지, 남편이 하는 나쁜 일에 점점 익숙해지면서,

남편이 용감하고 든든한 사람이라 생각하게 되었다. 그래서 남편이 한 건을 하고 돌아오면 신이 나서 발을 닦아주면서, 오늘은 무엇을 건졌느냐고 웃으며 물었고, 여행객에게서 빼앗아온 옷을 펼쳐보면서, "이건 나한테 너무 화려해. 다음에는 좀 얌전한 걸로 부탁해요."라고 태연히 말했다. 또한 눈을 가늘게 뜨고 수하들의 끔찍한 무용담을 들으며 좋아했고, 나중에는 직접 남편을 따라 나가서 아무렇지도 않게 나쁜 일을 돕기까지 했다. 결국은 본성마저 비열한 여자 산적으로 전락하여, 얼굴은 이전과 다름없이 아름다웠지만 눈빛은 기분 나쁘게 변했고, 그녀가 우물가에 쪼그려 앉아 남편의 도끼를 열심히 갈고 있으면 마녀처럼 무시무시해보였다. 이윽고 이 마녀도 아이를 가졌는데, 태어난 아이는 여자아이였다. 이 아이의 이름은 하루에라 붙였다. 흰 살결에 붉고 엷은 입술을 가진 아이는, 교토 출신의 미인처럼 아름다웠다. 그리고 2년 후 또다시 여자아이 하나가 태어났는데, 오나쓰라 이름 붙인 이 아이는 아버지를 닮아 살결이 거무스름하고 눈이 치켜 올라가 드세 보였다. 두 딸은 자기 어머니가 교토의 고관귀족집안 출신임을 알 턱이 없었다. 인간은 미덥지 않은 존재라, 혈통보다 성장 환경이 더 중요하다. 아이들은 자신들이 태어난 이 산속이 조상 대대로 내려오는 고향이라고 안이하게 받아들인 채 도깨비 같은 사람의 아이답게 거칠게 놀며 산속 비탈길을 뛰어다녔다. 그것도 그냥 장난처럼 노는 게 아니었고, 한 아이는 여행자 역할을 하고, 한 아이는 산적 역할을 하면서, 한 명이 "게 섰거라, 목숨이 아깝냐, 돈이 아깝냐?" 하면, 한 명은 "살려주세요!" 하고 외치며 험준한 절벽을 타고 도망갔다. 그러면 한 명은 "게 섰거라, 게 섰거라!" 하고 뒤쫓아 가 잡고는 크게 웃었다. 어미는 이것을 보고 슬퍼하지도 않고, 오히려 언월도 따위를 주며 여행자를 해치는 훈련을 시켰다. 하늘 무서운 줄도 모르고 나쁜 짓을 하면 무시무시한 결말을 맞게 되기 마련이니, 아니나 다를까, 하루에가 열여덟, 오나쓰가 열여섯이 되던 겨울, 산적 아버지는 천벌을 받아 산사태로 무너져 내린 토사에 깔려 온몸이 산산조각이 나서, 눈 뜨고는 볼 수 없는 참혹한 죽음을 맞았다. 아내와 딸들이 슬픔에 잠긴 사이 수하들은 악인의 본성을 드러내며 두목이 잔뜩 모아 둔 금은보화며 무기, 식료 등을 죄다 쓸어 담아 떠났고, 모녀는 갑작스레 눈으로 뒤덮인 깊은 산속에서 생활하며 고생을 하게 되었다.

"이런 건 일도 아냐." 성격이 드센 오나쓰가 야무지게 말하며 어머니와 언니를 위로했다. "이제까지 해온 것처럼, 여행자를 혼내주자."

"하지만," 동생에 비해 조금 얌전한 언니 하루에는 침착한 표정으로, "여자끼리 하면 안 돼. 그 사람들이 오히려 우리 옷을 벗기고 빼앗을 거야."

"겁쟁이처럼 왜 그래? 남자 차림을 하고 칼을 가지고 가면 되잖아. 게 섰거라, 하고 남자처럼 굵은 목소리로 불러 세우면, 어떤 여행자든 무서워할 거야. 하지만, 무사는 무서워. 할아버지 할머니나, 혼자 다니는 여자나, 기생오라비 같은 장사치를 골라 위협하면, 분명 성공할 거야. 재미있지 않아? 나는, 그 곰 가죽을 머리끝까지 뒤집어쓰고 가야지." 천진난만한 사람과 악마는 한 끗 차이다.

"일이 잘 풀린다면야 다행이겠지만," 언니는 쓸쓸한 미소를 지으며, "어쨌든, 그럼 한번 해 보자. 우리는 어떻게 되든 상관없지만, 어머니가 다치면 큰일이니까, 어머니는 집에 가만히 계시면서 우리가 뭘 건져올지 기다리고 계세요." 하고 말했다. 산에서 자란 여자아이도 본능적으로 부모에게 잘하고 싶은 마음이 조금은 있는지, 그날부터 두 딸은 산사나이처럼 차려입고, 익살맞은 동생은 냄비 밑의 그을음으로 아버지와 꼭 닮은 턱수염을 그리고 나가, 장사꾼이나 마을 사람 중 약해 보이는 사람을 골라 위협했다. 여자들이라 꼼꼼한 데가 있어, 주머니 속 돈은 물론이고 주먹밥, 휴지, 부적, 부싯돌, 이쑤시개 하나까지, 가지고 있는 것은 하나도 남김없이 다 빼앗아 집으로 돌아와서는 지갑 안의 돈보다도 지갑의 줄무늬가 예쁜 것을 보고 더 기뻐했다. 점차 이 꺼림칙한 일도 탄력을 받아, 이제는 뼛속까지 무시무시한 산적이 되어, 눈 쌓인 고개를 이따금 지나치는 여행자들을 가만히 기다리고 있는 것만으로는 빼앗을 수 있는 물건이 적으니 성에 안 찬다며, 대담하게 마을 근처까지 내려갔다. 그러다 특히 마을 여자들의 빗이나 비녀 따위가 수중에 들어오면 뛸 듯이 기뻐했다. 언니인 하루에는 벌써 열여덟이었는데, 말괄량이 동생에 비해 조금은 온화한 성격이라 난폭한 남자 변장을 한 자신의 모습이 한심하다고 생각할 때도 있었다. 하루에는 곰 가죽 밑으로 빨간 끈 같은 것을 몰래 매어보기도 하는 등, 젊은 아가씨의 마음은 조금씩 변해갔다. 어느 날 저녁, 마을 근처를 지나가던 옷감 장수를 위협하여 흰 옷감 두 필을 빼앗아, 한 필씩 가슴에 안고 신나게 눈길을 걸어 돌아가는데, 언니가, '이제 슬슬 설도 다가오는데 외출복 한 벌쯤은 있었으면 좋겠다. 여자는 가끔 예쁘게 꾸며 입지 않으면 살아도 사는 보람이 없잖아. 이 흰 옷감을 연보라색으로 물들여 초봄에 입을 기모노를 짓고 싶은데 안감이 없네. 동생에게 준 옷감 한 필만 있으면 멋진 겹옷을 만들 수 있을 텐데.' 하는 생각에 안달이 났다. 그래서 조금 전 동생에게 나눠준 옷감을 가지고 싶은 맘에,

"오나쓰, 넌 이 흰 천으로 뭐 할 거야?" 하고 두근대는 가슴을 억누르며, 넌지시 물어보았다.

"하긴 뭘 해, 언니. 난 이걸로 머리띠를 잔뜩 만들 거야. 흰 머리띠를 하면 용감하고 멋진 두목처럼 보이거든. 아버지도, 일을 할 때면 흰 머리띠를 하고 나갔었잖아." 하고 유치한 소리를 했다.

"어머, 시시해라. 저기 말이지, 넌 착하니까, 그거 언니한테 넘겨주지 않을래? 다음에, 뭔가 좋은 걸 손에 넣으면 이 언니가 너한테 다 줄 테니까."

"싫어." 동생은 고개를 세차게 저었다. "싫어, 싫단 말이야. 나는 전부터 새하얀 머리띠를 가지고 싶었어. 여행자를 위협할 때, 흰 머리띠라도 안 하면 기운이 안 나서 안 돼."

"그런 바보 같은 소리 하지 말고, 제발, 부탁이야."

"싫어! 언니, 참 귀찮게 구네."

묘하게 거북한 기운이 감돌았다. 하지만 언니는 그렇게 가차 없이 거절당하자 옷감을 갖고 싶은 마음이 한층 더 강해져 온몸이 타들어갈 지경이었다. 동생에 비해 얌전하다고는 해도, 보통 얌전한 사람일수록 집착이 생기면 오히려 더 잔혹하고 무시무시한 죄를 저지르는 법이다. 더구나 산적인 아버지로부터 흉악한 피를 이어받아, 지금은 아버지 뒤를 이어 여자답지 않게 여행자를 위협하면서 하루하루를 보내고 있는 아가씨다. 언니는 가슴이 답답해지더니, 어이쿠, 완전 딴 사람이 되었다. 언니는 겉으로는 온화하게 웃으며,

"미안, 이제 필요 없어졌어." 하고는 주위를 둘러보았다. '동생을 죽여서 천을 빼앗자. 허리에 찬 이 칼로 여행자를 해친 적이 한두 번이 아니야. 동생을 베어 죽여도 죄는 마찬가지인 셈이야. 나는 어떻게 해서든 봄옷 한 벌을 짓겠어. 이번만이 아니라, 모처럼 건진 허리띠나 빗 같은 것들을, 진짜 남자나 매한가지인 동생과 둘이서 나누는 것은

어리석고 쓸데없는 짓이야. 얄미운 방해꾼 같으니. 칼로 찔러 죽이고 천을 빼앗아, 집으로 돌아가 어머께는, 오늘 버거운 여행자를 만나서, 안타깝게도 동생이 죽임을 당했다고 말하면, 그걸로 끝날 일이야. 그래, 결심했어.' 하고 동생이 방심한 틈을 타, 서둘러 칼 손잡이에 손을 가져간 그 순간,

"언니! 무서워!" 하고 동생이 언니에게 매달렸다.

"뭐, 뭐야?" 당황스러워하며 그렇게 묻는 언니에게, 동생은 땅거미가 지는 계곡 아래를 가리켰다. 내려다보니 아래는 마을의 공동묘지였다. 지금 막 죽은 마을 사람을 화장하는 참이었는데, 사람을 태우는 연기가 유난히 검었다. 귀를 기울이고 있자니 툭툭 튀는 기분 나쁜 소리도 들리고, 심상치 않은 냄새를 실은 바람이 한바탕 불어왔다. 그러자 험상궂은 여자 산적들도 온몸에 소름이 끼쳐, 서로를 꼭 껴안았다. 언니는 무심코 염불을 중얼거리며, '사람은 죽으면 결국은 모두 이렇게 타게 되는 거구나. 옷이고 뭐고 다 부질없는 것이지.' 하고 갑자기 인간 세상의 덧없음을 느끼고, 무시무시한 자신의 마음에 새삼 몸을 떨며, 어쨌든 옷감 한 필로 무서운 맘을 먹게 되었으니, 아무것도 필요 없다는 생각에 손에 들고 있던 옷감을 골짜기 아래 연기 속으로 던져버렸다. 동생도 바로 옷감을 던져 버리고 와앙 하고 울음을 터뜨리며,

"언니, 미안, 난 나쁜 아이야. 사실 나, 방금 전까지 언니를 죽이려고 했어. 언니! 나도 벌써 열여섯이야. 예쁜 옷을 가지고 싶어. 하지만, 난 이렇게 못생겼으니, 멋을 부리면 비웃음을 사지 않을까 싶어, 일부러 남자처럼 말했어. 미안해. 언니, 나 이번 설에 봄옷 한 벌을 해 입고 싶었어. 내 천에 붉은 매화를 물들이고, 언니 천을 안감으로 하려고 했어. 언니, 난 몹쓸 아이야. 언니를 칼로 찌르고 엄마한테는, 언니가

여행자한테 죽임을 당했다고 말할 작정이었어. 지금 이 화장터에서 나는 연기를 보니까, 이젠 세상만사가 다 싫고, 더 이상 살고 싶지가 않아." 하고 뜻밖의 얘기를 쏟아냈다. 언니는 깜짝 놀라,

"무슨 소릴 하는 거야? 용서해달라니, 그건 내가 할 말이야. 나야말로, 너를 찔러 죽이고 옷감을 빼앗으려고 했는데, 저 연기를 보니까 슬퍼져서, 내 옷감을 던져버렸어."라면서, 또다시 동생을 꼭 껴안고 울음을 터뜨렸다.

한편으로는 놀랍고, 한편으로는 부끄러워라, 길지 않은 세상에 태어나, 더구나 여자 몸으로 살아가는 극악무도한 생활, 내세가 두려우니, 오늘부로 속세에 대한 기대를 버리자며, 둘은 허리에 차고 있던 칼과 곰 가죽을 모두 골짜기 아래 화염 속으로 던져 넣고, 울면서 집으로 돌아왔다. 집을 보고 있던 어머니께 자세한 사정을 털어놓고, 어머니께도 깨달음을 재촉하자, 어머니도 20년의 악몽에서 깨어나, 처음으로 자신의 미천하지 않은 혈통을 둘에게 털어놓고, 자신의 한심함을 탄식하며, 자진해서 검은 머리를 잘랐다. 두 딸도 이에 질세라 삭발을 한 뒤, 세 비구니는 더러운 옛 집을 불태워버리고 사사야 고개 기슭에 있는 절로 가서 노승에게 참회하고, 그 옷깃에 매달려 밤낮으로 염불을 외며, 이제까지 해친 여행자들의 명복을 빌었다고 한다. 그것은 무척 대견한 일이지만, 과연 부처님은 2대에 걸쳐 쌓인 죄악을 용서해 주셨을까?

(『신가소기新可笑記』, 5권 다섯 번째 이야기, 「여자 강도」)

붉은 북 赤い太鼓

　옛날 교토의 니시진에는 옷감을 짜는 기술자들이 많아, 가게들이 처마를 나란히 하고 자신들의 실력을 뽐내며 가업에 힘쓰고 있었다. 그 가운데 도쿠베에라는, 이름만 보면 복과 덕이 많은 사람 같지만 어째서인지 여윳돈이 없어 가슴을 졸이며 하루살이처럼 사는 사람이 있었다. 그는 저녁 반주도 두 되를 넘게 먹는 법이 없었고, 아내와 함께한 19년 동안 다른 여자가 따르는 술을 마신 적도 없었다. 그가 즐기는 도락道樂이라면 가끔 하인과 함께 장기를 두는 것 정도였고, 심지어 그 시간도 아까워 어지러울 만큼 빠른 속도로 딱 한 판만 두었다. 약속한 일의 시한을 어긴 적이 없었으며, 만사에 방심하지 않고 열심히 일하여 아내도 건강하고 아이도 무탈했다. 그는 스무 살 때 어금니 하나에 충치가 생겨 그 때문에 사흘간 앓은 것 외에는 병이라는 것을 몰랐다. 그렇다고 해서 인간관계의 의리를 모르는 사람도 아니어서 직공들 사이에서도 성실하다는 평판이 있었고, 게다가 신불神佛에 대한 신심도 깊어 나쁜 일 한번 하지 않고 사십 평생을 살아왔지만, 어째서인지 항상 가난했다. 세상에는 선천적으로 궁상을 떠는 사람이 있어서 가끔 이런 이상한 일도 일어난다지만, 그렇다고 해도 도쿠베에만큼 착한 사람이 한평생 복을 누리지 못하다니, 마을의 재력가들은 안방에서 자신의 처에게, 속세에는 이렇게 이해할 수 없는 일도 없을 거라 소곤대며 자기들의 유복함에 안도했다. 머지않아 도쿠베에는 더욱 가난해졌고, 올 연말에는 야반도주 말고는 방도가 없어져서, 남의 눈에 띄지 않게 모든 물건을 팔아치웠다. 마을의 재력가들이 재빠르게 그것을 알아챘는데, 오랜 세월 친하게 지낸 사람을 그냥 둘 수 없었던 그들은 도쿠베에게 어찌된 영문인지를 넌지시 물어보았고, 그는 울면서 겨우 일고여덟 냥 빚 때문에 옴짝달싹 못하게 되어 야반도주할 생각이었다고 답했다. 한 재력가는 웃으며,

"뭡니까. 겨우 빚 일고여덟 냥 때문에 선대부터 내려온 이 전통 있는 가게를 망하게 할 수는 없지. 올 연말에 갚을 돈은 저희가 다 해결해줄 테니, 다시 한 번 더, 마음 굳게 먹고 버텨주십시오. 아이들에게도 세뱃돈을 주고, 하인들에게 해 입힐 옷도, 가문의 문장^{紋章}을 수놓지 않고 그냥 하늘색감으로 하면 지금부터 준비해도 될 테니, 돈 걱정은 말고 모든 걸 저희에게 맡겨주십시오. 저희만 믿고 한껏 풍성한 연말을 보내세요. 부인도 그렇게, 훌쩍거리며 울지 마십시오. 그 좋은 머릿결이 아깝습니다. 깔끔하게 묶으십시오. 가운이 기울었다는 것을 남들이 모르게끔 하는 것이 아내가 해야 할 일입니다. 저희 집은 설에 먹을 연어 자반을 세 마리 사 두었으니, 당장 그중 한 마리를 가져다 드리지요. 웃으면 복이 온다는데. 이 집은 너무 어두워서 탈입니다. 어서 덧문을 다 열고, 올 한 해 동안 집안에 쌓인 먼지와 쓰레기를 전부 털어낸 뒤, 느긋하게 복이 들기를 기다리십시오. 나머지는 저희가 다 해결하겠습니다." 하고 기세등등하게 말하고 돌아갔다. 그 재력가는 이웃 직공들과 상의하여, 다들 바쁜 12월 26일 밤, 동료 열 명이 각자 돈 열 냥과 술, 안주를 마련해 도쿠베에의 집에 찾아가, 한 되들이 통을 내어놓으라

하여 거기에 차례로 열 냥씩을 우수수 던져 넣어 백 냥을 만들었다. 마을의 재력가 중 하나가 복의 신이라도 되는 양 밝게 웃으며, "도쿠베에 씨, 여기 백 냥이 있으니, 이 돈으로 천 냥을 벌어 보십시오." 하고 돈을 건네주자, 다른 한 재력가는, 진지한 얼굴로 그 통을 신단에 올려놓으며 짝짝 하고 박수를 친 뒤, "에비스 신[38]께 기도드립니다. 이 백 냥을 기억해두시고, 이익이 이익을 낳게 하여 내년 말에는 백배 천배로 만들어 또다시 이 집에 되돌려주십시오. 그렇지 않으면, 에비스 신도 이 돈을 횡령한 죄인으로 여겨 포박하고, 강으로 떠내려 보내버리겠습니다."라고 하면서 크게 웃었다. 동료 직공들의 정 또한 각별하여, 그들이 가져온 술과 안주로 송년회를 열었는데, 도쿠베에는 너무도 기쁜 나머지, 이유도 없이 방 안을 어슬렁어슬렁 돌아다니다 찬합을 발로 차서, 한층 더 몸 둘 바를 몰라 하며 여기저기에 무턱대고 절을 했고, 난생 처음으로 두 홉 이상의 술을 마셨다. 결국 취해서는 울기 시작했고, 다른 직공들도 사람을 구했다는 흥분에 취해, 평소에는 술 한 방울도 입에 대지 않는 사람까지도 많은 술을 마시고 주사를 드러내며, 이 술은 애당초 내가 가져온 거다, 안 마시면 손해다, 따위의 실로 어이없는 저속한 말까지 지껄였다. 잘 노는 사람은 그들을 상대하지 않고 몸을 전후좌우로 흔들며 노래를 흥얼거렸고, 수염이 덥수룩한 남자는 낮은 목소리로 국가의 미래를 걱정했으며, 구석에 앉아 있던 왜소한 남자는 큰 목소리로 자신의 방직 실력을 뽐내며 다른 녀석들은 다들 엉터리라고 놀렸다. 수건을 턱까지 쓰고 벽토치기 춤이라는 별 볼 일 없는 춤을, 보는 사람이 아무도 없는데도 이상하리만치 긴장하여 입을 꾹 다물고서 줄곧, 지겨울 정도로 계속해서 추는 사람도 있었다. 또, 한참을 문에 기대어 창백한 얼굴에 충혈된 눈으로 말없이 좌중을 노려보면서 가까이 앉아 있는 사람들을 기분 나쁘게 하다가, 벌떡 일어서는 사람도 있었다. 곁에 있던 사람이 싸움이 났나 싶어 말리려 하자, 남자는 으윽 하고 신음하며 복도로 달려 나가 정원 앞에 우왝 하고 토악질을 했다. 술자리는 예나 지금이나 마찬가지다. 결국 모든 것이 뒤죽박죽, 그저 소란스러워져서, 연체동물처럼 서로 업히고 안기고, 하오리를 떨어뜨리고, 부채를 잃어버리고, 신발을 바꿔 신고, 와아, 경사 났네, 경사 났어, 하고 헛소리를 지껄이며 각자 집으로 돌아갔다. 그 후로는 집주인만 집에 남아, 태풍이 휩쓸고 간 황야에 드러누운 늑대처럼 드르렁드르렁 코를 골며 잤고, 아내는 멍하니 방 한가운데에 앉아, 뒷정리는 내일 하기로 하고 신단 위에 있는 통을 올려다보며 복받쳐 오르는 기쁨을 만끽하고 있었다. 그러다, '맞다, 문단속을 잘 해야지!' 하는 생각에 일어나 집안의 모든 문들을 닫고 정성스럽게 자물쇠를 잠근 뒤, 하인들을 먼저 재웠다. 그런 뒤 남편 도쿠베에를 조용히 흔들어 깨워, "그렇게 코를 크게 골면서 편안히 자고 있을 때가 아니에요. 사람들의 고마운 정이 무색하지 않도록, 오늘 밤에 당장, 올해 지불할 돈 계산을 대강 해 봐요."라면서 장부와 주판을 떠안겼고, 남편은 아내의 그 소리에 떨떠름한 표정으로 눈을 떴다. 만취해서 자다가 꾼 꿈속에서도 빚쟁이들한테 시달리다가, 갑자기 눈을 떠보니 자신이 백 냥을 가진 부자가 되었다는 사실을 깨닫고, 용기백배, 천천히 일어나,

"알았어. 주판 줘. 빌어먹을 자식, 쌀집 하치에몬은 우리 선대 때 분가한 집인데, 의리고 은혜고 인정이고 뭐고 다 잊어버리고, 다른 데보다도 빚 독촉을 더 심하게 해서, 어디 두고 보자 싶었는데, 빌어먹

을 놈, 다음에 오면, 그 쪼글쪼글한 면상에 금화를 던져주고, 이제 내년부
터는 나한테 아무리 입에 발린 말을 해도 못 들은 척하겠어. 쌀은 하치에
몬 옆집에 있는 요시치네에서 현금으로 사고, 오는 길에는 그 녀석
집 앞에서 소변이라도 봐야지. 어쨌든, 그 신단 위에 있는 통을 내려놔.
오랜만에 황금색 좀 보자." 하고, 떡 하니 책상다리를 하고 힘차게
말했다. 아내가 기분 좋게 일어서서 신단에서 통을 내려놓고 보니,
통은 텅 비어 있고, 금화는 단 한 닢도 없었다. 부부는 깜짝 놀라 통을
거꾸로 들어보기도 하고 두드려보기도 하고, 방 안을 기어 다녀 보기도
하고, 신단을 전부 끌어내려 불경스럽게도 신체神体를 뒤집어보기도
하면서, 혈안이 되어 찾아봤지만 금화는 한 닢도 나오지 않았다.

"정말로 없군." 주인은 단념하고, "이제 됐어, 찾지 마. 설마하니
통에 가득 든 금화를 쥐가 몰래 물어 가진 않았겠지. 복의 신께서 우리를
저버린 거야. 지지리 복도 없는 집이네."라고 말했지만 분한 마음이
울컥 치밀어 올라, "세상의 웃음거리만 되겠군. 하치에몬네 잔금은
어찌지? 공연히 기뻐한 탓에, 괴로움이 더 크구먼." 하고 가슴을 억누르
며 눈물을 흘렸다.

아내도 흑흑 하고 우는 소리로,

"이제, 어쩌지요? 누가 이렇게 심한 장난을 쳤을까요. 돈을 쥐어주며
기쁨을 주고는 그걸 바로 다시 가져가다니, 너무해요."

"무슨 소리 하는 거야. 그럼 당신은, 누가 돈을 훔치기라도 했다는
거야?"

"네. 의심하는 건 좋지 않은 일이지만, 설마 금화가 저 혼자서 갑자기
녹아 없어질 리는 없고, 밤부터 이 집에는 손님 열 명 말고 다녀간
사람도 없는 데다, 돌아간 뒤에 바로 제가 대문을 걸어 잠갔고, ……."

"아니, 그럴 리가 없어. 그렇게 무서운 생각 하지 마. 금화는 신께서 숨기신 거야. 우리의 신심이 얕은 탓이야. 그렇게 정 많은 이웃들을 의심하다니, 가당찮아. 돈 백 냥을 슬쩍 본 것만으로도 감사하게 생각해야 돼. 게다가, 난생 처음으로 그렇게 많은 술을 마실 수 있었잖아? 원래 돈은 없었던 거라고 생각하고 포기해." 하고 침착하게 말했지만, 당장 내일부터 어떻게 살아갈지를 생각하니 지옥에 거꾸로 떨어진 기분이었기에, "아아, 그건 그렇다 쳐도, 하룻밤 사이에 웃다 울다니, 어쩜 이리도 어리석은 신세가 되었을꼬." 하고 코를 훌쩍였다.

 아내도 눈물을 참지 못하고 쓰러져 울면서 말했다.

 "사람들이 우리를 얼마나 놀려댈까요? 백 냥을 주는 척하고 그걸 다시 슬쩍 가져가서, 지금쯤은 분명 붉은 혀를 날름거리고 있겠지요. 열 명이서 다 같이 뜻을 모아, 우리에게 백 냥을 자랑하고, 우리가 울면서 절하는 모습을 즐기며 술을 마실 속셈이었던 거예요. 남을 놀리는 것도 정도가 있지. 당신은 분하지도 않아요? 저는 너무 부끄러워서, 더 이상 살 수가 없어요."

 "은인들을 욕하지 마. 이 세상이 싫은 건 나도 마찬가지야. 하지만, 남을 원망하며 죽는 것은 지옥의 씨앗이야. 호의로 모아주신 백 냥을 내 부주의로 잃어버린 것에 대해 사과하는 뜻에서 죽는 거라면, 나도 각오는 되어 있지만."

 "이유야 뭐든 상관없잖아요? 전 지옥에 떨어져도 괜찮아요. 한을 품고 죽겠어요. 이렇게 치욕스런 일을 당하고, 더 살아서 세상의 웃음거리가 되는 건 죽기보다 싫어요."

 "좋아, 더 이상 아무 말도 하지 마. 죽으면 그만이야. 하룻밤의 은인들을 고소할 수도 없고, 아니, 의심하는 것조차 발칙한 일이지. 그렇다고 해서 이대로 더 살아갈 대책이 서는 것도 아니니, 부인, 아무 말 말고, 나와 함께 죽읍시다. 이 세상에서는 당신한테도 고생 많이 시켰지만, 부부는 이승에서 저승에 걸친 연이라지."

한 치 앞을 알 수 없는 게 세상일인즉, 기쁨의 술자리 직후에 도쿠베 부부는 죽을 각오를 다졌다. 두 아이들과도 행동을 함께하기로 마음을 정하고, 아내는 가난한 와중에도 옷장 깊숙한 곳에 잘 놔뒀던 흰옷을 입고서 몸단장을 한 다음, 거울을 보면서 젊어서부터 칭찬이 자자했던 검은 머리를 쓸어 올리며, '함께한 19년의 세월이 새벽녘의 꿈같구나.' 하고 탄식했다. 정신을 다잡고 두 아이들을 조용히 깨우자, 맏아이인 여자아이가, "어머니, 벌써 설날인가요?" 하고 잠이 덜 깬 소리를 했고, 동생인 남자아이는, 자기 팽이를 오늘 사줄 거냐고 물었다. 부부는 눈에 눈물이 고이고 어질어질했지만 잠자코, 아이들을 불단 앞에 앉혀놓고 떨리는 손으로 신불께 등을 바쳤다. 그리고 부모 자식 네 명은 돌아가신 선조님께 손을 모으며, 이제 마지막이라고 생각하던 순간, 유모가 우당탕거리며 뛰어 들어오더니, 두 아이를 좌우로 꼭 껴안고 볼을 쓰다듬으며, "너무하네, 너무해. 주인어른과 마님은 뭘 하는 거예요? 저는 아까부터 당신들 대화를 다 듣고 있었어요. 죽을 거면 당신들만 죽으면 돼요. 이렇게 귀여운 도련님과 아가씨한테 무슨 죄가 있나요? 잔인한 사람들 같으니라고. 너무해요. 도련님과 아가씨는 제가 키우겠어요. 죽을 거면, 당신들만 냉큼 죽으면 그만이에요." 하고 아무런 거리낌도 없이 큰 소리로 울부짖었다. 이 소란에 이웃들이 잠에서 깨어났고, 부부의 자해소동도 흐지부지해졌다. 이윽고 사정을 들은 마을의 재력가는 놀라며, 그냥 둘 일이 아니라고 생각했다. '정말 부부의 말대로 그날 밤 우리 열 명 말고 방에 드나든 사람은 없었고, 금화가 바람에 날아갔다는 얘기는 들어본 적이 없으며, 설마하니 우리가 엉큼하게 미리 짜고 부부를 노리개 삼았다는 것도 당치 않은 일. 열 명 모두가 의로운 마음으로 그 바쁜 연말 밤에 열 냥씩 힘을 모으기로 흔쾌히 받아들인 것이니, 누구도 의심할 수는 없어. 허튼 소리를 했다가는 마을 전체의 큰 소동으로 번질 것이야. 자신의 결백을 증명하고자 할복을 하는 사람도, 나오지 않으란 법은 없지. 그렇다고 해서 백 냥이 적은 돈도 아니고, 그 부부의 앞날을 생각하면 딱하니, 이대로 가만히 보고 있을 수는 없어. 어쨌든 이 사건은 우리에겐 너무 버거워.' 그렇게 고민한 끝에, 몰래 관리에게 신고하여 돈에 대한 수사를 의뢰했다.

이 이상한 사건의 조사를 맡게 된 사람은, 당대의 명판관인 이타쿠라 님으로, 올해 남은 날도 며칠 안 되니 생업에 방해가 되지 않도록, 정월 25일에 수사를 시작할 것이며 그 사이에 그 열 명 중 한 명이라도 다른 지방으로 가서는 안 된다는 분부를 내렸다. 이윽고 1월 25일, 관청에서는 그 열 명에게 각자 아내를 데리고 출두하라는 명령을 내렸다. 아내가 없는 사람은 누나나 여동생, 혹은 조카나 백모, 그리고 평소에 가장 가까운 여자 한 명을 대동하여 출두해야 했다. "남을 동정했다가 이런 성가신 일이 생기다니, 아버지가 가난한 사람과는 친하게 지내지 말라는 유언을 남기셨는데, 바로 이런 일을 두고 하는 말이었군. 열 냥이라는 큰돈을 버리고, 거기다 관청에까지 불려가다니, 어이없어. 아무튼 동정은 손해의 근원이야" 하고 노골적으로 저속한 푸념을 늘어 놓는 사람도 있었다. 어쨌든 모두가 아내를 데리고 쭈뼛쭈뼛 법정에 나갔는데, 이와쿠라 판관님은 미소 지으며 열 명에게 제비를 뽑게 하여 순번을 정하고, 그 순서대로 열 쌍의 이름을 커다란 종이에 적어 일람표를 만들었다. 그 후 모두를 관청 앞에 줄 세우고, 무게를 잡고서 근엄하게 말했다.

"이번에 백 냥의 돈이 없어진 것은, 어쨌든 그대들의 잘못과 태만 때문이다. 그 자리에 함께 있었으면서 큰돈이 없어지는 것을 몰랐다는 것은, 짐작컨대 탐욕스럽게 술을 너무 많이 마신 탓에 심하게 취했기 때문일 것이라 여겨진다. 술은 당연히 자제해야 마땅한 것인 데다, 남을 생각해서 한 행동이라면 생색내지 말고 깔끔하게 도와주는 게 좋지 않나? 도움을 받은 이를 눈앞에 두고 끈덕지게, 술 따위를 마시면서 자신이 한 선행을 즐기는 것은 한심한 일이다. 부부만 남겨두고 곧장 그 자리를 떠서 돈 계산을 하게 놔두는 것이, 진정한 정情이다. 어설픈 정은, 오히려 사람에게 죄를 들씌운다. 앞으로는 조심하여라. 벌로, 오늘부터 저 표에 적힌 번호 순서대로 하루에 한 쌍씩, 여기에 있는 북에 막대기를 끼워서, 아내와 둘이서 함께 짊어지어라. 관청 문을 나가 서쪽으로 2정을 가면 삼나무 숲 속이 나온다. 그곳을 지나 3정을 더 가면 밭 사이로 난 오솔길이 있는데, 거기서 1정을 더 가면 나오는 언덕 위로 올라가 신사 참배를 하고, 신사의 표찰을 받아 같은 길을 곧장 돌아올 것을 엄중히 명한다." 일동은 이 세상에서 전례 없는 이상한 처벌이라며 고개를 갸웃거렸지만, 관청의 명령이었으니 하는 수 없이, 그날부터 부부가 북을 짊어지고서 신사 참배를 하고 와야만 했다. 귀가 밝은 교토 사람들 사이에는 순식간에 이 이상한 재판에 대한 소문이 퍼져, "이와쿠라 판관님도 노망이 났나? 없어진 돈의 행방도 조사하지 않고, 그냥 무턱대고 열 명을 혼낸다며 북을 짊어지고서 신사를 참배하고 오라니, 엉망진창이군. 지혜롭기로 소문난 이와쿠라 판관님도 이 이상한 도난사건에는 손을 쓸 수가 없어, 자포자기하는 심정으로 전대미문의 북 처벌을 생각해내고는, 일을 적당히 얼버무리려 하는 것임에 틀림없어." 하고 다 안다는 듯 말하는 남자도 있는가 하면, "아니, 아냐. 그렇지 않아. 무슨 일이든 경신숭불敬神崇仏을 잊지 말라는 깊은 뜻에서 그런 처벌을 내리신 걸 거야. 옛날에 부부가 북을 짊어지고 신사 참배를 하면서 부모님 병의 쾌유를 빌었다는 중국 미담도 있어." 하고 진지한 얼굴로 거짓말을 하는 노인도 있었는데, 그게 어느 책에 나와 있느냐는 질문을 받자, 그건 잊어버렸지만 어쨌든 있다고 태연히 거듭 거짓말을 한 뒤, 어른이 말을 하면 그냥 잔말 말고 들으라며 화를 내고는 날카롭게 쏘아보았다. 어쨌든 교토 내에 그 소문이 자자해지자, 그걸 구경하겠다는 사람들이 관청 앞에 몰려들었다. 부부가 북을 짊어지고서 조용히 문밖으로 나오면, 와아 하고 환성을 지르며 만세를 부르는 사람이 있는가 하면, 어이 거기 두 분, 그림 좋구먼, 하고 소리를 지르는 건달도 있었다. 관리들이 구경꾼들을 내쫓으며, 이번 처벌을 구경하는 것을 엄중히 금한다고 명하자, 그들은 아쉽다는 듯 뒤를 자꾸 돌아보며 달아났다. 등에 북을 멘 부부는 그런 것에 아랑곳할 여유도 없이 불평불만에 휩싸여 있었다. 자신들이 전생에 무슨 죄를 지었기에 이런 북을 짊어지고 느릿느릿 걸어야만 하는 것인지, 생각하면 생각할수록 화가 치밀어 올랐다. 특히나 여자는 처음부터 도쿠베에를 불쌍하게 여기지도 않았고, 한 푼조차 아까운 섣달그믐에 남편이 멋대로 열 냥이라는 큰돈을 가지고 나가, 인사불성이 되어 들어오기나 했으니, 무엇 하나 좋은 일이 없었는데 남편과 함께 법정에 불려나가 북 따위를 짊어지고 사람들 앞에서 망신을 당하니, 모든 것이 탐탁지 않았다. 게다가 그 북은 남부끄러울 정도로 새빨간 색인 데다 선녀들이 날아다니는 모습이 금가루로 그려져 있어, 그 그림이 햇빛을 받아 반짝여서 부끄러움에 저도 모르게 고개를 돌리고 싶을 정도였다. 심지어 그 크기가 마흔 됫박 정도라,

막대기를 꽂아 둘이서 들어도 상당히 무거웠다. 아내는 처음에는 꾹 참고 순순히 짊어지고 갔지만, 마을 어귀를 지나 삼나무 숲에 들어섰을 무렵, 주위에 아무도 없는 것을 확인하고 푸념을 내뱉기 시작했다.

"아아, 무거워라. 당신은 어때요? 무겁지 않아? 바보처럼 싱글벙글하면서 걷고 있네? 이건 축제가 아니에요. 어린애도 아니고, 이런 빨간 북을 짊어지고 신사 참배를 가다니, 짓궂은 이타쿠라 님. 이제 저는, 남의 일에는 신경도 안 쓸 거예요. 당신들은, 남을 돌봐준다는 것을 구실 삼아, 술을 마시며 소란을 피우고 싶은 거죠? 바보 같으니. 게다가 이런 빨간 북 따위를 짊어지고, 사람들 구경거리나 되고, ……."

"됐어, 그런 소리 하지 마. 모든 일은 생각하기 나름이야. 어땠어? 아까 관청 앞 인파 봤지? 나는 그런 환성을 들어보기는 난생 처음이야. 우린 인기가 많아."

"무슨 소릴 하는 거야? 당신, 아침부터 들떠서는 이 옷 저 옷 만지작대다 세 벌이나 갈아입고, 화장도 살짝 했지? 그렇지? 어서 바른대로 말해."

"뚱딴지같은 소리 하지 마. 바보같이." 남편은 당황하며, "그나저나, 날씨 좋다." 하고 화제를 돌렸다.

그리고 다음날 벌을 받은 한 쌍은 이 일을 시작한 마을의 중역과 열여덟 난 딸이었다.

"아버지." 이 열여덟 난 딸은, 돌아가시고 없는 어머니 대신 가사 일을 하며 아버지를 모시고 살고 있었기 때문에, 성격이 드셌다. "돌아가신 어머니가 우리의 이런 모습을 보면서, 풀잎 뒤에서 울고 계실 거예요. 아버지는, 뭐, 자업자득이니 어쩔 수 없지만, 저까지 이런 빨간 북 한쪽을 짊어지고, 호객꾼이나 할 법한 일을 하게 됐으니, 아마도 어머니가,

아버지께 한을 품고 귀신이 돼서 나올 거예요."

"겁주지 마. 뭐, 나라고 좋아서 젊어진 것도 아니고, 또 한창때인 너에게 이런 커다란 장난감 따위를 지게 해서, 가슴이 쓰리긴 해."

"어머머. 가슴이 쓰리다니, 그렇게 세련된 말은 어디서 배우신 거죠? 웃기지도 않아. 아버지께는, 이 북이 참 잘 어울려요. 아버지는 원래 화려한 걸 좋아하셔서 그런지, 빨간 색이 참 잘 어울려요. 다음에 새빨간 하오리 한 벌 지어드려야겠어요."

"놀리지 마라. 달마 대사도 아니고, 빨간 겉옷은 축제 때도 못 입고 나가."

"하지만, 아버지는 연중에 있는 축제 때처럼 들떠 있잖아요. 저런 사람을 축제 바보라고 한다고 뒤에서 험담을 하는 사람이 있었어요."

"누구야! 너무하군, 누가 그런 얘기를 해? 내가 가만두나 봐라."

"저예요, 제가 그랬어요. 이러니저러니 하며 사람들을 모아놓고 야단만 떨려고 하니까요. 고소해라. 벌 받은 거예요. 판관님은 역시 훌륭하셔. 아버지가 축제 바보라는 것을 꿰뚫어보시고, 벌로 이런 새빨간 축제용 북을 짊어지게 하고서 뉘우치게 하려 하신 게 분명해."

"네 이년! 북만 안 메고 있었다면 쥐어 패버렸을 텐데, 에잇, 도쿠베에 가 불쌍해서, 내 타고난 두목 기질을 발휘한 탓에 이런 우스운 꼴이 됐군."

"타고났다는 둥, 두목 기질이라는 둥. 그런 웃기지도 않는 소리 마세요, 아버지. 자기 입으로 그런 말을 하는 건, 노망이 났다는 증거예요. 정신 좀 똑바로 차려요."

"이년아. 입 다물지 못 해?"

또 그 다음날 간 부부는,

"그런데 당신도 참, 이상한 사람이야? 평소에는 그렇게 쩨쩨하고 손님 담배만 피우는 사람이, 이번에는 너무 흔쾌히 열 냥이라는 큰돈을 냈잖아?"

"그건, 남자들의 세계라는 게 특별해서 말이지. 의義가 무엇인지를 알면서도 행하지 않음은 용기가 없기 때문이니라. 평소에 절약하는 것도, 그런 자선慈善에 대비해서, ……."

"허튼 소리 마. 뻔하지. 전부터 당신, 가끔 그 도쿠베에 씨 부인 칭찬을 했잖아? 그 여자한테 마음 있는 거 아냐? 나잇살이나 먹을 만큼 먹어서, 그렇게 자기 재채기에 놀란 도깨비처럼 생겨먹어서는, 마음이 있다니 말이나 돼? 흥, 뻔하다 뻔해. 당신, 나이를 생각해 봐. 손자가 셋이나 있으면서, 옆집 아줌마한테 묘한 추파나 던지고, 당신이 그러고도 인간이야? 인간의 도道를 알아? 그래, 난 다 알아. 덕분에 이런 무거운 북 같은 걸 지고, 아야, 아파라, 또 신경통이 오네. 내일부터, 당신이 밥 해. 땔감도 패줘야 하고, 겨된장도 잘 저어주고, 우물가도 머니까 잘 됐네, 매일 아침 들통으로 다섯 통을 떠와서 부엌 물통에, 아야, 아파라, 바보 같은 남편을 둔 탓에, 내 수명이 십 년은 더 줄었네." 하고 연거푸 쏘아댔다. 그 이튿날 벌을 받은 한 쌍도 마찬가지였다. 모든 여자들은 투덜투덜 불평을 늘어놓았고, 남자들은 하나같이 호된 욕을 들으며, "여자와 소인배는 다루기가 힘들다지." 하고 눈을 꼭 감고서 체념하는 자도 있는가 하면, 집에 돌아가자마자 아내를 때리며 난투극을 벌여 이혼 소동을 벌이기 시작한 자도 있었고, 운 나쁘게 폭설이 내리던 날에 북을 메고 가야 했던 한 쌍은, 아내의 한탄과 저주가 한층 더 맹렬했다. 그들은 둘 다 감기에 걸려서 집으로 돌아와 이부자리를 펴고 나란히 앓아누웠는데, 숨이 막힐 정도로 기침이 심한 상태에서도 서로에게 욕지거리를 퍼부었다. 이처럼 북을 짊어지고 가는 벌은 다른 게 아니라, 여자의 입이 얼마나 험한지를 폭로하는 것으로 끝나는 것 같았다. 열 쌍의 벌이 다 끝난 뒤, 또다시 판관님은 모두를 불러냈다. 일동은 불쾌한 듯 볼멘 얼굴로 재판소에 출두했고, 이타쿠라 판관은 싱글벙글 웃으며 말했다.

"이번에는 참으로 고생들 많았다. 이 돈은 북을 짊어진 삯이다. 적은 액수지만, 내가 내리는 보답이다. 무례인 줄은 알지만, 웃으며 받아주었으면 한다. 감기에 걸려 이삼일을 앓아누운 부부도 있다는 얘기도 들었다. 이제 회복을 했는지 모르겠는데, 위로금으로 따로 얼마를 더 넣어두었다. 사양 말고 받아주었으면 한다. 동료의 곤궁을 보다 못해 돈 열 냥씩을 내서 도와주었다는 것은 근래에 보기 드문 선행이니, 늘 그런 마음가짐을 잊지 않도록 해라. 그럼에도 불구하고, 그런 무거운 북을 짊어진 탓에 남자들이 여자들에게 된통 당한 모양이니, 그건 참 딱하게 생각한다. 어쨌든 모든 걸 잊고, 앞으로는 사이좋게 가업에 힘쓰도록 해라. 그런데 이 중에 한 쌍이, 북을 메고 삼나무 숲에 들어섰을 즈음부터 아내가 악귀에 쓰인 듯 미친 듯이 소란을 피우고, 남편의 단정치 못한 과거 행실을 하나하나 들어가며 욕을 했고, 남편이 아무리 달래도 진정하지 않고 더더욱 큰 소리로 떠들어대자, 남편이 참다 참다못해 삼나무 숲을 지나 밭에 이르렀을 무렵, 누가 들을까 싶어 두려운 듯 작은 목소리로, '조용히 해. 투덜거리지 마. 북을 메고 고생하는 것도 지금 잠깐만 참으면 돼. 백 냥은 우리 것이야. 집에 돌아가면 찬장 서랍을 열어봐.'라는 이상한 소리를 했다. 그 말을 한 자는, 자신도 기억하고 있을 터. 아니, 내게 신통력이 있는 건 아니다. 그 빨간 북이 무겁지 않았느냐? 내가 그 안에 아이 한 명을 넣어 두었다. 자세한 얘기는 그 아이에게서 들어 알았다. 그 말을 한 자가 누구인지, 지금 여기에서 말할 수도 있지만, 그 사람도 처음에는 진심어린 애정으로 이번 선행에 참여한 것임에 틀림없고, 취기에 마음이 어지러워져, 저도 모르게 손을 댄 것일 뿐이라 생각한다. 목숨은 살려주겠다. 조정의 자비로 알고, 오늘 밤, 다른 사람들의 눈을 피해 도쿠베에의 집 앞에 그 돈 백 냥을 놓고 가도록 해라. 그 뒤에는 본인 뜻대로 해라. 부끄러운 것을 아는 자라면 교토를 떠날 것이다. 조정으로서는, 이러니저러니 관여하지 않겠다. 일동, 기립. 이상."

(『일본앵음비사本朝桜陰比事』, 1권 네 번째 이야기, 「북 속을 알지 못한 탓」)

날라리粹人

"무슨 일이든 잘 참는 게 중요해. 그런 마음가짐을 잊어서는 안 돼. 조금 괴롭긴 하겠지만 참아야지. 밤이 지나면, 아침이 와. 겨울이 지나면, 봄이 오고. 그게 당연한 거야. 세상은 음양, 음양, 음양이 계속 이어지게 되어 있어. 행복과 불행은 맞닿아 있는 거야. 엄청난 불행을 겪은 뒤에는, 다시 좋은 날을 맞게 되어 있어. 이 이치를 잊어선 안 돼. 내년엔, 틀림없이 좋은 일이 생길 거야. 그때는 너도, 새 연극이 나올 때마다 매번 가마를 타고 외출을 하게 될 거야. 그 정도 사치는 눈감아줄게. 괜찮으니까 보러 가." 남자는 아침밥을 가볍게 때우고 바로 일어나 진지한 얼굴로 그런 시답잖은 이야기를 하면서, 허둥지둥 하오리를 걸치고 단검을 챙겼다. 오늘은 섣달그믐날, 있는 건 빚밖에 없는 집구석에서 한시라도 빨리 나가는 것이 지혜로운 일이다. 집에는 한 푼이 아쉬운 날이거늘, 남자는 서랍을 싹싹 긁어 일보금[39]을 한 푼 두 푼 모아서 동전 서른 개 정도를 지갑에 넣고 그걸 주머니에 쑤셔 넣으며, "돈은 조금 남겨뒀어. 여기서, 네 정초 용돈만 챙기고서 나머지는 빚쟁이들에게 조금씩 나눠주고, 돈이 떨어지면 죽은 듯이

. . . .
39_ 이치부킨一步金. 에도시대 한 냥의 4분의 1에 해당하던 금화.

잠이나 자. 빚쟁이 얼굴이 안 보이게, 저쪽으로 돌아누우면 조금은 마음이 편할 거야. 무슨 일이든 참는 게 중요해. 오늘 하루 잘 참도록 해. 저쪽으로 돌아누워서, 죽은 척이라도 하라고. 세상은, 음과 양이 번갈아 오게 되어 있으니까."라는 말을 남긴 채, 종종걸음으로 집을 나섰다.

집을 나서자, 갑자기 복잡한 표정으로 옷깃을 여미고, 몸을 뒤로 젖히고서 어슬렁어슬렁 걸으니, 부잣집 주인 영감이 일반 백성들은 어찌 사는지, 세상은 어찌 돌아가는지를 살피며 돌아다니는 듯 여유 있는 모습이다. 하지만 마음속으로는, 하느님, 관음님, 나무하치만대보살 님, 부동명왕마리지천, 변재천, 대흑천, 인왕 신까지 갖은 신불神仏의 이름은 다 부르며, 아아, 오늘 하루를 무사히 보낼 수 있게 해주십시오, 살려주십시오, 하며 빌고 있다. 눈앞이 캄캄하고, 온몸에 소름이 돋으며 등줄기에는 진땀이 배어나와, 온 세상 어디에도 몸을 둘 곳이 없는 기분. 이렇게 지옥 같은 기분의 채무자가 갈 곳은 딱 한 군데, 유흥가다. 하지만 이 남자는, 유곽 여기저기에 외상 빚이 있다. 외상을 진 유곽 앞에서는, 몸을 비스듬히 하여 꽃게처럼 걸어 지나간 다음, 아직 한 번도 가본 적 없는 너저분한 유곽의 부엌문으로 불쑥 들어가,

"주모 계시오?" 하고 큰소리를 쳤다. 원래 이 남자의 인품과 풍채는 그런대로 볼만하다. 잘생긴 남자일수록, 빚도 많은 법이다. 느긋하게 부엌으로 들어가, "오오, 여기는 아직, 섣달그믐에 치를 잔금이 남아 있는 모양이군. 이것 봐, 여기 청구서가 있잖아. 여기 어질러져 있는 청구서가 전부 다 해서, 삼사십 냥 정돈가? 세상에는 다양한 집이 있지. 다 해서 삼사십 냥의 잔금도 못 치르고 섣달 그믐날을 맞는 집도 있는가 하면, 또 우리 집처럼, 포목점에 치를 잔금만 해도 백 냥인 집도 있고.

돈이 아까운 건 아닌데, 아내가 그렇게 옷을 많이 사대서야, 하인들 보기도 그렇고 말이야. 주인이라면 모범을 보여야지. 앞으로는 조금 자제해야 할 텐데 말일세. 그 벌로 아내를 친정에 돌려보내려고 했는데, 하필이면 임신 중이고, 심지어는 이런 바쁜 섣달그믐에 출산 예정이라, 꼭두새벽부터 집안이 온통 시끌벅적해. 아직 애도 안 태어났는데 유모를 데려오질 않나, 산파를 서너 명씩이나 불러 모으다니, 내 어이가 없어서. 애당초 부잣집 딸이랑 결혼한 게 내 불찰이지. 오늘 아침엔, 아내의 친정 사람들이 우르르 문병을 왔는데, 스님들도 와서 기도를 하는 게 아닌가? 내가 산파를 서너 명이나 불러놨는데, 그걸로도 모자라 의사를 데려와서 옆방에 대기시키고, 애를 빨리 낳게 하는 약인지 뭔지를 부글부 글 끓이더군. 아이를 무사히 낳는 주술을 하는 데 필요하다나 뭐라나. 하인들을 사방팔방으로 보내서 보라색 조개, 해마, 송이버섯 밑동 등등, 정말이지 정체를 알 수 없는 것들을 가져오게 하더라고. 부자들이 지나치 게 소란을 피워대는 통에 정나미가 뚝 떨어져. 나리는 이럴 때 집에 있는 게 아니라는 얘기를 듣고서 이때다 싶어, 황급히 여기로 도망 왔소. 이건 그야말로, 빚쟁이들한테 쫓겨 온 꼴이군. 오늘은 섣달그믐날 이니까 그렇게 빚쟁이들한테 쫓기는 남자도 있긴 하겠지. 딱해라. 도대 체 기분이 어떨까? 술을 마셔도 안 취하겠지. 세상엔 참, 별 사람이 다 있어, 아하하하하." 하고 힘없이 웃더니 다시 말을 이었다. "그나저나 어떤가. 이런 말 하는 것도 촌스럽지만, 섣달그믐이니 계산은 현금으로 할 테니까, 아이가 태어날 때까지 여기서 하룻밤 놀게 해주시겠소? 가끔은 이런 작은 집에서, 조용히 노는 것도 나쁘지 않지. 엇, 설날에 쓸 도미를 사뒀군. 근데 너무 작지 않나? 집이 작다고 해서 이런 것까지 아낄 필요가 있소? 더구나 행운을 비는 음식인데. 더 큰 걸 사지 그러우?"

하고 가볍게 말한 그는 할머니 무릎 위에 동전 한 닢을 던졌다.

할머니는 아까부터, 생글생글 웃으며 이 남자의 이야기에 맞장구를 쳐주고 있지만, 마음속으로는 이런 생각에 잠겨 있었다. '정말 바보 같은 남자네. 저런 거짓말을 잘도 하는구먼. 손님이 하는 말을 곧이곧대로 믿는 사람이 이런 장사를 할 수 있을 것 같아? 술에 환장한 손님이 일부러 뒷문으로 들어와서, 재미삼아 우리를 놀라게 하기도 하지만, 녀석은 눈빛이 달라. 좀 전에 부엌문을 들여다보던 네 눈빛은, 그야말로 죄인의 눈빛이었어. 빚쟁이한테 쫓겨 왔겠지. 매년 섣달그믐이 되면, 이런 손님이 두어 명 있어. 세상에는 비슷한 것이 많지. 모르는 사람은 비단벌레 색 하오리에 흰 칼자루가 달린 칼을 보고서 지체 높은 양반이라고 생각할지도 모르지만, 이 할미의 눈으로 보면 다 쓸데없는 잔꾀야. 대부분 마누라가 시집오면서 가지고 오는 지참금을 챙길 목적으로 열다섯 살이나 더 많은 늙은 마누라를 얻어서, 그 돈도 바로 다 써버리고는, 투실투실 살찌고 머리가 희끗한 마누라가 옆에 앉아 콧방울에 땀을 흘리고 있으니 그 옆에서 반주를 하기도 끔찍하겠지. 그렇다고 돈을 벌 생각은 안 하고 전당포에 물건을 죄다 잡혀 먹고, 한심하게도 제 어미에게는 검은 쌀 디딜방아를 찧게 하고, 동생한테는 찐 콩을 팔러 나가게 하고, 팔다 남은 쉰 콩은 일가의 반찬으로 쓰고, 그것도 자기 어머니가 너무 많이 먹는다며 부부가 쌍으로 험악하게 노려보는 녀석일 테지. 그건 그렇다 쳐도, 애를 낳느라 난리가 났다니, 잘도 그런 얘기를 지어냈군. 산파가 네 명이나 몰려들고, 의사는 옆방에서 애를 무사히 낳는 약을 달인다니, 어떻게 그런 생각을 했지? 다들 그런 처지가 되고 싶은 거겠지. 바보 같은 놈. 그래도 돈은 그런대로 있는 것 같고, 현금으로 준다고 했으니까. 나는 장사꾼 입장이라, 뭐, 천천히 놀다 가십쇼. 어쨌든

이 동전, 받아두지요. 가짜 돈도 아닌 것 같으니.'

"어머나 좋아라." 할머니는 넘치는 애교를 보이며 동전을 받아들고 말했다. "이 돈으로는 도미 같은 걸 살 게 아니라, 남편 몰래 숨겨뒀다 내 허리띠라도 사야겠네요. 오호호호. 올 연말엔, 가난의 신이 오실 거라 각오하고 있었는데, 이렇게 대흑천 신[40]이 날아들다니. 이로써 내년 중의 행복은 결정됐네요. 고맙습니다, 나리. 자, 어서 들어오세요. 안 돼요, 이런 더러운 부엌에 앉아계시면. 장난이 너무 지나치시네. 황송한 나머지 식은땀이 다 나잖아요. 아무리 그래도 그렇지, 체면도 있으신데. 이상하게 부잣집 나리들은 꼭 부엌 쪽의 뒷문을 좋아하시더라고요. 당황스러워요. 가난한 집 부엌이 그렇게 신기한가봐. 자, 어서 들어오세요. 취향에도 정도가 있죠. 어서, 안으로 들어오세요." 세상에서 가장 무서운 것은, 술집 할멈의 입에 발린 소리다.

남자는 일부러 부끄러워하며 머리를 긁적이면서, 정말 못 말리는 할머니네, 하고 고분고분하게 집안으로 들어와,

"아무튼 내가 입맛은 까다로우니, 신경 써서 잘 해주시오." 하고, 참으로 아니꼬운 말을 했다. 할머니는 내심 더욱 어이가 없어서, '음식 맛을 아는 사람 얼굴이 저래? 빚 때문에 옴짝달싹 못하고 허덕이면서, 촛불을 불어 끌 힘도 없어 뵈는 한심한 얼굴을 해서는, 입맛이 까다롭다니 웃기지도 않네. 죽 반 그릇도 목구멍으로 안 넘어가겠다. 요리를 하기도 아깝다.' 싶어, 마침 그 자리에 있던 계란 두 개를 주전자에 던져 넣은 뒤, 수고를 안 들이려고 계란을 삶아 소금을 곁들여 술과 함께 내놓았다. 남자가 묘한 표정으로,

••••••••••
40_ 삼보三寶를 수호하여 먹을 것을 넉넉하게 한다는 신.

"이건, 계란입니까?" 하고 묻자,

할머니는 태연히, "네, 입에 맞으실지 모르겠네요."라고 답했다.

남자는 아무래도 손이 가질 않는지, 팔짱을 끼고 떨떠름한 표정으로 말했다.

"이 지역은 달걀이 많이 나는 곳인가? 무슨 유서 있는 달걀이라면 얘기를 듣고 싶소만."

할머니는 터져 나오려는 웃음을 꾹 참고 말했다.

"아닙니다, 달걀에 유서라고 할 만한 게 뭐 있겠어요? 이건 건강한 아이 낳는 것하고 관련이 있지 않을까 싶어서, 할머니 마음에서 주는 거예요. 게다가 맛있는 요리에 질린 나리는, 취흥에 겨워 삶은 달걀 같은 걸 자주 드시니까요, 오호호."

"아, 그래서였군. 아, 좋습니다. 달걀 모양은 언제 봐도 좋네. 내온 김에 여기에 눈과 코를 붙여주시겠습니까?" 하고, 참으로 허튼 농담을 했다. 할머니는 그가 어떤 사람인지를 파악하고, 다른 손님들이 아무도 찾지 않은 게이샤 한 명을 불러서는, "저 손님은 가난한 집안 출신의 멍청한 손님이지만 돈은 아직 어느 정도 있는 것 같으니 섣달그믐 장사에 조금은 보탬이 될 거야. 듣기 좋은 말이나 실컷 해서 기분이나 띄워드리렴." 하고 작은 목소리로 말한 뒤, 그 못생긴 게이샤를 손님방으로 들이밀었다. 남자는 그것도 모르고,

"오오, 달걀에 눈과 코를 붙이러 왔군." 하고 소란을 피웠다. 달걀 껍질을 벗겨 먹으며 입꼬리에 노른자를 묻힌 채, 어쩌면 오늘은 게이샤가 자기한테 반할지도 모른다는 생각에 잠겨, 곤경에 빠진 자기 집 사정도 싹 잊고 술을 한 병, 두 병 마시던 중, 어쩐지 이 게이샤를 본 적이 있는 듯한 느낌이 들기 시작했다. 바보이기는 하지만, 여자에 대한

기억력에 한해서는 끈덕진 데가 있는 남자였다. 여자는, 속으로 섣달그믐에 치를 대금을 계산하면서도 겉으로는 봄바람처럼, 무턱대고 웃기만 하면서 손님에게 술을 권하며,

"아아, 싫다. 또 나이 한 살을 더 먹네. 올 설에는 어떤 손님이 열아홉 봄이라고 놀려대기도 하고, 깃털치기 놀이도 재밌게 했는데. 뭔가 좋은 일이 생길지도 모른다는 기대를 안고 어영부영 살다보니 글쎄, 하룻밤 사이에 스물이 된 것 같잖아? 스물이라니, 짜증나. 즐거운 때는 십대 때뿐이야. 이렇게 화려한 옷도, 내년부터는 입으면 이상해 보이겠지. 아아, 속상해." 하고 허리띠를 치며 몸부림치는 시늉을 했다.

"생각났다. 저 허리띠를 두드리는 손놀림을 보고 생각났어." 남자는 엄청난 기억력을 발휘했다. "지금으로부터 딱 20년 전, 너는 꽃집에서 열린 연회 때 내 앞에 앉아, 지금 한 말과 똑같은 말을 하고 그런 손놀림으로 허리띠를 쳤는데, 그때도 분명 열아홉이라고 했었다. 그로부터 20년이 지났으니까 너는 올해 서른아홉이야. 십대는커녕, 내년엔 사십이지. 마흔까지 화려한 옷을 입었으니, 이제 그런 옷에 미련도 없을 것 같은데? 몸집이 작으니 젊어 보이기는 하지만, 아직 열아홉이라니, 그건 너무하지 않느냐?" 날라리가 무심코 촌스럽게 소리 높여 다그쳐 묻자, 여자는 아무 말 없이 눈을 내리깔고 합장했다.

"나는 부처님이 아니다. 재수없게시리. 절하지 마. 기분 잡치니까. 에잇, 술이나 마셔야지." 손뼉을 쳐서 할머니를 불렀는데, 할머니는 일이 잘 안 풀리고 있다는 것을 재빨리 눈치 채고서 한결 더 밝게 웃으며 방 안으로 뛰어 들어왔다.

"아이고, 나리. 축하드립니다. 사내아이가 분명해요."

"뭐가?" 손님은 수상쩍다는 표정이었다.

"정말 태평하시구랴. 부인이 애를 낳으신다면서요?"

"아, 그렇군. 태어났소?" 뭐가 뭔지, 엉망진창이다.

"아뇨, 그건 잘 모르겠지만, 지금 이 할미가 점을 쳐봤는데, 세 번을 다시 해봐도 계속 사내아이가 나오더라고요. 제가 치는 점은 틀린 적이 없어요. 나리, 축하드립니다."라면서 두 손을 바닥에 짚고 절을 했다.

손님은 얼굴을 찡그리며,

"아니, 뭐 그렇게 딱딱한 축하인사를 할 것까지야. 이거, 용돈으로 쓰시오." 하고, 또다시 지갑에서 일보금 하나를 꺼내어 할머니의 무릎 위에 던졌다. 몹시 짜증스런 심정이었다.

할머니는 일보금을 받아 들고,

"아이고, 이걸 어쩌지요? 연말부터 이런 기쁜 일만 있고, 가만 생각해보니, 오늘 새벽에 꾼 꿈에, 학 천 마리가 하늘을 날고, 온 바다의 물결을 가르며 만 마리의 거북이가 헤엄치고,"라면서, 멍하니 눈을 치뜨고 주절거리면서 돈을 허리띠 사이로 집어넣고, "정말로, 그런 꿈을 꿨다니까요 나리. 꿈에서 깨고는, 참 이상하고 좋은 꿈이구나 싶어 몹시 신경이 쓰이던 차였는데 글쎄, 멋쟁이 나리께서 부인의 출산이 끝날 때까지 머무르게 해달라며 부엌문으로 들어오시는 거예요. 역시 꿈은, 현실에서 그대로 이루어지는 건가 봐요. 이것도 평소 신심이 두터운 덕분인 걸까요? 오호호." 하고, 필사적으로 입에 발린 소리를 했다.

너무도 경박하고 속이 빤한 소리였기에, 손님은 석연찮은 기분으로,

"알았소, 알았다고. 거참 좋은 일이군. 그나저나 뭔가 먹을 거 없수?" 하고 불쾌한 듯 운을 뗐다.

"어머나, 세상에." 하고 할머니는 과장된 몸짓으로 몸을 뒤로 젖히면

서 놀라는 시늉을 했다. "어떨까 싶어 걱정이었는데, 달걀이 마음에 드셨는지 남김없이 다 드셨네요. 잘 노시는 분들은 이래서 좋아. 좋은 음식에 질린 나리들은 이런 게 신기한가 봐요. 자, 그럼 이번에는 뭘 드릴까요? 청어 알 절임 같은 거 어때요?" 이것도, 품이 안 들어서 편하다.

"청어 알이라." 손님은 비통한 표정을 지었다.

"어머. 댁에 아이가 태어난다고 해서 청어 알을 드리겠다는 거예요. 그렇지, 쓰보미? 행운을 빌기 위한 거라고요. 좀 세련된 취향이잖아요? 부잣집 손님들은 취기가 오르면 그런 요리를 가장 많이 즐기신다던데." 라는 말을 남기고, 재빨리 사라졌다.

손님은 이윽고 언짢은 표정을 지으며 말했다.

"방금 할머니가 쓰보미라고 말했는데, 네 이름이 쓰보미냐?"

"네, 그래요." 여자는 될 대로 되라는 심정이었다. 뚱하게 대답했다.

"저, 꽃봉오리 할 때, 그 쓰보미냐?"[41]

"거 참 끈덕지네. 몇 번을 말해야 알아듣는 거예요? 당신도 머리숱이 없는 주제에 왜 그래? 너무하네, 너무해." 하더니 울음을 터뜨렸다. 울면서, "당신, 돈 있어요?" 하고 노골적으로 지껄였다.

손님이 놀라면서 말했다.

"조금은 있다만."

"나한테 줘요." 색기고 뭐고 아무것도 없는 말이었다. "힘들어요. 정말, 올 연말처럼 힘든 적이 없었어요. 큰딸을 시집보내고 일단은 마음이 놓이는가 싶었는데, 1년도 채 안 되어 그 딸이 거지 같은 꼴로

· · · · · · · · · · · ·
41_ 쓰보미는 봉오리라는 뜻.

아기를 안고서 네댓새 전에 우리 집으로 돌아왔어요. 남편이 수건을 가지고 목욕탕에 간다고 나가서는, 그 뒤로 안 들어오고 다른 여자 집으로 가버렸다고 울면서 말하더군요. 어처구니없지 않아요? 딸도 멍청하지만, 사위도 너무하잖아요. 좋은 집안 출신에, 얼굴은 밋밋하게 생겼지만 하이카이[42]인가 뭔가 하는 걸 잘 한다는데, 난 처음부터 마음에 안 들었었어요. 그런데 딸이 푹 빠져 있었으니, 어쩔 수 없이 결혼을 허락했지. 그런데 목욕탕에 간다고 나가서는 집에 안 들어온다니, 사람을 무시해도 정도가 있지. 웃을 일이 아니에요. 애 딸린 딸은 또 앞으로 어떻게 사냐고요."

"그럼, 네게도 손주가 있다는 거군."

"있어요." 하고 조금도 웃지 않고 딱 잘라 말한 뒤 얼굴을 번쩍 들었는데, 정말 굉장한 표정이었다. "우습게 보지 마세요. 저도 인간 나부랭이라고요. 아이도 있고, 손주도 있어요. 이상할 거 없잖아요? 돈 줘요. 당신, 엄청 부자라면서요."라고 하고는, 입꼬리를 올리며 묘하게 웃었다.

날라리에게는 그 웃음이 효과가 있었다.

"아니, 그렇지도 않지만, 조금은 있지." 하고 허둥대는 기색을 보이며 지갑에서 마지막으로 일보금 한 푼을 꺼냈다. '아아, 지금쯤 우리 마누라는, 빚쟁이들을 등지고 누워 죽은 척하고 있겠지. 이 일보금 한 푼이라도 있으면 적어도 빚쟁이 서너 명을 웃게 할 수 있을 텐데. 생각해보니, 바보 같은 짓을 했군.' 하고 후회와 공포, 초조 등으로 가슴이 두근거려서 미칠 듯한 심정으로,

....
42_ 익살스러운 일본식 시의 한 형식으로 에도시대에 유행했다.

"아아, 기분 좋아라. 할멈의 점괘가 사내아이로 나왔다니, 기분 죽이
네. 꽤 괜찮은 할멈인걸."

하고 쉰 목소리로 말하기는 했지만, 쓰보미는 훗 하고 웃으며,
"술이라도 진탕 마시고 떠들어볼까요?" 하고 모든 것을 다 꿰뚫어보
고는 술병을 가지러 갔다.

손님은 암담하고 우울하기 그지없는 심정으로 홀로 남겨졌다. 괴로운
나머지 저도 모르게 방귀까지 나와, 더욱 치미는 짜증을 안고 일어나
장지문을 열어 환기를 시키며,

"자, 축하해볼까~." 하고 어울리지도 않는 유행가를 흥얼거려 봤지
만 전혀 흥이 나지 않았다. 결국 서른아홉 먹은 쓰보미를 상대로 찻잔에
술을 따라 꿀꺽꿀꺽 마셨지만, 둘 다 정신이 더 또렷해져서, 얼굴을
마주 보고 한숨을 내쉬며,

"아직도 날이 안 저물었나?" 하고 말했다.

"농담도 지나치시네. 점심때도 안 됐어요."

"이것 참, 해가 길군."

지옥 같은 반나절, 용궁의 백년 천년. 삶은 달걀을 먹은 탓에 트림만
나오고 슬픔은 주체할 수가 없었다.

"넌 이제 돌아가거라. 난 한숨 자야겠다. 잠에서 깨면 애도 나와
있겠지." 하고, 이제 자신의 거짓말에 스스로 쓴웃음을 지으며 벌러덩
드러누웠다.

"이제 정말, 돌아가. 그 얼굴 두 번 다신 보이지 말고." 하고 힘없는
목소리로 애원했다.

"그럼, 갈게요." 쓰보미는 침착하게 손님 밥상의 청어 알 두어 개를
입에 우겨넣으며, "온 김에 여기서 점심밥이라도 먹어야겠어요."라고

말했다.

　손님은 눈을 감아도 잠이 오지 않았고, 자기 몸이 커다란 소용돌이로 빨려 들어가는 듯한 기분으로, 들썩들썩 몸을 뒤척이다가 "나무아미타불." 하고 입에서 무심코 염불이 튀어나오는데 그때, 복도에 거친 발소리가 들렸다.

　"여어, 여기 있었군." 하고, 가게의 말단 종업원 같아 보이는 젊은이 두 명이 방으로 뛰어 들어왔다. "나리, 너무하잖습니까? 틀림없이 이 근처에 있다는 생각에 한 집 한 집 다 들르느라, 정말 고생 많이 했습니다. 없는 돈을 받겠다고 하진 않겠는데, 이렇게 태평하게 놀 돈이 있다면 저희에게도 조금은 주셔야 하지 않겠습니까? 으음, 올해 주실 돈은," 하고 청구서를 꺼내며 누워 있던 그를 일으켜 세우고는, 붙어 서서 작은 목소리로 한 차례 담판을 지은 뒤, 지갑에 있던 작은 은화 전부와 비단벌레 색 하오리, 흰 칼자루가 달린 칼을 빼앗고 기모노까지 다 벗겨 젊은이 둘이 제각기 보자기에 그것들을 싸들고,

　"나머지 돈은 정월 5일까지."라는 말을 남기고 바삐 사라졌다.

　날라리는 속옷 한 장만 달랑 입은 기묘한 꼴로 기분 나쁜 미소를 띠며,

　"정말이지, 친구가 하도 울며 매달려서, 보증을 서줬는데 그 친구가 파산을 하니 나까지 귀찮아지는군. 돈은 빌려줘도 보증을 서지는 말라는 말이, 이래서 있는 거야. 어쨌든 섣달그믐날에는 생각지도 못한 일들이 생긴단 말이지. 이 꼴로는 밖으로도 못나가겠군. 어두워질 때까지, 여기서 한잠 잡시다." 하고, 괴로운 마음으로 자는 척하며 음양, 음양을 되뇌며 자신의 아내와 마찬가지로 죽은 척을 했다.

　부엌에서는 할머니와 쓰보미가, 바보라는 말은 그나마 가망이 있는

사람한테나 쓸 수 있는 말이라고 수군거리며 박장대소했다. 어쨌든 옛 오사카 지방 부근에는 이런 날라리와 무시무시한 술집이 많았다고, 그 옛날 자기 역시 오사카의 날라리 가운데 한 명이었던 늙은이가 말했다.

(『꿍꿍이셈』, 2권 두 번째 이야기, 「거짓말을 곧이곧대로 믿지 않는 술집」)

유흥계 遊興戒

옛날 교토 지역에 기치로베에, 로쿠에몬, 진다유라는 놀기 좋아하는 세 남자가 살았다. 나이는 젊고 집에는 돈이 많으며 관대한 성품의 부모가 있었고, 풍채도 그럭저럭 괜찮은 데다 그렇게까지 바보스럽지도 않은 셋은 서로 어울려 지내며 함께 놀러 다녔다. 그들이 교토지역에서 노는 것도 지겨워지던 차에, 살아 있는 말의 눈알도 뽑는다는 동쪽 지방의 거친 놀이문화를 소문으로 접하고 그것을 동경하게 되어, 어느 날 가을바람을 맞으며 에도로 여행을 떠났다. 웃고 떠들며 느긋하게 여행길을 즐기면서, 세상에는 미인이 없다, 살결이 희면 코가 낮고, 눈썹이 선명하면 턱이 짧다, 그러니 여자의 사랑을 받기보다는 차라리 미움을 사고 싶다, 어떻게든 잔인하게 차여보고 싶다, 등등 하늘 무서운 줄도 모르고 욕지거리를 내뱉으며 에도에 도착했다. 에도 곳곳을 놀러 다녀 봤지만 딱히 말의 눈알을 뽑는 살벌한 광경을 볼 수는 없었고, 역시나 이곳 에도도 돈이 있는 사람들만 대접받는 곳이었으니, 어디를 가도 후한 대접을 받아 김이 샌 그들은 '에도에도 무서운 것은 없군. 어딘가 엄청난 마성魔性을 가진 존재는 없는 것인가?' 하고 한탄하며 주머니에 손을 찔러 넣고 심심해하면서 우에노구로몬에서 연못가 쪽으로 느릿느릿 걸었다. 그러다 신추야의 이치에몬이라고 하는, 당시 유명

금붕어 가게 앞에서 문득 발걸음을 멈추고 안쪽 정원을 들여다보았다. 그곳에는 예쁜 수조가 칠팔십 개나 늘어서 있었고, 모든 수조에는 깨끗한 물이 흐르는 데다 수조 밑바닥에는 초록빛 수초가 하늘거리고, 금붕어와 은어가 수초 사이사이를 노닐며 비늘을 반짝이고 있었다. 그중에는 꼬리지느러미가 다섯 치를 넘어서는 것도 있어, 건방진 세 남자도 그 놀라운 광경을 보고 천진난만하게 눈을 동그랗게 뜨고 일본 제일의 미인을 여기에서 발견했다며 소란을 피워댔다. 계속 보고 있자니, 그 금붕어는 다섯 냥, 열 냥쯤 되는 상당히 값비싼 것이었는데, 가격을 조금도 깎지 않고 태연히 사 가는 사람이 끊이지 않는 것을 보고, "역시 에도는 다르군. 교토에서는 있을 수 없는 일이잖아. 저 열 냥짜리 금붕어 는 귀족 도련님의 장난감일까? 사흘 동안 키우다 고양이가 먹어버려도 별로 아쉬운 기색도 없이 또다시 이 가게에 와 사가겠지. 과연 무사시노[43] 는 넓어. 이제야 에도가 다시 보이는구먼." 하고 흥분을 감추지 못하며 저마다 감탄사를 연발했다. 이를 본 것만으로 에도에 온 보람이 있고, 교토로 돌아가면 들려줄 여행담이 생겼다며 함께 기뻐하는데 그때, 누추한 행색의 왜소한 남자가 조그만 통과 뜰채를 들고 종종걸음으로 가게에 들어오더니 금붕어 가게 지배인에게 연신 굽실거리며 비위를 맞추려는 듯 웃음 짓는 모습이 보였다. 작은 통을 들여다보니 수도 없이 많은 장구벌레가 우글거리고 있었다.

"금붕어 먹이인가?" 한 명이 굳은 얼굴로 중얼거렸다.

"먹이군." 또 다른 한 명도 한숨을 내쉬며 말했다.

어쩐지 기분이 가라앉아 진지해지고 말았다. 그까짓 금붕어를 한

43_ 에도시대부터 개발된 농경지로 지금의 도쿄, 사이타마 현에 걸쳐 있다.

마리에 열 냥을 주고 태연히 사 가는 사람도 있는가 하면, 또 한편으로는 그것을 먹일 장구벌레를 팔아 근근이 생계를 이어가는 사람도 있다. 에도는 한없이 무시무시한 곳이라는 생각에, 고생을 모르고 살아온 세 젊은이도 감개무량해 했다.

작은 통에 한가득 들어 있는 장구벌레를 고작 단돈 스물다섯 푼에 팔고서는, 그것도 기쁜지 금붕어 가게의 하인에게까지 또 뵙자면서 연신 굽실거리다 서둘러 그 집을 나서는 왜소한 남자의 뒷모습을 바라보던 한 명이,

"아니 저 사람은, 리자利左가 아닌가?" 하고 말하자, 다른 두 명이 흠칫 놀랐다.

달밤의 리자라는 별명으로 염문을 뿌리고 다녔던, 썩 잘생기고, 돈도 많고, 이 세 젊은이와 함께 어울려 다니면서 사천왕이라 불렸으며, 수년 전 포주에게 돈을 주고 깃슈라는 소문난 명기名妓를 산 뒤 갑자기 종적을 감췄던 리자에몬. 저 사람이 설마 리자에몬일까, 하는 생각은 들었지만 보면 볼수록 꼭 닮았다.

"리자다, 틀림없어." 한 명이 단호하게 말했다. "저렇게 오른쪽 어깨를 약간 올리고 걷는 건 옛날부터 리자의 버릇이었지. 저게 멋있다면서 나한테도 오른쪽 어깨를 올리고 걸으라며 시끄럽게 구는 여자가 있어서 어이없었던 적도 있어. 틀림없는 리자야. 불러 세워보자."

셋은 달려가 장구벌레 장수를 붙잡았는데, 아니나 다를까, 그는 몰락한 리자였다.

"리자, 자네 정말 너무하는군. 나도 깃슈를 약간 마음에 두고는 있었네만, 그렇다고 해서 자네를 원망스러워 하지는 않았네. 그런데 그렇게 말도 없이 사라지다니, 사람이 왜 그리 쌀쌀맞아?" 기치로베에가 그렇게

말하자 진다유도,

"맞아, 맞아. 아무리 힘든 사정이 있다 해도 우리한테 한마디 인사라도 하고 갔어야지. 곤란한 사정이 생기면 터놓고 얘기해야지. 함께 유곽 술을 마시며 떠들어대는 사람만 친구란 법 있나? 가만 보니, 행색이 정말 형편없군. 이 사람이 정녕 달밤의 리자인가? 우리한테 조금이라도 솔직하게 얘기해줬으면 자네가 이런 꼴이 되진 않았을 텐데. 장구벌레 장수라니, 말도 안 돼." 하고, 험담을 하면서도 눈물을 흘렸다. 로쿠에몬 은 진지한 얼굴로 리자에몬의 야윈 어깨를 두드리며,

"그래도 리자, 만나서 다행이야. 어디로 갔나 싶어 걱정했는데. 자네 가 떠나고 나니 쓸쓸해서 견딜 수가 없었네. 교토에서 노는 것도 재미가 없어져서 이렇게 에도로 와봤는데, 자네와 함께 있지 않는 한 어디에서 놀건 재미가 없어. 이제 다시는 헤어지기 싫네. 어때, 앞으로 우리와 함께 교토로 돌아가서 다시 예전처럼 넷이서 시끌벅적하게 놀아보지 않겠나? 돈 걱정은 하지 말게. 주제넘은 얘기지만, 우리 셋이 있으니까 말이네. 평생 자네를 책임지겠네." 하고 마음이 든든해질 법한 얘기를 했지만, 리자는 창백한 낯빛으로 훗 하고 코웃음을 치며 그들을 외면했 다.

"무슨 소릴 하는 거야. 다들 남 참견을 할 처지들이 되나보지? 일부러 이 리자를 놀려 먹으려고 교토에서 여기까지 온 건가? 이게 웬 사서 고생이야? 나는 이렇게 사는 게 좋아서 이러고 사는 걸세. 신경 쓰지 마. 실컷 놀다보면 나중에 다 이렇게 되는 법이야. 흥. 자네들도 머지않아 어떻게 될지 몰라. 평생을 책임지다니, 웃기고 있네. 그래도 뭐 옛 정이 있으니 에도의 찻잔에 담긴 술이라도 한잔 사줄까? 나는 거지꼴이 됐어도 자네들이 사는 술은 사양하겠네. 술 마시고 싶으면 날 따라

와. 아하하." 리자는 공허한 웃음을 지으며 작은 통을 손에 들고 성큼성큼 걸어 나갔다. 셋은 서먹서먹한 기분으로 서로 얼굴을 마주 보며, 우선은 리자를 따라갔다. 리자는 몹시 지저분한 술집에 태연스레 들어가 지갑을 거꾸로 들고 흔들며,

"주인장, 돈은 이만큼 있어. 옛 친구들한테 한턱내려고. 찻잔으로 네 잔." 하고, 옛날과 변함없는 통 큰 모습을 보여줄 작정으로 아까 받은 스물다섯 푼을 남김없이 다 내놓았다. 그러자 입구에서 우왕좌왕하고 있던 셋은, '아아, 저 돈은 리자의 처자식이 목 빠지게 기다리고 있는 오늘저녁을 지을 쌀값이라, 지금쯤 냄비를 씻고서 리자를 기다리고 있을 텐데. 거지꼴이 되어서도 하찮은 오기와 허영심 때문에 통 큰 모습을 보여주려 할 작정인지 모르지만, 딱하구먼.' 하고 암담한 기분에 젖었다.

"어이, 거기서 꾸물대지 말고 여기 앉아 술 마셔. 찻잔에 마시는 술맛이 어찌나 좋은지 몰라." 입 한쪽을 올리고 쓴웃음을 지으며, 일부러 상스럽게 꿀꺽꿀꺽 들이켠 뒤 손등으로 입가를 훔치고는, 아아, 맛있다, 하고 꼭 거짓말은 아닌 듯 나직이 중얼거렸다. 나머지 세 명도 쭈뼛쭈뼛 가게 한구석에 들어가 앉아, 이가 빠진 찻잔을 들고 말없이 건배를 하던 차에, 약간 취기가 돌아 입도 가벼워졌다.

"그런데 리자, 아직도 깃슈랑 살아?"

"아직도라니, 그게 무슨 소리야?" 리자는 거친 말투로 되묻고, "잘 노는 사람답지 않군. 말조심해." 하고 또다시 비굴하게 웃으며 말했다. "그 여자 때문에 보다시피 이렇게 장구벌레 장수가 됐지. 나쁜 얘기는 하지 않겠어. 자네들도 유곽에서 노는 건 적당한 선에서 관두는 게 좋을 거야. 교토 제일이라 불리던 여자도 마누라 삼아 집에 들이면,

사흘만 있어도 시들해져. 지금은 다세대주택에 사는 아줌마가 다 돼서, 한 달 동안 목욕을 안 하고도 태연해."

"아이도 있어?"

"당연하지. 얼간이 같은 소리하지 마. 제 부모와 전혀 다르게 원숭이처럼 생긴 네 살 먹은 남자아이가, 뿌리부터가 가난한 집 아이처럼 집에서 가만히 놀고 앉아있어. 보여줄까? 너희에게도 어느 정도 교훈거리가 될지도 모르겠군."

"데려가 줘. 깃슈도 보고 싶어." 기치로베에가 진심을 털어놓았다.

리자는 기분 나쁜 미소를 지으며,

"보면, 정나미가 떨어질 걸?" 하고 말한 뒤, 비틀거리며 술집을 나섰다.

야나카^{谷中}의 가을날 저녁은 쓸쓸했다. 이름만 에도지, 그 주변은 대숲이 바람에 일렁이고 꾀꼬리가 아닌 참새 떼가 지저귀는 하쓰네초 변두리, 어스름하고 눅눅한 골목길을 지나 가랑비를 맞으며, 호박 넝쿨을 뛰어넘었다. 가장 작은 잎조차도 말라비틀어져서 울타리에 지저분하게 들러붙어있는 나팔꽃 열매를 하나하나 주워 모으고 있던 할머니가, 이 씨를 심으면 또 내년에 어떤 꽃이 필지 기대가 되네, 하고 중얼거렸다. 보아하니 그 할머니는 내년은커녕 당장 내일도 어떻게 될지 모르는 여든 남짓의 노인이었다. 볼품없이 늙어버린 자신의 모습도 잊은 채 그런 말을 중얼거리는 그 할머니의 엄청난 욕심에, 셋은 어이없는 마음에 무심코 얼굴을 마주 보았다. 하지만 리자는 아무렇지 않은 얼굴로 허리를 약간 굽히며, "할머니, 그 나팔꽃 열매 한두 개만 저희 집에도 나누어주십시오. 어쩐지 날씨가 흐려져서 걱정입니다." 하고, 이웃된 도리에 그냥 지나칠 수 없었는지 쓸데없는 인사말을 잔뜩 건넸다. 얇은 새끼줄에 묶어 말리고 있던 담뱃잎 밑을 지나는데, 막다른 곳에 있는 폐가의 창문에서 네 살배기 남자아이가 "와아, 아빠가 돈 가지고 왔다!" 하고 외치는 가엾은 목소리가 들렸다. 셋은 동시에 발걸음을 멈췄다. 리자가 태연한 체하며,

"여기, 이 집이야. 셋이 다 들어가면 앉을 데가 없어." 하고 웃고는, "어이, 손님들 왔어." 하고 아내에게 말을 걸자, 안쪽에서 가느다란 목소리가 들려와,

"세 분 중에서, 이즈야 기치로베에 님, 어서 오세요. 그분은 옛날에 저를 좋아하셨던 적이 있는 분이지요." 하고 인사했다. 기치로베에가 당황스러워하며,

"거참, 너무하네. 옛일은 싹 다 없었던 일로 하자고."라고 하자, 리자도 괴로운 듯 웃으며,

"그래, 그러자고. 다세대주택에 사는 아줌마를 누가 좋아하겠어? 우쭐대지 마." 하고 거칠게 말하면서 삐걱대고 찢어진 문을 열어 셋을 방 안에 들어오게 한 뒤 말했다. "방석처럼 멋스런 물건은 우리 집에 없어. 차 정도는 내오겠네."

그의 아내는 창백한 얼굴로 너덜너덜한 기모노 소매를 재빨리 여민 뒤 다리를 옆으로 하고 앉아, 헝클어진 머리를 쓸어 올리며 고개를 위로 하고 셋의 얼굴을 보고는 살며시 웃더니,

"저기." 하고 나직이 말했을 뿐, 인사를 하는 것도 잊어버렸다. 남편은 좁은 방 안을 바삐 돌아다니다, 불단 문 한쪽이 빠져 있는 것을 잡아 뽑아 식칼로 쪼개어 화덕에 올려놓고서 차를 끓였다. 조금 전 창문으로 얼굴을 내밀었던 아이가 무엇을 하고 있는지 보니, 어느새 방 한구석에서 이불 한 장을 둘둘 감고 누워 있었다. 벌거벗고 있는지, 입술이 보라색이 되어 덜덜 떨고 있었다.

486 사양

"애가, 추워 보이네." 하고 손님 중 한 명이 무심코 말하자, 부인은 앉은 채로 아이 쪽을 돌아보며, "옷을 입는 걸 싫어해서 말이죠. 버릇이 요상해서, 옷을 입혀도 바로 벗어던져버리고 저렇게 알몸으로 눕더라고요. 그냥 그게 싫은가 봐요." 하고 아무렇지도 않게 말했지만, 아이가 울기 시작하더니,

"거짓말, 거짓말이야. 내가 아까 시궁창에 빠졌는데 갈아입을 옷이 없어서, 엄마가 이렇게 누워 있으라고 시켰어. 옷이 마르기를 기다리고 있는 거야." 하고 말했다. 부인은 다부진 여자였지만 그런 얘기를 듣고는 도저히 견딜 수가 없었는지, 체면 불구하고 사람들 앞에서 쓰러져 울었다. 남편은 화덕에서 나는 연기에 숨이 막히는 척하면서 눈을 비볐다. 손님들은 어쩔 줄을 몰라 하다 말없이 눈빛을 교환하여 돌아갈 준비를 시작했고, 짚신을 신고 문간으로 나와 작은 목소리로 속닥이며 상의하여, 셋이 가지고 있던 전 재산인 일보금 서른여덟 개, 잔돈 일흔 푼 정도를 모아, 문간에 버려져 있던 작은 접시 위에 올려놓고 살금살금 그곳을 떠났다. 좁은 골목길을 빠져나와 셋이 동시에 휴 하고 큰 한숨을 내쉬는데 그 순간,

"같잖은 짓 하지 마!" 하고 등 뒤에서 리자의 목소리가 들렸다. 흠칫 놀라 뒤돌아보니, 리자에몬은 돈을 놓았던 작은 접시를 들고 숨을 헐떡이고 있었다. "남의 집에 와서, 차도 안 마시고 그냥 가버리고, 심지어는 이런 개똥 같은 걸 문간에 버려두고 가다니, 사람을 우습게 보는 코흘리개 녀석들. 달밤의 리자를 이렇게 깔보다니. 네놈들의 멍청한 낯짝은 두 번 다시 보고 싶지 않아. 이거 가지고 당장 꺼져버려!" 하고 굳은 얼굴로 소리치고는, "날 우습게 보지 마!"라면서 작은 접시를 땅바닥에 집어던지더니 순식간에 땅거미가 내려앉은 골목길 속으로 자취를 감췄다.

"이거, 험한 꼴을 당했네." 기치로베에가 식은땀을 훔쳐내며 말했다. "그나저나, 깃슈도 꾀죄죄한 여자가 됐군."

"색즉시공色即是空인가." 진다유가 조롱하듯 말했다.

"정말." 기치로베에는 조금도 웃지 않고 한숨을 내쉬며 말했다. "난, 오늘부터 노는 건 딱 끊겠어. 눈앞에 소토바코마치[44]가 펼쳐진 것 같았네."

"출가라도 하고 싶은 심정이야." 로쿠에몬은 혼잣말처럼 중얼거렸다. "나는 그 사람들이 나를 죽이는 거 아닌가 싶었어. 몰락한 옛 친구만큼 무서운 게 없군. 길에서 만나도, 내가 먼저 말을 거는 건 자제해야 하는지도 모르겠어. 누구였지? 제일 먼저 말을 건 사람이."

"난 아냐." 기치로베에가 입을 삐죽이며 말했다. "나는, 그냥, 깃슈를 한번 보고 싶어서, 그래서." 하고 말을 우물거렸다.

"너야." 진다유는 냉정하게 말했다. "네가 제일 먼저 달려가서 말을 걸었지. 심지어 녀석한테 집에 초대해 달라는 쓸데없는 말을 한 것도, 다 너잖아. 넌 여자한테 관심가지는 걸 삼가도록 해."

"면목이 없네." 기치로베에는 순순히 용서를 빌었다. "이제 정말 그만 놀아야겠어."

"마음을 고쳐먹은 김에, 발치에 흩어진 돈을 주워 모으는 게 어때?" 로쿠에몬은 마구잡이로 화풀이를 하며 말했다. "이것도 천하의 보물이야. 옛날에 아오토사에몬노조후지쓰나 님이, "

"나메리강을 건널 때, 그 얘기 맞지? 나도 알아, 그 얘기. 나는 그

44_ 일본의 전통극 노能의 요곡 중 하나. 간아미観阿弥가 지은 작품으로, 다카노산의 승려가 죽은 사람이 묻힌 불탑(소토바) 위에 앉은 한 할머니를 혼내는데, 알고 보니 그 할머니는 유명한 절세미녀로 많은 남성들을 매료시키던 오노노 고마치였다는 이야기.

일꾼이 된 셈이군. 찾을게. 줍겠다고." 요시로베에는 옷자락을 걷어붙이고 어스름한 땅바닥을 기어 다니면서 일보금과 잔돈을 주워 모으며 말했다. "이렇게 하나하나 줍고 있자니 돈이 얼마나 고마운 존재인지 알겠어. 너희도, 좀 도와줘 봐. 마음이 가라앉아."

방탕하기로 유명했던 그 셋도 옛날에 함께 놀던 친구 리자가 한심하게 사는 꼴을 보고는 넌더리가 나서 노는 게 다 부질없다 생각하며, 조금은 진지한 얼굴로 여관으로 돌아와서는 이튿날부터 기특하게도 에도의 신사와 절을 돌며 기도를 드렸다. 이윽고 교토로 돌아가기 전날 밤, 여관 종업원을 시켜 적잖은 돈을 야나카의 리자네 집으로 보냈다. 남편에게 주면 안 받을 터이니 부인에게 살짝 주고 오라고, 장황할 정도로 여러 번 이른 뒤에 심부름을 보냈지만, 그 심부름꾼은 얼마 안 있어 아쉬운 얼굴로 돌아와서는, 시킨 대로 찾아가 보았지만 전날 시골로 떠났는지, 이웃집 여기저기를 다 다녀보아도 어디로 갔는지 행방을 알 수가 없다고 했다. 셋은 그 얘기를 듣고 리자의 앞날을 생각하며, 새삼 오싹해져서는 자신들의 처지도 되돌아보게 되어, 까닭을 알 수 없는 묘한 눈물을 흘리며 이제 그만 놀자고 약속했다. 결국 차디찬 초겨울바람을 맞으며 발길을 서둘러 각자 집에 돌아온 뒤, 딴 사람처럼 구두쇠에 빈틈없는 남자들이 되어, 그로 인해 유흥가가 한동안 한산했다고 한다. 이 이야기는, 노는 것도 적당히 하고 관둬야 한다는 교훈을 주기 위한 것일까.

(『두고 간 물건』, 2권 두 번째 이야기, 「장구벌레 취급을 받는 사람」)

요시노산 吉野山

안녕하신지요. 그 이후로 연락드리지 못해 죄송합니다. 사내아이가 태어났다는 이야기를 들었습니다. 참으로 경사스런 일입니다. 가운이 더욱 융성하고 번창할 징조로 보이니, 부럽기 그지없습니다. 온 가족이 활기차게 가업에 힘쓰고 난 뒤, 저녁 식사를 하고 나서 단란한 시간을 보낼 때의 기쁨은 이루 말할 수가 없겠지요. 올 설에는 사내아이가 태어나는 경사도 있었으니, 교토의 초봄도 내 것처럼 여겨지고, 일가족 분들의 웃음소리도 한층 더 떠들썩할 줄로 압니다. 옛날에 함께 놀러 다니던 친구들도 모여, 교토의 최고급 술이 담긴 술잔을 주고받았겠지요. 어쨌든 교토 사람들은 워낙 잘 노니까요. 그러다가, 작년에 어리석고 무분별한 마음에 출가하여 이름을 간무 眼夢 인지 뭔지로 바꾸어 요시노산 속으로 들어간 구헤이타는 지금 뭘 하고 있을까, 라는 얘기가 나와 아마도 좌중의 웃음거리가 되었을 것으로 압니다. 싫은 소리를 하는 게 아닙니다. 저 간무는, 이렇게, 이제야 무분별한 마음으로 출가하여 은거하게 된 것을 뼈저리게 후회하고, 추위에 몸을 떨며 겨울의 요시노 암자에 앉아 있습니다. 생각해보면 저의 은거는 아무런 의미가 없고, 그냥 부모 형제를 울리기만 했을 뿐입니다. 당신을 비롯한 친구들도 쓸데없는 짓 관두라는 충고를 여러 차례 했지만, 다른 사람들이 말리니까 더욱 오기가 생겨서, 무슨 일이 있어도 출가하여 은둔생활을 해야 할 것 같은 기분이 들어, "말리지 마, 말리지 말라고. 이 세상이 싫어졌어, 지금 핀 벚꽃이 내일도 있을 것이라 생각하는 덧없는 마음."[45]이라는 바보 같은 소리를 해대며 삭발을 해버렸습니다. 그러고서 바로 거울을 슬쩍 들여다봤는데, 제게는 빡빡머리가 전혀 어울리지 않았고, 평소에 제가 가장 경멸했던 뒷골목 돌팔이 의사 진사이珍齊와 꼭 닮은 모습이었습니다. 심지어는 제 머리 여기저기에 작은 땜빵이 있는 것을, 그때 처음으로 발견하고는 모든 게 싫어져서, 실은 그때부터 이미 살짝 후회하고 있었습니다. 털어놓는 김에 제가 출가하여 은거하게 된 동기도, 남김없이 다 말씀드리지요. 저는 당신들 일행과 함께 유곽 같은 곳에 놀러가도, 단 한 번도 인기를 끈 적이 없고, 그런 주제에 노는 건 좋아해서, 즐거워 보이는 당신들의 모습을 지켜보는 게 전부일지언정, 가게의 돈을 쥐어짜서 억지로 돈을 마련하여, 제가 먼저 당신들에게 놀러가자고 했습니다. 언제나 인기를 끌지 못하는 사람은 저 하나였고, 계산은 늘 제가 했지요. 그 떨떠름함이란. 어느 날 밤 될 대로 되라는 심정으로 한 여인에게, "여자한테 차이기도 하는 남자라야 진정한 남자라고 할 수 있지."라고 했는데, 그 여자가 순순히 고개를 끄덕이며, "정말, 그런 마음가짐이 중요하지요."라고 진심으로 감탄한 듯 말해서, 우스운 꼴이 된 제가 "이 무례한 것!" 하고 호통 치며 여자를 흠씬 두들겨 패다가, 제행무상諸行無常을 깨닫고는 출가를 해야겠다고 마음먹었습니다. 오늘 곰곰이 생각해 보니, 젊은 기생이, 저처럼 촌스럽고 물욕이 많은 데다 이치만 따져드는 남자를 좋아할 리가 없군요. 아버지가 권하는 시골여자라도 얌전히

45_ 가마쿠라시대의 유명한 승려인 신란親鸞(1173~1262)이 아홉 살 때 지은 것으로 유명한 시의 한 구절.

받아들이면 좋았을 텐데 싶어, 홀로 쓴웃음을 짓는 중입니다. 정말이지 산속에서 홀로 사는 것은, 불편하기는커녕 문제 삼을 가치가 없을 정도입니다. 밥을 짓는 중에는 제 기분도 잊게 되니, 그 정도는 참을 수 있지만, 책상다리를 하고 뜯어진 속옷을 꿰매거나, 우물가에 쪼그려 앉아 속옷을 빨 때의 기분이란, 대소변을 처리하는 것 이상으로 서글픕니다. 때로는 마음을 다잡고 불경을 외기도 하지만, 불경을 외는 것도, 듣는 사람이 없으면 의욕이 눈곱만큼도 생기질 않는지라, 곧 쓸데없다는 생각에 절로 웃음이 나와서 집어치웁니다. 일어나 요시노산의 겨울 풍경을 바라보아도, 교토 사람들이, 꽃으로 착각할 만한 눈이 내린다는 둥, 봄 몰래 꽃이 핀다는 둥, 그런 식으로 기분 좋게 노래한 것과는 달리, 눈은 역시 눈, 그저 춥기만 할 뿐이니, 시인 녀석들은 다 거짓말쟁이다 싶어 울컥 화가 치밀어 오릅니다. 이렇게 추운 날이면 검은 옷 한 벌 가지고는 도저히 배겨낼 수가 없어, 검은 옷 위에 솜옷을 걸치고, 개 모피를 목에 두릅니다. 머리도 빡빡머리라 쌀랑하기 때문에 자나 깨나 머리끝까지 그것을 폭 뒤집어쓰고 있습니다. 이 개 모피는 이 산 아랫마을 사람이 곰 가죽이라고 속여 어처구니없이 비싼 가격에 산 것인데, 꼬리가 이상하게 길고 그 주변에 흰 털도 섞여 있습니다. 나중에 그 사람에게 이건 흰색과 검은색이 섞인 얼룩무늬 개의 가죽이 아니냐고 묻자, 그 흰 부분은 곰의 반달무늬이고, 곰에 따라 반달무늬가 꼬리 쪽에 있는 것도 있다고 하기에, 너무 어이가 없어 저는 뭐라 말도 할 수 없었습니다. 이 산 아랫마을 사람들은 정말이지 질이 안 좋아서, 언제나 저를 속이기만 합니다. 제행무상을 깨닫고 세상을 버린 사람에게는 돈 따위 필요 없는 것이라 생각했는데, 마을 사람이 가지고 오는 쌀, 된장은 너무 비쌉니다. 비싸다고 말하면 불끈 화가 난 얼굴로 물건을 가지고 바로 돌아가는 시늉을 하면서, 스님이 불편하시지 않을까 싶어 하루 날 잡아 이런 산속으로 무거운 것을 가지고 온 것인데 싫으면 어쩔 수 없다고 혼잣말처럼 중얼거립니다. 저 또한, 그 물건이 없으면 굶어 죽을 수밖에 없고, 산을 내려가 다른 마을 사람에게 부탁해도 비슷한 가격을 요구한다는 것을 잘 아니까, 눈물을 머금고 그 값비싼 쌀과 된장을 사야만 합니다. 산에는 나무 열매, 풀 열매가 많아서, 그것을 마음대로 따먹고 태평하게 사는 것이 산속 생활의 즐거움이라 생각했었는데, 듣기에는 극락, 실제로 보면 지옥이라는 건 이런 걸 두고 하는 말이겠지요. 이 부근의 산과 들에는 전부 어엿한 주인이 있어서, 올 가을에도 저는 무심코 송이버섯 두세 개를 캤다가 하마터면 파수꾼에게 된통 얻어맞을 뻔했습니다. 이 부근의 암자들도 근처에 있는 밤나무 파수꾼이 쓰는 오두막이었던 것을, 제가 적지 않은 집세를 내고 빌린 것인데, 제 마음대로 쓸 수 있는 곳은 집 뒤편의 다섯 평 정도 되는 밭밖에 없고, 야채 같은 것도 사려 들면 꽤 비싸니, 무나 당근 씨앗을 싸게 사서 이 뒤에 있는 다섯 평 크기 밭에 뿌렸지요. 이런 더러운 얘기를 해서 송구스럽습니다만, 옷자락을 걷어 올리고서 똥바가지를 휘두를 때도 있습니다. 수확물은 겨울에 대비하여 나무 밑에 커다란 구멍을 파고 묻어둬야 하는데, 눈앞에 나무 천 그루가 바다처럼 펼쳐져 있는데도 땔감 역시 마을 사람한테 사지 않으면 사람들이 싫은 내색을 하니, 무엇을 위한 은거인지, 전혀 영문을 알 수가 없습니다. 은거하는데 이렇게 많은 돈이 필요하리라고는 꿈에도 생각지 않았고, 돈도 그렇게까지 많이 가지고 오지 않은지라, 슬슬 주머니 사정도 불안해져서, 몇 번이나 하산을 생각했는지 모릅니다. 하지만 한번 속세를 버린 스님이, 다시 속세의 부모님 집으로 돌아가 울며 용서를 구한다는 얘기는 고금을 통틀어 전례가 없는 일인 것 같기도 합니다. 또한 저는 이래 봬도 아직 수치심도 느낄 줄 알고 의지도 있습니다. 게다가 여기를 떠나려 해도, 마을 사람들에게 줘야 할 외상 빚이 꽤 많이 쌓여 있고, 지금 빌려 쓰고 있는 침구와 취사도구를 돌려줄 때도 또다시 골치 아픈 돈 문제가 생기지 않을까 하는 생각을 하면, 하산할 마음도 누그러집니다. 이렇게 말하면 그나마 모양새가 좋겠지만 실은, 제가 도저히 하산할 수 없는 괴로운 이유가 한 가지 더 있습니다. 교토의 저희 집에 계신 여든여덟 된 할머니가, 아끼고 아껴서 모은 돈 백 냥을, 20년 정도 전에 작은 항아리 속에 넣고 뚜껑을 꼭 덮어, 정원의 풀이 가득한 곳 안쪽에 있는, 세 그루가 나란히 심어져 있는 삼나무 밑에 묻었습니다. 옛날부터 저희 집터에는 농사 신을 모신 조촐한 사당이 있고, 그 사당 정원의 잔디밭에 쟁반만 한 크기의 편평한 돌이 있는데, 그 돌 아래에 말입니다. 그리고 할머니는 아침부터 해가 질 때까지 세 번, 자기 전에 한 번, 하루에 도합 네 번씩 대나무 지팡이를 짚고 정원을 둘러보는 척하면서, 남몰래 풀이 가득한 곳 안쪽으로 눈을 반짝이며 들어가, 항아리를 숨긴 곳이 잘 있는지를 살펴보았습니다. 제가 아직 대여섯 살이었을 때 할머니는 저를 무척 귀여워하셨습니다. 저를 진짜 어린애로 여겨 방심하셨는지, 어느 날, 저를 정원 구석으로 데려가, 그 풀숲에 있던 돌을 가리키며, 저 밑에 백 냥이 있어, 할머니한테 잘해준 사람한테 반, 아니 1할을 줄 거야, 하고 쉰 목소리로 말했습니다. 저는 그 이후로 그 돌 아래가 궁금해서 견딜 수가 없었습니다. 그리고 20년 후 당신들에게서 노는 걸 배우고, 순식간에 돈이 없어지자 나쁜 마음이 생겨, 결국 어느 날 밤, 달빛에 의지하여 돌 밑을 파헤쳐서, 성공적으로 항아리를 발견하고, 그 안에서 서른 냥 정도를 멋대로 빌린 뒤 다시 항아리를 원래 있던 자리에 묻고, 그 위에 돌을 올려놓았습니다.

할머니가 그걸 알까 싶어 조마조마한 마음에, 한동안은 밥도 잘 안 넘어가고, 하늘에 두 손을 모으고 땅에 엎드려 오로지 무사하기만을 빌었습니다. 할머니는 역시 나이 탓인지, 그렇게 눈을 크게 뜨고 봐도 돌 아래까지 꿰뚫어볼 수는 없었는지, 매일 네 번을 살피러 가도 아무렇지 않은 얼굴로 돌아왔기에, 저도 점점 더 대담해져서, 그 후로도 열 냥, 스무 냥을 훔쳤는데, 결국 무상함을 깨닫고 출가를 하면서는 짐삯으로 써야겠다는 생각에 남아 있던 돈을 몽땅 가지고 길을 떠났습니다. 그 할머니가 살아계시는 한, 저는 무서워서 집으로 돌아갈 수가 없습니다. 아마 할머니는, 아직도 그 항아리가 비어 있는 것을 눈치 채지 못하고, 여전히 하루에 네 번 그것을 살피러 가고 있겠지만, 그걸 모른 채 급사라도 하셨다면 할머니는 행복한 사람일 것이며, 제가 지은 죄도 영원히 흐지부지해져서, 저도 가벼운 맘으로 집으로 돌아갈 수 있겠지요. 하지만 여전히 건강하시다면, 분명 백 세까지는 사실 것이고, 할머니가 급사하기를 기다리다가 손자인 제가 먼저 산속 추위에 얼어 죽을지도 모릅니다. 생각하면 생각할수록 불안해집니다. 옛날에 함께 놀던 친구들, 혹은 아침에 목욕탕에서 알게 된 사람, 혹은 전당포의 종업원, 집을 드나들던 목수, 가마꾼 구로스케한테까지, 어쨌든 이름이 떠오르는 모든 지인들에게, 요시노산의 벚꽃이 얼마나 멋있는지 편지에 써 보내며, '벚꽃이 한창이구나, 산의 모든 능선에 흰 구름이 걸린 듯하다',[46] 하고 옛 사람의 노래를 누구 노래라고 하지도 않고 제가 지은 것인 양 아무렇게나 휘갈겨 써놓고, 놀러오라는 말을 반드시 덧붙인 뒤, '요시노산을 나가지 않으리라 다짐한 나를, 꽃이 지면 나오리라며 사람들은 기다리고

46_ 『천재와카슈千載和歌集』에 실린 사이교 법사(1118~1190)의 시.

있을까'⁴⁷라는 옛 사람의 노래로 잘난 척 끝맺었고, 마을 사람들에게 부탁하여 그런 편지를 하루에 두세 통이나 교토로 보냈습니다. 제 진짜 심정은, '요시노산을 나가지 않으리라 다짐한 나를, 꽃이 질 무렵에 데리러 와 줘'라고 할 법한 바보스런 것이었으니, 제가 생각해도 쓴웃음 밖에 안 나옵니다. 하지만, 이렇게 애달프고 새빨간 거짓말도 출가 생활 중에는 괴로운 마음을 꾹 참고 할 수밖에 없다 생각하며, 요시노산이 한적하고 살기 좋은 곳인 양 써서 사방팔방으로 보냈습니다. 하지만, 아무리 기다려도 찾아오는 사람이 있기는커녕, 답장조차 없었습니다. 그 가마꾼 구로스케는, 평소에 제가 그렇게 용돈을 많이 주고, 어디를 가든 항상 데리고 다녔던 사람인데 말입니다. 도련님이 돌아가시면 저도 죽겠다고 했던 사람이, 제가 그렇게 정중한 편지를 써 보냈는데 답장 한 통 안 보내다니, 이건 너무하지 않습니까? 구로스케뿐만이 아니라, 사람이 통이 크다는 둥, 정직하다는 둥, 믿음직스럽다는 둥 하며 이전에 저를 그렇게 칭찬하던 친구들도, 어쩐 일일까요. 제가 출가를 하고 나니, 연락이 뚝 끊겨 편지 한 통 없습니다. 이제 제가 그 사람들에게 아무런 도움이 안 되는 처지가 되어서 휑하니 등을 돌린 걸까요? 그렇다고는 해도, 이건 너무 노골적이고 잔인하지 않습니까? 이렇게 모두가 저를 따돌리다니 뜻밖입니다. 제가 대체 무슨 나쁜 짓을 한 걸까요? 할머니가 애지중지하며 모은 돈을 빌려 쓰기는 했지만, 그건 가족끼리의 일이고, 게다가 땅속에 묻혀 있던 재화와 보물을 끄집어 내어 세상에 쓴 것은, 어떻게 생각하면 훌륭한 행동이라 할 수도 있다고 생각합니다. 게다가 제행무상을 깨닫고 출가하여 은거하는 것은 고상한

47_ 『신고금집新古今集』에 실린 사이교 법사의 시.

일이며, 옛 위인들은 대체로 그렇게 했습니다. 그 정도는, 여러분도 잘 아실 것입니다. 그런데도, 저를 경멸하며 따돌리려 하십니다. 정말 너무합니다. 저는 결코 천박한 남자가 아닙니다. 앞으로 열심히 공부할 생각입니다. 출가란 고귀한 것입니다. 바보 취급 마시고, 아무쪼록 못 본 체하지 마시고, 언제까지고 잘 지냈으면 좋겠습니다. 가끔 편지 주십시오. 그렇게 모두에게 놀러오라는 편지를 보냈으니, 어쩌면 누구 한 명쯤은 찾아올지도 모른다는 생각에, 매일매일 덧없이, 애타게 기다리다가, 낙엽이 바람에 날려 바닥에 쓸리는 소리를, 교토에서 찾아온 사람의 발소리인가 싶어 벌떡 일어나 밖으로 달려 나갔다가, 적막한 겨울나무들을 바라보며 한숨을 내쉬고, 밤에는 일찍 잠자리에 들었다가 바람이 덧문을 흔드는 소리를, 혹시나 집에서 부모님이 나를 데리러 온 게 아닌가 하고, 하찮고 부질없는 기대감에 서둘러 덧문을 열어보면, 차가운 하늘에 밝은 달만이 중천에 떠 있고, 저는 홀로 제자리로 돌아가 나무아미타불 하고 진심어린 염불을 왑니다. 이불을 뒤집어쓰고 자면 꿈속에서 사랑하는 여자를 볼 수 있다는 말도 있으니, 이런 쓸쓸한 밤에는 그랬으면 좋겠다는 생각도 듭니다만, 제게는 이 사람이다 싶은 연인도 없고, 누구든 상관없다지만, 글쎄, 누가 나올까, 하고 생각하니, 너무 바보 같아서, 깊은 밤 어둠속에서 홀로 큭큭 웃어버립니다. 할머니 같은 사람이 나오면 곤란하니까요. 이렇게 따분한 밤에는 술이라도 있으면 좋으련만, 이 동네 술은 너무 시어서 속이 더부룩해지고, 게다가 터무니없이 비싸니 짜증이 나서, 꾹 참고 열흘에 한 번 다섯 홉 정도만 사서 마십니다. 이곳 산촌 사람들은 정말 욕심이 많습니다. 저 아래 계곡에는 은어가 득실거리는데, 저는 출가한 사람이지만 가끔 고기를 먹지 않으면 영양 부족으로 온몸이 몹시 나른해지는지라, 잡아서 몸보신을 해야겠다는 생각에 이런저런 궁리를 해보았습니다. 하지만 은어 역시 동물이라, 꽤 민첩해서 고기잡이에 익숙지 않은 저는 도저히 잡을 수가 없었습니다. 마을 사람이 제가 그렇게 부질없이 애쓰는 모습을 보고, 제가 육식을 하는 스님임을 간파하고는 그런 저의 약점을 이용하여, 히죽히죽 웃으면서 은어 꼬치구이 따위를 들고 오더니, 깜짝 놀랄 만큼 비싼 가격을 불렀습니다. 저는 이곳 마을 사람들로부터 완전 바보 취급을 받아, 사람들은 아무런 거리낌 없이 돈을 뜯어냈으며, 개 가죽을 곰 가죽이라 하며 팔기도 했습니다. 또 얼마 전에는, 양념절구통을 거꾸로 들고 가져와서는, 이건 후지산에서 사온 장식품인데, 스님의 장식대에 잘 어울리니 싸게 드리겠다고 하더군요. 사람들이 저를 너무 얕보는 것 같아 분한 마음에, 흐느껴 울기까지 했습니다. 그건 그렇고, 돈이 필요합니다. 슬슬 복권 당첨 번호가 나왔을 시기인 것 같은데, 제 복권은, 아마, 2조 698번이었을 것입니다. 당첨이 됐을까요? 교토 집 제 침실 기둥 아래 옹이구멍에 그 복권을 숨겨두었는데, 부탁드립니다. 아버지께 볼일이 있는 것처럼 저희 집에 가셔서, 침실로 몰래 들어가 기둥 아래 옹이구멍 속에 손가락을 쑤셔 넣고 복권을 꺼내어, 당첨이 됐는지 알아봐주십시오. 맞으면 좋을 텐데요. 아마 안 맞았을 테지만, 어쨌든, 혹시 모르니 알아봐주십시오. 부탁드리는 김에, 하나만 더 부탁드립니다. 다리 건너편 전당포에 가셔서, 제가 한 냥에 맡겨 둔 두 치 정도 크기의 작은 관음상을 찾아주시겠습니까? 다른 물건은 모두 전당포 소유가 되어도 상관없습니다만, 그 관음상만큼은 꼭 찾아주십시오. 그것은 어릴 적에 할머니가 부적으로 쓰라며 제게 주신 겁니다. 산호로 된 것이라, 한 냥은 너무 쌉니다. 찾아서, 고물상 사헤에게 스무 냥에 팔아주십시오. 사헤에는, 그것을 언제든 스무 냥에 사겠다고 했었습니다. 그리고 하시는 김에 제 침실, 서북쪽 구석 다다미 밑에 색지 한 장을 숨겨두었으니, 그것도 사혜에게 가져가 주십시오. 그 종이는 유곽의 머릿병풍에 붙어 있었던 것인데, 제가 인기가 없다는 것에 화가 나 그 분풀이로 집에 가져온 것입니다. 셋슈[48]가 그린 게 아닐까 싶습니다만, 어쩌면 가짜일지도 모릅니다. 어쨌든 사혜에게 보여주시고, 악착같이, 알맞은 가격에 팔아주십시오. 가짜라고 해도 만듦새는 나쁘지 않은 색지 같으니, 쉰 냥을 불러 보십시오. 팔린다면, 번거로우시겠지만, 관음상을 판 돈과 함께, 여기에 바로 보내주십시오. 당신께 여러모로 수고를 끼쳐 죄송하지만, 그 답례로 줄무늬 하오리를 드리고자 합니다. 그것은 지금 구로스케가 가지고 있습니다. 약간 멋스런 줄무늬이고, 안감도 꽤 고급입니다. 구로스케는 가마꾼 주제에 멋쟁이라, 그 하오리를 몹시 입고 싶어 하여, 제가 한때 빌려줬는데 아직 돌려받지 못했습니다. 결코 준 것이 아니니, 부디 구로스케에게서 빼앗아 당신이 가지십시오. 그런 은혜도 모르는 구로스케한테는, 더욱 심한 벌을 주고 싶습니다. 그래도 괜찮으니까, 구로스케에게서 그것을 빼앗으십시오. 당신은 피부가 희니, 틀림없이 그 하오리가 잘 어울릴 것입니다. 저는 피부가 검어서 그 하오리가 전혀 안 어울립니다. 검은 승복만이라도 어울릴까 싶었거늘, 어깨가 넓어서 벤케이[49]처럼 난폭한 스님처럼 보이기도 하고, 늑대가 승복을 입은 것만 같았습니다. 모든 것이 따분하고, 이미 출가했으면서도 또다시 출가하여 은거하고 싶으니, 뭐가 뭔지 영문을 알 수 없고, 그저 죽도록 지루하여,

괴로운 마음에 세상을 등지고 어디로 가야 할지를 모르겠네, 요시노산

48_ 雪舟(1420~1506). 무로마치시대에 활동했던 수묵화가이자 선승禪僧.
49_ 弁慶(?~1189). 헤이안시대 말기의 승병僧兵.

속도 살기 힘들다 하는데.[50]

라는 노래를 부르는 심정을, 알아주셨으면 합니다. 실은 이것도 제가 지은 노래가 아닙니다. 요즘은 남의 것과 내 것이 구분이 안 됩니다. 출가해서 은둔생활을 한 이래, 저는 세상살이에 닳고 닳았습니다. 부디 저의 무분별한 은둔생활을 어여삐 여기시어, 복권과 관음상, 그리고 색지를 잊지 마시고, 옛 동무들에게도 안부 전해주십시오. 따뜻한 봄이 되면, 한번 다 함께 요시노에 왕림해주시기를, 한마음으로 기다리겠습니다. 이만 실례합니다.

(『쓸데없는 옛 편지들』, 5권 네 번째 이야기, 「벚꽃으로 유명한 요시노산, 힘든 겨울」)

· · · · · · · · · · · ·
50_ 가마쿠라 막부의 3대 정이대장군이었던 미나모토노 사네토모源實朝(1192~1219)가 지은 시.

「사양」을 이해하기 위하여—창작 배경과 '혁명'의 의미

최혜수

들어가며

제8권에는 1946년 7월부터 1947년 10월에 걸쳐 발표된 소설 열한 편과 1945년 1월에 발표된 일본 고전 관련 작품 「새로 읽는 전국 이야기」를 실었다.

제8권의 표제작인 「사양」은 이미 우리나라에도 여러 차례 번역된 바 있는 작품이라, 다자이를 어느 정도 좋아하는 독자라면 읽은 경험이 있으리라 생각된다. 하지만 이 작품이 당시 작가의 생활과 어떤 관련이 있는지, 또한 이 작품에서 다자이가 주장하는 '혁명'의 논리가 패전 후 일본의 사상사에서 어떤 의미를 가지는지에 대해서는 아직 충분히 알려진 바가 없다. 따라서 이 해설에서는 「사양」 집필 당시 다자이의 상황과 이 작품에서 주장하는 '사랑과 혁명'의 논리를 자세히 살펴봄으로써, 전후 일본의 첫 베스트셀러이자 다자이 오사무 생전의 최고 히트작이었던 「사양」의 의미를 되짚어보고자 한다.

1. 창작 경위— 오타 시즈코와의 관계

널리 알려진 바와 같이, 이 작품은 다자이의 애인이었던 오타 시즈코太 田静子 (1913~1982)의 일기장을 소재로 쓰였다. 다자이의 애독자였던 오타 시즈코는 이혼 후인 1940년경 미타카의 다자이 집을 찾아가고, 그것을 계기로 기혼자였던 다자이의 애인이 된다. 다자이에게 시즈코는 그와 친분이 있는 수많은 여자들 중 한 명에 지나지 않았지만, 시즈코에게 다자이는 자신의 모든 것을 걸고 사랑하는 사람이었다.

다자이가 전쟁으로 집을 잃고 생가인 쓰가루에 머물러 있던 1945년 말, 소식이 잠시 끊겼던 시즈코는 다자이에게 어머니를 잃은 슬픔을 담은 편지를 보낸다. 두 사람의 관계가 본격적으로 진전된 것은 이때부터 였던 것으로 보인다. 당시 시즈코는 가나가와 현의 시모소가에 위치한 산장에서 홀로 쓸쓸한 생활을 하고 있었다.

그 뒤로도 몇 번인가 편지를 주고받은 시즈코는, 다자이 앞으로 다음과 같은 편지를 보낸다.

하나. 저보다 젊은 작가와 결혼하여, 맨스필드인용자 주: 뉴질랜드 태생의 여류 작가 캐서린 맨스필드(1888~1923)처럼 소설을 읽으며 살아가는 생활. 둘. 저와 결혼하겠다는 분과 재혼하여, 문학 따위 잊어버리고 주부로 사는 생활. 셋. 명실 공히, M·C 님의 애인으로 사는 생활. 이 세 가지 중에 어느 것이 가장 좋을까요?

위 편지의 수신인은 '다자이 오사무 님(나의 작가. 마이·체호프. M·C)'으로 되어 있었다. 하지만 다자이는 시즈코의 편지 내용에 대해

별다른 언급 없이 간단한 안부를 묻는 답장을 보내고, 이는 시즈코를 크게 실망시켰다. 그럼에도 몇 번이고 거듭되는 시즈코의 편지 공세에, 다자이는 부인인 미치코 여사의 시선이 신경 쓰였는지 편지에 가명을 써 줄 것을 요구했고, 시즈코는 이에 굴욕마저 느꼈지만, 달리 의지할 곳이 없었던 그녀는 또다시 다음과 같은 편지를 보낸다.

……괴로운 하루가 지나고, 저녁이 되어 든 생각은, 갈 데까지 가고 싶다는 것이었습니다. ……저는 더 이상, 작은 것에 연연하지 않겠습니다.

아기를 가지고 싶어요…….

그리고 둘이서, 장춘長春과 모스크바, 파리에 가고 싶습니다.

다음번에 시모소가에 오시면, 어머니의 추억이 담긴 일기를 보여드리고 싶습니다.

이미 자신의 일기에 '인간은 사랑과 혁명을 위해 태어난 것이다.'라는 문장을 적어 두었던 시즈코에게, '아이를 가지고 싶다'는 이 편지는 다자이에 대한 '사랑과 혁명'의 선전포고였다고 할 수 있다. 시즈코의 끈질긴 편지에, 어느 날 다자이는 다음과 같은 답장을 보낸다.

시즈오인용자 주: 다자이가 아내의 눈을 의식하여 시즈코에게 쓰라고 지시한 가명 군도, 점점 더 괴로운가 보군요. 그런다고 될 일이 아닙니다. 그만 둘까요? 정말로.

오히려 마음이 가라앉는 사랑.

휴식 같은 사랑.

아무것도 꾸미지 않고, 부끄러워하지 않으며, 두려워하지 않는 관계.
그런 게 아니라면, 의미가 없습니다.

이렇게 불쾌하고 무서운 현실 속에서, 겨우겨우 발견한, 작지만 쉴
수 있는 초원.

서로를 위해, 그런 사람이 되었으면 합니다.

저는 그럭저럭 그런 사람이라고 생각합니다.

저는 우리 가족들을 무척 좋아하지만, 그래도, 그건 또 다르지요.

역시 이건, 만나서 해야 할 얘기군요.

잘 생각해 보십시오.

저는 당신 하기 나름입니다. (아기 또한)

당신의 마음이 그대로 비치는 거울입니다.

무지개 혹은 안개의 그림자

시즈코 님

(당신의 평화를 빌지 않는 사람이 있을까요?)

한편, 다자이는 쓰가루 생활을 접고 상경한 직후인 1946년 11월
20일 저녁 출판사인 신초사新潮社를 방문하여, 편집자의 소설 연재 의뢰를
흔쾌히 받아들이며 이렇게 말했다고 한다.

"걸작을 쓰겠습니다. 대단한 걸작을 쓰겠습니다. 구상도 어느 정도
해 둔 상태입니다. 일본의 「벚꽃 동산」을 쓰겠습니다. 몰락 계급의
비극입니다. 벌써 제목도 정했습니다. 「사양」. 저물어가는 태양. 「사양」

입니다. 어때요, 좋은 제목이지요?"

위 발언을 통해 다자이가 작품을 구상할 당시 안톤 체호프의 희곡 「벚꽃 동산」을 염두에 두고 있었다는 사실을 알 수 있다. 또한 다자이는 오타 시즈코에게, "이번에 쓸 몰락한 집안에 대한 소설에, 소노코^{인용자} _{주: 오타 시즈코의 애칭}의 일기가 필요해. 쓰가루 집을 무대로 하고, 주인공을 나로 하고, 애인을 소노코로 하려고, 줄거리는 대강 생각해둔 게 있어."라는 말을 했다고 한다. 이 모든 말들은 오타 시즈코의 일기를 읽기 전에 한 발언들이므로, 결과적으로 보면 「사양」은 오타 시즈코의 일기를 읽은 후에 구상 당시와는 전혀 다른 방향으로 흘러갔다는 것을 알 수 있다.

1947년 2월, 다자이는 시즈코가 살고 있던 산장을 찾는다. 그제야 시즈코의 일기를 읽은 다자이는 자신이 생각했던 대로 훌륭한 일기라며 만족스러워 했고, 이 일기를 가져가 집필 작업에 착수한다. 그리고 오타 시즈코는 이때, 훗날 '사양의 아이'라 불리게 되는 작가 오타 하루코를 임신한다. 시즈코의 임신을 알게 된 다자이는 일단 격려해주었지만, 그해 3월 이후 둘은 급격히 멀어지게 된다. 위에 인용한 편지에서 다자이가 자신을 '무지개 혹은 안개의 그림자'라고 칭하며 아름답지만 언젠가는 사라질 사랑의 덧없음을 암시한 것은 이러한 미래를 예상했기 때문이었을까. 그해 6월, 다자이에게는 야마자키 도미에라는 새로운 애인이 나타난다. 그리고 「사양」은, 그해 7월부터 10월에 걸쳐 『신조^{新潮}』지에 연재된다.

이처럼 그 당시 다자이 오사무와 오타 시즈코의 관계를 자세히 설명해 두는 것은, 작품의 키워드인 '사랑과 혁명'이 오타 시즈코의 일기장에서 따온 말이기 때문이다. 따라서 다자이가 「사양」에서 강조하는 '사랑과 혁명'의 의미를 생각하는 것은, 애초에 다자이가 해놓았던 구상(일본판 『벚꽃 동산』을 쓰겠다는 것)에 오타 시즈코의 '사랑과 혁명' 정신이 더해지면서 작품 속 가즈코의 그것으로 바뀌는 과정 중에, 그 의미가 어떻게 변용되었는지를 살펴보는 것에 다름 아니다.

2. 다자이 오사무의 패전 후 일본

다자이는 「사양」 구상 당시 어째서 체호프의 「벚꽃 동산」을 의식하고 있었을까?

다자이 오사무의 전후 사상은 '천황폐하 만세! 이 외침이다. 어제까지는 낡은 것이었다. 하지만, 오늘날에는 가장 새로운 자유사상이다.'(제7권 수록 「판도라의 상자」 중에서)라는 문장을 쓸 당시 이미 그 핵심부분이 형성되어 있었다. 이 말의 의미를 이해하기 위해서는 일본의 전후 민주주의 언설에 대한 이해가 필요하므로, 우선 간략하게 패전 후 일본의 상황을 짚고 넘어가기로 한다.

일본의 전후 민주주의 관련 언설은 일반 민주주의와는 달리 전쟁기와의 '단절'을 강조함으로써 생성된 것이었다. 마루야마 마사오의 「초국가주의의 논리와 심리」(『세계世界』 1946년 5월호에 게재)와 미야자와 도시요시의 「8월 혁명과 국민주권주의」(『세계문화世界文化』 1946년 5월호에 게재)는 일본이 항복을 선언한 8월 15일을 전후의 '기원'으로 간주한 전후 민주주의적 언설의 원형이라고 할 수 있다. 마루야마는 '8월 15일은 동시에, 초국가주의의 모든 체계 기반인 국체國體가 그 절대성을 잃고,

비로소 자유로운 주체가 된 일본 국민에게 그 운명을 맡긴 날이기도 했다.'라는 문장으로 자신의 논문을 끝맺었으며, 미야자와는 '즉, 전쟁이 끝남으로써, 하나의 혁명이 이루어진 것이다.'라고 말함으로써 전후 헌법학의 근본 규정이 된 '8월 혁명설'을 제창했다. 이 두 논문과 함께 1946년 3월 6일에 GHQ(연합국군 최고사령관 총 사령부)가 발표한 '헌법개정초안요강'에 촉발되어, 전후 민주주의 사상이 유행하기 시작했다. GHQ의 5대 지령, 재벌 해체, 황실재정 동결, 황족을 포함한 전쟁 범죄자의 체포 명령, 농지개혁 등이 '민주화 정책'이라는 명목 하에 이루어졌으며, 이러한 분위기에 떠밀리듯 '민주화'의 기치를 내건 대중 운동이 유행했다. '신일본 문학회', '민주주의 과학자 협회' 등도 그러한 대중 운동 속에서 생긴 단체들이며, 그 단체를 이끄는 사람들의 대부분은 전쟁기의 마르크스주의자들이었다. 다시 말해, 전쟁기의 마르크스주의 자들이 전후에 이르러 '민주주의자'로 부활한 것이다.

이런 상황에서 나온 가와카미 데쓰타로의 「배급된 자유」(『도쿄신문』에 1945년 10월 26일, 27일 게재)라는 언설은, 다자이의 사상과 궤를 같이 하는 것이었다. 가와카미는 이 글에서 GHQ가 떠밀어대는 자유사상에 편승하여 '전쟁 책임자에 대해 히스테릭한 울분을 터뜨리는 것은 언론의 자유가 아니'라고 하며, '이러한 의미에서 문화인은 일단 사회적인 입장과 정치적 진영을 떠나 자기 자신으로 돌아가서 다시 시작해야 한다'는 말로 시대가 억지로 떠미는 자유주의에 편승하는 자들의 어리석음을 꼬집었다. 가와카미의 주장은 사상의 유행이나 사상으로서의 민주주의가 올바르고 올바르지 않고를 떠나, 과거와 '연속'적인 측면에서 자신의 사상을 검토할 필요가 있다는 것이었다.

다수가 '올바른 것'이라고 떠들어대는 것에 생각 없이 편승하기보다는, 차라리 잘못된 사상일지언정 그 잘못을 계속 간직하는 '어리석음'이 더 낫다는 것. 이것이 바로 가와카미의 생각이자, 당시 다자이 오사무의 생각이기도 했다.

평소에도 체호프를 즐겨 읽던 다자이가 이 시점에서 일본판 「벚꽃 동산」을 쓰겠다며 「사양」을 구상하는 데 착수한 것은, 바로 체호프의 「벚꽃 동산」이 그려낸, 정당성을 빼앗긴 보수(몰락 귀족)의 자기주장을 당대 일본을 배경으로 하여 다시 그려내고자 한 것이라 볼 수 있다. 다음 서한문에는 당시 다자이의 이러한 사상이 단적으로 나타나 있다.

> 「벚꽃 동산」을 잊을 수가 없습니다. 지금 가장 용기 있는 태도는 보수保守라고 생각합니다. 저는 고지식한 사람이라 애매한 태도를 보일 수가 없습니다. 저는 앞으로 사회주의자들과 싸울 생각입니다. 설마하니 반동원문 윗주: 파쇼은 아니지만, 어디까지나 천황폐하 만세를 외치며 살아갈 생각입니다. 그것이 진정한 자유사상.
>
> —1946년 1월 28일, 오다 다케오小田嶽夫 앞으로 보낸 서한

3. 「사양」에 그려진 혁명사상

이상과 같이 전후 일본 사회를 바라보는 다자이의 비판적인 의식은 「사양」에서 주장하는 '도덕 혁명'의 기초가 되었다. 이러한 논리는, '인간은, 모두, 다 똑같다'라는 전후 민주주의의 슬로건을 철저하게 부정한 뒤에 '누나. 저는, 귀족입니다.'라는 말로 '반전후反戰後'적 가치를 주장하며 죽음을 택하는, '도덕적 과도기의 희생자' 나오지를 통하여

가장 극명하게 그려져 있다. 하지만 다자이는 나오지뿐만 아니라 주인공인 가즈코와 어머니, 우에하라, 이렇게 네 명의 등장인물들을 통해 자신의 전후 사회 비판과 주장을 각양각색으로 그려냈다.

「사양」은, 가즈코가 사랑과 혁명을 향해 나아가는 제1주제와 남동생인 나오지를 중심으로 한, 이른바 '멸망해가는 것의 아름다움'을 그린 제2주제가 미묘하게 얽히고설킴으로써 성립된 이야기이다. 일견 전혀 다른 상승지향형과 하강지향형의 테마가 어우러질 수 있었던 것은 등장인물 넷 모두가 다자이의 분신이었기 때문이기도 하지만, 작품 내의 논리로 살펴보자면 상승지향형 인물('사랑과 혁명'으로 나아가고자 하는 가즈코)이 다른 인물들을 끌어안는 방식 때문이라 할 수 있다. 예를 들어, 작품 집필 당시 작가의 자화상이기도 한 우에하라에게 가즈코는, '그것 또한, 당신 나름의 마지막 투쟁'이라는 말로 그의 방탕한 생활을 긍정한다. 그리고 죽어가는 어머니를 어디까지나 아름다운 모습으로 섬세하게 묘사하며, 나오지에 대해서는 '불량하다는 건, 상냥하다는 뜻 아닐까.'라는 말로 동생의 데카당한 생활을 긍정한다.

이처럼 가즈코는 하강지향형 주제들을 '사랑과 혁명'의 일환으로 끌어안는 인물이다. 그런 방식으로 「사양」의 모든 혁명 논리는 가즈코 한 명에게 집중되는 양상을 보이고, 끝내 가즈코는 우에하라의 아기를 임신하고 그 아이를 낳기로 함으로써 자신의 '사랑과 혁명'을 구체화한다.

저는 결코, 불결한 실수라고 생각하지 않습니다. 이 세상에 전쟁이니 평화니 무역이니 조합이니 정치니 하는 것이 무엇을 위해 존재하는 것인지, 요즘 들어 저도 알게 되었습니다. 당신은 모르시겠지요. 그러니까 늘 불행한 거예요. 가르쳐드리지요. 그건 말이죠, 여자가 좋은 아이를 낳기 위해서 입니다.

민주주의니 공산주의니 하는 관념적인 것이 아닌, 여자가 좋은 아이를 낳는 것. 이것이, 이 작품에서 주장하고자 하는 혁명사상의 결론인 것이다. 혹자는 결말부에 이르러 다자이의 혁명이라는 게 고작 이런 것이었느냐며 고개를 갸웃할 수도 있겠지만, 이것은 앞서 살펴본 당시 사상사의 맥락에 놓고 보면 대단히 가치 전도적인 입장이었다. 남성과 관념이 중심이 되는 세계를 부정하고, 여자가 아이를 낳는다는 것의 가치를 최우선시하는 전근대를 긍정하는 것. 다수가 '올바른 것'이라고 떠들어대는 새로운 것에 생각 없이 편승하기보다는, 차라리 잘못되고 낡은 사상일지언정 그 잘못을 계속 간직하는 '어리석음'이 더 낫다는 당시 다자이의 사상은 오타 시즈코의 일기를 만나, 사생아를 낳고자 하는 가즈코의 혁명으로 구체화된 것이다.

나오며

「사양」 집필을 전후한 시기에 다자이는 여성이 가진 생명력과 강인함에 유난히 많은 관심을 보이며, 「남녀평등」, 「비용의 아내」, 「어머니」, 「여신」 등의 작품을 통해 그의 여성관을 의식적으로 그려냈다. 예를 들어 「남녀평등」은 여자 탓에 힘든 삶을 살아온 노인의 이야기이며, 「여신」에는 지금이 '남성 쇠약의 시대'라며 자신의 아내를 신이라고 믿는 미치광이가 등장한다. 그런 상황에서 그가 읽은 오타 시즈코의 일기와 편지들 또한 여성의 생명력과 강인함을 확신하게끔 하는 재료가 되었을 것이며, 그에 자극 받아 쓰가루의 생가를 무대로 한 일본판 「벚꽃 동산」을 쓰고자 했던 당초의 계획을 변경한 것으로 보인다. 그리고 작품의 1장부터 5장, 다시 말해 작품 전체의 사분의 삼에 오타 시즈코의 일기와 편지에 쓰인 내용을 거의 그대로 가져와서 약간의 각색만 하고 있는 것은, 다자이가 이전에 구상했던 것보다도 오타 시즈코의 일기가 지닌 소재로서의 매력이 더 크다는 것을 스스로가 인정했다는 의미로 볼 수도 있다. 오타 시즈코는 귀족이 아니었지만, 의사였던 아버지가 죽은 뒤 집과 땅을 팔고 홀로 산장에서 생활하는 '몰락'을 경험했으므로, 그녀의 일기 또한 '몰락'의 기록이었던 것이다.

또한 다른 측면에서 본다면, 다자이의 계획 변경은 그녀가 실제로 자신의 아이를 가졌다는 현실에 대한 충격을 표현하는 것이기도 하다. 애당초 오타 시즈코가 편지에서 다자이의 애칭으로 썼던 M · C = '마이 체호프'라는 이니셜이 작품 속 가즈코의 입을 통해 '마이, 차일드'를 거쳐 '마이, 코미디언'으로 바뀌어가는 것을, 일본판 『벚꽃 동산』을 목표로 구상했던 이 작품이 결국 일종의 코미디로 끝나버렸다는, 자신의 실생활과 작품의 전개에 대한 다자이의 자조어린 평가로 볼 수도 있기 때문이다.

이렇듯 「사양」은 다자이의 개인사와 일본의 전후 상황이 복잡하게 맞물린 가운데 쓰인 소설이다. 그렇다면 다자이 문학의 전체 맥락에서 「사양」이 갖는 의미를 어떻게 생각할 수 있을까? 7권에 실린 소설들이 발표되기 직전, 다자이는 한 지인에게 다음과 같은 편지를 보낸다.

'문화'라고 쓰고, 거기에 '수줍음'이라는 독음을 다는 것에, 대찬성.

저는 우優라는 글자에 대해 생각합니다. 이것은 뛰어나다優れる는 의미의 글자로, 우양가優良可라는 말도 있고, 우승優勝이라는 말도 있지만, 읽는 법이 또 하나 있지요? 상냥하다優しい라고도 읽습니다. 그리고 이 글씨를 잘 보면, 사람 인人변에, 걱정하다憂ふる라고 쓰여 있습니다. 사람을 걱정하는 것, 남의 쓸쓸함과 외로움, 고통에 민감한 것, 이것이 상냥함이며, 또한 인간으로서 가장 뛰어난 것 아닐까요. 그리고 그런 상냥한 사람의 표정에는, 언제나 부끄러운(수줍은) 느낌이 있습니다. 저는 수줍음에, 언제나 저와 제 몸을 좀먹히고 있습니다. 술이라도 마시지 않으면, 제대로 된 말도 할 수 없습니다. 저는 그런 데에 '문화'의 본질이 있다고 생각합니다. '문화'가 만일 그런 거라면, 그것은 연약하고, 패배하는 것입니다. 그걸로 좋다고 생각합니다. 저는 스스로를 '멸망하는 백성'이라고 생각합니다. 패배하고 멸망하면서 내뱉는 중얼거림이, 우리들의 문학 아닐까요.

－1946년 4월 30일
불문학자이자 평론가인 가와모리 요시조河盛好蔵에게 보낸 서한

다자이는 데뷔 이후 줄곧 산다는 것의 고통을 '어릿광대'짓으로 얼버무리거나 부끄러움으로 표출하는 식의 소설 창작으로 현실에 맞서 왔다. 그리고 그것은 그가 생각하는 '상냥함'이며 긍정적인 '문화'였다. 그런 의미에서 「사양」에 그려진 가즈코의 '사랑과 혁명'의 논리는 그간 다자이가 써온 작품들과 다소 동떨어진 것으로 느껴질 수도 있다. 사생아를 낳아 함께 살아가겠다는 당찬 미혼모의 결의는, '패배하고 멸망하면서 내뱉는 중얼거림'이라는 약자의 논리와 거리가 있는 것처럼 보일 수도 있기 때문이다.

그럼에도 불구하고, 작품 속 가즈코가 말했듯 '산다는 것'은 '숨 막히게 버거운 일'이다. 「사양」이 그러한 숨 막히게 버거운 삶을 살게 된 여성의 괴로움과 슬픔, 부끄러움을 살아가기 위한 '혁명'의 무기로 재생산한 작품이라고 할 때, 그 무기는 과연 언제까지 유효할 수 있을까? 가즈코의 당찬 모습이 오히려 '패배하고 멸망하면서 내뱉는 중얼거림'으로 보이는 것은, 이로부터 약 일 년 뒤에 쓰이게 될 작품이 「인간 실격」임을 알고 있기 때문인지도 모른다.

* 참고 문헌 *
· 『評伝太宰治 3』, 相馬正一, ちくま書房, 1982.
· 「太宰治「斜陽」論——問題系としての戦後ロマン主義」, 岡村知子, 『太宰治スタディーズ』, 2006. 6.
· 「斜陽——敗戦後思想と<革命>のエスキス」, 山崎正純, 『国文学 解釈と教材の研究』, 2002. 12.
· 「太宰治 二十世紀のフォークロア」特集号『國文學 解釈と教材の研究』1979. 7.
· 「太宰治 没後50年」特集号『國文學 解釈と教材の研究』, 1998. 1.

옮긴이 후기

우선, 「사양」에 대하여.

다자이 오사무의 생가 '사양관'의, 다자이의 어머니가 쓰던 방에 놓인 병풍에는 '사양斜陽'이라는 글씨가 쓰여 있다. 작년 여름 쓰가루를 여행하다 들른 사양관에서 그 글씨를 발견하고, 「사양」이라는 제목이 어쩌면 저 병풍 글씨에서 온 것일 수도 있겠구나 싶었다. 병약하여 몸져누워 있던 어머니 뒤편에 있었던 '사양'이라는 글씨를 어려서부터 마음에 두고 있었을 쓰시마 슈지(다자이 오사무의 본명). 그리고 일본의 패전 후 정치상황을 지켜보며 안톤 체호프의 「벚꽃 동산」 속의 저물어가는 태양을 마음에 두었을 작가 다자이 오사무. 그가 처해 있던 복잡한 상황과 심정이, 이 「사양」이라는 제목에 담겨 있지 않을까 하는 생각에 가슴이 아려온다. 어쨌든 이 전집의 기획 단계에서부터 꼭 내가 하고 싶다며 찜해 두었던 작품인 「사양」에 대한 내 애정이, 번역과 해설을 통해 독자들에게 부디 잘 전해졌으면 한다.

그리고 번역에 대하여.

번역을 하면서 지나치리만치 많은 쉼표를 어떻게 처리하느냐의 문제,

과거와 현재를 오가는 시제의 문제, 끝없이 이어지는 만연체 등등, 아마도 다자이 오사무를 번역한 적이 있는 모든 번역가들이 겪었을 난해한 문체를 마주하며, 끊임없이 고민하고 어떤 판단을 내려야 했다. 물론 그 판단 기준이 된 것은 내가 가진 지식과 동료들의 조언이었다.

좋은 번역이란 외국어와 한국어 실력, 해당분야 지식의 세 박자가 다 맞아 떨어져야 가능하다. 그리고 그 세 박자가 다 맞아 떨어지기에는 내가 아직 모자라다는 생각도 한다. 하지만 일본어와 한국어 실력이 이미 어느 정도 굳어진 나이에, 지금 내 수준에서 가장 잘 할 수 있는 번역이 바로 이번 다자이 오사무 전집 번역이 아니었나 생각한다. 다자이 오사무에 대한 애정 하나로, 많은 자료를 찾고 공부하며 번역할 수 있었다. 쓰가루 여행을 하며 들른 아오모리 근대문학관과 사양관에서 구해 온 자료 또한 번역에 큰 보탬이 되었다.

이렇게 최선을 다했다고 말할 수 있는 것은 내 노력에 대한 자신감에 더해, 동료와 관계자들에 대한 믿음과 고마움 덕분이다. 학교 선후배로 만난 정수윤 선생, 김재원 선생, 그리고 교정을 봐주신 신동완 선생님과 함께 일할 수 있어 영광이었다. 한국어, 일본어 실력과 전문지식의 삼각형이 미묘하게 엇갈리는 우리가 만나 서로를 채워가며 좋은 경험을 할 수 있었다. 독자교정자로 참여해주신 이동근 님 또한 마찬가지다. 애정 어린 채찍질에 감사드린다.

물론 이분들의 조언을 포용하여 온전한 결과물로 만들 수 있었던 것은 편집을 봐주신 백은주 선생님과 김장미 선생님, 그리고 조영일 선생님을 비롯한 도서출판 b의 기획위원 선생님들과 조기조 사장님 덕분이다. 전집 번역이라는 마라톤 같은 과정을 함께 하며 응원을 보내준 모든 분들께 감사드리며, 다자이 오사무 전집을 번역하며 보낸 버겁고도 즐거웠던 시간을 떠나보낸다.

2014년 가을
최혜수

다자이 오사무 연표

1909년 출생	• 6월 19일, 아오모리 현 북쓰가루 군 가나기에서 아버지 쓰시마 겐에몬^{津島源右衛門}과 어머니 다네^{タ子}의 열 번째 아이이자, 여섯 번째 아들로 태어났다. 호적상 이름은 쓰시마 슈지^{津島修治}.
1916년 7세	1월, 함께 살던 이모이자 숙모인 기에^{キエ} 가족이 고쇼가와라로 이사하면서, 슈지도 2개월가량 그곳에서 함께 산다. 4월, 가나기 제1소학교에 입학한다.
1922년 13세	3월, 가나기 제1소학교 졸업. 4월, 메이지고등소학교 입학. 아버지가 귀족원의원에 당선된다.
1923년 14세	3월, 아버지 사망. 4월, 아오모리중학교 입학. 아쿠타가와 류노스케, 기쿠치 간 등의 소설을 탐독. 이부세 마스지^{井伏鱒二}의 「도롱뇽」을 읽고, '가만히 앉아서 읽을 수 없을 만큼 흥분'한다.
1925년 16세	8월, 친구들과 함께 잡지 『성좌^{星座}』를 창간하나 1호만 발행하고 폐간. 그해 「추억」의 등장인물인 미요의 모델이 된 미야기 도키^{宮城トキ}가 쓰시마 집안에 하녀로 들어온다. 11월, 동인지 『신기루』 창간한다.
1926년 17세	9월, 동인지 『아온보^{青ンぼ}』를 창간하나 2호까지 발행하고 폐간. 도키에게 함께 도쿄로 가서 살자고 제안하지만 도키는 신분의 차이가 너무 많이 난다면서 쓰시마 집안을 떠난다.
1927년 18세	2월, 동인지 『신기루』 12호까지 발행하고 폐간. 3월, 아오모리중학교 졸업. 4월, 히로사키고등학교 문과 입학. 7월, 아쿠타가와 류노스케의 자살에 충격을 받는다.
1928년 19세	5월, 동인지 『세포문예』 창간, 9월, 4호까지 발행하고 폐간. 12월, 히로사키고교 신문잡지부 위원에 임명된다.
1929년 20세	• 창작 활동을 하는 한편, 게이샤 오야마 하쓰요^{小山初代}를 만난다. 12월, 수면제 과다복용으로 의식불명 상태에 빠진다.

1930년	3월, 히로사키고등학교 졸업.
21세	4월, 도쿄제국대학교 불문과 입학.
	5월, 이부세 마스지를 찾아가 이후 오랫동안 스승으로 삼는다. 적극적으로 사회주의 운동에 가담한다.
	10월, 고향에서 하쓰요가 다자이를 만나기 위해 상경.
	11월, 하쓰요의 일로 큰형 분지^{文治}와 다투다가 호적에서 제적당한다.
	11월 26일, 긴자의 술집 여종업원 다나베 시메코^{田部シメ子}를 만나 이틀 동안 함께 지내다가, 28일 밤 가마쿠라 고유루기미사키^{小動岬} 절벽에서 함께 자살을 시도한다. 시메코는 죽고 슈지는 요양원 게이후엔^{惠風園}에서 치료를 받는다.
	12월, 자살방조죄로 기소유예. 아오모리 이카리가세키^{碇ヶ関} 온천에서 하쓰요와 혼례를 올린다.

1931년	12월, 동료의 하숙집에서 마르크스의 『자본론』 스터디를 시작한다.

1932년	7월, 큰형과 함께 아오모리 경찰서에 출두하여 좌익운동에서 손을 뗄 것을
23세	맹세한다. 창작에 전념하면서 낭독 모임을 갖는다.

1935년	3월, 대학 졸업시험에 낙제. 미야코 신문사 입사시험에도 떨어진다. 가마쿠라
26세	에서 목을 매지만 자살미수에 그친다.
	4월, 급성맹장염으로 입원, 진통제 파비날에 중독된다.
	5월, 잡지 『일본낭만파』에 합류.
	8월, 「역행」이 제1회 아쿠타가와 상 후보에 오르나 차석에 그친다. 사토 하루오^{佐藤春夫}를 찾아가 가르침을 받는다. 크리스트교 무교회파 학자 쓰카모토 도라지^{塚本虎二}와 접촉, 잡지 『성서 지식』을 구독한다.
	9월, 수업료 미납으로 학교에서 제적당한다.

1936년	2월, 파비날 중독 치료를 위해 병원에 입원했다가 10일 후 퇴원.
27세	6월, 첫 창작집 『만년』을 출간한다.
	8월, 제3회 아쿠타가와 상 낙선.
	10월, 중독증세가 심해져 도쿄 무사시노병원에 입원했다가 한 달 뒤 퇴원한다.

1937년	• 다자이와 사돈 관계이자 가족과 다름없이 지냈던 화가 고다테 젠시로^{小館善}
28세	^{四郎}와 부인 하쓰요의 간통 사실을 알고 분노.
	3월, 다니가와다케^{谷川岳}산에서 하쓰요와 둘이서 수면제를 먹고 동반자살을 시도하나 미수에 그친 후 이별한다.
	6월, 작품집 『허구의 방황』, 7월, 단편집 『이십세기 기수』를 출간한다.

1938년 29세	9월, 후지산 근처에 있는 여관 덴카차야^{天下茶屋}에서 창작 활동을 하던 중, 이부세 마스지의 소개로 이시하라 미치코^{石原美知子}를 만난다.
1939년 30세	1월, 미치코와 혼례를 올린 후 안정적으로 작품 활동에 전념한다. 7월, 『여학생』을 출간한다.
1940년 31세	5월, 「달려라 메로스」 발표. 6월, 작품집 『여자의 결투』 출간. 12월, 『여학생』으로 기타무라 도코쿠 상 부상을 수상한다.
1941년 32세	5월, 『동경 팔경』 출간. 6월, 장녀 소노코^{園子}가 태어난다. 8월, 10년 만에 쓰가루로 귀향한다.
1942년 33세	1월, 사비로 『유다의 고백』 출간. 6월, 『정의와 미소』 출간. 어머니가 위독하다는 소식에 귀향. 12월, 어머니 사망.
1943년	1월, 『후지산 백경』, 9월 『우대신 사네토모』를 출간한다.
1944년	5월, 고야마서방에서 소설 『쓰가루』를 의뢰하여 쓰가루 여행, 11월 출간한다.
1947년 38세	1월, 옛 연인이었던 작가 오타 시즈코^{太田静子}를 찾아가 소설 『사양』의 소재가 될 일기장을 넘겨받는다. 4월, 큰형이 아오모리 지사로 당선. 12월, 『사양』 출간. 몰락한 귀족을 그린 이 작품이 패전 후 혼란에 빠진 젊은이들 사이에서 '사양족'이라는 유행어를 낳을 정도로 큰 호응을 얻으면서 인기작가가 된다.
1948년 39세	6월 13일 밤, 연인인 야마자키 도미에^{山崎富栄}와 함께 무사시노 다마가와 상수원^{玉川上水}에 몸을 던진다. 6월 19일, 만 서른아홉 번째 생일에 사체가 발견된다. 7월, 『인간 실격』, 『앵두』 출간.
1949년	• 6월 19일, 다자이의 친구들이 그의 무덤을 찾아(미타카 젠린지^{禅林寺}) 기일을 앵두기^{桜桃忌}라고 이름 짓고 애도한다. 앵두기는 그를 사랑하는 독자들에 의해 현재까지 매년 행해지고 있다.

『다자이 오사무 전집』 한국어판 목록

『다자이 오사무 전집』을 펴내며

한 작가를 온전히 이해하기 위해서는 대표작 몇 권을 읽는 것에 그치지 않고 전집을 읽는 것이 필요하다. 일본의 대문호 오에 겐자부로는 평생 2~3년마다 한 작가의 전집을 온전히 읽어왔다고 고백한 바 있는데, 이는 라블레 번역자로 유명한 스승 와타나베 가즈오의 충고 때문이었다고 한다. 한 작가가 쓴 모든 글을 읽는다는 것은 그 작가의 핵심을 들여다보는 작업으로, 이만큼 공부가 되는 것도 없다는 이유에서다.

하지만 이런 이야기는 어디까지나 외국의 이야기일 뿐, 우리는 그렇게 하고 싶어도 그렇게 할 수 있는 형편이 아니다. 우리의 경우 국내 유명작가들조차 변변한 전집을 가지고 있지 못하다. 사정이 이러하니 외국작가는 굳이 말할 필요도 없을 것이다. 물론 몇몇 외국작가의 경우 전집이 나와 있기는 하지만, 대부분 창작물만 싣고 있어서 엄밀한 의미에서 '전집'이라고 보기 어렵다.

이에 도서출판 b는 한 작가의 전모를 만날 수 있는 전집출판에 뛰어들면서 그 첫 결과물로『다자이 오사무 전집』을 펴낸다. 이 전집은 작가가 쓴 모든 소설은 물론 100여 편에 달하는 주요에세이까지 빼곡히 수록하여 그야말로 '전집'이라는 이름에 걸맞은 형태를 갖추고 있다.

다자이 오사무는 그동안 우울하고 염세적인 작가나 청춘의 작가 정도로만 알려져 왔다. 하지만 이 전집을 읽으면 때로는 유쾌하고 때로는 전투적인 작가의 모습을 발견할 수 있을 뿐만 아니라, 왜 그가 오늘날까지 그토록 많이 연구되는지, 작고한 지 60년이나 흐른 지금도 매년 독자들이 참여하는 앵두기(桜桃忌)라는 추모제가 열리는지 알 수 있다.

『다자이 오사무 전집』을 성서로까지 표현한 작가 유미리의 표현을 빌리자면, 이 전집을 읽는 독자들은 매일 작고 아름다운 기적과 만나게 될 것이다.

마지막으로『다자이 오사무 전집』을 양장본으로 다시 펴내면서 기존의 부족한 점을 모두 수정·보완했음을 덧붙이고 싶다.

　　　　　　　　　　　　　　　　　　　－＜다자이 오사무 전집＞ 편집위원회

한국어판 ⓒ 도서출판 b, 2014, 2018

■ 다자이 오사무 太宰治
1909년 일본 아오모리 현 북쓰가루에서 태어났다. 본명은 쓰시마 슈지(津島修治). 1936년
창작집『만년』으로 문단에 등장하여 많은 주옥같은 작품을 남겼다. 특히『사양』은 전후
사상적 공허함에 빠진 젊은이들 사이에서 '사양족'이라는 유행어를 낳을 만큼 화제를
모았다. 1948년 다자이 문학의 결정체라 할 수 있는『인간 실격』을 완성하고, 그해 서른아홉
의 나이에 연인과 함께 강에 뛰어들어 생을 마감했다. 일본에서는 지금도 그의 작품들이
베스트셀러에 오르거나 영화화되는 등 시간을 뛰어넘어 많은 사랑을 받고 있다.

■ 최혜수
고려대학교 통계학과 졸업. 일본 와세다 대학교 대학원 문학연구과 박사과정에 재학
중이다. 옮긴 책으로 다자이 오사무 전집 중『사랑과 미에 대하여』『정의와 미소』『쓰가루』
『사양』과 가라타니 고진의『세계사의 구조를 읽는다』, 다카하시 도시오의『호러국가
일본』(공역) 등이 있다.

다자이 오사무 전집 8

사양

초판 1쇄 발행 2014년 12월 24일
재판 1쇄 발행 2018년 4월 15일

지은이 다자이 오사무
옮긴이 최혜수
펴낸이 조기조
인 쇄 주)상지사P&B
펴낸곳 도서출판 b | 등록 2006년 7월 3일 제2006-000054호
주소 08772 서울특별시 관악구 난곡로 288 남진빌딩 302호 | 전화 02-6293-7070(대)
팩시밀리 02-6293-8080 | 홈페이지 b-book.co.kr / 이메일 bbooks@naver.com

ISBN 979-11-87036-37-1(세트)
ISBN 979-11-87036-45-6   04830

값 22,000원

* 이 책 내용의 일부 또는 전부를 재사용하려면 도서출판 b의 동의를 얻어야 합니다.
* 잘못된 책은 교환해 드립니다.